에듀윌과 함께 시작하면,
당신도 합격할 수 있습니다!

자소서와 면접, NCS와 직무적성검사의 차이점이 궁금한
취준을 처음 접하는 취린이

대학 졸업을 앞두고 취업을 위해 바쁜 시간을 쪼개며
채용시험을 준비하는 취준생

내가 하고 싶은 일을 다시 찾기 위해
회사생활과 병행하며 재취업을 준비하는 이직러

누구나 합격할 수 있습니다.
이루겠다는 '목표' 하나면 충분합니다.

마지막 페이지를 덮으면,

에듀윌과 함께
취업 합격이 시작됩니다.

누적 판매량 217만 부 돌파
베스트셀러 1위 2,420회 달성

공기업 NCS | 100% 찐기출 수록!

NCS 통합 기본서/실전모의고사
피듈형 | 행과연형 | 휴노형 봉투모의고사
PSAT형 NCS 수문끝

매1N
매1N Ver.2

한국철도공사 | 부산교통공사
서울교통공사 | 국민건강보험공단
한국전력공사 | 한국가스공사

한국수력원자력+5대 발전회사
한국수자원공사 | 한국수력원자력
한국토지주택공사 | 한국도로공사

NCS 6대 출제사
공기업 NCS 기출 600제

대기업 인적성 | 온라인 시험도 완벽 대비!

20대기업 인적성 통합 기본서

GSAT 삼성직무적성검사
통합 기본서 | 실전모의고사 | 봉투모의고사

LG그룹 온라인 인적성검사

SKCT SK그룹 종합역량검사
포스코 | 현대자동차/기아

농협은행
지역농협

영역별 & 전공

이해황 독해력 강화의 기술
석치수/박준범/이나우 기본서

공기업 사무직 통합전공 800제
전기끝장 시리즈 ❶, ❷

취업상식 1위!

다통하는 일반상식

공기업기출 일반상식

기출 금융경제 상식

* 에듀윌 취업 교재 누적 판매량 합산 기준(2012.05.14~2023.10.31)
* 온라인 4대 서점(YES24, 교보문고, 알라딘, 인터파크) 일간/주간/월간 13개 베스트셀러 합산 기준(2016.01.01~2023.11.07 공기업 NCS/직무적성/일반상식/시사상식 교재, e-book 포함)
* YES24 각 카테고리별 일간/주간/월간 베스트셀러 기록

더 많은
에듀윌 취업 교재

취업 교육 1위
에듀윌 취업 무료 혜택

교재 연계 부가학습자료

다운로드 방법

STEP 1 에듀윌 도서몰 (book.eduwill.net) 로그인 ▶ STEP 2 도서자료실 → 부가학습자료 클릭 ▶ STEP 3 [PSAT형 NCS 기출예상 문제집] 검색

- 고난도 NCS 파이널 모의고사(PDF)

교재 연계 강의

- PSAT형 NCS 수리능력 대표유형 무료특강

※ 무료 특강 이벤트는 예고 없이 변동 또는 종료될 수 있습니다.

교재 연계 강의 바로가기

1:1 학습관리 교재 연계 온라인스터디

참여 방법

STEP 1 신청서 작성 ▶ STEP 2 스터디 교재 구매 후 인증(선택) ▶ STEP 3 오픈채팅방 입장 및 스터디 학습 시작

※ 온라인스터디 진행 혜택은 교재 및 시기에 따라 다를 수 있습니다.
※ 오른쪽 QR 코드를 통해 신청하면 스터디 모집 시기에 안내 메시지를 받을 수 있습니다.

온라인스터디 신청

모바일 OMR 자동채점 & 성적분석 서비스

실시간 성적분석 방법

STEP 1 QR 코드 스캔 ▶ STEP 2 모바일 OMR 입력 ▶ STEP 3 자동채점 & 성적분석표 확인

※ 혜택 대상 교재는 본문 내 QR 코드를 제공하고 있으며, 교재별 서비스 유무는 다를 수 있습니다.
※ 응시내역 통합조회
에듀윌 문풀훈련소 → 상단 '교재풀이' 클릭 → 메뉴에서 응시확인

- 2023, 2022, 2021 대한민국 브랜드만족도 취업 교육 1위 (한경비즈니스)/2020, 2019 한국브랜드만족지수 취업 교육 1위 (주간동아, G밸리뉴스)

에듀윌이
너를
지지할게

ENERGY

세상을 움직이려면

먼저 나 자신을 움직여야 한다.

– 소크라테스(Socrates)

에듀윌 공기업
PSAT형 NCS
기출예상문제집

수리능력

eduwill

공기업 채용의 모든 것!

합격을 위한! 알짜! 정보만 모았다

NCS, PSAT로 학습하는 이유는?

NCS와 유사한 PSAT

P. 6

실질적으로 PSAT와 PSAT형 NCS 문항이 유사한 형태로 출제되고 있어 PSAT를 통해 NCS를 대비하면 실전에서 고난도 문제도 넘기지 않고 풀 수 있습니다.

장점과 유의점

P. 6

난도가 높은 문제로 꾸준하게 학습하는 것은 긍정적인 부분이 분명 있습니다. 다만 NCS 학습을 위해 PSAT 문제를 활용하고자 한다면 올바른 방향설정이 필요합니다.

PSAT와 NCS, 출제유형의 차이는?

NCS 출제/미출제 유형의 이해

P. 7

NCS에는 PSAT 언어논리와 자료해석, 상황판단을 기준으로, 출제되지 않는 유형이 있습니다. 그렇기 때문에 문항에 대한 분석 없이 무분별하게 PSAT로 학습할 경우 NCS에 도움이 되지 않는 경우가 있어 출제 및 미출제 유형에 대한 이해가 필요합니다.

NCS 맞춤용 PSAT 난도별 학습법은?

PSAT별 난이도 및 단계적 학습

P. 8

5급 공채>7급 공채>민경채 순의 난도를 보입니다. 7급 공채가 가장 NCS와 유사한 난도와 유형의 문항들로 구성되어 있다고 알려져 있으나 지원자의 학습 정도에 따라 추가 학습용 PSAT 종류를 선택할 수 있습니다.

PSAT 기출 변형 문항 학습의 이유는?

유사성 & 세팅된 시간의 차이

P. 9

가장 큰 차이점은 1문항을 푸는 데 주어진 시간이 다르다는 점입니다. 예를 들어 5급 PSAT로 학습할 경우 1문항을 푸는 데 2분 내외의 시간이 소요되는데, NCS에는 적합하지 않으므로 NCS에 맞게 변형된 문항으로 대비해야 합니다.

NCS, PSAT로 학습하는 이유는?

01 수험생들은 왜 PSAT로 NCS의 추가 학습을 시작했을까?

NCS 시험을 앞두고 대부분의 수험생들은 특정 기업의 기본서, 봉투 또는 실전모의고사를 풀면서 자신의 실력을 점검한다. 그 외의 기간에는 추후에 있을 시험을 대비하기 위해서 다양한 기업을 대비할 수 있는 서적을 학습하거나, 대표 출제(대행)사별 · 주요 공기업별 기출문항을 다루는 기본서 등을 풀면서 감을 잃지 않도록 한다. 더 나아가서는 PSAT 기출문제를 풀어 고난도 문제를 대비한다. 즉 PSAT 기출 문제를 학습하는 이유는 추가 학습을 위해서라고 말할 수 있다. 실질적으로 PSAT와 NCS의 문항 구성이 유사한 측면이 많고, 최신의 PSAT일수록 PSAT형 NCS와 유사한 형태의 문항이 출제되고 있다. 실전에서 고난도 문제를 넘기지 않고 풀겠다는 것이다. 즉 경쟁자들 대비 우위에 서기 위함이다.

PSAT
- 언어논리
- 자료해석
- 상황판단

NCS
- 의사소통능력
- 수리능력
- 문제해결능력
- 자원관리능력

02 PSAT 문제 풀이 학습의 장점과 유의점

난도가 높은 문제로의 꾸준한 학습은 실전에서 체감 난도를 확 낮춰 줄 수 있기에 긍정적이다. 또한 PSAT의 경우 국가에서 출제 및 평가 등 일련의 과정을 모두 담당하고 있기 때문에 절대 오류가 있어서는 안 되는 시험 중 하나이다. 즉 문제가 어려울 수는 있지만 정답 논란이 없는 양질의 문제이기 때문에 해당 문제 풀이를 통해 실력 향상을 기대할 수 있다. PSAT 기출문제로만 학습할 경우에는 고난도의 문제를 풀어 정답률을 높이는 연습용으로 문제를 활용하겠다고 방향을 설정해 놓은 다음 학습하는 것이 중요하다.

PSAT와 NCS, 출제유형의 차이는?

PSAT 문항 중 NCS를 기준으로 출제/미출제되는 유형

제시된 표는 PSAT에서 출제되는 문항을 NCS를 기준으로 출제되는 유형인지 미출제되는 유형인지를 구분하여 정리해 둔 표이다. 이 중 영역별로 출제되는 유형은 유형의 명칭만 보아도 NCS를 학습해 본 수험생이라면 이미 익숙한 것들도 많을 것이다. 다만 PSAT 언어논리에서 출제되는 유형은 NCS 의사소통능력에만 국한된 것이 아니라 문제해결능력에도 일부 출제될 수 있으므로 PSAT의 어떤 문제가 NCS에서는 어떤 유형으로 출제되는지 출제되지 않는지에 대한 선행학습이 필요하다.

영역명	PSAT 문항 중 NCS를 기준으로 출제/미출제되는 유형	
PSAT 언어논리 NCS 의사소통능력	출제	핵심 내용 파악, 세부 내용 파악, 주어진 내용 추론, 글의 구조 파악, 생략된 내용 추론, 특정 내용 이해
	미출제	진술 추론(약화하는 진술 찾기), 논증(명제/참 · 거짓), 논리추론(조건추론) 등 ※ 미출제 문항 중 일부 유형은 NCS 문제해결능력에서 유사 출제
PSAT 자료해석 NCS 수리능력	출제	자료이해(기본연산, 일치 · 불일치), 자료계산, 자료변환(도표작성)
	미출제	자료해석 영역은 상당 부분 일치하여 미출제 유형 없음
PSAT 상황판단 NCS 문제해결능력 · 자원관리능력	출제	지문 이해, 조건추리, 순서/자리배치, 명제, 자원관리 등
	미출제	근거 판단(세부 내용 파악) 등 ※ 미출제 문항 중 일부 유형은 NCS 의사소통능력에서 유사 출제

NCS 맞춤용 PSAT 난도별 학습법은?

01 5급 공채 > 7급 공채 = NCS > 민경채

- **시험 유형에 따라 PSAT의 난이도가 다르다**
  5급 공채>7급 공채>민경채 순이다. 5급 공채 PSAT는 제시되는 자료의 양이 많거나 더 복잡하여 다각도로 사고를 해야지 풀 수 있는 경우가 많다. 민경채 PSAT의 경우에도 해마다 난도가 높아지고 있는 추세이고, 몇몇 문항은 5급 공채 PSAT의 고난도 문항과 유사한 수준으로 출제되기도 한다.
- **문항의 생김새로는 5급, 7급, 민경채 구분이 어렵다**
  민경채 PSAT 문항은 5급 공채 PSAT와 유사한 경우도 있어 외형만 보고는 풀이 시간을 예상하기 어려운 경우도 있다. 하지만 문항을 푸는 데 있어 민경채 PSAT의 경우 난도 자체는 NCS 시험보다 다소 쉽다고 느껴질 수 있다. 문항 자체가 깔끔하게 답을 찾을 수 있도록 설계되었기 때문인데, PSAT로 NCS를 학습하는 데 있어 입문 과정에 속한다.
- **7급 PSAT가 NCS와 난이도 및 유형이 가장 비슷하다**
  7급 PSAT가 학습생들이 가장 기본적으로 풀어야 하는 문항에 속하는 이유가 바로 NCS와의 유사성 때문이다. 이후에는 고난도 문항 학습을 위해 5급의 문항을 풀면서 확실하게 개념을 다지는 작업이 필요하다.

02 5급, 7급, 민경채를 다 풀어야 할까?

- **단계별 NCS 학습에 적합하다**
  - 민경채: PSAT 문항의 특징들은 모든 문항들이 명쾌하고 깔끔하게 답을 찾을 수 있다는 것인데, PSAT형 NCS의 긴 지문과 자료의 형태를 그대로 유지하면서 NCS보다 살짝 난도가 낮은 민경채는 NCS 시험을 처음 준비하면서 기본기를 탄탄하게 하고 싶은 사람들에게 권한다.
  - 7급: NCS 시험과 가장 난도가 유사하기 때문에 7급 PSAT가 시행된다고 할 때부터 많은 NCS 수험생들의 기대가 컸다. 기존 기업의 기출문항과 더미 문제로만 학습하던 사람들에게 추가 학습할 수 있는 자료가 되기 때문이다. 또한 NCS와 유사한 문항들이 많이 출제된다는 것은 결과적으로 추후 NCS 시험에 영향을 줄 가능성도 높다는 뜻이므로 반드시 학습해야 하는 문항에 속한다.
  - 5급: 가장 난도가 높은 시험이기 때문에 대다수의 수험생들이 기존의 NCS 학습을 끝낸 이후에 어려운 문항 대비용으로 학습한다. 실제 시험에서 어려운 문항도 풀어내려는 고득점 전략을 세우기 위해서는 5급 문제 풀이도 반드시 필요하다.

PSAT 기출 변형 문항 학습의 이유는?

01 기출문제 풀이의 필요성

• **7급 PSAT 기출문제 풀이의 필요성**
가장 NCS와 유사한 유형의 문항들을 접할 수 있기 때문에 권하고 있다. 실제 NCS에서 출제되었던 소재나 형태와 유사한 문제들을 7급 PSAT에서 찾아볼 수 있기 때문이다.

• **5급/7급/민경채 PSAT 기출문제 풀이의 필요성**
NCS와 유사한 형태 또는 비슷한 난도로 출제되었던 문항들이 일부 있기 때문에 함께 학습을 권하는 편이다. 다만 5급, 7급, 민경채 PSAT별로 난이도가 달라지기 때문에 본인의 학습 성취도에 따라 접근할 수 있어야 한다. 또한 하지만 NCS에 딱! 맞는 문항으로 학습하기 위해서는 PSAT의 기출변형 문항을 풀어보는 것이 더욱 전략적인 학습 방법이 된다. 본 책에서는 PSAT 기출/기출변형 문항을 접할 수 있다.

02 1문항당 문제풀이에 세팅된 시간이 PSAT와 NCS가 다르다

• **문항을 푸는 데 주어진 시간이 다르다**
- 5급, 7급, 민경채 PSAT에 따라 다르겠으나 5급 PSAT의 경우 90분 동안 40문항을 풀어야 한다.
- PSAT는 한 문항을 풀기 위해 2분을 소요하지만, NCS의 경우 1분 내외의 시간만 허락된다.
- 가장 난이도와 유형이 비슷하다고 알려져 있는 7급 PSAT조차도 영역별 25문항을 1시간(60분) 동안 풀어야 되기 때문에 NCS의 문제 풀이 시간과는 차이가 크다. → 단순히 기출문제로 학습할 경우 시험별 문항에 허용된 시간에 차이가 있기 때문에 시간관리까지 고려한 학습을 하기 어려운 측면이 있다.
- 고난도 문제로 구성된 5급 PSAT, NCS와 유형과 난이도가 가장 비슷한 7급 PSAT, 기초를 다지기 위해 푸는 민경채 PSAT 기출 문제를 푸는 것과는 별개로 PSAT를 바탕으로 한 NCS를 위한 기출 변형 문항을 함께 풀어야 하는 이유이다.
- 실제 시험에서의 시간 관리도 중요하고, 실제 PSAT에서 출제되는 유형 중 NCS에 출제되지 않는 문항의 유형도 있기 때문에 불필요한 부분의 학습을 제외하여 효율적으로 학습해야 한다.

이 책의 구성

STRUCTURE

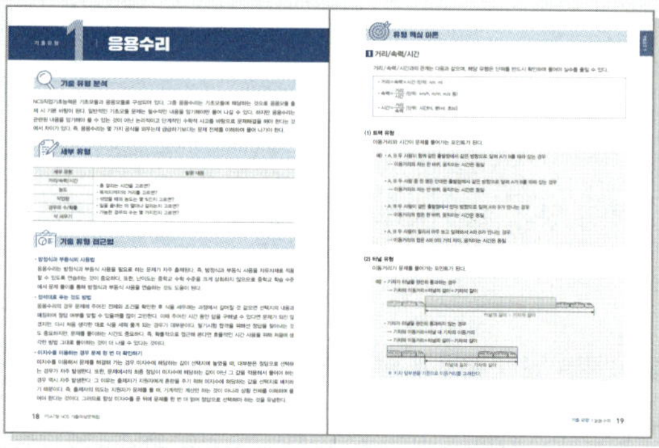

4개의 주요 기출 유형

NCS 기출 유형별 분석

NCS의 주요 과목인 '수리능력'에서 출제 비중이 높은 기출 유형을 4개로 구분하고 세부 유형별 접근법을 분석하여 주요 기출 유형별 핵심 내용을 한눈에 파악할 수 있도록 하였다.

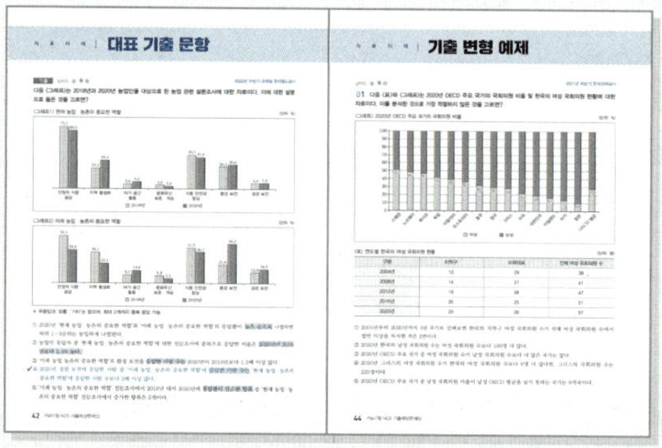

NCS 대표 공기업 기출

대표문항 첨삭해설+기출변형 예제 학습

기출 유형별 대표문항 선별 및 첨삭해설을 통해 효율적인 문제 풀이 전략을 익힌 후 기출변형 예제를 통해 문제 풀이 훈련으로 실전을 대비할 수 있도록 하였다.

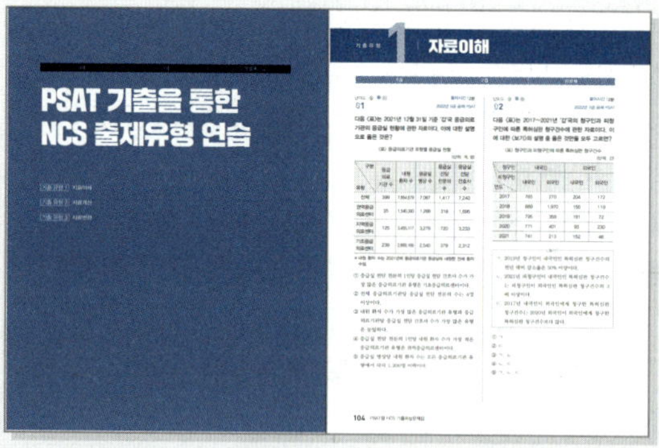

NCS 출제유형별

5급 · 7급 · 민경채 PSAT 기출 엄선

5급 · 7급 · 민경채 PSAT 기출 문항 중 NCS에 적합한 문항만을 주요 기출 유형별로 엄선하여 수록함으로써 PSAT형 NCS 학습을 통해 실력을 향상시키고 실제 시험을 대비할 수 있도록 하였다.

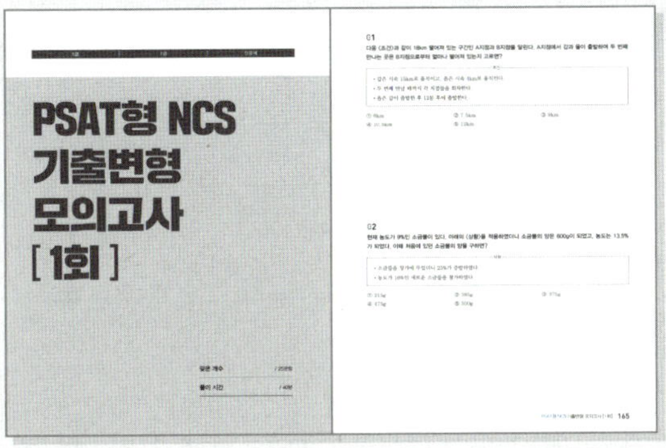

NCS에 최적화된 문제로 점검하는

PSAT형 NCS 기출변형 문항 구성의 모의고사 3회 제공

NCS 유형 및 출제 경향에 부합하는 기출문제만을 엄선하여 변형한 기출변형 문제를 25문항씩 총 3회분의 모의고사로 구성하여 실력 향상을 위한 충분한 학습이 가능하도록 하였다.
회차별로 실제 시험과 유사한 난도부터 고난도 문제까지 철저히 대비 및 연습할 수 있도록 하였다.

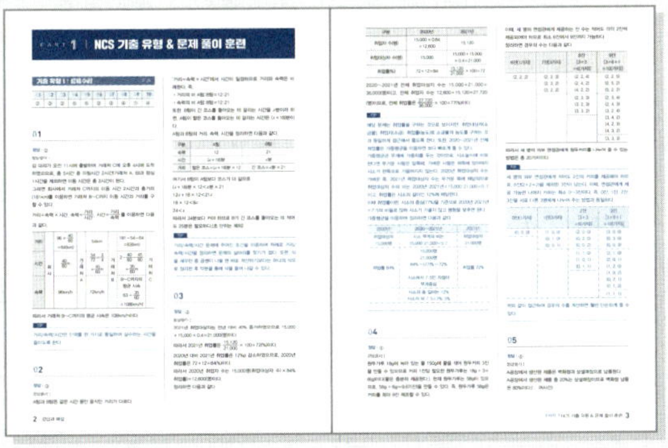

시간 단축 & 실전 적용 가능한

문제 풀이 전략 제공

문제당 정답과 오답에 대한 풀이를 빠짐없이 자세하게 제공하여 보다 쉽고 빠르게 내용을 이해할 수 있도록 하였다.
실전에서 적용하기 좋은 시간 단축용 풀이 전략을 '문제 풀이 TIP'으로 제공함으로써 학습의 효율성을 높였다.

이 책의 차례

CONTENTS

PART 1 | NCS 기출 유형 & 문제 풀이 훈련

PART 2 | PSAT 기출을 통한 NCS 출제유형 연습

PART 3 | PSAT형 NCS 기출변형 모의고사

머리말

INTRO

다년간의 강의를 하며 늘 느낀 점은 '혼자서 학습하는 것은 왜 어려울까?'입니다. 필기시험에 합격하기 위해 난도가 높은 문항을 많이 풀어야 하거나 시험에 나오지 않을 수도 있는 내용까지 모두 준비한다는 것입니다. 그런데 저는 생각이 다릅니다.

대부분 지원자들의 목표는 만점이 아니라 바로 합격이라는 것입니다. 이때, 목표를 달성하기 위해선 필기시험이 전부가 아니라 서류, 면접도 함께 준비해야 합니다. 즉, 주어진 시간은 한정적인 데 반해 얼마나 효과적으로 준비하느냐가 합격의 관건이라는 생각이 듭니다. 유독 필기시험은 어렵게 많이 준비해야 체감 난이도가 낮아지는 것은 사실이지만, 한정적인 시간으로 인해 필기시험만 계속 붙잡고 있을 수 없습니다.

그래서 필기시험 준비 기간이 오래 걸리지 않지만, 효과적으로 준비할 수 있도록 쉬운 난이도부터 어려운 난이도의 문항까지, PSAT를 이용하여 NCS 시험에 꼭 나오는 개념을 위주로 구성하여 이 책을 집필하였습니다. 취업을 목표로 하는 지원자들이 혼자 준비하려는 의지만 있다면, 꼭 이 교재만으로도 충분히 합격할 수 있다는 것을 선례로 보일 것이라 확신합니다.

모든 일은 노력도 중요하지만, 운도 많이 작용한다고 생각합니다. 그 중 저는 대인 운이 좋아 교재를 집필할 수 있었던 것 같습니다. 그중 특히 교재를 완성할 수 있게 제 강의를 들으며 저랑 함께 고민해 주신 학생분들을 포함하여, 이 교재를 집필할 수 있도록 저의 손과 발이 되어주셨던 에듀윌 출판개발실에도 감사라는 표현보다 정말 고맙다는 말을 전합니다.

마지막으로 저를 늘 채찍질해 주는 가족 해피와 짱군이에게도 너무 건강해줘서 고맙다는 말을 전합니다.

석민이(윤석민)

에듀윌 NCS 문항개발위원
서강대, 한양대, 동국대, 부산대, 한동대 포함 80개 대학 NCS · 대기업 특강
2020~2021년 부울경 온라인 취업박람회 초청강사

NCS 기출 유형 & 문제 풀이 훈련

PART 1

기출유형 1

응용수리

기출 유형 분석

NCS직업기초능력은 기초모듈과 응용모듈로 구성되어 있다. 그중 응용수리는 기초모듈에 해당하는 것으로 응용모듈 출제 시 기본 바탕이 된다. 일반적인 기초모듈 문제는 필수적인 내용을 암기해야만 풀어 나갈 수 있다. 하지만 응용수리는 관련된 내용을 암기해야 풀 수 있는 것이 아닌 논리적이고 단계적인 수학적 사고를 바탕으로 문제해결을 해야 한다는 것에서 차이가 있다. 즉, 응용수리는 몇 가지 공식을 외우는데 급급하기보다는 문제 전체를 이해하며 풀어 나가야 한다.

세부 유형

세부 유형	발문 내용
거리/속력/시간	• 총 걸리는 시간을 고르면? • 목적지까지의 거리를 고르면? • 섞었을 때의 농도는 몇 %인지 고르면? • 일을 끝내는 데 얼마나 걸리는지 고르면? • 가능한 경우의 수는 몇 가지인지 고르면?
농도	
작업량	
경우의 수/확률	
식 세우기	

기출 유형 접근법

• 방정식과 부등식의 사용법

응용수리는 방정식과 부등식 사용을 필요로 하는 문제가 자주 출제된다. 즉, 방정식과 부등식 사용을 자유자재로 적용할 수 있도록 연습하는 것이 중요하다. 또한, 난이도는 중학교 수학 수준을 크게 상회하지 않으므로 중학교 학습 수준에서 문제 풀이를 통해 방정식과 부등식 사용을 연습하는 것도 도움이 된다.

• 정석대로 푸는 것도 방법

응용수리의 경우 문제에 주어진 전제와 조건을 확인한 후 식을 세우려는 과정에서 길어질 것 같으면 선택지의 내용과 매칭하여 정답 여부를 맞힐 수 있을까를 많이 고민한다. 이때 주어진 시간 동안 답을 구해낼 수 있다면 문제가 되진 않겠지만, 다시 처음 생각한 대로 식을 세워 풀게 되는 경우가 대부분이다. 필기시험 합격을 위해선 정답을 찾아내는 것도 중요하지만, 문제를 풀이하는 시간도 중요하다. 즉, 확률적으로 접근해 본다면 효율적인 시간 사용을 위해 처음에 생각한 방법 그대로 풀이하는 것이 더 나을 수 있다는 것이다.

• 미지수를 이용하는 경우 문제 한 번 더 확인하기

미지수를 이용해서 문제를 해결해 가는 경우 미지수에 해당하는 값이 선택지에 놓였을 때, 대부분은 정답으로 선택하는 경우가 자주 발생한다. 또한, 문제에서의 최종 정답이 미지수에 해당하는 값이 아닌 그 값을 적용해서 풀어야 하는 경우 역시 자주 발생한다. 그 이유는 출제자가 지원자에게 혼란을 주기 위해 미지수에 해당하는 값을 선택지로 배치하기 때문이다. 즉, 출제자의 의도는 지원자가 문제를 풀 때, 기계적인 계산만 하는 것이 아니라 상황 전체를 이해하며 풀어야 한다는 것이다. 그러므로 항상 미지수를 푼 뒤에 문제를 한 번 더 읽어 정답으로 선택해야 하는 것을 유념한다.

유형 핵심 이론

1 거리/속력/시간

거리/속력/시간과의 관계는 다음과 같으며, 해당 유형은 단위를 반드시 확인하며 풀어야 실수를 줄일 수 있다.

- 거리=속력×시간 (단위: km, m)
- 속력=$\frac{\text{거리}}{\text{시간}}$ (단위: km/h, m/m, m/s 등)
- 시간=$\frac{\text{거리}}{\text{속력}}$ [단위: 시간(h), 분(m), 초(s)]

(1) 트랙 유형

이동거리와 시간이 문제를 풀어가는 포인트가 된다.

예) • A, B 두 사람이 함께 같은 출발점에서 같은 방향으로 달려 A가 B를 따라 잡는 경우
→ 이동거리의 차는 한 바퀴, 움직이는 시간은 동일

• A, B 두 사람 중 한 명은 반대편 출발점에서 같은 방향으로 달려 A가 B를 따라 잡는 경우
→ 이동거리의 차는 반 바퀴, 움직이는 시간은 동일

• A, B 두 사람이 같은 출발점에서 반대 방향으로 달려 A와 B가 만나는 경우
→ 이동거리의 합은 한 바퀴, 움직이는 시간은 동일

• A, B 두 사람이 멀리서 마주 보고 달려와서 A와 B가 만나는 경우
→ 이동거리의 합은 A와 B의 거리 차이, 움직이는 시간은 동일

(2) 터널 유형

이동거리가 문제를 풀어가는 포인트가 된다.

예) • 기차가 터널을 완전히 통과하는 경우
→ 기차의 이동거리=터널의 길이+기차의 길이

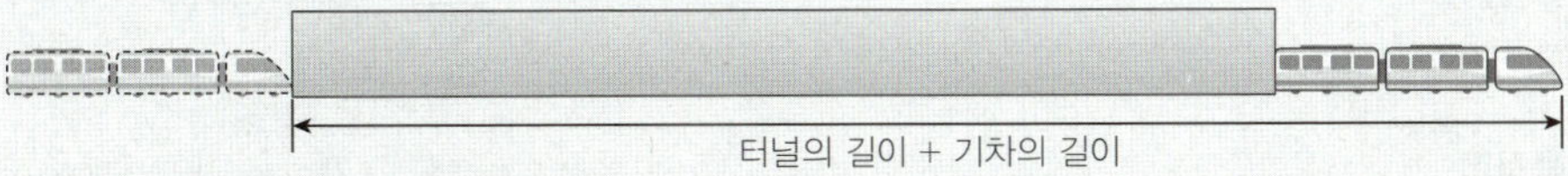

• 기차가 터널을 완전히 통과하지 않는 경우
→ 기차의 이동거리=터널 내 기차의 이동거리
→ 기차의 이동거리=터널의 길이−기차의 길이

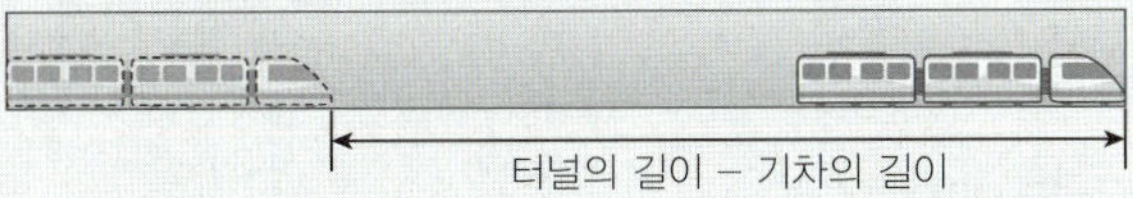

※ 기차 앞부분을 기준으로 이동거리를 고려한다.

(3) 등산로/출장 유형

① 주어진 조건에 따라 시간 또는 속력이 문제를 풀어가는 포인트가 된다.

② 거리/속력/시간을 조건에 맞춰 나열하여 풀어보도록 한다.

> 예) 어떤 사람이 조건에 따라 출장지까지 가는 경우
> → 거리는 일정, 주어진 조건에 따른 속도/시간의 변화

2 소금물의 농도

농도는 용액(소금물)에서 용질(소금)이 차지하고 있는 비중 또는 비율이다. 여기서 용액(소금물)은 용매(물)와 용질(소금)이 섞여있는 액체를 의미한다. 소금물의 양, 농도, 소금의 양을 구하는 공식은 다음과 같다.

- 소금물의 양=소금의 양+물의 양
- 농도(%)=$\frac{\text{소금의 양}}{\text{소금물의 양}}\times 100$
- 소금의 양=소금물의 양×농도÷100

공식을 암기하기보다는 이해하도록 한다.

예를 들어, '소금물 200g, 농도 10%인 소금물'이란 표현은 소금물 200g 중에서 10%인 20g이 소금이라는 것을 의미한다. '소금물 300g, 소금이 60g인 소금물'이란 표현은 소금물 300g 중에서 소금 60g이 차지하는 비율이 20%라는 것을 의미한다. 그리고 '현재 소금 25g과 물 100g인 소금물'이란 표현은 소금물이 총 125g이며 그중 소금이 25g으로 소금물의 농도가 20%이라는 것을 의미한다.

(1) 미지수 세우기

경우	미지수	농도(%) 식 세우기
물 추가	물의 양 x	$\frac{\text{소금}}{\text{소금물}+x}\times 100$
소금 추가	소금의 양 x	$\frac{\text{소금}+x}{\text{소금물}+x}\times 100$
증발	물의 양 감소 x	$\frac{\text{소금}}{\text{소금물}-x}\times 100$
증발+소금 추가	물 x, 소금 y	$\frac{\text{소금}+y}{\text{소금물}-x+y}\times 100$

(2) 반비례 이용하기

소금물과 농도는 반비례한다. 농도(%)=$\frac{\text{소금}}{\text{소금물(소금+물)}}\times 100$이므로, 소금물, 물, 소금의 양을 늘린다면 다음과 같은 다양한 경우를 살펴볼 수 있다.

① 소금물의 양을 2배로 늘리면, 농도는 $\frac{1}{2}$배로 줄어든다.

② 물의 양을 100g 늘리면, 소금물(분모)의 양은 100g이 늘어난다.

③ 소금의 양을 100g 늘리면, 소금(분자)의 양과 소금물(분모)의 양이 모두 늘어난다.

✔ 체크포인트

· 소금물의 양을 2배로 늘리는 방법은 소금이나 물을 첨가하면 된다.
· 소금을 첨가하면 소금(분자)과 소금물(분모)이 모두 늘어난다.
· 물을 첨가하면 소금물(분모)만 늘어난다.
· 물을 첨가하거나 증발시킬 때만 소금물과 농도의 반비례를 이용한다. 소금의 양을 늘리거나 줄일 때는 소금물과 농도의 반비례를 이용할 수 없다.

예) 농도 8%의 소금물 120g을 농도 6%로 만들기 위해 첨가하는 물의 양을 구하면?

→ 물의 양을 늘리거나 줄이므로 반비례를 이용한다. 농도가 $8\%\times\frac{6}{8}=6(\%)$이므로 소금물은 $120g\times\frac{8}{6}=160(g)$이어야 한다.

즉, 첨가하는 물의 양은 40g이다.

(3) 시소의 개념 적용하기(가중평균 이용하기)

① 시소 놀이를 한다고 생각하면 무거운 사람은 앞쪽에, 가벼운 사람은 뒤쪽에 앉아야 시소가 한쪽으로 기울지 않는다. 중심점이 무게중심이 되어 시소는 평형상태가 되기 때문이다. 여기서 가중평균은 산술평균에 가중치를 곱한 값으로 가중평균은 무게에 가중치를 두는 것이다.

② 소금물 A와 소금물 B를 섞으면 각각의 소금물의 양과 농도에 의해 새로운 소금물 C가 만들어진다. 이때, 소금물 A와 소금물 B의 소금물의 양 또는 농도에 가중치를 두어 가중평균을 이용하면 새로운 소금물 C의 농도를 빠르게 구할 수 있다.

✔ 체크포인트

농도 10%인 소금물 200g(A), 농도 20%인 소금물 300g(B)를 섞는다.

소금물 A	평형(소금물 C)	소금물 B
200g	총 소금물 500g 무게의 비는 2 : 3	300g
농도 10%	시소 10%------------------16%----------20% ↑ 시소에서 3 : 2인 지점이 무게중심 (즉, 시소 길이의 비 3 : 2)	농도 20%

• 시소 길이(3)×무게(200g)=시소 길이(2)×무게(300g) (∵ 시소의 길이의 비는 무게의 비에 반비례)
• 시소의 길이 10% 중 3:2인 지점은 16%가 되므로 소금물 C의 농도는 16%이다.

(4) 경쟁률, 합격률, 취업률 등

상대적인 단위인 %는 농도뿐만 아니라 여러 형태로 사용된다.

① 농도(소금물)는 용액(소금물)에서 용질(소금)이 차지하고 있는 비중/비율
② 취업률은 취업 대상자에서 취업자가 차지하고 있는 비중/비율
③ 경쟁률은 전체 지원자에서 선발될 인원이 차지하고 있는 비중/비율
④ 합격률은 전체 지원자에서 합격생이 차지하고 있는 비중/비율

3 작업량(일)

작업량을 풀기 위해서는 전체 일의 양을 1로 잡고 문제를 접근한다. 또한, 작업량 유형을 풀 때 포인트는 일을 하는 데 걸린 시간을 이용하는 것이다. 즉, 시간당 일의 양을 구해 문제를 접근하도록 한다.

- 시간당 일의 양$=\frac{1(\text{전체일의 양})}{\text{걸린 시간}}$
- 전체 일의 양(1)=시간당 일의 양×걸린 시간

예) A수도관을 틀어 물을 완전히 채우는데 4시간 걸린 경우 → 시간당 일의 양: $\frac{1}{4}$

($\because$ 1시간에 $\frac{1}{4}$만큼 일하므로 $\frac{1}{4}$×4시간=1이 된다.)

B수도관을 틀어 물을 완전히 채우는데 6시간 걸린 경우 → 시간당 일의 양: $\frac{1}{6}$

($\because$ 1시간에 $\frac{1}{6}$만큼 일하므로 $\frac{1}{6}$×6시간=1이 된다.)

→ 이때, A수도관과 B수도관을 동시에 틀어 물을 채우는 데 걸리는 시간은 $(\frac{1}{4}+\frac{1}{6})$×걸리는 시간=1, 걸리는 시간=$\frac{12}{5}$시간 =2.4시간=2시간 24분이다.

4 경우의 수와 확률

경우의 수와 확률에서 기본적인 내용들은 이해를 요구한다.

(1) 덧셈법칙

사건 A와 B가 동시에 일어나지 않을 때, 각각의 경우의 수(확률)의 합

A or B=A의 경우의 수(확률)+B의 경우의 수(확률)

예) 주사위의 눈이 1 또는 3이 나올 경우의 수
→ 1이 나올 경우의 수(1가지)+3이 나올 경우의 수(1가지)=2가지

(2) 곱셈법칙

사건 A와 B가 영향을 끼치지 않을 때, 각각의 경우의 수(확률)의 곱

A and B=A의 경우의 수(확률)×B의 경우의 수(확률)

예) 주사위를 2번 던질 때, 첫 번째 홀수가 나오고 두 번째 짝수가 나오는 경우의 수
→ 홀수가 나올 경우의 수(3가지)×짝수가 나올 경우의 수(3가지)=9가지

(3) 확률

모든 경우의 수에 대하여 사건 A가 일어나는 경우의 수에 대한 비율

$$\text{사건 A의 확률} = \frac{\text{사건 A의 경우의 수}}{\text{모든 사건의 경우의 수}}$$

예) 주사위의 눈이 짝수가 나올 확률 → $\frac{\text{짝수가 나올 경우의 수(3가지)}}{\text{모든 경우의 수(6가지)}} = \frac{1}{2}$

(4) 여사건

어떤 시행에서 사건 A가 일어나지 않는 경우의 수

전체 경우의 수−사건 A가 일어나는 경우의 수=1(전체 확률)−사건 A가 일어날 확률

예) 비가 올 확률이 20%일 때, 비가 오지 않을 확률 → 전체 확률(100%)−비가 올 확률(20%)=80%

(5) 순열과 조합

계산을 할 때 사용되는 공식은 이해를 바탕으로 학습한다. 특히, 순열과 조합의 경우 아래의 공식을 외우는 것이 아니라 예시와 같이 계산을 할 수 있으면 충분하다.

① 서로 다른 n명을 일렬로 세우는 경우의 수

$$n \times (n-1) \times (n-2) \times \cdots \times 2 \times 1 = n!$$

예) A, B, C, D 4명을 일렬로 세우는 경우의 수: 4×3×2×1=4!
A, B, C, D 4명 중 A, B를 인접하게 일렬로 세우는 경우의 수: 4!×2

② 순열: 서로 다른 n명 중 r명을 뽑아 일렬로 세우는 경우의 수

$${}_nP_r = n \times (n-1) \times (n-2) \times \cdots \times (n-r+1) = \frac{n!}{(n-r)!}$$

예) A, B, C, D 4명 중 2명을 뽑아 일렬로 세우는 경우의 수: ${}_4P_2=4\times3$
A, B, C, D, E 5명 중 3명을 뽑아 일렬로 세우는 경우의 수: ${}_5P_3=5\times4\times3$

③ 원순열: 서로 다른 n명을 원형으로 배열하는 경우의 수

$$\frac{{}_nP_n}{n} = \frac{n!}{n} = (n-1)!$$

예) A, B, C, D 4명을 원형으로 배열하는 경우의 수: (4−1)!=3!=3×2×1

④ 조합: 서로 다른 n명 중 r명을 뽑는 경우의 수

$$_{n}C_{r}=\frac{n\times(n-1)\times(n-2)\times\cdots\times(n-r+1)}{r!}=\frac{n!}{r(n-r)!}$$

예) A, B, C, D 4명 중 2명을 뽑는 경우의 수: $_{4}C_{2}=\frac{4\times3}{2\times1}$

A, B, C, D, E 5명 중 3명을 뽑는 경우의 수: $_{5}C_{3}=\frac{5\times4\times3}{3\times2\times1}$

5 식 세우기

미지수를 이용하여 방정식 또는 부등식을 세워 문제를 해결한다.

(1) 규칙/주기(최소공배수)

규칙이나 주기를 이용하는 문제는 최소공배수를 이용하여 개념을 확장한다.

예) A는 3일마다 한 번, B는 4일마다 한 번 출근하고, A와 B가 5월 1일에 함께 출근한다.
→ A는 5월 1일, 5일, 9일에 출근하므로 4일 주기로 출근한다.
→ B는 5월 1일, 6일, 11일에 출근하므로 5일 주기로 출근한다.
→ A와 B의 공통 주기는 4와 5의 최소공배수인 20일마다 함께 출근한다.
→ A와 B는 5월 1일, 21일, 6월 10일, 30일에 함께 출근한다.

(2) 비(배수)

비가 나올 때는 배수를 이용한다.

예) 공장에서 납품해야 할 상품 A와 상품 B의 개수 비가 3 : 4이다.
→ 공장에서 납품해야 할 전체 상품의 개수는 7의 배수이다.
→ 공장에서 납품해야 할 상품 A의 개수는 3의 배수, 상품 B의 개수는 4의 배수이다.

(3) 요일

일주일은 7일, 1년은 365일이고, 윤년이라면 1년은 366일이다.
기준 날짜와 구하고자 하는 날짜의 차이를 7로 나누었을 때 나머지만큼 요일이 밀린다.

예) 2020년 1월 1일이 수요일이면, 2021년 1월 1일은 금요일이다.
→ 일주일은 7일이고, 1년이 366일이다(2020년은 윤년이므로).
→ 366÷7=52… 나머지(2)이므로, 나머지 2에 의해 2021년 1월 1일은 금요일이다.

(4) 가격 계산

• 정가=원가+이익(마진)

• 이익률(%)=$\frac{\text{이익(마진)}}{\text{정가}}\times100$

• 단리이자 vs 복리이자

원금 10만 원, 월이율 10%	단리 (원금에 대한 이율)	복리 (원금+이자에 대한 이율)
1달 후 이자	10만 원×10%=1(만 원)	10만 원×10%=1(만 원)
2달 후 이자	10만 원×10%=1(만 원)	11만 원×10%=1.1(만 원)
3달 후 이자	10만 원×10%=1(만 원)	12.1만 원×10%=1.21(만 원)

• 예금이자 vs 적금이자

연이율 10%	1년 정기 예금(원금 120만 원)	1년 정기 적금(원금 120만 원)
	전체 원금을 납입한 후 1년 뒤 만기	매월 원금을 납입
1개월	원금 120만 원	10만 원×10%×$\frac{12}{12}$
2개월		10만 원×10%×$\frac{11}{12}$
⋮		⋮
11개월		10만 원×10%×$\frac{2}{12}$
12개월		10만 원×10%×$\frac{1}{12}$
총 이자	120만 원×10%=120, 000원	10만 원×10%×($\frac{12}{12}$+⋯+$\frac{1}{12}$)=65,000원

대표 기출 문항

기출 난이도 상 중 하 2022년 하반기 코레일 한국철도공사

○○사의 영업팀은 워크숍 준비를 위해 TF팀 4명을 선발한 후 2개 조로 나눌 예정이다. 다음 〈조건〉과 같이 2개 조를 선발한다고 할 때, 가능한 모든 경우의 수를 고르면?

〈조건〉

- 영업팀은 총 8명이다.
- 현재 영업팀의 남자 1명을 여자 1명으로 교체 시 성비가 동일해진다.
- 선발되는 4명에는 남자 팀원과 여자 팀원이 모두 포함된다.
- 각 조는 2명으로 구성된다.

✓① 195가지 ② 225가지 ③ 250가지
④ 300가지 ⑤ 450가지

문제 풀이 전략

먼저 TF팀 4명을 선발할 때 경우의 수를 나누기와 4명을 선발한 후 다시 2개 조로 나누는 것 총 2가지의 경우로 크게 분리해서 생각해야 한다. 또한, 문제를 해결하기 위해서는 조합에 대한 간단한 개념과 계산을 할 수 있다면 어렵지 않게 풀어낼 수 있다.

각 조건에 맞추어 나열하면 다음과 같다.

- 현재 8명 중 영업팀의 남자 1명을 여자 1명으로 교체 시 성비가 동일해지려면
  → 현재 남자 팀원은 5명, 여자 팀원은 3명
  (∵ 남자 1명이 여자 1명으로 교체 후 남자가 4명, 여자가 4명으로 성비가 동일)

- 선발되는 4명에는 남자 팀원과 여자 팀원이 모두 포함되어야 하므로(남자 팀원, 여자 팀원)이 가능한 경우는
  → (남자 3명, 여자 1명), (남자 2명, 여자 2명), (남자 1명, 여자 3명)
  (남자 3명, 여자 1명) → ${}_5C_3 \times {}_3C_1=30$(가지)
  (남자 2명, 여자 2명) → ${}_5C_2 \times {}_3C_2=30$(가지)
  (남자 1명, 여자 3명) → ${}_5C_1 \times {}_3C_3=5$(가지)
  따라서 가능한 경우의 수는 $30+30+5=65$(가지)이다.

그리고 2개 조는 2명으로 구성되므로, 선발한 4명을 2개 조로 나누어야 한다.
선발한 4명이 A, B, C, D라고 하면, 가능한 경우의 수는
(A, B) / (C, D)
(A, C) / (B, D)
(A, D) / (B, C)
로 3가지 경우만 존재한다.

따라서 영업팀 중 4명을 선발하여 2개 조로 나누는 경우의 수는 $65 \times 3=195$(가지)이다.
(∵ 곱셈법칙)

난이도 상 중 하 2022년 코레일 한국철도공사

01 김 대리는 오전 11시에 출발하여 거래처 A, B, C를 차례로 방문할 예정이다. 거래처 방문 〈조건〉이 아래와 같을 때, 거래처 B에서 C까지 가는 평균 시속을 구하면?

〈조건〉

- 회사에서 거래처 A, B, C를 차례로 방문하며 총 이동 거리는 181km이다.
- 평균 시속 96km로 회사에서 거래처 A까지는 40분이 걸렸다.
- 평균 시속 72km로 거래처 A에서 B까지는 54km를 달렸다.
- 거래처 C에 도착하니 오후 4시가 되었다.
- 각 거래처에서 1시간 동안 미팅을 하며, 이동 및 미팅시간을 제외하고 점심시간 1시간이 주어진다.

① 105km/h ② 108km/h ③ 109km/h
④ 110km/h ⑤ 112km/h

난이도 상 중 하 2022년 코레일 한국철도공사

02 다음 〈결과〉는 G사에서 실시했던 체육대회에 대한 내용이다. B팀이 긴 코스를 돌아오는 데 적어도 얼마의 시간을 필요로 하는지 고르면?(단, 초 단위는 무시한다.)

〈결과〉

- A팀이 12m를 가는 시간 동안 B팀은 21m를 갈 수 있다.
- B팀이 긴 코스를 돌아오는 데 걸린 시간은 A팀이 짧은 코스를 돌아오는 데 걸린 시간보다 18분 적게 걸렸다.

① 20분 ② 22분 ③ 25분
④ 28분 ⑤ 30분

난이도 상 중 하

2020년 부산항만공사

03 다음 〈자료〉는 2020년과 2021년 취업대상자에 대한 일부 내용이다. 이때, 2020~2021년 2년간의 전체 취업률을 구하면?(단, 취업률은 취업대상자 중 취업자가 차지하는 비율이다.)

〈자료〉

- 2020년 취업대상자는 15,000명이다.
- 2021년 취업대상자는 전년 대비 40% 증가하였다.
- 2021년 취업률은 전년 대비 12%p 감소하였고, 이에 따른 취업자 수는 15,120명이다.

① 76% ② 77% ③ 78%
④ 79% ⑤ 80%

난이도 상 중 하

2022년 코레일 한국철도공사

04 다음 〈정보〉는 K기업 외부 면접관들에게 제공되는 음료 제공 매뉴얼에 관한 내용이다. 이때, 세 명의 외부 면접관에게 원두커피를 나누어 줄 수 있는 방법은 총 몇 가지인지 고르면?

〈정보〉

- 원두가루 18g이 녹아 있는 물 150g에 물을 섞어 원두커피 3잔을 만들 수 있다.
- 현재 물 400g에 원두가루 58g이 녹아 있으며, 물은 충분히 제공된다.
- 각각의 면접관에게 적어도 2잔의 커피는 제공되어야 한다.

① 10가지 ② 16가지 ③ 17가지
④ 19가지 ⑤ 20가지

난이도 상 중 하 | 2022년 코레일 한국철도공사

05 다음 〈정보〉는 A공장에서 생산된 상품에 관한 내용이다. A공장에서 생산된 상품은 먼저 백화점과 상설매장으로만 납품되고, 백화점과 상설매장으로 납품된 상품 중 일부 상품은 다음 시즌에 아울렛으로 납품된다. 이때, 상설매장으로 납품된 상품 중 아울렛으로 납품되지 않은 상품의 비율을 고르면?(단, A공장에서 생산된 모든 상품은 불량률이 0%이다.)

〈정보〉

- 생산된 전체 상품 중 상설매장으로 납품되는 상품은 20%이다.
- 백화점으로 납품된 상품 중 20%는 아울렛으로 납품된다.
- A공장에서 생산된 상품 중 아울렛으로 납품되는 상품은 총생산량의 22%이다.

① 6%　② 14%　③ 32%
④ 64%　⑤ 70%

난이도 상 중 하 | 2020년 한국시설안전공단

06 다음 〈상황〉은 팀별 작업시간과 인원을 정리한 내용이다. 이번 프로젝트는 A팀과 B팀이 함께 작업할 예정이고, B팀의 인원을 더 늘려 총 24시간 이내로 작업을 완성하려고 한다. 이때, B팀의 인원은 적어도 몇 명이 더 필요한지 고르면?

〈상황〉

- A팀 혼자 프로젝트를 완성하는 데 80시간 걸리고, A팀은 6명의 인원으로 구성되어 있다.
- B팀 혼자 프로젝트를 완성하는 데 90시간 걸리고, B팀은 4명의 인원으로 구성되어 있다.

① 6명　② 7명　③ 10명
④ 11명　⑤ 12명

난이도 상 중 하

2022년 코레일 한국철도공사

07 다음 〈조건〉은 공장에서 사용하는 포장기계의 가동 및 점검시간에 관한 내용이다. 각각의 기계는 가동되지 않는 시간에 안전 점검을 실시한다. 이때, B기계의 안전 점검 시간으로 옳은 것을 고르면?

〈조건〉

- A기계, B기계, C기계 총 3대의 기계가 동시에 가동된다.
- A기계, B기계, C기계는 각각 시간당 150개, 160개, 180개의 상품을 포장한다.
- 100시간 동안 각 기계의 최대 총포장량은 모두 동일하며, 각 기계는 한 번의 안전 점검을 실시해야 한다.

① 4시간 ② 8시간 ③ 10시간
④ 15시간 ⑤ 20시간

난이도 상 중 하

2022년 부산교통공사

08 다음 〈조건〉은 영업팀의 성과급 지급에 대한 내용이다. A사원이 입사한 첫 해와 그 다음 해의 판매량은 같았고, 그 다음 해에 받은 성과급 총액은 630만 원이었다. 이때, A사원의 기본급은 얼마인지 고르면?

〈조건〉

- 성과급은 매년 동일한 기본급의 80%에 해당하는 기본 성과급과 성과에 따른 추가 성과급으로 구성된다.
- 입사한 첫 해의 추가 성과급은 그 해 판매량의 20%에 대해서 수익의 50%를 추가로 지급한다.
- 그 다음 해부터 추가 성과급은 그 해 판매량의 30%에 대해서 수익의 40%를 추가로 지급한다.
- 첫 해의 성과급은 다음 해의 성과급보다 10% 낮았다.
- 개당 판매가격은 2만 원이고, 수익은 25%에 해당한다.

① 2,400,000원 ② 2,520,000원 ③ 3,000,000원
④ 3,150,000원 ⑤ 3,200,000원

09 다음은 혁신도시 건설을 위해 도로 양쪽에 나무를 심으려고 한다. 각 도로에 〈보기〉와 같이 시작점으로부터 50m 떨어진 곳에 나무를 한 그루 심고, 그 이후로 80m마다 나무를 한 그루씩 심을 예정이다. 도로의 총길이가 몇 km일 때, 심은 나무가 총 82그루가 되는지 고르면?

〈보기〉

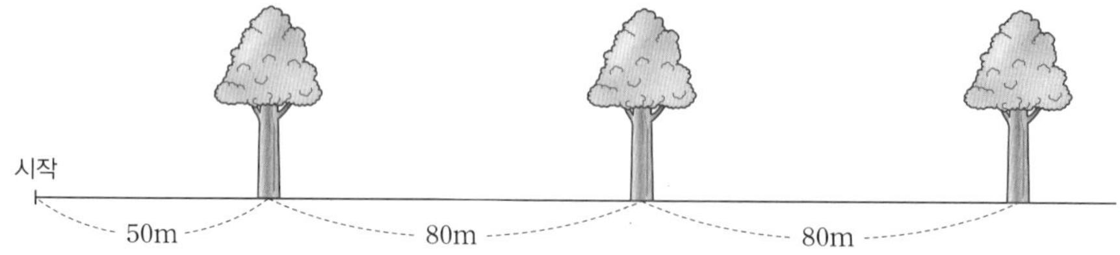

① 3.25km ② 3.33km ③ 6.48km
④ 6.53km ⑤ 6.61km

10 다음 〈정보〉는 A~C국가의 필수 소비재 품목 1개당 가격과 A~C국가의 동일 금액에 대한 화폐 가격 비를 정리한 내용이다. 현재 A~C국가의 소비재 품목 1개당 가격의 평균을 달러로 환산하면 $200이다. A국의 화폐 a를 달러로 환산했을 때, 몇 $인지 구하면?(단, A국의 화폐 단위는 a, B국의 화폐 단위는 b, C국의 화폐 단위는 c이다.)

〈정보〉

- 국가별 필수 소비재 품목 1개당 가격은 A국은 9a, B국은 12b, C국은 3c이다
- 국가별 화폐 가격의 비는 A국 : B국 : C국=7 : 11 : 15이다.

① \$2.5 ② \$5.0 ③ \$12.0
④ \$17.5 ⑤ \$35.0

정답과 해설 P.2

기출유형 2

자료이해

기출 유형 분석

• 자료해석 출제의 목적은 직장 내 업무수행함에 있어 그래프, 표 등 통계자료의 의미를 파악하고, 필요한 정보를 해석하여 자료의 특성을 규명하는 능력을 갖게 하는 것이다. 그러므로 통계자료를 먼저 제시한 후 자료 비교, 추세선 파악, 자료 계산 등을 통해 선택지의 내용을 분석하게 한다.

• 자료해석에서 일반적으로 출제되는 유형은 주어진 시간 동안 처음 보는 자료를 비교 및 분석하여 질문에 빠르고 정확하게 대답할 수 있냐는 것이다. 그러므로 질문에 대해 자신의 주관성은 배제하고, 주어진 자료를 바탕으로 참인지 거짓인지 빠르게 구분하는 연습을 해야 한다.

• 자료이해 유형은 자료를 분석하거나 비교할 때 특히 시간에 대한 심리적인 압박이 생기므로 선택지를 읽을 때 가능한 한 빨리 출제자의 의도를 파악한다면 보다 빠르게 문제해결이 가능하다. 즉, 시험에 응시하기 전 다양한 문항을 많이 풀어 보는 것도 중요하지만 출제자가 자주 출제하는 포인트를 파악하려는 학습도 꼭 필요하다.

세부 유형

<table>
<tr><th>세부 유형</th><th>발문 내용</th></tr>
<tr><td>최선응답형</td><td rowspan="2">• 이에 대한 설명으로 옳은 것을 고르면?
• 이에 대한 설명으로 옳지 않은 것을 고르면?
• 주어진 자료에 대하여 적절한 것을 고르면?
• 주어진 자료에 대하여 적절하지 않은 것을 고르면?
• 〈보기〉에 대한 설명 중 옳은 것을 모두 고르면?
• 주어진 〈보기〉에 대한 설명으로 옳지 않은 것을 모두 고르면?</td></tr>
<tr><td>합답형</td></tr>
</table>

기출 유형 접근법

• 옳은 것 혹은 옳지 않은 것만을 선택하되 최선의 답을 선택하기

최선응답형은 5지선다형 혹은 4지선다형으로 출제되는데, 옳은 것만, 옳지 않은 것만 가려내려다 특히 시간이 많이 지체되어 버릴 수 있다는 것을 조심해야 한다. 예를 들어 '이에 대한 설명으로 적절한 것을 고르시오.'로 출제되었을 때, 보기 중 확실히 옳은 것이 있다면 문제가 없다. 하지만 지원자가 판단하기에 옳을 수도 있고, 옳지 않을 수도 있는 애매한 보기가 존재할 때가 있다. 이때, 확실히 옳은 보기를 찾을 수 없다면 애매한 보기를 선택하는 것이 최선일 수 있다. 즉, 최선응답형의 경우 지원자가 문제를 풀어가는 데 있어 최선의 답을 선택해야 하는 상황에 놓일 때도 있다는 것을 알아두도록 한다.

• 합답형은 선택지의 소거법을 이용하기

합답형은 선택지의 조합을 통해 정답을 선택하게 되어 있다. 문제의 요구에 따라 선택지를 조합하여 필요하지 않은 선택지를 소거하는 것이 합리적이다.

예를 들면, 다음과 같다.

〈보기〉의 설명 중 옳은 것만을 모두 고르시오.			
〈보기〉 ㉠ ~~~~~~~~~~~ ㉡ ~~~~~~~~~~~ ㉢ ~~~~~~~~~~~ ㉣ ~~~~~~~~~~~			
① ㉠, ㉡	② ㉠, ㉢	③ ㉡, ㉢	④ ㉢, ㉣

만약 ㉠ 이 옳은 것이라면 ③과 ④는 ㉠이 포함되어 있지 않으므로 정답은 ① 또는 ②다. 즉, ㉡과 ㉢ 중 옳은 것만 가려내면 정답을 빠르게 선택할 수 있다.

• 보기 순서를 바꿔 풀어보기

회사의 채용시험은 교육과정평가원에서 실시하는 수학능력시험처럼 선택지의 정답 비율을 동일하게 꼭 맞춰야 하는 것은 아니다. 또한, 출제자들이 일반적으로 문제를 출제(최선응답형)하는 경우, 특히 자료해석 문제 중 자료이해 문제는 〈보기〉 앞 번호(보기 ①~②)에 정답을 넣었다가 지원자가 정답을 선택하는 즉시 다음 문제로 바로 넘어가는 것이 염려되어 〈보기〉 뒷 번호(보기 ③~⑤)에 정답을 넣는 경우가 확률적으로 더 많다.

• 자료 비교 속도 > 자료 계산 속도

자료해석 문제는 일반적으로 자료비교 관련 보기와 자료계산 관련 보기가 섞여 출제된다. 문제풀기 전 보기를 간단하게 스캐닝해보면 자료비교에 관한 것인지 자료계산에 관한 것인지를 확인할 수 있다. 이때 다수의 지원자가 자료비교 문제를 먼저 풀긴 하지만, 이 역시 출제자의 의도를 가늠해보면 아무래도 지원자가 문제를 너무 빨리 푸는 것들을 염려하여 자료계산 관련 보기에 정답을 정하는 경우가 많다. 그러니 자료계산에 숙달되어 있는 지원자가 아니라면 자료비교와 관련된 보기를 먼저 푸는 것을 추천한다.

유형 핵심 이론

1 자료가 나타내는 특성 간단하게 확인하기

주어진 자료의 제목과 가로/세로 축, 자료 단위, 각주 등을 먼저 확인한다. 자료해석은 출제자가 자료(표/그래프)를 선택하는 순간부터 문제로 출제할 수 있다. 즉, 자료의 제목부터 자료의 수치, 가로/세로 축, 단위까지 모두 이용하여 보기 문제를 만들어 낼 수 있다. 이때 자료를 꼼꼼히 보는 것은 좋지만, 시간이 너무 오래 걸리면 다른 문제를 풀 수 있는 시간이 부족하므로 아래의 예시 상황을 꼭 기억하도록 한다. 즉, 자료를 빠르고 정확하게 파악할 때에는 자료의 모든 내용을 꼼꼼하게 확인하는 것이 아니라 자료가 나타내는 특성을 간단하게 확인하는 것이다.

지금부터 출제되는 예제는 참/거짓을 판별하거나 지시 사항에 따른다.

예)

〈표〉 B국가 이민자 수

(단위: 만 명)

구분	2016년	2018년	2020년	2022년	2024년
이민자 수	3,450	3,652	4,202	4,764	5,129

① 2016년부터 2024년까지 이민자 수는 증가할 것으로 예상된다.

② 2016년 이후 이민자 수는 매년 증가했다.

해설 1

이민자 수가 2016년부터 2024년까지 증가한다고 정확히 말할 순 없지만, 현재 상황에서 자료의 추이로 봤을 땐 증가할 것으로 예상할 수 있다. (참)

해설 2

자료의 추이로 보았을 땐 ①과 같이 2024년까지 증가할 것으로 예상 가능하지만, 자료는 2년 주기이고 자료에 주어져 있지 않은 2017년, 2019년 등의 이민자 수는 증감 여부를 알 수 없기 때문에 매년 증가한다고 판단할 수 없다. (거짓)

체크포인트

자료의 가로/세로 축을 이용하여 출제된 문제이다. 자료의 가로/세로 축 역시 간과해서는 안되므로, 가로/세로 축 역시 명확하게 확인하는 습관을 기르도록 한다.

2 퍼센트(%) vs 퍼센트 포인트(%p)

퍼센트(%)는 백분율이라고 하며, 비율을 나타내기 위한 단위로 100을 곱한 값으로 사용한다.
퍼센트(%)는 기준값에 따라 결괏값이 달라지는 상대적인 단위이다. 만약, 가격이 100만 원인 물건과 1만 원인 물건이 각각 10% 할인한다면, 그 값은 10만 원과 1천 원으로 동일한 비율(10%)이라 할지라도 기준값에 따라 결과는 달라지게 된다.
퍼센트 포인트(%p)는 백분율 간의 산술적 차이를 증감으로 나타낼 때 사용하는 절대적인 증감 단위이다. 특히, 금리 관련 기사, 선거개표방송, 신문 등에서 자주 접하게 되는 단위이다.

예) 〈표〉 A상품 사용건수 및 사용률 증감 추이(전년 동월 대비)

(단위: 건, %p)

구분	'19.01	'19.02	'19.03	'19.04	'19.05
사용건수 증감	148	145	140	143	150
사용률 증감	0.8	−0.5	−1.5	0.8	1.2

① A상품의 사용건수는 '19년 1~5월 중 3월에 가장 낮다.
② '19년 3월 A상품의 사용률은 '18년 3월에 비해 1.5% 더 낮다.

해설 1

주어진 자료의 사용건수 및 사용률 증감은 전년 동월과 비교한 자료이다. 즉, '19년 3월에 나와 있는 자료는 '18년 3월과 비교한 자료인 것으로, 주어진 '19년 1~5월 동안의 비교는 할 수 없다는 것을 의미한다. '18년 1~5월의 자료가 주어져야 자료끼리 비교할 수 있다. (거짓)

해설 2

%와 %p는 다르다. '19년 3월 사용률은 '18년 3월에 비해 1.5%p 감소한 것이지 1.5%가 감소한 것이 아니다. (거짓)

체크포인트

자료의 제목과 단위를 이용하여 출제한 문제이다. 자료의 제목과 단위를 정확하게 확인해야 한다는 점을 반드시 기억하도록 한다.

3 이전 대비 증감량과 증감률

자료해석에서 항상 출제될 수밖에 없는 개념이다. 자료해석을 하는 이유는 현재 주어진 자료를 기반으로 다음 상황을 예측하여 보완하거나 대응하기 위함이다. 그러므로 아래 개념은 이해를 바탕으로 반드시 숙지해야 한다.

- 이전 대비 증감량=주어진 값−이전의 값
- 이전 대비 증감률(%)= $\frac{\text{주어진 값}-\text{이전의 값}}{\text{이전의 값}}$
- 주어진 값>이전의 값 ⇔ 이전 대비 증감량(양의 값) ⇔ 이전 대비 증가량(증가율)
- 주어진 값<이전의 값 ⇔ 이전 대비 증감량(음의 값) ⇔ 이전 대비 감소량(감소율)

예)

〈표〉 C사 매출액과 이익률

(단위: 억 원, %)

구분	2017년	2018년	2019년	2020년	2021년
매출액	4,000	4,430	4,670	4,880	5,200
이익률	10	15	13	14	12

① 2020년 매출액은 2017년과 비교해서 22% 증가했다.

② 2019년 이익률은 전년 대비 2% 감소했다.

③ 2021년 이익률은 2017년 대비 20% 증가했다.

해설 1

2020년 4,880억 원이고 2017년 4,000억 원이므로 이전 대비 증가량은 880억 원이다. 이때, 증가율은 $\frac{880\text{억 원}}{4{,}000\text{억 원}}\times100=$ 22(%)이다. (참)

해설 2

2019년 13%이고, 2018년 15%이므로 전년 대비 증감량은 −2%p(=13%−15%)이므로 감소량은 2%p이다. 비율의 절대적인 증감을 나타낼 땐 %p라는 단위를 이용해야 하고, 현재의 %p는 비율의 증감량을 나타내는 단위로 사용된다. (거짓)

해설 3

2021년 12%이고, 2017년 10%이므로 이전 대비 증가량은 2%p이다. 이때, 증가율은 $\frac{2}{10}\times100=20(\%)$이다.(참)

✓ 체크포인트

이전 대비 증감량과 증감률을 구하는 문제이다. 선택지에서 증감량 또는 증감률이라는 용어가 나오지 않아도 단위를 이용하여 의미하는 것이 증감량인지 증감률인지를 해석할 수 있어야 한다.

4 증감률 이해하기(%)

증감률은 해당 항목이 증가/감소하는 속도를 의미한다. 증감률의 부호가 (+)인 경우 증가율, 부호가 (−)인 경우 감소율을 의미한다.

증감률의 부호가 (+)일 때, 절댓값이 크다면 해당 항목이 빠르게 증가하고 있는 것이고, 절댓값이 작다면 해당 항목이 느리게 증가하고 있다는 것을 의미한다.

마찬가지로 증감률의 부호가 (−)일 때, 절댓값이 크다면 해당 항목이 빠르게 감소하는 것이고, 절댓값이 작다면 해당 항목이 느리게 감소하고 있다는 것을 의미한다.

예)

〈그래프〉 ○○반도체 국가별 전분기 대비 매출액 성장률(%)

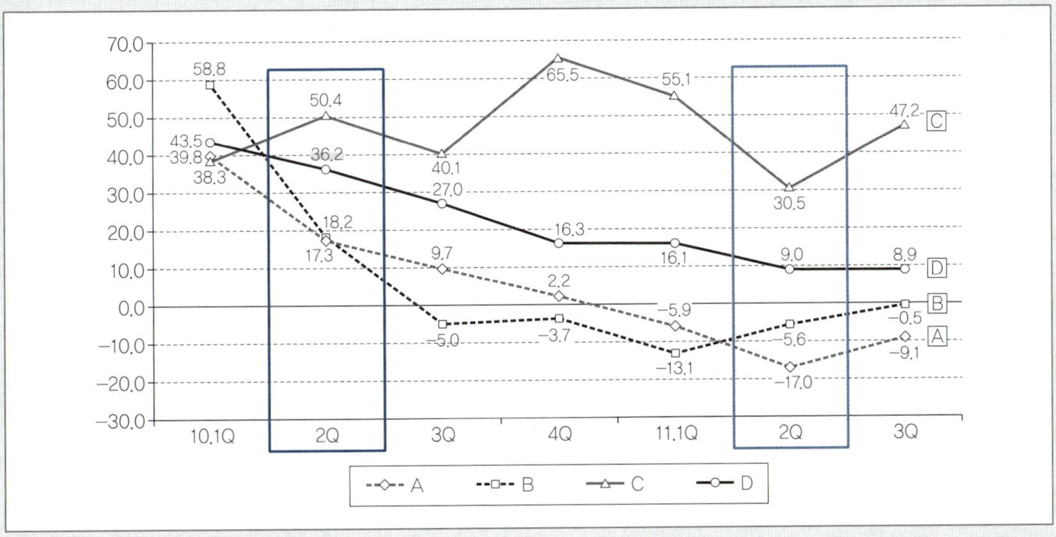

※ 일본(A), 중국(B), 한국(C), 미국(D)

① '10년도 미국의 반도체 매출액은 감소했다.

② '11.2Q의 전년 동분기 대비 매출액은 중국이 가장 많이 감소했다.

해설 1

매출액 성장률은 0%를 기준으로 양의 값이면 성장률(증가율)을 의미하고, 음의 값이면 하락률(감소율)이 된다. 즉, 성장률이 양의 값이면 하락하지 않고 성장한다는 것이다. 미국의 경우 10년도 성장률이 전분기에 비해 지속해서 하락했지만, 음의 값이 아닌 양의 값이므로 지속해서 성장한 것으로 해석할 수 있다. (거짓)

해설 2

'11.2Q의 매출액을 정확히 알 순 없지만, '10.2Q 비해 일본은 9.7%, 2.2% 성장 후 5.9%, 17% 하락했기에 '10.2Q 대비 하락한 것을 예측할 수 있다. 중국 역시 '10.2Q 에 비해 5%, 3.7%, 13.1%, 5.6%로 하락했기에 '10.2Q 대비 하락한 것을 예측할 수 있다. 하지만 하락률이 크다고 해서 하락하는 절대적인 값(감소량)이 무조건 크다고 할 수 없다. (거짓)

✓ 체크포인트

증감률은 항상 0%를 기준, 양의 값(+)이냐 음의 값(−)이냐로 성장률(+), 하락률(−)을 결정한다.

5 비중 이해하기(%)

비중은 전체 항목에서 해당 항목이 차지하는 위치를 나타내기 위해 사용된다. 이때, 전체 항목이 나와 있거나 해당 항목 둘 중 한 가지만 나와 있어도 비중을 이용하여 그 값을 구할 수 있다.

또한, 비중은 상대적인 단위인 %를 사용하고 있으므로 기준값에 따라 그 값이 달라질 수 있다는 것을 꼭 기억한다.

예)

〈그래프〉 소득(B)과 경영비(A)의 비중 추이

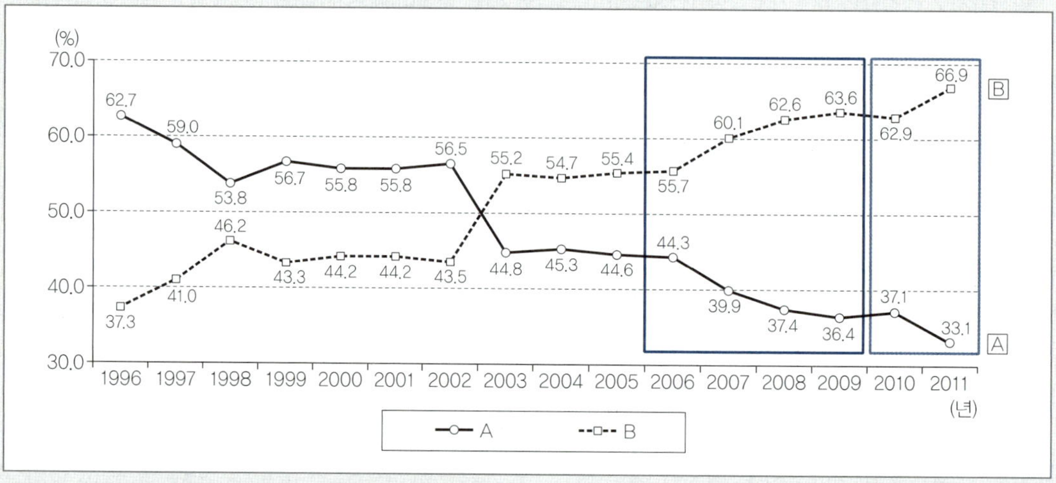

① 2006~2009년 동안 소득은 지속해서 증가한 추세를 보인다.

② 2011년에는 전년 대비 감소한 경영비보다 증가한 소득이 더 크다.

해설 1

소득(B)의 비중이 증가하는 이유는 2가지이다. 첫 번째, 소득(B)이 경영비(A)보다 더 많은 비중으로 증가하는 경우이고, 두 번째, 경영비(A)가 소득(B)보다 더 많은 비중으로 감소하는 경우이다. 즉, 주어진 기간 동안 무조건 소득이 지속해서 증가하는 추세를 보인다고 얘기할 수 없다. (거짓)

해설 2

경영비(A)의 비중이 감소했다고 해서 경영비가 무조건 감소했다고 확정할 수 없고, 소득(B) 비중이 증가했다고 해서 소득이 무조건 증가했다고 확정할 수 없다. 즉, 감소한 경영비와 증가한 소득이라는 표현부터 잘못되었다. (거짓)

☑ 체크포인트

비중을 나타내는 단위는 %(상대적인 단위)이므로 기준값(전체값 또는 항목에 대한 값)이 주어져야 절대적인 비교가 가능하다.

대표 기출 문항

기출 난이도 상 중 하 2022년 하반기 코레일 한국철도공사

다음 〈그래프〉는 2018년과 2020년 농업인을 대상으로 한 농업 관련 설문조사에 대한 자료이다. 이에 대한 설명으로 옳은 것을 고르면?

〈그래프1〉 현재 농업 · 농촌의 중요한 역할 (단위: %)

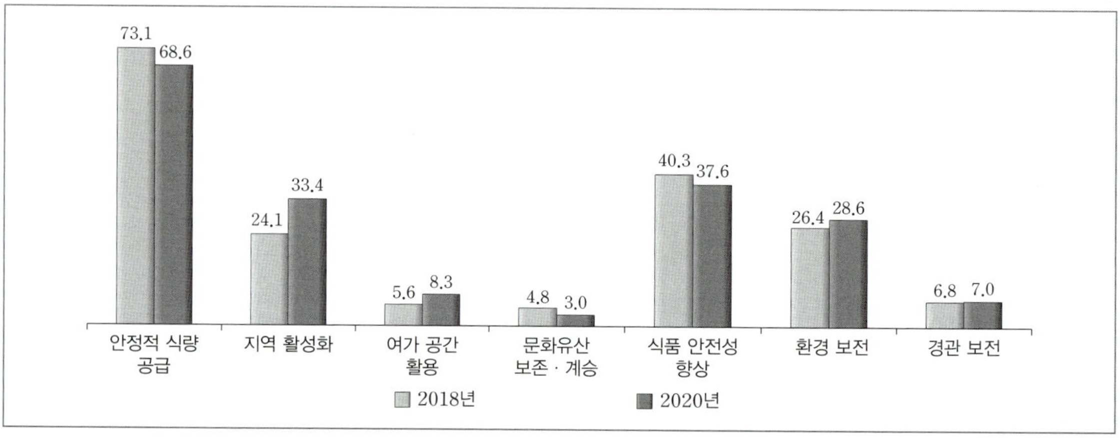

〈그래프2〉 미래 농업 · 농촌의 중요한 역할 (단위: %)

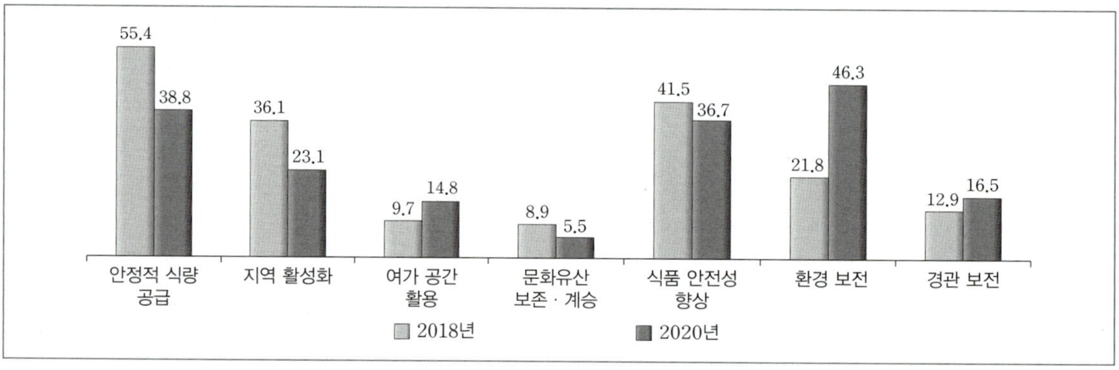

※ 무응답과 '모름', '기타'는 없으며, 최대 2개까지 중복 응답 가능.

① 2020년 '현재 농업 · 농촌의 중요한 역할'과 '미래 농업 · 농촌의 중요한 역할'의 응답률이 높은 순으로 나열하면 하위 1~3순위는 동일하게 나열된다.

② 농업인 응답자 중 '현재 농업 · 농촌의 중요한 역할'에 대한 설문조사에 중복으로 응답한 비율은 2020년이 2018년보다 5.4% 높다.

③ '미래 농업 농촌의 중요한 역할'로 환경 보전을 응답한 사람 수는 2020년이 2018년보다 1.5배 이상 많다.

④ 2020년 경관 보전에 응답한 사람 중 '미래 농업 · 농촌의 중요한 역할'에 응답한 사람 수는 '현재 농업 · 농촌의 중요한 역할'에 응답한 사람 수보다 2배 이상 많다.

⑤ '미래 농업 · 농촌의 중요한 역할' 설문조사에서 2018년 대비 2020년에 응답률이 감소한 항목 중 '현재 농업 · 농촌의 중요한 역할' 설문조사에서 증가한 항목은 2개이다.

문제 풀이 전략

1. 옳은 것인지 옳지 않은 것인지 확인하기
2. 출제된 자료 개수 확인하기
   - 자료 1개: 자료 제목, 가로/세로 축, 자료 단위 꼼꼼하게 확인하기
   - 자료 2개 이상: 자료의 연결성 유무 확인하기
3. 자료의 단위 확인하기
   - 상대적인 단위(%)
   - 단위의 크기(명/만 명, 원/천 원 등)
4. 선택지 내용 간단하게 확인하기
   - 자료 비교
   - 자료 계산

정답풀이

④ 출제의도: 절대적인 값 비교하기

2020년 경관 보전에 응답한 사람 중 '미래 농업 · 농촌의 중요한 역할'에 응답한 비율(16.5%)은 '현재 농업 · 농촌의 중요한 역할'에 응답한 비율(7.0%)보다 2배 이상 많다. 또한, 2020년 농업인 설문조사 대상은 동일하므로, '미래 농업 · 농촌의 중요한 역할'에 응답한 사람 수는'현재 농업 농촌의 중요한 역할'에 응답한 사람 수보다 2배 이상 많다.

오답풀이

① 출제의도: 자료의 추이 읽기

2020년 '현재 농업 농촌의 중요한 역할'과 '미래 농업 농촌의 중요한 역할'의 응답률이 높은 순으로 나열하면 하위 1~3순위는 다음과 같다.

'현재 농업 농촌의 중요한 역할'의 응답률 하위 1~3순위

→ 문화유산 보존 계승(3.0%) – 경관 보전(7.0%) – 여가 공간 활용(8.3%)

'미래 농업 농촌의 중요한 역할'의 응답률 하위 1~3순위

→ 문화유산 보존 계승(5.5%) – 여가 공간 활용(14.8%) – 경관 보전(16.5%)

그러므로 하위 1 3순위에 들어가는 항목은 같으나 나열 시 동일하지 않다.

② 출제의도: % 와 %p 차이 구분하기

2018년'현재 농업 농촌의 중요한 역할'에 대한 설문조사 응답률 합계(%)는 아래와 같다.

연도	안정적 식량 공급	지역 활성화	여가 공간 활용	문화 유산 보존 · 계승	식품 안정성 향상	환경 보전	경관 보전	합계
2018년	73.1	24.1	5.6	4.8	40.3	26.4	6.8	181.1
2020년	68.6	33.4	8.3	3	37.6	28.6	7	186.5

단일 응답으로만 진행시 응답률 합이 100%가 되어야 하므로, 복수 응답의 경우 전체 응답률에서 100%를 뺀 나머지가 된다. 그러므로 2018년의 복수응답률은 81.1%, 2020년 복수응답률은 86.5%이고 2020년(86.5%)−2018년(81.1%)=5.4%p 이므로, 5.4%가 아니라 5.4%p 더 높다.

③ 출제의도: 상대적인 값 비교하기

'미래 농업 농촌의 중요한 역할'로 환경 보전을 응답한 비율은 2018년(21.8%)보다 2020년(46.3%)이 2배 이상 더 높지만, 응답한 사람 수를 구하기 위해선 2018년과 2020년 각각의 전체 응답자 수를 알아야 한다. 주어진 자료에는 전체 응답자 수가 나와 있지 않으므로 응답자 수가 1.5배 이상 많은 지는 알 수 없다.

⑤ 출제의도: 주어진 자료 빠르게 비교하기

'미래 농업 농촌의 중요한 역할'에서 2018년 대비 2020년 응답률이 감소한 항목은 안정적 식량 공급, 지역 활성화, 문화유산 보존 계승, 식품 안정성 향상이다. 이 중 '현재 농업 농촌의 중요한 역할'에서 2018년 대비 2020년 응답률이 증가한 항목은 지역 활성화이다. 그러므로 '미래 농업 농촌의 중요한 역할'에서 2018년 대비 2020년에 응답률이 감소한 항목 중 '현재 농업 농촌의 중요한 역할'에서 증가한 항목은 1개(지역 활성화)이다.

난이도 상 중 하

2021년 하반기 한국전력공사

01 다음 〈표〉와 〈그래프〉는 2020년 OECD 주요 국가의 국회의원 비율 및 한국의 여성 국회의원 현황에 대한 자료이다. 이를 분석한 것으로 가장 적절하지 않은 것을 고르면?

〈그래프〉 2020년 OECD 주요 국가의 국회의원 비율

(단위: %)

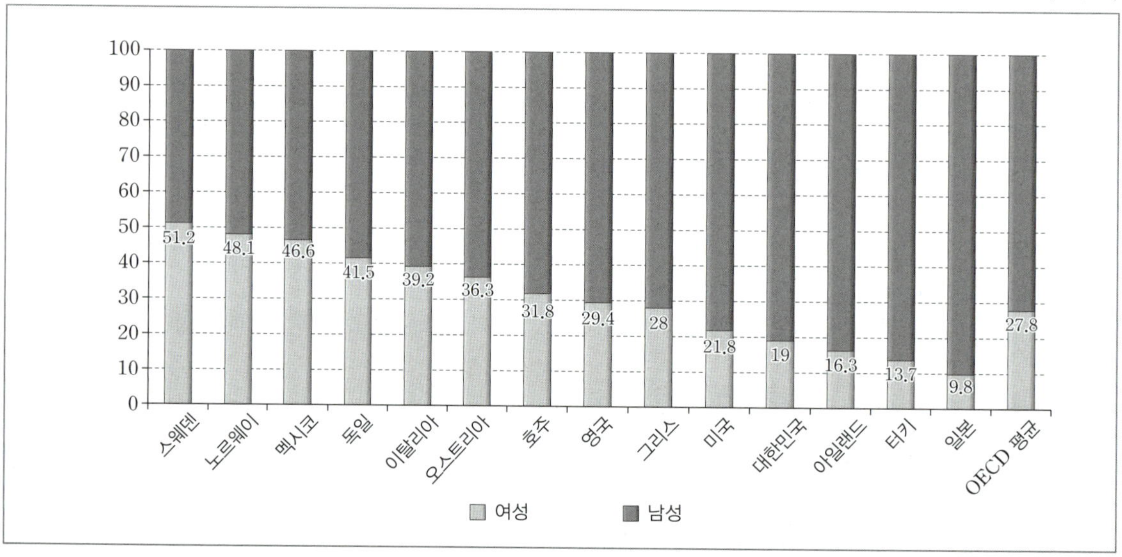

〈표〉 연도별 한국의 여성 국회의원 현황

(단위: 명)

구분	지역구	비례대표	전체 여성 국회의원 수
2004년	10	29	39
2008년	14	27	41
2012년	19	28	47
2016년	26	25	51
2020년	29	28	57

① 2004년부터 2020년까지 4년 주기로 살펴보면 한국의 지역구 여성 국회의원 수가 전체 여성 국회의원 수에서 절반 이상을 차지한 적은 2번이다.

② 2020년 한국의 남성 국회의원 수는 여성 국회의원 수보다 186명 더 많다.

③ 2020년 OECD 주요 국가 중 여성 국회의원 수가 남성 국회의원 수보다 더 많은 국가는 없다.

④ 2020년 그리스의 여성 국회의원 수가 한국의 여성 국회의원 수보다 6명 더 많다면, 그리스의 국회의원 수는 225명이다.

⑤ 2020년 OECD 주요 국가 중 남성 국회의원 비율이 남성 OECD 평균을 넘지 못하는 국가는 9개국이다.

02 다음 <표>는 2016~2020년까지 중앙행정기관 및 지방자치단체 소관 위원회 위원 수에 대한 자료이다. 이에 대한 <보기>의 ㉠~㉣ 중 옳은 것을 모두 고르면?

<표1> 연도별 중앙행정기관 소관 위원회 위원 수 현황 (단위: 개, 명)

구분	2016년	2017년	2018년	2019년	2020년
위원회 수	442	436	503	516	536
총 위원 수	7,725	7,901	9,060	8,700	9,129
여성 위원 수	2,805	3,028	3,548	3,522	3,607

<표2> 연도별 지방자치단체 소관 위원회 위원 수 현황 (단위: 개, 명)

구분	2016년	2017년	2018년	2019년	2020년
위원회 수	16,321	16,015	16,319	17,746	18,589
총 위원 수	165,701	167,985	168,611	182,800	193,831
여성 위원 수	53,577	59,514	64,097	71,971	77,290

<보기>

㉠ 2017~2020년 동안 중앙행정기관과 지방자치단체 소관 위원회 수의 합은 지속해서 증가하는 추이를 보인다.
㉡ 2017~2018년 동안 중앙행정기관 소관 총 위원 수 대비 여성 위원 수는 전년 대비 감소한 적이 있다.
㉢ 2016년부터 5년 동안 중앙행정기관과 지방자치단체 소관 여성 위원 수가 많을수록 총 위원 수 역시 많다.
㉣ 2020년 지방자치단체 소관 위원회 수는 전년 대비 4% 이상 증가하였다.

① ㉠, ㉡ ② ㉠, ㉢ ③ ㉡, ㉢
④ ㉡, ㉣ ⑤ ㉢, ㉣

03 다음 〈표〉는 2019년 사고유형별 고속도로 교통사고 현황에 관한 자료이다. 이를 분석한 것으로 가장 적절하지 않은 것을 고르면?(단, 전체 사고 · 사망 · 부상자 수는 적어도 1,000명 이상이다.)

〈표〉 2019년 사고유형별 고속도로 교통사고 현황

(단위: %)

구분		사고	사망	부상		
				중상	경상	부상신고
차 대 사람	횡단 중	0.28	0.97	0.23	0.09	0.10
	차도통행 중	0.12	0.97	0.11	0.01	0.00
	길 가장자리 구역 통행 중	0.05	0.00	0.06	0.01	0.00
	보도통행 중	0.05	0.00	0.06	0.00	0.10
	기타	1.68	5.83	2.02	0.53	0.51
차 대 차	충돌	26.07	6.31	18.10	23.13	17.25
	추돌	42.65	51.94	53.45	51.49	44.73
	기타	25.48	17.96	21.33	23.21	34.10
차량 단독	전도/전복	0.57	3.88	1.24	0.19	0.20
	충돌	1.56	8.74	2.21	0.93	1.71
	추락	0.05	0.97	0.00	0.00	0.10
	기타 이탈	0.00	0.00	0.00	0.00	0.00
	기타	1.44	2.43	1.19	0.41	1.20
계		100.00	100.00	100.00	100.00	100.00

① 고속도로 교통사고 세 가지 유형 중 사고가 가장 많이 일어나는 유형에서 사망자 수 또한 가장 많다.
② 고속도로 교통사고 유형 중 차 대 사람 사고의 중상자 수는 차량 단독 사고보다 더 적다.
③ 차 대 차 고속도로 교통사고는 추돌로 인한 사망자 수보다 중상자 수가 더 많다.
④ 차 대 사람 고속도로 교통사고 중 부상자 수는 기타인 경우가 가장 높다.
⑤ 전체 중상자 수보다 부상신고자 수가 50% 많다면, 차량 단독 사고 유형은 부상신고자 수가 중상자 수보다 많다.

04 다음 〈표〉는 지역별 일반건강검진 수검률에 대한 자료이다. 이에 대한 〈보기〉의 설명 ㉠~㉣ 중 옳은 것을 모두 고르면?

〈표〉 지역별 일반건강검진 수검률

(단위: 명, %)

구분	1차 검진			2차 검진		
	대상 인원	수검 인원	수검률	대상 인원	수검 인원	수검률
A시	3,250,000	2,450,000	75.4	245,000	89,000	36.3
B시	1,214,000	951,000	78.3	85,000	39,000	45.9
C시	839,000	650,000	77.5	61,000	27,000	44.3
D시	1,000,300	795,000	79.5	78,000	33,000	42.3
E시	475,000	387,000	81.5	31,000	13,000	41.9

※ 2차 검진 대상 인원은 1차 검진의 고혈압, 당뇨병 질환 의심자 및 인지기능장애 검사에서 고위험군 판정을 받은 수검자에 해당함.

〈보기〉

㉠ 1차 검진 대상 인원이 많은 지역일수록 2차 수검 인원 역시 높다.

㉡ 총 대상 인원에서 2차 수검 인원이 차지하는 비율은 A시와 E시를 제외하고 모두 3%를 넘는다.

㉢ 1차 검진 수검률이 가장 낮은 도시의 1차 수검률과 2차 검진 수검률이 가장 높은 도시의 2차 수검률은 29.5% 차이 난다.

㉣ 1차 검진자 중 고혈압, 당뇨병 질환 의심자 및 인지기능장애 검사에서 고위험군 판정을 받은 수검자 비율은 B시가 D시보다 낮다.

① ㉠, ㉡
② ㉠, ㉣
③ ㉡, ㉢
④ ㉠, ㉡, ㉣
⑤ ㉠, ㉡, ㉢, ㉣

05 다음 〈표〉와 〈그래프〉는 2016~2020년 생애주기별 국민기초 일반수급자에 관한 자료이다. 이를 분석한 것으로 가장 적절한 것을 고르면?

〈표〉 연도별 국민기초 일반수급자 수

(단위: 명)

구분	2016년	2017년	2018년	2019년	2020년
수급자 수	1,539,539	1,491,650	1,653,781	1,792,012	2,046,213

〈그래프〉 연도별 · 생애주기별 국민기초 일반수급자 비율

(단위: %)

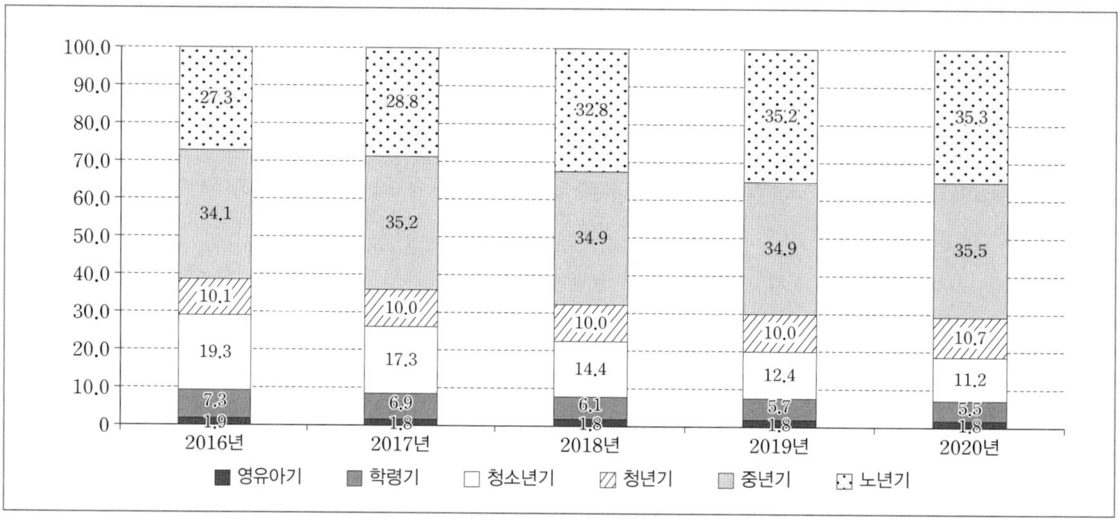

※ 영유아기(0~5세), 학령기(6~11세), 청소년기(12~19세), 청년기(20~39세), 중년기(40~64세), 노년기(65세 이상)

① 2017년 국민기초 일반수급자 중 영유아 수급자 수는 2016년보다 0.1%p 감소했다.

② 2018년과 2019년 청년기에 해당하는 국민기초 일반수급자 수는 동일하다.

③ 2016~2020년 동안 20세 이상인 국민기초 일반수급자 비율은 감소한 적이 있다.

④ 2016년에서 2020년까지 생애주기별 국민기초 일반수급자 비율이 차지하는 순위는 바뀌지 않았다.

⑤ 20~39세인 국민기초 수급자 수가 줄어든 시기에 65세 이상인 국민기초 수급자 수는 전년과 비교해서 늘어났다.

06 다음 〈표〉는 OECD 주요 국가의 남녀 기대수명에 관한 자료이다. 이에 대한 〈보기〉의 ㉠~㉣ 중 옳은 것을 모두 고르면?

〈표〉 연도별 OECD 주요 국가의 남녀 기대수명 (단위: 세)

국가별	2000년			2005년			2010년			2015년			2020년		
	전체	남자	여자	전체	남자	여자	전체	남자	여자	전체	남자	여자	전체	남자	여자
한국	74.9	71.0	78.8	77.2	73.6	80.6	79.5	76.0	82.7	81.3	77.9	84.4	82.8	79.6	85.7
캐나다	78.6	75.8	81.3	79.7	77.2	82.1	80.8	78.4	83.0	81.8	79.7	83.9	82.2	80.2	84.3
미국	76.5	73.5	79.3	77.2	74.5	79.7	78.2	75.7	80.7	78.9	76.5	81.3	78.8	76.3	81.3
덴마크	76.1	73.7	78.6	77.3	75.0	79.6	78.6	76.4	80.8	80.1	78.1	82.2	80.7	78.7	82.7
핀란드	77.1	73.4	80.7	78.4	74.9	81.7	79.5	76.1	82.9	80.7	77.7	83.7	81.6	78.8	84.5
프랑스	78.4	74.6	82.3	79.6	75.9	83.2	81.0	77.5	84.3	81.9	78.7	85.0	82.5	79.4	85.4
독일	77.3	74.0	80.4	78.6	75.6	81.5	79.7	77.0	82.4	80.4	77.9	82.9	81.1	78.7	83.6
네덜란드	77.8	75.1	80.5	78.7	76.2	81.0	80.2	78.0	82.2	81.3	79.4	83.1	82.1	80.3	83.8
스웨덴	79.3	76.8	81.8	80.1	77.9	82.3	81.1	79.0	83.1	81.9	80.0	83.8	82.6	80.8	84.4
스위스	79.2	76.1	82.2	80.5	77.7	83.1	81.8	79.3	84.1	82.7	80.5	84.8	83.6	81.6	85.4
영국	77.2	74.6	79.6	78.4	76.1	80.6	79.7	77.5	81.8	80.9	78.9	82.7	81.2	79.4	82.9
호주	78.8	76.0	81.7	80.3	77.8	82.8	81.5	79.2	83.8	82.4	80.3	84.5	83.2	81.2	85.2
뉴질랜드	77.6	74.9	80.2	79.1	76.8	81.3	80.3	78.3	82.3	81.3	79.5	83.1	82.1	80.3	83.8

〈보기〉

㉠ 2000년 전체 기대수명이 높은 1~3순위 국가의 기대수명은 2020년까지 증가할 것으로 예상된다.
㉡ 2005년 미국의 기대수명 조사 대상 인원은 남자보다 여자가 더 많았던 것으로 예측할 수 있다.
㉢ 2005년 OECD 주요 국가 중 남자의 기대수명이 가장 낮은 국가는 여자의 기대수명 역시 가장 낮았다.
㉣ 스위스는 2000년을 제외하고, OECD 주요 국가 중 2020년까지 전체 기대수명이 매년 가장 높았다.

① ㉠, ㉡ ② ㉠, ㉣ ③ ㉡, ㉣
④ ㉠, ㉡, ㉢ ⑤ ㉠, ㉡, ㉣

07 다음 〈표〉와 〈그래프〉는 연령 계층별 인구구성비 및 2020년 인구 구조에 대한 자료이다. 이에 대한 〈보기〉의 ㉠~㉣ 중 옳은 것을 모두 고르면?

〈그래프〉 연령 계층별 인구구성비

(단위: %)

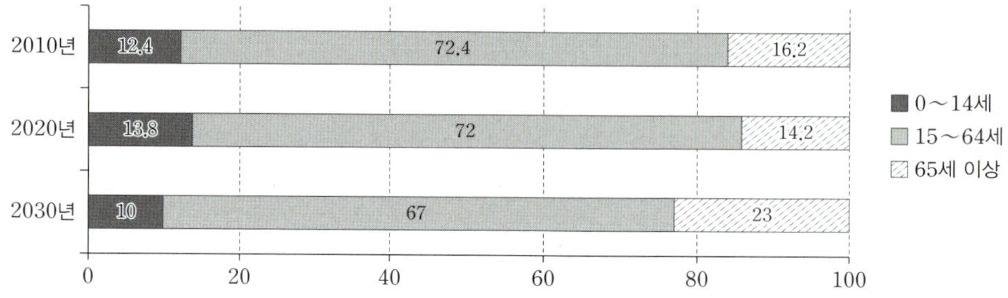

〈표〉 2020년 인구 구조

(단위: 천 명, %)

구분	생산가능인구	실업자 수	경제활동참가율	실업률	고용률
계	44,785	1,108	(　　)	4.0	(　　)
남자	22,035	624	72.6	(　　)	69.8
여자	22,750	484	52.8	(　　)	50.7

※ 생산가능인구는 15세 이상 인구를 의미함

※ 1) 경제활동참가율(%)$=\frac{\text{경제활동인구}}{\text{생산가능인구}}\times100$

2) 실업률(%)$=\frac{\text{실업자 수}}{\text{경제활동인구}}\times100$

3) 고용률(%)$=\frac{\text{취업자 수}}{\text{생산가능인구}}\times100$

〈보기〉

㉠ 10년마다 0~14세 인구 수와 65세 이상 인구수의 추이는 반대의 경향성을 보인다.

㉡ 만약 경제활동인구가 취업자 수와 실업자 수의 합이라면, 실업률과 고용률의 합은 100%가 된다.

㉢ 2020년 총인구수는 51,000천 명보다 많다.

㉣ 주어진 자료는 2020년 전체 취업자 수가 제시되어 있지 않으므로, 전체 고용률을 구할 수 없다.

① ㉠ ② ㉢ ③ ㉡, ㉢
④ ㉡, ㉣ ⑤ ㉢, ㉣

08 다음 〈표〉는 소형차 4종에 대한 총 보유비용을 나타낸 자료이다. 이를 바탕으로 할 때, 〈보기〉의 ㉠~㉣ 중 옳은 것을 모두 고르면?

〈표〉 소형차 4종 연간 총 보유비용

(단위: 원)

구분	전기차	일반차		
	A	B	C	D
구매비용	17,409,092	29,408,182	19,662,720	16,656,640
연비(km/l)	6.3	21.9	17.2	13.5
유류가격/l	92.7	1,540.6	1,335.7	1,540.6
1년 유류비(A) (1만km 기준)	147,143	703,470	776,570	1,141,185
보험료(B)	840,080	982,180	857,510	811,620
유지비(A)+(B)	987,223	1,685,650	1,634,080	1,952,805
자동차세	130,000	467,480	265,902	254,618
총 보유비용	18,526,315	31,561,312	21,562,702	18,864,063

※ 전기차의 경우 연비 단위(km/kWh), 유류가격 단위(원/kWh)

〈보기〉

㉠ 1년 동안 보험료 대비 자동차세는 자동차 D가 자동차 C보다 높다.
㉡ 연비(km/l)가 높은 자동차일수록 구매비용과 자동차세가 높다.
㉢ 자동차세는 배기량에 따라 부과하기 때문에 전기차의 자동차세가 낮다.
㉣ 자동차의 연비가 20% 증가, 유류가격이 20% 감소하면, 1년 유류비(A)는 현재보다 적어도 34% 이상 낮아진다.

① ㉠, ㉡ ② ㉡, ㉣ ③ ㉠, ㉢
④ ㉡, ㉢, ㉣ ⑤ ㉠, ㉡, ㉣

09 다음 〈표〉는 철도 교통 부정승차 현황에 관한 자료이다. 이를 분석한 것으로 가장 적절한 것을 고르면?

〈표1〉 철도 교통 부정승차자 적발 현황

(단위: 천 명)

구분	부정승차자		미구입자		부정할인자	
	전체	자기고발 외	전체	자기고발 외	전체	자기고발 외
20×1년	112	82	34	28	78	54
20×2년	114	85	38	29	76	56
20×3년	116	86	37	29	79	57
20×4년	117	91	35	30	82	61
20×5년	121	89	33	29	88	60
20×6년	122	91	31	28	91	63
20×7년	128	98	38	31	90	67
20×8년	131	106	37	32	94	74

※ (부정승차자)=(미구입자)+(부정할인자)

※ 자기고발 외는 전체 인원 중 자진하여 고발하지 아니한 인원을 말함

〈표2〉 철도별 부정승차자 현황

(단위: 천 명)

구분	KTX	새마을	무궁화
20×1년	50	8	54
20×2년	48	9	57
20×3년	54	7	55
20×4년	55	5	57
20×5년	61	2	58
20×6년	60	3	59
20×7년	63	4	61
20×8년	68	5	58

〈표3〉 철도별 부정승차자별 현황

(단위: 천 명)

구분	KTX		새마을		무궁화	
	미구입자	부정할인자	미구입자	부정할인자	미구입자	부정할인자
20×1년	15	35	3.6	4.4	15.4	38.6
20×2년	14.2	33.8	3.8	5.2	20	37
20×3년	18	36	3	4	16	39
20×4년	15.7	39.3	2.8	2.2	16.5	40.5
20×5년	20	41	0.9	1.1	12.1	45.9
20×6년	16.2	43.8	0.8	2.2	14	45
20×7년	19	44	1.4	2.6	17.6	43.4
20×8년	23.2	44.8	1.8	3.2	12	46

① 20×1~20×8년 동안 부정승차자가 지속해서 늘어남에 따라 철도 교통 미구입자 역시 지속적으로 증가했다.
② 무궁화호 미구입자 수가 가장 높은 시기와 KTX 미구입자 수가 가장 높은 시기의 새마을호 부정할인자 수 차이는 2명이다.
③ KTX 부정승차자가 무궁화호 부정승차자보다 부정승차자에서 차지하는 비율이 높은 시기에는 무궁화호 부정할인자 수가 KTX보다 더 많았다.
④ 자진하여 고발한 부정승차자 수는 미구입자보다 부정할인자가 더 많다.
⑤ 20×1~20×8년 새마을호 미구입자 수는 부정할인자 수보다 매년 적었다.

난이도 상 중 하

2022년 한국전력공사

10 **다음 〈그래프〉는 브랜드 평판에 관한 자료이다. 이를 분석한 것으로 가장 적절한 것을 고르면?**

○○연구소에서는 A~G기업에 대한 브랜드 평판에 대하여 긍정적 평가와 부정적 평가로 구분하여 조사하였다. 각 기업에 대하여 평가를 해준 응답자 수는 A~G기업에 따라 달랐는데 순서대로 1,200명, 800명, 100명, 600명, 900명, 1,800명, 400명이었다. 각 기업에 대한 조사 결과는 다음과 같다.

〈그래프〉 기업별 브랜드 평판 현황

(단위: %)

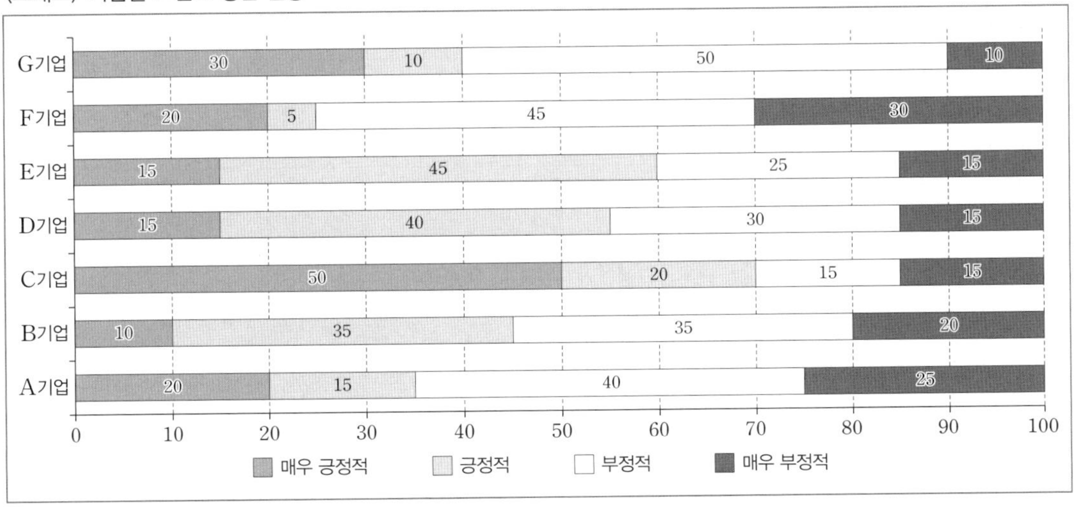

(종합점수)=(매우 긍정적으로 평가한 사람 수)×3+(긍정적으로 평가한 사람 수)×1
−(부정적으로 평가한 사람 수)×1−(매우 부정적으로 평가한 사람 수)×2

※ 각 기업에 대해 중복 평가한 응답자는 없음

① ○○연구소에서 조사한 결과 브랜드 평판에 대해 '부정적' 평가를 한 응답자 수는 적어도 2,200명을 넘는다.
② C기업과 D기업 중 브랜드 평판 종합점수가 더 높은 기업은 D기업이다.
③ '매우 긍정적'과 '긍정적'으로 평가한 응답자 수가 가장 적은 기업은 F다.
④ 브랜드 평판 종합점수가 음수로 나오는 기업은 최소 4개 이상이다.
⑤ 브랜드 평판에 대해 A~G기업 중 '매우 부정적'과 '부정적'으로 평가한 비율이 60% 이상인 기업은 절반 이상이다.

11 다음 〈표〉와 〈그래프〉는 세계 수출 순위 1위 국가인 A국이 한국에 수출하는 상위 품목 10개의 수출액과 전년 대비 수출액 증감률에 관한 자료이다. 이에 대한 설명으로 옳은 것을 고르면?

〈표〉 2018년 A국이 한국에 수출하는 상위 10개의 품목 수출액 (단위: 백만 달러)

구분	수출액	구분	수출액
집적회로반도체	49,246	화장품	2,662
평판디스플레이	11,565	평판 디스플레이 제조용 장비	3,384
합성수지	7,612	기타정밀화학원료	2,964
석유화학중간원료	7,290	경유	2,927
기초유분	4,078	자동차부품	2,767

〈그래프〉 연도별 A국이 한국에 수출하는 상위 10개 품목 수출액의 전년 대비 증감률 (단위: %)

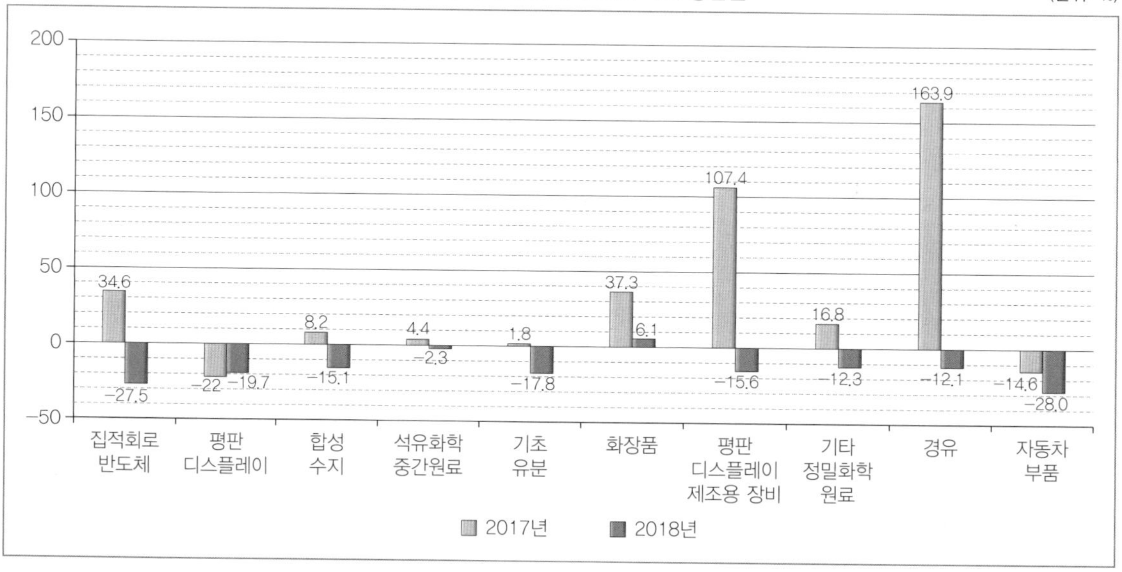

① 2017년 자동차부품의 수출액은 경유의 수출액보다 많았다.

② 석유화학중간원료의 2017년 수출액은 약 7,462만 달러이다.

③ 2018년 화장품은 수출액보다 수입액이 더 많다.

④ 2017년 수출액에서 경유가 가장 큰 비중을 차지한다.

⑤ 2018년 모든 품목의 수출액은 전년대비 감소하였다.

12 다음 〈표〉와 〈그래프〉는 화재로 인한 인명 피해 및 화재 발생 현황에 대한 자료이다. 이를 해석한 것으로 옳지 않은 것을 고르면?

〈그래프〉 2014~2017년 화재로 인한 인명 피해 및 화재 발생 현황
(단위: 명, 건)

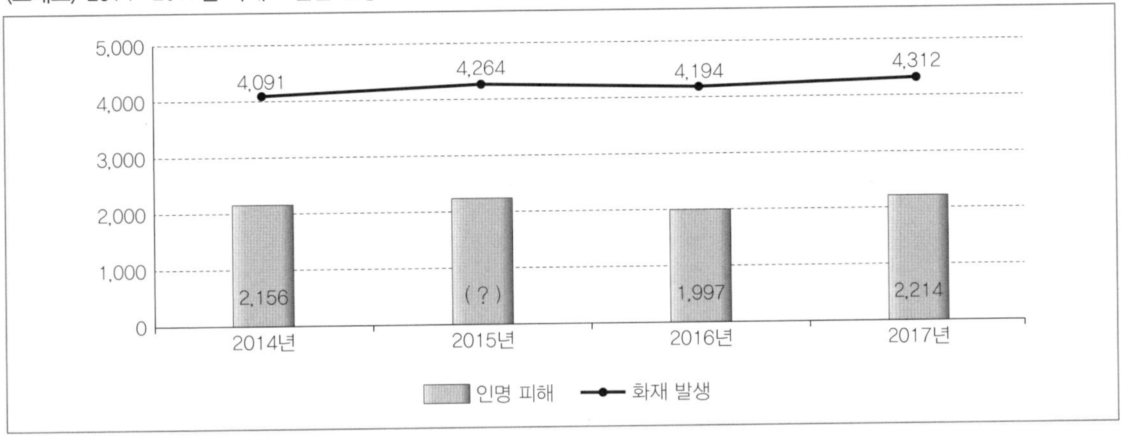

〈표〉 2014~2017년 화재로 인한 인명 피해 현황
(단위: 명)

구분	2014년	2015년	2016년	2017년
합계	2,156	2,292	1,997	2,214
사망자	162	(　)	175	154
부상자	1,994	2,105	1,822	2,060

① 조사 기간 동안 전년 대비 인명 피해 인원이 가장 크게 증가한 해는 2017년이다.
② 조사 기간 동안 매년 화재로 인한 사망자는 총 인명 피해 인원의 10% 미만이다.
③ 조사 기간 동안 전년 대비 화재 발생 건수 증감률이 가장 높은 해는 2015년이다.
④ 조사 기간 동안 인명 피해 인원의 부상자 비율은 매년 감소하고 있다.
⑤ 조사 기간 동안 화재 발생 건수는 매년 전년 대비 200건 이내로 증가 또는 감소한다.

정답과 해설 P.6

기출유형 3 | 자료계산

기출 유형 분석

• 자료계산은 자료를 해석하거나 분석하는 데 있어 꼭 필요한 도구이다. 이때 직업 상황 속에서 필요한 기초연산능력(사칙연산 등)과 통계자료(표, 그래프 등) 계산에 사용되는 기초통계능력(평균, 표준편차, 중앙값, 최빈값 등)이 출제되고 있으며, 변화율 관련 문제가 자료해석 유형에 자주 출제되고 있다.

• 기초연산능력 관련 문제는 복잡한 계산을 요할 때도 있지만, 주어진 상황 속에서의 연산능력을 물어보기 때문에 풀이 문제 수보다 다양한 상황의 문제를 많이 풀어볼 필요가 있다. 또한, 제시된 수치의 자릿수가 작은 숫자부터 큰 숫자까지 전반적으로 출제되어 빠른 계산능력을 요구하기도 한다.

• 기초통계능력 관련 문제로는 평균, 표준편차, 중앙값, 최빈값 개념을 묻는 문제가 자주 출제되었다. 특히, 이 네 가지 개념의 계산방법은 기계적으로 풀 수 있을 정도의 연습을 만드시 해야 한다. 왜냐하면 높은 난도(상)가 아닌 낮은 난도(하)의 계산 문제로 자주 출제되기 때문에 결코 놓쳐서는 안 된다.

• 자료해석 문제 내에서 자주 출제되는 자료계산은 비중/비율, 증감량, 증감률이며, 자료를 분석하는 데 꼭 필요한 이론이므로 앞 장의 자료이해 유형 핵심 이론을 익히도록 한다.

세부 유형

세부 유형	발문 내용
사칙연산 계산하기 (비중/비율, 변화량/변화율 등)	• (　　　)에 들어갈 값으로 적절한 것을 고르면? • ○○ 대비 증가율/감소율을 구하면?
평균/표준편차 구하기	• ○○이 전체에서 차지하는 비중을 구하면? • 주어진 자료의 평균/표준편차를 구하면?
중앙값/최빈값 구하기	• 주어진 자료의 중앙값/최빈값을 구하면?

기출 유형 접근법

• 단위, 자릿수 확인하기

자료계산은 계산 중 실수하는 순간 처음부터 다시 해야 한다. 즉, 처음부터 단위 또는 자릿수를 정확하게 확인한 후 시작하도록 한다.

• 근삿값 연습하기

주어진 자료에 나오는 숫자의 자릿수는 세 자리에서 많게는 여덟 자리까지 다양하게 출제된다. 이때, 정확히 계산하여 문제를 푸는 것도 중요하지만, 시간에 대한 압박이 있으므로 근삿값을 이용하는 것이 합리적이다. 여기서 근삿값이란 끝자리 등을 버림하거나 올림하여 간단한 숫자로 고치는 것을 의미한다.

• 보기에 나온 수치 이용하기

자료해석 문제는 일반적으로 자료 비교 관련 보기와 자료계산 관련 보기가 섞여 출제된다. 그중 자료계산 관련 보기의 경우 먼저 계산한 후 보기가 참인지 거짓인지를 확인하기보다는 보기에 나온 수치를 이용하여 계산한 후 역으로 자료의 값이 이에 해당하는지를 확인해 보는 것이 더 낫다.

예를 들면 보기 '○○년도의 전년 대비 증가율은 15%이다.'가 있다. 이때, 증가율이 얼마인지를 구해서 15%에 해당하는 것을 확인하는 것이 아니라 증가율이 15%인 값을 구해서 역으로 자료를 비교하도록 한다.

• 자릿수 끊어 더하기

자료계산 유형에서 비중을 구하거나 평균 등을 구해야 하는 경우, 전체 합계를 구해야 하는 경우, 자료 전체 크기를 비교하기 위해 대략적인 합산이 필요한 경우 등이 있다. 이때, 자료에 나온 숫자를 끊어서 더하는 것이다.

예를 들면 356,789+487,788+666,777=1,511,354이다. 이때, 앞 세 자리와 뒷 세 자리를 끊어서 더하면 앞 세 자리는 1,509,000이고, 뒷 세 자리는 눈으로 어림잡아 더하면 2,000을 약간 넘는다. 즉, 정확한 결괏값은 몰라도 1,509,000+2,000=1,511,000이 나오므로 합이 1,511,000 정도라는 것을 빠르게 계산할 수 있다.

• 빠르게 계산하기

자료해석 문제를 빠르게 풀어내는 비결은 자료계산을 빠르게 하는 것이다. 자료를 이해한 후 비교 · 분석하는 것 역시 중요하지만, 시간적인 측면만을 고려하면 자료계산을 짧은 시간 동안 실수하지 않고 정확하게 구해내는 것 또한 중요하다. 선택지에 나온 그대로 계산하는 것을 연습하는 것이 아니라 본 교재의 핵심 이론에 나와 있는 계산법을 꼭 이해하여 익히도록 한다.

• 객관식 풀어내기

자료해석 유형은 무조건 객관식으로 출제된다. 즉, 주관식이 없으므로 내가 정확한 값을 계산해서 맞히지 않고 대략 계산한 값이라 할지라도 이와 가장 유사한 선택지가 있다면 정답을 도출해 낼 수 있다.

유형 핵심 이론

1 근삿값 적용하기

근삿값을 이용할 때 숫자를 간단하게 고치는 것도 중요하지만, 최소한의 오차 범위 내에서 푸는 것을 고려해야 한다. 일반적으로 네 자리부터 마지막 한자리(일의 자리), 다섯 자리는 마지막 둘째 자리(십의 자리) 등을 반올림 적용하여 근삿값을 사용한다. 하지만 이 방법은 오차가 정답에 미치는 영향은 적지만, 계산 시 시간이 오래 걸릴 수 있다. 그러므로 몇 자리까지 근삿값을 적용하는 것이 유리한 지는 각각의 문제 상황에 맞춰 알맞게 사용할 수 있도록 많이 연습해 보는 것이 중요하다.

예)

〈표〉 열차종류별 철도 여객수송량

(단위: 천 명)

연도	2004년	2005년	2006년	2007년
간선	110,998	114,868	123,758	135,783
KTX	19,998	32,220	39,912	52,310

2007년 KTX의 철도 여객수송량의 전년 대비 증가율을 구하면?

① 29% ② 30% ③ 31% ④ 33% ⑤ 35%

해설

근삿값을 적용하면 2006년 KTX의 여객수송량은 40,000천 명, 2007년 KTX의 여객수송량은 52,000천 명이다. 따라서 전년 대비 KTX의 여객수송량 증가율은 $\frac{12,000}{40,000}\times100=30(\%)$이다. 이때, 정답은 ②가 아니라 ③이다.

왜냐하면, 근삿값 계산식 $\frac{12,000}{40,000}\times100=30(\%)$과 실젯값 계산식 $\frac{12,398}{39,912}\times100\fallingdotseq31.1(\%)$을 비교해 보면 근삿값은 실젯값보다 분모는 크고, 분자는 작으므로 '근삿값<실젯값'의 결과가 나오게 된다. 따라서 정답은 근삿값으로 구한 30%보다 조금 더 커야 한다.

체크포인트

근삿값을 이용하여 계산할 땐 오차가 존재하지만, 논리적으로 생각해 보면 조금은 더 실젯값에 가까운 결과를 얻을 수 있다.

2 계산의 관점 변화하기

자료계산 유형에서 비중/비율을 구하는 계산이 자주 출제된다. 비중/비율 계산이 아무래도 곱하기, 나누기 계산을 많이 요구하기 때문에 시간이 오래 걸리기도 한다. 하지만, 계산의 관점을 변화시키면 더 빠르게 계산해 낼 수 있다.

예) 〈표〉 ○○반도체 판매 현황

업체	판매량(천 개)	시장점유율(%)
A	(　　)	42.8
B	(　　)	16.8
C	11,818	10.2
기타	34,990	30.2
전체	115,863	100

A업체와 B업체의 판매량 차이는 몇 개인지 고르면?

① 30, 984천 개　② 30,124천 개　③ 29,124천 개　④ 28,459천 개　⑤ 27,257천 개

해설

A업체의 판매량은 115,863×0.428이고, B업체의 판매량은 115,863×0.168이다. 따라서 A업체와 B업체의 판매량 차이는 115,863×0.26이다. 이때, 근삿값을 적용하면 116,000×0.26이다. 여기서 계산의 관점을 바꾸어 보는데, 먼저 0.26은 백분율로 바꾸면 26%이다. 그러면 구해야 하는 값은 116,000의 26%(0.26)를 선택지에서 찾으면 된다. 즉, 백분율 중 계산하기 쉬운 값인 10%(11,600), 1%(1,160)를 더해가며 답을 찾아간다. 116,000의 20%는 23,200(11,600×2)+5%는 5,800(11,600÷2)+1%(1,160)=26(%), 30,160이 나온다.

그렇다면 근삿값을 올림으로 이용했으니 '근삿값 계산>실젯값 계산'이므로 정답은 ②이다.

☑ 체크포인트

자료계산 시 곱셈이나 나눗셈 계산을 피할 순 없다. 하지만, 관점을 어떻게 바꾸어 계산하느냐에 따라 계산이 좀 더 쉬워질 수도 어려워질 수도 있다. 소수점 계산이 나올 땐 항상 그 값을 백분율로 바꿔서 생각하도록 한다.

3 분수 계산법

자료계산 유형에서 증가율/감소율을 구할 때 분수 계산은 꼭 필요하다. 이때, 나눗셈하기보다는 분자가 분모에서 차지하는 비중을 찾는 방법을 이용한다. 즉, 분모를 기준으로 분자에 해당하는 값을 찾아가는 것이다. 아래의 방법을 숙지하여 분수 계산 시 꼭 적용해 본다.

〈분수 계산법〉

① 분모의 10%, 1%를 확인한다(근삿값 함께 적용하기).

② 분모의 10% 단위의 값 중 분자에 가장 근접한 값을 찾아낸다.

③ 분자에서 분자에 가장 근접한 분모의 값을 뺀다(차잇값 구하기).

④ 차잇값이 대략 분모의 1~10% 사이 중 어느 정도에 해당하는지 알아낸다.

⑤ 분자가 분모에서 차지하는 비중을 찾는다.

위 과정을 적용하여 아래의 분수가 대략 몇 %인지 알아보면 다음과 같다.

예) $\frac{7,863}{35,820}$이 대략 몇 %인지 구하면?

① 분모의 3,580(10%), 358(1%)

② 분자인 7,863은 7,160(20%)에 가장 근접

③ 7,863−7,160=+703≈+700

④ 358(1%)<+700<720(≈2%)

⑤ 분자는 분모에서 20%+(1~2%)=21~22% 차지

∴ 약 21.××%

예) 〈그래프〉 국내 총 생산액 추이

(단위: 십억 원)

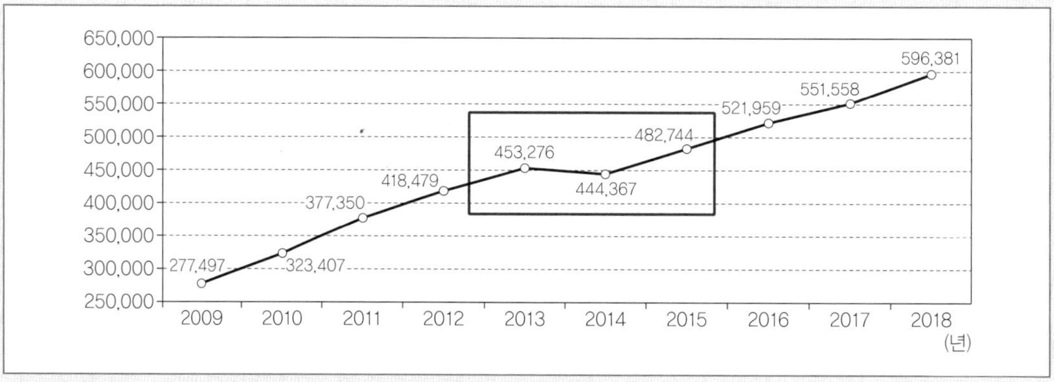

국내 총 생산액이 처음으로 감소한 후 증가한 해의 전년 대비 증가율을 구하면?

① 7.6% ② 8.6% ③ 9.6% ④ 10.6% ⑤ 11.6%

해설

국내 총 생산액이 처음으로 감소한 후 증가한 해의 전년 대비 증가율은 $\frac{482,744-444,367}{444,367}\times100\approx\frac{38,300}{444,000}\times100$이다.

$\frac{38,300}{444,000}$를 빠르게 백분율로 바꿔야 한다.

① 분모의 44,400(10%), 4,440(1%)

② 분자인 38,300은 44,400(10%)에 가장 근접함

③ 38,300−44,400=−6,100

④ 4,440(1%)<6,100<8,880(2%)

⑤ 분자는 분모에서 10%−(1~2%)=8~9% 차지

∴ 국내 총 생산액이 처음으로 감소한 후 증가한 해의 전년 대비 증가율은 정답 ②에 해당한다.

✓ 체크포인트

자주 출제되는 분수 계산법을 반드시 숙지하도록 한다.

4 분수 비교법

분수 비교법은 단계별로 적용하여 분자/분모의 증가율을 이용하면 빠르게 구할 수 있다. 1단계부터 적용하되 그 단계에서 판별되지 않는다면 다음 단계로 넘어가서 판별한다. 또한, 분모 증가율이 분자 증가율보다 크면 그 분수는 더 작아지고, 분모 증가율이 분자 증가율보다 작으면 그 분수는 더 커진다는 것을 이용한다.

(1) 분수 비교 이해하기

$\frac{2}{3}$ vs $\frac{3}{4}$

① $\frac{2+1}{3+1}=\frac{3}{4} \rightarrow \frac{2}{3}\times\frac{1.5}{1.33}\approx\frac{3}{4}$

② 분자와 분모 모두 각각 1씩 증가

③ 분자(2)×1.5=분자(3), 분모(3)×1.33=분모(4) → 분자에 곱하는 수(1.5)>분모에 곱하는 수(1.33)

④ 증가율의 측면으로 보면 분자는 50% 증가(증가율), 분모는 33% 증가(증가율) → 분자의 증가율>분모의 증가율

⑤ $\frac{2}{3}<\frac{3}{4}$

(2) 분수 비교 단계법

① [1단계] 분자와 분모의 증감을 체크하기

② [2단계] 곱하는 수를 이용하기(1.5를 기준)

③ [3단계] 분자와 분모의 증가율 이용하기(범위로 판별)

예) 두 분수의 크기를 비교하면?

㉠ $\frac{2,647,987}{58,971,435}$ vs ㉡ $\frac{2,690,112}{58,324,567}$

해설

[1단계] 분자와 분모의 증감을 체크하기

㉡ 분자는 ㉠ 분자에 비해 증가, ㉡ 분모는 ㉠ 분모에 비해 감소

∴ ㉠<㉡

예) 두 분수의 크기를 비교하면?

㉠ $\frac{2,647,987}{43,971,234}$ vs ㉡ $\frac{4,677,556}{56,786,998}$

해설

[1단계] 분자와 분모의 증감 체크

㉡ 분자는 ㉠ 분자에 비해 증가, ㉡ 분모는 ㉠ 분모에 비해 증가 → 알 수 없음

[2단계] 곱하는 수 이용하기

㉡ 분자=㉠ 분자×대략 1.후반 → 1.5보다 큼

㉡ 분모=㉠ 분모×대략 1.초반 → 1.5보다 작음

∴ 분자에 곱하는 수가 더 크므로 ㉠<㉡

예) 두 분수의 크기를 비교하면?

㉠ $\frac{3,647,943}{26,971,450}$ vs ㉡ $\frac{3,848,101}{28,115,754}$

해설

[1단계] 분자와 분모의 증감 체크

㉡ 분자는 ㉠ 분자에 비해 증가, ㉡ 분모는 ㉠ 분모에 비해 증가 → 알 수 없음

[2단계] 곱하는 수를 이용하기

㉡ 분자=㉠ 분자 대략×1.초반 → 1.5보다 작음

㉡ 분모=㉠ 분모 대략×1.초반 → 1.5보다 작음

→ 알 수 없음

[3단계] 분자와 분모의 증가율 이용하기

근사 후 ㉠ $\frac{3,647}{26,971}$ vs ㉡ $\frac{3,848}{28,115}$

㉡ 분자=㉠ 분자+대략 200

㉡ 분모=㉠ 분모+대략 1,140

㉠ 분자의 5%(≈182)<200<㉠ 분자의 10%(≈364) → 5%보다 큼

㉠ 분모의 0% <1,140<㉠ 분모의 5%(≈1,348) → 5%보다 작음

→ 분자의 증가율이 더 크므로 ㉠<㉡

☑ **체크포인트**

자주 출제되는 분수 비교 단계법을 차례대로 적용하면 수치가 아무리 크더라도 언제나 비교 가능하다.

---

5 기울기로 증감량/증감률 판단하기

그래프에서 기울기는 증감률을 의미한다. 즉, 기울기는 X의 증가량에 따른 Y의 증가량의 비를 의미하므로 기울기를 가지고 증가율 또는 감소율을 판단할 수 있다.

하지만, 기울기를 판단할 때 주어진 그래프 내 X축과 Y축의 항목과 수치를 반드시 확인해야 한다. 왜냐하면 주어진 그래프의 X축이나 Y축이 수치가 아닌 항목의 시점을 나타낼 수 있기 때문이다.

예) 〈그래프〉 주요 5개 도시별 대기오염도

(단위: ppm)

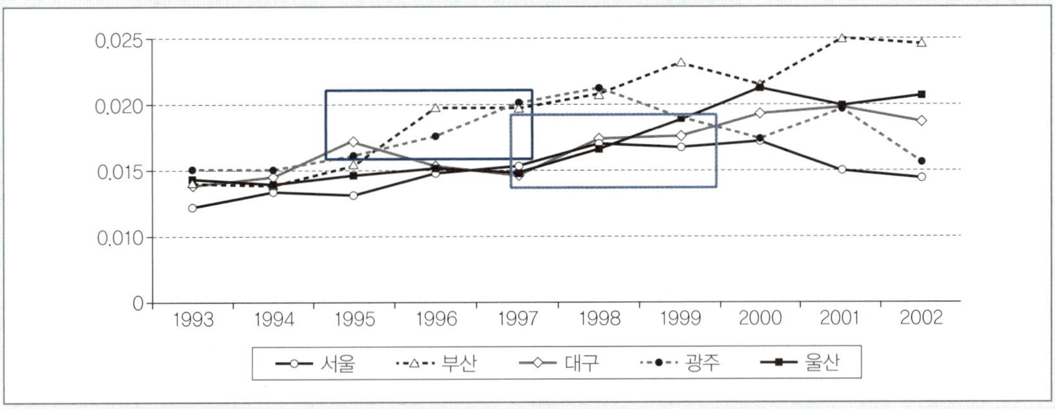

※ 1997~1999년 울산은 일직선을 이룸.

① 광주의 1996년 대기오염도의 전년 대비 증가율은 1997년 대기오염도의 전년 대비 증가율보다 낮다.

※ 광주의 1995년, 1996년, 1997년 대기오염도는 0.0165ppm, 0.0178ppm, 0.0192ppm이다.

② 1998~1999년 울산 대기오염도의 전년 대비 증가율은 일정하다.

해설 1

주어진 그래프의 광주 대기오염도 기울기는 '1996~1997년'이 '1995~1996년'보다 더 기울어져 있다. 하지만, 1996년 대비 1997년 증가율이 1995년 대비 1996년 증가율보다 더 크다고 할 수 없다.

해당 그래프의 가로축(X축)은 대기오염도의 수치가 아닌 시점(년도)을 지칭하고 있기 때문이다. 즉, 그래프의 기울기는 시점(년도)에 따른 대기오염도의 수치를, 전년 대비 기울임(증가율)은 증가량을 나타내는 것일 뿐이다. 따라서 다음과 같이 계산하여 판단해야 한다.

- 광주의 1995년 대비 1996년 증가율 $=\frac{0.0178-0.0165}{0.0165}\times100=\frac{0.0013}{0.0165}\times100\fallingdotseq7.88(\%)$
- 광주의 1996년 대비 1997년 증가율 $=\frac{0.0192-0.0178}{0.0178}\times100=\frac{0.0014}{0.0178}\times100\fallingdotseq7.87(\%)$

따라서 광주의 대기오염도 전년 대비 1996년 증가율은 전년 대비 1997년 증가율보다 높다. (거짓)

해설 2

주어진 그래프상 울산의 대기오염도 기울기는 '1997년~1998년~1999년'이 일정하다. 즉, 그래프의 기울임은 전년 대비 증가량을 나타내고, 1997년~1998년~1999년의 대기오염도 증가량은 일정하다는 것을 알 수 있다.

- 1997년 대비 1998년 증가량=1998년 대비 1999년 증가량
- 1997년 대기오염도<1998년 대기오염도
- 1997년 대비 증가율 $\frac{\text{1997년 대비 1998년 증가량}}{\text{1997년 대기오염도}}$>1998년 대비 증가율 $\frac{\text{1998년 대비 1999년 증가량}}{\text{1998년 대기오염도}}$ (∵ 분자는 같고, 분모는 1998년 대기오염도가 큼)

따라서 1998~1999년 울산 대기오염도의 전년 대비 증가율은 일정하지 않다. (거짓)

체크포인트

기울기는 X축, Y축의 항목에 따라 증감률 또는 증감량을 나타낼 수 있다.

6 순위를 나타내는 자료 이해하기

통계표(표, 그래프 등)를 주어진 그대로 분석하면 되는 자료가 있는 반면, 순위를 나타내는 통계표가 제시될 땐 통계표에 제시되지 않은 정보도 예측할 수 있어야 한다.

예)

〈표〉 외국인 방문객 수

(단위: 십만 명)

구분 순위	2012년		2018년		2024년(예상)	
	국가	방문객 수	국가	방문객 수	국가	방문객 수
1	중국	1,311	중국	1,521	인도	1,628
2	인도	1,122	인도	1,437	중국	1,610
3	미국	299	미국	420	미국	465
4	인도네시아	225	나이지리아	399	나이지리아	421
5	브라질	187	인도네시아	388	파키스탄	403
6	파키스탄	166	파키스탄	385	인도네시아	397
7	방글라데시	147	브라질	260	브라질	275
8	러시아	146	방글라데시	231	방글라데시	246
9	나이지리아	135	일본	196	콩고	190
10	일본	128	에티오피아	145	러시아	138
전체	–	4,476	–	5,970	–	6,453

① 2012년 대비 2024년 콩고의 외국인 방문객 수는 50% 이상 증가할 것으로 예상된다.
② 러시아는 2012년부터 6년마다 외국인 방문객 수가 낮아질 것으로 예상된다.
③ 2024년 외국인 방문객 수에 따른 국가는 적어도 14개국 이상으로 예상된다.

해설 1

2012년 콩고의 외국인 방문객 수는 주어져 있지 않다. 즉, 콩고는 10순위 내에 들어가지 못한 것이다. 하지만, 10순위인 일본이 128십만 명이므로 콩고의 외국인 방문객 수는 128십만 명보다 같거나 낮은 것으로 예측할 수 있다.
만약 콩고의 외국인 방문객 수가 128십만 명일 때, 50% 증가한 수치는 128+64=192(십만 명)이고, 2024년 콩고의 외국인 방문객 수는 190십만 명이므로 콩고의 외국인 방문객 수가 항상 50% 이상 증가했다고 말할 수 없다. (거짓)

해설 2

2012년과 2024년 러시아의 외국인 방문객 수는 각각 146십만 명, 138십만 명이고, 2018년 러시아의 외국인 방문객 수는 주어져 있지 않다. 하지만, 2018년 10순위인 에티오피아의 외국인 방문객 수가 145십만 명이므로 2018년 러시아의 외국인 방문객 수는 145십만 명보다 같거나 낮은 것으로 예측된다.
즉, 2018년 러시아의 외국인 방문객 수는 2012년(146십만 명)보다 낮아질 것으로 예측되나 2024년(138십만 명)보다는 항상 높다고 말할 순 없다. 따라서 6년마다 낮아질 것으로 예상된다고 말할 수 없다. (거짓)

해설 3

2024년 외국인 방문객 수에 따른 전체 국가 수는 10개국이다. 이때, 전체 외국인 방문객 수와 주어진 10개국의 외국인 방문객 수가 동일하다면 자료에 따른 국가 수는 10개국이다. 하지만 전체와 10개국의 외국인 방문객 수가 동일하지 않다면 또 다른 국가의 외국인 방문객 수도 자료에 포함되었을 것으로 예측된다.
2024년 10개국 외국인 방문객 수는 1,628+1,610+465+421+403+397+275+246+190+138=5,773(십만 명)이고, 전체 외국인 방문객 수는 6,453십만 명이다. 10개국 외국인 방문객 수≠전체 외국인 방문객 수이다.
전체(6,453)−10개국(5,773)=11순위, 12순위, 13순위 …인 외국인 방문객 수(680)
즉, 11순위부터 나머지 순위까지의 합은 680을 넘을 수 없다. 11순위, 12순위, …는 10순위(138)보다 클 수 없으므로, 11순위의 최댓값은 138이고, 12순위, 13순위, 14순위도 최댓값으로 고려하여 계산하면 다음과 같다.

11순위(138)+12순위(138)+13순위(138)+14순위(138)+15순위(128)=680 (∵ 138×4+128=680)
따라서 현재(10개국)보다 적어도 5개국 이상 많은 15개국 이상으로 예측된다. (거짓)

☑ 체크포인트

순위가 주어진 자료의 경우 아래의 사항을 확인한다.

- 전체(합)가 주어져 있는지
- 순위별로 수치의 합과 전체 수치가 동일한 지
- 순위에서 주어지지 않은 정보도 예측할 수 있는지

7 평균, 표준편차, 중앙값, 최빈값 구하기

(1) 평균

① 전체 자료의 값을 모두 더한 다음 전체 자료의 사례 수로 나눈 값인 산술평균

② 평균과 각 항목의 편차들의 합은 항상 0이 되어야 함

예) 15, 25, 35, 45, 55의 평균을 구하면? $\frac{15+25+35+45+55}{5}=35$

(2) 표준편차

자료가 평균을 중심으로 얼마나 산재하여 있는지를 나타내는 대표적인 수치

① 평균 구하기

② 편차 구하기

③ 편차 제곱의 평균=분산

④ $\sqrt{\text{분산}}$=표준편차

예) 1, 2, 3, 4, 5의 표준편차를 구하면?

평균은 $\frac{1+2+3+4+5}{5}=3$, 편차는 (−2, −1, 0, 1, 2)이므로 분산은 $\frac{(-2)^2+(-1)^2+0^2+1^2+2^2}{5}=\frac{4+1+0+1+4}{5}=2$, 표준편차는 $\sqrt{2}$이다.

(3) 중앙값

① 자료를 크기 순서대로 배열했을 때 가운데(중앙) 위치하게 되는 값

② 중앙값은 극단값에 영향을 받지 않는 값

③ 자료의 개수가 홀수일 때의 중앙값=정중앙의 값

④ 자료의 개수가 짝수일 때의 중앙값=중앙에 있는 두 값의 평균

예) 각 자료의 중앙값을 구하면?

- 1, 3, 11, 12, 15, 20, 27, 30, 35 → 중앙값=15(자료의 개수는 홀수 개)
- 2, 6, 13, 16, 20, 22, 29, 32 → 중앙값=18(자료의 개수는 짝수 개)

(4) 최빈값

① 주어진 자료 중 가장 많은 빈도로 나타나는 변량 또는 자료로써 특정값에 영향을 받지 않는 값

② 자료의 중심을 알려주는 값으로 대표성을 지니는 값

예) 34, 35, 35, 36, 38, 39, 40, 40, 40, 41, 43의 최빈값을 구하면? 40

대표 기출 문항

기출 난이도 상 중 하 2022년 하반기 국민건강보험공단

다음 〈표〉는 중증질환 산정특례 적용 성별 진료 현황에 대한 자료 중 일부이다. 2018~2020년 동안 여자 진료실 인원의 비중을 낮은 순서대로 바르게 나열한 것을 고르면?

〈표〉 2017~2020년 진료실 인원 (단위: 명)

구분	2017년	2018년	2019년	2020년
합계	1,982,790	2,179,208	2,279,863	2,366,274
남자	930,436	1,087,650	1,099,876	(　　　)
여자	1,052,354	(　　　)	1,179,987	1,248,980

① 2020년−2019년−2018년
② 2020년−2018년−2019년
③ 2019년−2018년−2020년
④ 2018년−2020년−2019년
✓⑤ 2018년−2019년−2020년

문제 풀이 전략

주어진 자료의 합계는 남자 진료실 인원과 여자 진료실 인원의 합으로만 이루어져 있다. 또한, 해당 문제는 여자 진료실 인원이 공란으로 되어 있지만, 남자 진료실 인원의 비중을 구하면 여자 진료실 인원을 구하지 않아도 비중은 구할 수 있다. 남자 진료실 인원의 비중과 여자 진료실 인원의 비중의 합은 100%이기 때문이다. (∵ 여사건)
비중의 정확한 값을 요구하는 것이 아니라 비중의 단순 크기 비교를 요구하고 있으므로 분수 비교를 통해 구하면 된다.
• 분수 비교 단계법
[1단계] 분자와 분모의 증감 체크하기
[2단계] 곱하는 수를 이용하기
[3단계] 분자와 분모의 증가율 이용하기

1. 2018년 여자 진료실 인원 비중 vs 2019년 여자 진료실 인원 비중
→ 2018년 남자 진료실 인원 비중 vs 2019년 남자 진료실 인원 비중

2018년 남자 진료실 인원 비중	2019년 남자 진료실 인원 비중
$\frac{1,087,650}{2,179,208}$	$\frac{1,099,876}{2,279,863}$

• 분수비교 단계법
[1단계] 분자 증가, 분모 증가 → 비교 불가
[2단계] 곱하는 값: 분자 1. 초반, 분모 1. 초반 → 비교 불가
[3단계] 분자와 분모의 증가율 이용하기(근삿값 적용 먼저 하기)
근삿값을 적용하면 다음과 같다.

2018년 남자 진료실 인원 비중	2019년 남자 진료실 인원 비중
$\frac{1,088}{2,180}$	$\frac{1,100}{2,280}$

증가율을 비교하면 다음과 같다.

구분	2018년 남자 진료실 인원 비중	증가율 비교	2019년 남자 진료실 인원 비중
분자	1,088	증가량 12 [1,088의 11(1%), 22(2%)] → 11(1%)<12<22(2%)	1,100
분모	2,180	증가량 100 [2,180의 22(1%), 88(4%)] → 88(4%)<100	2,280

분모의 증가율(4% 이상)이 분자의 증가율(1 2%)보다 크므로 2018년 남자 진료실 인원 비중은 2019년 남자 진료실 인원 비중보다 크다.

따라서 2019년 여자 진료실 인원 비중은 2018년 여자 진료실 인원 비중보다 더 크다.

2. 2019년 여자 진료실 인원 비중 vs 2020년 여자 진료실 인원 비중

2019년 여자 진료실 인원 비중	2020년 여자 진료실 인원 비중
$\frac{1,179,987}{2,279,863}$	$\frac{1,248,980}{2,366,274}$

• 분수비교 단계법

[1단계] 분자 증가, 분모 증가 → 비교 불가

[2단계] 곱하는 값: 분자 1. 초반, 분모 1. 초반 → 비교 불가

[3단계] 분자와 분모의 증가율 이용하기(근삿값 적용 먼저 하기)

근삿값을 적용하면 다음과 같다.

2018년 남자 진료실 인원 비중	2019년 남자 진료실 인원 비중
$\frac{1,180}{2,280}$	$\frac{1,249}{2,367}$

증가율을 비교하면 다음과 같다.

구분	2019년 여자 진료실 인원 비중	증가율 비교	2020년 여자 진료실 인원 비중
분자	1,180	증가량 69 [1,180의 12(1%), 60(5%)] → 60(5%)<69	1,249
분모	2,280	증가량 87 [2,280의 23(1%), 115(5%)] → 87<115(5%)	2,367

분자의 증가율(5% 이상)이 분모의 증가율(5% 미만)보다 크다.

따라서 2020년 여자 진료실 인원 비중이 2019년 여자 진료실 인원 비중보다 더 크다. 정리하면 정답은 ⑤이다.

문제 해결 TIP

표를 완성하면 다음과 같으며, 직접 계산하여 빈칸을 채우는 것과 같은 결과를 얻을 수 있다.

구분	2017년	2018년	2019년	2020년
합계	1,982,790	2,179,208	2,279,863	2,366,274
남자	930,436	1,087,650	1,099,876	1,117,294
여자	1,052,354	1,091,558	1,179,987	1,248, 980
여자 진료실 인원 비중	$\frac{1,052,354}{1,982,790}\times100≒53.1(\%)$	$\frac{1,091,558}{2,179,208}\times100≒50.1(\%)$	$\frac{1,179,987}{2,279,863}\times100≒51.8(\%)$	$\frac{1,248,980}{2,366,274}\times100≒52.8(\%)$

기출 변형 예제

난이도 상 중 하

2022년 하반기 국민건강보험공단

01 다음 〈표〉는 2015~2021년 건강보험료 부과액 및 징수액 현황에 관한 자료이다. 지역보험료 징수율이 100%가 넘은 연도 중 직장보험료 징수율이 가장 높은 연도를 고르면?(단, 소수점 둘째 자리에서 반올림한다.)

〈표〉 연도별 건강보험료 부과액 및 징수액 현황

(단위: 억 원)

구분	직장보험료		지역보험료	
	부과액	징수액	부과액	징수액
2015년	369,548	368,052	73,750	72,726
2016년	399,446	398,675	76,485	75,753
2017년	424,486	422,896	79,682	78,600
2018년	459,221	458,013	79,744	80,063
2019년	507,712	505,847	83,616	83,443
2020년	540,194	538,630	90,921	90,135
2021년	594,666	589,968	100,202	100,449

※ 자료는 결산 기준임

※ 징수율(%)=$\frac{\text{징수액}}{\text{부과액}}\times 100$

① 2017년
② 2018년
③ 2019년
④ 2020년
⑤ 2021년

02 다음 〈표〉는 외국인의 취득 용도별 토지 보유 현황에 대한 자료이다. 이에 대한 설명으로 ㉠~㉤ 중 옳지 <u>않은</u> 것을 고르면?

〈표〉 외국인 취득 용도별 토지 보유 현황

(단위: 천 m^2, 억 원, %)

구분	2019년 하반기		2020년 하반기			
	면적	금액	면적	면적 비중	금액	금액 비중
합계	248,666	307,760	253,347	100	314,962	100
아파트	2,195	35,305	2,248	0.9	36,430	11.6
단독주택	3,029	16,414	3,256	1.3	17,384	5.5
주거기타	5,076	19,688	5,218	2.1	21,157	6.7
레저용지	11,896	6,194	11,905	4.7	6,193	2.0
상업용지	4,048	79,597	4,093	1.6	80,674	25.6
공장용지	58,773	101,365	58,781	23.2	101,488	32.2
기타용지	163,649	49,197	167,846	66.3	51,636	16.4

⋮

2020년 하반기에 외국인이 취득한 토지 중 아파트의 면적은 전체에서 가장 적은 비중을 차지한데 반해 금액 비중은 기타를 제외하고 세 번째로 높은 비중을 차지했다. 특히 외국인이 취득한 단독주택 토지의 경우 면적은 전년도에 비해 ㉠ <u>5% 이상</u> 증가했고, 금액 역시 ㉡ <u>5% 이상</u> 증가한 것으로 확인되었다.

2020년 하반기 토지의 면적 대비 금액이 가장 높은 토지는 상업용지이고, 토지 금액은 전년 대비 ㉢ <u>1% 이상</u> 증가했다. 또한, 2019년 하반기에 토지 $1m^2$당 금액은 기타를 제외하고 모두 ㉣ <u>100,000원/m^2</u>을 모두 상회하였다. 2020년 하반기 외국인이 보유한 전체 토지 면적 대비 금액은 ㉤ <u>전년 동기보다 증가하였다.</u>

⋮

① ㉠　② ㉡　③ ㉢　④ ㉣　⑤ ㉤

03 다음 〈표〉는 2020년 주요 품목별 수출액 및 전년 대비 증감률에 관한 자료이다. 상위 10순위 주요 품목 중 2019년 수출액이 가장 많은 품목이 2019년 전체 수출액에서 차지하는 비중을 구하면?(단, 소수점 둘째 자리에서 반올림한다.)

〈표〉 2020년 주요 품목별 수출액 및 전년 대비 증감률

(단위: 억 달러, %)

순위	품목	2020년 수출액	전년 대비 증감률
1	컴퓨터	134	57.2
2	바이오헬스	141	54.4
3	석유제품	572	40.6
4	자동차부품	264	17.3
5	석유화학	496	16.4
6	철강	355	14.5
7	섬유	147	13.3
8	자동차	486	13.1
9	디스플레이	230	12.2
10	일반기계	573	8.9
10대 합계		3,398	19.8
기타 품목		2,763	9.6
전체		6,161	15.0

① 약 6.5% ② 약 7.2% ③ 약 8.5%
④ 약 9.8% ⑤ 약 11.3%

04 다음 〈그래프〉는 ○○지역에서 공공근로센터에 단기 취업 제도를 실시하여 통계 낸 자료이다. 해당 자료를 기반으로 아래 〈표〉를 완성시킬 때, 가장 적절하지 않은 것을 고르면?(단, 소수점 첫째 자리에서 반올림한다.)

〈그래프1〉 단기 취업 제도 대상별 지원자 및 선정자 (단위: 명)

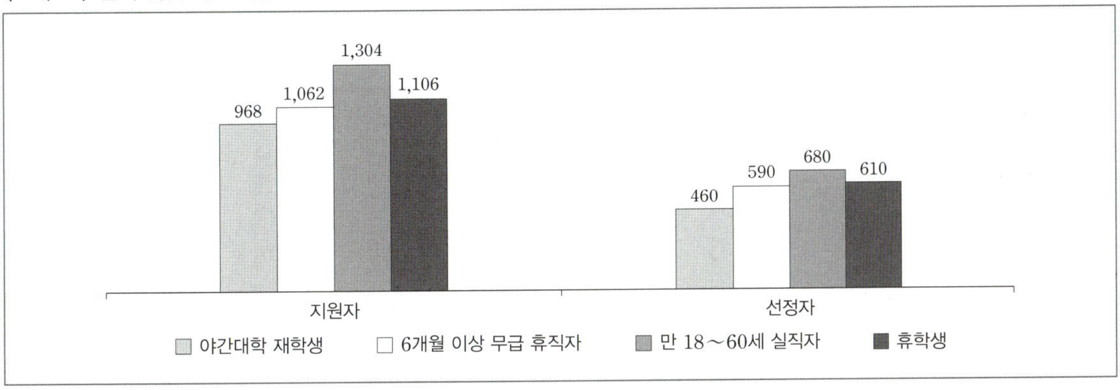

〈그래프2〉 대상별 선정자 중 취업한 센터 비중 (단위: %)

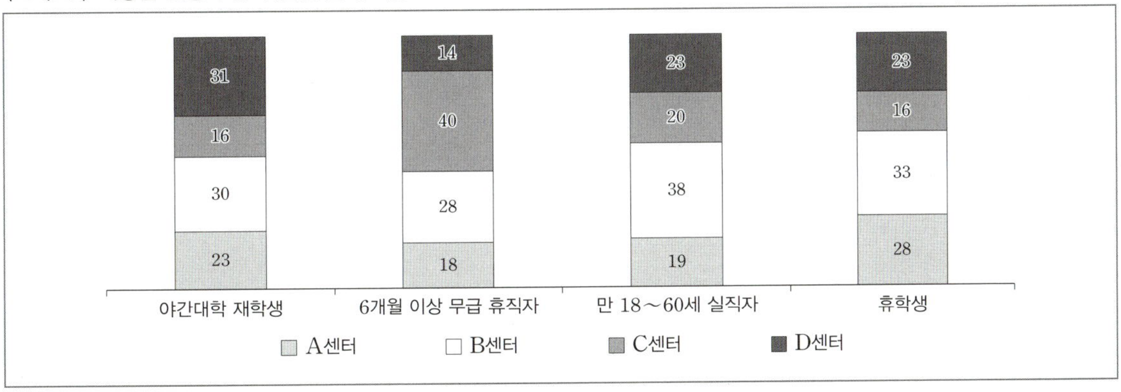

〈표〉 대상별 선정자 중 취업한 센터 인원 (단위: 명)

구분	야간대학 재학생	6개월 이상 무급휴직자	만 18~60세 실직자	휴학생
A센터	106	106	㉢	171
B센터	㉠	165	258	㉤
C센터	74	㉡	136	98
D센터	143	83	㉣	140

① ㉠ 138명　② ㉡ 236명　③ ㉢ 139명
④ ㉣ 156명　⑤ ㉤ 201명

05 다음 〈그래프〉는 65세 이상 노인의 연도별 인구 및 취업 현황을 나타낸 것이다. 2014년부터 2023년까지 큰 변화 없이 추세가 이어진다고 할 때, 2023년 비취업 노인 인구와 취업 노인 인구의 차이를 구하면?

〈그래프〉 연도별 노인 인구 및 취업 현황

(단위: %, 천 명)

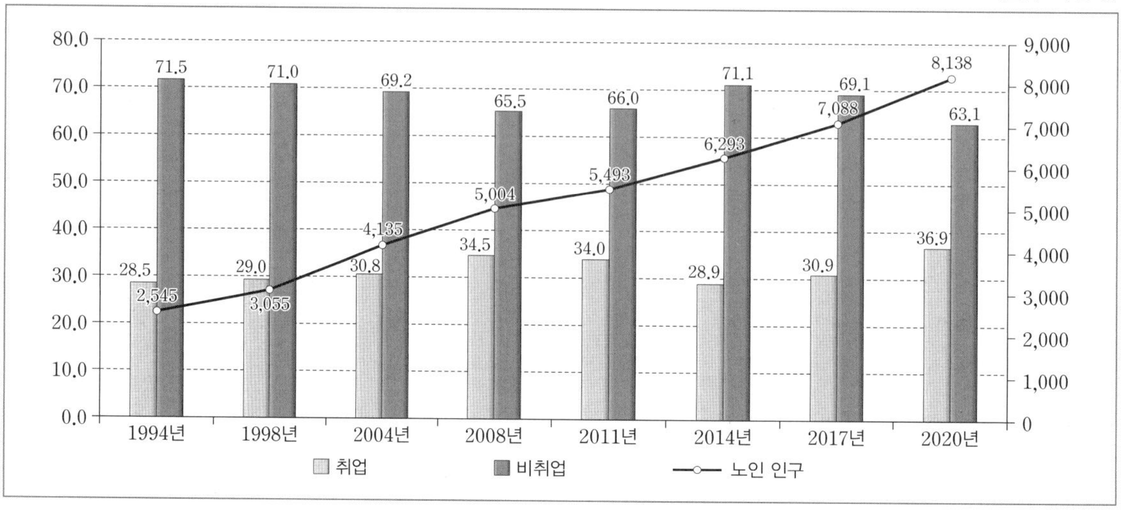

① 약 585명
② 약 595명
③ 약 603명
④ 약 611명
⑤ 약 620명

06 김 대리는 다음 〈그래프〉와 같이 2020년 국가별 수출액 점유율을 작성하고 있다. 아래 〈그래프〉에 들어갈 수 있는 국가가 적어도 총 몇 개국인지 고르면?

〈그래프〉 2020년 국가별 수출액 점유율 (단위: %)

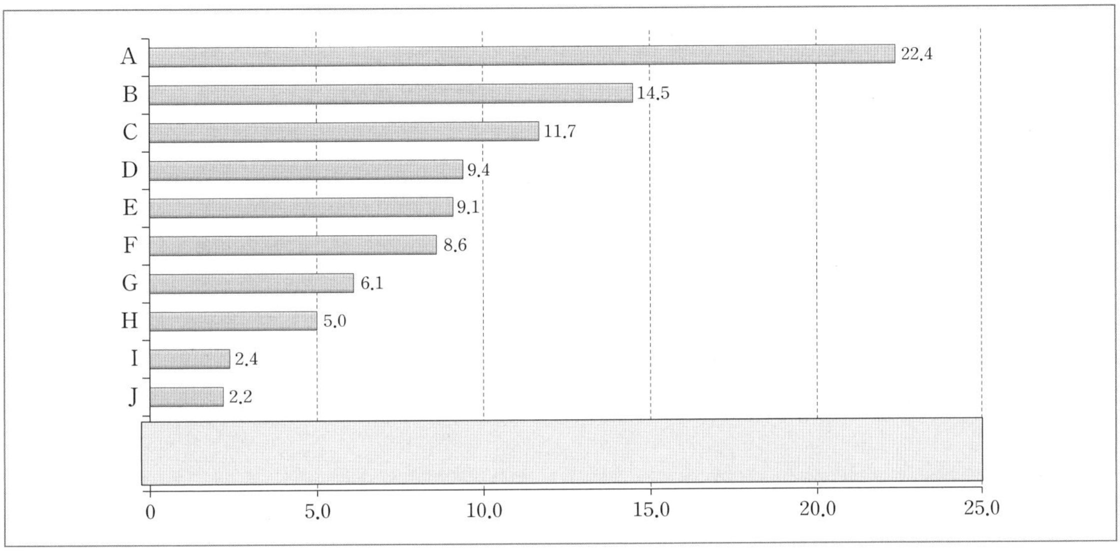

① 15개국 ② 14개국 ③ 13개국
④ 12개국 ⑤ 11개국

07 다음 〈그래프〉는 단순노무에 종사하는 인구수에 관한 자료이다. 1998년 대비 2001년 단순노무 종사자 인구수의 증가율을 구하면?(단, 그래프 기울기는 일정하고, 소수점 둘째 자리에서 반올림한다.)

〈그래프〉 단순노무에 종사하는 인구수

(단위: 천 명)

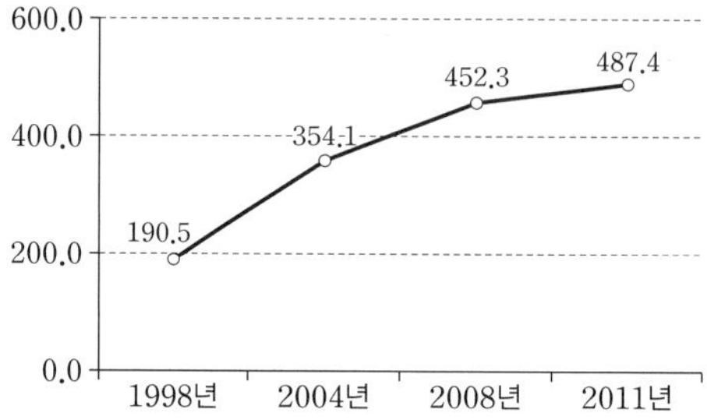

① 약 40.3%
② 약 41.5%
③ 약 42.9%
④ 약 85.9%
⑤ 약 87.5%

08 다음 〈그래프〉와 〈표〉는 기업별 3분기 컨센서스 및 괴리율에 관한 자료이다. 기업별 3분기 영업이익 실적 상위 5개를 바르게 나열한 것을 고르면?

〈그래프+표〉 기업별 3분기 영업이익 컨센서스 및 괴리율

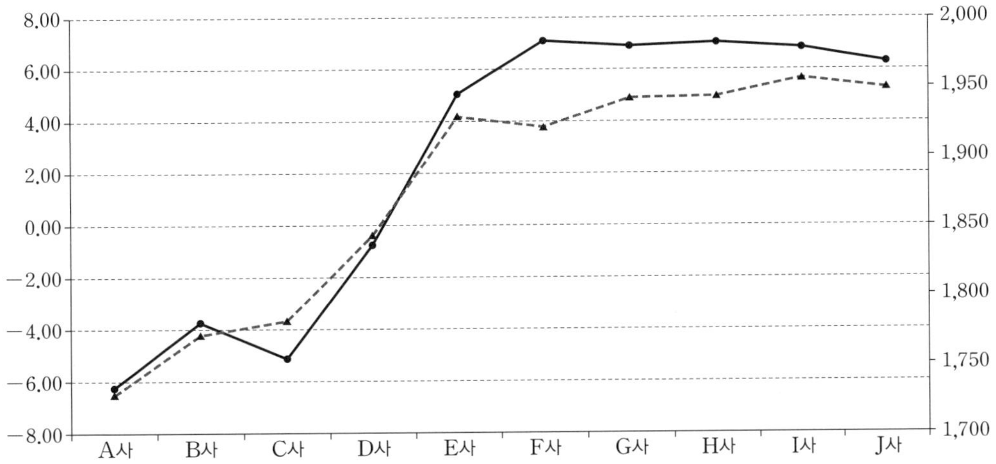

구분	A사	B사	C사	D사	E사	F사	G사	H사	I사	J사
---▲--- 괴리율(%)	−6.50	−4.20	−3.65	−0.40	4.20	3.80	4.90	4.96	5.65	5.30
—●— 영업이익 컨센서스(억 원)	1,733	1,780	1,754	1,836	1,945	1,983	1,979	1,982	1,978	1,968

※ 괴리율(%) $= \frac{\text{영업이익 실적} - \text{영업이익 컨센서스}}{\text{영업이익 컨센서스}} \times 100$

① H사>I사>J사>G사>E사

② H사>I사>G사>J사>F사

③ I사>H사>G사>J사>E사

④ I사>H사>J사>G사>F사

⑤ I사>H사>G사>J사>F사

09 2010~2018년 우리나라 커피전문점의 창업 및 폐업 매장 수에 대한 자료이다. 2016년 창업률과 폐업률의 차이를 구하면?(단, 2009년 커피전문점 매장 수는 총 47,000개이고, 소수점 둘째 자리에서 반올림한다.)

〈그래프1〉 2010~2018년 커피전문점 창업 및 폐업 매장 수 (단위: 천 개)

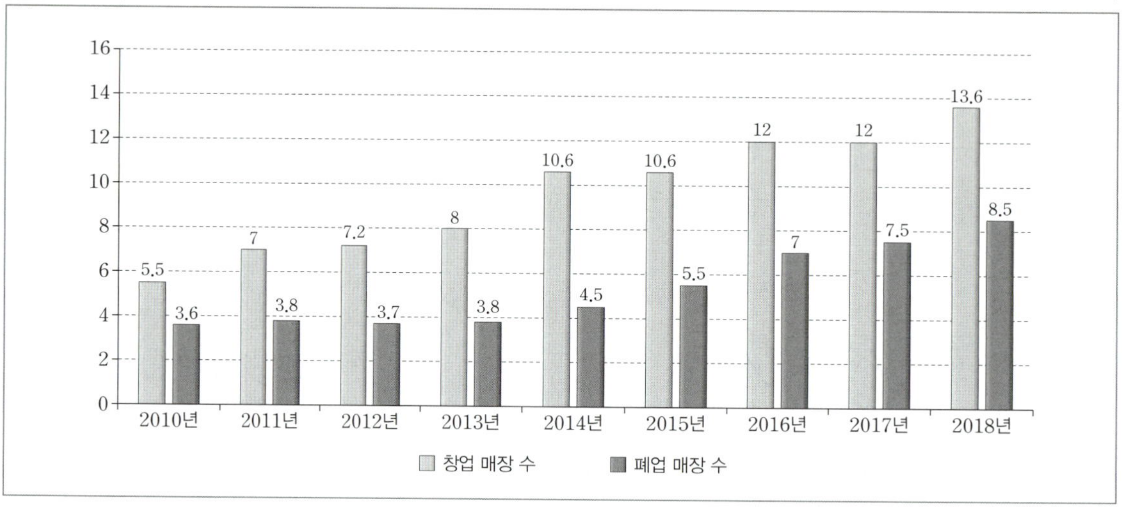

〈그래프2〉 2010~2018년 커피전문점 창업률 및 폐업률 (단위: %)

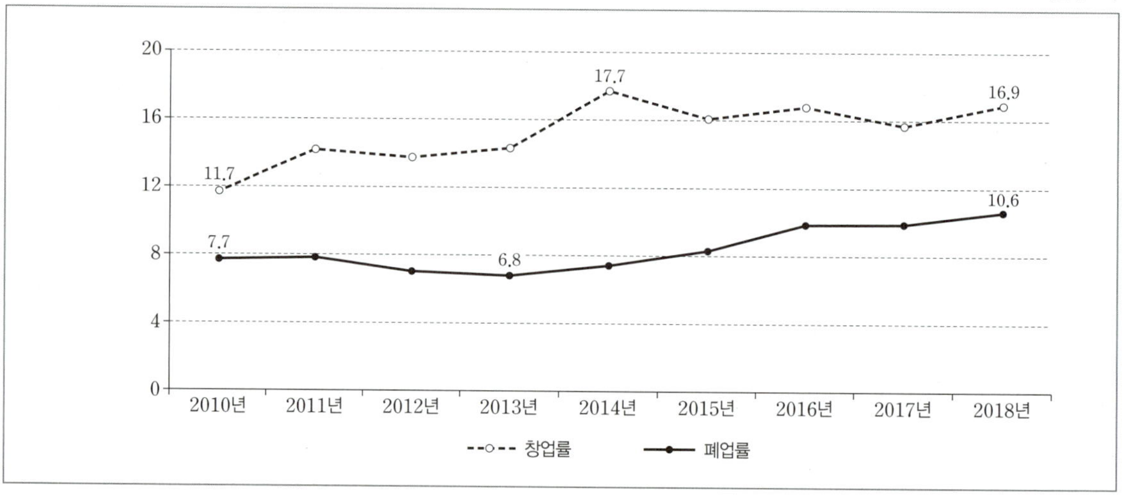

※ 해당 연도 창업(폐업)률(%)= $\frac{\text{해당 연도 창업(폐업) 매장 수}}{\text{전년도 매장 수}}$ ×100

① 5%p
② 6%p
③ 7%p
④ 8%p
⑤ 9%p

10 다음은 ○○사에서 실시하는 프로그램의 배점과 점수 비율이다. 항목별 배점 비율을 적용했을 때, 갑~무 응시자의 총점의 중앙값을 구하면?

• 항목별 배점 비율(3개 항목 합계 총점은 100점으로 함)

필기	실기	면접
40%	40%	20%

• 실기

5.5 미만	5.5~6.4	6.5~7.4	7.5~8.4	8.5~9.4	9.5 이상
75점	80점	85점	90점	95점	100점

• 면접

하	중하	중	중상	상
80점	85점	90점	95점	100점

〈표〉 응시자 정보

구분	필기	실기	면접
갑	80점	7.6	중하
을	85점	6.9	중
병	80점	7.3	중
정	80점	8.0	중하
무	94점	6.4	하

① 84점 ② 84.3점 ③ 85점
④ 85.3점 ⑤ 85.6점

11 다음 〈표〉와 〈그래프〉를 참고했을 때, 2019년 노인 1인당 연평균 진료비 대비 70세 이상 노인 1인당 연평균 진료비가 차지하는 비중을 고르면?(단, 1인당 연평균 진료비는 천 원 단위 미만에서 반올림하고, 비중은 소수점 둘째 자리에서 반올림한다.)

〈표〉 2015~2019년 전체 인구 및 노인과 전체 1인당 연평균 진료비 현황 (단위: 천 명, 천 원)

구분	2015년	2016년	2017년	2018년	2019년
전체 인구	50,490	50,763	50,941	51,072	51,391
노인 1인당 연평균 진료비	3,620	3,983	4,255	4,568	4,910
전체 1인당 연평균 진료비	1,149	1,275	1,391	1,528	1,681

〈그래프〉 2015~2019년 70세 이상 노인 진료비 및 인구 현황 (단위: 억 원, 천 명)

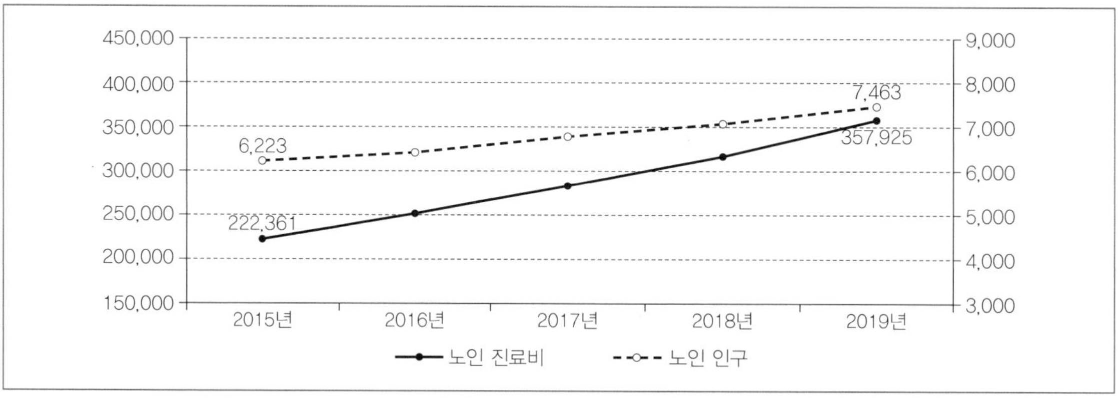

① 92.7%
② 94.1%
③ 95.9%
④ 97.7%

12 2017년 총 인구가 5천 명이라고 했을 때, 2017년 주류에 대한 전체 민간 소비 지출액을 고르면?(단, 민간 소비 지출액은 소수점 첫째 자리에서 반올림한다.)

〈그래프〉 1인당 민간 소비 지출액 (단위: 만 원)

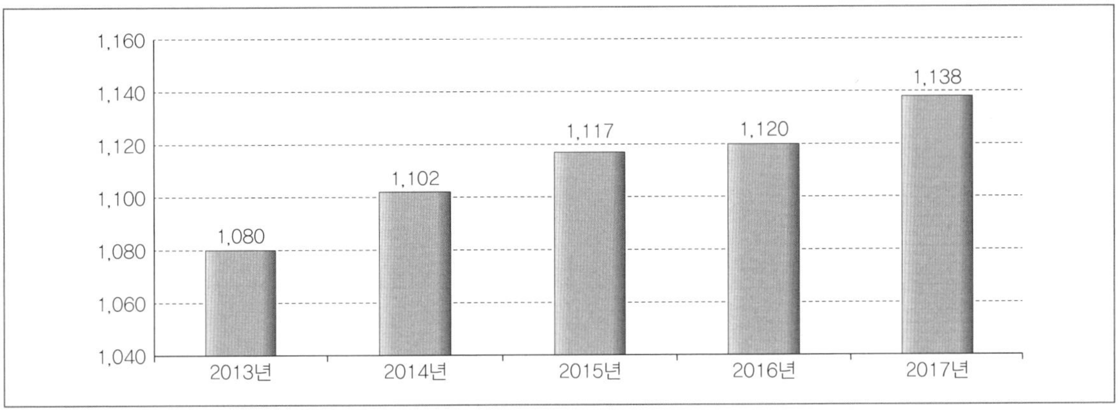

※ 1인당 민간 소비 지출액 $=\dfrac{\text{전체 민간 소비 지출액}}{\text{총 인구}}$

〈표〉 1인당 민간 소비 지출 구성비 (단위: %)

구분	2013년	2014년	2015년	2016년	2017년
주거	29.9	30.5	30.6	30.2	30.0
수도	2.0	1.9	2.1	1.9	2.0
통신	5.3	5.4	5.5	5.6	5.7
광열	2.2	2.1	2.3	2.2	2.2
주류	20.1	19.8	19.9	20.1	20.4
담배	3.8	3.9	3.8	4.0	3.9
음식	25.2	24.9	24.6	24.8	24.6
숙박	11.5	11.5	11.2	11.2	11.2

① 116억 원 ② 120억 원 ③ 124억 원
④ 128억 원 ⑤ 132억 원

정답과 해설 P.11

기출유형 4 | 자료변환

기출 유형 분석

자료변환 유형은 NCS직업기초능력의 도표작성능력에 관한 것이다. 도표작성능력의 경우 도표를 활용하여 내용을 강조하는 데 있다. 업무결과를 도표로 정리, 업무 목적에 맞는 계산 결과 묘사, 계산 수행, 결과 정리 등 여러 상황에서 일목요연하게 사용된다.

출제되는 유형은 표를 그래프, 그래프를 그래프, 그래프를 표 등으로 변환하는 것으로 자료 비교와 자료계산을 기반으로 하고 있다. 또한, 자료의 용도에 따른 활용법도 출제되고 있으니 확인하도록 한다.

세부 유형

세부 유형	발문 내용
표 → 그래프	• 주어진 자료를 바탕으로 작성한 그래프 중 적절하지 않은 것을 고르면? • 주어진 자료를 용도에 맞게 활용하는 그래프로 적절한 것을 고르면? • 주어진 자료를 강조하기 위해 사용한 도표로 적절하지 않은 것을 고르면?
그래프 → 그래프	
그래프 → 표	
도표 활용법	

기출 유형 접근법

• 주어진 축과 단위 확인하기

출제자가 자료변환 유형을 제작 시 어려움을 겪는 것 중 하나는 오답의 작성이다. 왜냐하면, 오답이 너무 잘 보여도 안 되며, 정답 역시 너무 잘 구분되면 안 되기 때문이다. 자료변환 문제 출제 시 출제자가 가장 쉽게 정답과 오답을 구분하는 방법으로는 주어진 축의 수치를 변경하거나 유사한 단위를 이용하는 것이다. 즉, 축의 수치가 비슷한데 다르거나 축의 수치는 같지만, 단위 하나로 다른 값이 되는 것이다. 변환 유형을 풀이할 땐 항상 이 점을 반드시 숙지한다.

• 정답을 찾기보단 오답을 이용한 소거법 사용하기

지원자가 자료변환 유형을 풀다 보면 시간이 오래 걸리는 경우가 많다. 정답을 찾기 위해 정보 하나하나를 모두 확인해서인데, 오답일 것이라고 생각되는 선택지부터 비판적인 눈으로 문제를 풀다 보면 정답이 아닌 것부터 추려져서 정답을 보다 빠르게 찾을 수 있을 것이다.

• 도표의 종류별 활용법 숙지하기

높은 난도의 문제보다는 낮은 난도의 문제를 출제함으로써 지원자가 기본적인 내용을 숙지하고 있는지 확인하는 유형이 있다. 그건 용도에 맞는 도표의 종류별 활용법이다. 즉, 그래프를 용도에 맞게 사용하는 것은 NCS직업기초능력 학습에서 가장 기본이 되는 이론으로 다음 유형 핵심 이론을 학습하여 반드시 숙지하도록 한다.

유형 핵심 이론

1 선 그래프

선 그래프란 주로 시간의 경과에 따라 수량에 의한 변화의 상황을 선의 기울기로 나타내는 그래프이다. 선 그래프의 용도로는 경과, 비교, 분포를 비롯하여 상관관계 등을 나타낼 때 사용된다.

아래의 그래프는 매출액의 추이를 나타낸 선 그래프이다. 선 그래프 중 가장 기본적인 시간적 추이를 표시한 것으로 4년간의 상품별 매출액 추이를 비교하고 있다. 선 그래프는 한 표에 너무 많은 선이 들어가면 복잡하여 알아보기 어려우므로 주의한다.

〈선 그래프〉 상품별 매출액 추이

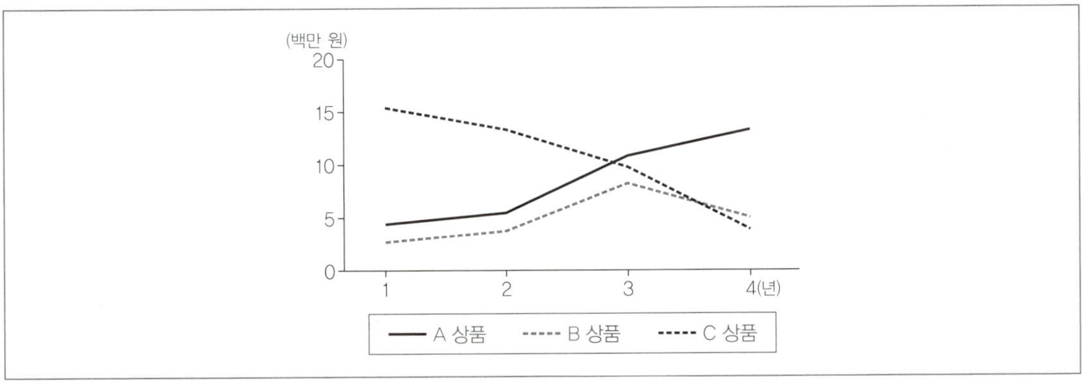

2 막대 그래프

비교하고자 하는 수량을 막대 길이로 표시하고 그 길이를 비교하여 각 수량 간의 대소관계를 나타내는 그래프이다. 가장 간단한 형태이며, 선 그래프와 같이 각종 그래프의 기본을 이룬다. 막대 그래프는 내역, 비교, 경과, 도수 등을 표시하는 용도로 쓰이지만, 직접적인 양을 나타내거나 비교할 때 자주 사용된다.

〈막대 그래프〉 영업소별 매출액(월평균)

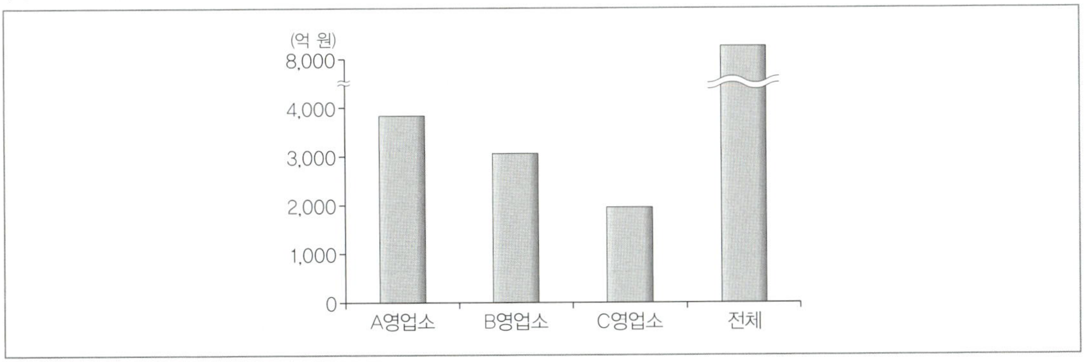

3 원 그래프

원 그래프는 일반적으로 내역이나 내용의 구성비를 원을 분할하여 작성한 것이다. 동심원을 두 개 그림으로써 두 시점에서의 매출액 크기와 구성비를 비교해 볼 수도 있다. 단, 원 그래프를 정교하게 작성할 때 까다로운 것은 수치를 각도로 환산해야 한다는 점이다.

〈원 그래프〉 제품별 매출액 구성비

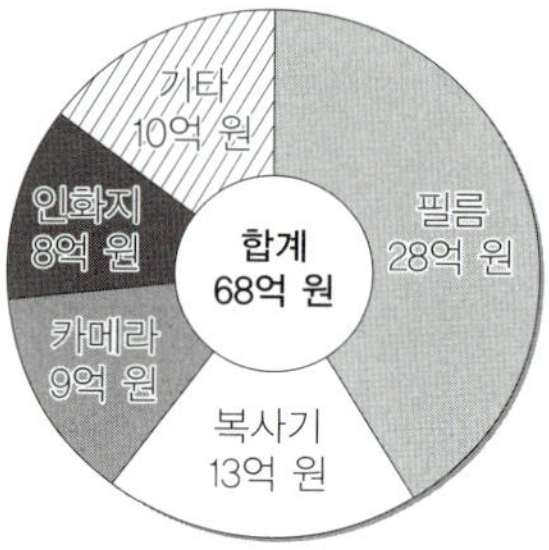

4 점 그래프

점 그래프는 종축과 횡축에 두 요소를 두고 보고자 하는 것이 어떤 위치에 있는가를 알고자 하는데 쓰인다. 그래프에서 그어진 세로선과 가로선은 기준의 평균치를 나타낸다. 즉, 두 가지 기준에 따라 평가나 위치, 성격 등을 동시에 표시하는 데 이용된다.

아래의 점 그래프는 각 지역에서 쓰이는 광고비율과 이익률의 관계가 어떻게 되어 있는지를 표시한 것이다. 서울, 부천의 경우 광고비는 높지만, 이익률이 낮다. 반면 경기도, 강원도, 충청도의 경우 광고비율은 낮지만, 이익률은 높음을 알 수 있다.

〈점 그래프〉 지역별 광고비율과 이익률의 관계

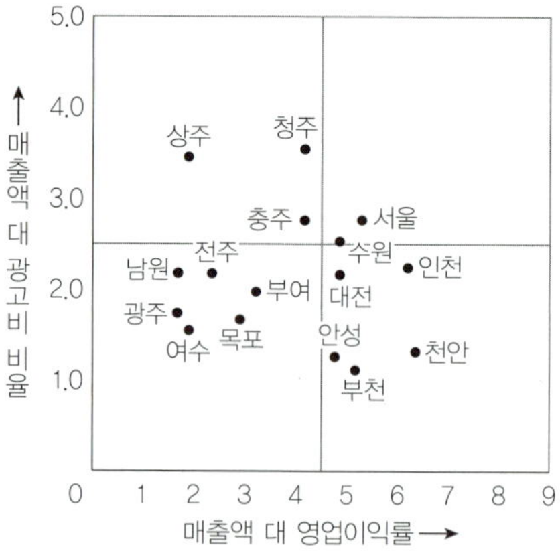

5 층별 그래프

층별 그래프는 선 그래프의 변형으로 연속내역 막대 그래프라 할 수 있다. 선의 움직임보다는 선과 선 사이의 크기로써 데이터 변화를 나타낸다. 층별 그래프는 크게 두 가지 용도로 활용되는데, 이는 합계와 각 부분의 크기를 백분율로 나타내고 시간적 변화를 보고자 할 때, 합계와 각 부분의 크기를 실수로 나타내고 시간적 변화를 보고자 할 때 등이다. 즉 두 가지 항목을 동시에 비교할 수 있다.

아래의 층별 그래프는 상품별 매출액 추이를 나타낸 것으로 전체 매출액 추이 변화와 함께 상품별 매출액의 추이 변화를 알 수 있다.

〈층별 그래프〉 상품별 매출액 추이

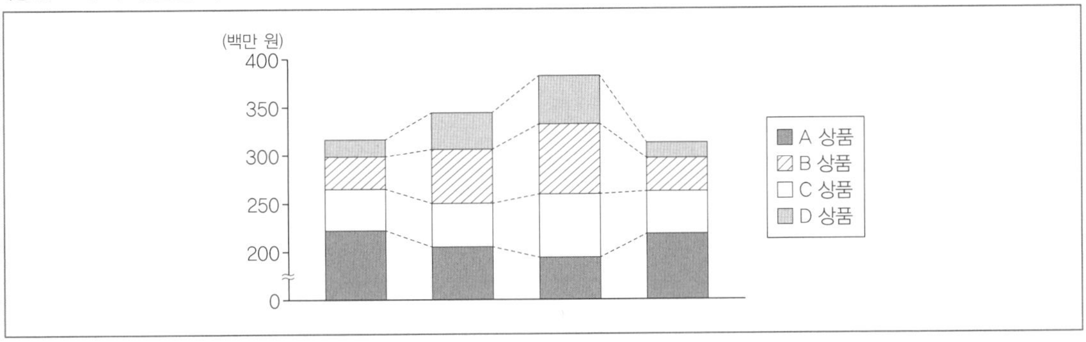

6 방사형 그래프(거미줄 그래프 or 레이더 차트)

방사형 그래프는 원 그래프의 일종으로 거미줄 그래프라고도 한다. 비교하는 수량을 직경, 또는 반경으로 나누어 원의 중심에서의 거리에 따라 각 수량의 관계를 나타낸다. 방사형 그래프는 대표적으로 비교하거나 경과를 나타내는 용도로 활용된다.

〈방사형 그래프〉 월별/상품별 매출액 추이

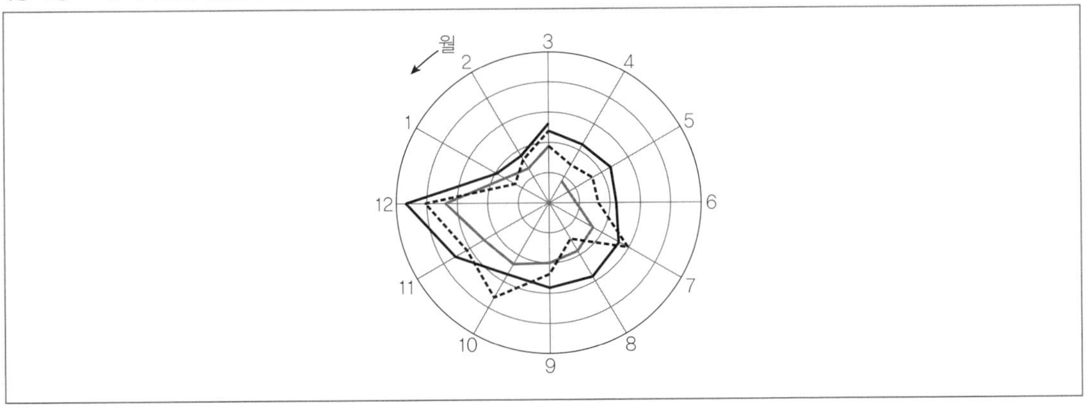

대표 기출 문항

기출 난이도 상 중 하 2022년 서울교통공사

2021년 1분기 온라인쇼핑 음식서비스 이용 인원에 관한 자료이다. 다음 자료를 발표 자료로 활용하기 위해 작성한 그래프로 적절하지 않은 것을 고르면?

〈표〉 2021년 1분기 음식서비스 이용 인원

(단위: 명)

구분	1월	2월	3월	합계
A구	19,900	20,600	22,200	62,700
B구	30,000	31,500	32,000	93,500
C구	28,700	29,100	30,600	88,400
D구	15,800	15,000	16,200	47,000
E구	40,400	41,200	43,800	125,400
합계	134,800	137,400	144,800	417,000

① 〈그래프〉 2021년 1분기 음식서비스 이용 인원

(단위: 명)

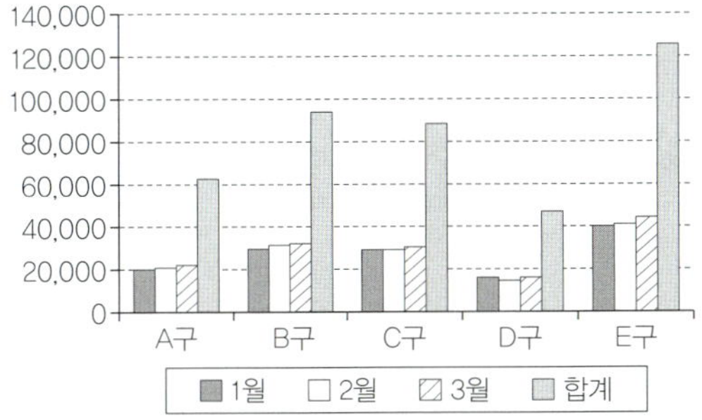

② 〈그래프〉 2021년 1분기 음식서비스 이용 인원 전월 대비 증감량

(단위: 명)

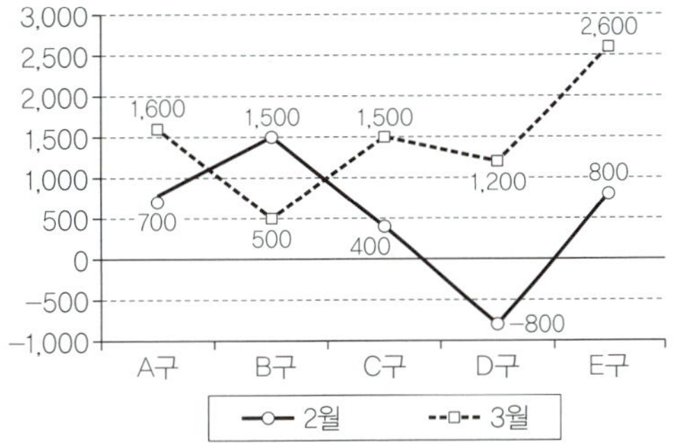

✓③ 〈그래프〉 2021년 3월 음식서비스 이용 인원 2월 대비 증감률

(단위: %)

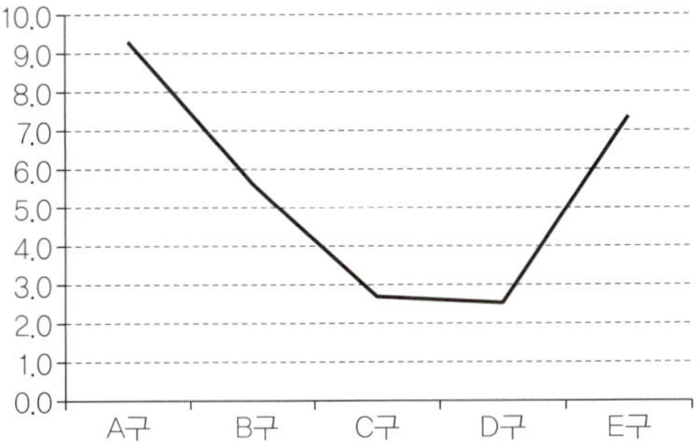

④ 〈그래프〉 2021년 3월 음식서비스 이용 인원 1월 대비 증감률

(단위: %)

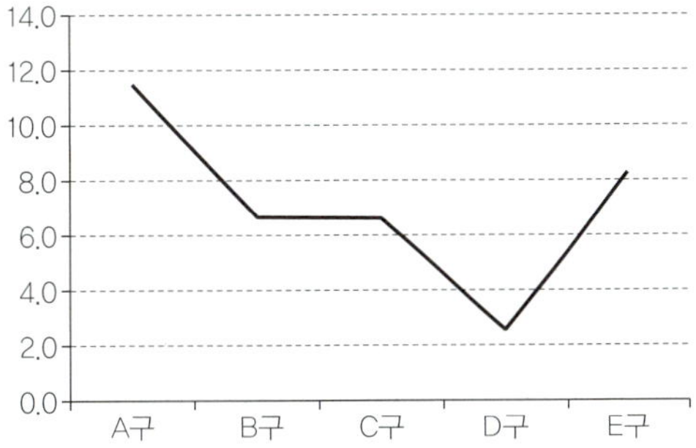

⑤ 〈그래프〉 2021년 1분기 중 1월 음식서비스 이용 인원 비중

(단위: %)

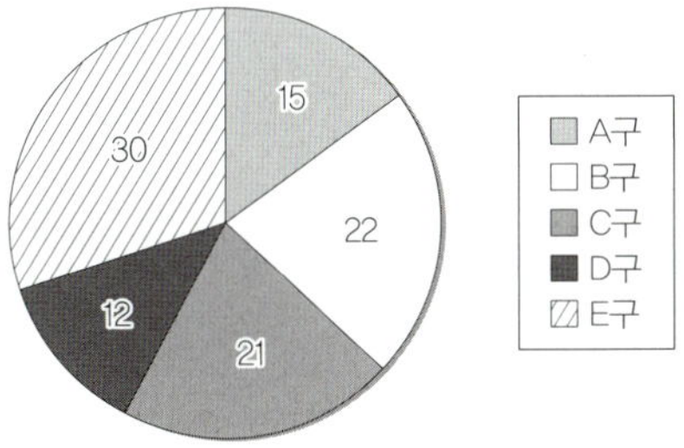

문제 풀이 전략

자료변환 유형은 자료 비교와 자료계산을 기반으로 하고 있다. 이때, 자료계산 유형은 정확한 계산 값을 구해내야 하는지, 정확하지 않아도 대략적인 값을 기준으로 추이를 가지고도 풀이를 해나갈 수 있는지를 확인할 수 있어야 한다.
주어진 선택지 ①번, ③번, ④번은 정확한 값보다 추이를 가지고도 구해낼 수 있고, 선택지 ②와 ⑤는 정확한 값을 계산해야 확인할 수 있다.
이때, 선택지 ①번, ③번, ④번을 먼저 확인한 후 선택지 ②번과 ⑤번을 확인하는 것이 더 좋다.

정답풀이

2021년 3월 음식서비스 이용 인원 2월 대비 증감률을 구하면 다음과 같다.

A구	B구	C구	D구	E구
7.8%	1.6%	5.2%	8.0%	6.3%

이를 바탕으로 그래프를 작성하면 다음과 같다.

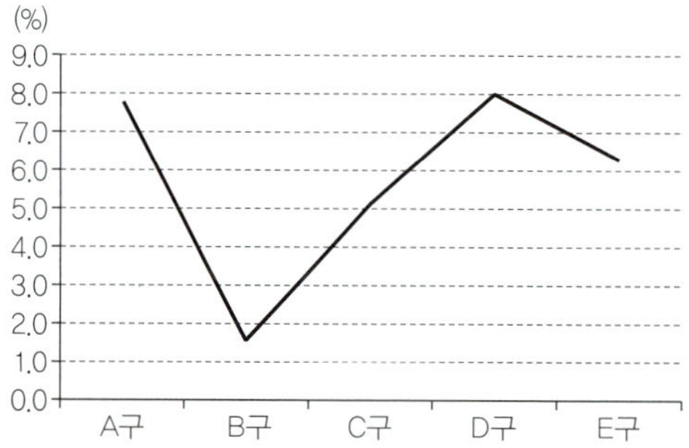

A~D구까지의 증가율은 하락, 상승하지만, 선택지 ③은 A~D구까지 지속해서 증가율이 하락하고 있다.

오답풀이

① 정확한 값이 나와 있지 않으므로 그래프에 나와 있는 축의 값과 주어진 자료의 값이 대략 비슷한지를 확인한다는 점에 유의한다. 그 다음 단위를 확인한 후 간단하게 추이만 비교해 보면 옳다는 것을 알 수 있다.

② 〈그래프〉에서 수치를 명확히 확인할 수 있어 계산 부분에서 시간이 오래 걸리지 않으므로 증감량을 구할 필요가 있다. A~E구의 전월 대비 증감량을 구하면 다음과 같다.

구분	A구	B구	C구	D구	E구
2월	700	1,500	400	−800	800
3월	1,600	500	1,500	1,200	2,600

따라서 옳다.

④ 정확한 수치보다는 추이가 나와 있으므로 증감률에 대한 정확한 계산 대신 대략적인 추이를 비교하는 게 좋다. A~E구를 계산하면 다음과 같다.

구분	A구	B구	C구	D구	E구
3월	11.6%	6.7%	6.6%	2.5%	8.4%

따라서 옳다.

⑤ 정확한 수치가 나와 있지만, 대략 전체에서 차지하는 비중의 순서만 보면 E>B>C>A>D임을 알 수 있다. 따라서 ⑤의 비중 순서 역시 같으므로 문제가 없다. 하지만, 다른 선택지에서 문제가 없다면 비중의 순서는 옳으나 수치가 틀렸을 수도 있으니 그때 확인하도록 한다. 1월 비중은 계산하면 다음과 같다.

구분	A구	B구	C구	D구	E구
1월	15%	22%	21%	12%	30%

따라서 옳다.

난이도 상 중 하 2022년 국민건강보험공단

01 다음 〈표〉는 A~C사의 2021년 분기별 경영 실적을 나타낸 자료이다. 기업별로 1~4분기 경영실적을 〈그래프〉로 정리한 것 중 가장 적절하지 않은 것을 고르면?

〈표〉 A~C사의 2021년 분기별 경영 실적

(단위: 만 개, 억 원)

구분		1분기	2분기	3분기	4분기
A사	판매 수량	1,250	1,400	1,200	1,300
	매출액	320	390	300	350
	변동비	60	80	55	75
	고정비	15	15	14	15
B사	판매 수량	580	550	620	600
	매출액	930	900	980	950
	변동비	550	500	590	560
	고정비	120	120	120	130
C사	판매 수량	220	200	210	180
	매출액	490	460	480	420
	변동비	140	130	135	100
	고정비	25	25	24	25

※ 공헌이익=매출액−변동비

① A사의 분기별 경영실적 (단위: 억 원)

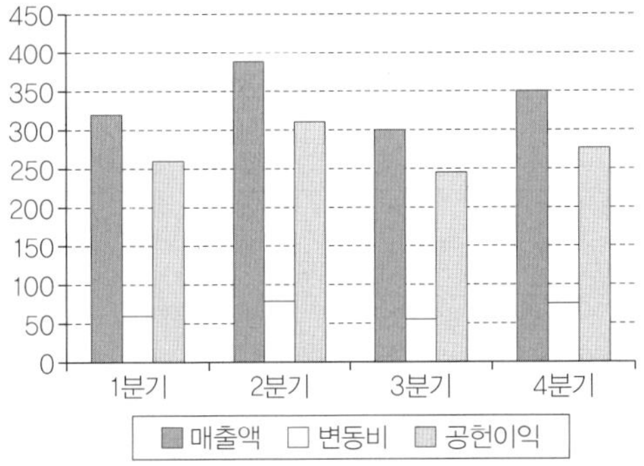

② B사의 분기별 경영실적 (단위: 억 원)

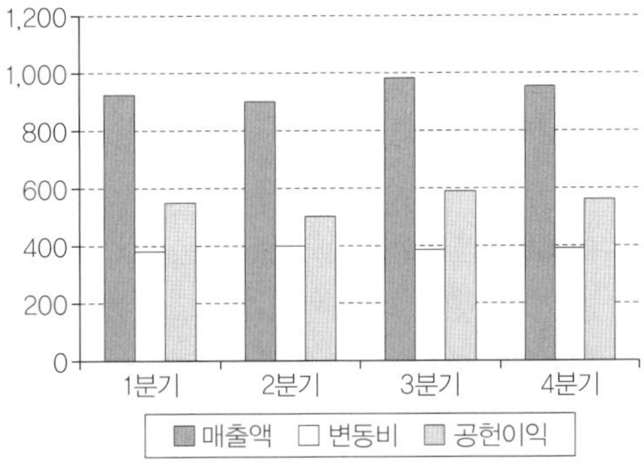

③ C사의 분기별 경영실적 (단위: 억 원)

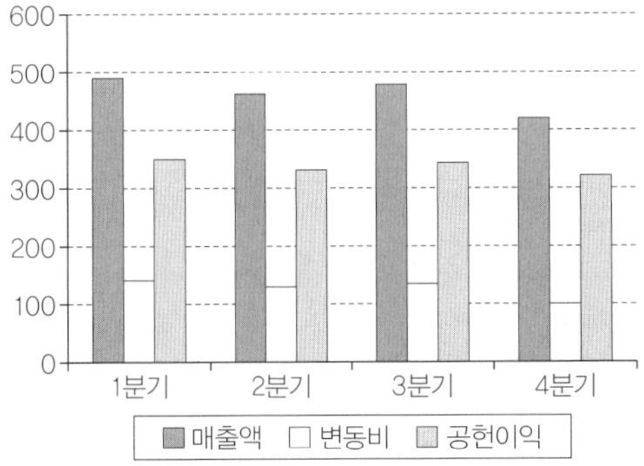

④ A사의 분기별 경영실적 (단위: 억 원)

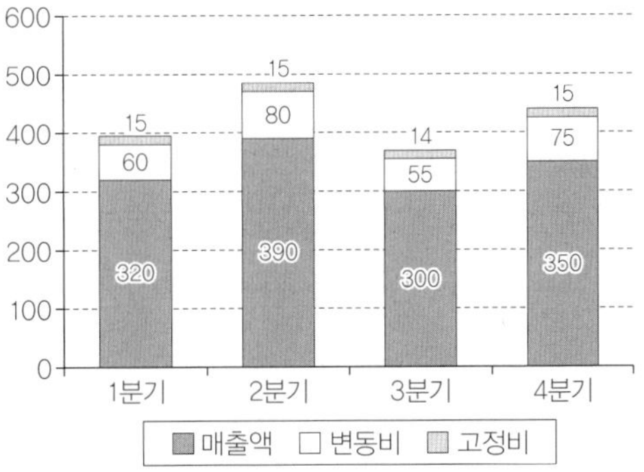

⑤ C사의 분기별 경영실적 (단위: 억 원)

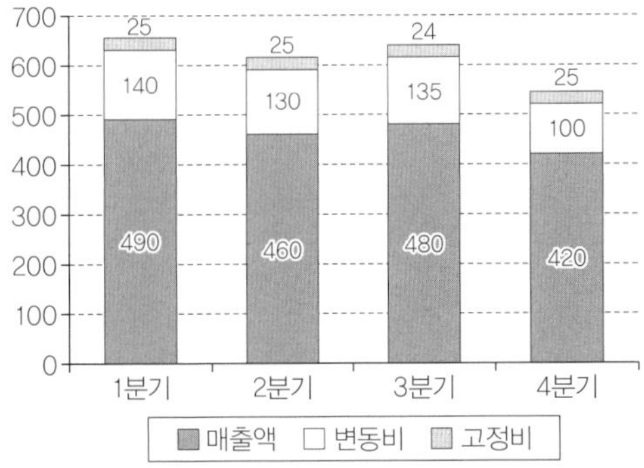

02 다음 〈그래프〉는 A~E균주의 제형별 투입균수에 관한 자료이다. 현재의 자료를 제형별로 비교하기 위한 〈그래프〉를 작성하려고 한다. 이때, 제형별로 비교하기 위한 그래프 중 가장 적절하지 않은 것을 고르면?

〈그래프〉 균주별 제형별 투입균수

(단위: 만 CFU)

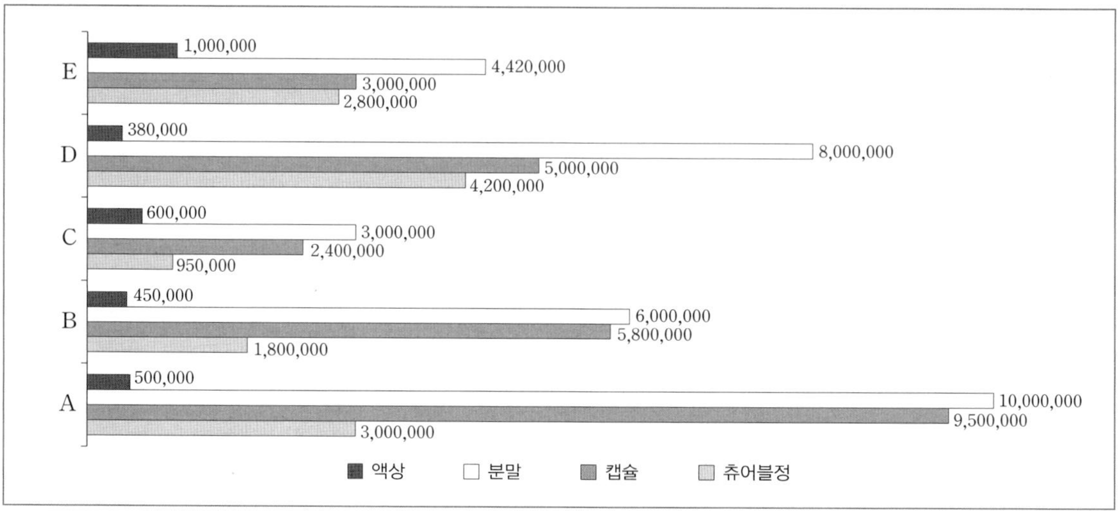

① 액상 투입균수 (단위: 만 CFU)

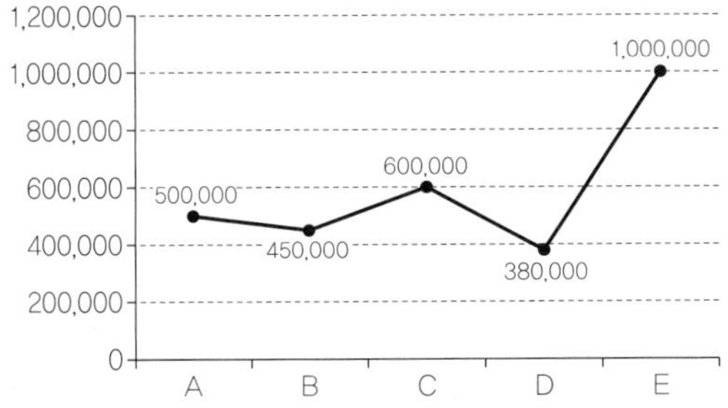

② 캡슐 투입균수 (단위: 만 CFU)

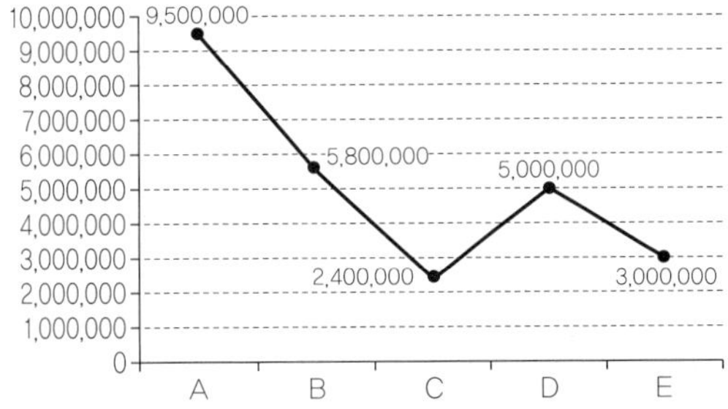

③ 분말과 캡슐 투입균수 (단위: 만 CFU)

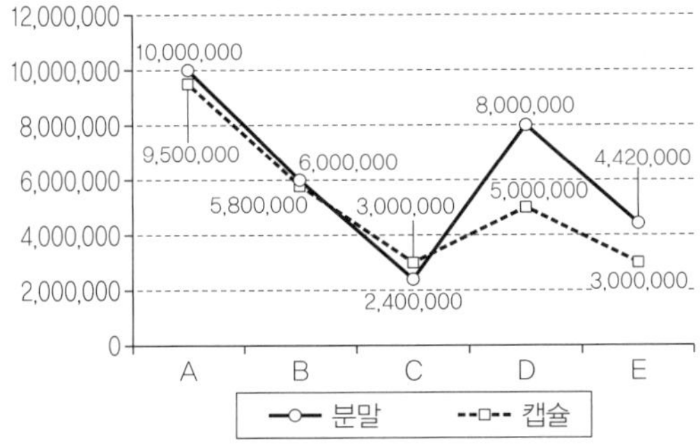

④ 액상과 츄어블정 투입균수 (단위: 만 CFU)

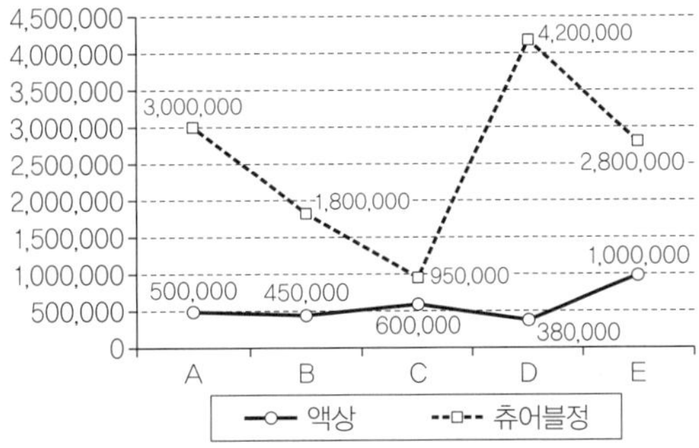

⑤ 캡슐과 츄어블정 투입균수 (단위: 만 CFU)

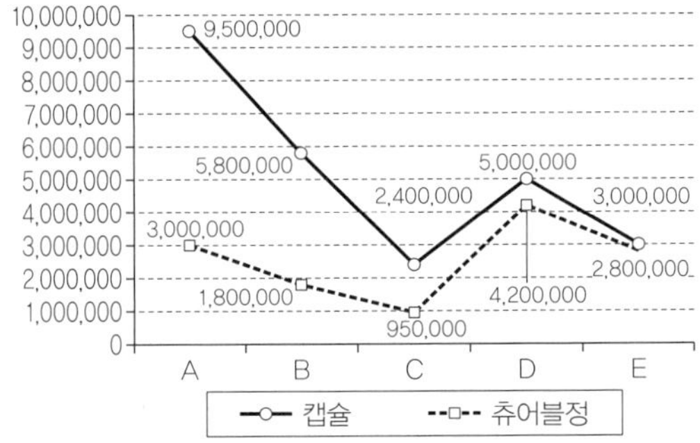

03 다음 〈표〉는 2018~2019년 물류산업 현황에 관한 자료이다. 이를 이용하여 발표를 진행하려고 할 때, 발표 자료로 사용하기에 가장 적절한 것을 고르면?

〈표〉 2018~2019년 물류산업 총괄 개요 (단위: 개, 명, 십억 원)

구분	2018년	2019년
기업체 수	208,260	216,637
종사자 수	588,164	596,420
매출액	89,494	92,354
영업비용	81,794	84,385

① 2018~2019년 물류산업 총종사자 수와 총기업체 수 (단위: 명, 개)

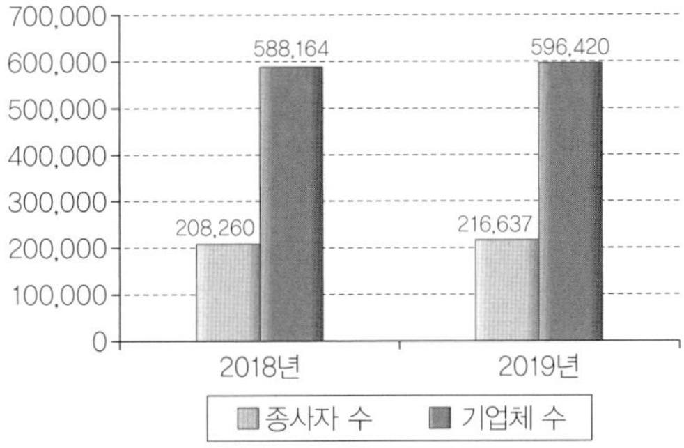

② 2018~2019년 물류산업 총매출액과 영업비용 (단위: 십억 원)

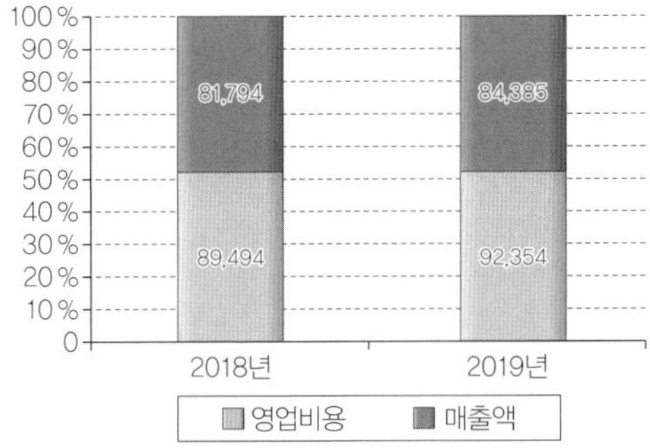

③ 2018~2019년 물류산업 기업체 수 대비 종사자 수 (단위: 명/개)

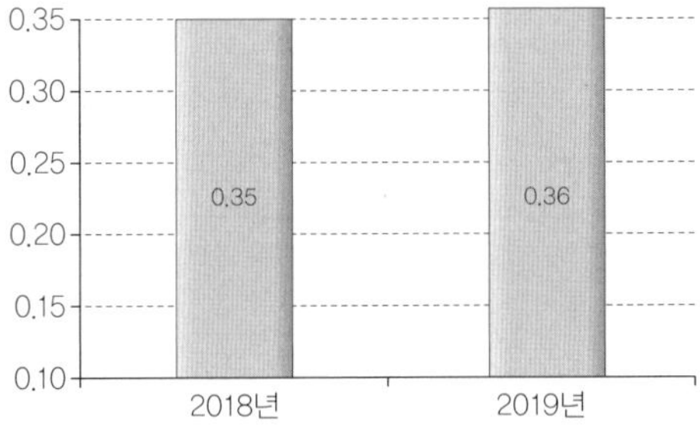

④ 2018~2019년 물류산업 영업비용 대비 매출액 (단위: 원)

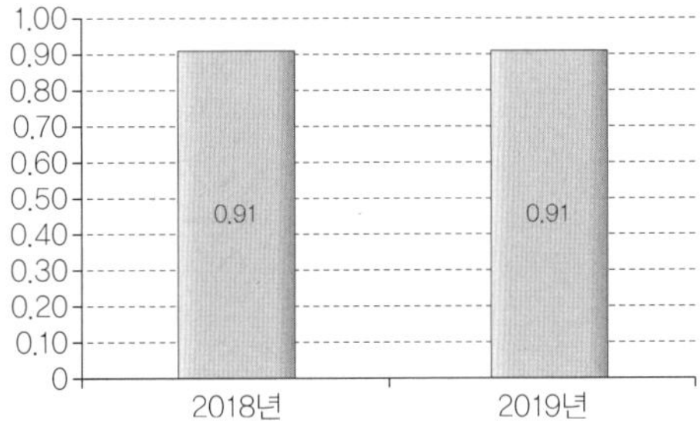

⑤ 2019년 물류산업 기업체 수, 종사자 수, 매출액, 영업비용의 전년 대비 변화율 (단위: %)

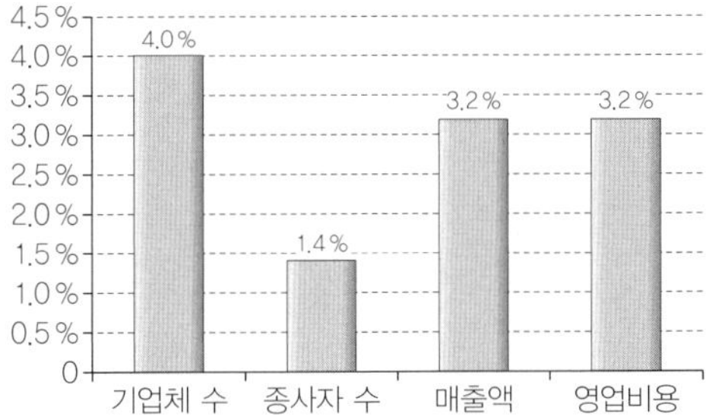

04 다음 〈표〉는 국내 지식재산 출원 동향에 관한 자료이다. 이를 이용하여 작성한 그래프로 가장 적절하지 않은 것을 고르면?

〈표〉 국내 특허 출원 동향 (단위: 건)

구분	2018년	2019년	2020년	2021년
중소벤처기업	46,652	50,493	57,438	62,843
대기업	33,693	37,538	37,536	37,322
대학/공공연	27,218	26,944	27,947	30,020
개인	41,096	43,130	43,544	41,298
외국인	47,809	47,518	46,306	51,735
기타	13,524	13,352	13,988	14,780
합계	209,992	218,975	226,759	237,998

① 2019년과 2020년 국내 출원 동향 (단위: 건)

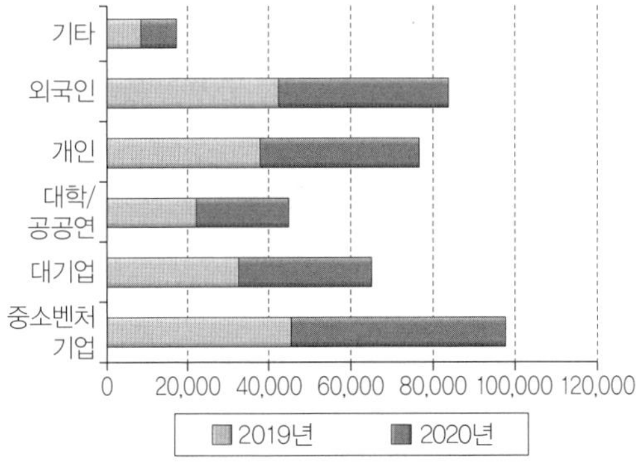

② 2021년 국내 특허 출원 점유율 (단위: %)

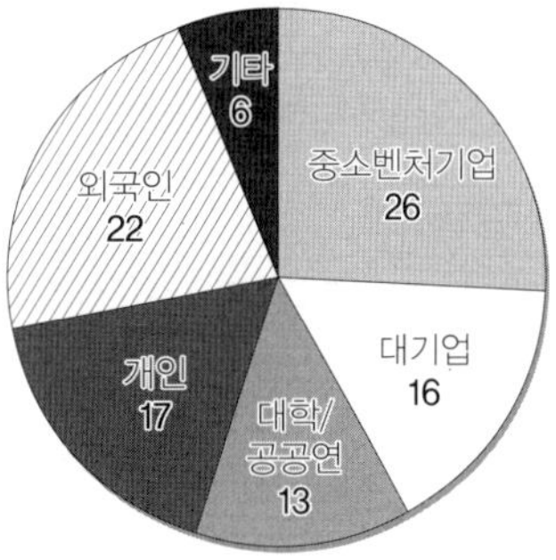

③ 4년 동안 대학/공공연과 개인 특허 출원량 추이 (단위: 건)

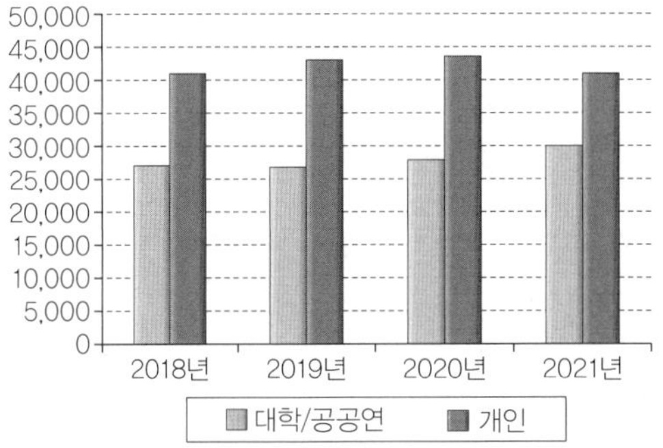

④ 4년 동안 대기업과 중소벤처기업 특허 출원량 비교 (단위: 건)

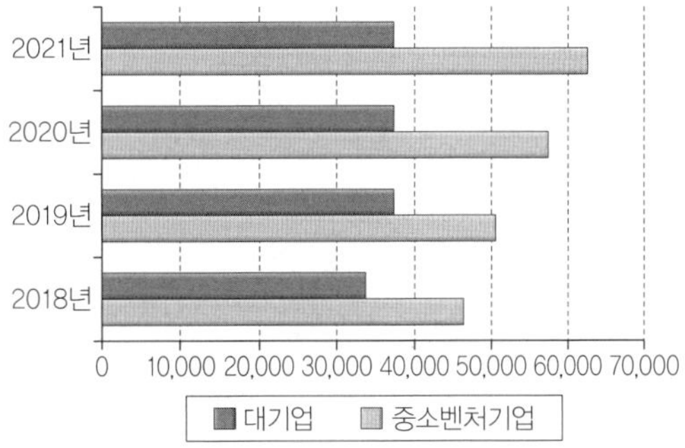

⑤ 2018년과 2021년 국내 특허 출원 추이 비교 (단위: 건)

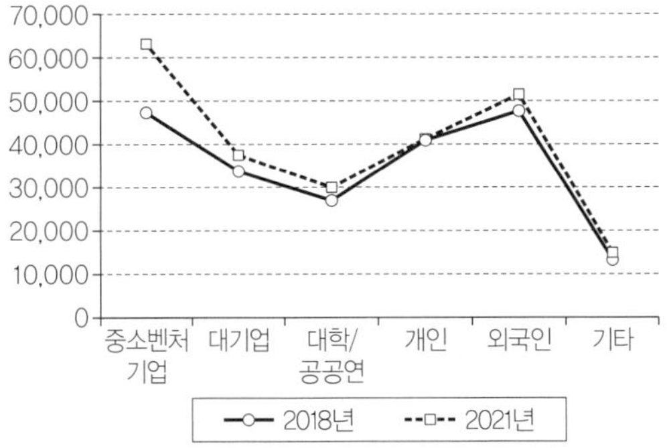

05 다음 〈표〉는 2020년 A~E기업의 실적 전망치와 괴리율을 나타낸 자료이다. 이를 바탕으로 〈그래프〉를 작성하였을 때, 가장 적절한 것을 고르면?

〈표1〉 2020년 기업별 실적 전망치

(단위: 억 원)

기업	매출액	영업이익	당기순이익
A	80	10	5
B	120	40	−10
C	100	−20	5
D	400	150	50
E	250	100	−30

〈표2〉 2020년 기업별 괴리율

(단위: %)

기업	매출액	영업이익	당기순이익
A	30	10	4
B	−25	−50	20
C	−50	−15	−10
D	15	5	5
E	10	−5	0.5

※ 괴리율(%)=$\frac{\text{실적}-\text{실적 전망치}}{\text{실적 전망치}}\times 100$

① 2020년 기업별 실적 전망치 (단위: 억 원)

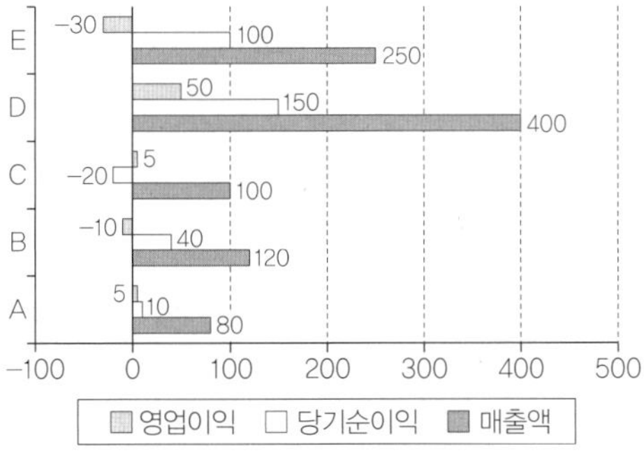

② 2020년 기업별 매출액과 영업이익의 괴리율

(단위: %)

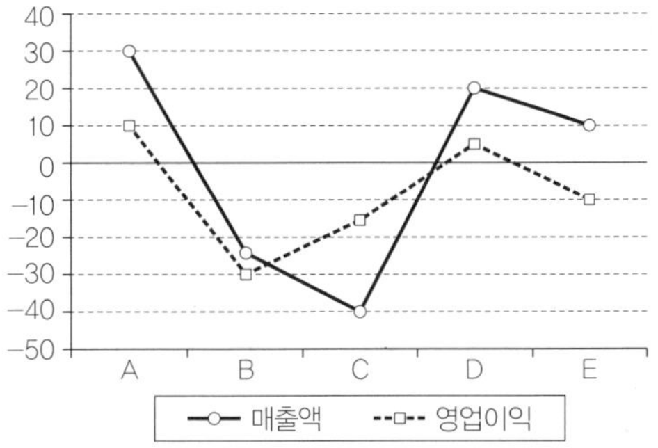

③ 2020년 기업별 매출액 실적 전망치와 실적

(단위: 억 원)

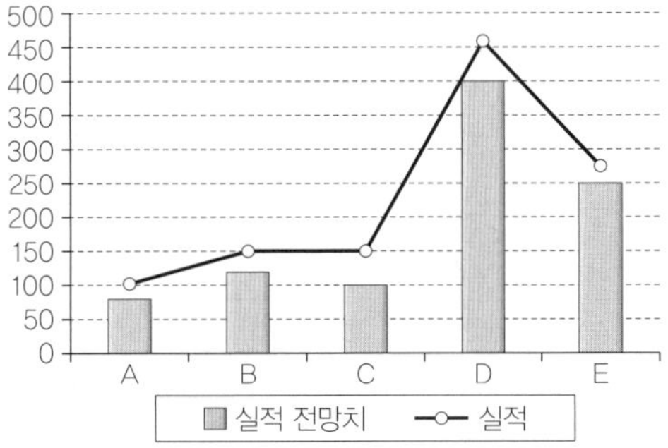

④ 2020년 기업별 영업이익 실적 전망치와 실적

(단위: 억 원)

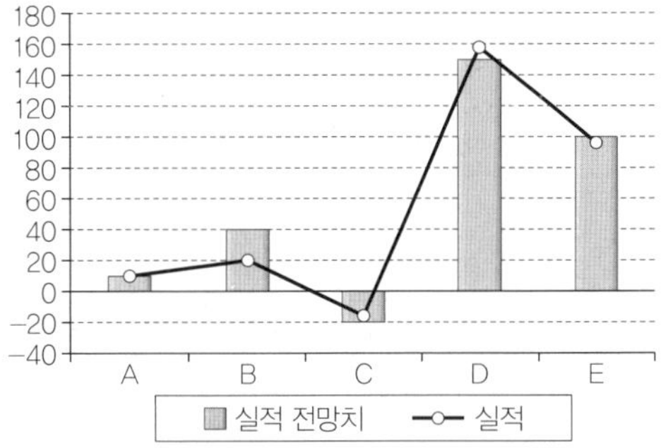

⑤ 2020년 기업별 당기순이익 실적 전망치와 괴리율

(단위: 억 원, %)

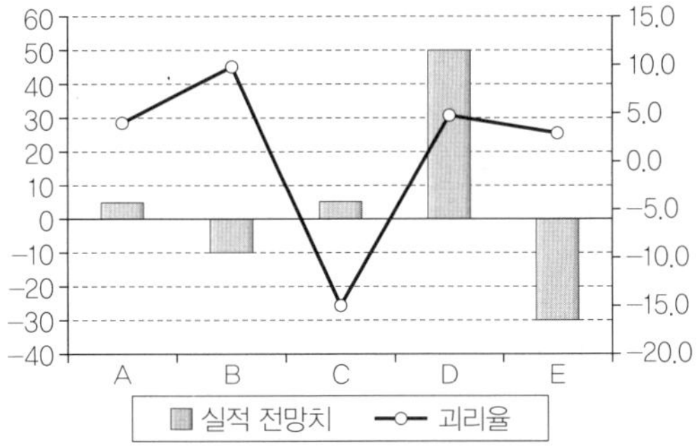

06 다음은 2019년 지역별 도시지역의 용도별 개발행위 허가 건수 및 면적에 관한 자료이다. 이를 바탕으로 〈그래프〉를 작성하였을 때, 옳지 않은 것을 고르면?

〈표〉 지역별 도시지역의 용도별 개발행위 허가 건수 및 면적 (단위: 건, m^2)

구분	소계		주거지역		상업지역		공업지역		녹지지역	
	건수	면적	건수	면적	건수	면적	건수	면적	건수	면적
총계	24,286	110,507,044	5,675	12,245,909	330	420,090	820	7,394,076	17,461	90,446,969
서울	133	216,749	111	199,015	3	355	1	84	18	17,295
부산	470	9,278,168	227	4,103,429	11	4,394	64	147,065	168	5,023,280
대구	547	995,280	239	277,761	29	85,259	82	347,968	197	284,292
인천	708	2,961,505	126	155,161	6	3,696	50	975,484	526	1,827,164
광주	269	325,541	142	132,512	7	10,489	14	17,926	106	164,614
대전	315	2,242,197	70	42,263	0	0	16	1,437,971	229	761,963
울산	694	6,159,469	65	51,217	19	11,448	28	18,409	582	6,078,395
세종	183	358,114	59	53,618	0	0	13	42,424	111	262,072
경기	9,958	27,297,235	2,284	3,021,151	52	98,416	122	479,093	7,500	23,698,575
강원	1,972	7,254,932	669	2,038,345	50	83,840	42	1,282,188	1,211	3,850,559
충북	1,600	3,630,303	227	177,319	22	27,853	50	270,614	1,301	3,154,517
충남	1,484	6,572,717	219	646,616	8	5,269	60	1,472,841	1,197	4,447,991
전북	834	1,993,911	116	61,428	11	3,033	33	50,475	674	1,878,975
전남	1,634	3,316,711	416	428,179	31	28,134	68	115,634	1,119	2,744,764
경북	1,542	6,461,563	322	440,945	34	29,900	58	355,731	1,128	5,634,987
경남	1,651	30,825,931	367	401,769	40	24,502	117	379,963	1,127	30,019,697
제주	292	616,718	16	15,181	7	3,502	2	206	267	597,829

※ 광역시: 부산, 대구, 인천, 광주, 대전, 울산

① 전국 대비 경기의 도시지역 용도별 개발행위 허가 건수 비율

(단위: %)

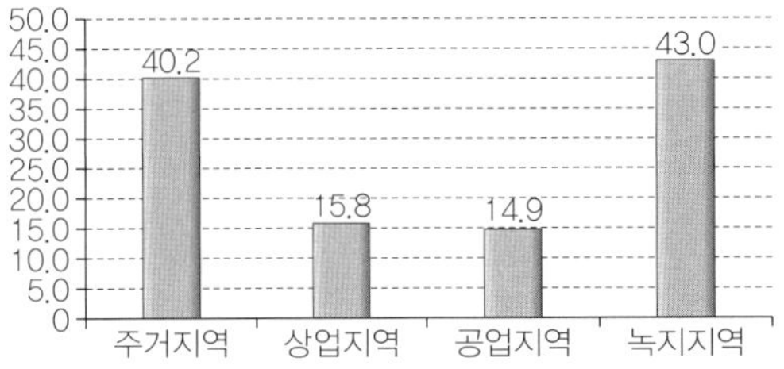

② 전국 대비 부산의 도시지역 용도별 개발행위 허가 건수 비율

(단위: %)

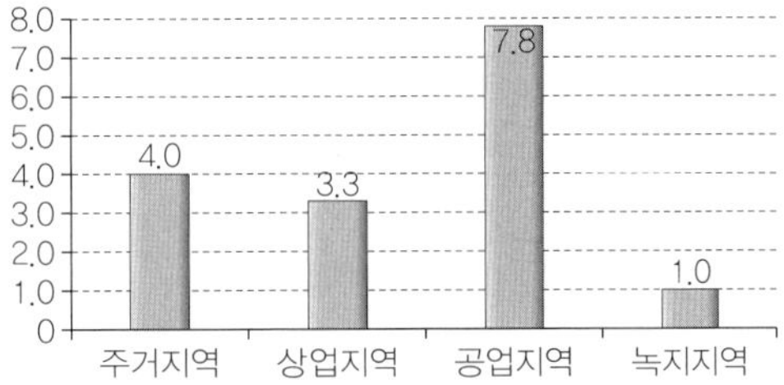

③ 서울의 도시지역 용도별 개발행위 허가 건수 대비 면적

(단위: m^2/건)

④ 광역시별 도시지역 개발행위 허가 면적 대비 공업지역 허가 면적 비율

(단위: %)

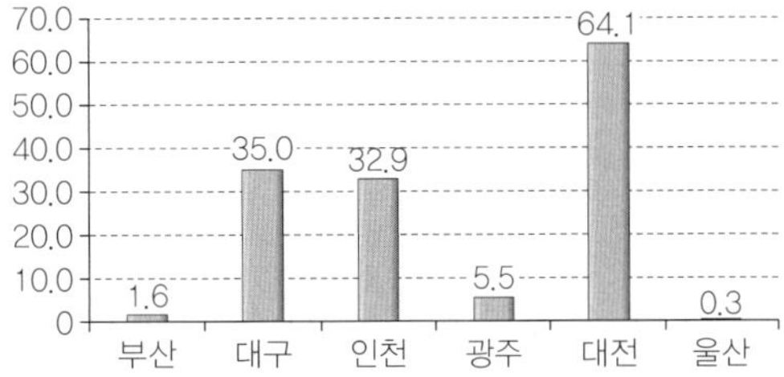

⑤ 광역시별 도시지역 개발행위 허가 건수 대비 녹지지역 허가 건수 비율

(단위: %)

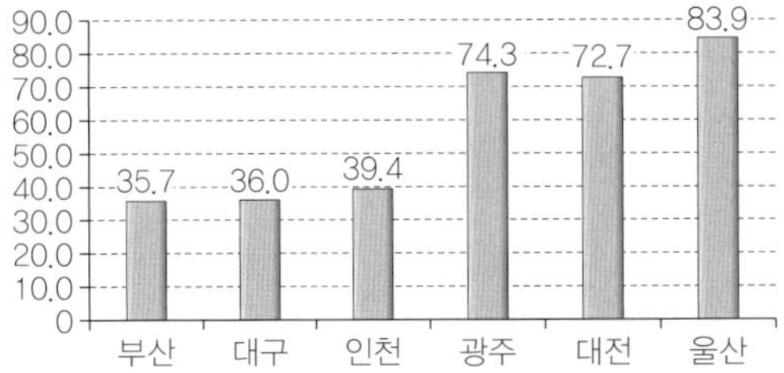

07 다음은 20대, 30대 여자와 남자의 전국 및 서울 평균 몸무게에 관한 자료이다. 〈표〉를 바탕으로 그래프를 만들었을 때, 옳지 않은 것을 고르면?

〈표1〉 전국 및 서울 평균 몸무게 (단위: kg)

구분	2014년	2015년	2016년	2017년
전국	64.73	65.06	65.28	65.43
서울	64.32	64.68	64.80	64.92

〈표2〉 전국 및 서울 20대, 30대 남자와 여자의 평균 몸무게 (단위: kg)

구분		전국		서울	
		남자	여자	남자	여자
2014년	20대	72.93	55.43	73.93	55.12
	30대	74.96	56.74	75.72	56.27
2015년	20대	73.43	55.85	74.50	55.55
	30대	75.75	57.23	76.48	56.71
2016년	20대	73.87	56.16	74.73	55.76
	30대	76.26	57.55	76.87	57.00
2017년	20대	74.29	56.49	74.97	56.03
	30대	76.75	57.79	77.15	57.16

① 전국 및 서울 평균 몸무게 (단위: kg)

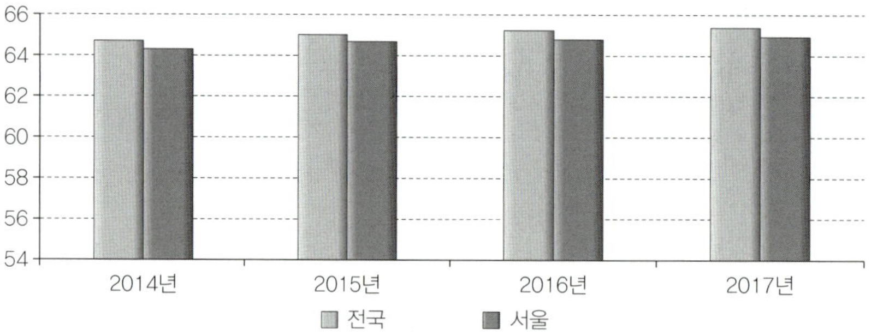

② 전국 20대 남자와 여자의 평균 몸무게 차이 (단위: kg)

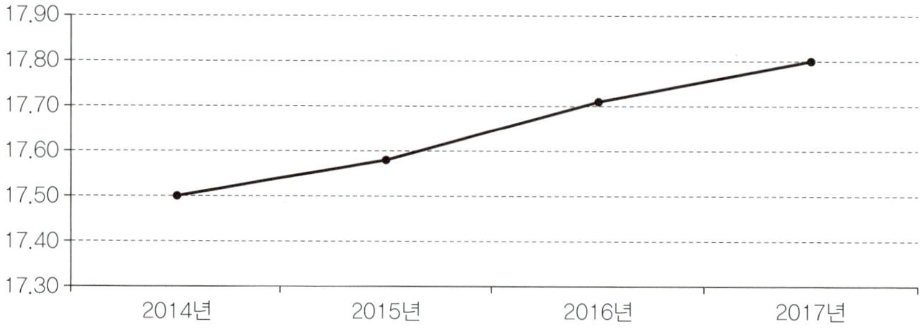

③ 서울 30대 남자와 여자의 평균 몸무게 (단위: kg)

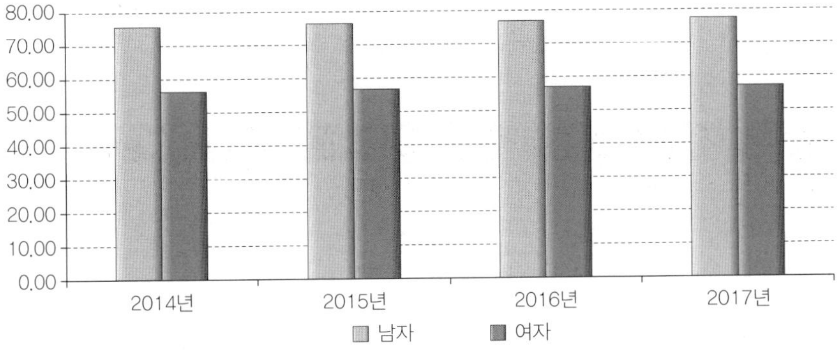

④ 전국과 서울의 30대 남자 평균 몸무게 차이 (단위: kg)

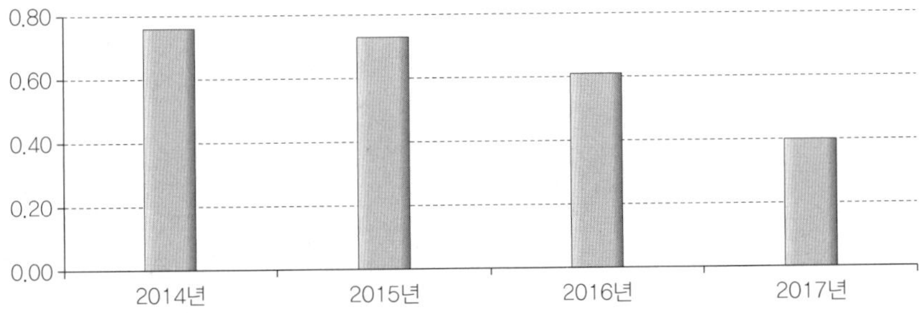

⑤ 서울의 20대 남자와 여자 평균 몸무게의 전년 대비 증가량 (단위: kg)

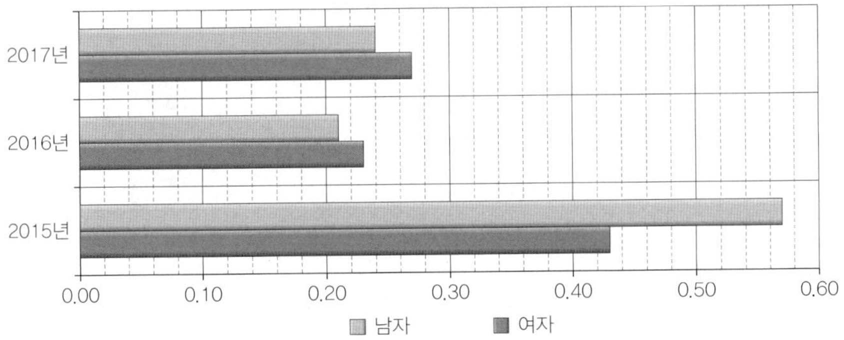

정답과 해설 P.16

5급 | 7급 | 민경채

PSAT 기출을 통한 NCS 출제유형 연습

기출 유형 1 자료이해

기출 유형 2 자료계산

기출 유형 3 자료변환

PART 2

5급	7급	민경채

난이도 상 중 하 풀이시간 | 2분

01

2022년 5급 공채 PSAT

다음 〈표〉는 2021년 12월 31일 기준 '갑'국 응급의료기관의 응급실 현황에 관한 자료이다. 이에 대한 설명으로 옳은 것은?

〈표〉 응급의료기관 유형별 응급실 현황

(단위: 개, 명)

구분 유형	응급의료기관 수	내원 환자 수	응급실 병상 수	응급실 전담 전문의 수	응급실 전담 간호사 수
전체	399	7,664,679	7,087	1,417	7,240
권역응급의료센터	35	1,540,393	1,268	318	1,695
지역응급의료센터	125	3,455,117	3,279	720	3,233
기초응급의료센터	239	2,669,169	2,540	379	2,312

※ 내원 환자 수는 2021년에 응급의료기관 응급실에 내원한 전체 환자 수임.

① 응급실 전담 전문의 1인당 응급실 전담 간호사 수가 가장 많은 응급의료기관 유형은 기초응급의료센터이다.
② 전체 응급의료기관당 응급실 전담 전문의 수는 4명 이상이다.
③ 내원 환자 수가 가장 많은 응급의료기관 유형과 응급의료기관당 응급실 전담 간호사 수가 가장 많은 유형은 동일하다.
④ 응급실 전담 전문의 1인당 내원 환자 수가 가장 적은 응급의료기관 유형은 권역응급의료센터이다.
⑤ 응급실 병상당 내원 환자 수는 모든 응급의료기관 유형에서 각각 1,200명 이하이다.

난이도 상 중 하 풀이시간 | 2분

02

2022년 7급 공채 PSAT

다음 〈표〉는 2017~2021년 '갑'국의 청구인과 피청구인에 따른 특허심판 청구건수에 관한 자료이다. 이에 대한 〈보기〉의 설명 중 옳은 것만을 모두 고르면?

〈표〉 청구인과 피청구인에 따른 특허심판 청구건수

(단위: 건)

청구인	내국인		외국인	
피청구인 연도	내국인	외국인	내국인	외국인
2017	765	270	204	172
2018	889	1,970	156	119
2019	795	359	191	72
2020	771	401	93	230
2021	741	213	152	46

〈보기〉

ㄱ. 2019년 청구인이 내국인인 특허심판 청구건수의 전년 대비 감소율은 50% 이상이다.
ㄴ. 2021년 피청구인이 내국인인 특허심판 청구건수는 피청구인이 외국인인 특허심판 청구건수의 3배 이상이다.
ㄷ. 2017년 내국인이 외국인에게 청구한 특허심판 청구건수는 2020년 외국인이 외국인에게 청구한 특허심판 청구건수보다 많다.

① ㄱ
② ㄷ
③ ㄱ, ㄴ
④ ㄴ, ㄷ
⑤ ㄱ, ㄴ, ㄷ

난이도 상 중 하 풀이시간 | 2분

03

2022년 5급 공채 PSAT

다음 〈표〉는 A질환 환자의 성별 흡연 및 음주 여부에 관한 자료이다. 이에 대한 〈보기〉의 설명 중 옳은 것만을 모두 고르면?

〈표〉 A질환 환자의 성별 흡연 및 음주 여부

(단위: 명, %)

음주 여부 \ 흡연 여부 \ 성별	구분	남성		여성	
		흡연	비흡연	흡연	비흡연
음주	인원	600	( )	( )	( )
	비율	30	35	( )	20
비음주	인원	( )	( )	300	450
	비율	10	( )	( )	30

※ 비율(%)은 흡연 및 음주 여부에 따른 남(여)성 환자 수를 전체 남(여)성 환자 수로 나눈 값에 100을 곱한 것임. 예를 들어, 남성 환자 중 흡연과 음주를 모두 하는 비율은 30%임.

〈보기〉

ㄱ. 흡연 비율은 남성 환자가 여성 환자보다 높다.

ㄴ. 비음주이면서 비흡연인 환자는 남성이 여성보다 많다.

ㄷ. 각 성별에서 음주 환자가 비음주 환자보다 많다.

ㄹ. 전체 환자 중 음주 환자 비중은 전체 환자 중 흡연 환자 비중보다 크다.

① ㄱ, ㄴ

② ㄱ, ㄷ

③ ㄴ, ㄹ

④ ㄷ, ㄹ

⑤ ㄴ, ㄷ, ㄹ

난이도 상 중 하 풀이시간 | 2분

04

2022년 7급 공채 PSAT

다음 〈표〉는 '갑'국 A위원회의 24~26차 회의 심의결과에 관한 자료이다. 이에 대한 〈보기〉의 설명 중 옳은 것만을 모두 고르면?

〈표〉 A위원회의 24~26차 회의 심의결과

위원 \ 동의 여부 \ 회차	24		25		26	
	동의	부동의	동의	부동의	동의	부동의
기획재정부장관	○		○		○	
교육부장관	○			○	○	
과학기술정보통신부장관	○		○			○
행정안전부장관	○			○	○	
문화체육관광부장관	○			○	○	
농림축산식품부장관		○	○		○	
산업통상자원부장관		○		○		○
보건복지부장관	○		○		○	
환경부장관		○	○			○
고용노동부장관		○		○	○	
여성가족부장관	○		○		○	
국토교통부장관	○		○		○	
해양수산부장관	○		○		○	
중소벤처기업부장관		○	○			○
문화재청장	○		○		○	
산림청장	○			○	○	

※ 1) A위원회는 〈표〉에 제시된 16명의 위원으로만 구성됨.
2) A위원회는 매 회차 개최 시 1건의 안건만을 심의함.

〈보기〉

ㄱ. 24~26차 회의의 심의안건에 모두 동의한 위원은 6명이다.

ㄴ. 심의안건에 부동의한 위원 수는 매 회차 증가하였다.

ㄷ. 전체 위원의 $\frac{2}{3}$ 이상이 동의해야 심의안건이 의결된다면, 24~26차 회의의 심의안건은 모두 의결되었다.

① ㄱ ② ㄴ ③ ㄱ, ㄷ

④ ㄴ, ㄷ ⑤ ㄱ, ㄴ, ㄷ

난이도 상 중 하 풀이시간 | 2분

05

2022년 5급 공채 PSAT

다음 〈표〉는 '갑'도매시장에서 출하되는 4개 농산물의 수송 방법별 운송량에 관한 자료이다. 이에 대한 〈보기〉의 설명 중 옳은 것만을 모두 고르면?

〈표〉 4개 농산물의 수송 방법별 운송량

(단위: 톤)

수송 방법 \ 농산물	쌀	밀	콩	보리	합계
도로	10,600	16,500	400	2,900	30,400
철도	5,800	7,500	600	7,100	21,000
해운	1,600	3,000	4,000	2,000	10,600

※ '갑'도매시장 농산물 수송 방법은 도로, 철도, 해운으로만 구성됨.

〈보기〉

ㄱ. 농산물별 해운 운송량이 각각 100톤씩 증가하면 4개 농산물 해운 운송량의 평균은 2,750톤이다.

ㄴ. 보리의 수송 방법별 운송량이 각각 50%씩 감소하고 콩의 수송 방법별 운송량이 각각 100%씩 증가하더라도, 4개 농산물 전체 운송량에는 변동이 없다.

ㄷ. 도로 운송량이 많은 농산물일수록 해당 농산물의 운송량 중 도로 운송량이 차지하는 비중이 더 크다.

ㄹ. 해운 운송량이 적은 농산물일수록 해당 농산물의 운송량 중 해운 운송량이 차지하는 비중이 더 작다.

① ㄱ, ㄷ

② ㄱ, ㄹ

③ ㄴ, ㄷ

④ ㄴ, ㄹ

⑤ ㄷ, ㄹ

난이도 상 중 하 풀이시간 | 2분

06

2022년 7급 공채 PSAT

다음 〈그림〉은 2017~2021년 '갑'국의 반려동물 사료 유형별 특허 출원건수에 관한 자료이다. 이에 대한 〈보기〉의 설명 중 옳은 것만을 모두 고르면?

〈그림〉 반려동물 사료 유형별 특허 출원건수

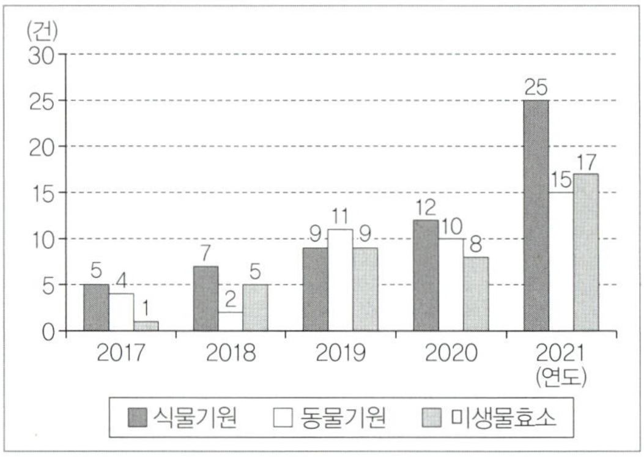

※ 반려동물 사료 유형은 식물기원, 동물기원, 미생물효소로만 구분함.

〈보기〉

ㄱ. 2017~2021년 동안의 특허 출원건수 합이 가장 작은 사료 유형은 '미생물효소'이다.

ㄴ. 연도별 전체 특허 출원건수 대비 각 사료 유형의 특허 출원건수 비율은 '식물기원'이 매년 가장 높다.

ㄷ. 2021년 특허 출원건수의 전년 대비 증가율이 가장 높은 사료 유형은 '식물기원'이다.

① ㄱ

② ㄷ

③ ㄱ, ㄴ

④ ㄱ, ㄷ

⑤ ㄴ, ㄷ

난이도 상 중 하 풀이시간 | 2분

07

2022년 7급 공채 PSAT

다음 〈표〉는 '갑'국의 원료곡종별 및 등급별 가공단가와 A~C지역의 가공량에 관한 자료이다. 이에 대한 〈보기〉의 설명 중 옳은 것만을 모두 고르면?

〈표1〉 원료곡종별 및 등급별 가공단가

(단위: 천 원/톤)

원료곡종 \ 등급	1등급	2등급	3등급
쌀	118	109	100
현미	105	97	89
보리	65	60	55

〈표2〉 A~C지역의 원료곡종별 및 등급별 가공량

(단위: 톤)

지역	원료곡종 \ 등급	1등급	2등급	3등급	합계
A	쌀	27	35	25	87
	현미	43	20	10	73
	보리	5	3	7	15
B	쌀	23	25	55	103
	현미	33	25	21	79
	보리	9	9	5	23
C	쌀	30	35	20	85
	현미	30	37	25	92
	보리	8	30	2	40
전체	쌀	80	95	100	275
	현미	106	82	56	244
	보리	22	42	14	78

※ 가공비용=가공단가×가공량

〈보기〉

ㄱ. A지역의 3등급 쌀 가공비용은 B지역의 2등급 현미 가공비용보다 크다.

ㄴ. 1등급 현미 전체의 가공비용은 2등급 현미 전체 가공비용의 2배 이상이다.

ㄷ. 3등급 쌀과 3등급 보리의 가공단가가 각각 90천 원/톤, 50천 원/톤으로 변경될 경우, 지역별 가공비용 총액 감소폭이 가장 작은 지역은 A이다.

① ㄱ ② ㄷ ③ ㄱ, ㄴ

④ ㄱ, ㄷ ⑤ ㄴ, ㄷ

난이도 상 중 하 풀이시간 | 2분

08

2018년 5급 공채 PSAT

다음 〈그림〉은 2004~2017년 '갑'국의 엥겔계수와 엔젤계수를 나타낸 자료이다. 이에 대한 설명으로 옳은 것은?

〈그림〉 2004~2017년 엥겔계수와 엔젤계수

※ 1) 엥겔계수(%) $=\frac{\text{식료품비}}{\text{가계지출액}}\times 100$

2) 엔젤계수(%) $=\frac{\text{18세 미만 자녀에 대한 보육·교육비}}{\text{가계지출액}}\times 100$

3) 보육 · 교육비에는 식료품비가 포함되지 않음.

① 2008~2013년 동안 엔젤계수의 연간 상승폭은 매년 증가한다.

② 2004년 대비 2014년 엥겔계수 하락폭은 엔젤계수 상승폭보다 크다.

③ 2006년 이후 매년 18세 미만 자녀에 대한 보육 · 교육비는 식료품비를 초과한다.

④ 2008~2012년 동안 매년 18세 미만 자녀에 대한 보육 · 교육비 대비 식료품비의 비율은 증가한다.

⑤ 엔젤계수는 가장 높은 해가 가장 낮은 해에 비해 7.0%p 이상 크다.

난이도 상 중 하 풀이시간 | 2분

09

2022년 5급 공채 PSAT

다음 〈그림〉은 2019~2021년 갑국의 건설, 농림수산식품, 소재 총 3개 산업의 기술도입액과 기술수출액 현황에 관한 자료이다. 이에 대한 설명으로 옳지 않은 것은?

〈그림〉 3개 산업의 기술도입액과 기술수출액 현황

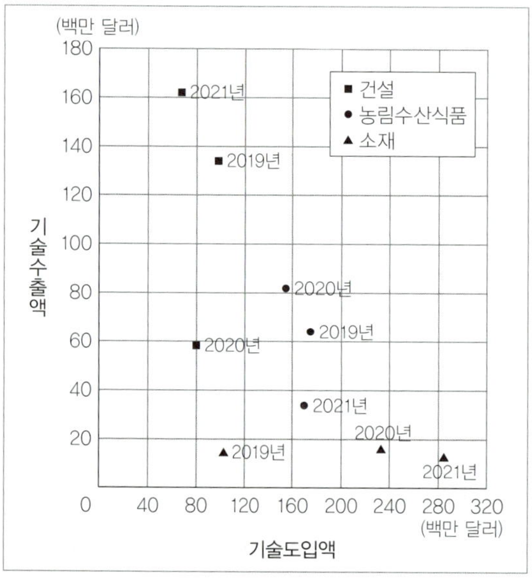

※ 1) 기술무역규모=기술수출액+기술도입액
2) 기술무역수지=기술수출액-기술도입액
3) 기술무역수지비=$\frac{\text{기술수출액}}{\text{기술도입액}}$

① 2020년 3개 산업 중 기술무역수지가 가장 작은 산업은 건설 산업이다.

② 2021년 3개 산업 중 기술무역규모가 가장 큰 산업은 소재 산업이다.

③ 2019년 3개 산업의 전체 기술도입액은 3억 2천만 달러 이상이다.

④ 소재 산업에서 기술무역수지는 매년 감소한다.

⑤ 농림수산식품 산업에서 기술무역수지비가 가장 큰 해는 2020년이다.

난이도 상 중 하 풀이시간 | 2분

10

2022년 7급 공채 PSAT

다음 〈표〉는 2016~2020년 '갑'국의 해양사고 심판현황이다. 이에 대한 〈보기〉의 설명 중 옳은 것만을 모두 고르면?

〈표〉 2016~2020년 해양사고 심판현황

(단위: 건)

구분 \ 연도		2016	2017	2018	2019	2020
	전년 이월	96	100	( )	71	89
	해당 연도 접수	226	223	168	204	252
심판대상		322	( )	258	275	341
재결		222	233	187	186	210

※ '심판대상' 중 '재결'되지 않은 건은 다음 연도로 이월함.

〈보기〉

ㄱ. '심판대상' 중 '전년 이월'의 비중은 2018년이 2016년보다 높다.

ㄴ. 다음 연도로 이월되는 건수가 가장 많은 연도는 2016년이다.

ㄷ. 2017년 이후 '해당 연도 접수' 건수의 전년 대비 증가율이 가장 높은 연도는 2020년이다.

ㄹ. '재결' 건수가 가장 적은 연도에는 '해당 연도 접수' 건수도 가장 적다.

① ㄱ, ㄴ

② ㄱ, ㄷ

③ ㄴ, ㄷ

④ ㄴ, ㄹ

⑤ ㄷ, ㄹ

난이도 상 중 하　　풀이시간 | 2분

11

2021년 7급 공채 PSAT

다음 〈표〉는 최근 이사한 100가구의 이사 전후 주택규모에 관한 조사 결과이다. 이에 대한 〈보기〉의 설명 중 옳은 것만을 모두 고르면?

〈표〉 이사 전후 주택규모 조사 결과

(단위: 가구)

이사 전 / 이사 후	소형	중형	대형	합
소형	15	10	( )	30
중형	( )	30	10	( )
대형	5	10	15	( )
계	( )	( )	( )	100

※ 주택규모는 '소형', '중형', '대형'으로만 구분하며, 동일한 주택규모는 크기도 같음.

〈보기〉

ㄱ. 주택규모가 이사 전 '소형'에서 이사 후 '중형'으로 달라진 가구는 없다.

ㄴ. 이사 전후 주택규모가 달라진 가구 수는 전체 가구 수의 50% 이하이다.

ㄷ. 주택규모가 '대형'인 가구 수는 이사 전이 이사 후보다 적다.

ㄹ. 이사 후 주택규모가 커진 가구 수는 이사 후 주택규모가 작아진 가구 수보다 많다.

① ㄱ, ㄴ

② ㄱ, ㄷ

③ ㄴ, ㄹ

④ ㄷ, ㄹ

⑤ ㄱ, ㄴ, ㄷ

난이도 상 중 하　　풀이시간 | 2분

12

2022년 7급 공채 PSAT

다음 〈표〉는 재해위험지구 '갑', '을', '병'지역을 대상으로 정비사업 투자의 우선순위를 결정하기 위한 자료이다. '편익', '피해액', '재해발생위험도' 3개 평가 항목 점수의 합이 큰 지역일수록 우선순위가 높다. 이에 대한 〈보기〉의 설명 중 옳은 것만을 모두 고르면?

〈표1〉 '갑'~'병'지역의 평가 항목별 등급

평가 항목 / 지역	편익	피해액	재해발생위험도
갑	C	A	B
을	B	D	A
병	A	B	C

〈표2〉 평가 항목의 등급별 배점

(단위: 점)

평가 항목 / 등급	편익	피해액	재해발생위험도
A	10	15	25
B	8	12	17
C	6	9	10
D	4	6	0

〈보기〉

ㄱ. '재해발생위험도' 점수가 높은 지역일수록 우선순위가 높다.

ㄴ. 우선순위가 가장 높은 지역과 가장 낮은 지역의 '피해액' 점수 차이는 '재해발생위험도' 점수 차이보다 크다.

ㄷ. '피해액' 점수와 '재해발생위험도' 점수의 합이 가장 큰 지역은 '갑'이다.

ㄹ. '갑'지역의 '편익' 등급이 B로 변경되면, 우선순위가 가장 높은 지역은 '갑'이다.

① ㄱ, ㄴ

② ㄱ, ㄷ

③ ㄴ, ㄹ

④ ㄱ, ㄷ, ㄹ

⑤ ㄴ, ㄷ, ㄹ

난이도 상 중 하 풀이시간 | 2분

13 2022년 5급 공채 PSAT

다음 〈그림〉은 '갑'국 및 글로벌 e스포츠 산업 규모에 관한 자료이다. 이에 대한 〈보고서〉의 내용 중 옳지 않은 것을 고르면?

〈그림1〉 2017~2021년 '갑'국 e스포츠 산업 규모

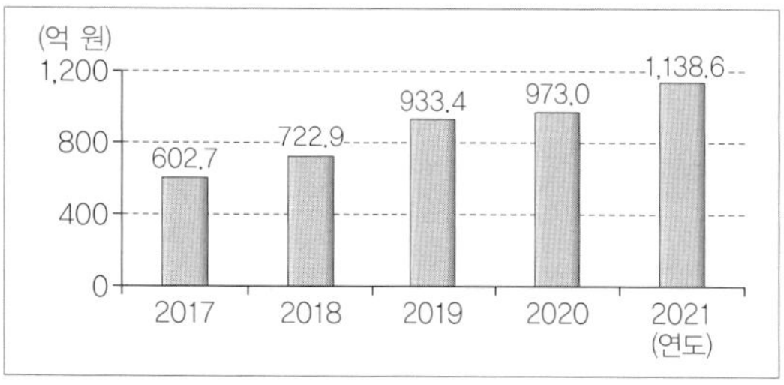

〈그림2〉 2020~2021년 '갑'국 e스포츠 산업의 세부항목별 규모

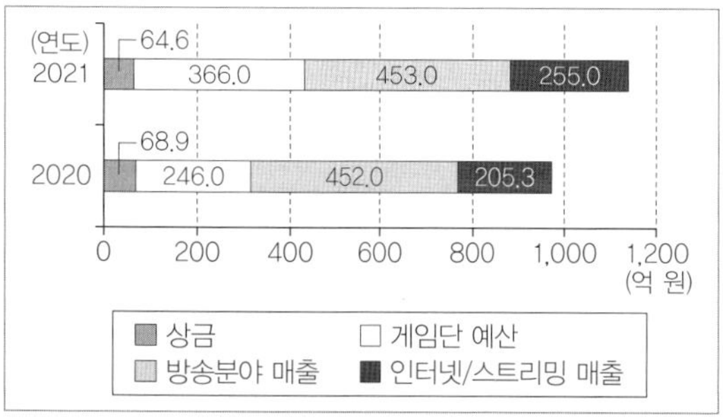

〈그림3〉 2017~2021년 글로벌 e스포츠 산업 규모

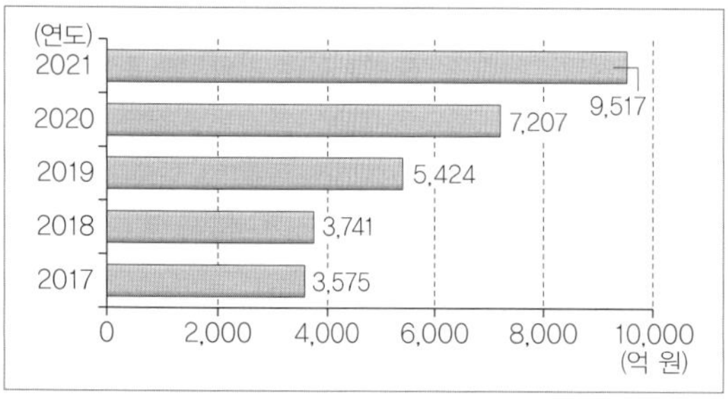

〈보고서〉

2021년 '갑'국 e스포츠 산업 규모는 1,138억 6,000만 원으로 집계되었다. ㉠이는 2020년 973억 원에서 15% 이상 성장한 것이다. 세부항목별로 살펴보면 ㉡방송분야 매출이 453억 원으로 전체의 35% 이상을 차지하여 가장 비중이 큰 것으로 나타났다. 이외에 게임단 예산은 366억 원, 인터넷/스트리밍 매출은 255억 원, 상금은 64억 6,000만 원이었다. 게임단 예산은 전년 대비 45% 이상 증가한 것이고, 인터넷/스트리밍 매출 또한 전년 대비 20% 이상 증가한 것이다. 하지만 방송분야 매출은 큰 차이가 없었으며, 상금은 전년 대비 5% 이상 감소한 것으로 나타났다.

한편 글로벌 e스포츠 산업 규모와 '갑'국 e스포츠 산업 규모의 성장세를 살펴보면, ㉢글로벌 e스포츠 산업 규모는 2019년부터 전년 대비 30% 이상 성장하였고, '갑'국 e스포츠 산업 규모도 매년 성장하였다. 그러나 ㉣'갑'국 e스포츠 산업 규모가 2020년에는 전년 대비 5% 미만의 성장에 그쳐 글로벌 e스포츠 산업 규모에서 차지하는 비중이 15% 미만이 되었다. 이는 ㉤글로벌 e스포츠 산업 규모 대비 '갑'국 e스포츠 산업 규모의 비중이 2017년 이후 매년 감소한 것으로, '갑'국 e스포츠 산업 규모가 꾸준히 성장하고는 있으나 글로벌 e스포츠 산업 규모의 성장세에는 미치지 못하고 있기 때문이다.

① ㄱ

② ㄴ

③ ㄷ

④ ㄹ

⑤ ㅁ

난이도 상 중 하 풀이시간 | 2분

14

2022년 7급 공채 PSAT

다음 〈표〉와 〈그림〉은 '갑'국 8개 어종의 2020년 어획량에 관한 자료이다. 이에 대한 〈보기〉의 설명 중 옳은 것만을 모두 고르면?

〈표〉 8개 어종의 2020년 어획량

(단위: 톤)

어종	갈치	고등어	광어	멸치	오징어	전갱이	조기	참다랑어
어획량	20,666	64,609	5,453	26,473	23,703	19,769	23,696	482

〈그림〉 8개 어종 2020년 어획량의 전년비 및 평년비

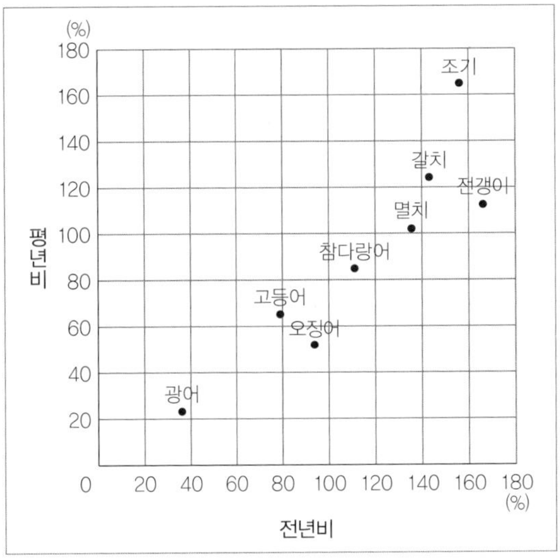

※ 1) 전년비(%)$=\frac{\text{2020년 어획량}}{\text{2019년 어획량}}\times 100$

2) 평년비(%)$=\frac{\text{2020년 어획량}}{\text{2011～2020년 연도별 어획량의 평균}}\times 100$

〈보기〉

ㄱ. 8개 어종 중 2019년 어획량이 가장 많은 어종은 고등어이다.

ㄴ. 8개 어종 각각의 2019년 어획량은 해당 어종의 2011～2020년 연도별 어획량의 평균보다 적다.

ㄷ. 2021년 갈치 어획량이 2020년과 동일하다면, 갈치의 2011～2021년 연도별 어획량의 평균은 2011～2020년 연도별 어획량의 평균보다 크다.

① ㄱ

② ㄴ

③ ㄱ, ㄷ

④ ㄴ, ㄷ

⑤ ㄱ, ㄴ, ㄷ

난이도 상 중 하 풀이시간 | 2분 30초

15

2020년 민경채

다음 〈그림〉은 2015년 16개 지역의 초미세먼지 농도, 연령표준화사망률 및 초미세먼지로 인한 조기사망자 수를 조사한 자료이다. 이에 대한 〈보기〉의 설명 중 옳은 것만을 고르면?

〈그림〉 지역별 초미세먼지 농도, 연령표준화사망률 및 초미세먼지로 인한 조기사망자 수

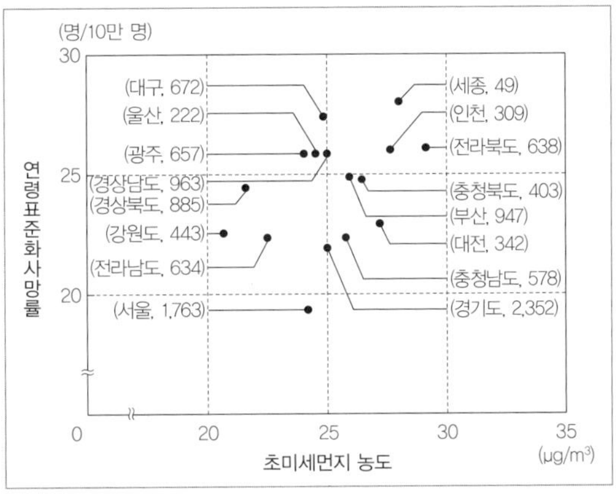

※ 1) (지역, N)은 해당 지역의 초미세먼지로 인한 조기사망자 수가 N명임을 의미함.

2) 연령표준화사망률은 인구구조가 다른 집단 간의 사망 수준을 비교하기 위하여 연령 구조가 사망률에 미치는 영향을 제거한 사망률을 의미함.

〈보기〉

ㄱ. 초미세먼지로 인한 조기사망자 수가 가장 많은 지역은 서울이다.

ㄴ. 연령표준화사망률이 높은 지역일수록 초미세먼지로 인한 조기사망자 수는 적다.

ㄷ. 초미세먼지 농도가 가장 낮은 지역의 초미세먼지로 인한 조기사망자 수는 충청북도보다 많다.

ㄹ. 대구는 부산보다 연령표준화사망률은 높지만 초미세먼지로 인한 조기사망자 수는 적다.

① ㄱ, ㄴ

② ㄱ, ㄷ

③ ㄴ, ㄷ

④ ㄴ, ㄹ

⑤ ㄷ, ㄹ

난이도 상 중 하 　　풀이시간 | 2분

16

2022년 7급 공채 PSAT

다음 〈표〉는 2021년 A시에서 개최된 철인3종경기 기록이다. 이에 대한 〈보기〉의 설명 중 옳은 것만을 모두 고르면?

〈표〉 A시 개최 철인3종경기 기록

(단위: 시간)

종합기록 순위	국적	종합	수영	T1	자전거	T2	달리기
1	러시아	9:22:28	0:48:18	0:02:43	5:04:50	0:02:47	3:23:50
2	브라질	9:34:36	0:57:44	0:02:27	5:02:30	0:01:48	3:30:07
3	대한민국	9:37:41	1:04:14	0:04:08	5:04:21	0:03:05	3:21:53
4	대한민국	9:42:03	1:06:34	0:03:33	5:11:01	0:03:33	3:17:22
5	대한민국	9:43:50	(　　)	0:03:20	5:00:33	0:02:14	3:17:24
6	일본	9:44:34	0:52:01	0:03:28	5:25:59	0:02:56	3:20:10
7	러시아	9:45:06	1:08:32	0:03:55	5:07:46	0:03:02	3:21:51
8	독일	9:46:48	1:03:49	0:03:53	4:59:20	0:03:00	(　　)
9	영국	(　　)	1:07:01	0:03:37	5:07:07	0:03:55	3:26:27
10	중국	9:48:18	1:02:28	0:03:29	5:16:09	0:03:47	3:22:25

※ 1) 기록 '1:01:01'은 1시간 1분 1초를 의미함.
2) 'T1', 'T2'는 각각 '수영'에서 '자전거', '자전거'에서 '달리기'로 전환하는 데 걸리는 시간임.
3) 경기 참가 선수는 10명뿐이고, 기록이 짧을수록 순위가 높음.

〈보기〉

ㄱ. '수영'기록이 한 시간 이하인 선수는 'T2'기록이 모두 3분 미만이다.

ㄴ. 종합기록 순위 2~10위인 선수 중, 종합기록 순위가 한 단계 더 높은 선수와의 '종합'기록 차이가 1분 미만인 선수는 3명뿐이다.

ㄷ. '달리기'기록 상위 3명의 국적은 모두 대한민국이다.

ㄹ. 종합기록 순위 10위인 선수의 '수영'기록 순위는 '수영'기록과 'T1'기록의 합산 기록 순위와 다르다.

① ㄱ, ㄴ
② ㄱ, ㄷ
③ ㄷ, ㄹ
④ ㄱ, ㄴ, ㄹ
⑤ ㄴ, ㄷ, ㄹ

난이도 상 중 하 　　풀이시간 | 2분

17

2021년 민경채

다음 〈표〉는 A프로세서 성능 평가를 위한 8개 프로그램 수행 결과에 관한 자료이다. 이에 대한 설명으로 옳은 것은?

〈표〉 A프로세서 성능 평가를 위한 8개 프로그램 수행 결과

(단위: 십억 개, 초)

항목 / 프로그램	명령어 수	CPI	수행시간	기준시간	성능지표
숫자 정렬	2,390	0.70	669	9,634	14.4
문서 편집	221	2.66	235	9,120	38.8
인공지능 바둑	1,274	1.10	(　　)	10,490	18.7
유전체 분석	2,616	0.60	628	9,357	14.9
인공지능 체스	1,948	0.80	623	12,100	19.4
양자 컴퓨팅	659	0.44	116	20,720	178.6
영상 압축	3,793	0.50	759	22,163	29.2
내비게이션	1,250	1.00	500	7,020	(　　)

※ 1) CPI(clock cycles per instruction) = $\frac{\text{클럭 사이클 수}}{\text{명령어 수}}$

2) 성능지표 = $\frac{\text{기준시간}}{\text{수행시간}}$

① 명령어 수가 많은 프로그램일수록 수행시간이 길다.
② CPI가 가장 낮은 프로그램은 기준시간이 가장 길다.
③ 수행시간은 인공지능 바둑이 내비게이션보다 짧다.
④ 기준시간이 짧은 프로그램일수록 클럭 사이클 수가 적다.
⑤ 성능지표가 가장 낮은 프로그램은 내비게이션이다.

난이도 상 중 하 | 풀이시간 | 2분

18

2022년 7급 공채 PSAT

다음 〈표〉는 2019~2021년 '갑'국의 장소별 전기차 급속충전기 수에 관한 자료이다. 이에 대한 〈보기〉의 설명 중 옳은 것만을 모두 고르면?

〈표〉 장소별 전기차 급속충전기 수

(단위: 대)

구분	장소 \ 연도	2019	2020	2021
다중이용시설	쇼핑몰	807	1,701	2,701
	주유소	125	496	(　)
	휴게소	(　)	(　)	2,099
	문화시설	757	1,152	1,646
	체육시설	272	498	604
	숙박시설	79	146	227
	여객시설	64	198	378
	병원	27	98	152
	소계	2,606	5,438	8,858
일반시설	공공시설	1,595	(　)	(　)
	주차전용시설	565	898	1,275
	자동차정비소	119	303	375
	공동주택	(　)	102	221
	기타	476	499	522
	소계	2,784	4,550	6,145
전체		5,390	9,988	15,003

〈보기〉

ㄱ. 전체 급속충전기 수 대비 '다중이용시설' 급속충전기 수의 비율은 매년 증가한다.

ㄴ. '공공시설' 급속충전기 수는 '주차전용시설'과 '쇼핑몰' 급속충전기 수의 합보다 매년 많다.

ㄷ. '기타'를 제외하고, 2019년 대비 2021년 급속충전기 수의 증가율이 가장 큰 장소는 '주유소'이다.

ㄹ. 급속충전기 수는 '휴게소'가 '문화시설'보다 매년 많다.

① ㄱ, ㄴ　② ㄱ, ㄷ　③ ㄱ, ㄹ
④ ㄴ, ㄷ　⑤ ㄴ, ㄹ

난이도 상 중 하 | 풀이시간 | 2분 30초

19

2021년 5급 공채 PSAT

다음 〈표〉는 A시의 2016~2020년 버스 유형별 노선 수와 차량대수에 관한 자료이다. 이에 대한 〈보고서〉의 내용 중 옳은 것만을 고르면?

〈표〉 2016~2020년 버스 유형별 노선 수와 차량대수

(단위: 개, 대)

유형	간선버스		지선버스		광역버스		순환버스		심야버스	
연도 \ 구분	노선 수	차량대수	노선 수	차량대수	노선 수	차량대수	노선 수	차량대수	노선 수	차량대수
2016	122	3,703	215	3,462	11	250	4	25	9	45
2017	121	3,690	214	3,473	11	250	4	25	8	47
2018	122	3,698	211	3,474	11	249	3	14	8	47
2019	122	3,687	207	3,403	10	247	3	14	9	70
2020	124	3,662	206	3,406	10	245	3	14	11	78

※ 버스 유형은 간선버스, 지선버스, 광역버스, 순환버스, 심야버스로만 구성됨.

〈보고서〉

㉠2017~2020년 A시 버스 총 노선 수와 총 차량대수는 각각 매년 감소하고 있으며, ㉡전년 대비 감소폭은 총 노선 수와 총 차량대수 모두 2019년이 가장 크다. 이는 A시 버스 이용객의 감소와 버스 노후화로 인한 감차가 이루어져 나타난 결과로 볼 수 있다. ㉢2019년 심야버스는 버스 유형 중 유일하게 전년에 비해 차량대수가 증가하였고 전년 대비 차량대수 증가율은 45%를 상회하였다. 이는 심야시간 버스 이용객의 증가로 인해 나타난 것으로 볼 수 있다. ㉣2016~2020년 동안 노선 수 대비 차량대수 비는 간선버스가 매년 가장 크다. 이는 간선버스가 차량운행거리가 길고 배차시간이 짧다는 특성이 반영된 것으로 볼 수 있다. 마지막으로 ㉤2016~2020년 동안 노선 수 대비 차량대수 비는 심야버스가 순환버스보다 매년 크다.

① ㄱ, ㄴ, ㄷ
② ㄱ, ㄹ, ㅁ
③ ㄴ, ㄷ, ㄹ
④ ㄴ, ㄷ, ㅁ
⑤ ㄷ, ㄹ, ㅁ

난이도 상 중 하 풀이시간 | 2분 30초

20

2021년 7급 공채 PSAT

다음 〈표〉는 '갑'국 대학 기숙사 수용 및 기숙사비 납부 방식에 관한 자료이다. 이에 대한 〈보고서〉의 설명 중 옳은 것만을 모두 고르면?

〈표1〉 2019년과 2020년 대학 기숙사 수용 현황

(단위: 명, %)

대학유형 \ 연도·구분		2020 수용가능 인원	2020 재학생 수	2020 수용률	2019 수용가능 인원	2019 재학생 수	2019 수용률
전체(196개교)		354,749	1,583,677	22.4	354,167	1,595,436	22.2
설립주체	국공립(40개교)	102,025	381,309	26.8	102,906	385,245	26.7
	사립(156개교)	( )	1,202,368	21.0	251,261	1,210,191	20.8
소재지	수도권(73개교)	122,099	672,055	18.2	119,940	676,479	( )
	비수도권(123개교)	232,650	911,622	25.5	234,227	918,957	25.5

※ 수용률(%) $= \frac{\text{수용가능 인원}}{\text{재학생 수}} \times 100$

〈표2〉 2020년 대학 기숙사비 납부 방식 현황

(단위: 개교)

대학유형 \ 납부 방식·기숙사 유형		카드납부 가능 직영	카드납부 가능 민자	카드납부 가능 공공	카드납부 가능 합계	현금분할납부 가능 직영	현금분할납부 가능 민자	현금분할납부 가능 공공	현금분할납부 가능 합계
전체(196개교)		27	20	0	47	43	25	9	77
설립주체	국공립(40개교)	20	17	0	37	18	16	0	34
	사립(156개교)	7	3	0	10	25	9	9	43
소재지	수도권(73개교)	3	2	0	5	16	8	4	28
	비수도권(123개교)	24	18	0	42	27	17	5	49

※ 각 대학은 한 가지 유형의 기숙사만 운영함.

〈보고서〉

2020년 대학 기숙사 수용률은 22.4%로, 2019년의 22.2%에 비해 증가하였지만 여전히 20%대 초반에 그쳤다. 대학유형별 기숙사 수용률은 사립대학보다는 국공립대학이 높고, 수도권 대학보다는 비수도권 대학이 높았다. 한편, ㉠2019년 대비 2020년 대학유형별 기숙사 수용률은 국공립대학보다 사립대학이, 비수도권대학보다 수도권대학이 더 큰 폭으로 증가하였다.

2020년 대학 기숙사 수용가능 인원의 변화를 설립주체별로 살펴보면, ㉡국공립대학은 전년 대비 800명 이상 증가하였으나, 사립대학은 전년 대비 1,400명 이상 감소하였다. 소재지별로 살펴보면 수도권 대학의 기숙사 수용가능 인원은 2019년 119,940명에서 2020년 122,099명으로 2,100명 이상 증가하였으나, 비수도권 대학은 2019년 234,227명에서 2020년 232,650명으로 1,500명 이상 감소하였다.

2020년 대학 기숙사비 납부 방식을 살펴보면, ㉢전체 대학 중 기숙사비 카드납부가 가능한 대학은 37.9%에 불과하였다. 이를 기숙사 유형별로 자세히 보면, ㉣카드납부가 가능한 공공기숙사는 없었고, 현금분할납부가 가능한 공공기숙사도 사립대학 9개교뿐이었다.

① ㄱ
② ㄱ, ㄴ
③ ㄱ, ㄹ
④ ㄷ, ㄹ
⑤ ㄴ, ㄷ, ㄹ

난이도 상 중 하 풀이시간 | 2분 30초

21 2021년 7급 PSAT 모의평가

다음 〈표〉는 2015년 와인 생산량 및 소비량 상위 8개국 현황에 관한 자료이다. 이에 대한 〈보기〉의 설명 중 옳은 것만을 모두 고르면?

〈표1〉 2015년 와인 생산량 상위 8개국 현황

(단위: 천 L, %)

구분 / 국가	2015년 생산량	구성비	2013년 생산량 대비 증가율
이탈리아	4,950	17.4	−8.3
프랑스	4,750	16.7	12.8
스페인	3,720	13.1	−18.0
미국	2,975	10.4	−4.5
아르헨티나	1,340	4.7	−10.7
칠레	1,290	4.5	0.8
호주	1,190	4.2	−3.3
남아프리카 공화국	1,120	3.9	22.4
계	21,335	74.9	−3.8

〈표2〉 2015년 와인 소비량 상위 8개국 현황

(단위: 천 L, %)

구분 / 국가	2015년 소비량	구성비	2013년 소비량 대비 증가율
미국	3,320	13.3	6.5
프랑스	2,720	10.9	−3.5
이탈리아	2,050	8.2	−5.9
독일	2,050	8.2	1.0
중국	1,600	6.4	−8.4
영국	1,290	5.2	1.6
아르헨티나	1,030	4.1	−0.4
스페인	1,000	4.0	2.0
계	15,060	60.2	−0.8

※ 1) 구성비는 세계 와인 생산(소비)량에서 각 국가 생산(소비)량이 차지하는 비율임.
2) 구성비와 증가율은 소수 둘째 자리에서 반올림한 값임.

보기

ㄱ. 2015년 와인 생산량 상위 8개국 중 와인 소비량이 생산량보다 많은 국가는 1개이다.

ㄴ. 2015년 와인 생산량 상위 8개국만 와인 생산량이 각각 10%씩 증가했다면, 2015년 세계 와인 생산량은 30,000천 L 이상이었을 것이다.

ㄷ. 2015년 중국 와인 소비량은 같은 해 세계 와인 생산량의 6% 미만이다.

ㄹ. 2013년 스페인 와인 생산량은 같은 해 영국 와인 소비량의 3배 미만이다.

① ㄱ, ㄷ

② ㄴ, ㄹ

③ ㄷ, ㄹ

④ ㄱ, ㄴ, ㄷ

⑤ ㄱ, ㄴ, ㄹ

난이도 상 중 하 풀이시간 | 2분 30초

22

2021년 5급 공채 PSAT

다음 〈표〉와 〈그림〉은 A국 게임시장에 관한 자료이다. 이에 대한 〈보기〉의 설명 중 옳은 것만을 고르면?

〈표〉 2017~2020년 A국의 플랫폼별 게임시장 규모

(단위: 억 원)

플랫폼 \ 연도	2017	2018	2019	2020
PC	149	165	173	( )
모바일	221	244	256	301
태블릿	56	63	66	58
콘솔	86	95	78	77
기타	51	55	40	28

〈그림〉 2020년 A국의 플랫폼별 게임시장 점유율

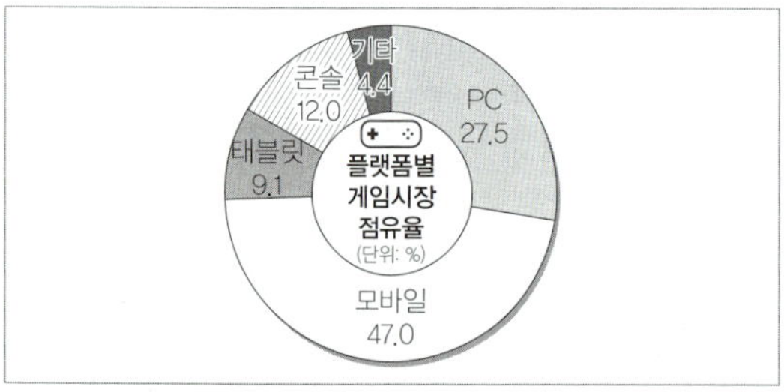

※ 플랫폼별 게임시장 점유율(%)

$= \frac{\text{A국 해당 플랫폼의 게임시장 규모}}{\text{A국 게임시장 전체 규모}} \times 100$

〈보기〉

ㄱ. A국 게임시장 전체 규모는 매년 증가하였다.

ㄴ. 2020년 PC, 태블릿, 콘솔의 게임시장 규모의 합은 A국 게임시장 전체 규모의 50% 미만이다.

ㄷ. PC의 게임시장 점유율은 2020년이 2019년보다 높다.

ㄹ. 기타를 제외하고 2017년 대비 2018년 게임시장 규모 증가율이 가장 높은 플랫폼은 태블릿이다.

① ㄱ, ㄴ

② ㄱ, ㄹ

③ ㄴ, ㄷ

④ ㄴ, ㄹ

⑤ ㄷ, ㄹ

난이도 상 중 하 풀이시간 | 2분 30초

23

2021년 7급 PSAT 모의평가

다음 〈그림〉과 〈표〉는 2018~2019년 '갑'국의 월별 최대전력수요와 전력수급현황에 관한 자료이다. 이에 대한 설명으로 옳은 것은?

〈그림〉 '갑'국의 월별 최대전력수요

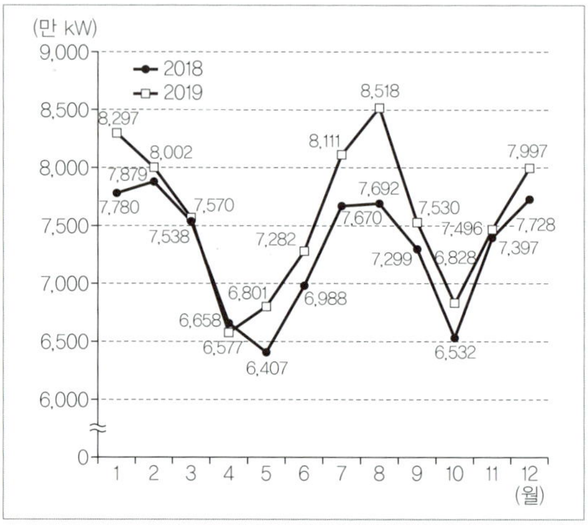

〈표〉 '갑'국의 전력수급현황

(단위: 만 kW)

구분 \ 시기	2018년 2월	2019년 8월
최대전력수요	7,879	8,518
전력공급능력	8,793	9,240

※ 1) 공급예비력 = 전력공급능력 − 최대전력수요

2) 공급예비율(%) $= \frac{\text{공급예비력}}{\text{최대전력수요}} \times 100$

① 공급예비력은 2018년 2월이 2019년 8월보다 작다.

② 공급예비율은 2018년 2월이 2019년 8월보다 낮다.

③ 2019년 1~12월 동안 최대전력수요의 월별 증감방향은 2018년과 동일하다.

④ 해당 연도 1~12월 중 최대전력수요가 가장 큰 달과 가장 작은 달의 최대전력수요 차이는 2018년이 2019년보다 작다.

⑤ 2019년 최대전력수요의 전년동월 대비 증가율이 가장 높은 달은 1월이다.

난이도 상 중 하

풀이시간 | 2분 30초

24

2021년 7급 공채 PSAT

다음 〈표〉는 2011~2020년 산불 건수 및 산불 가해자 검거 현황과 2020년 산불 원인별 가해자 검거 현황에 관한 자료이다. 이에 대한 〈보기〉의 설명 중 옳은 것만을 모두 고르면?

〈표1〉 2011~2020년 산불 건수 및 산불 가해자 검거 현황

(단위: 건, %)

연도 \ 구분	산불 건수	가해자 검거 건수	검거율
2011	277	131	47.3
2012	197	73	( )
2013	296	137	46.3
2014	492	167	33.9
2015	623	240	38.5
2016	391	( )	( )
2017	692	305	( )
2018	496	231	46.6
2019	653	239	36.6
2020	620	246	39.7
계	( )	1,973	( )

〈표2〉 2020년 산불 원인별 산불 건수 및 가해자 검거 현황

(단위: 건, %)

산불 원인 \ 구분	산불 건수	가해자 검거 건수	검거율
입산자 실화	( )	32	( )
논밭두렁 소각	49	45	( )
쓰레기 소각	65	( )	( )
담뱃불 실화	75	17	22.7
성묘객 실화	9	6	( )
어린이 불장난	1	1	100.0
건축물 실화	54	33	61.1
기타	150	52	34.7
전체	( )	246	39.7

※ 1) 산불 1건은 1개의 산불 원인으로만 분류함.

2) 가해자 검거 건수는 해당 산불 발생 연도를 기준으로 집계함.

3) $\text{검거율(\%)} = \frac{\text{가해자 검거 건수}}{\text{산불 건수}} \times 100$

〈보기〉

ㄱ. 2011~2020년 연평균 산불 건수는 500건 이하이다.

ㄴ. 산불 건수가 가장 많은 연도의 검거율은 산불 건수가 가장 적은 연도의 검거율보다 높다.

ㄷ. 2020년에는 기타를 제외하고 산불 건수가 적은 산불 원인일수록 검거율이 높다.

ㄹ. 2020년 전체 산불 건수 중 입산자 실화가 원인인 산불 건수의 비율은 35%이다.

① ㄱ, ㄴ

② ㄴ, ㄹ

③ ㄷ, ㄹ

④ ㄱ, ㄴ, ㄷ

⑤ ㄱ, ㄴ, ㄹ

난이도 상 중 하 풀이시간 | 2분 30초

25

2021년 민경채

다음 〈표〉는 2021년 우리나라 17개 지역의 도시재생사업비이다. 이에 대한 〈보기〉의 설명 중 옳은 것만을 모두 고르면?

〈표〉 지역별 도시재생사업비

(단위: 억 원)

지역	사업비
서울	160
부산	240
대구	200
인천	80
광주	160
대전	160
울산	120
세종	0
경기	360
강원	420
충북	300
충남	320
전북	280
전남	320
경북	320
경남	440
제주	120
전체	( )

〈보기〉

ㄱ. 부산보다 사업비가 많은 지역은 8개이다.

ㄴ. 사업비 상위 2개 지역의 사업비 합은 사업비 하위 4개 지역의 사업비 합의 2배 이상이다.

ㄷ. 사업비가 전체 사업비의 10% 이상인 지역은 2개이다.

① ㄱ

② ㄷ

③ ㄱ, ㄴ

④ ㄴ, ㄷ

⑤ ㄱ, ㄴ, ㄷ

난이도 상 중 하 풀이시간 | 2분

26

2021년 민경채

다음 〈표〉는 2014~2018년 독립유공자 포상 인원에 관한 자료이다. 이에 대한 〈보기〉의 설명 중 옳은 것만을 모두 고르면?

〈표〉 연도별 독립유공자 포상 인원

(단위: 명)

훈격 \ 연도	전체	건국훈장				건국포장	대통령표창
			독립장	애국장	애족장		
2014	341(10)	266(2)	4(0)	111(1)	151(1)	30(2)	45(6)
2015	510(21)	326(3)	2(0)	130(0)	194(3)	74(5)	110(13)
2016	312(14)	204(4)	0(0)	87(0)	117(4)	36(2)	72(8)
2017	269(11)	152(8)	1(0)	43(0)	108(8)	43(1)	74(2)
2018	355(60)	150(11)	0(0)	51(2)	99(9)	51(9)	154(40)

※ ( ) 안은 포상 인원 중 여성 포상 인원임.

〈보기〉

ㄱ. 여성 건국훈장 포상 인원은 매년 증가한다.

ㄴ. 매년 건국훈장 포상 인원은 전체 포상 인원의 절반 이상이다.

ㄷ. 남성 애국장 포상 인원과 남성 애족장 포상 인원의 차이가 가장 큰 해는 2015년이다.

ㄹ. 건국포장 포상 인원 중 여성 비율이 가장 낮은 해에는 대통령표창 포상 인원 중 여성 비율도 가장 낮다.

① ㄱ, ㄴ

② ㄱ, ㄹ

③ ㄴ, ㄷ

④ ㄱ, ㄷ, ㄹ

⑤ ㄴ, ㄷ, ㄹ

난이도 상 중 하

풀이시간 | 2분 30초

2021년 7급 공채 PSAT

27

다음 〈표〉는 아프리카연합이 주도한 임무단의 평화유지활동에 관한 자료이다. 이를 바탕으로 작성한 〈보고서〉의 설명 중 옳지 않은 것은?

〈표〉 임무단의 평화유지활동(2021년 5월 기준)

(단위: 명)

임무단	파견지	활동 기간	주요 임무	파견 규모
부룬디 임무단	부룬디	2003. 4. ~2004. 6.	평화협정 이행 지원	3,128
수단 임무단	수단	2004.10. ~2007.12.	다르푸르 지역 정전 감시	300
코모로 선거 감시 지원 임무단	코모로	2006. 3. ~2006. 6.	코모로 대통령 선거 감시	462
소말리아 임무단	소말리아	2007. 1. ~현재	구호 활동 지원	6,000
코모로 치안 지원 임무단	코모로	2007. 5. ~2008.10.	앙주앙 섬 치안 지원	350
다르푸르 지역 임무단	수단	2007. 7. ~현재	민간인 보호	6,000
우간다 임무단	우간다	2012. 3. ~현재	반군 소탕 작전	3,350
말리 임무단	말리	2012.12. ~2013. 7.	정부 지원	1,450
중앙 아프리카 공화국 임무단	중앙 아프리카 공화국	2013.12. ~2014. 9.	안정 유지	5,961

〈보고서〉

아프리카연합은 아프리카 지역 분쟁 해결 및 평화 구축을 위하여 2021년 5월 현재까지 9개의 임무단을 구성하고 평화유지활동을 주도하였다. ㉠평화유지활동 중 가장 오랜 기간 동안 활동한 임무단은 '소말리아 임무단'이다. 이 임무는 소말리아 과도 연방정부가 아프리카연합에 평화유지군을 요청한 것을 계기로 시작되어 현재에 이르고 있다. 한편, ㉡'코모로 선거 감시 지원 임무단'은 가장 짧은 기간 동안 활동하였다. 2006년 코모로는 대통령 선거를 앞두고 아프리카연합에 지원을 요청하였고 같은 해 3월 시작된 평화유지활동은 선거가 끝난 6월에 임무가 종료되었다.

㉢아프리카연합이 현재까지 평화유지활동을 위해 파견한 임무단의 총 규모는 25,000명 이상이며, 현재 활동 중인 임무단의 규모는 소말리아 6,000명, 수단 6,000명, 우간다 3,350명으로 총 15,000여 명이다.

아프리카연합은 아프리카 내의 문제를 자체적으로 해결하기 위해 다양한 임무단 활동을 활발히 수행하였다. 특히 ㉣수단과 코모로에서는 각각 2개의 임무단이 활동하였다.

현재 평화유지활동을 수행 중인 임무단은 3개이지만 ㉤2007년 10월 기준 평화유지활동을 수행 중이었던 임무단은 5개였다.

① ㄱ

② ㄴ

③ ㄷ

④ ㄹ

⑤ ㅁ

난이도 상 중 하

풀이시간 | 2분

28

2021년 7급 공채 PSAT

다음 〈표〉는 2021~2027년 시스템반도체 중 인공지능반도체의 세계 시장규모 전망이다. 이에 대한 〈보기〉의 설명 중 옳은 것만을 모두 고르면?

〈표〉 시스템반도체 중 인공지능반도체의 세계 시장규모 전망

(단위: 억 달러, %)

구분 \ 연도	2021	2022	2023	2024	2025	2026	2027
시스템반도체	2,500	2,310	2,686	2,832	( )	3,525	( )
인공지능반도체	70	185	325	439	657	927	1,179
비중	2.8	8.0	( )	15.5	19.9	26.3	31.3

〈보기〉

ㄱ. 인공지능반도체 비중은 매년 증가한다.

ㄴ. 2027년 시스템반도체 시장규모는 2021년보다 1,000억 달러 이상 증가한다.

ㄷ. 2022년 대비 2025년의 시장규모 증가율은 인공지능반도체가 시스템반도체의 5배 이상이다.

① ㄷ

② ㄱ, ㄴ

③ ㄱ, ㄷ

④ ㄴ, ㄷ

⑤ ㄱ, ㄴ, ㄷ

난이도 상 중 하

풀이시간 | 2분

29

2020년 민경채

다음 〈표〉는 2019년 '갑'회사의 지점(A~E)별 매출 관련 현황에 관한 자료이다. 이에 대한 〈보기〉의 설명 중 옳은 것만을 모두 고르면?

〈표〉 '갑'회사의 지점별 매출 관련 현황

(단위: 억 원, 명)

구분 \ 지점	A	B	C	D	E	전체
매출액	10	21	18	10	12	71
목표매출액	15	26	20	13	16	90
직원 수	5	10	8	3	6	32

※ 목표매출액 달성률(%) $= \frac{\text{매출액}}{\text{목표매출액}} \times 100$

〈보기〉

ㄱ. 직원 1인당 매출액이 가장 많은 지점은 D이다.

ㄴ. 목표매출액 달성률이 가장 높은 지점은 C이다.

ㄷ. 지점 매출액이 5개 지점 매출액의 평균을 초과하는 지점은 3곳이다.

ㄹ. 5개 지점의 매출액이 각각 20%씩 증가한다면, 전체 매출액은 전체 목표매출액을 초과한다.

① ㄱ, ㄴ

② ㄱ, ㄷ

③ ㄷ, ㄹ

④ ㄱ, ㄴ, ㄹ

⑤ ㄴ, ㄷ, ㄹ

난이도 상 중 하 풀이시간 | 2분 30초

30

2021년 7급 PSAT 모의평가

다음 〈그림〉은 OECD 회원국 중 5개국의 2018년 가정용, 산업용 전기요금 지수를 나타낸 것이다. 이에 대한 〈보기〉의 설명 중 옳은 것만을 모두 고르면?

〈그림〉 OECD 회원국 중 5개국의 가정용, 산업용 전기요금 지수

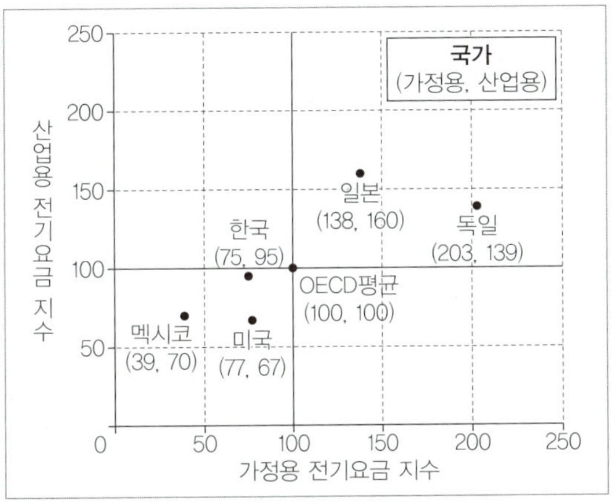

※ 1) OECD 각 국가의 전기요금은 100kWh당 평균 금액($)임.
2) 가정용(산업용) 전기요금 지수
$= \frac{\text{해당 국가의 가정용(산업용) 전기요금}}{\text{OECD 평균 가정용(산업용) 전기요금}} \times 100$
3) 2018년 한국의 가정용, 산업용 전기요금은 100kWh당 각각 $120, $95임.

보기

ㄱ. 산업용 전기요금은 일본이 가장 비싸고 가정용 전기요금은 독일이 가장 비싸다.
ㄴ. OECD 평균 전기요금은 가정용이 산업용의 1.5배 이상이다.
ㄷ. 가정용 전기요금이 한국보다 비싼 국가는 산업용 전기요금도 한국보다 비싸다.
ㄹ. 일본은 산업용 전기요금이 가정용 전기요금보다 비싸다.

① ㄱ, ㄴ
② ㄱ, ㄷ
③ ㄴ, ㄹ
④ ㄷ, ㄹ
⑤ ㄱ, ㄴ, ㄹ

난이도 상 중 하 풀이시간 | 2분 30초

31

2020년 민경채

다음 〈표〉는 2016~2019년 '갑'국의 방송통신 매체별 광고매출액에 관한 자료이다. 이에 대한 〈보기〉의 설명 중 옳은 것만을 고르면?

〈표〉 2016~2019년 방송통신 매체별 광고매출액

(단위: 억 원)

매체	세부 매체 \ 연도	2016	2017	2018	2019
방송	지상파TV	15,517	14,219	12,352	12,310
	라디오	2,530	2,073	1,943	1,816
	지상파DMB	53	44	36	35
	케이블PP	18,537	17,130	16,646	( )
	케이블SO	1,391	1,408	1,275	1,369
	위성방송	480	511	504	503
	소계	38,508	35,385	32,756	31,041
온라인	인터넷(PC)	19,092	20,554	19,614	19,109
	모바일	28,659	36,618	45,678	54,781
	소계	47,751	57,172	65,292	73,890

〈보기〉

ㄱ. 2017~2019년 동안 모바일 광고매출액의 전년 대비 증가율은 매년 30% 이상이다.
ㄴ. 2017년의 경우, 방송 매체 중 지상파TV 광고매출액이 차지하는 비중은 온라인 매체 중 인터넷(PC) 광고매출액이 차지하는 비중보다 작다.
ㄷ. 케이블PP의 광고매출액은 매년 감소한다.
ㄹ. 2016년 대비 2019년 광고매출액 증감률이 가장 큰 세부 매체는 모바일이다.

① ㄱ, ㄴ
② ㄱ, ㄷ
③ ㄴ, ㄷ
④ ㄴ, ㄹ
⑤ ㄷ, ㄹ

난이도 상 중 하 풀이시간 | 2분 30초

32

2021년 7급 공채 PSAT

다음 〈그림〉은 개발원조위원회 29개 회원국 중 공적개발원조액 상위 15개국과 국민총소득 대비 공적개발원조액 비율 상위 15개국 자료이다. 이에 대한 〈보기〉의 설명 중 옳은 것만을 모두 고르면?

〈그림1〉 공적개발원조액 상위 15개 회원국

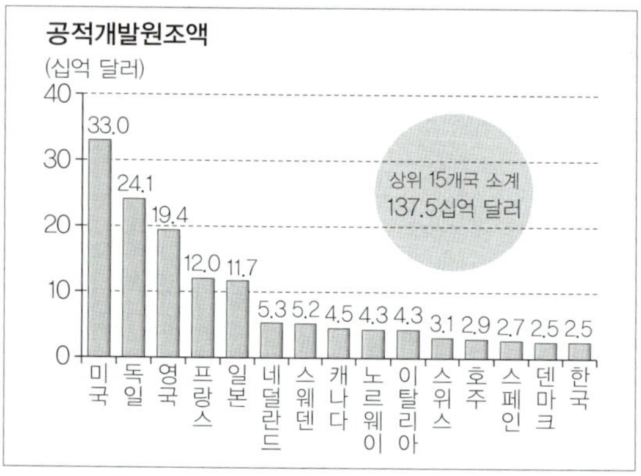

〈그림2〉 국민총소득 대비 공적개발원조액 비율 상위 15개 회원국

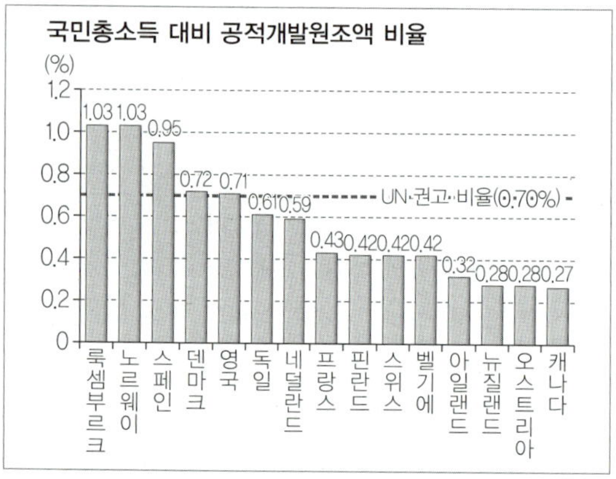

〈보기〉

ㄱ. 국민총소득 대비 공적개발원조액 비율이 UN 권고 비율보다 큰 국가의 공적개발원조액 합은 250억 달러 이상이다.

ㄴ. 공적개발원조액 상위 5개국의 공적개발원조액 합은 개발원조위원회 29개 회원국 공적개발원조액 합의 50% 이상이다.

ㄷ. 독일이 공적개발원조액만 30억 달러 증액하면 독일의 국민총소득 대비 공적개발원조액 비율은 UN 권고 비율 이상이 된다.

① ㄱ ② ㄷ ③ ㄱ, ㄴ
④ ㄴ, ㄷ ⑤ ㄱ, ㄴ, ㄷ

난이도 상 중 하 풀이시간 | 2분 30초

33

2020년 민경채

다음 〈그림〉과 〈표〉는 조사연도별 '갑'국 병사의 계급별 월급과 군내매점에서 판매하는 주요 품목 가격에 관한 자료이다. 이에 대한 설명으로 옳은 것은?

〈그림〉 조사연도별 병사의 계급별 월급

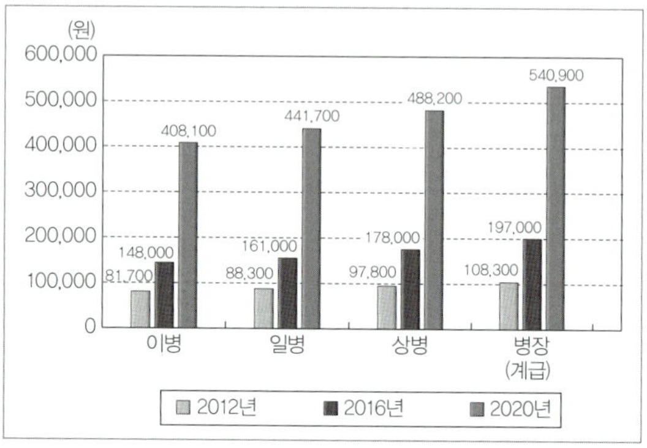

〈표〉 조사연도별 군내매점 주요품목 가격

(단위: 원/개)

조사연도 \ 품목	캔커피	단팥빵	햄버거
2012	250	600	2,400
2016	300	1,000	2,800
2020	500	1,400	3,500

① 이병 월급은 2020년이 2012년보다 500% 이상 증액되었다.

② 2012년 대비 2016년 상병 월급 증가율은 2016년 대비 2020년 상병 월급 증가율보다 더 높다.

③ 군내매점 주요 품목 각각의 2012년 대비 2016년 가격인상률은 2016년 대비 2020년 가격인상률보다 낮다.

④ 일병이 한 달 월급만을 사용하여 군내매점에서 해당 연도 가격으로 140개의 단팥빵을 구매하고 남은 금액은 2016년이 2012년보다 15,000원 이상 더 많다.

⑤ 병장이 한 달 월급만을 사용하여 군내매점에서 해당 연도 가격으로 구매할 수 있는 햄버거의 최대 개수는 2020년이 2012년의 3배 이하이다.

난이도 상 중 하 풀이시간 | 2분 30초

34 2020년 민경채

다음 〈표〉는 성인 남녀 1,500명을 대상으로 탈모 증상 경험 여부와 탈모 증상 경험자의 탈모 증상 완화 시도 방법에 관해 설문조사한 결과이다. 이에 대한 설명으로 옳지 않은 것은?

〈표1〉 탈모 증상 경험 여부

구분			응답자 수(명)	탈모 증상 경험 여부(%)	
				있음	없음
성별	남성		743	28.8	71.2
	여성		757	15.2	84.8
연령대	20대		259	4.6	95.4
	30대		253	12.6	87.4
	40대		295	21.4	78.6
	50대		301	25.6	74.4
	60대		392	37.0	63.0
성별·연령대	남성	20대	136	5.1	94.9
		30대	130	16.2	83.8
		40대	150	30.0	70.0
		50대	151	35.8	64.2
		60대	176	49.4	50.6
	여성	20대	123	4.1	95.9
		30대	123	8.9	91.1
		40대	145	12.4	87.6
		50대	150	15.3	84.7
		60대	216	26.9	73.1

※ 1) 무응답과 복수응답은 없음.
2) 소수점 아래 둘째 자리에서 반올림한 값임.

〈표2〉 탈모 증상 경험자의 탈모 증상 완화 시도 여부 및 방법

구분		응답자 수(명)	탈모 증상 완화 시도 방법(%)					시도하지 않음(%)
			모발 관리 제품 사용	민간 요법	치료제 구입	병원 진료	미용실 탈모 관리	
성별	남성	214	38.8	14.0	9.8	8.9	4.2	49.1
	여성	115	45.2	7.0	2.6	4.3	11.3	44.3
연령대	20대	12	50.0	0.0	16.7	16.7	16.7	0.0
	30대	32	62.5	12.5	6.3	9.4	9.4	25.0
	40대	63	52.4	7.9	6.3	12.7	7.9	36.5
	50대	77	46.8	15.6	10.4	5.2	10.4	39.0
	60대	145	26.2	11.7	6.2	4.1	2.8	62.8
부모의 탈모 경험 여부	있음	236	47.0	14.8	8.1	7.2	8.9	41.1
	없음	93	24.7	4.3	7.5	7.5	1.1	62.4
탈모 증상의 심각성	심각함	150	45.3	16.0	13.3	13.3	10.0	34.0
	심각하지 않음	179	36.9	7.8	2.8	2.2	2.8	58.1

※ 1) 무응답은 없으며, 탈모 증상 완화 시도 방법에 대한 복수응답을 허용함.
2) 소수점 아래 둘째 자리에서 반올림한 값임.

① 남녀 각각 연령대가 높을수록 탈모 증상 경험자의 비율도 높다.

② 탈모 증상 경험자 중 탈모 증상 완화 시도 방법으로 미용실 탈모 관리를 받았다고 한 응답자의 수는 남성이 여성보다 많다.

③ 탈모 증상 경험자의 연령대가 낮을수록 탈모 증상 완화를 시도한 응답자의 비율이 높다.

④ 탈모 증상 경험자 중 부모의 탈모 경험이 있다고 한 응답자의 비율은 70% 이상이다.

⑤ 탈모 증상이 심각하다고 한 응답자 중 부모의 탈모 경험이 있다고 한 응답자는 57명 이상이다.

난이도 상 중 하 풀이시간 | 2분 30초

35

2021년 7급 공채 PSAT

다음 〈표〉는 '갑'국의 2020년 농업 생산액 현황 및 2021~2023년의 전년 대비 생산액 변화율 전망치에 관한 자료이다. 이에 대한 〈보기〉의 설명 중 옳은 것만을 모두 고르면?

〈표〉 농업 생산액 현황 및 변화율 전망치

(단위: 십억 원, %)

구분	2020 생산액	전년 대비 생산액 변화율 전망치		
		2021	2022	2023
농업	50,052	0.77	0.02	1.38
재배업	30,270	1.50	−0.42	0.60
축산업	19,782	−0.34	0.70	2.57
소	5,668	3.11	0.53	3.51
돼지	7,119	−3.91	0.20	1.79
닭	2,259	1.20	−2.10	2.82
달걀	1,278	5.48	3.78	3.93
우유	2,131	0.52	1.12	0.88
오리	1,327	−5.58	5.27	3.34

※ 축산업은 소, 돼지, 닭, 달걀, 우유, 오리의 6개 세부항목으로만 구성됨.

〈보기〉

ㄱ. 2021년 '오리' 생산액 전망치는 1.2조 원 이상이다.

ㄴ. 2021년 '돼지' 생산액 전망치는 같은 해 '농업' 생산액 전망치의 15% 이상이다.

ㄷ. '축산업' 중 전년 대비 생산액 변화율 전망치가 2022년보다 2023년이 낮은 세부항목은 2개이다.

ㄹ. 2020년 생산액 대비 2022년 생산액 전망치의 증감폭은 '재배업'이 '축산업'보다 크다.

① ㄱ, ㄴ

② ㄱ, ㄷ

③ ㄴ, ㄹ

④ ㄱ, ㄷ, ㄹ

⑤ ㄴ, ㄷ, ㄹ

난이도 상 중 하 풀이시간 | 2분 30초

36

2021년 7급 PSAT 모의평가

다음 〈표〉는 2019년 주요 7개 지역(A~G)의 재해 피해 현황이다. 이에 대한 설명으로 옳지 않은 것은?

〈표〉 2019년 주요 7개 지역의 재해 피해 현황

구분 \ 지역	피해액 (천 원)	행정면적 (km^2)	인구 (명)	1인당 피해액(원)
전국	187,282,994	100,387	51,778,544	3,617
A	2,898,417	1,063	2,948,542	983
B	2,883,752	10,183	12,873,895	224
C	3,475,055	10,540	3,380,404	1,028
D	7,121,830	16,875	1,510,142	4,716
E	24,482,562	8,226	2,116,770	11,566
F	86,648,708	19,031	2,691,706	32,191
G	( )	7,407	1,604,432	36,199

※ 피해밀도(원/km^2)$=\frac{\text{피해액}}{\text{행정면적}}$

① G지역의 피해액은 전국 피해액의 35% 이하이다.

② 주요 7개 지역을 합친 지역의 1인당 피해액은 나머지 전체 지역의 1인당 피해액보다 크다.

③ D지역과 F지역을 합친 지역의 1인당 피해액은 전국 1인당 피해액의 5배 이상이다.

④ 피해밀도는 A지역이 B지역의 9배 이상이다.

⑤ 주요 7개 지역 중 피해밀도가 가장 낮은 지역은 D지역이다.

난이도 상 중 하

풀이시간 | 2분 30초

37

2020년 민경채

다음 〈표〉는 2017~2019년 '갑'대학의 장학금 유형(A~E)별 지급 현황에 관한 자료이다. 이에 대한 〈보기〉의 설명 중 옳은 것만을 고르면?

〈표〉 2017~2019년 '갑'대학의 장학금 유형별 지급 현황

(단위: 명, 백만 원)

학기		구분 \ 장학금 유형	A	B	C	D	E
2017년	1학기	장학생 수	112	22	66	543	2,004
		장학금 총액	404	78	230	963	2,181
	2학기	장학생 수	106	26	70	542	1,963
		장학금 총액	379	91	230	969	2,118
2018년	1학기	장학생 수	108	21	79	555	1,888
		장학금 총액	391	74	273	989	2,025
	2학기	장학생 수	112	20	103	687	2,060
		장학금 총액	404	70	355	1,216	2,243
2019년	1학기	장학생 수	110	20	137	749	2,188
		장학금 총액	398	70	481	1,330	2,379
	2학기	장학생 수	104	20	122	584	1,767
		장학금 총액	372	70	419	1,039	1,904

※ '갑'대학의 학기는 매년 1학기와 2학기만 존재함.

〈보기〉

ㄱ. 2017~2019년 동안 매학기 장학생 수가 증가하는 장학금 유형은 1개이다.

ㄴ. 2018년 1학기에 비해 2018년 2학기에 장학생 수와 장학금 총액이 모두 증가한 장학금 유형은 4개이다.

ㄷ. 2019년 2학기 장학생 1인당 장학금이 가장 많은 장학금 유형은 B이다.

ㄹ. E장학금 유형에서 장학생 수와 장학금 총액이 가장 많은 학기는 2019년 1학기이다.

① ㄱ, ㄴ

② ㄱ, ㄷ

③ ㄴ, ㄷ

④ ㄴ, ㄹ

⑤ ㄷ, ㄹ

난이도 상 중 하

풀이시간 | 2분 30초

38

2021년 7급 공채 PSAT

다음 〈그림〉은 2014~2020년 연말 기준 '갑'국의 국가채무 및 GDP에 관한 자료이다. 이에 대한 〈보기〉의 설명 중 옳은 것만을 모두 고르면?

〈그림1〉 GDP 대비 국가채무 및 적자성채무 비율 추이

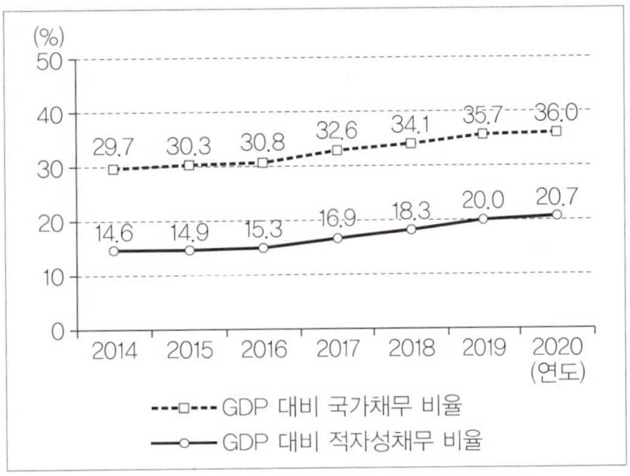

※ 국가채무=적자성채무+금융성채무

〈그림2〉 GDP 추이

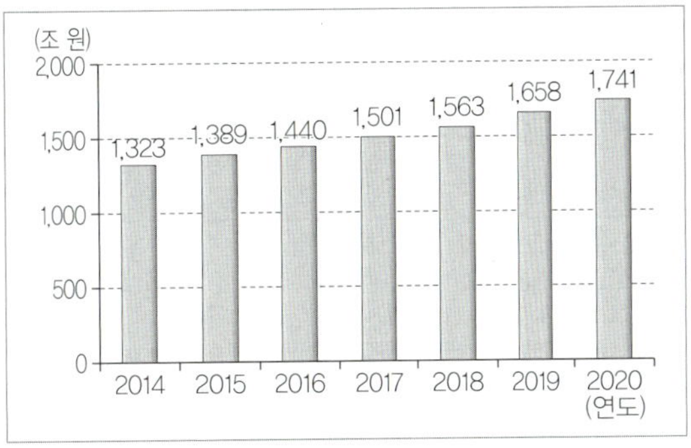

〈보기〉

ㄱ. 2020년 국가채무는 2014년의 1.5배 이상이다.

ㄴ. GDP 대비 금융성채무 비율은 매년 증가한다.

ㄷ. 적자성채무는 2019년부터 300조 원 이상이다.

ㄹ. 금융성채무는 매년 국가채무의 50% 이상이다.

① ㄱ, ㄴ

② ㄱ, ㄷ

③ ㄴ, ㄹ

④ ㄱ, ㄷ, ㄹ

⑤ ㄴ, ㄷ, ㄹ

난이도 상 중 하 | 풀이시간 | 2분 30초

39

2021년 7급 공채 PSAT

다음 〈표〉는 2015~2019년 A~D지역의 해양수질, 해조류 군집 및 해양 저서동물 출현종수에 관한 자료이다. 이에 대한 설명으로 옳지 않은 것은?

〈표1〉 A~D지역의 해양수질

(단위: mg/L)

측정항목	연도 / 지역	2015	2016	2017	2018	2019
용존 산소량 (DO)	A	8.22	8.13	7.95	8.40	7.60
	B	8.18	8.23	8.12	8.60	8.10
	C	10.20	8.06	8.73	8.10	8.50
	D	7.51	6.97	7.39	8.43	8.35
화학적 산소 요구량 (COD)	A	1.73	1.38	1.19	1.54	1.34
	B	1.38	1.40	1.26	1.47	1.54
	C	2.35	2.29	1.71	1.59	1.69
	D	0.96	0.82	0.70	1.30	1.59
총질소 (Total-N)	A	0.16	0.14	0.16	0.15	0.12
	B	0.16	0.13	0.20	0.15	0.12
	C	0.45	0.51	0.68	0.11	0.08
	D	0.20	0.06	0.05	0.57	0.07

※ 해양수질 등급은 아래 기준으로 판정함.

- 1등급은 DO가 7.50mg/L 이상이고 COD는 1.00mg/L 이하이며 Total-N이 0.30mg/L 이하인 경우임.
- 2등급은 1등급에 해당하지 않으면서 DO가 2.00mg/L 이상이고 COD는 2.00mg/L 이하이며 Total-N이 0.60mg/L 이하인 경우임.
- 등급 외는 1, 2등급에 해당하지 않는 경우임.

〈표2〉 A~D지역의 해조류 군집 및 해양 저서동물 출현종수

(단위: 개)

항목	연도 / 지역	2015	2016	2017	2018	2019
해조류 군집 출현종수	A	108	77	46	48	48
	B	102	77	49	49	52
	C	26	27	28	29	27
	D	102	136	199	86	87
해양 저서 동물 출현종수	A	147	79	126	134	153
	B	90	73	128	142	141
	C	112	34	58	85	102
	D	175	351	343	303	304

① 2015~2019년 A와 B지역의 총질소(Total-N)의 연간 증감방향은 매년 동일하다.

② 2016년 B지역은 해조류 군집 출현종수의 전년 대비 증감률이 해양 저서동물 출현종수의 전년 대비 증감률보다 크다.

③ 2019년에는 해양 저서동물 출현종수가 가장 많은 지역이 총질소(Total-N)가 가장 낮다.

④ 2015년에 해양수질이 1등급인 지역은 D가 유일하다.

⑤ A와 C지역의 해양수질은 2015년부터 2017년까지 2등급으로 일정하다.

난이도 상 중 하 풀이시간 | 2분 30초

40 2019년 민경채

다음 〈그림〉과 〈표〉는 '갑'국을 포함한 주요 10개국의 학업성취도 평가 자료이다. 이에 대한 설명으로 옳은 것은?

〈그림〉 1998~2018년 '갑'국의 성별 학업성취도 평균점수

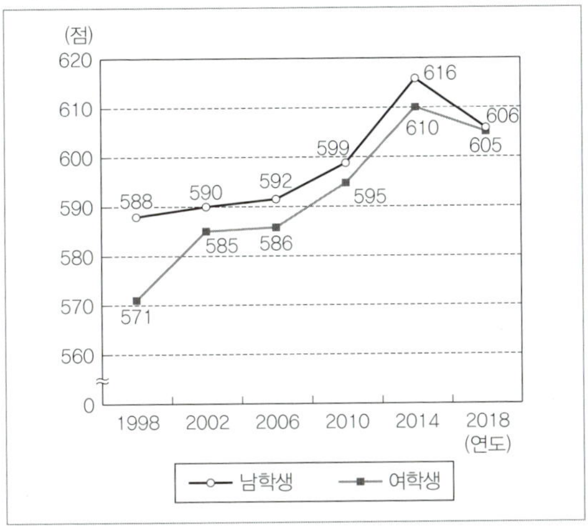

※ 학업성취도 평균점수는 소수점 아래 첫째 자리에서 반올림한 값임

〈표〉 2018년 주요 10개국의 학업성취도 평균점수 및 점수대별 누적 학생비율

(단위: 점, %)

구분 / 국가	평균 점수	학업성취도 점수대별 누적 학생비율			
		625점 이상	550점 이상	475점 이상	400점 이상
A	621	54	81	94	99
갑	606	43	75	93	99
B	599	42	72	88	97
C	594	37	75	92	98
D	586	34	67	89	98
E	538	14	46	78	95
F	528	12	41	71	91
G	527	7	39	78	96
H	523	7	38	76	94
I	518	10	36	69	93

※ 학업성취수준은 수월수준(625점 이상), 우수수준(550점 이상 625점 미만), 보통수준(475점 이상 550점 미만), 기초수준(400점 이상 475점 미만), 기초수준 미달(400점 미만)로 구분됨

① '갑'국 남학생과 여학생의 평균점수 차이는 2018년이 1998년보다 크다.

② '갑'국의 평균점수는 2018년이 2014년보다 크다.

③ 2018년 주요 10개 국가는 '수월수준'의 학생비율이 높을수록 평균점수가 높다.

④ 2018년 주요 10개 국가 중 '기초수준 미달'의 학생비율이 가장 높은 국가는 I국이다.

⑤ 2018년 '우수수준'의 학생비율은 D국이 B국보다 높다.

난이도 상 중 하 풀이시간 | 2분 30초

41

2019년 민경채

다음 〈표〉는 2018년 행정구역별 공동주택의 실내 라돈 농도에 대한 자료이다. 이에 대한 〈보고서〉의 설명 중 옳은 것만을 모두 고르면?

〈표〉 행정구역별 공동주택 실내 라돈 농도

항목 / 행정구역	조사대상 공동주택 수(호)	평균값 (Bq/m^3)	중앙값 (Bq/m^3)	$200Bq/m^3$ 초과 공동주택 수 (호)
서울특별시	532	66.5	45.4	25
부산광역시	434	51.4	35.3	12
대구광역시	437	61.5	41.6	16
인천광역시	378	48.5	33.8	9
광주광역시	308	58.3	48.2	6
대전광역시	201	110.1	84.2	27
울산광역시	247	55.0	35.3	7
세종특별자치시	30	83.8	69.8	1
경기도	697	74.3	52.5	37
강원도	508	93.4	63.6	47
충청북도	472	86.3	57.8	32
충청남도	448	93.3	59.9	46
전라북도	576	85.7	56.7	40
전라남도	569	75.5	51.5	32
경상북도	610	72.4	48.3	34
경상남도	640	57.5	36.7	21
제주특별자치도	154	68.2	40.9	11
전국	7,241	-	-	403

〈보고서〉

우리나라에서는 2018년 처음으로 공동주택에 대한 '실내 라돈 권고 기준치'를 $200Bq/m^3$ 이하로 정하고 공동주택의 실내 라돈 농도를 조사하였다.

이번 공동주택 실내 라돈 농도 조사에서 ㉠조사대상 공동주택의 실내 라돈 농도 평균값은 경기도가 서울특별시의 1.1배 이상이다. 한편, ㉡행정구역별로 비교했을 때 실내 라돈 농도의 평균값이 클수록 중앙값도 컸으며 두 항목 모두 대전광역시가 가장 높았다. ㉢조사대상 공동주택 중 실내 라돈 농도가 실내 라돈 권고 기준치를 초과하는 공동주택의 비율이 5% 이상인 행정구역은 9곳이며, 10% 이상인 행정구역은 2곳으로 조사되었다.

① ㄱ
② ㄴ
③ ㄱ, ㄷ
④ ㄴ, ㄷ
⑤ ㄱ, ㄴ, ㄷ

난이도 상 중 하 풀이시간 | 2분 30초

42

2021년 민경채

다음 〈표〉는 '갑'잡지가 발표한 세계 스포츠 구단 중 2020년 가치액 기준 상위 10개 구단에 관한 자료이다. 이에 대한 〈보기〉의 설명 중 옳은 것만을 모두 고르면?

〈표〉 2020년 가치액 상위 10개 스포츠 구단

(단위: 억 달러)

순위	구단	종목	가치액
1(1)	A	미식축구	58(58)
2(2)	B	야구	50(50)
3(5)	C	농구	45(39)
4(8)	D	농구	44(36)
5(9)	E	농구	42(33)
6(3)	F	축구	41(42)
7(7)	G	미식축구	40(37)
8(4)	H	축구	39(41)
9(11)	I	미식축구	37(31)
10(6)	J	축구	36(38)

※ ( ) 안은 2019년도 값임.

〈보기〉

ㄱ. 2020년 상위 10개 스포츠 구단 중 전년보다 순위가 상승한 구단이 순위가 하락한 구단보다 많다.

ㄴ. 2020년 상위 10개 스포츠 구단 중 미식축구 구단 가치액 합은 농구 구단 가치액 합보다 크다.

ㄷ. 2020년 상위 10개 스포츠 구단 중 전년 대비 가치액 상승률이 가장 큰 구단의 종목은 미식축구이다.

ㄹ. 연도별 상위 10개 스포츠 구단의 가치액 합은 2019년이 2020년보다 크다.

① ㄱ, ㄴ

② ㄱ, ㄹ

③ ㄷ, ㄹ

④ ㄱ, ㄴ, ㄷ

⑤ ㄴ, ㄷ, ㄹ

난이도 상 중 하 풀이시간 | 2분 30초

43

2021년 민경채

다음 〈표〉는 5개국의 발전원별 발전량 및 비중에 관한 자료이다. 이에 대한 설명으로 옳지 않은 것은?

〈표〉 5개국의 발전원별 발전량 및 비중

(단위: TWh, %)

국가	연도	원자력	화력			수력	신재생 에너지	전체
			석탄	LNG	유류			
독일	2010	140.6 (22.2)	273.5 (43.2)	90.4 (14.3)	8.7 (1.4)	27.4 (4.3)	92.5 (14.6)	633.1 (100.0)
	2015	91.8 (14.2)	283.7 (43.9)	63.0 (9.7)	6.2 (1.0)	24.9 (3.8)	177.3 (27.4)	646.9 (100.0)
미국	2010	838.9 (19.2)	1,994.2 (45.5)	1,017.9 (23.2)	48.1 (1.1)	286.3 (6.5)	193.0 (4.4)	4,378.4 (100.0)
	2015	830.3 (19.2)	1,471.0 (34.1)	1,372.6 (31.8)	38.8 (0.9)	271.1 (6.3)	333.3 ( )	4,317.1 (100.0)
프랑스	2010	428.5 (75.3)	26.3 (4.6)	23.8 (4.2)	5.5 (1.0)	67.5 (11.9)	17.5 (3.1)	569.1 (100.0)
	2015	437.4 ( )	12.2 (2.1)	19.8 (3.5)	2.2 (0.4)	59.4 (10.4)	37.5 (6.6)	568.5 (100.0)
영국	2010	62.1 (16.3)	108.8 (28.5)	175.3 (45.9)	5.0 (1.3)	6.7 (1.8)	23.7 (6.2)	381.6 (100.0)
	2015	70.4 (20.8)	76.7 (22.6)	100.0 (29.5)	2.1 (0.6)	9.0 (2.7)	80.9 ( )	339.1 (100.0)
일본	2010	288.2 (25.1)	309.5 (26.9)	318.6 (27.7)	100.2 (8.7)	90.7 (7.9)	41.3 (3.6)	1,148.5 (100.0)
	2015	9.4 (0.9)	343.2 (33.0)	409.8 (39.4)	102.5 (9.8)	91.3 (8.8)	85.1 (8.2)	1,041.3 (100.0)

※ 발전원은 원자력, 화력, 수력, 신재생 에너지로만 구성됨.

① 2015년 프랑스의 전체 발전량 중 원자력 발전량의 비중은 75% 이하이다.

② 영국의 전체 발전량 중 신재생 에너지 발전량의 비중은 2010년 대비 2015년에 15%p 이상 증가하였다.

③ 2010년 석탄 발전량은 미국이 일본의 6배 이상이다.

④ 2010년 대비 2015년 전체 발전량이 증가한 국가는 독일뿐이다.

⑤ 2010년 대비 2015년 각 국가에서 신재생 에너지의 발전량과 비중은 모두 증가하였다.

난이도 상 중 하 풀이시간 | 2분 30초

44

2019년 민경채

다음 〈표〉와 〈그림〉은 2018년 A 대학의 학생상담 현황에 대한 자료이다. 이에 대한 〈보기〉의 설명 중 옳은 것만을 모두 고르면?

〈표〉 상담자별, 학년별 상담건수

(단위: 건)

상담자 \ 학년	1학년	2학년	3학년	4학년	합
교수	1,085	1,020	911	1,269	4,285
상담직원	154	97	107	56	414
진로컨설턴트	67	112	64	398	641
전체	1,306	1,229	1,082	1,723	5,340

〈그림1〉 상담횟수별 학생 수

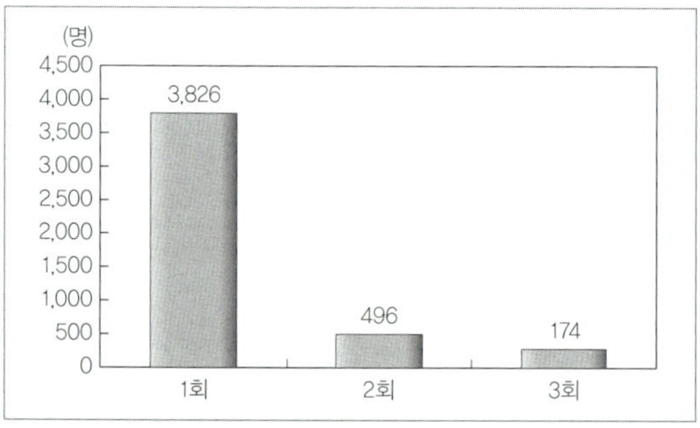

〈그림2〉 전체 상담건수의 유형별 구성비

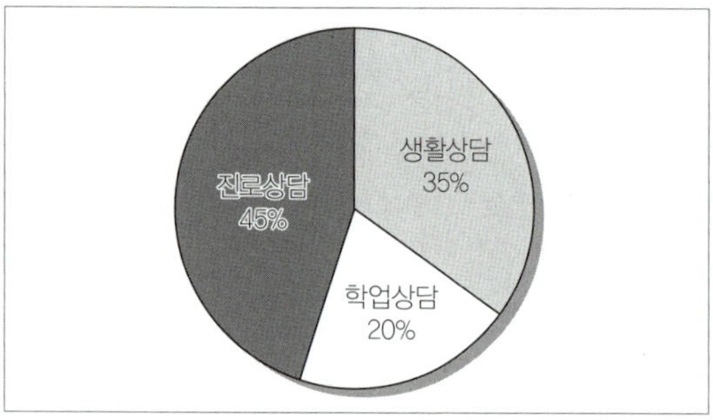

〈보기〉

ㄱ. 학년별 전체 상담건수 중 '상담직원'의 상담건수가 차지하는 비중이 큰 학년부터 순서대로 나열하면 1학년, 2학년, 3학년, 4학년 순이다.

ㄴ. '진로컨설턴트'가 상담한 유형이 모두 진로상담이고, '상담직원'이 상담한 유형이 모두 생활상담 또는 학업상담이라면, '교수'가 상담한 유형 중 진로상담이 차지하는 비중은 30% 이상이다.

ㄷ. 상담건수가 많은 학년부터 순서대로 나열하면 4학년, 1학년, 2학년, 3학년 순이다.

ㄹ. 최소 한 번이라도 상담을 받은 학생 수는 4,600명 이하이다.

① ㄱ, ㄷ
② ㄴ, ㄹ
③ ㄱ, ㄴ, ㄷ
④ ㄱ, ㄷ, ㄹ
⑤ ㄴ, ㄷ, ㄹ

난이도 상 중 하 풀이시간 | 2분 30초

45

2019년 민경채

다음 〈표〉는 2018년 '갑'국의 대학유형별 현황에 관한 자료이다. 이에 대한 〈보기〉의 설명 중 옳은 것만을 모두 고르면?

〈표〉 대학유형별 현황

(단위: 개, 명)

구분 \ 유형		국립대학	공립대학	사립대학	전체
학교		34	1	154	189
학과		2,776	40	8,353	11,169
교원		15,299	354	49,770	65,423
	여성	2,131	43	12,266	14,440
직원		8,987	205	17,459	26,651
	여성	3,254	115	5,259	8,628
입학생		78,888	1,923	274,961	355,772
재적생		471,465	13,331	1,628,497	2,113,293
졸업생		66,890	1,941	253,582	322,413

〈보기〉

ㄱ. 학과당 교원 수는 공립대학이 사립대학보다 많다.

ㄴ. 전체 대학 입학생 수에서 국립대학 입학생 수가 차지하는 비율은 20% 이상이다.

ㄷ. 입학생 수 대비 졸업생 수의 비율은 공립대학이 국립대학보다 높다.

ㄹ. 각 대학유형에서 남성 직원 수가 여성 직원 수보다 많다.

① ㄱ, ㄷ

② ㄱ, ㄹ

③ ㄴ, ㄹ

④ ㄱ, ㄴ, ㄷ

⑤ ㄴ, ㄷ, ㄹ

난이도 상 중 하 풀이시간 | 2분 30초

46

2020년 7급 PSAT 모의평가

다음 〈표〉는 A사에서 실시한 철근강도 평가 샘플 수 및 합격률에 관한 자료이다. 이에 대한 설명으로 옳은 것은?

〈표〉 철근강도 평가 샘플 수 및 합격률

(단위: 개, %)

구분 \ 종류		SD400	SD500	SD600	전체
샘플 수		35	( )	25	( )
평가항목별 합격률	항복강도	100.0	95.0	92.0	96.0
	인장강도	100.0	100.0	88.0	( )
최종 합격률		100.0	( )	84.0	( )

※ 1) 평가한 철근 종류는 SD400, SD500, SD600뿐임.

2) 항복강도와 인장강도 평가에서 모두 합격한 샘플만 최종 합격임.

3) 합격률(%)$=\frac{\text{합격한 샘플 수}}{\text{샘플 수}}\times 100$

4) 평가 결과는 합격 또는 불합격임.

① SD500 샘플 수는 50개 이상이다.

② 인장강도 평가에서 합격한 SD600 샘플은 항복강도 평가에서도 모두 합격하였다.

③ 항복강도 평가에서 불합격한 SD500 샘플 수는 4개이다.

④ 최종 불합격한 전체 샘플 수는 5개 이하이다.

⑤ 항복강도 평가에서 불합격한 SD600 샘플 수는 최종 불합격한 SD500 샘플 수와 같다.

정답과 해설 P.18

5급	7급	민경채

난이도 상 중 하　　풀이시간 | 2분

01

2022년 7급 공채 PSAT

다음 〈표〉는 제품 A~E의 제조원가에 관한 자료이다. 제품 A~E 중 매출액이 가장 작은 제품을 고르면?

〈표〉 제품 A~E의 고정원가, 변동원가율, 제조원가율

(단위: 원, %)

구분 제품	고정원가	변동원가율	제조원가율
A	60,000	40	25
B	36,000	60	30
C	33,000	40	30
D	50,000	20	10
E	10,000	50	10

※ 1) 제조원가=고정원가+변동원가

2) 고정원가율(%)=$\frac{\text{고정원가}}{\text{제조원가}}\times 100$

3) 변동원가율(%)=$\frac{\text{변동원가}}{\text{제조원가}}\times 100$

4) 제조원가율(%)=$\frac{\text{제조원가}}{\text{매출액}}\times 100$

① A

② B

③ C

④ D

⑤ E

난이도 상 중 하　　풀이시간 | 2분

02

2021년 5급 공채 PSAT

다음 〈그래프〉는 A~E학교의 장학금에 대한 자료이다. 이를 근거로 해당 학교의 전체 학생 중 장학금 수혜자 비율이 가장 큰 학교부터 순서대로 나열한 것은?

〈그래프〉 학교별 장학금 신청률과 수혜율

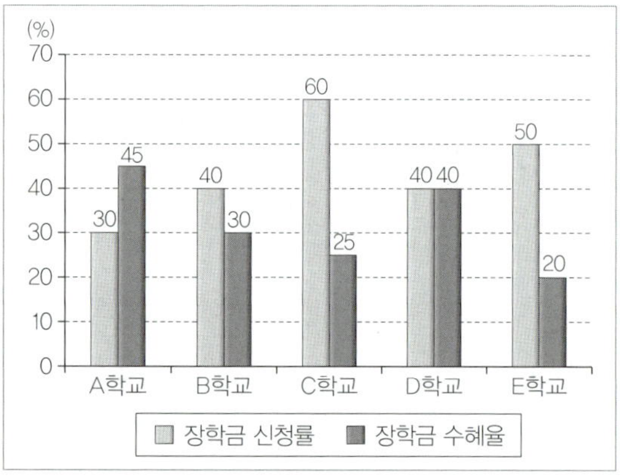

※ 1) 장학금 신청률(%)=$\frac{\text{장학금 신청자}}{\text{전체 학생}}\times 100$

2) 장학금 수혜율(%)=$\frac{\text{장학금 수혜자}}{\text{장학금 신청자}}\times 100$

① A, B, D, E, C

② A, D, B, C, E

③ C, E, B, D, A

④ D, C, A, B, E

⑤ E, D, C, A, B

난이도 상 중 하 풀이시간 | 2분

03

2022년 7급 공채 PSAT

다음 〈표〉는 도지사 선거 후보자 A와 B의 TV 토론회 전후 '가'~'마'지역 유권자의 지지율에 대한 자료이고, 〈보고서〉는 이 중 한 지역의 지지율 변화를 분석한 자료이다. 〈보고서〉의 내용에 해당하는 지역을 '가'~'마' 중에서 고르면?

〈표〉 도지사 선거 후보자 TV 토론회 전후 지지율

(단위: %)

시기 / 후보자 / 지역	TV 토론회 전		TV 토론회 후	
	A	B	A	B
가	38	52	50	46
나	28	40	39	41
다	31	59	37	36
라	35	49	31	57
마	29	36	43	41

※ 1) 도지사 선거 후보자는 A와 B뿐임.
2) 응답자는 '후보자 A 지지', '후보자 B 지지', '지지 후보자 없음' 중 하나만 응답하고, 무응답은 없음.

〈보고서〉

도지사 선거 후보자 TV 토론회를 진행하기 전과 후에 실시한 이 지역의 여론조사 결과, 도지사 후보자 지지율 변화는 다음과 같다. TV 토론회 전에는 B후보자에 대한 지지율이 A후보자보다 10%p 이상 높게 집계되어 B후보자가 선거에 유리한 것으로 보였으나, TV 토론회 후에는 지지율 양상에 변화가 있는 것으로 분석된다.

TV 토론회 후 '지지 후보자 없음'으로 응답한 비율이 줄어 TV 토론회가 그동안 어떤 후보자에 투표할지 고민하던 유권자의 선택에 영향을 미친 것으로 판단된다. 또한, A후보자에 대한 지지율 증가폭이 B후보자보다 큰 것으로 나타나 TV 토론회를 통해 A후보자의 강점이 더 잘 드러났던 것으로 분석된다. 그러나 TV 토론회 후 두 후보자간 지지율 차이가 3%p 이내에 불과하여 이 지역에서 선거의 결과는 예측하기 어렵다.

① 가 ② 나 ③ 다 ④ 라 ⑤ 마

난이도 상 중 하 풀이시간 | 2분

04

2018년 민경채

다음 〈표1〉은 창의경진대회에 참가한 팀 A, B, C의 '팀 인원수' 및 '팀 평균점수'이며, 〈표2〉는 〈표1〉에 기초하여 '팀 연합 인원 수' 및 '팀 연합 평균점수'를 각각 산출한 자료이다. (가)와 (나)에 들어갈 값을 바르게 나열한 것은?

〈표1〉 팀 인원수 및 팀 평균점수

(단위: 명, 점)

팀	A	B	C
인원수	( )	( )	( )
평균점수	40.0	60.0	90.0

※ 1) 각 참가자는 A, B, C팀 중 하나의 팀에만 속하고, 개인별로 점수를 획득함

2) $\text{팀 평균점수} = \frac{\text{해당 팀 참가자 개인별 점수의 합}}{\text{해당 팀 참가자 인원수}}$

〈표2〉 팀 연합 인원수 및 팀 연합 평균점수

(단위: 명, 점)

팀 연합	A+B	B+C	C+A
인원수	80	120	(가)
평균점수	52.5	77.5	(나)

※ 1) A+B는 A팀과 B팀, B+C는 B팀과 C팀, C+A는 C팀과 A팀의 인원을 합친 팀 연합임

2) $\text{팀 연합 평균점수} = \frac{\text{해당 팀 연합 참가자 개인별 점수의 합}}{\text{해당 팀 연합 참가자 인원수}}$

	가	나
①	90	72.5
②	90	75.0
③	100	72.5
④	100	75.0
⑤	110	72.5

난이도 상 중 하 | 풀이시간 | 2분

05

2021년 5급 공채 PSAT

다음 〈표〉는 우리나라 7개 도시의 공원 현황을 나타낸 자료이다. 〈표〉와 〈조건〉을 바탕으로 '가'~'라' 도시를 바르게 나열한 것은?

〈표〉 우리나라 7개 도시의 공원 현황

구분	개소	결정면적 (백만 m^2)	조성면적 (백만 m^2)	활용률 (%)	1인당 결정면적 (m^2)
전국	20,389	1,020.1	412.0	40.4	22.0
서울	2,106	143.4	86.4	60.3	14.1
(가)	960	69.7	29.0	41.6	25.1
(나)	586	19.6	8.7	44.2	13.4
부산	904	54.0	17.3	29.3	16.7
(다)	619	22.2	12.3	49.6	15.5
대구	755	24.6	11.2	45.2	9.8
(라)	546	35.9	11.9	33.2	31.4

〈조건〉

- 결정면적이 전국 결정면적의 3% 미만인 도시는 광주, 대전, 대구이다.
- 활용률이 전국 활용률보다 낮은 도시는 부산과 울산이다.
- 1인당 조성면적이 1인당 결정면적의 50% 이하인 도시는 부산, 대구, 광주, 인천, 울산이다.

	가	나	다	라
①	울산	광주	대전	인천
②	울산	대전	광주	인천
③	인천	광주	대전	울산
④	인천	대전	광주	울산
⑤	인천	울산	광주	대전

난이도 상 중 하 | 풀이시간 | 2분

06

2022년 7급 공채 PSAT

다음 〈표〉는 2021년 국가 A~D의 국내총생산, 1인당 국내총생산, 1인당 이산화탄소 배출량에 관한 자료이다. 이를 근거로 국가 A~D를 이산화탄소 총 배출량이 가장 적은 국가부터 순서대로 바르게 나열한 것은?

〈표〉 국가별 국내총생산, 1인당 국내총생산, 1인당 이산화탄소 배출량

(단위: 달러, 톤CO_2eq.)

구분 / 국가	국내총생산	1인당 국내총생산	1인당 이산화탄소 배출량
A	20조 4,941억	62,795	16.6
B	4조 9,709억	39,290	9.1
C	1조 6,194억	31,363	12.4
D	13조 6,082억	9,771	7.0

※ 1) $1인당\ 국내총생산 = \frac{국내총생산}{총인구}$

2) $1인당\ 이산화탄소\ 배출량 = \frac{이산화탄소\ 총\ 배출량}{총인구}$

① A, C, B, D
② A, D, C, B
③ C, A, D, B
④ C, B, A, D
⑤ D, B, C, A

난이도 상 중 하 풀이시간 | 2분

07

2022년 7급 공채 PSAT

다음 〈표〉는 1990년대 이후 A~E도시의 시기별 및 자본금액별 창업 건수에 관한 자료이고, 〈보고서〉는 A~E 중 한 도시의 창업 건수에 관한 설명이다. 이를 근거로 판단할 때, 〈보고서〉의 내용에 부합하는 도시를 고른 것은?

〈표〉 A~E도시의 시기별 및 자본금액별 창업 건수

(단위: 건)

시기	1990년대		2000년대		2010년대		2020년 이후	
자본금액 / 도시	1천만 원 미만	1천만 원 이상	1천만 원 미만	1천만 원 이상	1천만 원 미만	1천만 원 이상	1천만 원 미만	1천만 원 이상
A	198	11	206	32	461	26	788	101
B	46	0	101	5	233	4	458	16
C	12	2	19	17	16	17	76	14
D	27	3	73	34	101	24	225	27
E	4	0	25	0	53	3	246	7

〈보고서〉

이 도시의 시기별 및 자본금액별 창업 건수는 다음과 같은 특징이 있다. 첫째, 1990년대 이후 모든 시기에서 자본금액 1천만 원 미만 창업 건수가 자본금액 1천만 원 이상 창업 건수보다 많다. 둘째, 자본금액 1천만 원 미만 창업 건수와 1천만 원 이상 창업 건수의 차이는 2010년대가 2000년대의 2배 이상이다. 셋째, 2020년 이후 전체 창업 건수는 1990년대 전체 창업 건수의 10배 이상이다. 넷째, 2020년 이후 전체 창업 건수 중 자본금액 1천만 원 이상 창업 건수의 비중은 3% 이상이다.

① A
② B
③ C
④ D
⑤ E

난이도 상 중 하 풀이시간 | 2분 30초

08

2021년 7급 공채 PSAT

다음 〈표〉와 〈정보〉는 A~J지역의 지역발전 지표에 관한 자료이다. 이를 근거로 '가'~'라'에 들어갈 수 있는 값으로만 나열한 것은?

〈표〉 A~J지역의 지역발전 지표

(단위: %, 개)

지표 / 지역	재정 자립도	시가화 면적 비율	10만 명당 문화시설수	10만 명당 체육시설수	주택 노후화율	주택 보급률	도로 포장률
A	83.8	61.2	4.1	111.1	17.6	105.9	92.0
B	58.5	24.8	3.1	(다)	22.8	93.6	98.3
C	65.7	35.7	3.5	103.4	13.5	91.2	97.4
D	48.3	25.3	4.3	128.0	15.8	96.6	100.0
E	(가)	20.7	3.7	133.8	12.2	100.3	99.0
F	69.5	22.6	4.1	114.0	8.5	91.0	98.1
G	37.1	22.9	7.7	110.2	20.5	103.8	91.7
H	38.7	28.8	7.8	102.5	19.9	(라)	92.5
I	26.1	(나)	6.9	119.2	33.7	102.5	89.6
J	32.6	21.3	7.5	113.0	26.9	106.1	87.9

〈정보〉

- 재정자립도가 E보다 높은 지역은 A, C, F임.
- 시가화 면적 비율이 가장 낮은 지역은 주택노후화율이 가장 높은 지역임.
- 10만 명당 문화시설수가 가장 적은 지역은 10만 명당 체육시설수가 네 번째로 많은 지역임.
- 주택보급률이 도로포장률보다 낮은 지역은 B, C, D, F임.

	가	나	다	라
①	58.6	20.9	100.9	92.9
②	60.8	19.8	102.4	92.5
③	63.5	20.1	115.7	92.0
④	65.2	20.3	117.1	92.6
⑤	65.8	20.6	118.7	93.7

난이도 상 중 하 풀이시간 | 2분

09

2021년 민경채

다음 〈표〉는 2020년 '갑'국 A~E지역의 월별 최대 순간 풍속과 타워크레인 작업 유형별 작업제한 기준 순간 풍속에 관한 자료이다. 〈표〉와 〈정보〉에 근거하여 '가'~'다'를 큰 것부터 순서대로 나열한 것은?

〈표1〉 A~E지역의 월별 최대 순간 풍속

(단위: m/s)

월 \ 지역	A	B	C	D	E
1	15.7	12.8	18.4	26.9	23.4
2	14.5	13.5	19.0	25.7	(다)
3	19.5	17.5	21.5	23.5	24.5
4	18.9	16.7	19.8	24.7	26.0
5	13.7	21.0	14.1	22.8	21.5
6	16.5	18.8	17.0	29.0	24.0
7	16.8	22.0	25.0	32.3	31.5
8	15.8	29.6	25.2	33.0	31.6
9	21.5	19.9	(나)	32.7	34.2
10	18.2	16.3	19.5	21.4	28.8
11	12.0	17.3	20.1	22.2	19.2
12	19.4	(가)	20.3	26.0	23.9

〈표2〉 타워크레인 작업 유형별 작업제한 기준 순간 풍속

(단위: m/s)

타워크레인 작업 유형	설치	운전
작업제한 기준 순간 풍속	15	20

※ 순간 풍속이 타워크레인 작업 유형별 작업제한 기준 이상인 경우, 해당 작업 유형에 대한 작업제한 조치가 시행됨.

〈정보〉

- B지역에서 타워크레인 작업제한 조치가 한 번도 시행되지 않은 '월'은 3개이다.
- 매월 C지역의 최대 순간 풍속은 A지역보다 높고 D지역보다 낮다.
- E지역에서 '설치' 작업제한 조치는 매월 시행되었고 '운전' 작업제한 조치는 2개 '월'을 제외한 모든 '월'에 시행되었다.

① 가, 나, 다
② 가, 다, 나
③ 나, 가, 다
④ 나, 다, 가
⑤ 다, 가, 나

난이도 상 중 하 풀이시간 | 2분

10

2021년 7급 공채 PSAT

다음 〈표〉는 산림경영단지 A~E의 임도 조성 현황에 관한 자료이다. 이 경우 면적이 가장 넓은 산림경영단지는?

〈표〉 산림경영단지 A~E의 임도 조성 현황

(단위: %, km, km/ha)

산림경영단지 \ 구분	작업임도 비율	간선임도 길이	임도 밀도
A	30	70	15
B	20	40	10
C	30	35	20
D	50	20	10
E	40	60	20

※ 1) 임도 길이(km)=작업임도 길이+간선임도 길이

2) 작업임도 비율(%)=$\frac{\text{작업임도 길이}}{\text{임도 길이}}\times 100$

3) 간선임도 비율(%)=$\frac{\text{간선임도 길이}}{\text{임도 길이}}\times 100$

4) 임도 밀도(km/ha)=$\frac{\text{임도 길이}}{\text{산림경영단지 면적}}$

① A
② B
③ C
④ D
⑤ E

난이도 상 중 하 풀이시간 | 2분

11

2022년 7급 공채 PSAT

다음 〈표〉와 〈조건〉은 공유킥보드 운영사 A~D의 2022년 1월 기준 대여요금제와 대여방식이고 〈보고서〉는 공유킥보드 대여요금제 변경 이력에 관한 자료이다. 〈보고서〉에서 (다)에 해당하는 값을 고르면?

〈표〉 공유킥보드 운영사 A~D의 2022년 1월 기준 대여요금제

(단위: 원)

구분 \ 운영사	A	B	C	D
잠금해제료	0	250	750	1,600
분당대여료	200	150	120	60

〈조건〉

○ 대여요금=잠금해제료+분당대여료×대여시간

○ 공유킥보드 이용자는 공유킥보드 대여시간을 분단위로 미리 결정하고 운영사 A~D의 대여요금을 산정한다.

○ 공유킥보드 이용자는 산정된 대여요금이 가장 낮은 운영사의 공유킥보드를 대여한다.

〈보고서〉

2022년 1월 기준 대여요금제에 따르면 운영사 [(가)]는 이용자의 대여시간이 몇 분이더라도 해당 대여시간에 대해 운영사 A~D 중 가장 낮은 대여요금을 제공하지 못하는 것으로 나타났다. 자사 공유킥보드가 1대도 대여되지 않고 있음을 확인한 운영사 [(가)]는 2월부터 잠금해제 이후 처음 5분간 분당대여료를 면제하는 것으로 대여요금제를 변경하였다.

운영사 [(나)]가 2월 기준 대여요금제로 운영사 A~D의 대여요금을 재산정한 결과, 이용자의 대여시간이 몇 분이더라도 해당 대여시간에 대해 운영사 A~D 중 가장 낮은 대여요금을 제공하지 못하는 것을 파악하였다. 이에 운영사 [(나)]는 3월부터 분당대여료를 50원 인하하는 것으로 대여요금제를 변경하였다.

그 결과 대여시간이 20분일 때, 3월 기준 대여요금제로 산정된 운영사 [(가)]와 [(나)]의 공유킥보드 대여요금 차이는 [(다)]원이다.

① 200 ② 250 ③ 300
④ 350 ⑤ 400

난이도 상 중 하 풀이시간 | 2분

12

2020년 민경채

다음 〈표〉는 '갑'건축물을 건설하기 위한 공종의 공법별 공사기간 및 항목별 공사비에 관한 자료이다. 〈표〉와 〈조건〉에 근거하여 총 공사비를 최소화하도록 공법을 적용할 때, 총 공사기간은?

〈표〉 공종의 공법별 공사기간 및 항목별 공사비

(단위: 개월, 억 원)

공종	공법	공사기간	항목별 공사비: 재료비	노무비	경비
토공사	A	4	4	6	4
	B	3	7	5	3
	C	3	5	5	3
골조공사	D	12	30	20	14
	E	14	24	20	15
	F	15	24	24	16
마감공사	G	6	50	30	10
	H	7	50	24	12

〈조건〉

○ 공종, 공법, 항목별 공사비는 각각 제시된 3가지, 8종류, 3항목만 있음

○ 공사는 세 가지 공종을 모두 포함하고, 공종별로 한 종류의 공법만을 적용함

○ 항목별 공사비는 해당 공법의 공사기간 동안 소요되는 해당 항목의 총비용임

○ 총 공사기간은 공종별로 적용한 공법의 공사기간의 합이고, 총 공사비는 공종별로 적용한 공법의 항목별 공사비의 총합임

① 22개월
② 23개월
③ 24개월
④ 25개월
⑤ 26개월

난이도 상 중 하

풀이시간 | 2분

13

2020년 민경채

다음 〈그림〉은 '갑'국 6개 지방청 전체의 부동산과 자동차 압류건수의 지방청별 구성비에 관한 자료이다. 〈그림〉과 〈조건〉을 근거로 B와 D에 해당하는 지방청을 바르게 나열한 것은?

〈그림1〉 부동산 압류건수의 지방청별 구성비

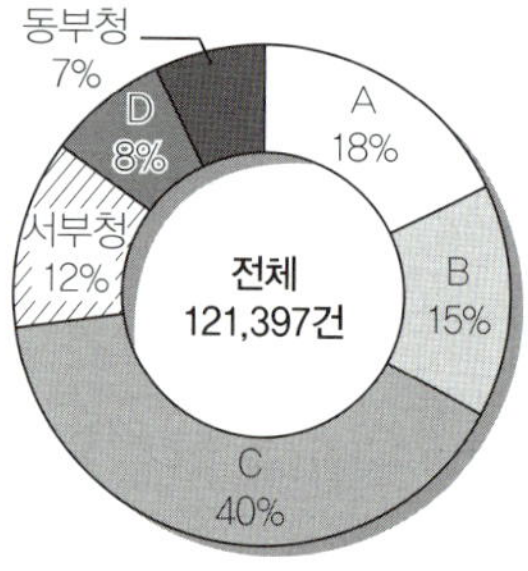

※ 지방청은 동부청, 서부청, 남부청, 북부청, 남동청, 중부청으로만 구성됨

〈그림2〉 자동차 압류건수의 지방청별 구성비

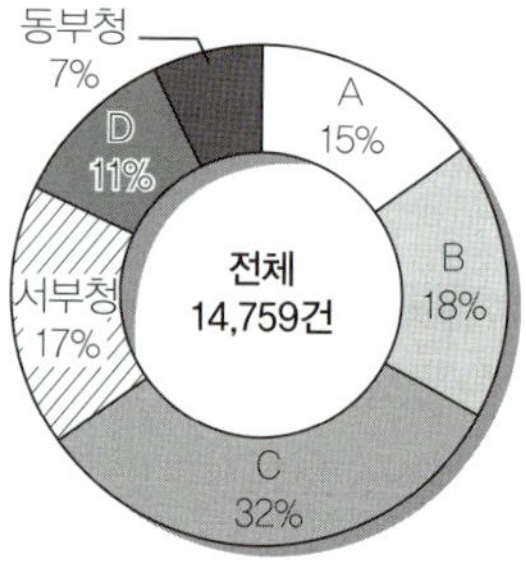

〈조건〉

○ 자동차 압류건수는 중부청이 남동청의 2배 이상이다.

○ 남부청과 북부청의 부동산 압류건수는 각각 2만 건 이하이다.

○ 지방청을 부동산 압류건수와 자동차 압류건수가 큰 값부터 순서대로 각각 나열할 때, 순서가 동일한 지방청은 동부청, 남부청, 중부청이다.

	B	D
①	남동청	남부청
②	남동청	북부청
③	남부청	북부청
④	북부청	남부청
⑤	중부청	남부청

난이도 상 중 하

풀이시간 | 2분 30초

14

2021년 민경채

다음 〈표〉는 2020년 '갑'국 관세청의 민원 상담 현황에 관한 자료이고, 〈그림〉은 상담내용 A와 B의 민원인별 상담건수 구성비를 나타낸 자료이다. 이를 근거로 A와 B를 바르게 나열한 것은?

〈표〉 2020년 민원 상담 현황

(단위: 건)

민원인 / 상담내용	관세사	무역업체	개인	세관	선사/항공사	기타	합계
전산처리	24,496	63,475	48,658	1,603	4,851	4,308	147,391
수입	24,857	5,361	4,290	7,941	400	664	43,513
사전검증	22,228	5,179	1,692	241	2,247	3,586	35,173
징수	9,948	5,482	3,963	3,753	182	476	23,804
요건신청	4,944	12,072	380	37	131	251	17,815
수출	6,678	4,196	3,053	1,605	424	337	16,293
화물	3,846	896	36	3,835	2,619	3,107	14,339
환급	3,809	1,040	79	1,815	13	101	6,857

〈그림〉 상담내용 A와 B의 민원인별 상담건수 구성비(2020년)

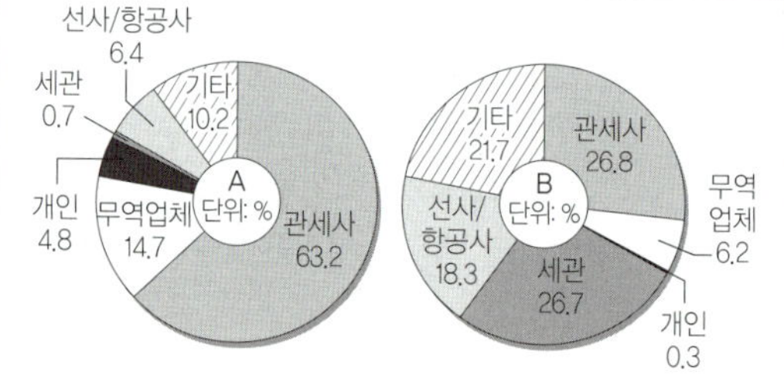

	A	B
①	수입	요건신청
②	사전검증	화물
③	사전검증	환급
④	환급	요건신청
⑤	환급	화물

난이도 상 중 하 풀이시간 | 2분 30초

15

2019년 5급 공채 PSAT

다음 〈표〉는 2016~2018년 '갑'국 매체 A~D의 종사자 현황 자료이다. 이와 〈조건〉을 근거로 2018년 전체 종사자가 많은 것부터 순서대로 나열하면?

〈표〉 매체 A~D의 종사자 현황

(단위: 명)

연도	구분/성별	정규직 여성	정규직 남성	정규직 소계	비정규직 여성	비정규직 남성	비정규직 소계
2016	A	6,530	15,824	22,354	743	1,560	2,303
	B	3,944	12,811	16,755	1,483	1,472	2,955
	C	3,947	7,194	11,141	900	1,650	2,550
	D	407	1,226	1,633	31	57	88
2017	A	5,957	14,110	20,067	1,017	2,439	3,456
	B	2,726	11,280	14,006	1,532	1,307	2,839
	C	3,905	6,338	10,243	1,059	2,158	3,217
	D	370	1,103	1,473	41	165	206
2018	A	6,962	17,279	24,241	966	2,459	3,425
	B	4,334	13,002	17,336	1,500	1,176	2,676
	C	6,848	10,000	16,848	1,701	2,891	4,592
	D	548	1,585	2,133	32	593	625

〈조건〉

- 2017년과 2018년 '통신'의 비정규직 종사자는 전년 대비 매년 증가하였다.
- 2017년 여성 종사자가 가장 많은 매체는 '종이신문'이다.
- 2018년 '방송'의 정규직 종사자 수 대비 비정규직 종사자 수의 비율은 20% 미만이다.
- 2016년에 비해 2017년에 남성 종사자가 감소했고 여성 종사자가 증가한 매체는 '인터넷신문'이다.

① 종이신문 – 방송 – 인터넷신문 – 통신
② 종이신문 – 인터넷신문 – 방송 – 통신
③ 통신 – 종이신문 – 인터넷신문 – 방송
④ 통신 – 인터넷신문 – 종이신문 – 방송
⑤ 인터넷신문 – 방송 – 종이신문 – 통신

난이도 상 중 하 풀이시간 | 2분

16

2020년 7급 PSAT 모의평가

다음 〈표〉는 2019년 10월 첫 주 '갑' 편의점의 간편식 A~F의 판매량에 관한 자료이다. 〈표〉와 〈조건〉을 이용하여 간편식 B, E의 판매량을 바르게 나열한 것은?

〈표〉 간편식 A~F의 판매량

(단위: 개)

간편식	A	B	C	D	E	F	평균
판매량	95	( )	( )	( )	( )	43	70

조건

- A와 C의 판매량은 같다.
- B와 D의 판매량은 같다.
- E의 판매량은 D보다 23개 적다.

	B	E
①	70	47
②	70	57
③	83	47
④	83	60
⑤	85	62

난이도 상 중 하 풀이시간 | 2분

17

2019년 민경채

다음 〈표〉는 2018년 A~E기업의 영업이익, 직원 1인당 영업이익, 평균연봉을 나타낸 자료이다. 〈보기〉의 설명을 근거로 '나', '라'에 해당하는 기업을 바르게 나열한 것은?

〈표〉 A~E기업의 영업이익, 직원 1인당 영업이익, 평균연봉

(단위: 백만 원)

항목 / 기업	영업이익	직원 1인당 영업이익	평균연봉
가	83,600	34	66
나	33,900	34	34
다	21,600	18	58
라	24,600	7	66
마	50,100	30	75

〈보기〉

○ A는 B, C, E에 비해 직원 수가 많다.

○ C는 B, D, E에 비해 평균연봉 대비 직원 1인당 영업이익이 적다.

○ A, B, C의 영업이익을 합쳐도 D의 영업이익보다 적다.

○ E는 B에 비해 직원 1인당 영업이익이 적다.

	나	라
①	B	A
②	B	D
③	C	B
④	C	E
⑤	D	A

난이도 상 중 하 풀이시간 | 2분

18

2021년 7급 PSAT 모의평가

다음 〈그림〉은 '갑'국의 2003~2019년 교통사고 현황에 관한 자료이다. 이를 근거로 2003년 인구와 2019년 인구 1만 명당 교통사고 건수를 바르게 나열한 것은?

〈그림1〉 교통사고 건수 및 교통사고 사망자 수

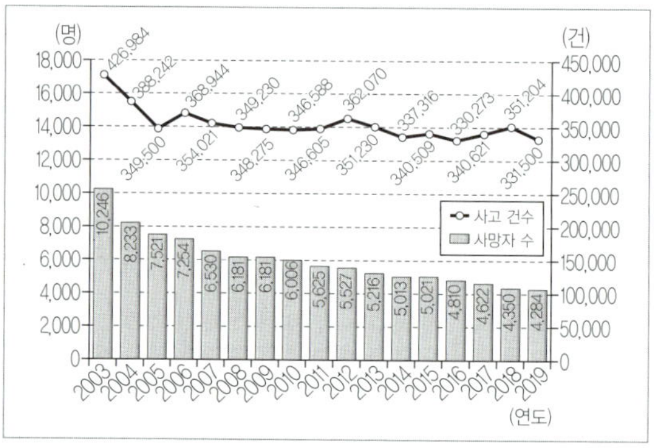

〈그림2〉 인구 10만 명당 교통사고 사망자 수

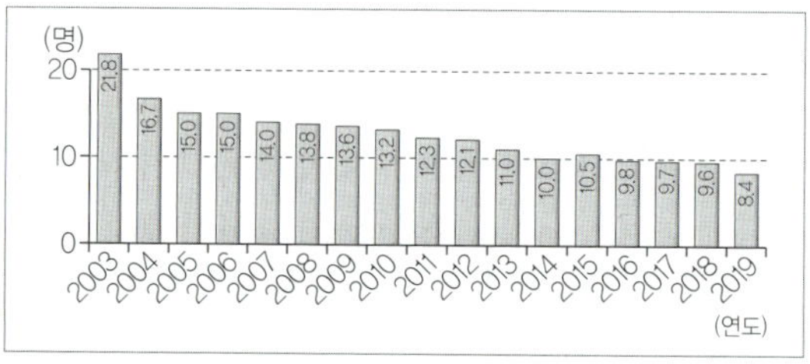

	2003년 인구(백만 명)	2019년 인구 1만 명당 교통사고 건수(건)
①	44	65
②	44	650
③	47	65
④	47	650
⑤	49	65

난이도 상 중 하 풀이시간 | 2분 30초

19

2020년 5급 공채 PSAT

다음 〈표〉와 〈보고서〉는 2014~2017년 IT산업 3개(소프트웨어, 인터넷, 컴퓨터) 분야의 인수 · 합병에 대한 자료이다. 이를 근거로 판단할 때, A~E국 중 '갑'국에 해당하는 국가의 2017년 IT산업 3개 분야 인수 · 합병 건수의 합은?

〈표1〉 소프트웨어 분야 인수 · 합병 건수

(단위: 건)

연도 \ 국가	미국	A	B	C	D	E
2014	631	23	79	44	27	20
2015	615	47	82	45	30	19
2016	760	72	121	61	37	19
2017	934	127	118	80	49	20
계	2,940	269	400	230	143	78

〈표2〉 인터넷 분야 인수 · 합병 건수

(단위: 건)

연도 \ 국가	미국	A	B	C	D	E
2014	498	17	63	68	20	16
2015	425	33	57	52	19	7
2016	528	44	64	61	31	14
2017	459	77	69	70	38	21
계	1,910	171	253	251	108	58

〈표3〉 컴퓨터 분야 인수 · 합병 건수

(단위: 건)

연도 \ 국가	미국	A	B	C	D	E
2014	196	12	33	32	11	3
2015	177	17	38	33	12	8
2016	200	18	51	35	16	8
2017	240	24	51	58	18	9
계	813	71	173	158	57	28

〈보고서〉

'갑'국의 IT산업 3개(소프트웨어, 인터넷, 컴퓨터) 분야 인수 · 합병 현황은 다음과 같다. '갑'국의 IT산업 인수 · 합병 건수는 3개 분야 모두에서 매년 미국의 10% 이하에 불과했다. 또한, 연도별 인수 · 합병 건수 증가 추이를 살펴보면, 소프트웨어 분야와 컴퓨터 분야의 인수 · 합병 건수는 매년 증가하였고, 인터넷 분야 인수 · 합병 건수는 한 해를 제외하고 매년 증가하였다.

① 50
② 105
③ 208
④ 228
⑤ 238

난이도 상 중 하 | 풀이시간 | 2분 30초

20

2020년 5급 공채 PSAT

다음 〈표〉는 '갑'국 5개 국립대학의 세계대학평가에 관한 자료이다.

〈표1〉 2018년 '갑'국 국립대학의 세계대학평가 결과

대학	국내 순위	세계 순위	총점	부문별 점수				
				교육	연구	산학 협력	국제화	논문 인용도
A	14	182	29.5	27.8	28.2	63.2	35.3	28.4
B	21	240	25.4	23.9	25.6	42.2	26.7	25.1
C	23	253	24.3	21.2	19.9	38.7	25.3	30.2
D	24	287	22.5	21.0	20.1	38.4	28.8	23.6
E	25	300	18.7	21.7	19.9	40.5	22.7	11.6

〈표2〉 2017~2018년 '갑'국 ○○대학의 세계대학평가 세부지표별 점수

부문 (가중치)	세부지표(가중치)	세부지표별 점수	
		2018년	2017년
교육 (30)	평판도 조사(15)	2.9	1.4
	교원당 학생 수(4.5)	34.5	36.9
	학부학위 수여자 대비 박사학위 수여자 비율(2.25)	36.6	46.9
	교원당 박사학위자 비율(6)	45.3	52.3
	재정 규모(2.25)	43.3	40.5
연구 (30)	평판도 조사(18)	1.6	0.8
	교원당 연구비(6)	53.3	49.4
	교원당 학술논문 수(6)	41.3	39.5
산학 협력 (2.5)	산업계 연구비 수입(2.5)	(가)	43.9
국제화 (7.5)	외국인 학생 비율(2.5)	24.7	22.5
	외국인 교수 비율(2.5)	26.9	26.8
	학술논문 중 외국 연구자와 쓴 논문 비중(2.5)	16.6	16.4
논문 인용도 (30)	논문인용도(30)	(나)	13.1

※ 1) ○○대학은 A~E대학 중 한 대학임.

2) 부문별 점수는 각 부문에 속한 세부지표별 $\frac{\text{세부지표별 점수} \times \text{세부지표별 가중치}}{\text{부문별 가중치}}$ 값의 합임.

3) 총점은 5개 부문별 $\frac{\text{부문별 점수} \times \text{부문별 가중치}}{100}$ 값의 합임.

4) 점수는 소수점 아래 둘째 자리에서 반올림한 값임.

위 〈표〉에 근거하여 '가'와 '나'에 들어갈 값을 바르게 나열한 것은?

	가	나
①	38.4	23.6
②	38.7	30.2
③	40.5	11.6
④	42.2	25.1
⑤	63.2	28.4

난이도 상 중 하

풀이시간 | 2분

21

2021년 7급 PSAT 모의평가

다음 〈표〉는 2017년 부산항 해운항만산업 사업실적에 관한 자료이다. 이에 대한 〈보고서〉의 내용 중 업종 A~D에 해당하는 사업체 수의 합은?

〈표〉 2017년 부산항 해운항만산업 사업실적

(단위: 억 원, 개)

구분 / 업종	매출액	영업비용	영업이익	사업체 수
여객 운송업	957	901	56	18
화물 운송업	58,279	56,839	1,440	359
대리 중개업	62,276	59,618	2,658	1,689
창고업	14,480	13,574	906	166
하역업	15,298	12,856	2,442	65
항만 부대업	14,225	13,251	974	323
선용품 공급업	58,329	54,858	3,471	1,413
수리업	8,275	7,493	782	478
전체	232,119	219,390	12,729	4,511

※ 영업이익률(%) $= \frac{\text{영업이익}}{\text{매출액}} \times 100$

보고서

2017년 부산항 해운항만산업 전체 매출액은 232,119억 원이다. 업종별로 보면, 매출액은 대리중개업이 가장 많고, 영업이익은 [A]이 가장 많다.

2017년 부산항 해운항만산업 전체의 영업이익률은 약 5.5%이다. [B]을 제외한 모든 업종이 10% 이하의 영업이익률을 기록하여 해운항만산업 고도화를 통한 부가가치 증대의 필요성을 보여준다.

2017년 부산항 해운항만산업 전체의 사업체당 매출액은 51억 원 이상이다. [C]은 사업체당 매출액이 부산항 해운항만산업 전체의 사업체당 매출액보다 적지만, 사업체당 영업이익이 3억 원을 초과한다. 반면, [D]은 부산항 해운항만산업 업종 중 사업체당 영업비용과 사업체당 매출액이 모두 가장 적다.

① 1,032
② 1,967
③ 2,232
④ 2,279
⑤ 3,333

난이도 상 중 하

풀이시간 | 2분

22

2021년 7급 공채 PSAT

다음 〈조건〉과 〈표〉는 2018~2020년 '가'부서 전체 직원 성과급에 관한 자료이다. 이를 근거로 판단할 때, '가'부서 전체 직원의 2020년 기본 연봉의 합은?

조건

- 매년 각 직원의 기본 연봉은 변동 없음.
- 성과급은 전체 직원에게 각 직원의 성과등급에 따라 매년 1회 지급함.
- 성과급 = 기본 연봉 × 지급비율
- 성과등급별 지급비율 및 인원 수

성과등급 / 구분	S	A	B
지급비율	20%	10%	5%
인원 수	1명	2명	3명

〈표〉 2018~2020년 '가'부서 전체 직원 성과급

(단위: 백만 원)

연도 / 직원	2018	2019	2020
갑	12.0	6.0	3.0
을	5.0	20.0	5.0
병	6.0	3.0	6.0
정	6.0	6.0	12.0
무	4.5	4.5	4.5
기	6.0	6.0	12.0

① 430백만 원
② 460백만 원
③ 490백만 원
④ 520백만 원
⑤ 550백만 원

정답과 해설 P.34

5급	7급	민경채

난이도 상 중 하 풀이시간 | 2분

01

2022년 5급 공채 PSAT

다음 〈표〉는 A~D마을로 구성된 '갑'지역의 가구 수에 관한 자료이다. 〈표〉를 이용하여 작성한 그래프로 옳은 것은?

〈표1〉 마을별 1인 가구 현황

(단위: 가구, %)

연도 \ 마을	A	B	C	D
2018	90(18.0)	130(26.0)	200(40.0)	80(16.0)
2019	220(36.7)	60(10.0)	130(21.7)	190(31.7)
2020	305(43.6)	240(34.3)	80(11.4)	75(10.7)
2021	120(15.0)	205(25.6)	160(20.0)	315(39.4)

※ (　　)안 수치는 연도별 '갑'지역 1인 가구 수 중 해당 마을 1인 가구 수의 비중임.

〈표2〉 마을별 총가구 수

(단위: 가구)

마을	A	B	C	D
총가구 수	600	550	500	500

※ A~D마을별 총가구 수는 매년 변동 없음.

① 연도별 '갑'지역 1인 가구 수

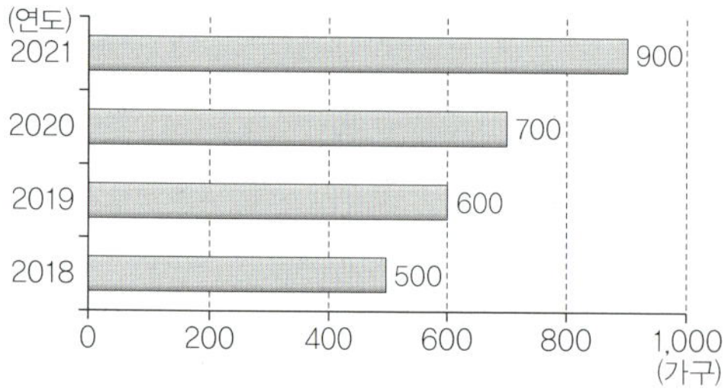

② 2021년 '갑'지역 2인 이상 가구의 마을별 구성비

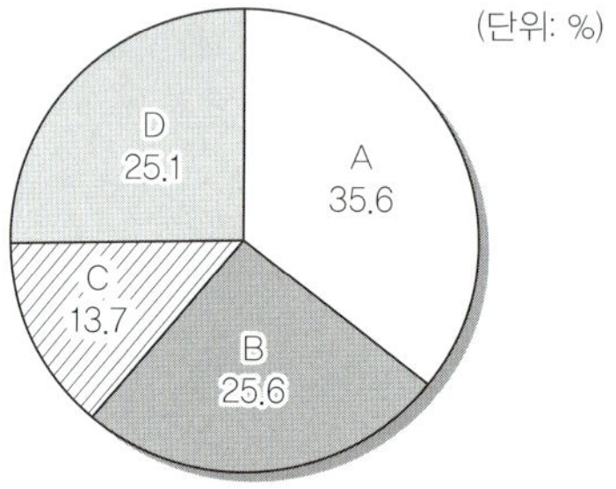

③ 연도별 A마을의 총가구 수 대비 1인 가구 수 비중

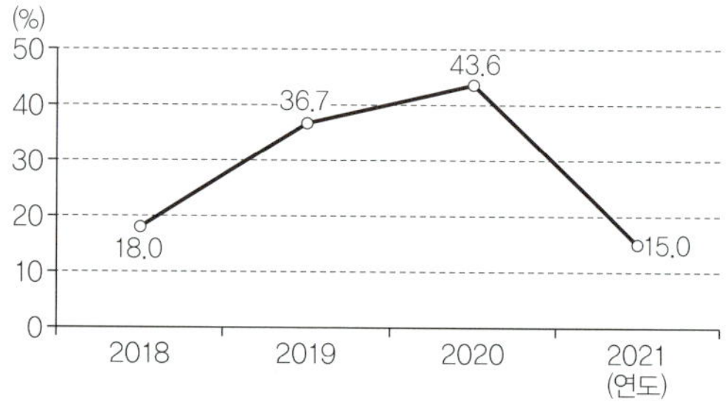

④ 연도별 B마을과 C마을의 2인 이상 가구 수와 1인 가구 수 차이

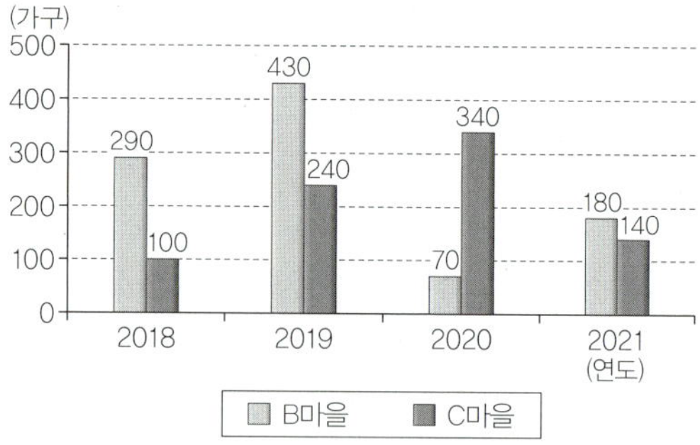

⑤ 연도별 D마을의 전년 대비 1인 가구 수 증가율

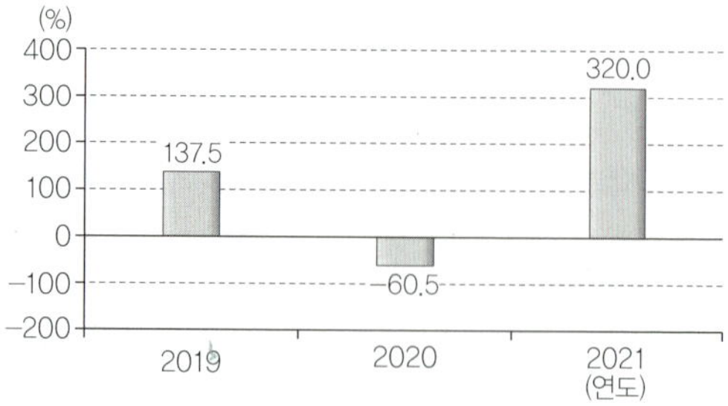

난이도 상 중 하 풀이시간 | 2분

02

2018년 민경채

다음 〈표〉는 2016년과 2017년 A~F항공사의 공급석 및 탑승객 수를 나타낸 자료이다. 〈표〉를 이용하여 작성한 그래프로 옳지 않은 것은?

〈표〉 항공사별 공급석 및 탑승객 수

(단위: 만 개, 만 명)

구분	공급석 수		탑승객 수	
항공사 \ 연도	2016	2017	2016	2017
A	260	360	220	300
B	20	110	10	70
C	240	300	210	250
D	490	660	410	580
E	450	570	380	480
F	250	390	200	320
전체	1,710	2,390	1,430	2,000

① 연도별 A~F항공사 전체의 공급석 및 탑승객 수

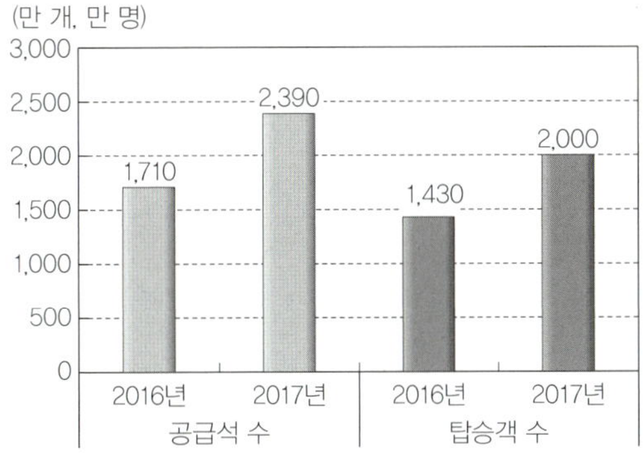

② 2016년과 2017년 항공사별 탑승객 수

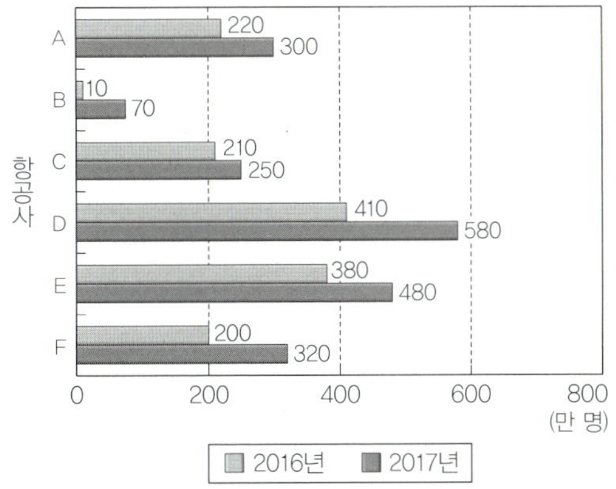

③ 2017년 탑승객 수의 항공사별 구성비

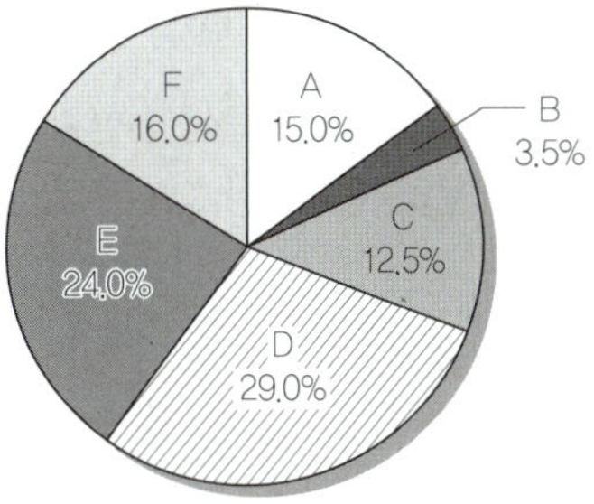

④ 2016년 대비 2017년 항공사별 공급석 수 증가량

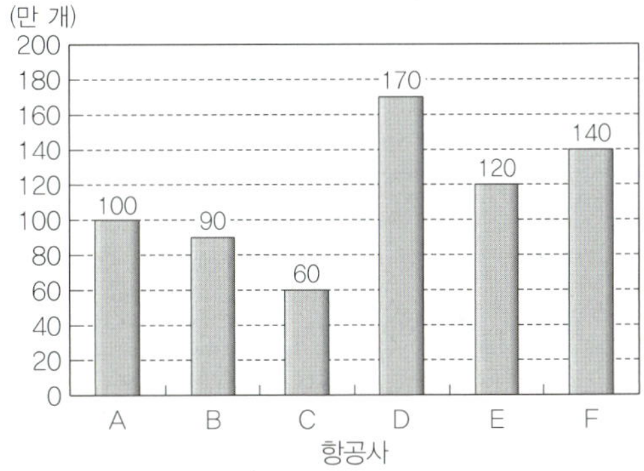

⑤ 2017년 항공사별 잔여석 수

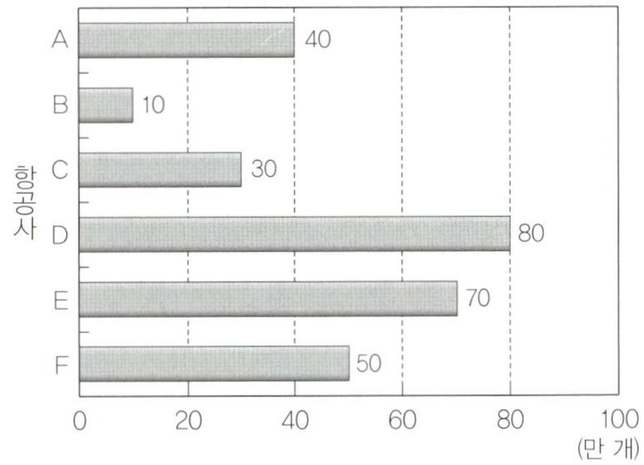

※ 잔여석 수=공급석 수−탑승객 수

난이도 상 중 하 풀이시간 | 2분 30초

03

2020년 5급 공채 PSAT

다음 〈표〉는 2015~2019년 '갑'국 음식점 현황에 관한 자료이다. 〈표〉를 이용하여 작성한 그래프로 옳지 않은 것은?

〈표〉 '갑'국 음식점 현황

(단위: 개, 명, 억 원)

구분	업종 \ 연도	2015	2016	2017	2018	2019
사업체	한식	157,295	156,707	155,555	158,398	159,852
	서양식	1,182	1,356	1,306	4,604	1,247
	중식	13,102	9,940	9,885	10,443	10,099
	계	171,579	168,003	166,746	173,445	171,198
종사자	한식	468,351	473,878	466,685	335,882	501,056
	서양식	17,748	13,433	13,452	46,494	14,174
	중식	80,193	68,968	72,324	106,472	68,360
	계	566,292	556,279	552,461	488,848	583,590
매출액		67,704	90,600	75,071	137,451	105,603
부가가치액		28,041	31,317	23,529	23,529	31,410

① 업종별 종사자

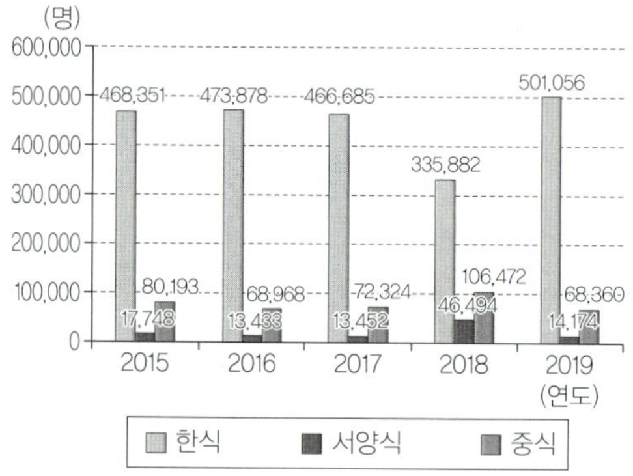

② 업종별 사업체 구성비

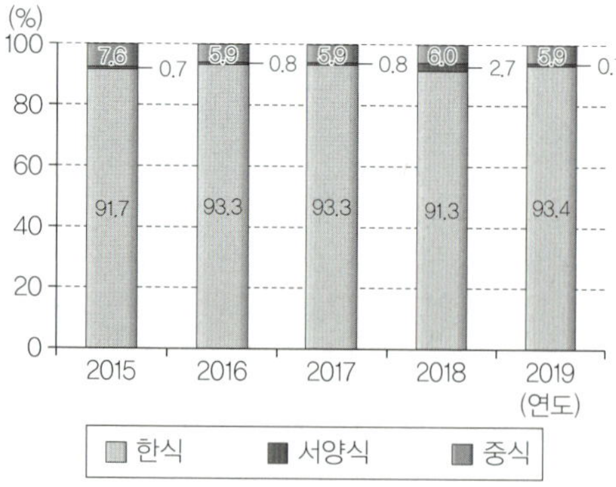

③ 업종별 사업체당 종사자

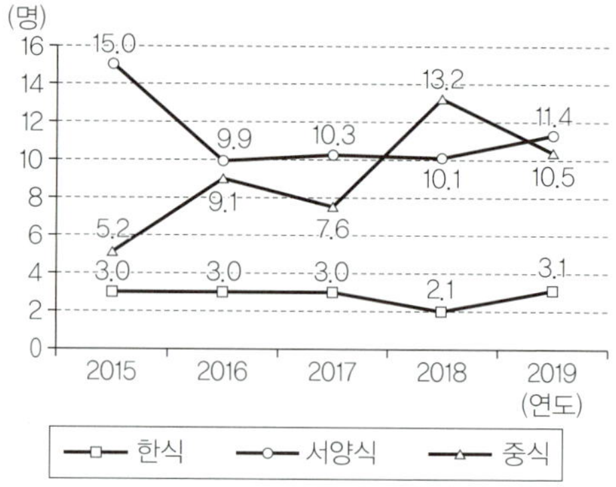

④ 한식, 중식 종사자의 전년 대비 증가율

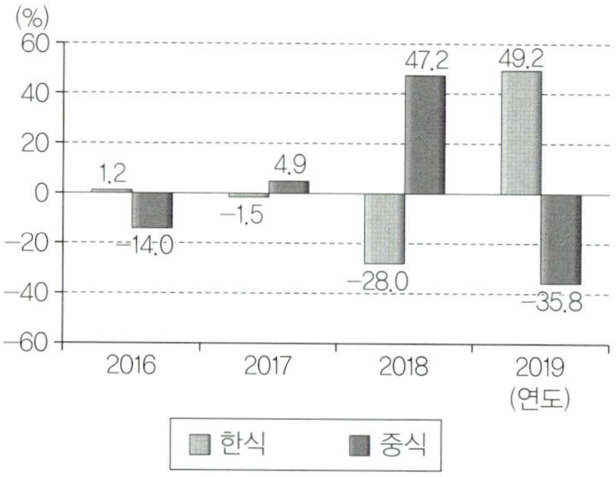

⑤ 매출액 대비 부가가치액 비율

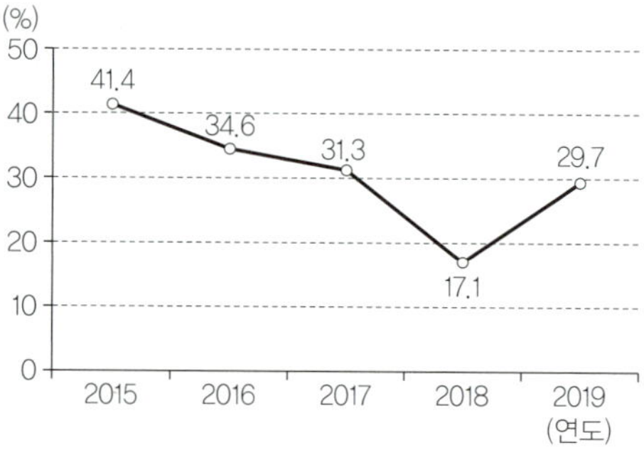

난이도 상 중 하 풀이시간 | 2분

04 2021년 7급 공채 PSAT

다음은 국내 광고산업에 관한 문화체육관광부의 보도자료이다. 이에 부합하지 않는 자료는?

문화체육관광부	보도자료		사람이 있는 문화
보도일시	배포 즉시 보도해 주시기 바랍니다.		
배포일시	2020. 2. ××.	담당부서	□□□□국
담당과장	○○○ (044-203-○○○○)	담당자	사무관 △△△ (044-203-○○○○)

2018년 국내 광고산업 성장세 지속

- 문화체육관광부는 국내 광고사업체의 현황과 동향을 조사한 '2019년 광고산업조사(2018년 기준)' 결과를 발표했다.
- 이번 조사 결과에 따르면 2018년 기준 광고산업 규모는 17조 2,119억 원(광고사업체 취급액* 기준)으로, 전년 대비 4.5% 이상 증가했고, 광고사업체당 취급액 역시 증가했다.
  * 광고사업체 취급액은 광고주가 매체(방송국, 신문사 등)와 매체 외 서비스에 지불하는 비용 전체(수수료 포함)임.
  - 업종별로 살펴보면 광고대행업이 6조 6,239억 원으로 전체 취급액의 38% 이상을 차지했으나, 취급액의 전년 대비 증가율은 온라인광고대행업이 16% 이상으로 가장 높다.
- 2018년 기준 광고사업체의 매체 광고비* 규모는 11조 362억 원(64.1%), 매체 외 서비스 취급액은 6조 1,757억 원(35.9%)으로 조사됐다.
  * 매체 광고비는 방송매체, 인터넷매체, 옥외광고매체, 인쇄매체 취급액의 합임.
  - 매체 광고비 중 방송매체 취급액은 4조 266억 원으로 가장 큰 비중을 차지하고 있으며, 그다음으로 인터넷매체, 옥외광고매체, 인쇄매체 순으로 나타났다.
  - 인터넷매체 취급액은 3조 8,804억 원으로 전년 대비 6% 이상 증가했다. 특히, 모바일 취급액은 전년 대비 20% 이상 증가하여 인터넷 광고시장의 성장세를 이끌었다.
  - 한편, 간접광고(PPL) 취급액은 전년 대비 14% 이상 증가하여 1,270억 원으로 나타났으며, 그중 지상파TV와 케이블TV 간 비중의 격차는 5%p 이하로 조사됐다.

① 광고사업체 취급액 현황(2018년 기준)

② 인터넷매체(PC, 모바일) 취급액 현황

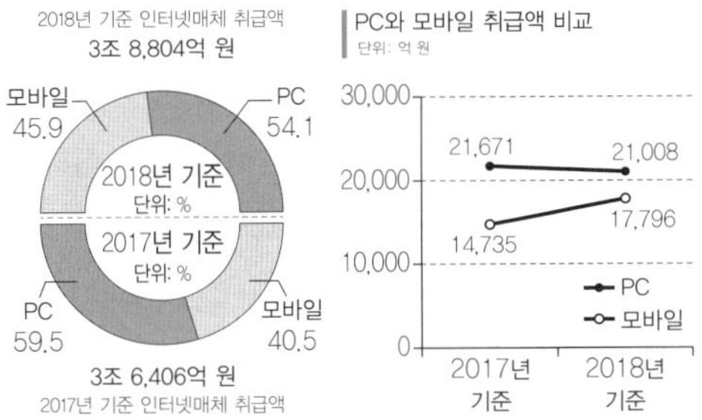

③ 간접광고(PPL) 취급액 현황

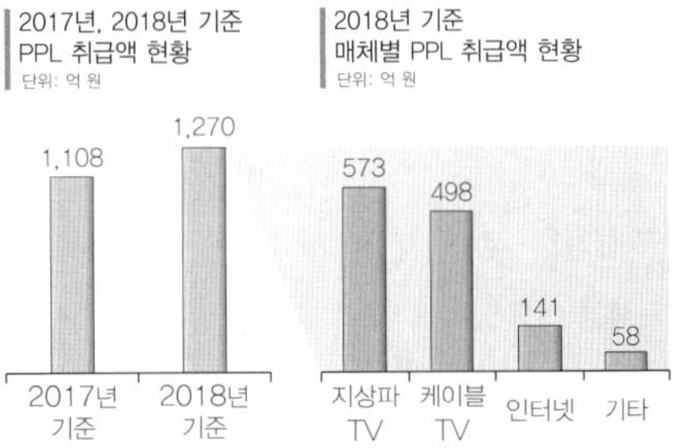

④ 업종별 광고사업체 취급액 현황

(단위: 개소, 억 원)

구분 / 업종	2018년 조사 (2017년 기준)		2019년 조사 (2018년 기준)	
	사업체 수	취급액	사업체 수	취급액
전체	7,234	164,133	7,256	172,119
광고대행업	1,910	64,050	1,887	66,239
광고제작업	1,374	20,102	1,388	20,434
광고전문 서비스업	1,558	31,535	1,553	33,267
인쇄업	921	7,374	921	8,057
온라인광고 대행업	780	27,335	900	31,953
옥외광고업	691	13,737	607	12,169

⑤ 매체별 광고사업체 취급액 현황(2018년 기준)

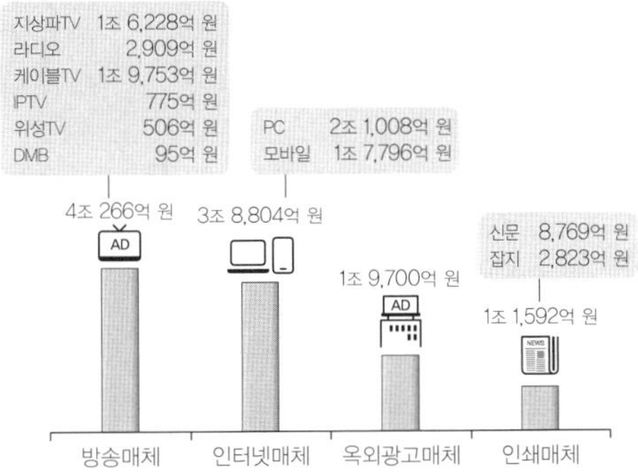

난이도 상 중 하 풀이시간 | 2분 30초

05

2019년 5급 공채 PSAT

다음 〈표〉는 2015~2018년 A~D국 초흡수성 수지의 기술분야별 특허출원에 대한 자료이다. 〈표〉를 이용하여 작성한 그래프로 옳지 않은 것은?

〈표〉 2015~2018년 초흡수성 수지의 특허출원 건수

(단위: 건)

국가	기술분야 \ 연도	2015	2016	2017	2018	합
A	조성물	5	8	11	11	35
	공정	3	2	5	6	16
	친환경	1	3	10	13	27
B	조성물	4	4	2	1	11
	공정	0	2	5	8	15
	친환경	3	1	3	1	8
C	조성물	2	5	5	6	18
	공정	7	8	7	6	28
	친환경	3	5	3	3	14
D	조성물	1	2	1	2	6
	공정	1	3	3	2	9
	친환경	5	4	4	2	15
계		35	47	59	61	202

※ 기술분야는 조성물, 공정, 친환경으로만 구성됨.

① 2015~2018년 국가별 초흡수성 수지의 특허출원 건수 비율

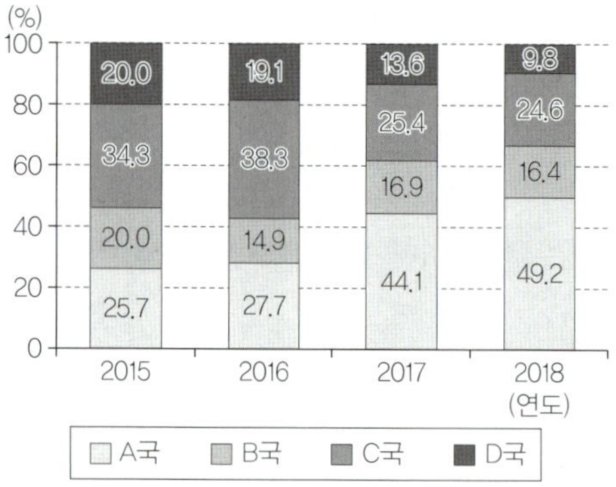

② 공정 기술분야의 국가별, 연도별 초흡수성 수지의 특허출원 건수

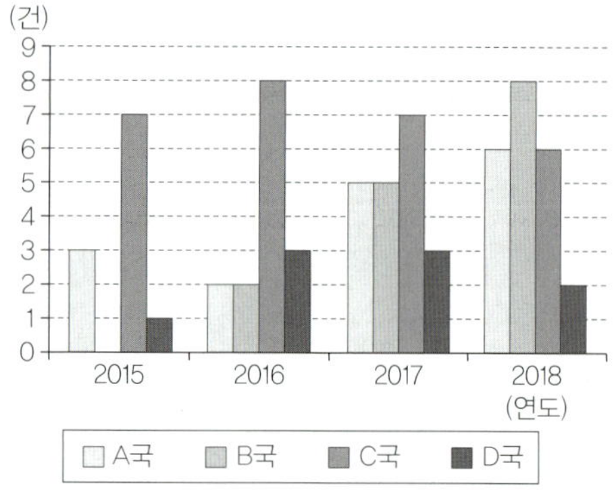

③ A~D국 전체의 초흡수성 수지 특허출원 건수의 연도별 구성비

(단위: %)

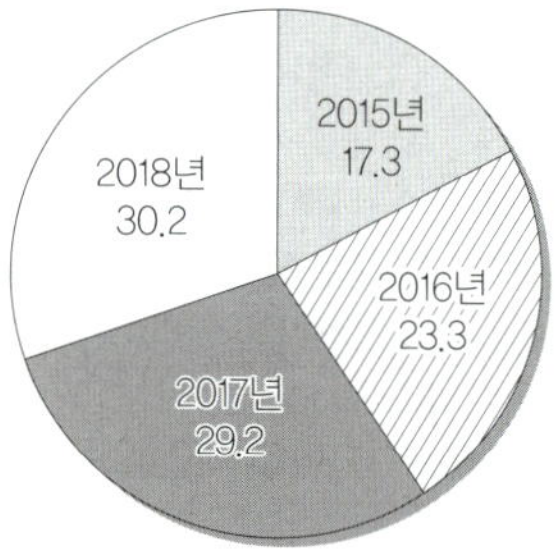

④ 2015~2018년 기술분야별 초흡수성 수지 특허출원 건수 합의 국가별 비중

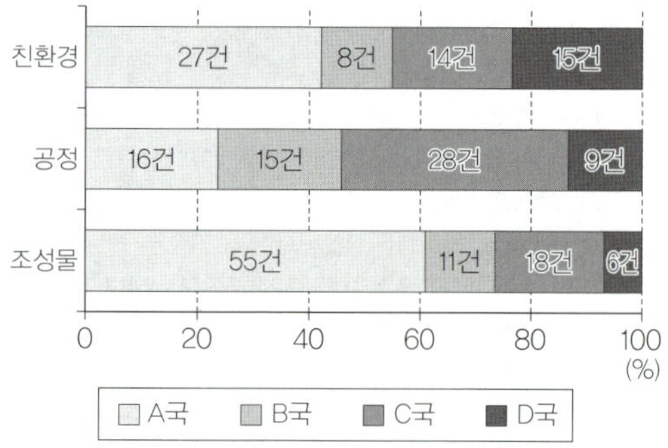

⑤ A~D국 전체의 초흡수성 수지 특허출원 건수의 전년 대비 증가율

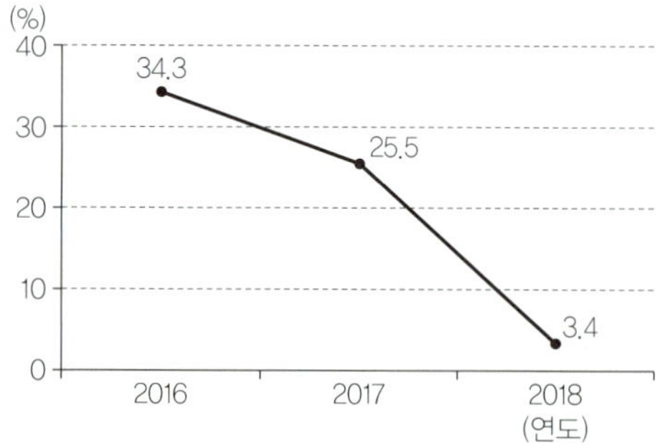

난이도 상 중 하

풀이시간 | 2분 30초

06

2021년 7급 공채 PSAT

다음 〈표〉는 2017년과 2018년 '갑'국에 운항하는 항공사의 운송실적 및 피해구제 현황에 관한 자료이다. 〈표〉를 이용하여 작성한 그래프로 옳지 않은 것은?

〈표1〉 2017년과 2018년 국적항공사의 노선별 운송실적

(단위: 천 명)

국적항공사 \ 노선·연도		국내선 2017	국내선 2018	국제선 2017	국제선 2018
대형 항공사	태양항공	7,989	6,957	18,925	20,052
	무지개항공	5,991	6,129	13,344	13,727
저비용 항공사	알파항공	4,106	4,457	3,004	3,610
	에어세종	0	0	821	1,717
	청렴항공	3,006	3,033	2,515	2,871
	독도항공	4,642	4,676	5,825	7,266
	참에어	3,738	3,475	4,859	5,415
	동해항공	2,935	2,873	3,278	4,128
합계		32,407	31,600	52,571	58,786

〈표2〉 2017년 피해유형별 항공사의 피해구제 접수 건수 비율

(단위: %)

항공사 \ 피해유형	취소 환불 위약금	지연 결항	정보 제공 미흡	수하물 지연 파손	초과 판매	기타	합계
국적 항공사	57.14	22.76	5.32	6.81	0.33	7.64	100.00
외국적 항공사	49.06	27.77	6.89	6.68	1.88	7.72	100.00

〈표3〉 2018년 피해유형별 항공사의 피해구제 접수 건수

(단위: 건)

항공사 \ 피해유형		취소 환불 위약금	지연 결항	정보 제공 미흡	수하물 지연 파손	초과 판매	기타	합계	전년 대비 증가
대형 항공사	태양 항공	31	96	0	7	0	19	153	13
	무지개 항공	20	66	0	5	0	15	106	−2
저비용 항공사	알파 항공	9	9	0	1	0	4	23	−6
	에어 세종	19	10	2	1	0	12	44	7
	청렴 항공	12	33	3	4	0	5	57	16
	독도 항공	34	25	3	9	0	27	98	−35
	참에어	33	38	0	6	0	8	85	34
	동해 항공	19	32	1	10	0	10	72	9
국적항공사		177	309	9	43	0	100	638	36
외국적항공사		161	201	11	35	0	78	486	7

① 2017년 피해유형별 외국적항공사의 피해구제 접수 건수 대비 국적항공사의 피해구제 접수 건수 비

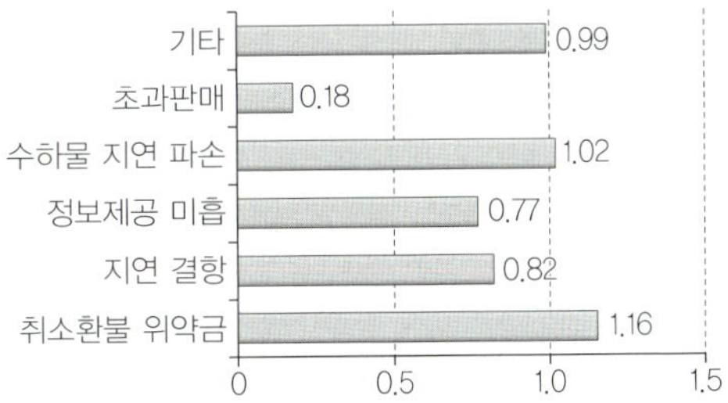

② 2017년 국적항공사별 피해구제 접수 건수 비중

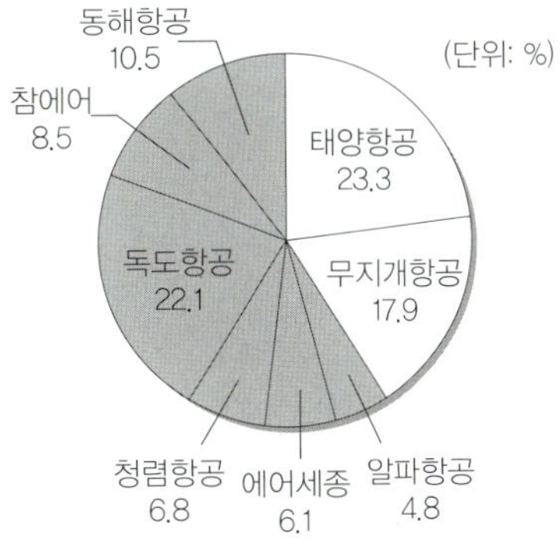

PART 2

③ 2017년 피해유형별 국적항공사의 피해구제 접수 건수

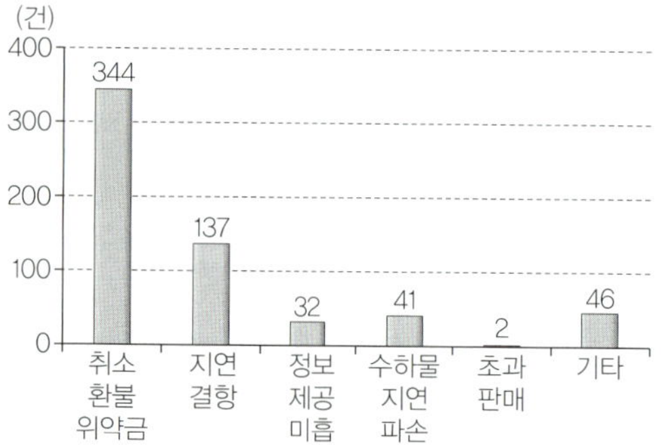

④ 2017년 대비 2018년 저비용 국적항공사의 전체 노선 운송실적 증가율

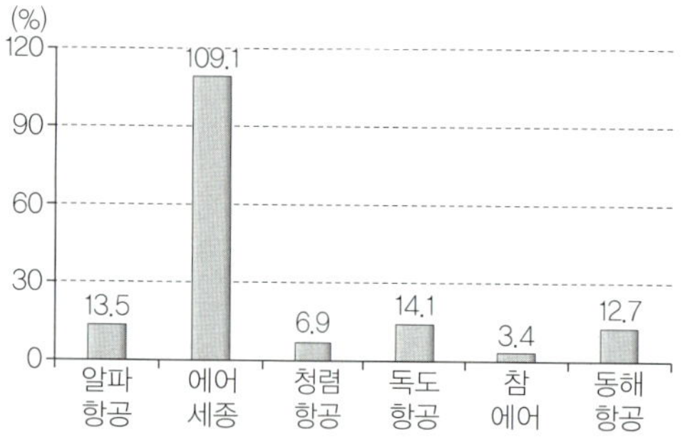

⑤ 대형 국적항공사의 전체 노선 운송실적 대비 피해구제 접수 건수 비

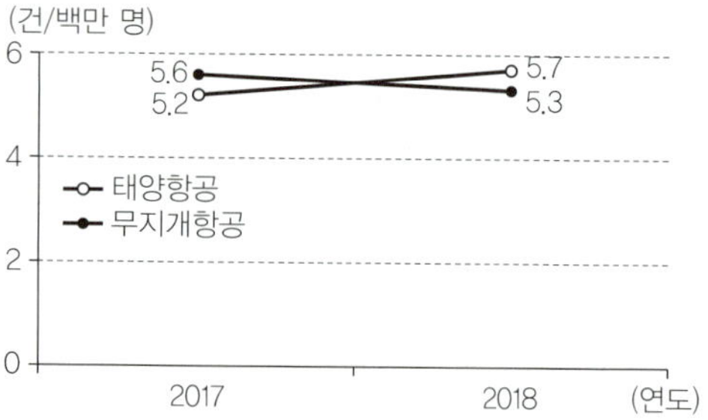

난이도 상 중 하

풀이시간 | 2분

07

2019년 5급 공채 PSAT

다음 〈표〉는 2016~2018년 A국 10대 수출품목의 수출액에 관한 자료이다. 〈표〉를 이용하여 작성한 그래프로 옳지 않은 것은?

〈표1〉 A국 10대 수출품목의 수출액 비중과 품목별 세계수출시장 점유율(금액 기준)

(단위: %)

구분 / 연도 / 품목	A국의 전체 수출액에서 차지하는 비중			품목별 세계수출시장에서 A국의 점유율		
	2016	2017	2018	2016	2017	2018
백색가전	13.0	12.0	11.0	2.0	2.5	3.0
TV	14.0	14.0	13.0	10.0	20.0	25.0
반도체	10.0	10.0	15.0	30.0	33.0	34.0
휴대폰	16.0	15.0	13.0	17.0	16.0	13.0
2,000cc 이하 승용차	8.0	7.0	8.0	2.0	2.0	2.3
2,000cc 초과 승용차	6.0	6.0	5.0	0.8	0.7	0.8
자동차용 배터리	3.0	4.0	6.0	5.0	6.0	7.0
선박	5.0	4.0	3.0	1.0	1.0	1.0
항공기	1.0	2.0	3.0	0.1	0.1	0.1
전자부품	7.0	8.0	9.0	2.0	1.8	1.7
계	83.0	82.0	86.0			

※ A국의 전체 수출액은 매년 변동 없음.

〈표2〉 A국 백색가전의 세부 품목별 수출액 비중

(단위: %)

연도 / 세부 품목	2016	2017	2018
일반세탁기	13.0	10.0	8.0
드럼세탁기	18.0	18.0	18.0
일반냉장고	17.0	12.0	11.0
양문형냉장고	22.0	26.0	28.0
에어컨	23.0	25.0	26.0
공기청정기	7.0	9.0	9.0
계	100.0	100.0	100.0

① TV의 세계수출시장 규모 대비 A국 전체 수출액의 비율

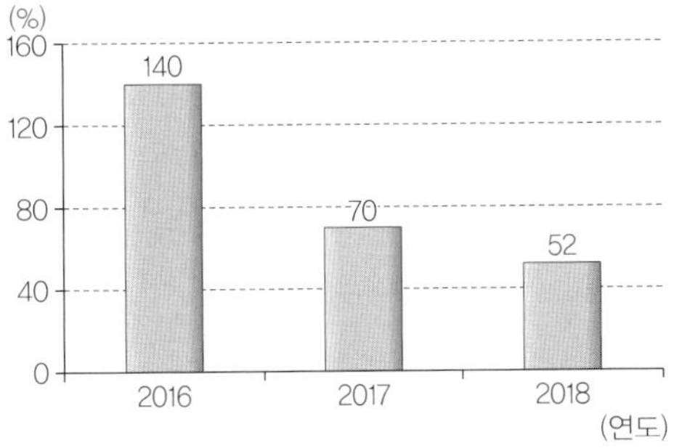

② 2016년 A국의 전체 수출액에서 각 품목이 차지하는 비중

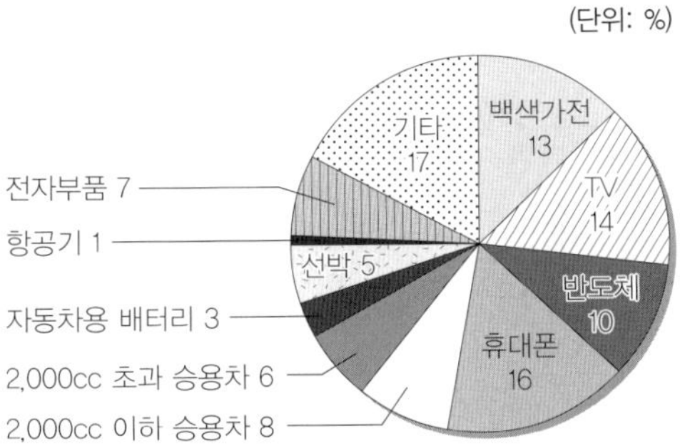

③ A국 백색가전 세부 품목별 수출액 비중

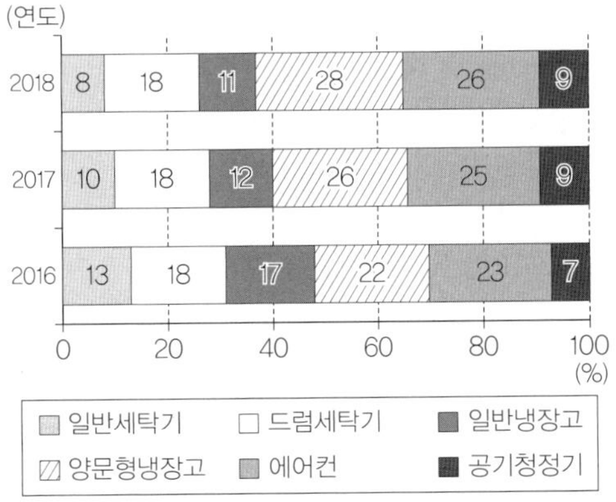

④ 2016~2018년 A국 품목별 세계수출시장 점유율

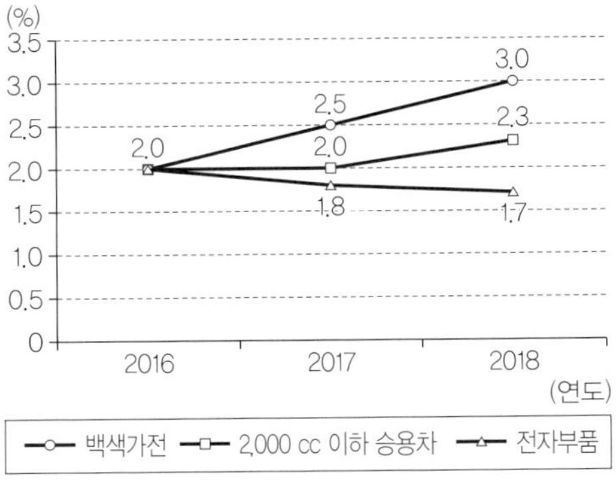

⑤ 2017~2018년 A국 품목별 수출액의 전년 대비 증가율

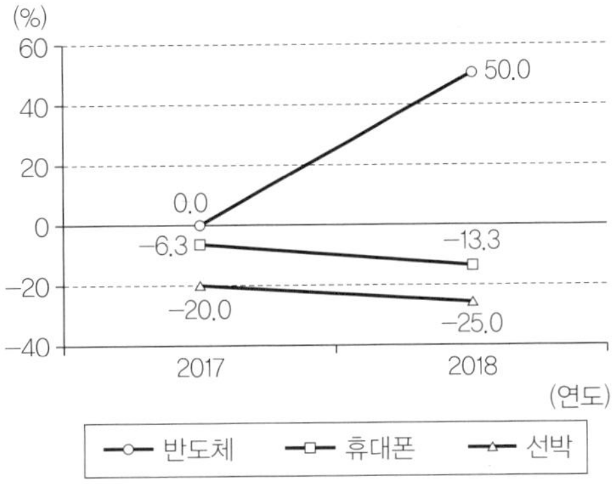

난이도 상 중 하 풀이시간 | 2분 30초

08

2021년 7급 PSAT 모의평가

다음 〈보고서〉는 2019년 '갑'시의 5대 축제(A~E)에 관한 조사 결과이다. 이에 부합하지 않는 자료는?

보고서

'갑'시의 5대 축제를 분석 · 평가한 결과, 우수축제로 선정된 A축제는 관람객 수, 인지도, 콘텐츠 영역에서 B축제보다 높은 점수를 받았으나 경제적 효과 영역에서는 B축제보다 낮은 점수를 받았다. 한편, 5대 축제의 관람객 만족도를 보면, 먹거리 만족도가 매년 떨어지고 있고 2019년에는 살거리 만족도도 2018년보다 낮아져 대책 마련이 시급하다는 평가도 있다.

설문조사에 따르면 축제 관련 정보 획득 매체는 연령대별로 차이를 보였다. 20대 이하와 30~40대는 각각 인터넷을 통해 정보를 획득한 관람객 수가 가장 많았다. 반면, 50대 이상은 현수막을 통해 정보를 획득한 관람객 수가 가장 많아 관람객의 연령대별 맞춤형 홍보 전략이 필요하다는 것을 보여준다.

축제로 인한 경제적 효과도 중요한 분석 대상이다. D축제의 경우 취업자 수와 고용인 수 모두 가장 적지만, 고용인 1인당 취업자 수는 가장 많았다. 관람객 1인당 총지출액에서 숙박비의 비중이 가장 높은 축제는 C축제이고 먹거리 비용의 비중이 가장 높은 축제는 E축제이다.

① 5대 축제별 취업자 수와 고용인 수

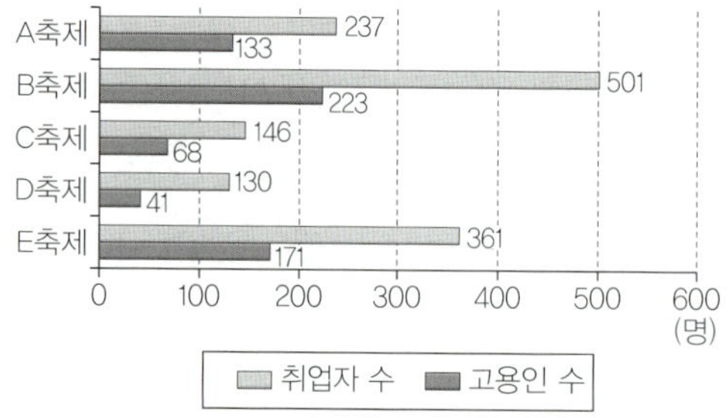

② 5대 축제의 관람객 만족도

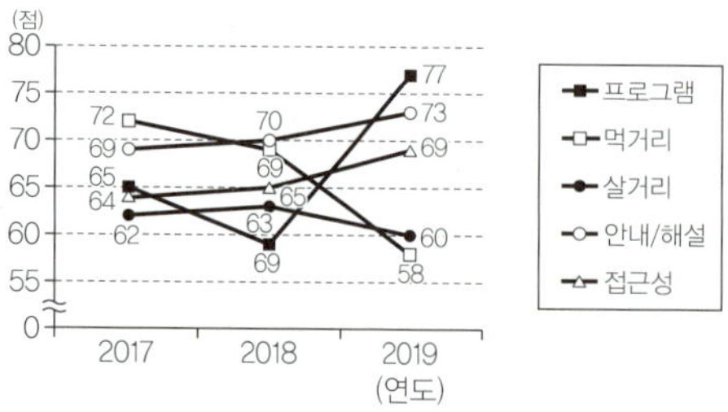

③ 5대 축제별 관람객 1인당 지출액

(단위: 원)

구분 \ 축제	A	B	C	D	E
숙박비	22,514	9,100	27,462	3,240	4,953
먹거리 비용	18,241	19,697	15,303	8,882	20,716
왕복교통비	846	1,651	9,807	1,448	810
상품구입비	17,659	4,094	6,340	3,340	411
기타	9	48	102	255	1,117
총지출액	59,269	34,590	59,014	17,165	28,007

④ A, B축제의 영역별 평가점수

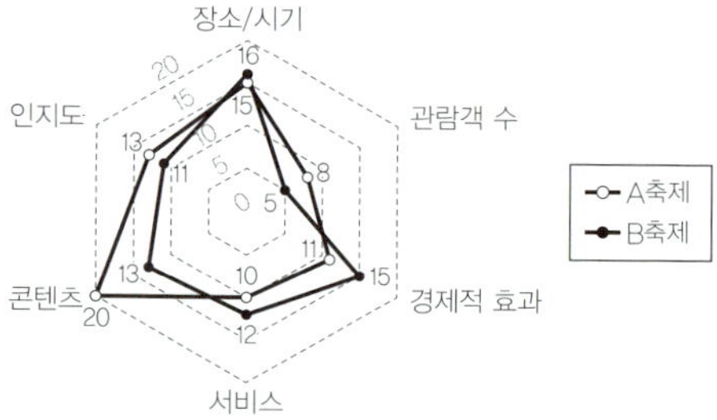

⑤ 관람객의 연령대별 5대 축제 관련 정보 획득 매체

(단위: %)

연령대 \ 매체	TV	인터넷	신문	현수막	기타
20대 이하	22.0	58.6	10.8	17.5	11.5
30~40대	25.4	35.0	16.5	18.0	9.0
50대 이상	35.0	20.2	21.0	29.5	8.0
전체	26.0	41.5	15.1	20.1	9.8

※ 중복응답 가능함.

난이도 상 중 하 풀이시간 | 2분 30초

09

2021년 7급 PSAT 모의평가

다음 〈표〉는 '갑' 회사 구내식당의 월별 이용자 수 및 매출액에 관한 자료이고, 〈보고서〉는 '갑' 회사 구내식당 가격인상에 관한 내부검토 자료이다. '2019년 1월의 이용자 수 예측'에 대한 그래프로 〈표〉와 〈보고서〉의 내용에 부합하는 것은?

〈표〉 2018년 '갑' 회사 구내식당의 월별 이용자 수 및 매출액

(단위: 명, 천 원)

구분 월	특선식		일반식		총매출액
	이용자 수	매출액	이용자 수	매출액	
7	901	5,406	1,292	5,168	10,574
8	885	5,310	1,324	5,296	10,606
9	914	5,484	1,284	5,136	10,620
10	979	5,874	1,244	4,976	10,850
11	974	5,844	1,196	4,784	10,628
12	952	5,712	1,210	4,840	10,552

※ 총매출액은 특선식 매출액과 일반식 매출액의 합임.

보고서

2018년 12월 현재 회사 구내식당은 특선식(6,000원)과 일반식(4,000원)의 두 가지 메뉴를 판매하고 있다. 2018년 11월부터 구내식당 총매출액이 감소하고 있어 지난 2년 동안 동결되었던 특선식과 일반식 중 한 가지 메뉴의 가격을 2019년 1월부터 1,000원 인상할지를 검토하였다.

메뉴 가격에 변동이 없을 경우, 일반식 이용자와 특선식 이용자의 수가 모두 2018년 12월에 비해 감소하여 2019년 1월의 총매출액은 2018년 12월보다 감소할 것으로 예측된다.

특선식 가격만을 1,000원 인상하여 7,000원으로 할 경우, 특선식 이용자 수는 2018년 7월 이후 최저치 이하로 감소하지만, 가격 인상의 영향 등으로 총매출액은 2018년 10월 이상으로 증가할 것으로 예측된다.

일반식 가격만을 1,000원 인상하여 5,000원으로 할 경우, 일반식 이용자 수는 2018년 12월 대비 10% 이상 감소하며, 특선식 이용자 수는 2018년 10월보다 증가하지는 않으리라 예측된다.

①
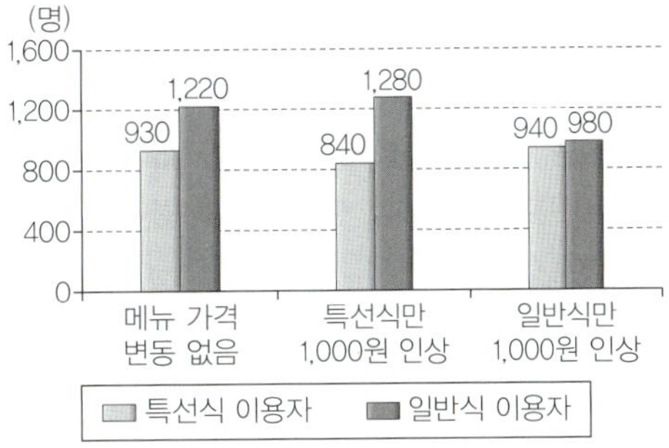

②
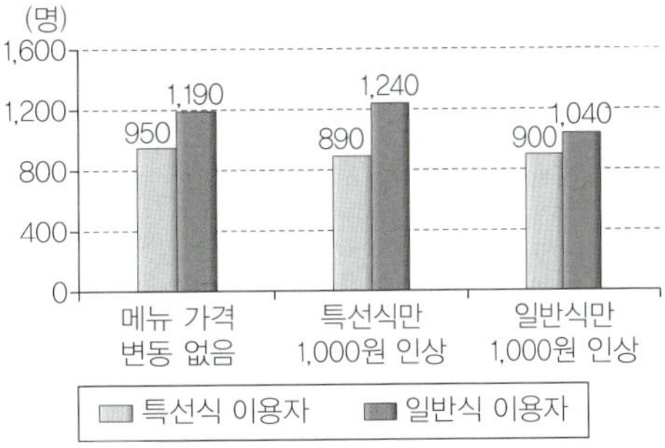

③
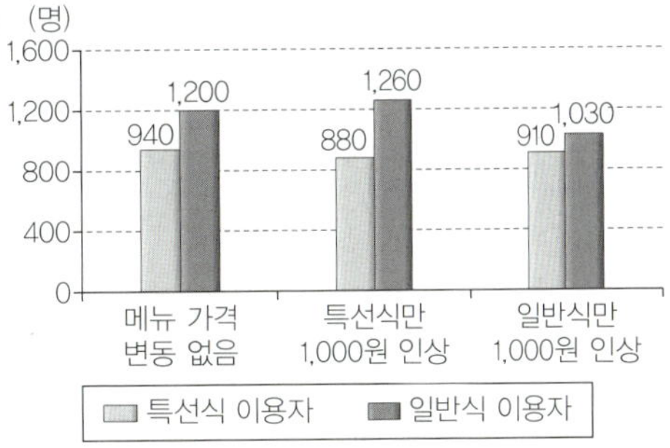

④
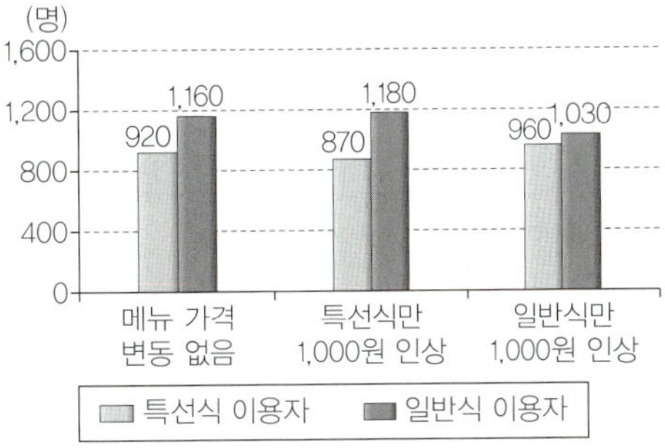

⑤
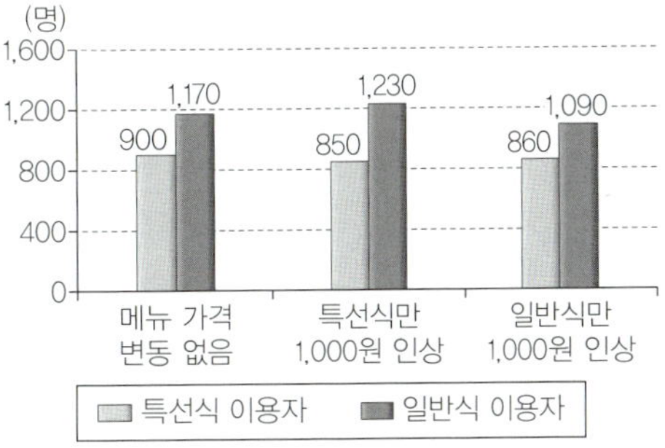

난이도 상 중 하 풀이시간 | 2분

10

2017년 민경채

다음 〈표〉는 2013~2016년 기관별 R&D 과제 건수와 비율에 관한 자료이다. 〈표〉를 이용하여 작성한 그래프로 옳지 않은 것은?

〈표〉 2013~2016년 기관별 R&D 과제 건수와 비율

(단위: 건, %)

기관 \ 연도·구분	2013 과제건수	2013 비율	2014 과제건수	2014 비율	2015 과제건수	2015 비율	2016 과제건수	2016 비율
기업	31	13.5	80	9.4	93	7.6	91	8.5
대학	47	20.4	423	49.7	626	51.4	526	49.3
정부	141	61.3	330	38.8	486	39.9	419	39.2
기타	11	4.8	18	2.1	13	1.1	32	3.0
전체	230	100.0	851	100.0	1,218	100.0	1,068	100.0

① 연도별 기업 및 대학 R&D 과제 건수

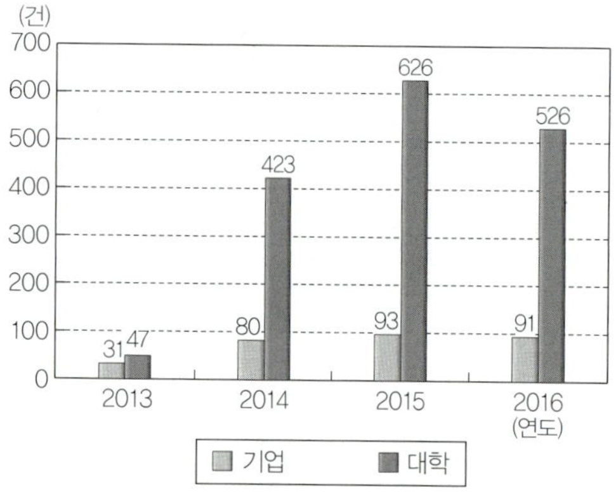

② 연도별 정부 및 전체 R&D 과제 건수

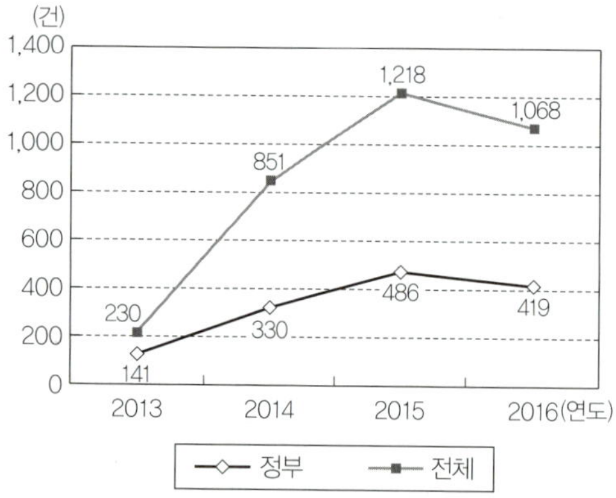

③ 2016년 기관별 R&D 과제 건수 구성비

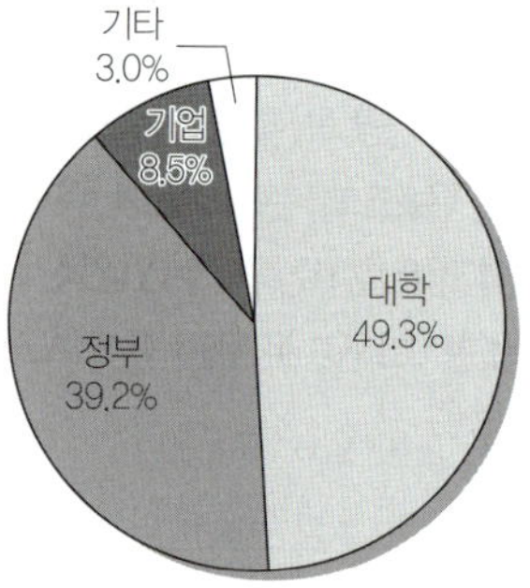

④ 전체 R&D 과제 건수의 전년 대비 증가율 (2014~2016년)

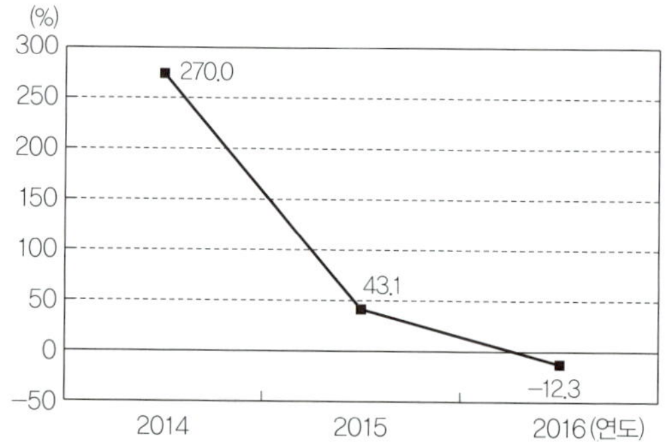

⑤ 기업 및 정부 R&D 과제 건수의 전년 대비 증가율 (2014~2016년)

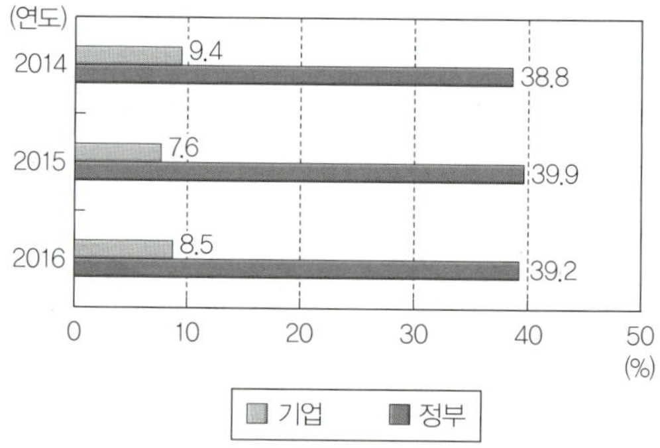

난이도 상 중 하 풀이시간 | 2분 30초

11

2020년 민경채

다음 〈표〉는 2008~2018년 '갑'국의 황산화물 배출권 거래 현황에 대한 자료이다. 〈표〉를 이용하여 작성한 그래프로 옳지 않은 것은?

〈표〉 2008~2018년 '갑'국의 황산화물 배출권 거래 현황

(단위: 건, kg, 원/kg)

연도	전체		무상거래		유상거래				
	거래건수	거래량	거래건수	거래량	거래건수	거래량	거래가격		
							최고	최저	평균
2008	10	115,894	3	42,500	7	73,394	1,000	30	319
2009	8	241,004	4	121,624	4	119,380	500	60	96
2010	32	1,712,694	9	192,639	23	1,520,055	500	50	58
2011	25	1,568,065	6	28,300	19	1,539,765	400	10	53
2012	32	1,401,374	7	30,910	25	1,370,464	400	30	92
2013	59	2,901,457	5	31,500	54	2,869,957	600	60	180
2014	22	547,500	1	2,000	21	545,500	500	65	269
2015	12	66,200	5	22,000	7	44,200	450	100	140
2016	10	89,500	3	12,000	7	77,500	500	150	197
2017	20	150,966	5	38,100	15	112,866	160	100	124
2018	28	143,324	3	5,524	25	137,800	250	74	140

① 2010~2013년 연도별 전체 거래의 건당 거래량

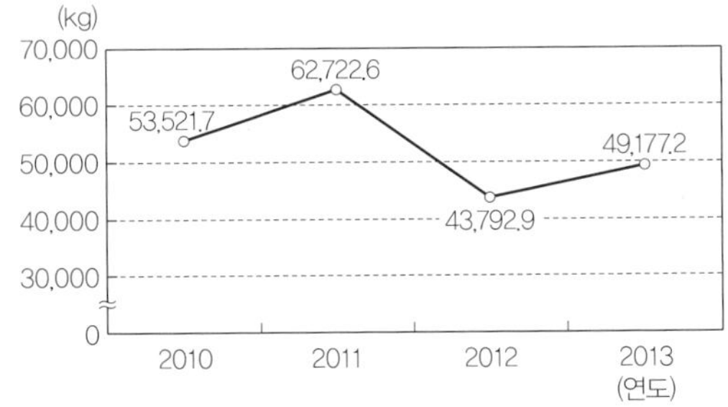

② 2009~2013년 유상거래 최고 가격과 최저 가격

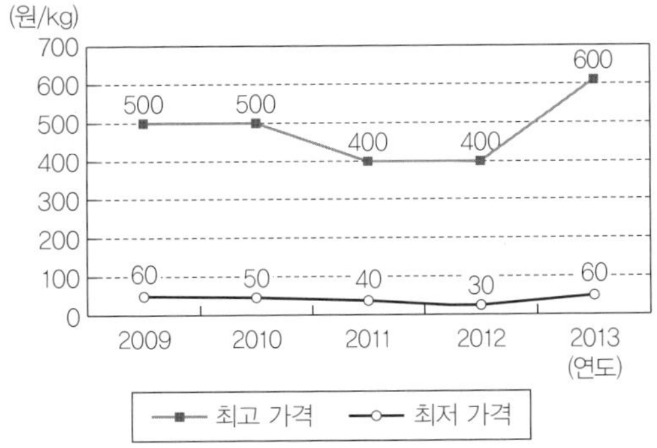

③ 2013~2017년 유상거래 평균 가격

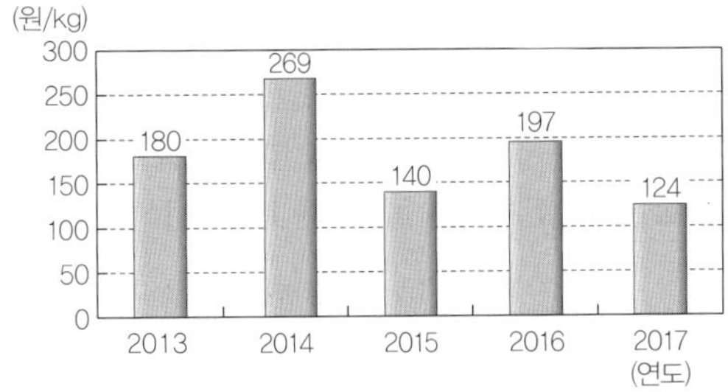

④ 2008년 전체 거래량 구성비

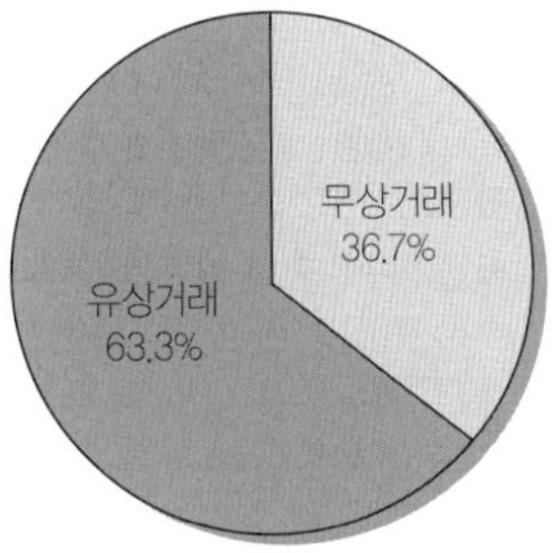

⑤ 2010~2013년 무상거래 건수와 유상거래 건수

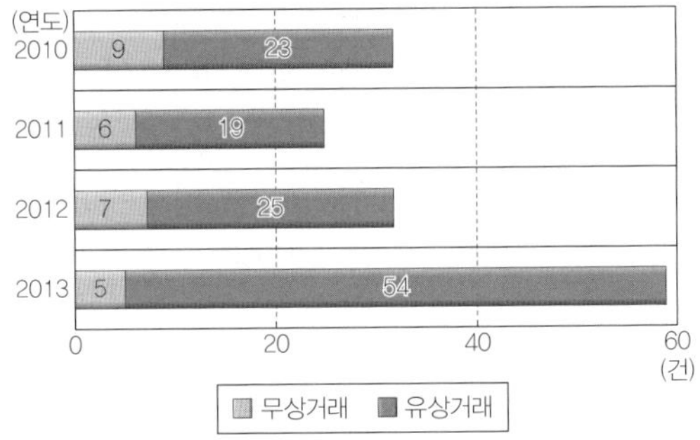

난이도 상 중 하 | 풀이시간 | 2분 30초

12

2021년 7급 PSAT 모의평가

다음 〈표〉는 2014~2018년 공공기관 신규채용 합격자 현황에 관한 자료이다. 이를 이용하여 작성한 그래프로 옳지 않은 것은?

〈표1〉 공공기관 신규채용 합격자 현황

(단위: 명)

합격자 \ 연도		2014	2015	2016	2017	2018
전체		17,601	19,322	20,982	22,547	33,832
	여성	7,502	7,664	8,720	9,918	15,530

〈표2〉 공공기관 유형별 신규채용 합격자 현황

(단위: 명)

유형	합격자 \ 연도	2014	2015	2016	2017	2018
공기업	전체	4,937	5,823	5,991	6,805	9,070
	여성	1,068	1,180	1,190	1,646	2,087
준정부기관	전체	5,055	4,892	6,084	6,781	9,847
	여성	2,507	2,206	2,868	3,434	4,947
기타공공기관	전체	7,609	8,607	8,907	8,961	14,915
	여성	3,927	4,278	4,662	4,838	8,496

※ 공공기관은 공기업, 준정부기관, 기타공공기관으로만 구성됨.

① 공공기관 유형별 신규채용 합격자 현황

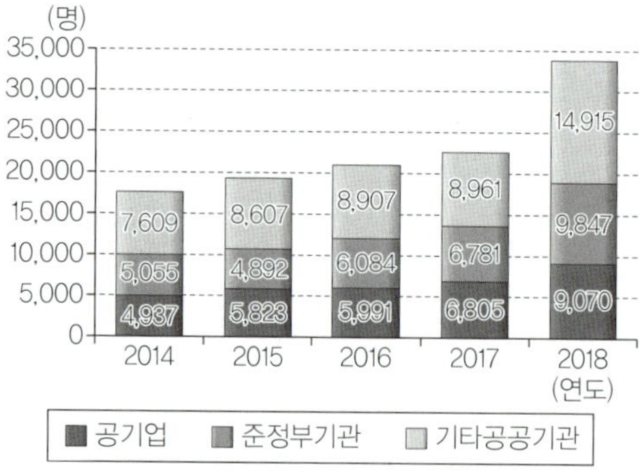

② 2016년 공공기관 유형별 신규채용 남성 합격자 현황

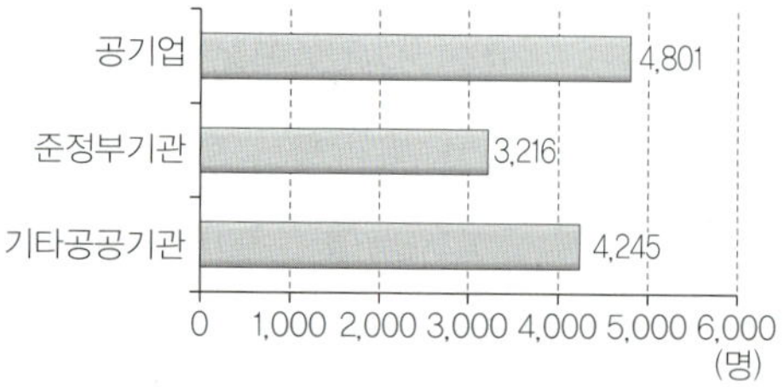

③ 공공기관 유형별 신규채용 합격자 중 여성 비중

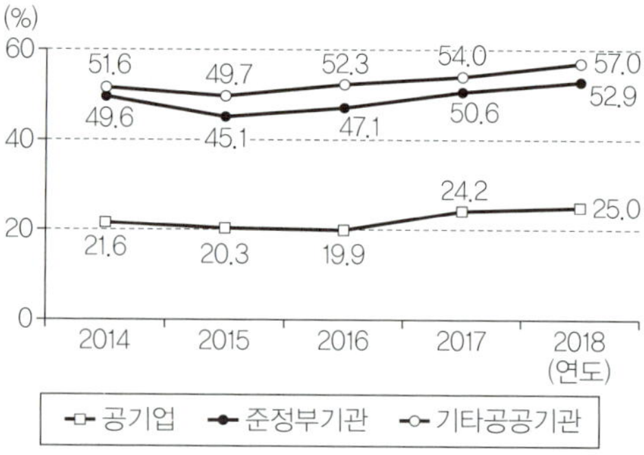

④ 공공기관 신규채용 합격자의 전년 대비 증가율

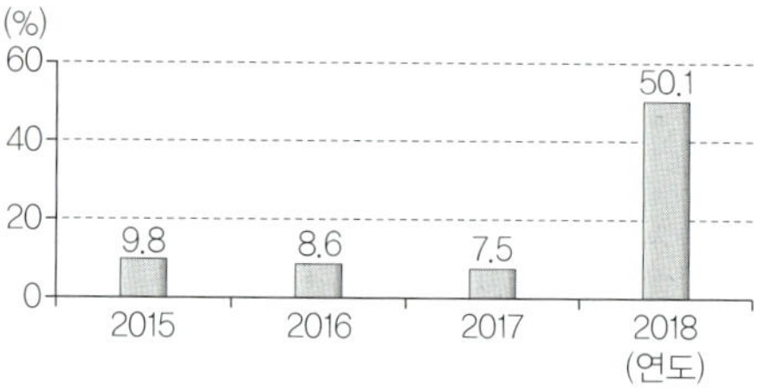

⑤ 2018년 공공기관 신규채용 합격자의 공공기관 유형별 구성비

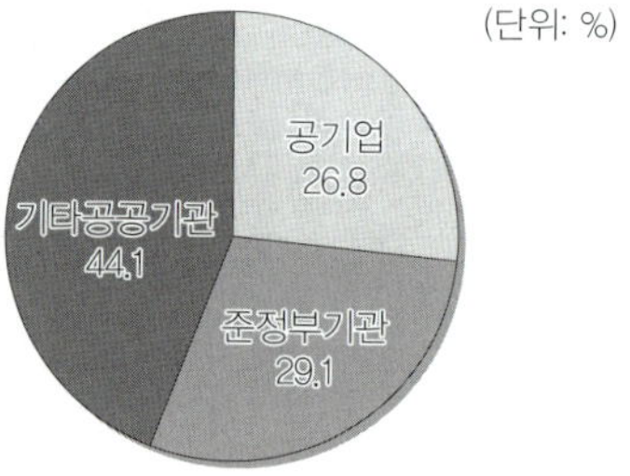

난이도 상 중 하 | 풀이시간 | 2분 30초

13

2020년 민경채

다음 〈표〉는 2017~2019년 '갑'국 A~D지역의 1인 1일당 단백질 섭취량과 지역별 전체 인구에 대한 자료이다. 〈표〉를 이용하여 작성한 그래프로 옳지 않은 것은?

〈표1〉 지역별 1인 1일당 단백질 섭취량

(단위: g)

지역 \ 연도	2017	2018	2019
A	50	60	75
B	100	100	110
C	100	90	80
D	50	50	50

※ 단백질은 동물성 단백질과 식물성 단백질로만 구성됨.

〈표2〉 지역별 1인 1일당 식물성 단백질 섭취량

(단위: g)

지역 \ 연도	2017	2018	2019
A	25	25	25
B	10	30	50
C	20	20	20
D	10	5	5

〈표3〉 지역별 전체 인구

(단위: 명)

지역 \ 연도	2017	2018	2019
A	1,000	1,000	1,100
B	1,000	1,000	1,000
C	800	700	600
D	100	100	100

① 2017~2019년 B와 D지역의 1인 1일당 동물성 단백질 섭취량

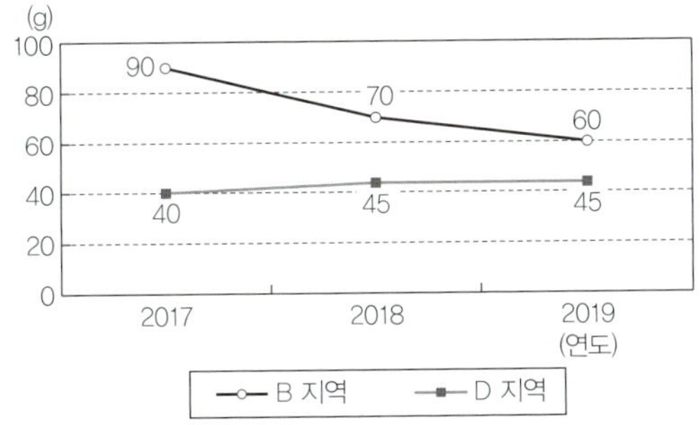

② 2019년 지역별 1일 단백질 총섭취량

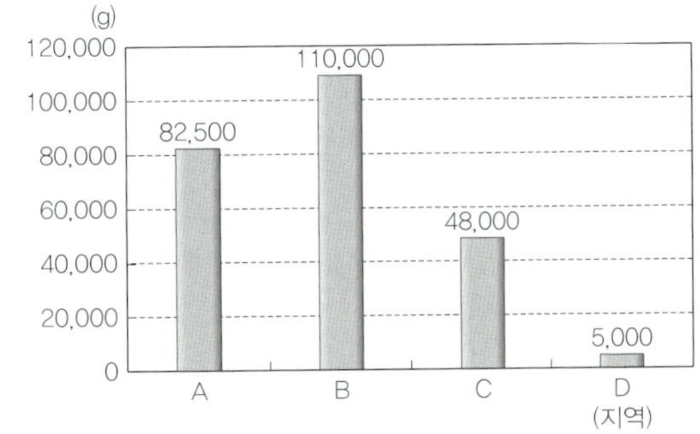

③ 2017년 지역별 1인 1일당 단백질 섭취량 구성비

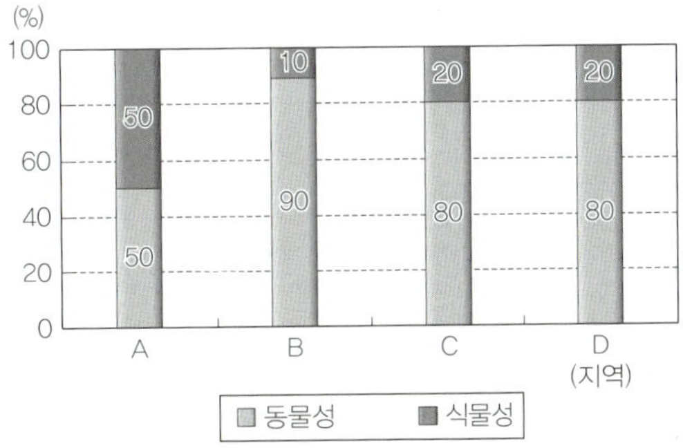

④ 2017~2019년 A와 C지역의 1인 1일당 동물성 단백질 섭취량과 1인 1일당 식물성 단백질 섭취량의 차이

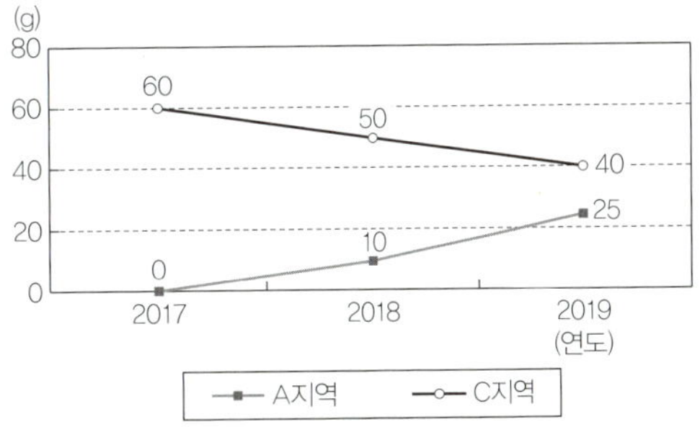

⑤ 지역별 2017년 대비 2018년 1인 1일당 식물성 단백질 섭취량 증감률

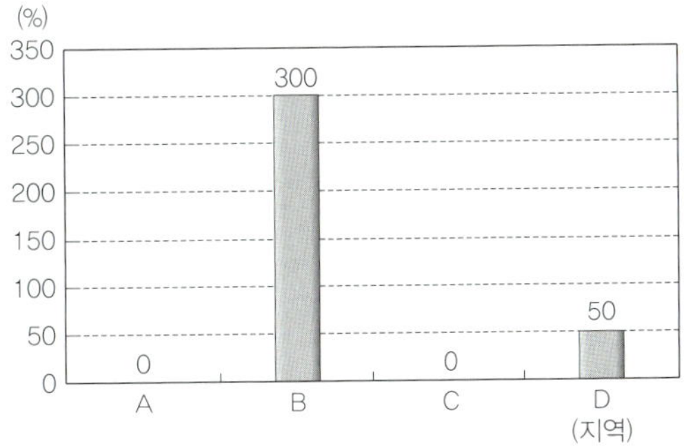

14

2019년 민경채

다음 〈표〉는 2012~2017년 '갑'국의 화재발생 현황에 대한 자료이다. 이를 이용하여 작성한 그래프로 옳지 않은 것은?

〈표〉 '갑'국의 화재발생 현황

(단위: 건, 명)

구분 / 연도	화재발생 건수	인명피해자 수	구조활동 건수
2012	43,249	2,222	427,735
2013	40,932	2,184	400,089
2014	42,135	2,180	451,050
2015	44,435	2,093	479,786
2016	43,413	2,024	609,211
2017	44,178	2,197	655,485
평균	43,057	2,150	503,893

① 화재발생 건수

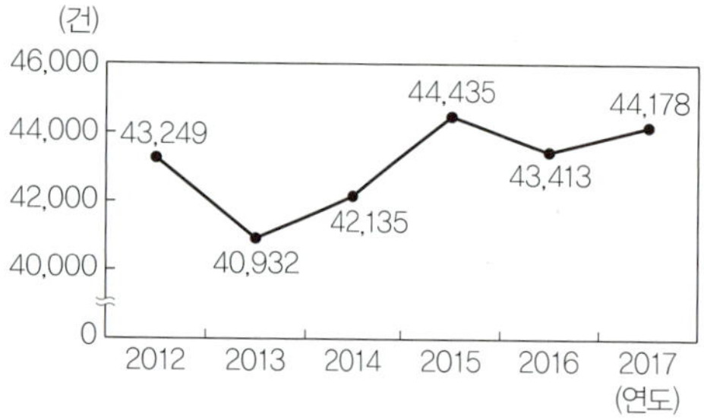

② 인명피해자 수 편차의 절댓값

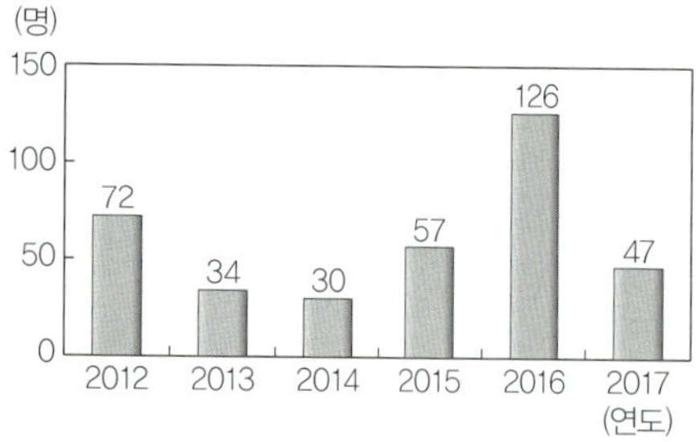

※ 인명피해자 수 편차는 해당 연도 인명피해자 수에서 평균 인명피해자 수를 뺀 값임

③ 구조활동 건수의 전년 대비 증가량

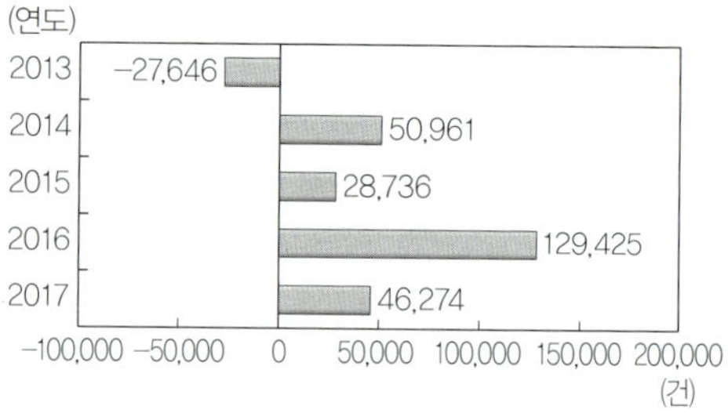

④ 화재발생 건수 대비 인명피해자 수 비율

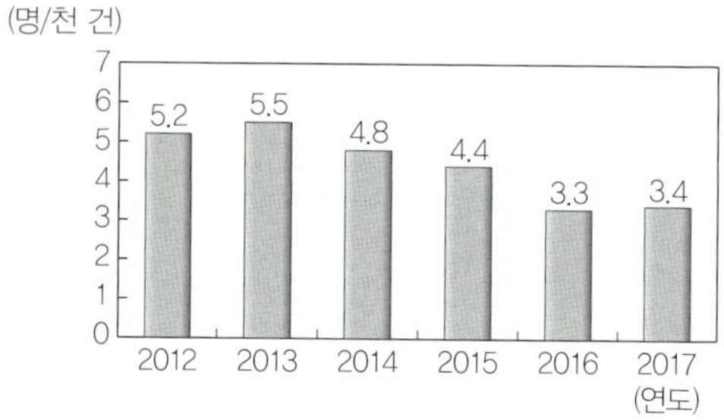

⑤ 화재발생 건수의 전년 대비 증가율

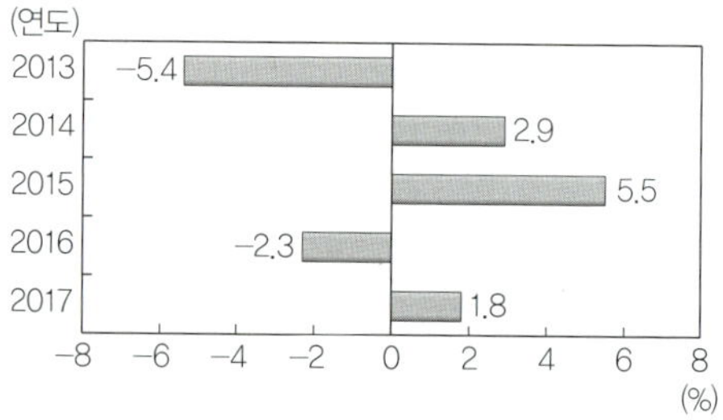

난이도 상 중 하　　　풀이시간 | 2분 30초

15

2021년 5급 공채 PSAT

다음 〈표〉는 국내 건축물 내진율 현황에 관한 자료이다. 〈표〉를 이용하여 작성한 〈보기〉의 그래프 중 옳은 것만을 모두 고르면?

〈표〉 국내 건축물 내진율 현황

(단위: 개, %)

구분			건축물 전체	건축물 내진 대상	건축물 내진 확보	내진율
계			6,986,913	1,439,547	475,335	33.0
지역	서울		628,947	290,864	79,100	27.2
	부산		377,147	101,795	26,282	25.8
	대구		253,662	81,311	22,123	27.2
	인천		215,996	81,156	23,129	28.5
	광주		141,711	36,763	14,757	40.1
	대전		133,118	44,118	15,183	34.4
	울산		132,950	38,225	15,690	41.0
	세종		32,294	4,648	2,361	50.8
	경기		1,099,179	321,227	116,805	36.4
	강원		390,412	45,700	13,412	29.3
	충북		372,318	50,598	18,414	36.4
	충남		507,242	57,920	22,863	39.5
	전북		436,382	47,870	18,506	38.7
	전남		624,155	43,540	14,061	32.3
	경북		786,058	84,391	29,124	34.5
	경남		696,400	89,522	36,565	40.8
	제주		158,942	19,899	6,960	35.0
용도	주택	소계	4,568,851	806,225	314,376	39.0
		단독주택	4,168,793	445,236	143,204	32.2
		공동주택	400,058	360,989	171,172	47.4
	주택 이외	소계	2,418,062	633,322	160,959	25.4
		학교	46,324	31,638	7,336	23.2
		의료시설	6,260	5,079	2,575	50.7
		공공업무 시설	42,077	15,003	2,663	17.7
		기타	2,323,401	581,602	148,385	25.5

※ 내진율(%) = $\frac{\text{내진확보 건축물}}{\text{내진대상 건축물}} \times 100$

〈보기〉

ㄱ. 지역별 내진율

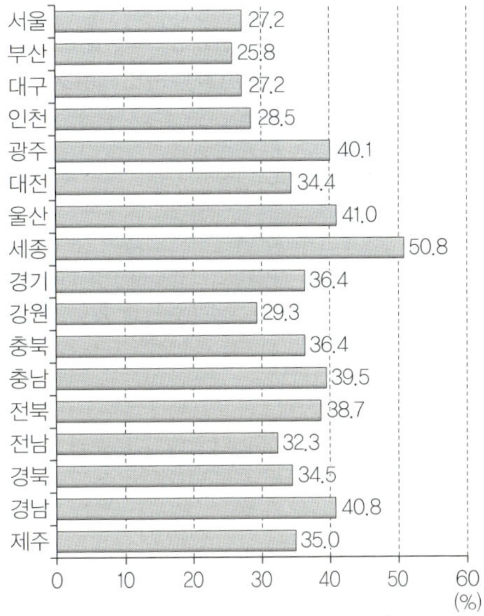

ㄴ. 용도별 내진대상 건축물 구성비

(단위: %)

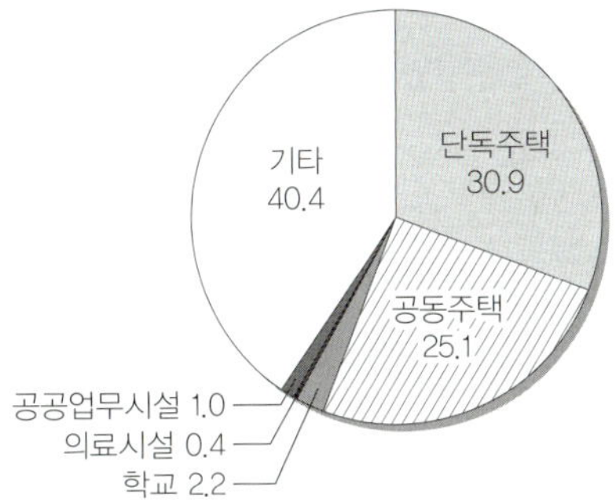

ㄷ. 주택 및 주택이외 건축물의 용도별 내진확보 건축물 구성비

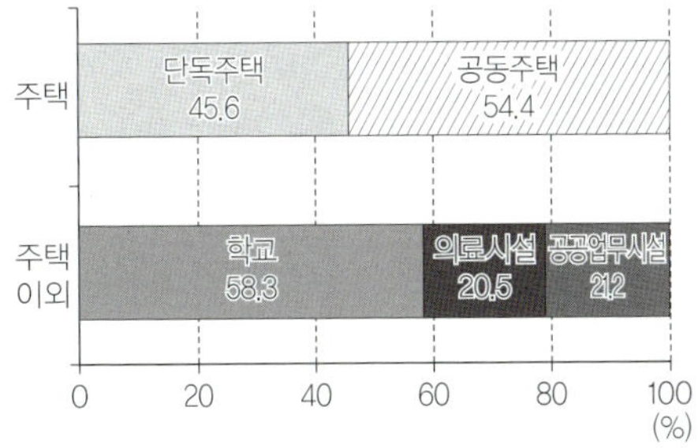

ㄹ. 주택이외 건축물 용도별 내진율

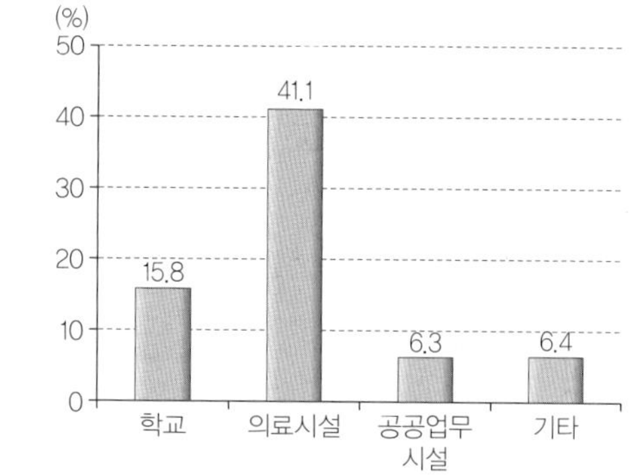

① ㄱ, ㄴ ② ㄱ, ㄷ ③ ㄴ, ㄷ
④ ㄴ, ㄹ ⑤ ㄱ, ㄴ, ㄷ

정답과 해설 P.40

자신의 능력을 믿어야 한다.
그리고 끝까지 굳세게 밀고 나가라.

– 엘리너 로절린 스미스 카터(Eleanor Rosalynn Smith Carter)

5급 | 7급 | 민경채

PSAT형 NCS 기출변형 모의고사

※ NCS 유형 및 출제경향에 부합하는 PSAT 5급, 7급, 민경채 자료해석 영역에 해당하는 기출문제를 엄선한 기출변형 NCS 문항을 수록하였습니다. 회차별 실제 시험과 유사한 난도부터 고난도 문제까지 철저히 연습할 수 있습니다.

PART 3

PSAT형 NCS 기출변형 모의고사 [1회]

맞은 개수 / 25문항

풀이 시간 / 40분

01

다음 〈조건〉과 같이 18km 떨어져 있는 구간인 A지점과 B지점을 달린다. A지점에서 갑과 을이 출발하여 두 번째 만나는 곳은 B지점으로부터 얼마나 떨어져 있는지 고르면?

〈조건〉

- 갑은 시속 15km로 움직이고, 을은 시속 4km로 움직인다.
- 두 번째 만날 때까지 각 지점들을 회차한다.
- 을은 갑이 출발한 후 12분 후에 출발한다.

① 6km ② 7.5km ③ 9km
④ 10.5km ⑤ 12km

02

현재 농도가 9%인 소금물이 있다. 아래의 〈상황〉을 적용하였더니 소금물의 양은 600g이 되었고, 농도는 13.5%가 되었다. 이때 처음에 있던 소금물의 양을 구하면?

〈상황〉

- 소금물을 창가에 두었더니 25%가 증발하였다.
- 농도가 16%인 새로운 소금물을 첨가하였다.

① 215g ② 285g ③ 375g
④ 475g ⑤ 500g

03

다음 〈표〉는 A~E지점을 연이어 주행한 '갑'~'병'자동차의 구간별 연료 소모량 및 평균 속력에 관한 자료이다. 이에 대한 설명으로 옳은 것을 고르면?

〈표〉 '갑'~'병'자동차의 구간별 연료 소모량 및 평균 속력

(단위: km, L, km/h)

구간 \ 구분	자동차(연료) 거리	갑(LPG) 연료 소모량	갑(LPG) 평균 속력	을(휘발유) 연료 소모량	을(휘발유) 평균 속력	병(경유) 연료 소모량	병(경유) 평균 속력
A → B	105	7.0	110	5.0	100	3.5	110
B → C	96	4.0	90	3.0	100	2.0	90
C → D	60	5.0	100	4.0	90	3.0	100
D → E	36	2.0	100	1.5	110	1.5	100
전체	297	18.0	( )	13.5	( )	10.0	( )

※ L당 연료비는 LPG 1,000원, 휘발유 1,700원, 경유 1,500원임.

※ 주행 연비(km/L) = $\frac{\text{주행거리}}{\text{연료 소모량}}$

① 전체 구간 주행 연료비가 적게 드는 자동차부터 나열하면 '병', '을', '갑' 순이다.

② 자동차의 주행 연비 순서는 각 구간에서 모두 동일하다.

③ 각 구간에서 '병'의 주행 연비의 평균은 30km/L 이상이다.

④ '갑'과 '병' 중 '병'이 더 적은 시간 동안 전체 구간을 주행한다.

⑤ 각 자동차의 평균 속력이 가장 빠른 구간은 각 자동차의 연비 역시 가장 높은 구간이다.

04

다음 〈표〉는 '갑'국의 2017~2021년 소년 범죄와 성인 범죄 현황에 관한 자료이다. 빈칸에 들어갈 값으로 적절한 것을 고르면?(단, 소수점 둘째 자리에서 반올림한다.)

〈표〉 2017~2021년 소년 범죄와 성인 범죄 현황

(단위: 명, %)

연도 \ 구분	소년 범죄			성인 범죄			소년 범죄자 비율
	범죄자 수	범죄율	발생지수	범죄자 수	범죄율	발생지수	
2017년	63,145	1,172	(㉠)	953,064	2,245	(㉡)	6.2
2018년	56,962	1,132	96.6	904,872	2,160	96.2	5.9
2019년	61,162	1,246	106.3	920,760	2,112	94.1	6.2
2020년	58,255	1,249	(㉢)	878,991	2,060	(㉣)	6.2
2021년	54,205	1,201	102.5	878,917	2,044	91.0	(㉤)

※ 범죄는 소년 범죄와 성인 범죄로만 구분함.

※ 소년(성인) 범죄율은 소년(성인) 인구 10만 명당 소년(성인) 범죄자 수를 의미함.

※ 소년(성인) 범죄 발생지수는 2017년 소년(성인) 범죄율을 100.0으로 할 때, 해당 연도 소년(성인) 범죄율의 상대적인 값임.

※ 소년 범죄자 비율(%) $= \frac{\text{소년 범죄자 수}}{\text{소년 범죄자 수} + \text{성인 범죄자 수}} \times 100$

① ㉠ 103.2　　② ㉡ 191.6　　③ ㉢ 92.3

④ ㉣ 91.8　　⑤ ㉤ 5.92

05

다음 〈표〉는 '갑'국을 방문한 외국인 관광객을 관광객 국적에 따라 대륙별, 국가별로 정리한 자료이다. 이를 분석한 것으로 가장 적절한 것을 고르면?(단, 소수점 둘째 자리에서 반올림한다.)

〈표1〉 '갑'국 방문 외국인 관광객의 대륙별 현황

(단위: 명)

대륙 \ 연도	2010	2015	2020
아시아	6,749,222	10,799,355	1,918,037
북미	813,860	974,153	271,487
유럽	645,753	806,438	214,911
대양주	146,089	168,064	30,454
아프리카	33,756	46,525	14,374
기타	408,978	439,116	69,855
전체	8,797,658	13,233,651	2,519,118

〈표2〉 '갑'국 방문 외국인 관광객의 주요 국가별 현황

(단위: 명)

국가 \ 연도	2010	2015	2020
일본	3,023,009	1,837,782	430,742
중국	1,875,157	5,984,170	686,430
미국	652,889	767,613	220,417

① 2010년부터 2015년까지 '갑'국을 방문한 외국인 관광객 수는 지속적으로 증가했다.

② 아시아 외국인 관광객 중 2015년과 2020년 '일본' 외국인 관광객 비중의 차이는 '중국' 외국인 관광객 비중의 차이보다 더 크다.

③ 2010년 대비 2015년 외국인 관광객 증가율은 '북미'가 '유럽'보다 더 높다.

④ 기타를 제외하고, 2010년 대비 2015년 외국인 방문객 수가 증가한 대륙 중 전체 외국인 관광객에서 차지하는 비중이 증가한 대륙은 절반 이상이다.

⑤ 2010~2020년 중 북미 대륙 외국인 관광객 중 '미국'이 차지하는 비중이 80% 미만인 해가 있다.

06

다음 〈표〉는 '갑'국의 6~9월 무역지수 및 교역조건지수에 관한 자료이다. 이를 바탕으로 할 때, 소득교육조건지수를 큰 것부터 나열한 것을 고르면?

〈표1〉 무역지수

구분 / 월	수출		수입	
	수출금액지수	수출물량지수	수입금액지수	수입물량지수
6	110.06	113.73	119.43	114.11
7	103.54	106.28	109.12	102.78
8	104.32	108.95	116.99	110.74
9	105.82	110.60	106.32	104.56

※ 수출(입)물가지수 $=\frac{\text{수출(입)금액지수}}{\text{수출(입)물량지수}}\times 100$

〈표2〉 교역조건지수

구분 / 월	순상품교역조건지수	소득교역조건지수
6	92.46	( )
7	91.76	( )
8	90.64	( )
9	93.54	( )

※ 1) 순상품교역조건지수 $=\frac{\text{수출물가지수}}{\text{수입물가지수}}\times 100$

2) 소득교역조건지수 $=\frac{\text{수출물가지수}\times\text{수출물량지수}}{\text{수입물가지수}}\times 100$

① 6월>9월>8월>7월

② 6월>9월>7월>8월

③ 6월>8월>9월>7월

④ 9월>6월>8월>7월

⑤ 9월>6월>7월>8월

07

다음 〈표〉는 A~E 5개 구간의 교통수단별 소요시간 및 비용에 관한 자료이다. 이를 변환하던 중 항목의 이름을 지칭하는 범례가 삭제되었다. 이때, 삭제된 범례를 고려하여 변환된 것 중 가장 적절하지 않은 것을 고르면?

〈표〉 교통수단별 소요시간 및 비용

(단위: 분, 원)

구간	구분 \ 교통수단	고속열차	일반열차	고속버스	일반버스
A	소요시간	160	290	270	316
	비용	53,300	40,700	32,800	27,300
B	소요시간	181	302	245	329
	비용	48,600	39,300	29,300	26,500
C	소요시간	179	247	210	264
	비용	36,900	32,800	25,000	22,000
D	소요시간	199	287	240	300
	비용	41,600	37,800	29,200	25,400
E	소요시간	213	283	250	301
	비용	42,800	39,300	29,500	26,400

① A구간 교통수단별 소요시간 및 비용

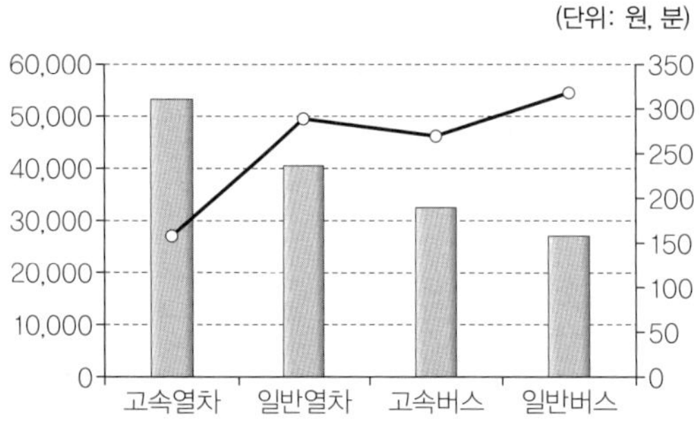

② B구간 교통수단별 소요시간 및 비용

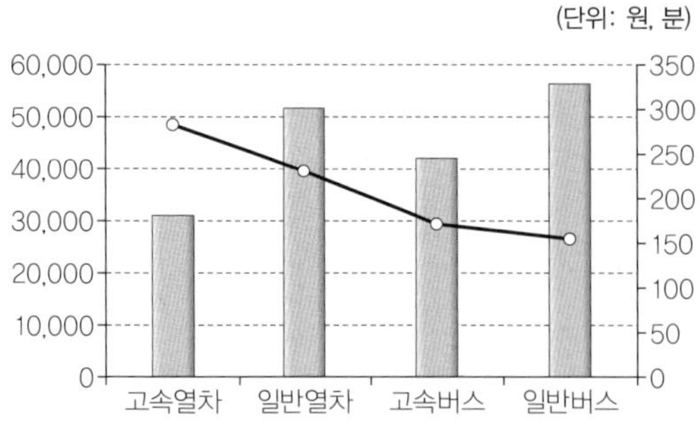

③ C구간 교통수단별 소요시간 및 비용

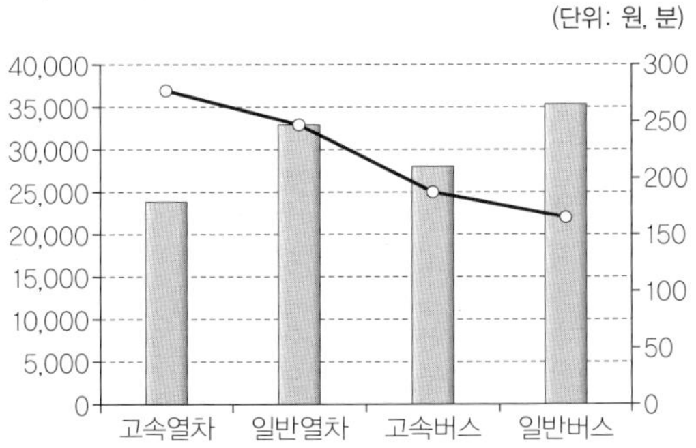

④ D구간 교통수단별 소요시간 및 비용

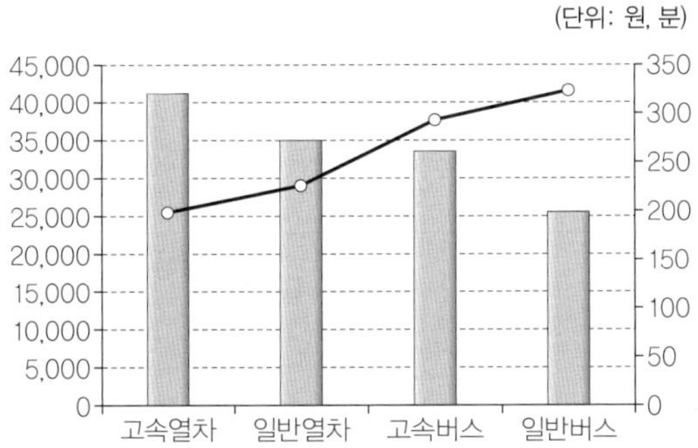

⑤ E구간 교통수단별 소요시간 및 비용

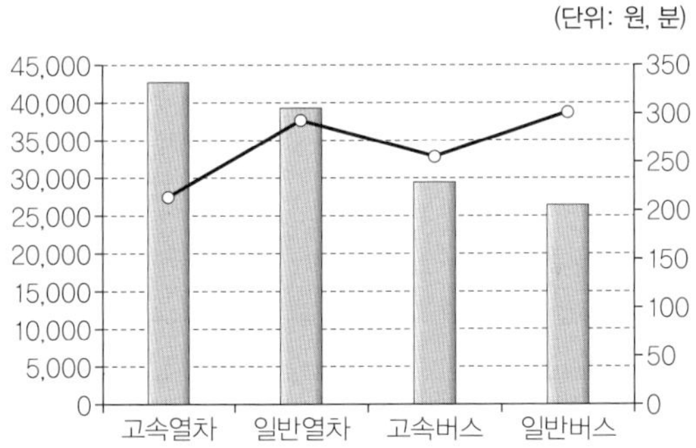

08

다음 〈표〉는 2020년 '갑'국의 가구당 보험료 및 보험급여 현황에 대한 자료이다. 〈표〉에 대한 〈보고서〉의 ㉠~㉣ 중 옳지 않은 것을 모두 고르면?

〈표〉 2020년 가구당 보험료 및 보험급여 현황

(단위: 원)

구분 / 보험료 분위	보험료	전체질환 보험급여 (보험혜택 비율)	4대 질환별 보험급여(보험혜택 비율)			
			암	심장	뇌혈관	희귀
전체	99,934	168,725 (1.7)	337,505 (3.4)	750,101 (7.5)	729,544 (7.3)	390,637 (3.9)
1분위	25,366	128,431 (5.1)	327,223 (12.9)	726,724 (28.6)	729,830 (28.8)	424,764 (16.7)
5분위	231,293	248,741 (1.1)	322,072 (1.4)	750,167 (3.2)	713,160 (3.1)	377,568 (1.6)

※ 1) 보험혜택 비율 $=\frac{\text{보험급여}}{\text{보험료}}$

2) 4대 질환은 뇌혈관, 심장, 암, 희귀 질환임.

〈보고서〉

㉠ 2020년 전체 가구당 보험료는 25,366원이고 전체질환의 가구당 보험급여는 128,431원으로 전체질환 보험혜택 비율은 5.1로 나타났다.

㉡ 4대 질환 중 1분위에서 보험혜택 비율이 가장 높은 질환은 심장 질환이었다. ㉢ 뇌혈관, 심장, 암 질환의 1분위 보험혜택 비율은 각각 5분위의 10배에 미치지 못하였다. 또한, ㉣ 4대 질환의 1분위 가구당 보험급여는 각각 전체질환의 1분위 가구당 보험급여의 3배 이상이었다.

① ㉠, ㉡　　② ㉠, ㉣　　③ ㉡, ㉢

④ ㉠, ㉡, ㉣　　⑤ ㉡, ㉢, ㉣

09

다음 〈표〉는 2006~2010년 국내 버스운송업의 업체 현황에 관한 자료이다. 이를 바탕으로 할 때, 옳지 않은 것을 고르면?

〈표〉 2006~2010년 국내 버스운송업의 유형별 업체 수, 보유대수, 종사자 수

(단위: 개, 대, 명)

구분		2006년	2007년	2008년	2009년	2010년
시외 고속버스	업체 수	10	10	8	8	8
	보유대수	2,282	2,159	2,042	2,014	1,947
	종사자 수	5,944	5,382	4,558	4,381	4,191
농어촌 버스	업체 수	99	98	96	92	90
	보유대수	2,041	1,910	1,830	1,730	1,650
	종사자 수	3,327	3,338	3,341	3,353	3,400
시외 일반버스	업체 수	105	95	91	87	84
	보유대수	7,907	7,529	7,897	7,837	7,901
	종사자 수	15,570	14,270	14,191	14,184	14,171
시내버스	업체 수	325	339	334	336	347
	보유대수	29,239	30,036	30,538	30,732	32,457
	종사자 수	66,191	70,253	70,404	71,126	71,427

① 시외 일반버스의 2007~2010년 동안 업체당 종사자 수는 전년 대비 매년 증가하였다.

② 2006~2010년 동안 시외 고속버스의 업체당 보유대수의 최대, 최소 편차는 40대 미만이다.

③ 2006~2010년 동안 매년 시내버스 종사자 수는 나머지 세 개의 운송업 종사자 수 합의 3배 이상이다.

④ 2009~2010년 동안 매년 시내버스 보유대수는 나머지 세 개의 운송업 보유대수 합의 2배 이상이다.

⑤ 2008~2010년 동안 네 가지 운송업 종사자 수 합의 평균은 약 92,909명이다.

10

다음 〈표〉는 한국전쟁 당시 참전한 유엔군의 참전현황 및 피해인원에 관한 자료이다. 이에 대한 〈보기〉의 ㉠~㉣ 중 옳은 것을 모두 고르면?

〈표〉 한국전쟁 당시 참전한 유엔군의 참전현황 및 피해인원

(단위: 명)

구분 국가	참전현황		피해인원				
	참전인원	참전군	전사·사망	부상	실종	포로	전체
미국	1,789,000	육군, 해군, 공군	36,940	92,134	3,737	4,439	137,250
영국	56,000	육군, 해군	1,078	2,674	179	977	4,908
캐나다	25,687	육군, 해군, 공군	312	1,212	1	32	1,557
터키	14,936	육군	741	2,068	163	244	3,216
호주	8,407	육군, 해군, 공군	339	1,216	3	26	1,584
필리핀	7,420	육군	112	229	16	41	398
태국	6,326	육군, 해군, 공군	129	1,139	5	0	1,273
네덜란드	5,322	육군, 해군	120	645	0	3	768
콜롬비아	5,100	육군, 해군	163	448	0	28	639
그리스	4,992	육군, 공군	192	543	0	3	738
뉴질랜드	3,794	육군, 해군	23	79	1	0	103
에티오피아	3,518	육군	121	536	0	0	657
벨기에	3,498	육군	99	336	4	1	440
프랑스	3,421	육군, 해군	262	1,008	7	12	1,289
남아공	826	공군	34	0	0	9	43
룩셈부르크	83	육군	2	13	0	0	15
계	1,938,330	–	40,667	104,280	4,116	5,815	154,878

〈보기〉

㉠ 실종 인원이 포로 인원보다 많은 국가는 3개국이다.

㉡ 미국의 실종 인원은 미국을 제외한 전사·사망 인원보다 적다.

㉢ 육군과 해군만 참전한 나라들 중에서 참전인원 대비 포로 인원의 비율이 가장 높은 나라는 영국이다.

㉣ 참전인원 대비 피해인원 비율은 육군, 해군, 공군이 모두 참전한 나라보다 육군만 참전한 나라가 낮다.

① ㉠, ㉡　② ㉠, ㉢　③ ㉠, ㉣
④ ㉡, ㉢　⑤ ㉢, ㉣

11

다음 〈표〉는 2008~2012년 A지역의 임가소득 현황을 나타낸 자료이다. 이에 대한 설명으로 옳지 않은 것을 고르면?

〈표〉 A지역의 임가소득 현황

(단위: 천 원)

구분		2008년	2009년	2010년	2011년	2012년
임가소득		27,288	27,391	27,678	28,471	29,609
경상소득		24,436	23,879	25,026	25,803	26,898
	임업소득	8,203	7,655	7,699	8,055	8,487
	임업외소득	11,786	11,876	12,424	12,317	13,185
	이전소득	4,447	4,348	4,903	5,431	5,226
비경상소득		2,852	3,512	2,652	2,668	2,711
임업경영비		7,498	8,170	8,442	8,573	9,123

※ 임업의존도(%) $= \frac{\text{임업소득}}{\text{임가소득}} \times 100$

① 임업소득과 임업경영비를 더한 값을 임업총수입이라고 할 때, 조사 기간 동안 임업총수입이 가장 큰 해와 가장 작은 해의 차이는 1,900만 원 이상이다.

② 임가소득은 '경상소득+비경상소득'으로 계산한다.

③ 조사 기간 동안 경상소득 중 임업외소득이 차지하는 비중은 매년 50% 이하이다.

④ 조사 기간 동안 임업의존도의 평균은 28.5% 이상이다.

⑤ 임가소득 중 비경상소득이 차지하는 비중이 가장 큰 해의 이전소득이 경상소득에서 차지하는 비중은 19.0% 이하이다.

12

다음 〈표〉는 2013~2016년 '갑'기업 사원 A~D의 연봉 및 성과평가등급별 연봉인상률에 대한 자료이다. 2013년 성과평가등급이 가장 낮은 사원과 2015년 성과평가등급이 가장 높은 사원을 바르게 짝지은 것을 고르면?

〈표1〉 '갑'기업 사원 A~D의 연봉

(단위: 천 원)

사원 \ 연도	2013	2014	2015	2016
A	24,000	28,800	34,560	38,016
B	25,000	25,000	26,250	28,875
C	24,000	25,200	27,720	33,264
D	25,000	27,500	27,500	30,250

〈표2〉 '갑'기업의 성과평가등급별 연봉인상률

(단위: %)

성과평가등급	Ⅰ	Ⅱ	Ⅲ	Ⅳ
연봉인상률	20	10	5	0

※ 1) 성과평가는 해당연도 연말에 1회만 실시하며, 각 사원은 Ⅰ, Ⅱ, Ⅲ, Ⅳ 중 하나의 성과평가등급을 받음.
2) 성과평가등급을 높은 것부터 순서대로 나열하면 Ⅰ, Ⅱ, Ⅲ, Ⅳ의 순임.
3) 당해연도 연봉 = 전년도 연봉 × (1 + 전년도 성과평가등급에 따른 연봉인상률 ÷ 100)

	2013년	2015년
①	A	C
②	B	C
③	B	D
④	C	A
⑤	D	A

13

다음 〈표〉는 2006~2010년 A국의 가구당 월평균 교육비 지출액에 대한 자료이다. 이에 대한 설명으로 옳지 않은 것을 고르면?

〈표〉 2006~2010년 A국의 가구당 월평균 교육비 지출액

(단위: 원)

구분		2006년	2007년	2008년	2009년	2010년
정규 교육비	초등교육비	14,730	13,255	16,256	17,483	17,592
	중등교육비	16,399	20,187	22,809	22,880	22,627
	고등교육비	47,841	52,060	52,003	61,430	66,519
	소계	78,970	85,502	91,068	101,793	106,738
학원 교육비	학생 학원교육비	128,371	137,043	160,344	167,517	166,959
	성인 학원교육비	7,798	9,086	9,750	9,669	9,531
	소계	136,169	146,129	170,094	177,186	176,490
기타 교육비		7,203	9,031	9,960	10,839	13,574
전체 교육비		222,342	240,662	271,122	289,818	296,802

① 정규교육비 중 고등교육비가 차지하는 비중이 가장 낮은 해는 2008년이다.
② 2007~2010년 동안 초등, 중등, 고등교육비가 모두 전년 대비 증가한 해에 정규교육비의 총합도 전년 대비 가장 크게 증가하였다.
③ 전년 대비 증감 추이는 중등교육비와 학생 학원교육비가 동일하다.
④ 조사 기간 동안 매년 학원교육비에서 성인 학원교육비가 차지하는 비중은 초등교육비가 전체 교육비에서 차지하는 비중보다 작다.
⑤ 초등교육비가 전년 대비 가장 크게 증가한 해에 학생 학원교육비도 가장 크게 증가하였다.

14

다음 〈표〉는 2014년 '갑'국 지방법원(A~E)의 배심원 출석 현황에 관한 자료이다. 이를 근거로 판단할 때, 5개 지방법원의 출석률 순위와 실질출석률 순위가 동일한 지방법원을 고르면?(단, 출석률과 실질출석률은 수치가 클수록 높은 순위이다.)

〈표〉 2014년 '갑'국 지방법원(A~E)의 배심원 출석 현황

(단위: 명)

구분 / 지방 법원	소환인원	송달불능자	출석취소 통지자	출석의무자	
					출석자
A	1,880	533	573		411
B	1,740	495	508		453
C	716	160	213	343	189
D	191	38	65	88	57
E	420	126	120	174	115

※ 1) 출석의무자 수 = 소환인원 − 송달불능자 수 − 출석취소통지자 수

2) 출석률(%) = $\frac{\text{출석자 수}}{\text{소환인원}} \times 100$

3) 실질출석률(%) = $\frac{\text{출석자 수}}{\text{출석의무자 수}} \times 100$

① A　② B　③ C
④ D　⑤ E

15

다음 〈표〉는 2016년 '갑'국 10개 항공사의 항공기 지연 현황에 대한 자료이다. 이에 대한 〈보기〉의 ㉠~㉣ 중 옳은 것을 모두 고르면?

〈표〉 10개 항공사의 지연사유별 항공기 지연 대수

(단위: 대)

항공사	총 운항 대수	총 지연 대수	지연사유별 지연 대수			
			연결편 접속	항공기 정비	기상악화	기타
EK	86,592	21,374	20,646	118	214	396
JL	71,264	12,487	11,531	121	147	688
EZ	26,644	4,037	3,628	41	156	212
WT	7,308	1,137	1,021	17	23	76
HO	6,563	761	695	7	21	38
8L	6,272	1,162	1,109	4	36	13
ZH	3,129	417	135	7	2	273
BK	2,818	110	101	3	1	5
9C	2,675	229	223	3	0	3
PR	1,062	126	112	3	5	6
계	214,327	41,840	39,201	324	605	1,710

※ 지연율(%) $= \frac{\text{총 지연 대수}}{\text{총 운항 대수}} \times 100$

〈보기〉

㉠ 지연율이 가장 낮은 항공사의 지연율은 5% 미만이다.

㉡ 모든 항공사에서 항공기 정비로 인한 지연 대수는 기상악화로 인한 지연 대수보다 적다.

㉢ 총 지연 대수 중에서 항공기 정비로 인한 지연 대수가 1% 이상인 항공사는 6곳이다.

㉣ 항공기 정비로 인한 지연 대수 대비 기상악화로 인한 지연 대수 비율은 EK항공이 가장 높다.

① ㉠, ㉡　② ㉠, ㉢　③ ㉡, ㉣

④ ㉠, ㉢, ㉣　⑤ ㉡, ㉢, ㉣

16

다음 〈표〉는 '갑'국의 2013년 11월 군인 소속별 1인당 월지급액에 대한 자료이다. 이를 근거로 판단할 때, 2013년 12월의 전체 군인 1인당 월지급액이 이전 달보다 5% 인상될 경우 11월과 12월의 전체 군인 1인당 월지급액 차이는 얼마인지 고르면?

〈표〉 2013년 11월 군인 소속별 1인당 월지급액

(단위: 원, %)

구분 \ 소속	육군	해군	공군	해병대
1인당 월지급액	105,000	120,000	125,000	100,000
군인수 비중	30	20	30	20

① 5,600원
② 5,650원
③ 5,700원
④ 5,750원
⑤ 5,800원

17

다음 〈표〉는 A~E리조트의 1박 기준 일반요금 및 회원할인율에 관한 자료이다. 이에 대한 〈보기〉의 ㉠~㉣ 중 옳은 것을 모두 고르면?

〈표1〉 비수기 및 성수기 일반요금(1박 기준)

(단위: 천 원)

구분 \ 리조트	A	B	C	D	E
비수기 일반요금	300	250	200	150	100
성수기 일반요금	500	350	300	250	200

〈표2〉 비수기 및 성수기 회원할인율(1박 기준)

(단위: %)

구분	회원 유형 \ 리조트	A	B	C	D	E
비수기 회원할인율	기명	50	45	40	30	20
	무기명	35	40	25	20	15
성수기 회원할인율	기명	35	30	30	25	15
	무기명	30	25	20	15	10

※ 회원할인율(%) $= \frac{\text{일반요금} - \text{회원요금}}{\text{일반요금}} \times 100$

〈보기〉

㉠ 리조트 1박 기준, E리조트의 비수기 기명 회원요금이 가장 저렴하다.

㉡ 리조트 1박 기준, 비수기 일반요금이 낮은 리조트일수록 비수기 무기명 회원요금도 낮다.

㉢ 리조트 1박 기준, 각 리조트의 성수기 무기명 회원요금은 비수기 기명 회원요금의 2배 이상이다.

㉣ 리조트 1박 기준 가장 비싼 회원요금은 가장 저렴한 회원요금의 4.5배 이하이다.

① ㉠, ㉢　② ㉡, ㉢　③ ㉠, ㉣

④ ㉡, ㉢, ㉣　⑤ ㉠, ㉡, ㉣

18

다음 〈표〉는 A시 초등학생과 중학생의 6개 식품 섭취율을 조사한 결과이다. 이에 대한 설명으로 옳은 것을 고르면?

〈표〉 A시 초등학생과 중학생의 6개 식품 섭취율

(단위: %)

식품	섭취 주기	초등학교			중학교		
		남학생	여학생	전체	남학생	여학생	전체
라면	주 1회 이상	77.6	71.8	74.7	89.0	89.0	89.0
탄산음료	주 1회 이상	76.6	71.6	74.1	86.0	79.5	82.1
햄버거	주 1회 이상	64.4	58.2	61.3	73.5	70.5	71.7
우유	매일	56.7	50.9	53.8	36.0	27.5	30.9
과일	매일	36.1	38.9	37.5	28.0	30.0	29.2
채소	매일	30.4	33.2	31.8	28.5	29.0	28.8

※ 1) 섭취율(%) $= \frac{\text{섭취한다고 응답한 학생 수}}{\text{응답 학생 수}} \times 100$

2) 초등학생, 중학생 각각 2,000명을 대상으로 조사하였으며, 전체 조사 대상자는 6개 식품에 대해 모두 응답하였음.

① 라면을 주 1회 이상 섭취하는 초등학생이 중학생보다 276명 적다.

② 탄산음료를 주 1회 이상 섭취하는 초등학교 남학생은 여학생보다 많다.

③ 햄버거를 주 1회 이상 섭취하는 비율은 중학교 남학생이 여학생보다 3% 더 높다.

④ 우유를 매일 섭취하는 중학생 중 과일을 매일 섭취하지 않는 중학생은 34명이다.

⑤ 과일을 매일 섭취하는 초등학생은 채소를 매일 섭취하는 초등학생보다 114명 많다.

19

다음 〈그래프〉는 개발원조위원회 29개 회원국 중 공적개발원조액 상위 15개국과 국민총소득 대비 공적개발원조액 비율 상위 15개국에 대한 자료이다. 이에 대한 〈보기〉의 ㉠~㉢ 중 옳은 것을 모두 고르면?

〈그래프1〉 공적개발원조액 상위 15개 회원국

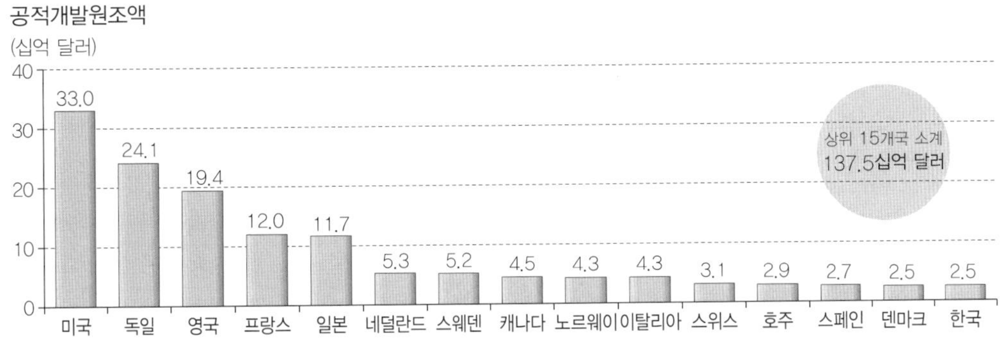

〈그래프2〉 국민총소득 대비 공적개발원조액 비율 상위 15개 회원국

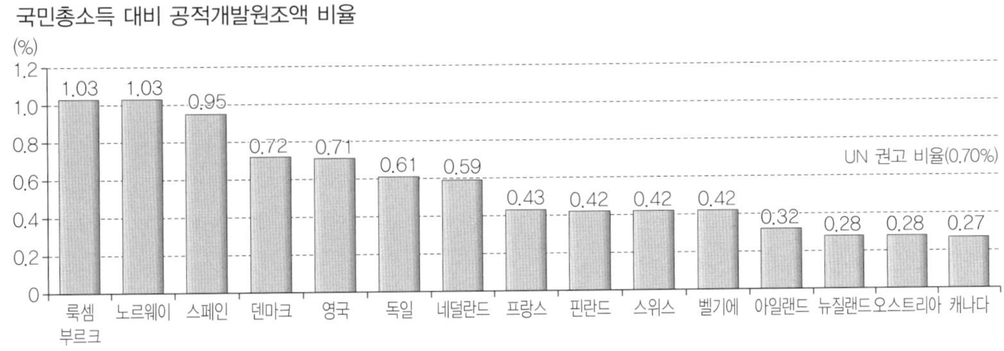

※ 국민총소득 대비 공적개발원조액 비율 $= \frac{\text{공적개발원조액}}{\text{국민총소득}}$

〈보기〉

㉠ 국민총소득 대비 공적개발원조액 비율이 UN 권고 비율보다 큰 국가의 국민총소득은 270억 달러 이상이다.

㉡ 공적개발원조액 상위 3개국의 공적개발원조액 합은 공적개발원조액 4~15위인 국가의 공적개발원조액 합보다 크다.

㉢ 독일의 국민총소득 대비 공적개발원조액 비율이 UN 권고 비율 이상이려면 독일의 공적개발원조액만 40억 달러 이상 증액하면 된다.

① ㉠　　② ㉢　　③ ㉠, ㉡
④ ㉡, ㉢　　⑤ ㉠, ㉡, ㉢

20

다음 〈표〉는 2013~2018년 커피전문점 A~F브랜드의 매출액과 점포수에 관한 자료이다. 이에 대한 설명으로 옳지 않은 것을 고르면?

〈표〉 2013~2018년 커피전문점 브랜드별 매출액과 점포수

(단위: 억 원, 개)

구분	브랜드 \ 연도	2013	2014	2015	2016	2017	2018
매출액	A	1,094	1,344	1,710	2,040	2,400	2,982
	B	–	–	24	223	1,010	1,675
	C	492	679	918	1,112	1,267	1,338
	D	–	129	197	335	540	625
	E	–	155	225	873	1,082	577
	F	–	–	–	–	184	231
	전체	1,586	2,307	3,074	4,583	6,483	7,428
점포수	A	188	233	282	316	322	395
	B	–	–	17	105	450	735
	C	81	110	150	190	208	252
	D	–	71	111	154	208	314
	E	–	130	183	218	248	366
	F	–	–	–	–	71	106
	전체	269	544	743	983	1,507	2,168

① 2018년 전체 커피전문점의 전년 대비 매출액 증가폭은 2017년에 비해 감소하였다.
② 2018년 F브랜드의 점포당 매출액은 약 2.2억 원이다.
③ 2017년 점포수 기준 커피전문점 A브랜드의 점유율은 약 20.3%이다.
④ 전년 대비 2018년 커피전문점 브랜드별 매출액이 감소한 브랜드는 한 곳뿐이다.
⑤ 전체 커피전문점의 연도별 점포당 매출액이 가장 큰 해는 2013년이다.

21

다음 〈표〉는 2012~2014년 A국 농축수산물 생산액 상위 10개 품목에 대한 자료이다. 이에 대한 〈보기〉의 ㉠~㉣ 중 옳은 것을 모두 고르면?

〈표〉 A국 농축수산물 생산액 상위 10개 품목

(단위: 억 원)

연도 \ 구분 \ 순위	2012		2013		2014	
	품목	생산액	품목	생산액	품목	생산액
1	쌀	105,046	쌀	85,368	쌀	86,800
2	돼지	23,720	돼지	37,586	돼지	54,734
3	소	18,788	소	31,479	소	38,054
4	우유	13,517	우유	15,513	닭	20,229
5	고추	10,439	닭	11,132	우유	17,384
6	닭	8,208	달걀	10,853	달걀	13,590
7	달걀	6,512	수박	8,920	오리	12,323
8	감귤	6,336	고추	8,606	고추	9,913
9	수박	5,598	감귤	8,108	인삼	9,412
10	마늘	5,324	오리	6,490	감귤	9,065
농축수산물 전체		319,678		350,889		413,643

〈보기〉

㉠ 상위 10개 품목의 생산액 총액은 매년 꾸준히 증가하였다.

㉡ 우유 생산액은 매년 10% 이상 증가하였다.

㉢ 2013년에 비해 2014년 쌀 생산액은 증가하였으나 쌀 생산액이 농축수산물 전체 생산액에서 차지하는 비중은 감소하였다.

㉣ 전년 대비 2014년 농축수산물 전체 생산액 증가율은 2013년의 2배 이상이다.

① ㉠, ㉡　　② ㉠, ㉢　　③ ㉠, ㉡, ㉢

④ ㉠, ㉢, ㉣　　⑤ ㉠, ㉡, ㉢, ㉣

22

다음 〈표〉는 대학 졸업생과 산업체 고용주를 대상으로 12개 학습성과 항목별 보유도와 중요도를 설문조사한 자료이다. 이에 대한 설명으로 옳지 않은 것을 고르면?

〈표〉 학습성과 항목별 보유도 및 중요도 설문결과

학습성과 항목	대학 졸업생		산업체 고용주	
	보유도	중요도	보유도	중요도
기본지식	3.7	3.7	4.1	4.2
실험능력	3.7	4.1	3.7	4.0
설계능력	3.2	3.9	3.5	4.0
문제해결능력	3.3	3.0	3.3	3.8
실무능력	3.6	3.9	4.1	4.0
협업능력	3.3	3.9	3.7	4.0
의사전달능력	3.3	3.9	3.8	3.8
평생교육능력	3.5	3.4	3.3	3.3
사회적 영향	3.1	3.6	3.2	3.3
시사지식	2.6	3.1	3.0	2.5
직업윤리	3.1	3.3	4.0	4.1
국제적 감각	2.8	3.7	2.8	4.0

① 보유도와 중요도의 차이가 가장 큰 학습성과 항목은 대학 졸업생과 산업체 고용주에 있어 모두 '국제적 감각'이다.

② 대학 졸업생은 보유도가 더 높다고 생각하지만 산업체 고용주는 중요도가 더 높다고 생각하는 학습성과 종목은 2개이다.

③ 대학 졸업생은 중요도가 더 높다고 생각하지만 산업체 고용주는 보유도가 더 높다고 생각하는 학습성과 종목은 2개이다.

④ 중요도 하위 3개 학습성과 항목은 대학 졸업생과 산업체 고용주에 있어 동일하지 않다.

⑤ 보유도와 중요도 차이가 0.5 이상인 학습성과 항목은 대학 졸업생이 산업체 고용주보다 더 많다.

23

다음 〈그래프〉와 〈표〉는 창업보육센터의 현황에 대한 자료이다. 이를 바탕으로 〈보기〉 중 ㉠, ㉡에 들어갈 숫자를 고르면?(단, 계산 시 소수점 첫째 자리에서 반올림한다.)

〈그래프〉 연도별 창업보육센터 수 및 지원금액

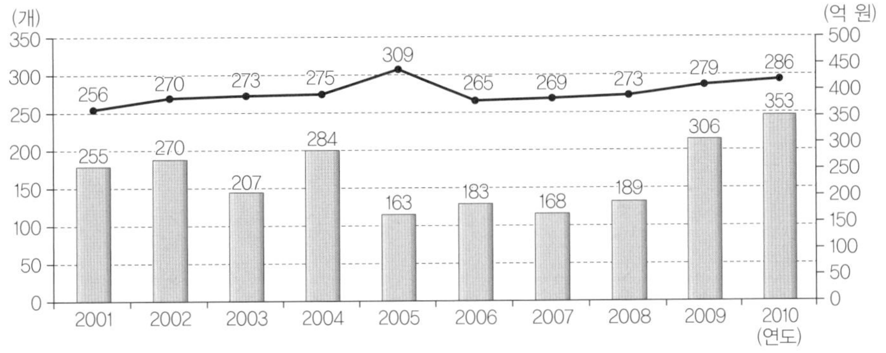

〈표〉 연도별 창업보육센터당 입주업체 수 및 매출액

(단위: 개, 억 원)

구분 \ 연도	2008	2009	2010
창업보육센터당 입주업체 수	16.6	17.1	16.8
창업보육센터당 입주업체 매출액	85.0	91.0	86.7

※ 한 업체는 1개의 창업보육센터에만 입주함.

〈보기〉

- 2001년 대비 2010년 창업보육센터 수의 증가율과 지원금액 증가율의 차는 (㉠)%p이다.
- 2008~2010년 동안 입주업체당 지원금액은 연평균 (㉡)만 원이다.

	㉠	㉡
①	26	568
②	26	598
③	26	628
④	30	568
⑤	30	598

24

다음 〈표〉는 2007~2009년 방송사 A~D의 방송심의규정 위반에 따른 제재 현황을 나타낸 것이다. 아래의 〈표〉를 이용하여 작성한 그래프로 옳지 않은 것을 고르면?

〈표〉 방송사별 제재 건수

(단위: 건)

방송사 \ 연도 / 제재	2007		2008		2009	
	법정제재	권고	법정제재	권고	법정제재	권고
A	21	1	12	36	5	15
B	25	3	13	29	20	20
C	12	1	8	25	14	20
D	32	1	14	30	24	34
전체	90	6	47	120	63	89

※ 제재는 법정제재와 권고로 구분됨.

① 2007년 방송사별 법정제재 구성비

(단위: %)

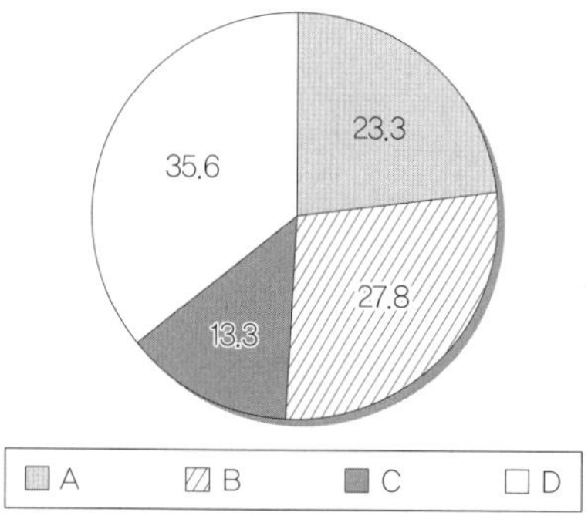

② 2007~2009년 법정제재 현황 변화

(단위: 건)

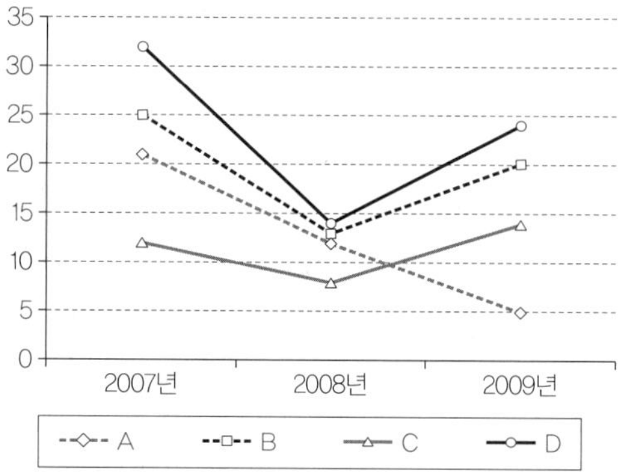

③ 2008년과 2009년 방송사별 권고 건수

(단위: 건)

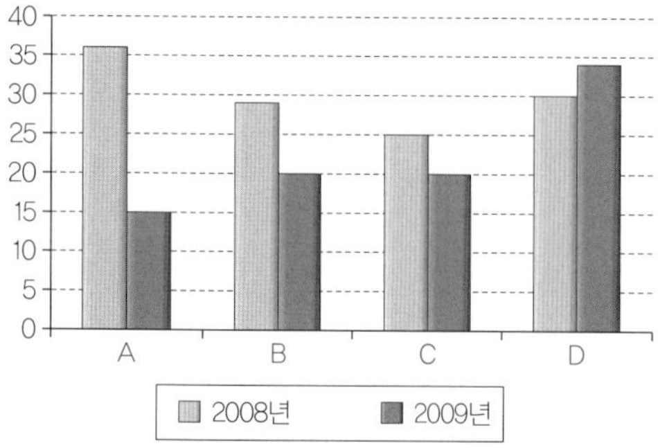

④ 2009년 제재 건수 구성비

(단위: %)

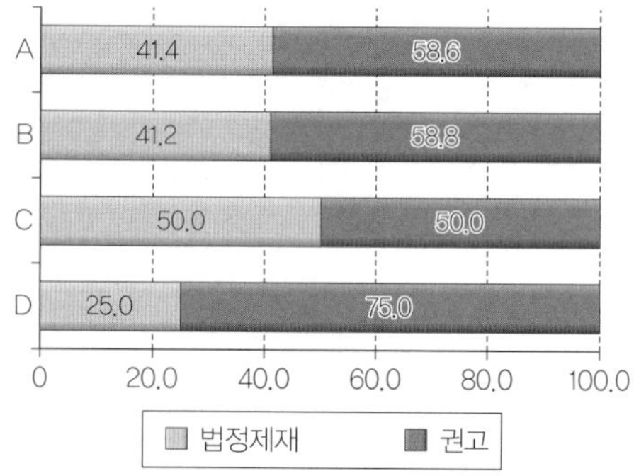

⑤ 전년 대비 2008년~2009년 제재 건수 증가율

(단위: %)

구분	2008년	2009년
법정제재	−47.8	34.0
권고	1,900.0	−25.8

25

다음 〈표〉는 로봇 시장현황과 R&D 예산의 분야별 구성비에 대한 자료이다. 이에 대한 〈보기〉의 ㉠~㉣ 중 옳은 것을 모두 고르면?

〈표1〉 2013년 용도별 로봇 시장현황

구분 / 용도	시장규모 (백만 달러)	수량 (천 개)	평균단가 (천 달러/개)
제조용	9,719	178	54.6
전문 서비스용	3,340	21	159.0
개인 서비스용	1,941	4,000	0.5
전체	15,000	4,199	3.6

〈표2〉 2011~2013년 분야별 로봇 시장규모

(단위: 백만 달러)

용도	분야 \ 연도	2011	2012	2013
제조용	제조	8,926	9,453	9,719
전문 서비스용	건설	879	847	883
	물류	166	196	216
	의료	1,356	1,499	1,449
	국방	748	818	792
개인 서비스용	가사	454	697	799
	여가	166	524	911
	교육	436	279	231

※ 로봇의 용도 및 분야는 중복되지 않음.

〈표3〉 2013년 로봇 R&D 예산의 분야별 구성비

(단위: %)

분야	제조	건설	물류	의료	국방	가사	여가	교육	합계
구성비	21	13	3	22	12	12	14	3	100

〈보기〉

㉠ 연도별 시장규모가 매년 증가한 분야는 5개이다.

㉡ 2011~2013년 기간 동안 8개 분야 전체 로봇 시장규모에서 10% 이상의 시장규모를 차지하는 분야는 매년 2개 분야씩이다.

㉢ 2013년 전문 서비스용 로봇의 평균단가는 개인 서비스용 로봇의 300배 이상이다.

㉣ 2013년 로봇 R&D 예산의 구성비 상위 3개 분야는 같은 해 시장규모에 있어서도 상위 3개 분야이다.

① ㉠, ㉡　② ㉡, ㉢　③ ㉢, ㉣
④ ㉠, ㉡, ㉢　⑤ ㉡, ㉢, ㉣

정답과 해설 P.47

PSAT형 NCS 기출변형 모의고사 [2회]

맞은 개수	/ 25문항
풀이 시간	/ 40분

01

○○사는 채용공고 후 서류전형을 실시하였는데 전체 지원자의 70%가 서류전형을 통과했고, 그 중 여성 지원자는 35%이었다. 전체 지원자의 45%가 여성일 때, 남성 지원자를 임의로 선택한 경우 서류전형을 통과하지 못했을 확률을 구하면?(단, 소수점 첫째 자리에서 반올림한다.)

① 약 13% ② 약 15% ③ 약 17%
④ 약 19% ⑤ 약 21%

02

건설 현장에서 아파트를 준공하는 데 필요한 〈조건〉은 다음과 같다. 준공 A팀이 혼자 먼저 작업을 시작한 후 나머지 1년 235일 동안 준공 A팀과 준공 B팀이 함께 진행하여 아파트 2채를 완공하였다. 이때, 준공 A팀이 먼저 작업한 기간을 구하면?(단, 윤년은 고려하지 않는다.)

〈조건〉

- 준공 A팀이 혼자 아파트 1채를 완성하는 데 3년 30일이 걸린다.
- 준공 B팀이 혼자 아파트 2채를 완공하는 데 5년에서 25일이 적게 걸린다.

① 1년 360일 ② 2년 70일 ③ 2년 80일
④ 2년 170일 ⑤ 3년 180일

03

다음 〈표〉는 2020년 4분기(10~12월) 전국 아파트 입주 물량에 관한 자료이다. 이를 분석한 것으로 가장 적절한 것을 고르면?(단, 소수점 둘째 자리에서 반올림한다.)

〈표1〉 월별 아파트 입주 물량

(단위: 세대)

구분 \ 월	10	11	12	합
전국	21,987	25,995	32,653	80,635
수도권	13,951	15,083	19,500	48,534
비수도권	8,036	10,912	13,153	32,101

〈표2〉 규모 및 공급주체별 아파트 입주 물량

(단위: 세대)

구분	규모			공급주체	
	$60m^2$ 이하	$60m^2$ 초과 $85m^2$ 이하	$85m^2$ 초과	공공	민간
전국	34,153	42,528	3,954	23,438	57,197
수도권	21,446	24,727	2,361	15,443	33,091
비수도권	12,707	17,801	1,593	7,995	24,106

① 2020년 9월 전국 아파트 입주 물량이 10월에 비해 3,500세대 적었다면, 2020년 4분기 동안 전국 아파트 입주 물량 증가율은 매월 지속해서 증가했다.

② 2020년 4분기 수도권 아파트 입주 규모가 $85m^2$ 이하인 아파트는 수도권 입주 물량의 95%를 넘지 못한다.

③ 2020년 10~12월 동안 수도권 입주 물량 중 민간주체 비율은 공공주체 비율보다 40%p 이상 높다.

④ 2020년 비수도권 아파트 입주 물량은 수도권 아파트 입주 물량보다 매월 적었다.

⑤ 2020년 4분기 입주 규모가 $60m^2$ 이하이거나 $85m^2$ 초과인 아파트 세대 수는 38,000세대 이상이다.

04

다음 〈표〉는 2016~2020년 장기 기증 및 이식 현황에 관한 자료이다. 2019년 대비 2020년 이식 1건당 대기자 수 증감률만큼 2020년 대비 2021년에도 그것과 동일하게 변화했다면, 2021년 이식 1건당 대기자 수는 몇 명인지 고르면?

〈표〉 2016~2020년 장기 기증 및 이식 현황

(단위: 명, 건, 명/건)

구분 \ 연도		2016	2017	2018	2019	2020
기증 희망자		926,009	1,036,916	1,140,808	1,315,132	1,438,665
뇌사 기증자		268	368	409	416	446
이식 대기자		18,189	21,861	22,695	26,036	24,607
이식 건수		3,133	3,797	3,990	3,814	3,901
	뇌사자장기이식	1,108	1,548	1,751	1,741	1,818
	생체이식	1,780	1,997	2,045	1,921	1,952
	사후각막이식	245	252	194	152	131
이식 1건당 대기자		5.81	5.76	5.69	6.83	6.31

① 5.55명/건
② 5.79명/건
③ 5.83명/건
④ 5.89명/건
⑤ 6.79명/건

05

다음 〈표〉는 2018~2021년 '갑'국의 여름철 물놀이 사고 사망자에 관한 자료이다. 이에 대한 〈보기〉의 ㉠~㉣ 중 옳지 않은 것만을 모두 고르면?

〈표1〉 연령대별 여름철 물놀이 사고 사망자 수

(단위: 명)

연도 \ 연령대	10세 미만	10대	20대	30대	40대	50대 이상
2018	2	6	4	4	4	4
2019	2	13	9	2	2	8
2020	2	9	7	2	4	13
2021	0	5	3	5	5	19

〈표2〉 4대 주요 발생 장소 및 원인별 여름철 물놀이 사고 사망자 수

(단위: 명)

연도 \ 구분	4대 주요 발생 장소				4대 주요 원인			
	하천	해수욕장	계곡	수영장	안전 부주의	수영 미숙	음주 수영	급류
2018	16	3	2	2	6	13	3	2
2019	23	3	5	4	9	14	5	6
2020	19	3	1	12	8	14	3	8
2021	23	7	2	5	9	12	6	2

※ 여름철 물놀이 사고 사망자의 발생 장소와 원인은 각각 1가지로만 정함.

〈보기〉

㉠ 2019~2021년 동안 10대, 20대, 30대의 여름철 물놀이 사고 사망자 수 전년 대비 증감 추이는 각각 동일하다.

㉡ 2018년 발생한 여름철 물놀이 사망 사고 원인은 4대 주요 원인을 제외한 다른 원인은 없다.

㉢ 2019~2021년 동안 여름철 물놀이 사고 사망자 수는 매년 증가했다.

㉣ 2019년 발생한 여름철 물놀이 사망 사고가 발생한 장소는 하천, 해수욕장, 계곡, 수영장을 제외한 다른 장소가 있다.

① ㉠, ㉡　② ㉡, ㉣　③ ㉠, ㉢

④ ㉠, ㉡, ㉣　⑤ ㉠, ㉢, ㉣

06

다음 〈표〉와 〈그래프〉는 2008~2016년 A국의 국세 및 지방세에 관한 자료이다. 이에 대한 설명으로 옳은 것을 고르면?

〈표〉 국세 및 지방세 징수액과 감면액

(단위: 조 원)

구분	연도	2008	2009	2010	2011	2012	2013	2014	2015	2016
국세	징수액	138	161	167	165	178	192	203	202	216
	감면액	21	23	29	31	30	30	33	34	33
지방세	징수액	41	44	45	45	49	52	54	54	62
	감면액	8	10	11	15	15	17	15	14	11

〈그래프〉 국세 및 지방세 감면율 추이

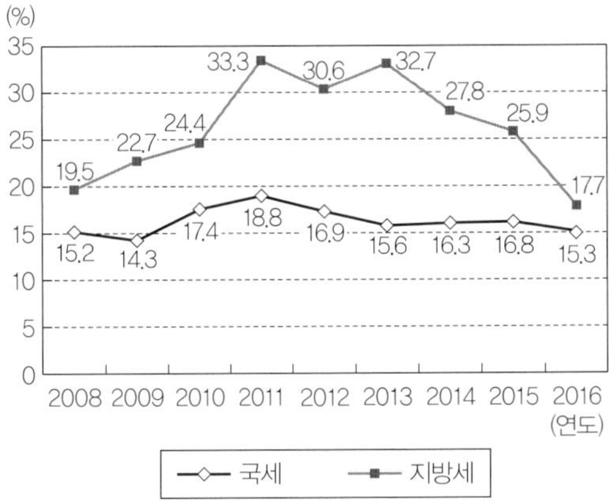

① 지방세 감면액 증감 추이는 지방세 감면율 증감 추이와 같다.

② 지방세 감면율이 가장 낮은 해에 국세 감면율도 가장 낮다.

③ 2009~2015년 동안 전년 대비 지방세 징수액 증가율이 가장 큰 해는 2012년이다.

④ 국세 징수액과 지방세 징수액의 차이가 두 번째로 큰 해에는 국세 감면율과 지방세 감면율의 차이도 두 번째로 크다.

⑤ 2013년 국세의 징수액 대비 감면액의 비율은 6.4이다.

07

다음 〈표〉는 국민 4,000명을 대상으로 공동인증서 비밀번호 변경주기를 조사한 자료이다. 이를 변환한 그래프 중 가장 적절하지 않은 것을 고르면?

〈표〉 공동인증서 비밀번호 변경주기 조사 결과

(단위: 명, %)

구분		대상자 수	변경하였음					변경하지 않았음
				1년 초과	6개월 초과 1년 이하	3개월 초과 6개월 이하	3개월 이하	
전체		4,000	70	30.9	21.7	10.5	6.9	30
성별	남성	2,053	70.5	28	23.2	11.7	7.6	29.5
	여성	1,947	69.5	34	20.1	9.2	6.2	30.5
연령대	15~19세	369	55	22.9	12.5	12	7.6	45
	20대	702	67.7	32.5	17	9.5	8.7	32.3
	30대	782	74.7	33.8	20.4	11.9	8.6	25.3
	40대	918	71.1	29.5	25.1	10.1	6.4	28.9
	50대 이상	1,229	72	31.6	25.5	10	4.9	28
직업	전문직	688	70.3	28.7	23.7	11.4	6.5	29.7
	사무직	1,314	72.8	30.8	23.1	11.6	7.3	27.2
	판매직	373	74.4	32.4	22.2	11.5	8.3	25.6
	기능직	242	73.2	29.8	25.6	9.1	8.7	26.8
	농림어업직	22	81.8	13.6	31.8	18.2	18.2	18.2
	학생	612	59	27.5	12.8	11	7.7	41
	전업주부	506	73.5	36.4	24.5	7.5	5.1	26.5
	기타	243	63.5	35.6	19.3	6	2.6	36.5

※ 항목별로 중복응답은 없음.

① 판매직 종사자의 공동인증서 비밀번호 변경주기 인원 조사 결과

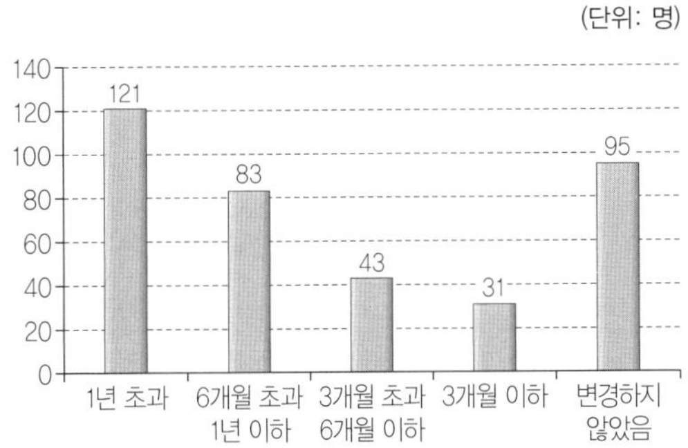

② 전체 인원의 공동인증서 비밀번호 변경주기 비율

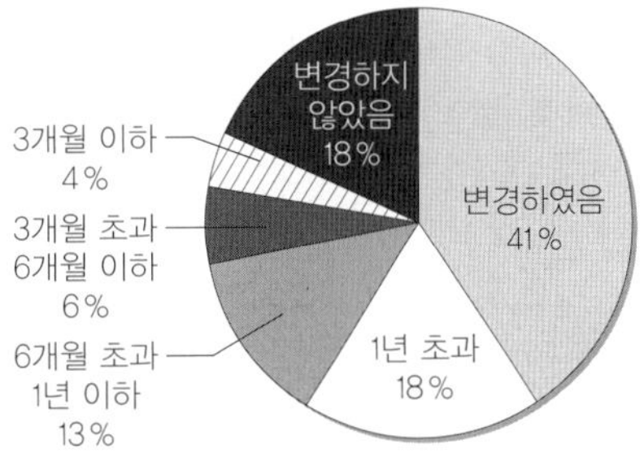

③ 연령별 공동인증서 비밀번호 변경주기 응답 비율

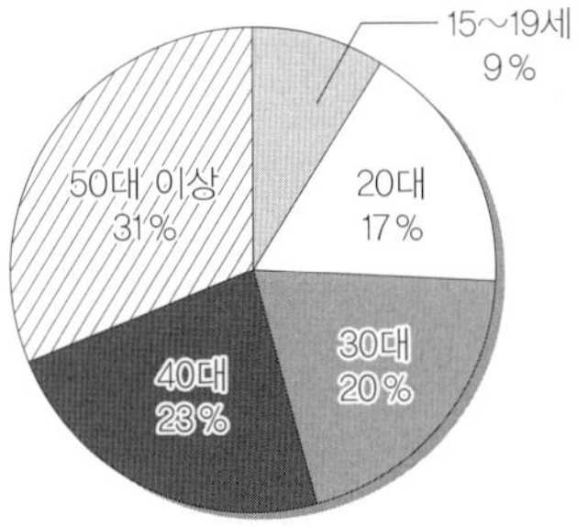

④ 성별에 따른 공동인증서 비밀번호 변경주기 인원 비교

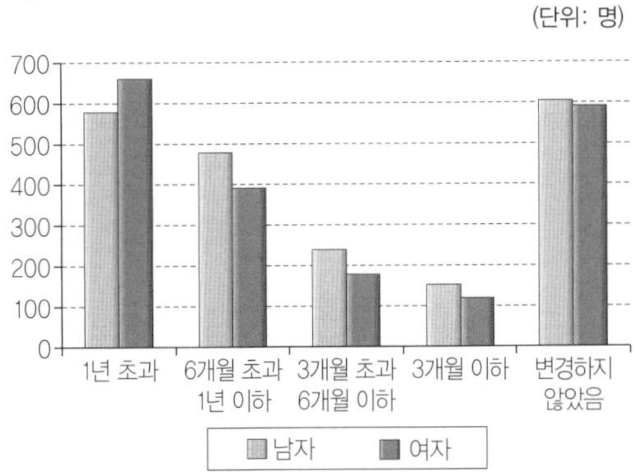

⑤ 비중이 높은 두 개 직업군의 공동인증서 비밀번호 변경주기에 따른 인원 비교

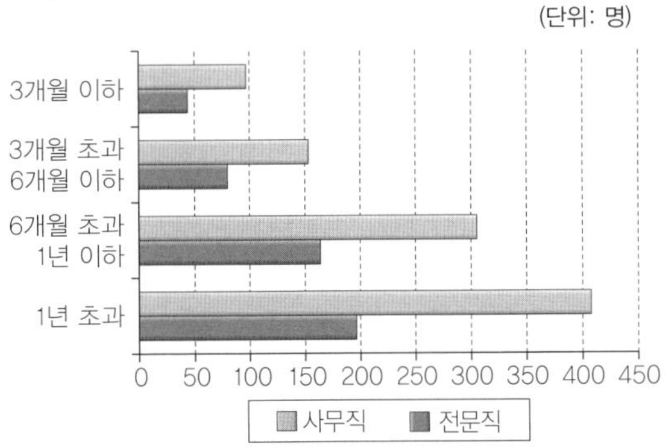

08

다음 〈표〉는 2018~2020년 프랜차이즈 기업 A~E의 가맹점 현황에 관한 자료이다. 이를 바탕으로 할 때, 〈보기〉의 ㉠~㉣ 중 옳은 것만을 모두 고르면?

〈표1〉 2018~2020년 기업 A~E의 가맹점 신규개점 현황

(단위: 개, %)

구분 / 기업 \ 연도	신규개점 수			신규개점률	
	2018	2019	2020	2019	2020
A	249	390	357	32.5	23.1
B	101	90	75	9.0	7.3
C	157	108	50	12.0	5.5
D	93	235	204	37.6	25.4
E	131	150	129	25.0	17.9

※ 해당 연도 신규개점률(%) $= \frac{\text{해당 연도 신규개점 수}}{\text{전년도 가맹점 수} + \text{해당 연도 신규개점 수}} \times 100$

〈표2〉 2018~2020년 기업 A~E의 가맹점 폐점 수 현황

(단위: 개)

기업 \ 연도	2018	2019	2020
A	11	12	21
B	27	53	140
C	24	39	70
D	55	25	64
E	4	8	33

※ 해당 연도 가맹점 수=전년도 가맹점 수+해당 연도 신규개점 수−해당 연도 폐점 수

〈보기〉

㉠ 2018년 가맹점 수가 가장 많은 기업은 B이다.

㉡ 2020년 폐점 수가 적은 기업일수록 신규개점 수가 많다.

㉢ 2017년 E기업의 가맹점 수는 400개 이상이다.

㉣ 전년도 가맹점 수가 일정할 때, 해당 연도 신규개점 수가 많아지면 신규개점률은 항상 높아진다.

① ㉠, ㉢ ② ㉠, ㉣ ③ ㉠, ㉡, ㉣

④ ㉠, ㉢, ㉣ ⑤ ㉡, ㉢, ㉣

09

다음 〈표〉는 2007~2011년 A국의 금융서비스 제공방식별 업무처리 건수 비중 현황이다. 연도별 금융서비스 업무처리 건수가 순서대로 12,500건, 12,800건, 13,050건, 13,420건, 13,770건일 경우, 제공방식별 업무처리 건수가 가장 많은 해를 바르게 짝지은 것을 고르면?

〈표〉 금융서비스 제공방식별 업무처리 건수 비중 현황

(단위: %)

구분 연도	대면거래	비대면거래			합
		CD/ATM	텔레뱅킹	인터넷뱅킹	
2007	13.6	38.0	12.2	36.2	100.0
2008	13.8	39.5	13.1	33.6	100.0
2009	13.7	39.3	12.6	34.4	100.0
2010	13.6	39.8	12.4	34.2	100.0
2011	12.2	39.1	12.4	36.3	100.0

	대면거래	CD/ATM	텔레뱅킹	인터넷뱅킹
①	2009년	2009년	2011년	2010년
②	2009년	2010년	2010년	2011년
③	2009년	2011년	2010년	2009년
④	2010년	2009년	2011년	2010년
⑤	2010년	2011년	2011년	2011년

10

다음 〈표〉는 조선시대 지역별 시기에 따른 시장 수를 정리한 자료이다. 이에 대한 설명으로 옳지 않은 것을 고르면?

〈표〉 조선시대 지역별, 시기별 시장 수

(단위: 개)

구분	읍수	1809년	1830년	1908년
경기도	34	102	93	102
충청도	53	157	158	162
전라도	53	214	188	216
경상도	71	276	268	283
황해도	23	82	109	82
평안도	42	134	143	134
강원도	26	68	51	68
함경도	14	28	42	28
전국	316	1,061	1,052	1,075

① 조사 기간 동안 시장 수가 지속해서 증가한 지역은 한 곳뿐이다.
② 조사 시마다 지속적으로 전국 대비 각 지역 시장의 비율이 감소한 지역은 한 곳이다.
③ 전국 대비 각 지역 시장의 비율이 25% 이상이었던 지역은 경상도가 유일하다.
④ 시기별 시장 수 하위 5개 지역의 전국 대비 비율이 40%보다 큰 해는 1830년뿐이다.
⑤ 1908년 각 지역의 읍수 대비 시장 수가 가장 적은 곳은 함경도이다.

11

다음 〈그래프〉는 A기업의 2011년과 2012년 자산총액의 항목별 구성비를 나타낸 자료이다. 이에 대한 설명으로 옳지 않은 것을 고르면?

〈그래프〉 자산총액의 항목별 구성비

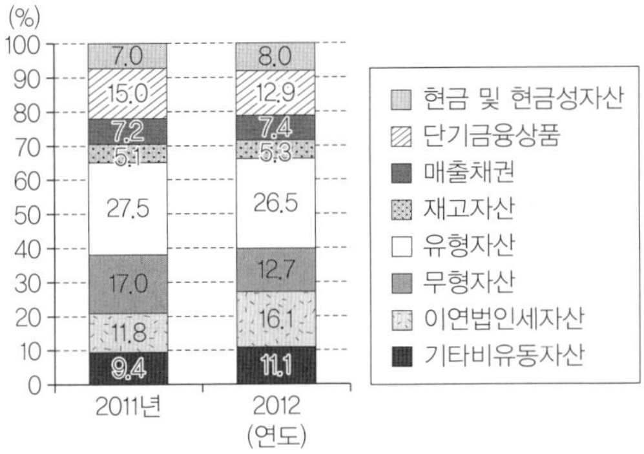

※ 1) 자산총액은 2011년 3,400억 원, 2012년 2,850억 원임.
2) 유동자산=현금 및 현금성자산+단기금융상품+매출채권+재고자산

① 2012년 현금 및 현금성자산 금액은 전년 대비 10억 원 감소하였다.
② 2012년 유동자산은 전년 대비 감소하였다.
③ 매년 유형자산은 유동자산의 80% 미만이다.
④ 2012년 이연법인세자산 금액은 전년 대비 약 14.4% 증가하였다.
⑤ 2012년 전년 대비 금액이 가장 크게 감소한 항목은 무형자산이다.

12

다음 〈표〉는 2021~2027년 시스템반도체 중 인공지능반도체의 세계 시장규모 전망이다. 이에 대한 〈보고서〉의 내용의 A, B에 대하여 $\frac{B}{A}$의 값을 구하면?(단, 소수점 아래 둘째 자리에서 반올림한다.)

〈표〉 2021~2027년 시스템반도체 중 인공지능반도체의 세계 시장규모 전망

(단위: 억 달러, %)

구분 \ 연도	2021	2022	2023	2024	2025	2026	2027
시스템반도체	2,500	(　)	2,675	3,000	(　)	3,500	3,800
인공지능반도체	70	186	321	459	657	(　)	1,197
비중	2.8	8.0	12.0	15.3	20.0	26.4	(　)

〈보고서〉

- 2022년부터 2027년까지 전년 대비 시스템반도체의 시장규모 증가폭이 가장 큰 해의 시스템반도체 중 인공지능반도체의 비중은 (A)%이다.
- 시스템반도체 중 인공지능반도체의 비중이 가장 큰 해의 인공지능반도체의 시장규모는 (B)억 달러이다.

① 98.3
② 99.5
③ 99.8
④ 100.5
⑤ 100.7

13

다음 〈표〉는 2019년 7월 28일부터 2019년 8월 8일까지 총 101명을 대상으로 A기관 5개 지방청 외부고객의 주소지 관할 지방청에 대한 만족도를 조사한 결과이다. 이에 대한 설명으로 옳은 것을 고르면?(단, 조사항목별 무응답은 없다.)

〈표〉 A기관 5개 지방청 외부고객 만족도 조사 결과

(단위: 점)

구분		업무만족도	인적만족도	시설만족도
전체		4.12	4.29	4.20
성별	남성	4.07	4.33	4.19
	여성	4.15	4.27	4.20
연령대	30세 미만	3.82	3.83	3.70
	30세 이상 40세 미만	3.97	4.18	4.25
	40세 이상 50세 미만	4.17	4.39	4.19
	50세 이상	4.48	4.56	4.37
지방청	경인청	4.35	4.48	4.30
	동북청	4.20	4.39	4.28
	호남청	4.00	4.03	4.04
	동남청	4.19	4.39	4.30
	충청청	3.73	4.16	4.00

① 모든 지방청에서 시설만족도보다 인적만족도가 높다.

② 응답자의 연령대가 낮을수록 인적만족도가 높다.

③ 시설만족도가 높은 연령대일수록 업무만족도가 낮다.

④ 여성의 업무만족도와 인적만족도의 합은 남성보다 크다.

⑤ 경인청과 호남청의 업무만족도, 인적만족도, 시설만족도의 합은 동남청의 업무만족도, 인적만족도, 시설만족도의 합의 2배보다 크다.

14

다음 〈표〉와 〈그래프〉는 2009~2012년 도시폐기물량 상위 10개국의 도시폐기물량지수와 한국의 도시폐기물량을 나타낸 것이다. 이에 대한 설명으로 옳지 않은 것을 고르면?

〈표〉 도시폐기물량 상위 10개국의 도시폐기물량지수

순위	2009		2010		2011		2012	
	국가	지수	국가	지수	국가	지수	국가	지수
1	미국	12.05	미국	11.94	미국	12.72	미국	12.73
2	러시아	3.40	러시아	3.60	러시아	3.87	러시아	4.51
3	독일	2.54	브라질	2.85	브라질	2.97	브라질	3.24
4	일본	2.53	독일	2.61	독일	2.81	독일	2.78
5	멕시코	1.98	일본	2.49	일본	2.54	일본	2.53
6	프랑스	1.83	멕시코	2.06	멕시코	2.30	멕시코	2.35
7	영국	1.76	프랑스	1.86	프랑스	1.96	프랑스	1.91
8	이탈리아	1.71	영국	1.75	이탈리아	1.76	터키	1.72
9	터키	1.50	이탈리아	1.73	영국	1.74	영국	1.70
10	스페인	1.33	터키	1.63	터키	1.73	이탈리아	1.40

※ 도시폐기물량지수 $= \frac{\text{해당연도 해당 국가의 도시폐기물량}}{\text{해당연도 한국의 도시폐기물량}}$

〈그래프〉 한국의 도시폐기물량

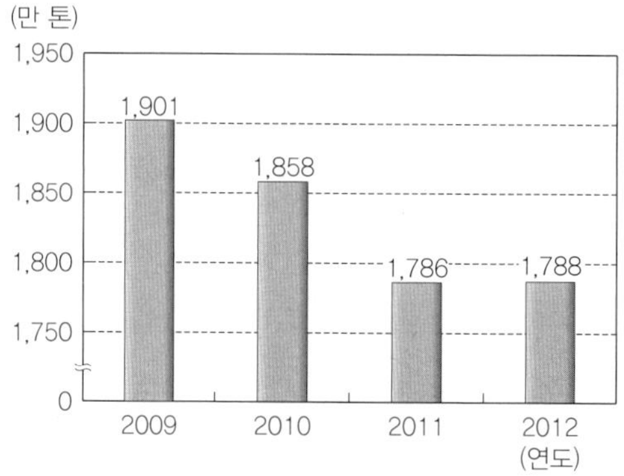

① 2009~2012년 도시폐기물량 상위 10개국은 모두 한국의 도시폐기물량보다 많다.

② 2009~2012년 도시폐기물량 상위 10개국에 항상 포함된 국가는 9개국이다.

③ 2009년 터키의 도시폐기물량은 28,515천 톤이다.

④ 2011년 프랑스의 도시폐기물량은 2009년보다 감소하였다.

⑤ 2012년 이탈리아의 도시폐기물량은 같은 해 영국의 도시폐기물량보다 536.4만 톤 적다.

15

다음 〈표〉는 2007~2013년 동안 '갑'국의 흡연율 및 금연계획률에 관한 자료이다. 이에 대한 설명으로 옳은 것을 고르면?

〈표1〉 성별 흡연율

(단위: %)

성별 \ 연도	2007	2008	2009	2010	2011	2012	2013
남성	45.0	47.7	46.9	48.3	47.3	43.7	42.1
여성	5.3	7.4	7.1	6.3	6.8	7.9	6.1
전체	20.6	23.5	23.7	24.6	25.2	24.9	24.1

〈표2〉 소득수준별 남성 흡연율

(단위: %)

소득수준 \ 연도	2007	2008	2009	2010	2011	2012	2013
최상	38.9	39.9	38.7	43.5	44.1	40.8	36.6
상	44.9	46.4	46.4	45.8	44.9	38.6	41.3
중	45.2	49.6	50.9	48.3	46.6	45.4	43.1
하	50.9	55.3	51.2	54.2	53.9	48.2	47.5

〈표3〉 금연계획률

(단위: %)

구분 \ 연도	2007	2008	2009	2010	2011	2012	2013
금연계획률	59.8	56.9	(　　)	(　　)	56.3	55.2	56.5
단기 금연계획률	19.4	(　　)	18.2	20.8	20.2	19.6	19.3
장기 금연계획률	40.4	39.2	39.2	32.7	(　　)	35.6	37.2

※ 1) 흡연율(%) $= \frac{\text{흡연자 수}}{\text{인구수}} \times 100$

2) 금연계획률(%) $= \frac{\text{금연계획자 수}}{\text{흡연자 수}} \times 100 =$ 단기 금연계획률 + 장기 금연계획률

① 2007년보다 2010년 흡연자 수가 많다.

② 매년 소득수준이 낮을수록 남성 흡연율은 높다.

③ 2007~2010년 동안 매년 소득수준이 최상 수준인 남성 흡연자 수는 증가한다.

④ 2009년 금연계획률은 2010년 금연계획률보다 3.9% 높다.

⑤ 2011년 장기 금연계획률은 2008년 단기 금연계획률의 두 배 이상이다.

16

다음 〈표〉는 2008~2012년 한국을 포함한 OECD 주요국의 공공복지예산에 관한 자료이다. 다음 중 자료를 변환하여 나타낸 그래프로 옳지 않은 것을 고르면?

〈표1〉 2008~2012년 한국의 공공복지예산과 분야별 GDP 대비 공공복지예산 비율

(단위: 십억 원, %)

구분 / 연도	공공복지 예산	분야별 GDP 대비 공공복지예산 비율					
		노령	보건	가족	실업	기타	합
2008	84,466	1.79	3.28	0.68	0.26	1.64	7.65
2009	99,856	1.91	3.64	0.74	0.36	2.02	8.67
2010	105,248	1.93	3.74	0.73	0.29	1.63	8.32
2011	111,090	1.95	3.73	0.87	0.27	1.52	8.34
2012	124,824	2.21	3.76	1.08	0.27	1.74	9.06

〈표2〉 2008~2012년 OECD 주요국의 GDP 대비 공공복지예산 비율

(단위: %)

연도 / 국가	2008	2009	2010	2011	2012
한국	7.65	8.67	8.32	8.34	9.06
호주	17.80	17.80	17.90	18.20	18.80
미국	17.00	19.20	19.80	19.60	19.70
체코	18.10	20.70	20.80	20.80	21.00
영국	21.80	24.10	23.80	23.60	23.90
독일	25.20	27.80	27.10	25.90	25.90
핀란드	25.30	29.40	29.60	29.20	30.00
스웨덴	27.50	29.80	28.30	27.60	28.10
프랑스	29.80	32.10	32.40	32.00	32.50

① 전년 대비 2009~2012년 공공복지예산 증감량

(단위: 십억 원)

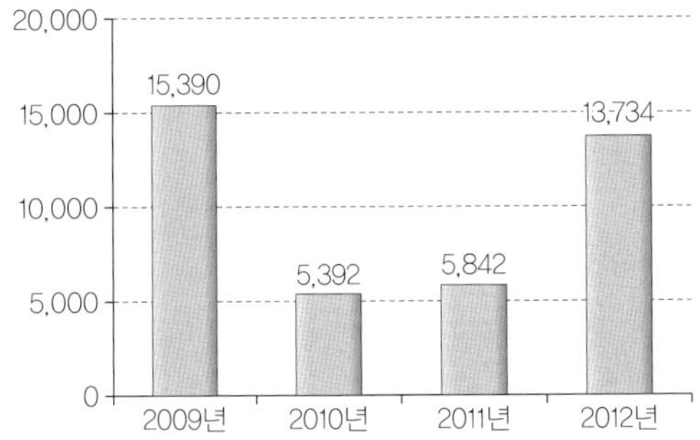

② 2011~2012년 한국의 분야별 GDP 대비 공공복지예산 비율

(단위: %)

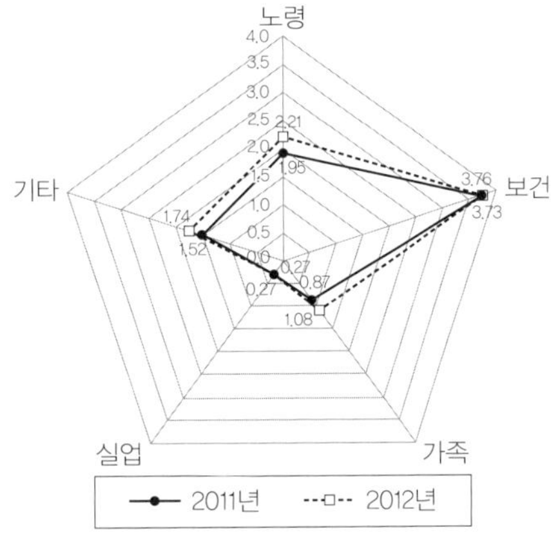

③ 2008~2012년 한국의 GDP 대비 노령 공공복지예산 비율 변화 추이

(단위: %)

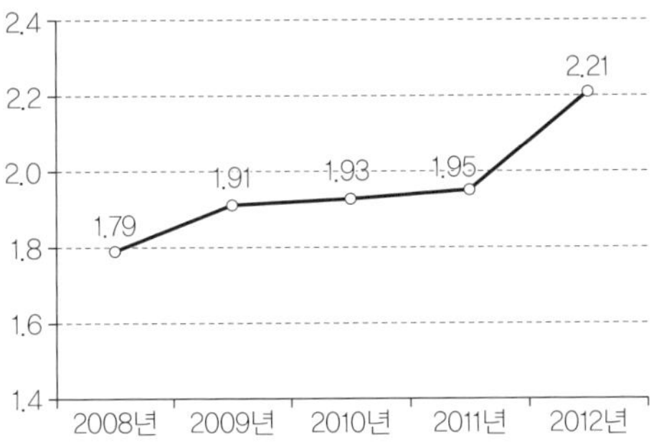

④ 2010년 영국 기준 영국과 독일의 GDP 대비 공공복지예산 비율 증감

(단위: %p)

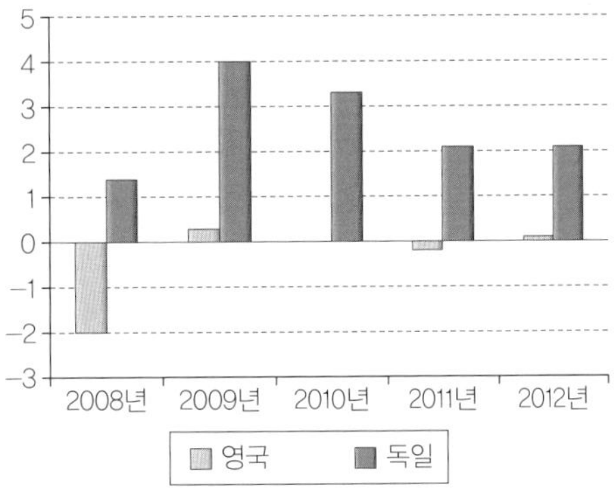

⑤ 2010년 한국의 노령, 보건, 가족 분야별 GDP 대비 공공복지예산

(단위: 십억 원)

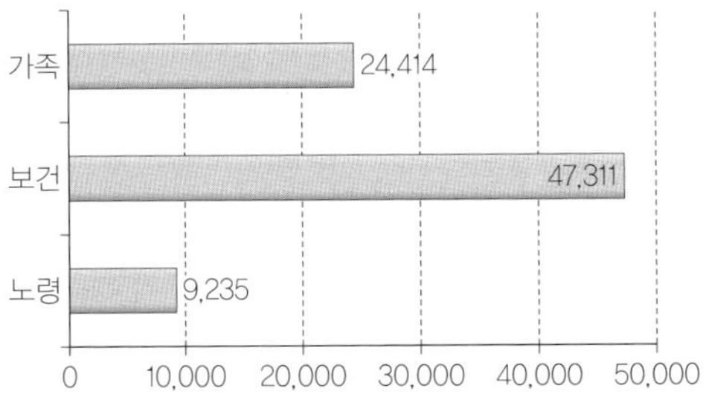

17

다음 〈표〉와 〈그래프〉는 '갑'국 정당 A~D의 지방의회 의석수에 관한 자료이다. 2014년 각 정당 중 비수도권 지방의회 의석수가 가장 많은 정당의 비수도권 지방의회 의석수를 a, 2010년 정당 A의 전국 지방의회 의석점유율을 b%, 2014년 정당 B의 전국 지방의회 의석점유율을 c%라고 할 때, a, b, c의 값을 순서대로 나타낸 것을 고르면?(단, 소수점 아래 첫째 자리에서 반올림한다.)

〈표〉 정당별 전국 지방의회 의석수

(단위: 석)

연도 \ 정당	A	B	C	D	합
2010	224	271	82	39	616
2014	252	318	38	61	669

〈그래프〉 정당별 수도권 지방의회 의석수

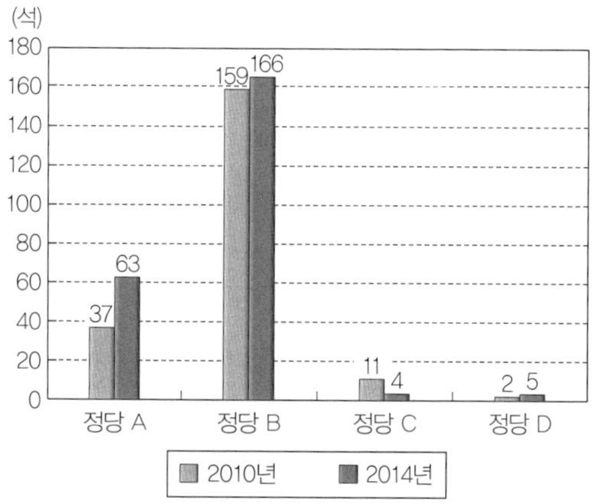

※ 1) '갑'국 지방의회 의원은 정당 A, B, C, D 소속만 있고, 무소속은 없음.
2) 전국 지방의회 의석수=수도권 지방의회 의석수+비수도권 지방의회 의석수
3) 정당별 지방의회 의석점유율(%)=$\frac{\text{정당별 지방의회 의석수}}{\text{지방의회 의석수}}\times 100$

① 152, 36, 47
② 152, 37, 48
③ 189, 36, 47
④ 189, 36, 48
⑤ 189, 37, 48

18

다음 〈표〉는 미국이 환율조작국을 지정하기 위해 만든 요건별 판단 기준과 '가'~'카'국의 2015년 자료이다. 이에 대한 〈보기〉의 ㉠~㉣ 중 옳은 것을 모두 고르면?

〈표1〉 요건별 판단 기준

구분	A	B	C
요건	현저한 대미무역수지 흑자	상당한 경상수지 흑자	지속적 환율시장 개입
판단 기준	대미무역수지 200억 달러 초과	GDP 대비 경상수지 비중 3% 초과	GDP 대비 외화자산 순매수액 비중 2% 초과

※ 1) 요건 중 세 가지를 모두 충족하면 환율조작국으로 지정됨.
2) 요건 중 두 가지만을 충족하면 관찰대상국으로 지정됨.

〈표2〉 2015년 환율조작국 지정 관련 자료

(단위: 억 달러, %)

국가 \ 항목	대미무역수지	GDP 대비 경상수지 비중	GDP 대비 외화자산 순매수액 비중
가	365.7	3.1	−3.9
나	74.2	8.5	0.0
다	68.6	3.3	2.1
라	58.4	−2.8	−1.8
마	28.3	7.7	0.2
바	27.8	2.2	1.1
사	23.2	−1.1	1.8
아	17.6	−0.2	0.2
자	14.9	−3.3	0.0
차	14.9	14.6	2.4
카	−4.3	−3.3	0.1

〈보기〉

㉠ A요건의 판단 기준을 '대미무역수지 200억 달러 초과'에서 '대미무역수지 50억 달러 초과'로 변경하면 환율조작국으로 지정되는 국가가 2개 증가한다.

㉡ C요건의 판단 기준을 'GDP 대비 외화자산 순매수액 비중 2% 초과'에서 'GDP 대비 외화자산 순매수액 비중 1% 초과'로 변경하여도 관찰대상국 및 환율조작국으로 지정되는 국가들은 동일하다.

㉢ 관찰대상국으로 지정된 국가는 모두 C요건을 만족한다.

㉣ 요건 중 한 가지만 충족하는 국가는 두 곳이다.

① ㉠, ㉡　② ㉠, ㉢　③ ㉡, ㉣
④ ㉠, ㉡, ㉣　⑤ ㉡, ㉢, ㉣

19

다음 〈표〉는 우리나라의 시 · 군 중 상위 5개 시 · 군에 대한 2013년 경지 면적, 논 면적, 밭 면적을 정리한 자료이다. 이에 대한 설명으로 가장 적절하지 않은 것을 고르면?

〈표〉 경지 면적, 논 면적, 밭 면적 상위 5개 시 · 군

(단위: ha)

구분	순위	시 · 군	면적
경지 면적	1	해남군	35,369
	2	제주시	31,585
	3	서귀포시	31,271
	4	김제시	28,501
	5	서산시	27,285
논 면적	1	김제시	23,415
	2	해남군	23,042
	3	서산시	21,730
	4	당진시	21,726
	5	익산시	19,067
밭 면적	1	제주시	31,577
	2	서귀포시	31,246
	3	안동시	13,231
	4	해남군	12,327
	5	상주시	11,047

※ 1) 경지 면적=논 면적+밭 면적
2) 순위는 면적이 큰 시 · 군부터 순서대로 부여함.

① 경지 면적 상위 5개 시 · 군에서 제주시의 논 면적이 가장 작다.
② 서산시의 밭 면적은 김제시의 밭 면적보다 작다.
③ 해남군 경지 면적에서 논 면적과 밭 면적의 비는 약 1.9:1이다.
④ 김제시 경지 면적 중 논 면적이 차지하는 비중은 80% 이상이다.
⑤ 상주시 밭 면적은 김제시 밭 면적의 2배 이상이다.

20

다음 〈그림〉은 A사 플라스틱 제품의 제조공정도이다. 480kg의 재료가 '폐기처리' 공정에 전달되어 투입될 경우 '혼합' 공정에 투입되는 재료의 총량은 몇 kg인지 고르면?

〈그림〉 A사 플라스틱 제품의 제조공정도

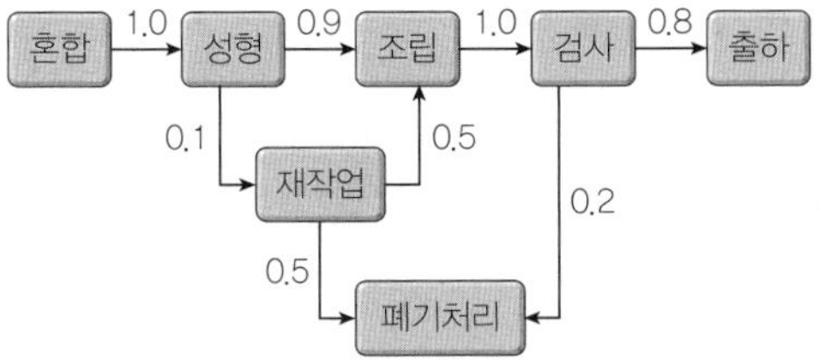

※ 제조공정도 내 수치는 직진율$\left(=\dfrac{\text{다음 공정에 전달되는 재료의 양}}{\text{해당 공정에 투입되는 재료의 양}}\right)$을 의미함. 예를 들어, [가] —0.2→ [나]는 해당 공정 '가'에 100kg의 재료가 투입되면 이 중 20kg(=100kg×0.2)의 재료가 다음 공정 '나'에 전달되어 투입됨을 의미함.

① 2,000kg　② 2,100kg　③ 2,200kg
④ 2,300kg　⑤ 2,400kg

21

다음 〈표〉는 '갑'국의 A지역 어린이집 현황에 대한 자료이다. 이에 대한 〈보고서〉의 내용 중 a, b, c에 들어갈 수의 합을 고르면?(단, a, b, c는 소수점 아래 첫째 자리에서 반올림한다.)

〈표1〉 A지역 어린이집 현재 원아 수

(단위: 명)

구분 \ 어린이집	현재 원아 수						
	만 1세 이하	만 1세 초과 만 2세 이하	만 2세 초과 만 3세 이하	만 3세 초과 만 4세 이하	만 4세 초과 만 5세 이하	만 5세 초과	전체
예그리나	9	29	71	116	176	62	463
이든샘	9	49	91	136	176	39	(　　)
아이온	9	29	57	86	117	33	(　　)
윤빛	9	29	50	101	141	40	370
올고운	6	26	54	104	146	56	392
전체	42	162	323	543	756	230	–

〈표2〉 원아 연령대별 보육교사 1인당 최대 보육가능 원아 수

(단위: 명)

연령대 \ 구분	만 1세 이하	만 1세 초과 만 2세 이하	만 2세 초과 만 3세 이하	만 3세 초과 만 4세 이하	만 4세 초과
보육교사 1인당 최대 보육가능 원아 수	3	5	7	15	20

※ 1) 어린이집은 최소인원의 보육교사를 고용함.
2) 보육교사 1인은 1개의 연령대만을 보육함.

〈보고서〉

'만 1세 초과 만 2세 이하'인 원아 중 '이든샘' 어린이집 원아는 약 a%를 차지한다. '올고운' 어린이집의 현재 보육교사 수는 b명이다. 현재 원아 수가 가장 적은 어린이집의 원아 수는 c명이다.

① 395
② 396
③ 397
④ 398
⑤ 399

22

다음 〈표〉는 임차인 A~E의 전 · 월세 전환 현황에 대한 자료이다. 이에 대한 〈보기〉의 ㉠~㉣ 중 옳은 것을 모두 고르면?

〈표〉 임차인 A~E의 전 · 월세 전환 현황

(단위: 만 원)

임차인	전세금	월세보증금	월세
A	(　　)	25,000	50
B	42,000	30,000	60
C	60,000	(　　)	70
D	38,000	30,000	80
E	58,000	53,000	(　　)

※ 전 · 월세 전환율(%) $= \frac{\text{월세} \times 12}{\text{전세금} - \text{월세보증금}} \times 100$

〈보기〉

㉠ D의 전 · 월세 전환율은 12%이다.

㉡ B의 월세가 120만 원이 된다면, B와 D의 전 · 월세 전환율은 같아진다.

㉢ C의 월세보증금이 53,000만 원, E의 월세가 60만 원이라면, C~E의 전 · 월세 전환율이 모두 같아진다.

㉣ 월세 또는 전세금이 커지면 전 · 월세 전환율은 높아진다.

① ㉠, ㉡　② ㉡, ㉢　③ ㉢, ㉣

④ ㉠, ㉡, ㉢　⑤ ㉡, ㉢, ㉣

23

다음 〈표〉는 A프로세서 성능 평가를 위한 8개 프로그램의 수행 결과에 관한 자료이다. 이에 대한 설명으로 옳지 않은 것을 고르면?

〈표〉 A프로세서 성능 평가를 위한 8개 프로그램의 수행 결과

(단위: 십억 개, 초)

항목 / 프로그램	명령어 수	CPI	수행시간	기준시간	성능지표
숫자 정렬	2,390	0.70	669	9,634	14.4
문서 편집	221	2.66	235	9,120	38.8
인공지능 바둑	1,274	1.10	(　　)	10,490	18.7
유전체 분석	2,616	0.60	628	9,357	14.9
인공지능 체스	1,948	0.80	623	12,100	19.4
양자 컴퓨팅	659	0.44	116	20,720	178.6
영상 압축	3,793	0.50	759	22,163	29.2
내비게이션	1,250	1.00	500	7,020	(　　)

※ 1) CPI(Clock cycles Per Instruction) $= \frac{\text{클럭 사이클 수}}{\text{명령어 수}}$

2) 성능지표 $= \frac{\text{기준시간}}{\text{수행시간}}$

① CPI가 높은 프로그램일수록 클럭 사이클 수가 많다.
② CPI가 가장 낮은 프로그램은 성능지표가 가장 높다.
③ 인공지능 바둑의 수행시간은 내비게이션의 수행시간보다 길다.
④ 기준시간이 가장 긴 프로그램의 클럭 사이클 수가 가장 많다.
⑤ 명령어 수가 1조 개 미만인 프로그램은 2개이다.

24

다음 〈표〉는 A 성씨의 가구 및 인구 분포에 대한 자료이다. 이에 대한 설명으로 옳지 않은 것을 고르면?

〈표1〉 A 성씨의 광역자치단체별 가구 및 인구 분포

(단위: 가구, 명)

광역자치단체	구분 \ 연도	1980 가구	1980 인구	2010 가구	2010 인구
특별시	서울	28	122	73	183
광역시	부산	5	12	11	34
	대구	1	2	2	7
	인천	11	40	18	51
	광주	0	0	9	23
	대전	0	0	8	23
	울산	0	0	2	7
	소계	17	54	50	145
도	경기	( )	124	( )	216
	강원	0	0	7	16
	충북	0	0	2	10
	충남	1	5	6	8
	전북	0	( )	4	13
	전남	0	0	4	10
	경북	1	( )	6	17
	경남	1	( )	8	25
	제주	1	( )	4	12
	소계	35	140	105	327
전체		80	316	228	655

※ 광역자치단체 구분과 명칭은 2010년을 기준으로 함.

〈표2〉 A 성씨의 읍 · 면 · 동 지역별 가구 및 인구 분포

(단위: 가구, 명)

지역 \ 연도/구분	1980 가구	1980 인구	2010 가구	2010 인구
읍	10	30	19	46
면	10	56	19	53
동	60	230	190	556
전체	80	316	228	655

※ 읍 · 면 · 동 지역 구분은 2010년을 기준으로 함.

① 2010년 A 성씨의 광역시 평균 가구당 인구수는 2명 이상이다.

② 광역자치단체별로 2010년 A 성씨의 가구 수는 1980년과 비교하여 모두 증가하였다.

③ 2010년 경기도의 A 성씨 가구 수는 같은 시기 서울의 가구 수보다 많다.

④ 2010년 A 성씨의 동 인구수는 1980년 면 인구수의 9배 이상이다.

⑤ 2010년 A 성씨의 동 가구 수는 1980년에 비해 3배 이상 증가하였다.

25

다음 〈그래프〉와 〈표〉는 지역별 고령인구 및 고령인구 비율에 대한 자료이다. 이를 바탕으로 옳지 않은 것을 고르면?

〈그래프〉 2019년 지역별 고령인구 및 고령인구 비율 현황

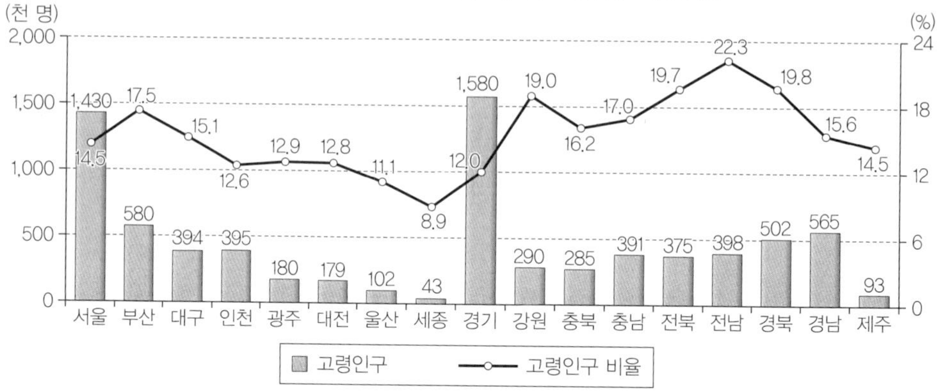

※ 고령인구 비율(%)=$\frac{\text{고령인구}}{\text{인구}}\times 100$

〈표〉 지역별 고령인구 및 고령인구 비율 전망

(단위: 천 명, %)

지역 \ 연도/구분	2025		2035		2045	
	고령인구	고령인구 비율	고령인구	고령인구 비율	고령인구	고령인구 비율
서울	1,862	19.9	2,540	28.4	2,980	35.3
부산	784	24.4	1,004	33.4	1,089	39.7
대구	494	21.1	691	31.2	784	38.4
인천	550	18.4	867	28.4	1,080	36.3
광주	261	18.0	377	27.3	452	35.2
대전	270	18.4	392	27.7	471	35.0
울산	193	17.3	302	28.2	352	35.6
세종	49	11.6	97	18.3	153	26.0
경기	2,379	17.0	3,792	26.2	4,783	33.8
강원	387	25.6	546	35.9	649	43.6
충북	357	21.6	529	31.4	646	39.1
충남	488	21.5	714	30.4	897	38.4
전북	441	25.2	587	34.7	683	42.5
전남	475	27.4	630	37.1	740	45.3
경북	673	25.7	922	36.1	1,064	43.9
경남	716	21.4	1,039	31.7	1,230	39.8
제주	132	18.5	208	26.9	275	34.9
전국	10,511	20.3	15,237	29.5	18,328	37.0

※ 수도권: 서울+경기+인천

① 2019년 대비 2025년 고령인구 증가량이 대구보다 높은 지역은 6곳이다.

② 2025년 대비 2035년 광주 인구는 6만 5천 명 이상 감소할 전망이다.

③ 고령인구 비율이 높은 지역을 순서대로 나열했을 때, 2035년과 2045년은 첫 번째 지역부터 네 번째 지역까지 서로 동일하다.

④ 전국 고령인구 중 수도권 고령인구가 차지하는 비중은 2025년 대비 2045년에 4%p 이상 증가했다.

⑤ 2019년 대비 2045년 고령인구 증가율은 충북보다 충남이 더 높다.

정답과 해설 P.57

5급 | 7급 | 민경채

PSAT형 NCS 기출변형 모의고사 [3회]

맞은 개수 / 25문항

풀이 시간 / 40분

01

다음 〈조건〉은 ○○시에서 실시하는 도로정비작업과 관련한 것이다. 100m인 도로에 나무를 심는데, 걸리는 시간은 총 얼마인지 고르면?

〈조건〉

- A나무는 1m가 지난 지점부터 심어 3m 간격으로 심는다.
- B나무는 시작점부터 매 2m 간격으로 심는다.
- A나무와 B나무가 겹치는 곳은 B나무만 심는다.
- 나무를 심는데 A나무는 개당 20분이 걸리고, B나무는 개당 10분이 걸린다.

① 13시간 30분　② 13시간 50분　③ 14시간 10분
④ 14시간 30분　⑤ 14시간 50분

02

다음 〈자료〉는 A사와 B사의 매출액과 비용에 관련한 것이다. 매출에서 비용을 제외한 값을 순이익이라 하고, 이번 달 A사와 B사의 순이익은 각각 3,600만원, 3,000만 원이다. 이때, B사의 이번 달 매출액은 얼마인지 고르면?

〈자료〉

- 매월 A사와 B사의 매출액의 합에서 A사는 60%, B사는 40%를 차지한다.
- 매월 A사와 B사의 비용의 합에서 A사는 65%, B사는 35%를 차지한다.

① 2,280만 원　② 5,020만 원　③ 5,520만 원
④ 7,530만 원　⑤ 8,280만 원

03

다음 〈표〉는 세계 주요 터널화재 사고에 관한 자료이다. 이에 대한 설명으로 항상 옳은 것을 고르면?

〈표〉 세계 주요 터널화재 사고 통계

구분 / 사고	터널길이(km)	화재규모(MW)	복구비용(억 원)	복구기간(개월)	사망자(명)
A	50.5	350	4,200	6	1
B	11.6	40	3,276	36	39
C	6.4	120	72	3	12
D	16.9	150	312	2	11
E	0.2	100	570	10	192
F	1.0	20	18	8	0

※ 사고비용(억 원)=복구비용(억 원)+사망자(명)×5(억 원/명)

① 화재규모가 클수록 복구비용이 많이 든다.
② 터널길이가 길수록 복구기간이 길다.
③ 복구기간이 길수록 복구비용이 많이 든다.
④ 화재규모가 가장 큰 A사고의 사고비용은 D사고의 사고비용의 10배 이상이다.
⑤ B사고의 사고비용은 E사고의 사고비용의 3배 이상이다.

04

다음 〈표〉는 2021년 A시 자녀장려금 수급자의 특성별 수급횟수를 조사한 자료이다. 연령대가 30대 이하이거나 수급횟수가 3회 이상인 사람은 모두 무주택자이다. 이때, 연령대가 40대 이상이며, 수급횟수가 2회 이하인 사람 중 무주택자의 비율이 얼마인지 구하면?(단, 소수점 첫째 자리에서 반올림한다.)

〈표〉 자녀장려금 수급자 특성별 수급횟수 비중

(단위: 명, %)

수급자 특성		수급자 수	수급횟수			
대분류	소분류		1회	2회	3회	4회 이상
연령대	20대 이하	8	37.5	25.0	0.0	37.5
	30대	582	37.2	32.0	17.2	13.6
	40대	350	37.9	32.1	19.0	11.0
	50대 이상	60	29.0	31.0	35.1	4.9
자녀수	1명	466	42.3	28.1	19.7	9.9
	2명	459	31.2	31.8	22.2	14.8
	3명	66	27.3	22.7	27.3	22.7
	4명 이상	9	11.1	11.1	44.4	33.3
주택보유 여부	무주택	769	35.0	29.5	22.0	13.5
	유주택	231	38.4	28.7	20.5	12.3
전체		1,000	35.9	29.3	21.6	13.2

① 약 12%
② 약 16%
③ 약 18%
④ 약 20%
⑤ 약 24%

05

다음 〈표〉는 2020년 11월 도로 종류 및 기상상태별 교통사고 현황에 관한 자료이다. 이를 바탕으로 각 도로에서 발생 건당 교통사고 사상자 수가 가장 높은 도로의 기상상태를 고르면?

〈표〉 2020년 11월 도로 종류 및 기상상태별 교통사고 현황

(단위: 건, 명)

도로 종류	기상상태	발생 건수	사망자 수	부상자 수
일반국도	맑음	1,442	32	2,297
	흐림	55	3	115
	비	83	6	134
	안개	24	3	38
	눈	29	0	51
지방도	맑음	1,257	26	1,919
	흐림	56	5	110
	비	73	2	104
	안개	14	1	18
	눈	10	0	20
고속국도	맑음	320	10	792
	흐림	14	1	23
	비	15	1	29
	안개	4	2	12
	눈	4	0	8

※ 1) 기상상태는 교통사고 발생 시점을 기준으로 맑음, 흐림, 비, 안개, 눈 중 1가지로만 분류함.
2) 사상자 수=사망자 수+부상자 수

① 일반국도 눈, 지방도 눈, 고속국도 안개
② 일반국도 흐림, 지방도 흐림, 고속국도 맑음
③ 일반국도 눈, 지방도 흐림, 고속국도 맑음
④ 일반국도 흐림, 지방도 흐림, 고속국도 안개
⑤ 일반국도 흐림, 지방도 눈, 고속국도 안개

06

다음 〈표〉는 2020년 기준 글로벌 전기차 시장 점유율 상위 10개 업체의 전기차 판매량 및 시장 점유율에 관한 자료이다. 이를 분석한 것으로 가장 적절한 것을 고르면?

〈표〉 2020년 기준 글로벌 전기차 시장 점유율 상위 10개 업체의 전기차 판매량 및 시장 점유율

(단위: 대, %)

업체 \ 연도	2015	2016	2017	2018	2019	2020
T사	43,840(15.9)	63,479(14.4)	81,161(10.8)	227,066(17.4)	304,353(19.8)	458,385(22.1)
G사	2,850(1.03)	3,718(0.8)	39,454(5.2)	56,294(4.3)	87,936(5.7)	218,626(10.6)
V사	5,190(1.9)	12,748(2.9)	18,424(2.5)	24,093(1.8)	69,427(4.5)	212,959(10.3)
R사	60,129(21.8)	78,048(17.7)	85,308(11.3)	140,441(10.8)	143,780(9.4)	184,278(8.9)
H사	1,364(0.5)	6,460(1.5)	26,841(3.6)	53,138(4.1)	98,737(6.4)	146,153(7.1)
B사	9,623(3.5)	46,909(10.6)	42,715(5.7)	103,263(7.9)	147,185(9.6)	130,970(6.3)
S사	412(0.15)	1,495(0.34)	10,490(1.4)	34,105(2.6)	52,547(3.4)	68,924(3.3)
P사	1,543(0.56)	5,054(1.1)	4,640(0.62)	8,553(0.66)	6,855(0.45)	67,446(3.3)
A사	-	-	-	15(0.0)	40,272(2.6)	60,135(2.9)
W사	-	-	-	5,245(0.4)	38,865(2.5)	56,261(2.7)

※ 괄호 안의 수치는 글로벌 전기차 시장에서 해당 업체의 판매량 기준 점유율임.

① 2015년 이후 글로벌 전기차 전체 판매량은 전년도 판매량의 2배를 넘지 못한다.
② 상위 10개 업체 중 2020년에 전년 대비 가장 많이 증가한 업체와 가장 적게 증가한 업체의 시장 점유율은 26% 이상이다.
③ 전기차 시장 점유율 상위 3순위 안에 드는 업체는 매년 같다.
④ 전년 대비 2018년 전기차 판매량 증가율이 100%를 넘는 업체는 그 후에도 100%를 넘은 적이 있다.
⑤ 2015년 이후 글로벌 전기차 시장 점유율 상위 10개 업체 각각의 판매량은 매년 지속적으로 증가했다.

07

다음 〈표〉는 2019~2021년 조세지출에 관한 자료이다. 이를 분석한 것으로 가장 적절한 것을 고르면?(단, 소수점 둘째 자리에서 반올림한다.)

〈표〉 2019~2021년 항목별 조세지출 현황

(단위: 억 원, %)

항목 \ 연도·구분	2019		2020		2021	
	금액	비중	금액	비중	금액	비중
중소기업지원	24,176	6.09	26,557	6.34	31,050	6.55
연구개발	29,514	7.44	29,095	6.95	28,360	5.98
국제자본거래	24	0.01	5	0.00	4	0.00
투자촉진	16,496	4.16	17,558	4.19	10,002	2.11
고용지원	1,742	0.44	3,315	0.79	4,202	0.89
기업구조조정	921	0.23	1,439	0.34	1,581	0.33
지역균형발전	25,225	6.36	26,199	6.26	27,810	5.87
공익사업지원	5,006	1.26	6,063	1.45	6,152	1.30
저축지원	14,319	3.61	14,420	3.44	14,696	3.10
국민생활안정	125,727	( )	134,631	32.16	142,585	( )
근로 자녀장려	17,679	4.46	18,314	4.38	57,587	12.15
간접국세	94,455	23.81	97,158	23.21	104,071	21.95
외국인투자	2,121	0.53	1,973	0.47	2,064	0.44
국제도시육성	2,316	( )	2,149	0.51	2,255	( )
기업도시	75	0.02	54	0.01	56	0.01
농협구조개편	480	0.12	515	0.12	538	0.11
수협구조개편	44	0.01	1	0.00	0	0.00
기타	36,449	9.19	39,155	9.35	41,112	8.67
전체	396,769	100.00	418,601	100.00	474,125	100.00

① 2019~2021년 동안 조세지출금액 비중이 매년 증가한 항목 수는 3개 이상이다.

② 2019년 이후 공익사업지원에 지원되는 조세지출금액은 고용지원에 지원되는 금액의 2배 이상이다.

③ 2020~2021년 2년간 기타를 제외하고, 조세지출금액 상위 5개 항목은 매년 같다.

④ 2021년 연구개발에 지원되는 조세지출금액의 전년 대비 감소율은 2020년보다 더 낮다.

⑤ 2019~2021년 동안 전체 조세지출금액의 증감 추이와 동일한 추세를 가지는 항목은 기타를 제외하고 10개이다.

08

다음 〈표〉는 2005~2012년 A기업의 콘텐츠 유형별 매출액에 관한 자료이다. 이에 대한 설명으로 옳지 않은 것을 고르면?

〈표〉 2005~2012년 A기업의 콘텐츠 유형별 매출액

(단위: 백만 원)

콘텐츠 유형 / 연도	게임	음원	영화	SNS	전체
2005	235	108	371	30	744
2006	144	175	355	45	719
2007	178	186	391	42	797
2008	269	184	508	59	1,020
2009	485	199	758	58	1,500
2010	470	302	1,031	308	2,111
2011	603	411	1,148	104	2,266
2012	689	419	1,510	341	2,959

① 2005년 이후부터 전년보다 연도별 매출액이 감소한 해가 가장 많은 콘텐츠 유형은 SNS이다.

② 2012년에 전년보다 매출액은 증가하면서 '전체'에서 차지하는 매출액 비중이 감소한 콘텐츠 유형은 3개이다.

③ 유형별로 매출액 비중이 가장 큰 해는 모두 다르다.

④ 2005년 대비 2012년 매출액 증가율이 300% 이상인 콘텐츠 유형은 2개이다.

⑤ 2005년 대비 2012년 매출액 증가율과 증가액이 각각 가장 큰 콘텐츠 유형은 동일하지 않다.

09

다음 〈표〉는 2008~2013년 연도별 산업 신기술검증 현황에 대한 자료이다. 이에 대한 설명으로 옳은 것을 고르면?

〈표〉 산업 신기술검증 연간건수 및 연간비용

(단위: 건, 천만 원)

구분	연도	2008	2009	2010	2011	2012	2013
서류검증	건수	755	691	(　　)	767	725	812
	비용	54	(　　)	57	41	102	68
현장검증	건수	576	650	630	691	(　　)	760
	비용	824	1,074	1,091	(　　)	2,546	1,609
전체	건수	1,331	1,341	1,395	1,458	1,577	1,572
	비용	878	1,134	1,148	1,745	2,648	(　　)

※ 신기술검증은 서류검증과 현장검증으로만 구분됨.

① 빈칸에 들어갈 수치의 합은 5,500~6,000 사이이다.
② 서류검증 비용이 증가(감소)한 해에는 현장검증 비용도 증가(감소)하였다.
③ 전년보다 신기술검증 건수와 비용이 각각 가장 크게 증가한 해는 모두 2012년이다.
④ 서류검증 건수는 매년 현장검증 건수보다 더 많다.
⑤ 1건당 평균 현장검증 비용은 2011년이 2012년보다 더 많다.

10

다음 〈표〉는 2012~2016년 조세심판원의 연도별 사건처리 건수에 관한 자료이다. 이를 근거로 판단할 때, 처리율과 인용률이 각각 가장 낮은 해를 바르게 짝지은 것을 고르면?

〈표〉 조세심판원의 연도별 사건처리 건수

(단위: 건)

구분		2012	2013	2014	2015	2016
처리대상 건수	전년이월 건수	1,854	(　　)	2,403	2,127	2,223
	당년접수 건수	6,424	7,883	8,474	8,273	6,003
	소계	8,278	(　　)	10,877	10,400	8,226
처리 건수	취하 건수	90	136	163	222	163
	각하 건수	346	301	482	459	506
	기각 건수	4,214	5,074	6,200	5,579	4,322
	재조사 건수	27	0	465	611	299
	인용 건수	1,767	1,803	1,440	1,306	1,338
	소계	6,444	7,314	8,750	8,177	6,628

※ 1) 당해 연도 전년이월 건수=전년도 처리대상 건수−전년도 처리 건수

2) 처리율(%)$=\frac{\text{처리 건수}}{\text{처리대상 건수}}\times 100$

3) 인용률(%)$=\frac{\text{인용 건수}}{\text{각하 건수}+\text{기각 건수}+\text{인용 건수}}\times 100$

	처리율	인용률
①	2013년	2012년
②	2013년	2014년
③	2013년	2016년
④	2014년	2012년
⑤	2014년	2015년

11

다음 〈표〉는 2013년 어느 금요일과 토요일 A씨 부부의 전체 양육활동유형 9가지에 대한 참여시간을 조사한 자료이다. 이에 대한 설명으로 옳지 않은 것을 고르면?

〈표〉 금요일과 토요일의 양육활동유형별 참여시간

(단위: 분)

유형	금요일		토요일	
	아내	남편	아내	남편
위생	48	4	48	8
식사	199	4	234	14
가사	110	2	108	9
정서	128	25	161	73
취침	55	3	60	6
배설	18	1	21	2
외출	70	5	101	24
의료간호	11	1	10	1
교육	24	1	20	3

① 금요일 남편의 참여시간 비중이 가장 작은 양육활동유형은 '가사'이다.
② 남편은 '의료간호'를 제외한 모든 양육활동유형에서 금요일보다 토요일에 더 많은 시간을 참여한다.
③ 아내와 남편은 모두 금요일보다 토요일에 9가지 양육활동유형에 참여하는 시간이 더 많다.
④ 금요일의 아내의 참여시간은 모든 양육활동유형에서 90% 이상이다.
⑤ 남편의 토요일 참여시간이 금요일보다 4배 이상 많은 양육활동유형은 2개이다.

12

다음 〈표〉는 2000년과 2013년 한국, 중국, 일본의 재화 수출액 및 수입액 자료이다. 이에 대한 〈보기〉의 ㉠~㉣ 중 옳은 것을 모두 고르면?

〈표〉 한국, 중국, 일본의 재화 수출액 및 수입액

(단위: 억 달러)

연도	재화 \ 국가 / 수출입액	한국		중국		일본	
		수출액	수입액	수출액	수입액	수출액	수입액
2000	원자재	578	832	741	1,122	905	1,707
	소비재	117	104	796	138	305	847
	자본재	1,028	668	955	991	3,583	1,243
2013	원자재	2,015	3,232	5,954	9,172	2,089	4,760
	소비재	138	375	4,083	2,119	521	1,362
	자본재	3,444	1,549	12,054	8,209	4,541	2,209

※ 무역수지=수출액−수입액

- 무역수지 값이 양(+)이면 흑자, 음(−)이면 적자이다.

※ 무역특화지수$=\frac{\text{수출액}-\text{수입액}}{\text{수출액}+\text{수입액}}$

- 무역특화지수의 값이 클수록 수출경쟁력이 높다.

〈보기〉

㉠ 3개국 모두 2000년 대비 2013년 무역수지가 흑자(적자)에서 적자(흑자)로 전환된 재화가 있다.

㉡ 2013년 3개국의 무역특화지수가 양수인 재화의 무역특화지수는 모두 0.3 이상이다.

㉢ 3개국의 원자재 무역수지는 두 해 모두 적자이다.

㉣ 2013년의 무역특화지수가 음수인 재화는 한국, 중국, 일본이 각각 2개, 1개, 2개씩이다.

① ㉠, ㉡　② ㉡, ㉢　③ ㉢, ㉣

④ ㉠, ㉡, ㉢　⑤ ㉡, ㉢, ㉣

13

다음 〈표〉는 농산물 도매시장의 품목별 조사단위당 가격에 대한 자료이다. 이에 대한 설명으로 옳은 것을 고르면?

〈표〉 품목별 조사단위당 가격

(단위: kg, 원)

구분	품목	조사단위	조사단위당 가격		
			금일	전일	전년 평균
곡물	쌀	20	52,500	52,500	47,500
	찹쌀	60	180,000	180,000	250,000
	검정쌀	30	120,000	120,000	106,500
	콩	60	624,000	624,000	660,000
	참깨	30	129,000	129,000	127,500
채소	오이	10	23,600	24,400	20,800
	부추	10	68,100	65,500	41,900
	토마토	10	34,100	33,100	20,800
	배추	10	9,500	9,200	6,200
	무	15	8,500	8,500	6,500
	고추	10	43,300	44,800	31,300

① 1kg당 금일 가격은 찹쌀이 검정쌀보다 더 비싸다.
② 금일 가격이 전년 평균 가격보다 싼 곡물이 비싼 곡물보다 더 많다.
③ 1kg당 금일 가격과 전일 가격의 차이가 100원 이상인 채소는 2개이다.
④ 조사한 날의 전 날에는 150,000원으로 참깨, 오이, 부추, 토마토를 각각 10kg씩 구매할 수 있었다.
⑤ 1kg당 전년 평균 가격 대비 금일 가격의 인상률은 부추가 무의 2배 이상이다.

14

다음 〈표〉는 7월 1~10일 동안 도시 A~E에 대한 인공지능 시스템의 예측 날씨와 실제 날씨이다. 이에 대한 〈보기〉의 ㉠~㉣ 중 옳은 것을 모두 고르면?

〈표〉 도시 A~E에 대한 예측 날씨와 실제 날씨

도시	구분 \ 날짜	7.1.	7.2.	7.3.	7.4.	7.5.	7.6.	7.7.	7.8.	7.9.	7.10.
A	예측	☂	☁	☼	☂	☼	☼	☂	☂	☼	☁
	실제	☂	☼	☂	☂	☼	☼	☂	☼	☼	☂
B	예측	☼	☂	☼	☂	☁	☼	☂	☼	☼	☼
	실제	☂	☼	☼	☂	☁	☼	☂	☂	☼	☼
C	예측	☂	☼	☂	☂	☼	☂	☼	☂	☂	☂
	실제	☂	☂	☼	☁	☂	☂	☁	☂	☂	☂
D	예측	☂	☂	☼	☼	☼	☂	☂	☼	☼	☂
	실제	☂	☁	☂	☂	☂	☂	☂	☂	☼	☼
E	예측	☂	☼	☼	☂	☂	☂	☼	☁	☼	☂
	실제	☂	☂	☁	☂	☂	☼	☂	☼	☂	☼

※ ☼: 맑음, ☁: 흐림, ☂: 비

〈보기〉

㉠ 예측 날씨에 따라 우산을 들고 외출하였지만 우산을 사용하지 않은 날이 3일 이상인 도시는 1개이다.

㉡ 예측 날씨와 실제 날씨가 일치한 날이 가장 많은 도시는 B도시이다.

㉢ 5개 도시의 예측 날씨와 실제 날씨가 모두 일치하지 않은 날은 2일과 8일이다.

㉣ 5개 도시의 예측 날씨와 실제 날씨가 모두 일치한 날은 없다.

① ㉠, ㉡　　② ㉡, ㉣　　③ ㉠, ㉡, ㉢
④ ㉠, ㉢, ㉣　　⑤ ㉡, ㉢, ㉣

15

다음 〈표〉는 AIIB(Asian Infrastructure Investment Bank)의 지분율 상위 10개 회원국의 지분율과 투표권 비율에 대한 자료이다. 이에 대한 〈보기〉의 ㉠~㉣ 중 옳은 것을 모두 고르면?

〈표〉 지분율 상위 10개 회원국의 지분율과 투표권 비율

(단위: %)

회원국	지역	지분율	투표권 비율
중국	A	30.34	26.06
인도	A	8.52	7.51
러시아	B	6.66	5.93
독일	B	4.57	4.15
한국	A	3.81	3.50
호주	A	3.76	3.46
프랑스	B	3.44	3.19
인도네시아	A	3.42	3.17
브라질	B	3.24	3.02
영국	B	3.11	2.91

※ 1) 회원국의 지분율(%)$=\frac{\text{해당 회원국이 AIIB에 출자한 자본금}}{\text{AIIB의 자본금 총액}}\times 100$

2) 지분율이 높을수록 투표권 비율이 높아짐.

〈보기〉

㉠ 중국을 제외해도 A지역 국가들의 투표권 비율의 합은 B지역 국가들의 투표권 비율의 합보다 높다.

㉡ 중국의 지분율은 AIIB 지분율 상위 10개국 이외의 모든 국가 지분율의 합보다 높다.

㉢ AIIB의 자본금 총액이 3,000억 달러라면, 출자한 자본금이 100억 달러 미만인 국가는 3개국이다.

㉣ 지분율과 투표권 비율의 차이가 가장 작은 2개국은 모두 B지역 국가이다.

① ㉠, ㉡　　② ㉡, ㉣　　③ ㉢, ㉣

④ ㉠, ㉡, ㉢　　⑤ ㉡, ㉢, ㉣

16

다음 〈표〉와 〈그래프〉는 2018년 테니스 팀 A~E의 선수 인원수 및 총연봉과 각각의 전년 대비 증가율에 대한 자료이다. 이에 대한 설명으로 옳지 않은 것을 고르면?

〈표〉 2018년 테니스 팀 A~E의 선수 인원수 및 총연봉

(단위: 명, 억 원)

테니스 팀	선수 인원수	총연봉
A	5	15
B	10	25
C	8	24
D	6	30
E	6	24

※ 팀 선수 평균 연봉 $=\frac{\text{총연봉}}{\text{선수 인원수}}$

〈그래프〉 2018년 테니스 팀 A~E의 선수 인원수 및 총연봉의 전년 대비 증가율

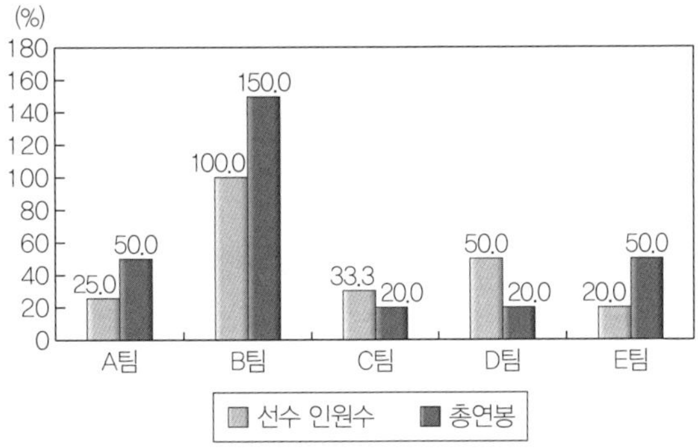

① 팀 선수 평균 연봉은 D, E, A, C, B팀 순으로 많다.

② 팀 선수 인원수가 더 많다고 반드시 팀 총연봉이 더 많은 것은 아니다.

③ 5개 팀의 2017년 대비 2018년 선수 인원수는 모두 11명 증가하였다.

④ 팀 평균 연봉 상위 2개 팀은 2017년과 2018년이 동일하지 않다.

⑤ 5개 팀의 2017년 총연봉은 모두 10억 원 이상이다.

17

다음 〈표〉는 2019년 주요 7개 지역(A~G)의 재해 피해 현황이다. 이에 대한 설명으로 옳지 않은 것을 고르면?

〈표〉 2019년 주요 7개 지역의 재해 피해 현황

구분 지역	피해액(천 원)	행정면적(km²)	인구(명)	1인당 피해액(원)
전국	187,282,994	100,387	51,778,544	(　　)
A	2,898,417	1,063	2,948,542	983
B	2,883,752	10,183	12,873,895	224
C	3,475,055	10,540	3,380,404	(　　)
D	7,121,830	16,875	1,510,142	4,716
E	24,482,562	8,226	2,116,770	11,566
F	86,648,708	19,031	2,691,706	32,191
G	(　　)	7,407	1,604,432	36,199

※ 피해밀도(원/km^2)$=\frac{\text{피해액}}{\text{행정면적}}$

① G지역의 피해액은 6백억 원 이하이다.
② C지역 1인당 피해액은 B지역 1인당 피해액의 5배 이상이다.
③ 피해밀도가 가장 높은 지역의 피해밀도는 피해밀도가 두 번째로 높은 지역과 세 번째로 높은 지역의 피해밀도의 합보다 크다.
④ B지역과 D지역의 피해밀도의 합은 C지역의 피해밀도의 두 배보다 크다.
⑤ 1인당 피해액이 가장 큰 지역의 1인당 피해액은 전국의 1인당 피해액의 10배 이상이다.

18

다음 〈표〉는 A대학 재학생 교육 만족도 조사 결과에 관한 자료이다. 이에 대한 설명으로 옳지 않은 것을 고르면?

〈표〉 A대학 재학생 교육 만족도 조사 결과

(단위: 점, 명)

구분		1학년	2학년	3학년	4학년
항목별 만족도	전공	3.90	3.95	3.96	3.94
	교양	3.70	3.75	3.74	3.77
	시설	3.78	3.76	3.74	3.75
	기자재	3.73	3.71	3.69	3.70
	행정	3.63	3.64	3.66	3.65
응답인원		2,374	2,349	2,615	2,781

※ 점수는 5점 만점이며 점수가 높을수록 만족도가 높다.

① 조사에 응답한 인원이 가장 많은 학년은 가장 적은 학년의 응답인원보다 400명 이상 많다.

② 학년이 높아질수록 교육 만족도가 낮아지는 항목은 '기자재'뿐이다.

③ 학년별로 교육 만족도가 가장 높은 항목은 모두 '전공'이다.

④ '전공'에서 세 번째로 높은 만족도를 나타내는 학년과 '행정'에서 두 번째로 높은 만족도를 나타내는 학년은 같다.

⑤ 교육 만족도가 높은 순서대로 학년을 나열할 때, 그 순서가 '시설'과 정반대인 항목이 있다.

19

다음 〈표〉와 〈그래프〉는 조선시대 A군의 조사시기별 가구 수 및 인구수와 가구 구성비에 대한 자료이다. 다음 중 1729년 대비 1867년 양반가구 수의 증가율(A)과 1765년과 1867년의 가구당 인구수 차(B)를 알맞게 짝지은 것을 고르면?(단, 가구 수는 소수점 첫째 자리에서 반올림하여 구하고, 가구 수의 증가율과 가구당 인구수는 소수점 둘째 자리에서 반올림하여 구한다.)

〈표〉 A군의 조사시기별 가구 수 및 인구수

(단위: 호, 명)

조사 시기	가구 수	인구수
1729년	1,480	11,790
1765년	7,210	57,330
1804년	8,670	68,930
1867년	27,360	144,140

〈그래프〉 A군의 조사시기별 가구 구성비

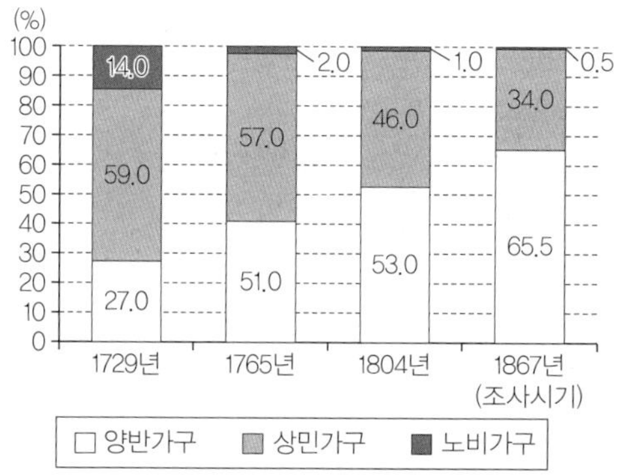

A	B
① 4,380.3%	2.6명
② 142.6%	2.6명
③ 51.5%	2.6명
④ 4,380.3%	2.7명
⑤ 51.5%	2.7명

20

다음 〈표〉는 A지역의 저수지 현황에 대한 자료이다. 이에 대한 〈보기〉의 ㉠~㉣ 중 옳은 것을 모두 고르면?

〈표1〉 관리기관별 저수지 현황

(단위: 개소, 천 m^3, ha)

관리기관 \ 구분	저수지 수	총저수용량	총수혜면적
농어촌공사	996	598,954	69,912
자치단체	2,230	108,658	29,371
전체	3,226	707,612	99,283

〈표2〉 저수용량별 저수지 수

(단위: 개소)

저수용량(m^3)	10만 미만	10만 이상 50만 미만	50만 이상 100만 미만	100만 이상 500만 미만	500만 이상 1,000만 미만	1,000만 이상	합
저수지 수	2,668	360	100	88	3	7	3,226

〈표3〉 제방높이별 저수지 수

(단위: 개소)

제방높이(m)	10 미만	10 이상 20 미만	20 이상 30 미만	30 이상 40 미만	40 이상	합
저수지 수	2,566	533	99	20	8	3,226

〈보기〉

㉠ 저수용량이 '10만 미만'일 때 자치단체가 관리하는 저수지 수는 2,230개소이다.

㉡ 저수용량이 '10만 이상'인 저수지 수는 제방높이가 '10 이상'인 저수지 수의 85% 이하이다.

㉢ 농어촌공사가 관리하는 저수지의 개소당 저수용량은 약 60.1만 m^3이다.

㉣ 농어촌공사에서 관리하는 저수지의 개소당 수혜면적은 자치단체에서 관리하는 저수지의 개소당 수혜면적의 5배를 넘지 못한다.

① ㉡, ㉢ ② ㉢, ㉣ ③ ㉠, ㉡, ㉢

④ ㉠, ㉡, ㉣ ⑤ ㉡, ㉢, ㉣

21

다음 〈표〉와 〈그래프〉는 2002년과 2012년 '갑'국의 국적별 외국인 방문객에 관한 자료이다. 이에 대한 설명으로 옳은 것을 고르면?

〈표〉 외국인 방문객 현황

(단위: 명)

연도	2002	2012
외국인 방문객 수	5,347,468	9,794,796

〈그래프1〉 2002년 국적별 외국인 방문객 수(상위 10개국)

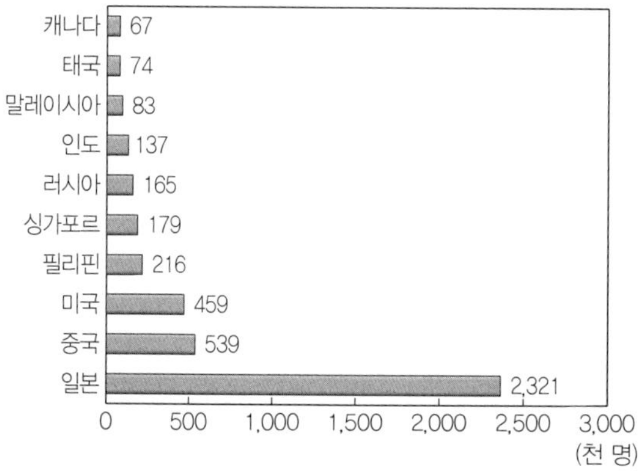

〈그래프2〉 2012년 국적별 외국인 방문객 수(상위 10개국)

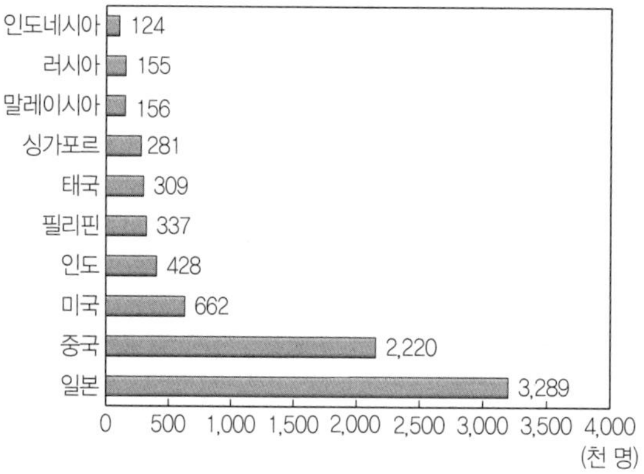

① 2002년과 2012년 국적별 외국인 방문객 수 상위 10개국에 모두 포함된 국가는 8개국이다.

② 2012년 일본인 방문객 수는 2002년에 비해 968명 증가하였다.

③ 2002년에 비해 2012년에 증가한 중국인 방문객 수는 증가한 미국인 방문객 수의 10배 이상이다.

④ 2012년 외국인 방문객 수는 2002년 대비 약 80% 이상 증가하였다.

⑤ 2012년 외국인 방문객 중 일본인이 차지하는 비중은 2002년보다 크다.

22

다음 〈그래프〉는 6가지 운동종목별 남자 및 여자 국가대표선수의 평균 연령과 평균 신장에 대한 자료이다. 이에 대한 〈보기〉의 ㉠~㉣ 중 옳지 않은 것을 모두 고르면?

〈그래프1〉 남자 국가대표선수의 평균 연령과 평균 신장

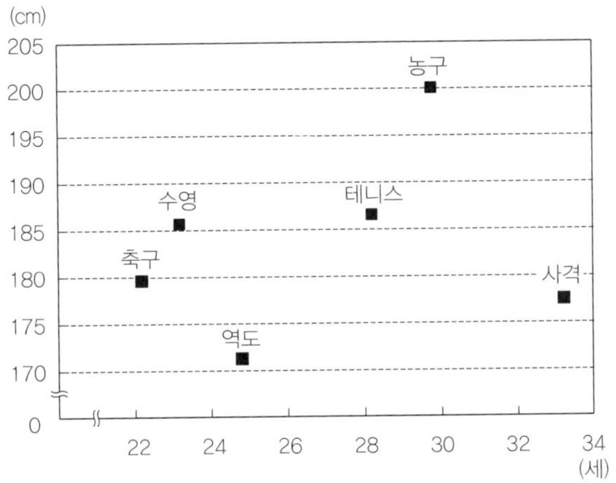

〈그래프2〉 여자 국가대표선수의 평균 연령과 평균 신장

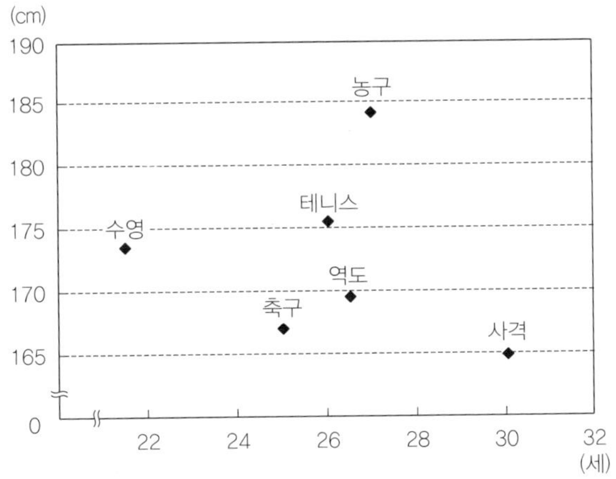

〈보기〉

㉠ 축구보다 평균 연령이 높고 평균 신장이 큰 종목 수는 남녀가 동일하지 않다.

㉡ 평균 신장이 175cm 이상인 종목 수는 남녀가 동일하다.

㉢ 평균 신장 상위 3개 종목에 포함되는 종목은 남녀가 동일하다.

㉣ 테니스보다 평균 연령이 낮고 평균 신장이 작은 종목 수는 남녀가 동일하지 않다.

① ㉠, ㉡　② ㉡, ㉢　③ ㉢, ㉣
④ ㉠, ㉡, ㉢　⑤ ㉡, ㉢, ㉣

23

다음 〈표〉는 '갑'국의 4대 범죄 발생건수 및 검거건수에 대한 자료이다. 이를 바탕으로 작성한 그래프 중 옳지 않은 것을 고르면?

〈표1〉 2009~2013년 4대 범죄 발생건수 및 검거검수

(단위: 건, 천 명)

구분 연도	발생건수	검거건수	총인구	인구 10만 명당 발생건수
2009	15,693	14,492	49,194	31.9
2010	18,258	16,125	49,346	( )
2011	19,498	16,404	49,740	39.2
2012	19,670	16,630	50,051	39.3
2013	22,310	19,774	50,248	44.4

〈표2〉 2013년 4대 범죄 유형별 발생건수 및 검거검수

(단위: 건)

구분 범죄 유형	발생건수	검거건수
강도	5,753	5,481
살인	132	122
절도	14,778	12,525
방화	1,647	1,646
계	22,310	19,774

※ 검거율(%)$=\frac{\text{검거건수}}{\text{발생건수}}\times 100$

① 전년 대비 총인구 증가량

(단위: 천 명)

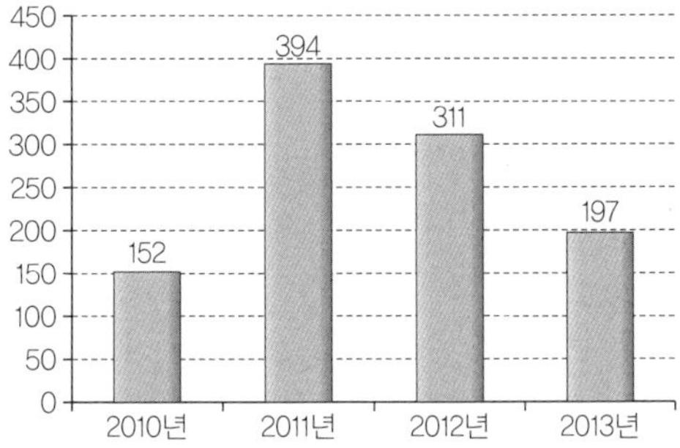

② 전년 대비 2010년과 2013년 검거건수 증가율

(단위: %)

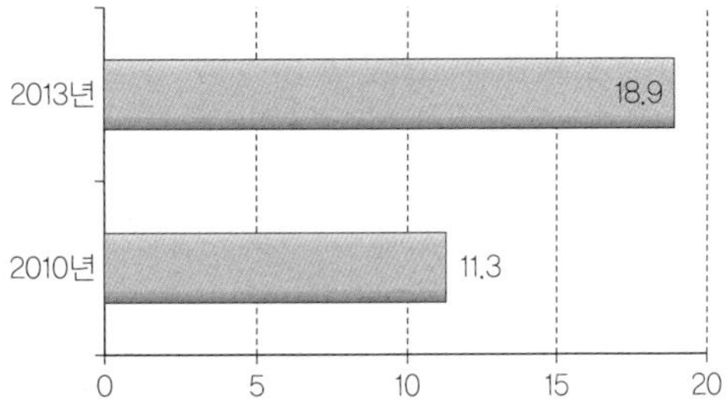

③ 2013년 4대 범죄 발생건수 비율

(단위: %)

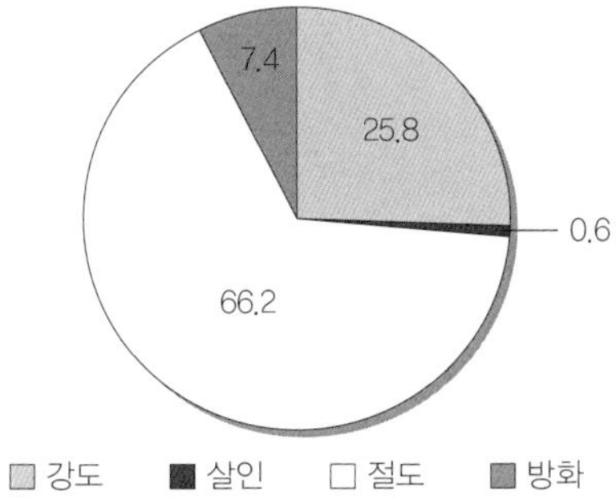

④ 2009년과 2012년 검거율

(단위: %)

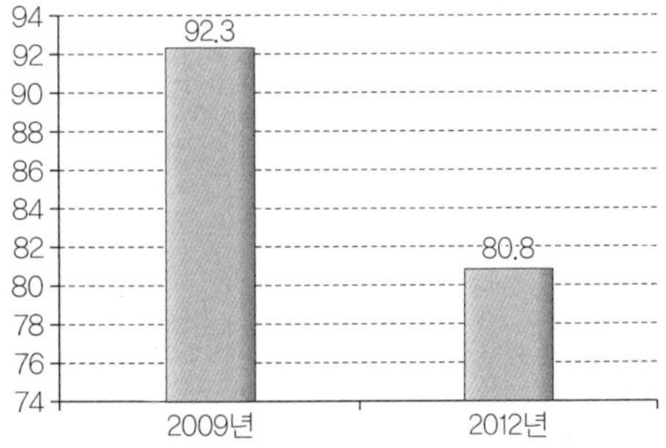

⑤ 전년 대비 인구 10만 명당 발생건수 증가량

(단위: 건)

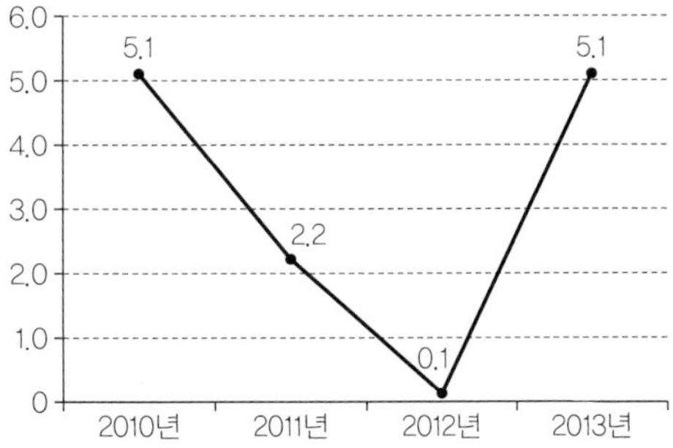

24

다음 〈그림〉은 '갑'국 4대 유통업태의 성별, 연령대별 구매액 비중에 대한 자료이다. 이에 대한 〈보기〉의 ㉠~㉣ 중 옳지 않은 것을 모두 고르면?

〈그림〉 '갑'국 4대 유통업태의 성별, 연령대별 구매액 비중

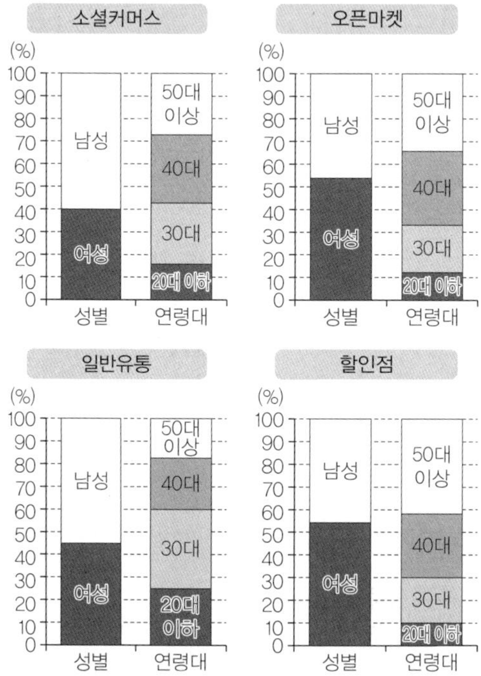

※ 유통업태는 소셜커머스, 오픈마켓, 일반유통, 할인점으로만 구성됨.

〈보기〉

㉠ 소셜커머스는 유통업태에서 성별 구매액 비중 중 남성의 구매액이 차지하는 비중이 가장 큰 유통업태이다.

㉡ 20대 이하의 구매액 비중이 가장 큰 유통업태의 성별 구매액 비중 중 남성의 구매액이 차지하는 비중은 약 45%이다.

㉢ 4대 유통업태에서 40대의 구매액 비중은 20대 이하의 구매액 비중보다 크다.

㉣ 유통업태별 전체 구매액 중 40세 이상의 구매액 비중이 50% 이상인 유통업태는 성별 구매액 비중 중에서 여성의 구매액 비중이 50% 이상이다.

① ㉠, ㉡　② ㉡, ㉣　③ ㉢, ㉣

④ ㉠, ㉡, ㉣　⑤ ㉡, ㉢, ㉣

25

다음 〈표〉는 서울시 10개구의 대기 중 오염물질 농도 및 오염물질별 대기환경지수 계산식에 관한 것이다. 이에 대한 〈보기〉의 ㉠~㉣ 중 옳은 것을 고르면?

〈표1〉 대기 중 오염물질 농도

오염물질 / 지역	미세먼지(μg/m³)	초미세먼지(μg/m³)	이산화질소(ppm)
종로구	46	36	0.018
중구	44	31	0.019
용산구	49	35	0.034
성동구	67	23	0.029
광진구	46	10	0.051
동대문구	57	25	0.037
중랑구	48	22	0.041
성북구	56	21	0.037
강북구	44	23	0.042
도봉구	53	14	0.022
평균	51	24	0.033

〈표2〉 오염물질별 대기환경지수 계산식

계산식 / 오염물질	조건	계산식
미세먼지(μg/m³)	농도가 51 이하일 때	0.9×농도
	농도가 51 초과일 때	1.0×농도
초미세먼지(μg/m³)	농도가 25 이하일 때	2.0×농도
	농도가 25 초과일 때	1.5×(농도−25)+51
이산화질소(ppm)	농도가 0.04 이하일 때	1,200×농도
	농도가 0.04 초과일 때	800×(농도−0.04)+51

※ 통합대기환경지수는 오염물질별 대기환경지수 중 최댓값임.

〈보기〉

㉠ 용산구와 성북구의 미세먼지 대기환경지수의 차는 11.4이다.

㉡ 종로구와 동대문구의 초미세먼지 대기환경지수의 합은 107.5이다.

㉢ 도봉구와 중랑구의 이산화질소 대기환경지수는 중랑구가 도봉구보다 25.4 더 높다.

㉣ 강북구의 통합대기환경지수는 초미세먼지의 대기환경지수와 같다.

① ㉠ ② ㉡ ③ ㉢ ④ ㉣ ⑤ 없음

정답과 해설 P.66

MEMO

MEMO

끝이 좋아야 시작이 빛난다.

– 마리아노 리베라(Mariano Rivera)

PSAT형 NCS 기출예상문제집_수리능력

발 행 일	2024년 1월 29일 초판
편 저 자	에듀윌 취업연구소
펴 낸 이	양형남
펴 낸 곳	(주)에듀윌
등록번호	제25100-2002-000052호
주 소	08378 서울특별시 구로구 디지털로34길 55 코오롱싸이언스밸리 2차 3층

www.eduwill.net
대표전화 1600-6700

여러분의 작은 소리
에듀윌은 크게 듣겠습니다.

본 교재에 대한 여러분의 목소리를 들려주세요.
공부하시면서 어려웠던 점, 궁금한 점,
칭찬하고 싶은 점, 개선할 점, 어떤 것이라도 좋습니다.

에듀윌은 여러분께서 나누어 주신 의견을
통해 끊임없이 발전하고 있습니다.

최신판

에듀윌 공기업 PSAT형 NCS 기출예상문제집

수리능력

정답과 해설

eduwill

최신판

에듀윌 공기업 PSAT형 NCS 기출예상문제집

수리능력

에듀윌 공기업 PSAT형 NCS 기출예상문제집

수리능력

정답과 해설

eduwill

기출 유형 1 | 응용수리 P. 28

01	02	03	04	05	06	07	08	09	10
②	③	②	⑤	⑤	②	③	④	①	④

01

정답 | ②

정답풀이 |

김 대리가 오전 11시에 출발하여 거래처 C에 오후 4시에 도착하였으므로, 총 5시간 중 미팅시간 2시간(거래처 A, B)과 점심 1시간을 제외하면 이동 시간은 총 2시간이 된다.

그러면 회사에서 거래처 C까지의 이동 시간 2시간과 총거리(181km)를 이용하면 거래처 B~C까지 이동 시간과 거리를 구할 수 있다.

거리=속력×시간, 속력$=\frac{거리}{시간}$, 시간$=\frac{거리}{속력}$를 이용하면 다음과 같다.

	회사		거래처 A		거래처 B		거래처 C
거리		$96\times\frac{40}{60}$ =64(km)		54km		181−54−64 =63(km)	
시간		$\frac{40}{60}$h		$\frac{54}{72}=\frac{3}{4}$ $=\frac{45}{60}$h		$2-\frac{40}{60}-\frac{45}{60}$ $=\frac{35}{60}$h	
속력		96km/h		72km/h		B~C까지의 평균 시속 $63\div\frac{35}{60}$ =108(km/h)	

따라서 거래처 B~C까지의 평균 시속은 108km/h이다.

TIP

거리/속력/시간은 단위를 한 가지로 통일하여 실수하는 시간을 줄이도록 한다.

02

정답 | ③

정답풀이 |

A팀과 B팀은 같은 시간 동안 움직인 거리가 다르다.

'거리=속력×시간'에서 시간이 일정하므로 거리와 속력은 비례한다. 즉,

- 거리의 비 A팀:B팀=12:21
- 속력의 비 A팀:B팀=12:21

또한, B팀이 긴 코스를 돌아오는 데 걸리는 시간을 x분이라 하면, A팀이 짧은 코스를 돌아오는 데 걸리는 시간은 $(x+18)$분이다.

A팀과 B팀의 거리, 속력, 시간을 정리하면 다음과 같다.

구분	A팀	B팀
속력	12	21
시간	$(x+18)$분	x분
거리	짧은 코스=$(x+18)$분×12	긴 코스=x분×21

여기서 B팀이 A팀보다 코스가 더 길므로

$(x+18)$분×12<x분×21

$12x+18\times12<21x$

$18\times12<9x$

$24<x$

따라서 24분보다 커야 하므로 B가 긴 코스를 돌아오는 데 적어도 25분은 필요하다.(초 단위는 제외)

TIP

거리/속력/시간 문제에 주어진 조건을 이용하여 차례로 거리/속력/시간을 정리하면 문제의 실마리를 찾기가 쉽다. 또한, 식을 세우던 중 곱셈이 나올 땐 바로 계산하기보다는 하나의 식으로 정리한 후 약분을 통해 식을 줄여 나갈 수 있다.

03

정답 | ②

정답풀이 |

2021년 취업대상자는 전년 대비 40% 증가하였으므로 15,000+15,000×0.4=21,000(명)이다.

따라서 2021년 취업률은 $\frac{15,120}{21,000}\times100=72(\%)$이다.

2020년 대비 2021년 취업률은 12%p 감소하였으므로, 2020년 취업률은 72+12=84(%)이다.

따라서 2020년 취업자 수는 15,000명(취업대상자 수)×84%(취업률)=12,600(명)이다.

정리하면 다음과 같다.

구분	2020년	2021년
취업자 수(명)	15,000×0.84 =12,600	15,120
취업대상자 수(명)	15,000	15,000+15,000 ×0.4=21,000
취업률(%)	72+12=84	$\frac{15,120}{21,000}\times100=72$

2020~2021년 전체 취업대상자 수는 15,000+21,000=36,000(명)이고, 전체 취업자 수는 12,600+15,120=27,720(명)이므로, 전체 취업률은 $\frac{27,720}{36,000}\times100=77$(%)이다.

TIP

해당 문제는 취업률을 구하는 것으로 보이지만, 취업대상자(소금물), 취업자(소금), 취업률(농도)로 소금물의 농도를 구하는 것과 동일하게 접근해서 풀도록 한다. 또한, 2020~2021년 전체 취업률은 가중평균을 이용하면 보다 빠르게 풀 수 있다.

가중평균은 무게에 가중치를 두는 것이므로, 시소놀이에 비유한다면 무거운 사람은 앞쪽에, 가벼운 사람은 뒤쪽에 앉아야지 시소가 한쪽으로 기울여지지 않는다. 2020년 취업대상자 수는 가벼운 쪽, 2021년 취업대상자 수는 무거운 쪽에 해당되므로 취업대상자 수의 비는 2020년:2021년=15,000:21,000=5:7이고, 취업률은 시소의 길이인 12%에 해당한다.

이때 취업률이란, 시소의 중심(77%)을 기준으로 2020년:2021년=7:5의 비율로 앉혀 시소가 기울지 않고 평형을 맞추면 된다.

가중평균을 이용하여 정리하면 다음과 같다.

2020년	2020~2021년	2021년
취업대상자 15,000명	시소 무게의 비는 15,000:21,000=5:7	취업대상자 21,000명
취업률 84%	15,000명 21,000명 84%—(77)%—72% ↑ 시소에서 7:5인 지점이 무게중심	취업률 72%
	시소의 총 길이는 12% 시소의 비 7:5=7%:5%	

04

정답 | ⑤

정답풀이 |

원두가루 18g에 녹아 있는 물 150g에 물을 섞어 원두커피 3잔을 만들 수 있으므로 커피 1잔당 필요한 원두가루는 18g÷3=6(g)이다(물은 충분히 제공된다.). 현재 원두가루는 58g이 있으므로, 58g÷6g≒9.67(잔)을 만들 수 있다. 즉, 원두가루 58g은 커피를 최대 9잔 제조할 수 있다.

이때, 세 명의 면접관에게 제공하는 잔 수는 적어도 각각 2잔씩 제공되어야 하므로 최소 6잔에서 9잔까지 가능하다.

정리하면 경우의 수는 다음과 같다.

6잔(1가지)	7잔(3가지)	8잔 [3+3 =6(가지)]	9잔 [3+6+1 =10(가지)]
(2, 2, 2)	(2, 2, 3) (2, 3, 2) (3, 2, 2)	(2, 2, 4) (2, 4, 2) (4, 2, 2)	(2, 2, 5) (2, 5, 2) (5, 2, 2)
		(2, 3, 3) (3, 2, 3) (3, 3, 2)	(2, 3, 4) (2, 4, 3) (3, 2, 4) (3, 4, 2) (4, 2, 3) (4, 3, 2)
			(3, 3, 3)

따라서 세 명의 외부 면접관에게 원두커피를 나누어 줄 수 있는 방법은 총 20가지이다.

TIP

세 명의 외부 면접관에게 적어도 2잔의 커피를 제공해야 하므로, 6잔(2+2+2)을 제외한 3잔이 남는다. 이때, 면접관에게 제공 가능한 나머지 커피는 최소 0~3잔이다. 즉, 0잔, 1잔, 2잔, 3잔을 서로 다른 3명에게 나누어 주는 방법과 동일하다.

0잔(1가지)	1잔(3가지)	2잔 [3+3 =6(가지)]	3잔 [3+6+1 =10(가지)]
(0, 0, 0)	(1, 0, 0) (0, 1, 0) (0, 0, 1)	(2, 0, 0) (0, 2, 0) (0, 0, 2)	(3, 0, 0) (0, 3, 0) (0, 0, 3)
		(1, 1, 0) (1, 0, 1) (0, 1, 1)	(2, 1, 0) (2, 0, 1) (1, 2, 0) (1, 0, 2) (0, 2, 1) (0, 1, 2)
			(1, 1, 1)

위와 같이 접근하여 경우의 수를 계산하면 훨씬 단순하게 풀 수 있다.

05

정답 | ⑤

정답풀이 |

A공장에서 생산된 제품은 백화점과 상설매장으로 납품된다.

A공장에서 생산된 제품 중 20%는 상설매장이므로 백화점 납품은 80%이다.(∵ 여사건)

전체 A공장	
백화점 80%	상설매장 20%

• 백화점으로 납품된 상품(80%) 중 20%가 아울렛으로 납품되므로

→ 전체 상품 중 백화점에서 아울렛으로 납품되는 상품은 $80\% \times 20\% = 16(\%)$

전체 A공장			
백화점 80%		상설매장 20%	
아울렛 납품 ○ 전체의 16%	아울렛 납품 ×	아울렛 납품 ○	아울렛 납품 ×

• 전체 아울렛 납품(22%)=백화점 아울렛 납품(16%)+상설매장 아울렛 납품

→ 22%=16%+상설매장 아울렛 납품(6%)

전체 A공장			
백화점 80%		상설매장 20%	
아울렛 납품 ○ 전체의 16%	아울렛 납품 ×	아울렛 납품 ○ 전체의 6%	아울렛 납품 ×

• 상설매장 납품(20%)=아울렛 상품(6%)+아울렛으로 납품되지 않은 상품

→ 20%=6%+아울렛으로 납품되지 않은 상품(14%)

전체 A공장			
백화점 80%		상설매장 20%	
아울렛 납품 ○ 전체의 16%	아울렛 납품 ×	아울렛 납품 ○ 전체의 6%	아울렛 납품 × 전체의 14%

따라서 상설매장으로 납품된 상품 중 아울렛으로 납품되지 않은 상품 비율은 $\frac{14\%}{20\%} \times 100 = 70(\%)$이다.

TIP

• 출제자의 의도는 확률의 덧셈법칙과 곱셈법칙을 이용하는 것이다.

• 10%×10%는 100%가 아닌 1%임을 주의한다.

06

정답 | ②

정답풀이 |

프로젝트를 완성하는 전체 일의 양을 1이라 한다.

• 6명으로 구성된 A팀 혼자 프로젝트를 완성하는 데 80시간이 걸릴 때

– A팀 전체가 시간당 하는 일의 양: $\frac{1}{80}$

– A팀원 1명이 시간당 하는 일의 양: $\frac{1}{80} \div 6 = \frac{1}{480}$

• 4명으로 구성된 B팀 혼자 프로젝트를 완성하는 데 90시간이 걸릴 때

– B팀 전체가 시간당 하는 일의 양: $\frac{1}{90}$

– B팀원 1명이 시간당 하는 일의 양: $\frac{1}{90} \div 4 = \frac{1}{360}$

A팀과 B팀이 함께 작업하는 경우 늘어날 B팀의 인원을 x명이라 하고, 24시간 이내로 일이 완성되게 하려면 $(\frac{1}{80} + \frac{1}{90} + \frac{1}{360} \times x) \times 24 \geq 1$ (∵ 24시간 이내로 일이 완성되어야 함)

$\therefore x \geq 6.5$

따라서 B팀은 지금보다 7명이 더 필요하다.

TIP

시간당 일의 양을 구하는 것은 큰 문제가 없지만, 팀의 시간당 일의 양과 1명의 시간당 일의 양을 구분할 수 있어야 한다. 또한, 미지수를 이용하는 문제는 무엇을 미지수로 잡느냐에 따라 미지수 값이 정답이 될 수도 되지 않을 수도 있다.

07

정답 | ③

정답풀이 |

각 기계는 상품의 최대 총포장량이 동일하지만, 포장하는 시간은 모두 다르다. 그러므로 각 기계가 상품을 포장하는 동일한 양을 구한 후 최대 포장량을 구해야 한다.

A기계는 시간당 150개, B기계는 시간당 160개, C기계는 시간당 180개를 포장하므로 최소공배수인 7,200개를 포장했을 때 각 기계의 포장량이 동일하다.

7,200개를 포장하는 경우 각 기계가 가동되는 시간

• A기계: 7,200÷150=48(시간)

• B기계: 7,200÷160=45(시간)

• C기계: 7,200÷180=40(시간)

세 개의 기계 중 포장 시 시간이 가장 많이 걸리는 기계는 A이다. 이때, 100시간 동안 7,200개씩 2번 포장이 가능하므로 B기계, C기계 역시 7,200개씩 2번 포장이 가능하다.

[∵ A기계: 48시간×2=96(시간)<100시간]

따라서 B기계는 총 90시간(=45×2) 동안 포장할 것이며, 나머지 10시간(=100−90) 동안 안전 점검이 가능하다.

TIP

최대공약수/최소공배수를 구하는 문항은 종종 출제되고 있다. 최대공약수는 동일하게 분배할 때, 최소공배수는 동일하게 생산해 낼 때 사용되고 있으므로 차이점을 기억하도록 한다.

08

정답 | ④

정답풀이 |

성과급은 기본 성과급과 추가 성과급으로 구성되어 있고, 추가 성과급은 판매량에 따른 수익이 지급된다. 기본 성과급을 x원, 판매량을 y개라 하고, 〈조건〉에 따라 식을 세우면 다음과 같다.(∵ 기본 성과급은 매년 동일, 첫 해와 다음 해의 판매량 역시 동일)

- 개당 판매수익은 20,000원 × 25%=5,000(원)
  - → 첫 해의 성과급=x원+(5,000원 × y개 × 20% × 50%) =(x+500y)원
  - → 다음 해의 성과급=x원+(5,000원 × y개 × 30% × 40%) =(x+600y)원
  - → 첫 해의 성과급=다음 해의 성과급 × 90%(∵ 첫 해의 성과급은 다음 해의 성과급보다 10% 낮음)
  - → $x+500y=(x+600y)\times 90\%$
  - → $x=400y$
- 다음 해의 성과급 총액은 630만 원
  - → 다음 해의 성과급=x+600y=1,000y=630(만 원)
  - → y=6,300(개)
  - → 기본 성과급(x)=400y=400 × 6,300=2,520,000(원)
- 기본급의 80%는 기본 성과급
  - → 기본급 × 80%=기본 성과급(2,520,000원)
  - → 기본급=3,150,000원

따라서 A사원의 기본급은 3,150,000원이다.

TIP

응용수리에서 특히 매출액, 성과급, 급여, 판매수량, 원가 등을 계산하는 문제의 대부분은 식 세우기 문제이다. 따라서 지문 내용을 보자마자 빠르게 식을 세워 해결해야 한다.

09

정답 | ①

정답풀이 |

도로의 양쪽에 나무를 심으므로, 총 82그루 중 한쪽 편에 각각 41그루(=$\frac{82}{2}$)씩 심는 것이다.

도로 시작점으로부터 50m 떨어진 곳에 나무를 한 그루 심고, 80m마다 나무를 심으므로

첫 80m까지=1+1=2(그루)

다음 80m까지=1+2=3(그루)

⋮

마지막 80m까지=1+40=41(그루)

총 80 × 40=3,200(m)가 되었을 때 도로의 한쪽 편에 41그루가 심어질 것이다. 따라서 처음 심는 나무와 시작점은 50m 차이 나므로 도로의 총길이는 3.25km=3,250m(=3,200+50)가 된다.

TIP

일반적으로 도로에 나무를 심는 문항은 시작점과 끝점에 모두 나무를 심는지의 여부, 도로를 기준으로 양편에 모두 나무를 심는지의 여부를 반드시 확인해야 한다.

10

정답 | ④

정답풀이 |

- 국가별 화폐 단위가 다르므로 화폐 가격의 비를 이용해 통일하면, 국가별 화폐 가격의 비는 A국 : B국 : C국=7 : 11 : 15이다.
  - → A국 화폐 단위인 a=7t이면, b=11t, c=15t
- A~C국가의 필수 소비재 품목 1개당 가격의 평균이 $200이고, 각 국가의 소비재 품목 1개당 가격의 합은 (9a+12b+3c)이므로
  - → $\frac{9a+12b+3c}{3}=\frac{9\times 7t+12\times 11t+3\times 15t}{3}=\frac{240t}{3}=80t$ =\$200
  - ∴ t=\$2.5

따라서 A국의 화폐단위 a=7 × \$2.5=\$17.5이다.

TIP

항상 항목에 대한 비가 나올 땐 한 문자로 치환해서 정리해야 함을 반드시 인지해야 한다.

기출 유형 2 | 자료이해 P. 44

01	02	03	04	05	06	07	08	09	10
③	⑤	③	④	⑤	①	②	①	④	②
11	12								
①	④								

01

정답 | ③

정답풀이 |

2020년 OECD 주요 국가의 국회의원 비율에서 여성 국회의원이 남성 국회의원보다 더 많은 비중을 차지한다면, 여성 국회의원 수가 남성 국회의원 수보다 더 많은 국가를 의미한다. 스웨덴의 경우 여성 국회의원(51.2%)>남성 국회의원(48.8%)이므로 여성 국회의원 수가 남성 국회의원 수보다 더 많은 국가이다.

따라서 2020년 OECD 주요 국가 중 여성 국회의원 수가 남성 국회의원 수보다 더 많은 국가로 스웨덴이 해당한다.

오답풀이 |

① 2004년부터 2020년까지 한국의 지역구 여성 국회의원 수가 전체 여성 국회의원 수에서 절반을 차지한다는 것은 지역구와 비례대표의 비에서 지역구의 비가 더 큰 것을 의미한다. 즉, 2016년과 2020년에 지역구가 비례대표보다 크므로 절반 이상을 차지한 적은 2번이다.

② 2020년 여성 국회의원 비율은 19%이므로 남성 국회의원 비율은 81%이다.
- 남성 국회의원 비율−여성 국회의원 비율=81−19=62(%p)
- 여성 국회의원 수(57명)=전체 국회의원 수×19% → 전체 국회의원 수는 57÷0.19=300(명)이다.

따라서 남성 국회의원 수−여성 국회의원 수=300명×0.62=186(명)이다.

④ 2020년 그리스 여성 국회의원 수는 한국 여성 국회의원 57명과 6명을 합한 63명이다. 그리스 여성 국회의원 비율은 28%를 차지하므로, 그리스 국회의원×28%=63(명) → 그리스 국회의원 수는 총 63÷0.28=225(명)이다.

⑤ 2020년 남성 OECD 평균은 100%에서 여성 OECD 평균을 뺀 72.2%이다. 이때, 남성 국회의원 비율이 72.2%보다 낮은 국가를 찾으면 그리스, 영국, 호주, 오스트리아, 이탈리아, 독일, 멕시코, 노르웨이, 스웨덴까지 총 9개국이다.

TIP

⑤ 여사건을 이용하여 여성 국회의원 비율이 여성 OECD 평균보다 높은 나라를 찾으면 된다. 국회의원의 비율은 남성 국회의원 비율과 여성 국회의원 비율의 합이 되고, 남성 국회의원이 평균을 넘지 못한다는 것은 여성 국회의원이 평균을 넘었기 때문에 남성 국회의원이 평균을 넘지 못한 것을 의미한다.

02

정답 | ⑤

정답풀이 |

㉢ 2016년부터 5년 동안 중앙행정기관과 지방자치단체 소관 여성 위원 수 및 총 위원 수를 많은 순부터 나열하면 다음과 같다.
- 중앙행정기관
  - 여성 위원 수: 2020년>2018년>2019년>2017년>2016년
  - 총 위원 수: 2020년>2018년>2019년>2017년>2016년
- 지방자치단체
  - 여성 위원 수: 2020년>2019년>2018년>2017년>2016년
  - 총 위원 수: 2020년>2019년>2018년>2017년>2016년

따라서 여성 위원 수가 많을수록 총 위원 수 역시 많다.

㉣ 2020년 지방자치단체 소관 위원회 수는 18,589개이고, 2019년 지방자치단체 소관 위원회 수 17,746개이다. 2019년 대비 2020년 증가율은 $\frac{18,589-17,746}{17,746}\times 100 ≒ 4.8(\%)$이므로 전년 대비 4% 이상 증가하였다.

오답풀이 |

㉠ 2017~2020년 동안 각각의 중앙행정기관 소관 위원회 수와 지방자치단체 소관 위원회 수는 2017년 전년 대비 감소한 후 2020년까지 증가한다. 따라서 지속적으로 증가하는 추이를 보이지 않았다.

㉡ 2017~2018년까지 중앙행정기관 소관 총 위원 수 대비 여성 위원 수는 다음과 같다.

2016년	2017년	2018년
$\frac{2,805}{7,725}\times 100$ ≒36.3(%)	$\frac{3,028}{7,901}\times 100$ ≒38.3(%)	$\frac{3,548}{9,060}\times 100$ ≒39.2(%)

따라서 2017~2018년 동안 감소한 적은 없다.

TIP

㉡ 직접 계산하는 것이 아니라 분수비교를 통해 증가인지 감소인지는 구분할 수 있다.
- 2016년 vs 2017년
  - → 2017년 분자(3,028)−2016년 분자(2,805)=223>5%(140) ⇔ 2,805의 10%(280), 5%(140)
  - → 2017년 분모(7,901)−2016년 분모(7,725)=176<5%(386) ⇔ 7,725의 10%(772), 5%(386)
  - ∴ 2016년<2017년(∵ 2017년 분자의 증가율이 크므로)
- 2017년 vs 2018년
  - → 2018년 분자(3,548)−2017년 분자(3,028)=520>15%(454) ⇔ 3,028의 10%(302), 5%(151)

→ 2018년 분모(9,060) − 2017년 분모(7,901) = 1,159 < 15%(1,185) ⇔ 7,901의 10%(790), 5%(395)

∴ 2017년 < 2018년(∵ 2018년 분자의 증가율이 크므로)

따라서 2016년 < 2017년 < 2018년으로 지속해서 증가했다.

ⓔ 4% 이상 증가했는지를 계산하기보다는 4% 증가하면 어떻게 되는지를 구하여 비교하는 게 좋다.

- 2019년 지방자치단치 소관 위원회 수(17,746개)의 4%는 약 710개이다.
  [∵ 10%(1,775), 1%(177)]
- 2019년(17,746) + 4%(710) = 18,456개 < 2020년(18,589개)

그러므로 2020년의 경우 2019년보다 4% 이상 증가하였다.

03

정답 | ③

정답풀이 |

차 대 차 사고 유형에서 추돌의 경우 사망자 비율(51.94%)보다 중상자 비율(53.45%)이 더 높지만, 전체 사망자 수와 전체 중상자 수에 따라 달라질 수 있다. 주어진 〈표〉는 전체 사망자 수와 전체 중상자 수가 제시되어 있지 않으므로, 누가 더 많은지 알 수 없다.

오답풀이 |

① 고속도로 교통사고가 가장 많이 일어나는 사고는 차 대 차 사고이다. '충돌(26.07%) + 추돌(42.65%) + 기타(25.48%)'가 차 대 사람이나 차량 단독보다 훨씬 크므로 차 대 차 사고가 가장 많이 일어난다. 또한, 차 대 차 사망 비율을 보면 '충돌(6.31%) + 추돌(51.94%) + 기타(17.96%)'로 사망자 비율에서도 가장 많이 차지한다. 따라서 총 사망자 수가 나와 있지 않아도 비율이 가장 높으므로 사망자 수 역시 가장 많다.

② 차 대 사람 사고의 중상자 비율은 0.23 + 0.11 + 0.06 + 0.06 + 2.02 = 2.48(%)로, 차량 단독 사고의 중상자 비율인 1.24 + 2.21 + 1.19 = 4.64(%)보다 더 낮다. 중상자 수가 더 적으므로 전체 중상자 수가 나와 있지 않아도 비율로 비교하면 중상자 수 비교가 가능하다.

④ 전체 사고 수와 전체 부상자 수는 제시되어 있지 않다. 하지만, 차 대 사람 교통사고에서 기타의 비율이 중상/경상/부상신고에서 각각 가장 높으므로 부상자 수 역시 가장 높은 것으로 예상된다.

⑤ 중상자 수보다 부상신고자 수가 50% 많다면 중상자 수를 100, 부상신고자 수를 150으로 두는 것을 의미한다. 이때, 차량 단독 사고 유형 중 중상자 수 비율이 1.24 + 2.21 + 1.19 = 4.64(%), 부상신고자 수 비율이 0.20 + 1.71 + 0.10 + 1.20 = 3.21(%)이므로, 중상자 수는 4.64 × 100 = 464(명), 부상신고자 수는 3.21 × 150 = 481.5(명)이다.(계산을 보다 쉽게 하기 위해 % 개념을 적용하는 것은 생략한다.)

따라서 전체 중상자 수보다 부상신고자 수가 50% 많다면, 차량 단독 사고 유형은 부상신고자 수가 중상자 수보다 많다.

TIP

주어진 자료의 합계를 보면 모두 100%이다. 즉, 이 자료는 상하로 절대적인 비교는 가능하지만, 좌우로는 기준값이 주어지지 않는다면 절대적인 비교가 불가능하다.

04

정답 | ④

정답풀이 |

㉠ 1차 검진 대상 인원이 많은 도시 순으로 나열하면 A > B > D > C > E이고, 2차 수검 인원이 많은 도시 순으로 나열하면 A > B > D > C > E이다.

따라서 1차 검진 대상 인원이 많은 지역일수록 2차 수검 인원 역시 높다.

㉡ 총 대상 인원에서 2차 수검 인원이 차지하는 비율은 다음과 같다.

지역	총 대상 인원에서 2차 수검 인원이 차지하는 비율
A시	$\frac{89,000}{3,250,000} \times 100 ≒ 2.74(\%)$
B시	$\frac{39,000}{1,214,000} \times 100 ≒ 3.21(\%)$
C시	$\frac{27,000}{839,000} \times 100 ≒ 3.22(\%)$
D시	$\frac{33,000}{1,000,300} \times 100 ≒ 3.3(\%)$
E시	$\frac{13,000}{475,000} \times 100 ≒ 2.74(\%)$

그 중 3%의 비율을 넘지 않는 도시는 A시와 E시이다. 따라서 A시와 E시를 제외하고 모두 3%를 넘는다.

ⓔ 1차 검진자 중 고혈압, 당뇨병 질환 의심자 및 인지기능장애 검사에서 고위험군 판정을 받은 수검자는 2차 검진 대상 인원이고, 1차 검진자는 1차 수검 인원을 의미한다. B시는 $\frac{85,000}{951,000} \times 100 ≒ 8.9(\%)$, D시는 $\frac{78,000}{795,000} \times 100 ≒ 9.8(\%)$이므로, B시가 D시보다 낮다.

오답풀이 |

㉢ 1차 검진 수검률이 가장 낮은 도시는 A시(75.4%)이고, 2차 검진 수검률이 가장 높은 도시는 B시(45.9%)이다. 따라서 1차 검진 수검률은 75.4 − 45.9 = 29.5(%p) 차이 난다.

TIP

㉡ 3%를 넘는지 확인하는 것보다는 각각 3%에 해당하는 값을 구하여 3%가 넘는지를 확인해 보는 것이 낫다. 즉, 〈보기〉에 주어진 수치가 있는 경우 그것을 이용하도록 한다.

지역별 총 대상 인원의 3%와 2차 수검 인원을 비교해 보면 다음과 같다.

• A시(3,250,000)의 325,000(10%), 32,500(1%)
⇔ 97,500(3%)>89,000
• B시(1,214,000)의 121,400(10%), 12,140(1%)
⇔ 36,420(3%)<39,000
• C시(839,000)의 83,900(10%), 8,390(1%)
⇔ 25,170(3%)<27,000
• D시(1,000,300)의 100,030(10%), 10,003(1%)
⇔ 30,009(3%)<33,000
• E시(475,000)의 47,500(10%), 4,750(1%)
⇔ 14,250(3%)>13,000

따라서 A시와 E시를 제외하고 모두 3%를 넘는다.

㉣ 분수비교법을 적용하면 다음과 같다.

• B시 $\frac{85,000}{951,000}=\frac{85}{951}$ vs D시 $\frac{78,000}{795,000}=\frac{78}{795}$

→ 분자: D시 대비 B시 증가량 85−78=7<7.8(10%)
⇔ 78의 7.8(10%)
→ 분모: D시 대비 B시 증가량 951−795=156>79.5(10%)
⇔ 795의 79.5(10%)

∴ B 분모의 증가율이 높으므로 B<D

위는 '중년기>노년기>청소년기>청년기>학령기>영유아기'이다. 반면, 2019년의 경우 '노년기>중년기>청소년기>청년기>학령기>영유아기'로 다르다.

TIP

⑤ 두 숫자의 곱이 나올 때에는 증가율을 이용하면 편리하다. 예를 들어 A(200×18,000)과 B(300×15,000)가 같아지기 위해서 각각 비교 시 200이 300이 되려면 증가율이 50%이므로 1.5를 곱하면 되고, 15,000이 18,000이 되려면 증가율이 20%이므로 1.2를 곱하면 된다. 이때, A×1.5=B×1.2이므로, A<B임을 알 수 있다.

1,539,539×27.3% vs 1,491,650×28.8%
→ 1,539,539−1,491,650≈48,000<74,500(5%)
⇔1,491,650의 149,165(10%), 74,500(5%)
→ 28.8−27.3=1.5>1.365(5%)
⇔27.3의 2.73(10%), 1.365(5%)
→ 1,539,539×[27.3%×(5%보다 큰 수)]
≈[1,491,650×(5%보다 작은 수)]×28.8%

즉, 2016년×(5%보다 큰 수)≈2017년×(5%보다 작은 수)

05

정답 | ⑤

정답풀이 |

20~39세인 국민기초 수급자는 청년기이며, 2017년에 줄어들었다. 청년기 수급자 비율도 줄어들고, 전체 수급자 수도 줄어든 해이기 때문이다.

2017년 노년기(65세 이상) 인원은 1,491,650×0.288≒429,595(명)이고, 2016년 노년기 인원은 1,539,539×0.273≒420,294(명)이므로, 2017년에 오히려 늘어났다.

오답풀이 |

① 2016년 대비 2017년 국민기초 일반수급자 중 영유아 수급자 비율은 0.1%p 감소하였다. 즉, 2016년과 2017년 영유아 수급자 수를 구하여 2016년 대비 2017년 수급자 수 증감률(%)을 비교할 수 있을 뿐 0.1%p가 감소하였다고 말하는 것은 적절하지 않다.

② 그래프의 일반수급자 비율은 전체 수급자에서 차지하는 비율을 의미하는 자료이다. 2018년과 2019년 청년기에 해당하는 국민기초 일반수급자 비율은 10%로 동일하지만, 국민기초 전체 일반수급자 수는 다르다. 따라서 청년기의 국민기초 일반수급자 수는 다르다.

③ 20세 이상인 국민기초 일반수급자는 청년기, 중년기, 노년기를 합한 것이다. 이때, 그래프는 100%에서 노년기부터 청년기까지 내려와 있는 층별그래프의 수치의 합을 의미한다. 2016년에서 1년마다 조금씩 더 밑으로 내려오고 있으므로 수급자 비율은 지속해서 증가했다.

④ 2016~2020년 생애주기별 일반수급자 비율이 차지하는 순

06

정답 | ①

정답풀이 |

㉠ 2000년 전체 기대수명이 높은 1~3순위 국가는 스웨덴(79.3세), 스위스(79.2세), 호주(78.8세)
→ 스웨덴(2000~2020년): 79.3세, 80.1세, 81.1세, 81.9세, 82.6세
→ 스위스(2000~2020년): 79.2세, 80.5세, 81.8세, 82.7세, 83.6세
→ 호주(2000~2020년): 78.8세, 80.3세, 81.5세, 82.4세, 83.2세

세 국가는 5년 주기로 증가하는 추이를 보이므로 2020년까지 증가할 것으로 예측된다.

㉡ 2005년 미국의 전체 기대수명은 77.2세이고, 남자의 기대수명 74.5세, 여자의 기대수명 79.7세이다. 만약 남자와 여자의 조사 대상 인원이 동일했다면, 평균인 $\frac{74.5+79.7}{2}=77.1$(세)가 나왔을 것이다. 하지만, 전체 기대수명은 77.2세로 평균(77.1세)보다 높았고, 여자의 기대수명이 남자의 기대수명보다 더 높으므로 여자의 조사 대상 인원이 많았던 것으로 예측할 수 있다.

오답풀이 |

㉢ 2005년 OECD 주요 국가 중 남자의 기대수명이 가장 낮은 국가는 한국(73.6세)이고, 여자의 기대수명은 80.6세이다. 이때 한국의 여자 기대수명보다 더 낮은 국가로 미국(79.7세), 덴마크(79.6세)가 있다. 그러므로 여자의 기대수명이 가장

낮은 것은 아니다.

㉣ 2000년 스웨덴(79.3세)의 전체 기대수명이 가장 높고, 그 외 2005년, 2010년, 2015년, 2020년의 경우 스위스가 가장 전체 기대수명이 높다. 하지만 2005년, 2010년, 2015년, 2020년도를 제외한 다른 해 역시 가장 높은지는 주어진 자료에서 확인하기 어렵다.

07

정답 | ②

정답풀이 |

㉢ 생산가능인구는 15세 이상 인구를 뜻하므로 전체 100%에서 0~14세(13.8%)를 뺀 86.2%의 비율을 의미한다. 2020년 생산가능인구수는 44,785천 명이므로, 전체 인구수×86.2% =44,785(천 명)이다. 따라서 전체 인구수는 약 51,954천 명이 된다.

오답풀이 |

㉠ 10년마다 인구 구성 비율은 0~14세 인구와 65세 이상 인구의 추이가 반대의 경향성을 보이지만, 인구수의 경우 전체 인구수를 알 수 없으므로, 비교가 불가능하다.

㉡ 고용률은 생산가능인구에서 취업자가 차지하는 비율을 나타낸 것이고, 실업률은 경제활동인구에서 실업자가 차지하는 비율을 나타낸 것이다. 또한, 경제활동참가율은 생산가능인구 중 경제활동인구가 차지하는 비율을 나타낸 것이므로 경제활동참가율이 100%라면 생산가능인구와 경제활동인구는 동일하다. 하지만, 경제활동참가율이 100%가 되지 않으므로 경제활동인구와 생산가능인구가 동일하지 않으므로 실업률과 고용률의 합이 100%가 될 수 없다.

㉣ 전체 고용률을 구하기 위해서는 전체 취업자 수와 생산가능인구를 알아야 한다. 먼저 생산가능인구는 44,785천 명으로 제시되어 있으므로 전체 취업자 수를 구하면 고용률을 구할 수 있다. 이때, 전체 취업자 수는 남자 취업자 수와 여자 취업자 수의 합으로 이루어지고 남자 취업자 수와 여자 취업자 수는 각각 생산가능인구와 고용률이 제시되어 있으므로 구할 수 있다.
따라서 전체 취업자 수와 생산가능인구로 전체 고용률을 구할 수 있다.

TIP

㉢ 전체 인구수를 51,000천 명으로 가정하면, 전체 인구수가 51,000천 명보다 많은지 적은 지 판단할 수 있다. 전체 인구수를 51,000천 명으로 가정한 후 0~14세(약 14%)를 빼면 51,000−7,140=43,860(천 명)이다. [∵ 5,100(10%), 510(1%), 2,040(4%), 7,140(14%)]
생산가능인구수가 44,785천 명보다 적으므로 생산가능인구수(44,875천 명)가 되려면, 전체 인구수는 51,000천 명보다는 많아야 한다.

08

정답 | ①

정답풀이 |

㉠ 자동차 C의 보험료 대비 자동차세는 $\frac{265,902}{857,510}\times 100 \fallingdotseq$ 31.0(%), 자동차 D의 보험료 대비 자동차세는 $\frac{254,618}{811,620}\times$ 100≒31.4(%)이다. 즉, 보험료 대비 자동차세는 자동차 D가 자동차 C보다 높다.

㉡ 〈보기〉에서 연비(km/l)라고 주어져 있고, 전기차의 연비는 km/kWh이므로, 전기차의 연비는 포함되지 않고, 일반차의 연비만 비교한다.
- 일반차 연비: B>C>D
- 구매비용: B>C>D
- 자동차세: B>C>D

따라서 연비(km/l)가 높은 자동차일수록 구매비용과 자동차세가 높다.

오답풀이 |

㉢ 주어진 〈표〉로는 자동차세 부과 기준을 알 수 없다.

㉣ 1년 유류비(A)는 '10,000km÷연비(km/l)×유류가격'이 된다는 것을 생각할 수 있다.
1년 유류비(A)는 $10,000\times\frac{1}{\text{연비}\times 1.2}\times\text{유류비}\times 0.8=10,000\times\frac{1}{\text{연비}}\times\text{유류비}\times\frac{0.8}{1.2}$이므로 $10,000\times\frac{1}{\text{연비}\times 1.2}\times\text{유류비}\times 0.8=10,000\times\frac{1}{\text{연비}}\times\text{유류비}\times 66.66\%$이다.
1년 유류비는 현재 유류비의 66.66%로, 즉, 1년 유류비는 현재보다 33.34% 이상 낮아진다.

TIP

㉠ 분수비교법을 이용하면 대소비교를 보다 빨리 할 수 있다.
- 일반차 C $\frac{265,902}{857,510}\approx\frac{266}{858}$ vs 일반차 D $\frac{254,618}{811,620}\approx\frac{255}{812}$
  → 분자: 자동차 D 대비 C 증가량 266−255=11<12.5(5%)
  ⇔ 255의 25(10%), 12.5(5%)
  → 분모: 자동차 D 대비 C 증가량 858−812=46>40(5%)
  ⇔ 812의 81(10%), 40(5%)

∴ 일반차 C 분모의 증가율이 높으므로 C<D

㉢ 주관적으로 해석하는 것이 아닌, 주어진 자료를 토대로 사실 여부를 판단하도록 한다.

09

정답 | ④

정답풀이 |

자진하여 고발한 부정승차자 수는 전체에서 자기고발 외를 제외한 것이다. 따라서 미구입자와 부정할인자의 자기고발 부정승차자 수를 정리하면 다음과 같다.

미구입자	20×1년	20×2년	20×3년	20×4년	20×5년	20×6년	20×7년	20×8년
전체	34	38	37	35	33	31	38	37
자기고발 외	28	29	29	30	29	28	31	32
자기고발	6	9	8	5	4	3	7	5

부정할인자	20×1년	20×2년	20×3년	20×4년	20×5년	20×6년	20×7년	20×8년
전체	78	76	79	82	88	91	90	94
자기고발 외	54	56	57	61	60	63	67	74
자기고발	24	20	22	21	28	28	23	20

모든 연도에서 자기고발 부정승차자 수는 '미구입자<부정할인자'이다.

오답풀이 |

① 20×1~20×8년 동안 부정승차자 수는 더 늘어났지만, 철도 교통 미구입자 수는 증가와 반복을 보였으므로, 지속해서 증가하지 않았다.

② 무궁화호 미구입자 수가 가장 높은 시기는 20×2년(20천 명)이고, KTX 미구입자 수가 가장 높은 시기는 20×8년(23.2천 명)이다. 새마을호 부정할인자 수는 20×2년(5,200명), 20×8년(3,200명)이므로, 그 차이는 2,000명이다.

③ 부정승차자에서 철도별 차지하는 비율이 더 높은 시기는 인원이 더 많은 시기이다. KTX 부정승차자 수가 무궁화호 부정승차자 수보다 더 많은 시기는 20×5년(61>58), 20×6년(60>59), 20×7년(63>61), 20×8년(68>58)이다. 이 시기 중 20×7년(KTX 44>무궁화 43.4)에 KTX 부정할인자 수가 무궁화 부정할인자 수보다 더 많았다.

⑤ 새마을호 부정승차자별 현황을 보면 20×4년에만 미구입자(2.8천 명)가 부정할인자(2.2천 명)보다 많았고, 그 외 시기에는 모두 미구입자 수보다 부정할인자 수가 더 많았다.

TIP

여러 개의 자료가 제시될 때에는 자료들의 연결고리가 있는 자료인지를 살펴볼 필요가 있다. 위의 자료는 매해 부정승차자의 합들이 동일하게 나와 있는지를 살펴보면 연결되는 자료라는 것을 알 수 있다. 첫 번째 자료의 전체 부정승차자 수와 두 번째 자료의 KTX, 새마을, 무궁화의 합이 동일하다는 것을 알 수 있다.

10

정답 | ②

정답풀이 |

브랜드 평판 세부 현황은 비율로써 '매우 긍정적~매우 부정적'을 모두 더하면 100이다. 즉, 브랜드 평판 세부 현황(100명)으로 종합점수를 구한 후 응답자 수만큼 더 곱해주면 된다. 이때, D기업(600명)은 C기업(100명) 응답자 수의 6배에 해당하므로 각각의 종합점수를 구한 후 C기업은 1배, D기업은 6배하면 된다.

• C기업: 50×3+20−15−15×2=125, 125×1=125

• D기업: 15×3+40−30−(15×2)=25, 25×6=150

따라서 C기업보다 D기업의 종합점수가 더 높다.

오답풀이 |

① 부정적 평가 응답자 수=전체 인원수×부정적 평가 비율

(단위: 명)

기업	부정적 평가 응답자 수	기업	부정적 평가 응답자 수
A기업	1,200×0.4=480	E기업	900×0.25=225
B기업	800×0.35=280	F기업	1,800×0.45=810
C기업	100×0.15=15	G기업	400×0.5=200
D기업	600×0.3=180		

따라서 A~G기업 부정적 평가 응답자 수는 480+280+15+180+225+810+200=2,190(명)으로 2,200명을 넘지 않는다.

③ 브랜드 평판 세부 현황에서 (매우 긍정적+긍정적) 비율이 가장 낮은 기업은 F(25%)이다. 하지만 응답자 수는 전체 응답자 수에 대한 25%이므로 1,800×25%=450(명)이다. 이때, 전체 응답자 수가 450명보다 적은 기업으로 C(100명), G(400명)가 있으므로 적어도 (매우 긍정적+긍정적) 응답자 수는 F기업의 경우 가장 적다고 할 수 없다.

④ 선택지 ②에서 C기업과 D기업은 종합점수가 음수가 아님을 알고 있다. 이때, 나머지 기업 중 종합점수가 높게 나올 기업의 순서는 확률적으로 E기업(60%), B기업(45%), G기업(40%), A기업(35%), F기업(25%)로 생각된다. (∵ 매우 긍정적+긍정적)

• E기업: 15×3+45−25−15×2=35

• B기업: 10×3+35−35−20×2=−10

• G기업: 30×3+10−50−10×2=30

따라서 나머지 5개 기업 중 벌써 2개 기업의 종합점수가 음이 아니므로, 음수로 나오는 기업은 최소 4개 이상이라 할 수 없다.

⑤ 브랜드 평판에 대해 '매우 부정적'과 '부정적'으로 평가한 비율의 합이 60%를 넘으면 주어진 〈그래프〉의 40%를 넘어서는(왼쪽으로) 것이다. 40%보다(매우 부정적+부정적) 왼쪽으로 넘어가 있는 기업은 A, F, G이다. 즉, 7개 기업 중 3개 기업이 해당하므로 절반 이상은 아니다.

11

정답 | ①

정답풀이 |

경유의 2017년 수출액은 $\frac{2,927}{1-0.121}$≒3,330(백만 달러)이고, 자동차부품의 2017년 수출액은 $\frac{2,767}{1-0.28}$≒3,843(백만 달러)이므로 2017년 자동차부품의 수출액이 경유의 수출액보다 많았다.

오답풀이 |

② 석유화학중간원료의 2017년 수출액은 $\frac{7,290}{1-0.023}$≒7,462(백만 달러)이므로 단위가 틀렸다.

③ 주어진 자료에서 수입액에 대한 정보는 알 수 없다.

④ 경유의 2018년 수출액은 2,927백만 달러이고, 2018년 수출액은 2017년 대비 12.1% 감소하였으므로 2017년 수출액은 3,000백만 달러 이상 4,000백만 달러 이하이다. 그런데 집적회로반도체는 2018년 수출액이 49,246백만 달러이고, 2018년 수출액은 2017년 대비 27.5% 감소하였으므로 2017년 수출액은 50,000백만 달러 이상이다. 따라서 경유가 2017년 수출액에서 가장 큰 비중을 차지하지 않음을 알 수 있다.

⑤ 2018년 화장품의 수출액은 전년 대비 증가하였다.

12

정답 | ④

정답풀이 |

화재로 인한 부상자의 비율은 전년 대비 2015년과 2016년에는 감소하였지만, 2017년에는 91.2%에서 93.0%로 전년 대비 증가하였다.

구분	2014년	2015년	2016년	2017년
인명 피해(명)	2,156	2,292	1,997	2,214
부상자(명)	1,994	2,105	1,822	2,060
비율(%)	92.5	91.8	91.2	93.0

오답풀이 |

① 전년 대비 화재로 인한 인명 피해 인원이 증가한 해는 2015년과 2017년이다. 2015년에는 전년 대비 2,292−2,156=136(명), 2017년에는 전년 대비 2,214−1,997=217(명)이 증가해 2017년에 가장 크게 증가하였다.

② 화재로 인한 사망자의 비율은 매년 총 인명 피해 인원의 10% 미만이다.

구분	2014년	2015년	2016년	2017년
인명 피해(명)	2,156	2,292	1,997	2,214
사망자(명)	162	187	175	154
비율(%)	7.5	8.2	8.8	7.0

③ 전년 대비 2015년 화재 발생 건수 증감률이 $\frac{4,264-4,091}{4,091}$ × 100≒4.2(%)로 가장 높다.

⑤ 화재 발생 건수는 전년 대비 2015년 4,264−4,091=173(건) 증가, 2016년 4,194−4,264=−70(건)으로 70건 감소, 2017년 4,312−4,194=118(건) 증가하였다.

기출 유형 3 | 자료계산

P. 68

01	02	03	04	05	06	07	08	09	10
②	④	④	③	①	②	③	⑤	③	③
11	12								
④	①								

01

정답 | ②

정답풀이 |

'지역보험료 부과액<징수액'이면 징수율은 100%가 넘는다. 따라서 2015~2021년 중 지역보험료의 징수율이 100%를 넘은 연도는 2018년과 2021년이다.

2018년과 2021년 직장보험료의 징수율을 비교하면 다음과 같다.

- 2018년: $\frac{458,013}{459,221}$ × 100≒99.7(%)
- 2021년: $\frac{589,968}{594,666}$ × 100≒99.2(%)

따라서 2018년 직장보험료 징수율이 가장 높다.

TIP

숫자의 크기가 크므로, 2018년과 2021년 직장보험료의 징수율을 어림잡아 표현하면 다음과 같다.

- 2018년: $\frac{458,013}{459,221} \approx \frac{458}{459}$
- 2021년: $\frac{589,968}{594,666} \approx \frac{590}{595}$

이에 여사건을 적용하여 비교하면,

$\frac{1}{459}$(2018년) vs $\frac{5}{595}$(2021년)

분수비교법을 적용하면,

- 2018년 분자 × 5=2021년 분자(∵ 2단계 곱하는 수 이용)
- 2018년 분모 × 1.초반=2021년 분모(∵ 2단계 곱하는 수 이용)

2021년 분자의 증가율(곱하는 수)이 높으므로 '2018년<2021년'인데, 여사건은 반대로 생각해야 하므로 '2018년>2021년'이다.

02

정답 | ④

정답풀이 |

ⓔ 토지의 단위는 천 m^2이고, 금액은 억 원이므로 토지 $1m^2$당 금액을 계산할 때는 1억 원/1천 m^2이므로 100,000원/$1m^2$이다. 즉, 금액을 면적으로 나눈 후 × 100,000원/m^2를 해야 한다.

즉, 면적 대비 금액이 1을 넘는다면 모두 토지 $1m^2$당 금액은 100,000원/m^2를 넘는다는 것이다. 그런데 2019년 하반기 레저용지는 면적 대비 금액이 1을 넘지 못하므로 100,000원/m^2를 상회하지 못한다.

오답풀이 |

㉠ 2019년 하반기 단독주택 면적(3,029천 m^2), 2020년 하반기 단독주택 면적(3,256천 m^2), 2019년 하반기 단독주택 면적의 5%(약 152천 m^2)이므로, 2019년 하반기 단독주택 면적(3,029)+2019년 하반기 단독주택 면적의 5%(152)=3,181<3,256(2020년 하반기 단독주택 면적)이다.
따라서 5% 이상 증가했다.

㉡ 2019년 하반기 단독주택 금액(16,414억 원), 2020년 하반기 단독주택 금액(17,384억 원), 2019년 하반기 단독주택 금액의 5%(약 821억 원)이므로, 2019년 하반기 단독주택 금액(16,414)+2019년 하반기 단독주택 금액의 5%(821)=17,235<17,384(2020년 하반기 단독주택 금액)이다.
따라서 5% 이상 증가했다.

㉢ 2019년 하반기 상업용지 금액(79,597억 원), 2020년 하반기 상업용지 금액(80,674억 원), 2019년의 1%(약 796억 원)이므로, 2019년 하반기 상업용지 금액(79,597)+2019년 하반기 상업용지 금액의 1%(796)=80,393<80,674(2020년 하반기 상업용지 금액)이다.
따라서 1% 이상 증가했다.

㉣ 2019년과 2020년 하반기 전체 토지 대비 금액은 다음과 같다.

- 2019년 하반기 전체 토지 대비 금액
$=\frac{307,760}{248,666}\approx\frac{3,078}{2,487}$(억 원/천 m^2)
- 2020년 하반기 전체 토지 대비 금액
$=\frac{314,962}{253,347}\approx\frac{3,150}{2,533}$(억 원/천 m^2)

2019년 하반기 분자 대비 2020년 하반기 분자 증가량은 72>62(2019년 하반기 분자의 2%)이고, 2019년 하반기 분모 대비 2020년 하반기 분모 증가량은 46<50(2019년 하반기 분모의 2%)이므로, 2020년 하반기 분자 증가율이 크다. '2019년<2020년'이므로 전체 토지 대비 금액은 2019년 하반기보다 2020년 하반기에 증가하였다.

TIP

㉠, ㉡, ㉢은 직접 증가율을 구하기보다는 주어진 수치를 두고 해설과 같이 5%, 1%를 찾아 더한 후 해당하는 항목을 비교하는 것이 더 낫다.

03

정답 | ④

정답풀이 |

주요 품목 중 전년 대비 증감률이 가장 낮은 것은 일반기계이지만, 2020년 수출액은 주요 품목 중 가장 높다. 그러므로 2019년에 가장 적게 증가해도 2020년에 가장 큰 액수라는 것은, 2019년 주요 품목 중 일반기계의 수출액이 가장 많았을 것으로 예측할 수 있다.

- 2019년 일반기계 수출액 × 1.089=573
- 2019년 전체 수출액 × 1.15=6,161

따라서 2019년 일반기계 수출액(526.2억 달러)이 2019년 전체 수출액(5,357.4억 달러)에서 차지하는 비중은 $\frac{526.2}{5,357.4}\times 100$ ≒9.8(%)이다.

TIP

곱셈과 나눗셈을 많이 해야 하는 경우에는 식을 한 번에 적은 후 분류하면 훨씬 편리하다. 또한, 분류 뒤에 각각을 백분율로 고쳐서 생각하면 좀 더 빠르게 계산할 수 있다.
2019년 일반기계 수출액 × 1.089=573(억 달러), 2019년 전체 수출액 × 1.15=6,161(억 달러)이므로,

$$\frac{\text{2019년 일반기계 수출액}}{\text{2019년 전체 수출액}}=\frac{\frac{573}{1.089}}{\frac{6,161}{1.15}}=\frac{573\times1.15}{6,161\times1.089}$$
$$=\frac{573}{6,161}\times\frac{1.15}{1.089}$$

- $\frac{573}{6,161}$ ≒0.09
→ 분모의 10%는 616, 1%는 61이고, 573−616=−43(1% 미만)이므로 대략 9~10%대
- $\frac{1.15}{1.089}$ ≒ $\frac{115}{109}$ ≒1.05
→ 분모의 10%는 11, 1%는 1.1이고, 115−109=6(6% 미만)이므로 대략 105~106%대
- 2019년 일반기계 비중=$\frac{573}{6,161}\times\frac{1.15}{1.089}$ ≒9% × 105%
≒9.45(%)

여기서 9%와 105% 모두 버림을 이용하였으나 실제 값은 9.45%보다 약간 높을 것으로 예상된다.

04

정답 | ③

정답풀이 |

그래프를 보고 이해한 후 빠르게 〈표〉로 정리할 수 있는지 묻고 있다. 즉, 〈그래프1〉은 단기 취업 제도 대상별 지원자와 선정자가 나와 있고, 〈그래프2〉는 선정자 중 취업한 센터 비중에 관련한 것이다. 따라서 〈그래프2〉는 〈그래프1〉의 지원자가 아닌 선정자를 보고 〈표〉를 채워야 한다.
단기 취업 제도 선정자는 야간대학 재학생 460명, 6개월 이상 무급휴직자 590명, 만 18~60세 실직자 680명, 휴학생 610명이다.
그러므로 (각 항목 × 차지하는 비율)을 채워 넣으면 다음과 같다.

(단위: 명)

구분	야간대학 재학생 (460명)	6개월 이상 무급휴직자 (590명)	만 18~60세 실직자 (680명)	휴학생 (610명)
A센터	106	106	129	171
B센터	138	165	258	201
C센터	74	236	136	98
D센터	143	83	156	140

㉠ 460×30%=138

→ 46(10%)이므로 46×3=138

㉡ 590×40%=236

→ 59(10%)이므로 59×4=236

㉢ 680×19%≒129

→ 680×(20%−1%)를 이용하면 68(10%), 7(1%)이므로 =68×2−7=129

㉣ 680×23%≒156

→ 680×(20%+3%)를 이용하면 68(10%), 7(1%)이므로 68×2+7×3≒156

㉤ 610×33%≒201

→ 61(10%)이므로 30%는 61×3=183

→ 3%는 30%의 10%이므로 18(3%)

→ 33% =30%+3%=183+18=201

따라서 ㉢은 139가 아닌 129이다.

TIP

여러가지 자료가 동시에 주어지면 자료가 유기적으로 연결되는 경우가 많으므로 연결고리를 찾는 것이 좋다.

05

정답 | ①

정답풀이 |

2014년부터 2023년까지 큰 변화 없이 추세가 이어진다고 언급되어 있으므로 2014~2017년, 2017~2020년 추이를 살펴보도록 한다.

우선 2023년 비취업 노인 인구와 취업 노인 인구의 차이를 구하기 위해서는 비취업 노인 인구 비율과 취업 노인 인구 비율, 전체 노인 인구수를 구해야 한다.

- 비취업 노인 인구 비율은 3년마다 2%p, 6%p 이렇게 작아지므로, 2023년에는 10%p만큼 줄어들 것이다.
  : 2014년(71.1%) → 2017년(69.1%) → 2020년(63.1%) → 2023년(53.1%)로 예측된다.
- 비취업 노인 인구 비율+취업 노인 인구 비율=100%이므로, 취업 노인 인구 비율은 2014년(28.9%) → 2017년(30.9%) → 2020년(36.9%) → 2023년(46.9%)로 예측된다.
- 전체 노인 인구의 경우 3년마다 795, 1,050 이렇게 커지므로, 2023년에는 1,305만큼 늘어날 것으로 예상된다.
  : 2014년(6,293) → 2017년(7,088) → 2020년(8,138) → 2023년(9,443)로 예측된다.
  ※ 1,050−795=255, 1,050+255=1,305

이를 정리하면 다음과 같다.

구분	비취업 비율 (%)	취업 비율 (%)	비취업 비율 −취업 비율 (%p)	전체 노인인구 (천 명)
2014년	71.1	28.9	42.2	6,293
2017년	69.1 (−2%p)	30.9 (+2%p)	38.2 (−4%p)	7,088 (+795)
2020년	63.1 (−6%p)	36.9 (+6%p)	26.2 (−12%p)	8,138 (+1,050)
2023년	53.1 (−10%p)	46.9 (+10%p)	6.2 (−20%p)	9,443 (+1,305)

여기서 2023년 비취업(53.1%) 노인 인구와 취업(46.9%) 노인 인구의 차이는 6.2%p이므로 2023년 비취업 노인 인구와 취업 노인 인구의 차이는 9,443×0.062≒585(명)이다.

※ 9,443×6.2% 계산 방법

: 944(10%), 472(5%), 94(1%), 9.4(0.1%)

: 6.2%(584)=5%(472)+1%(94)+0.2%(약 18)

TIP

자료해석을 이용한 수추리 문제이다. 수가 나열되어 있을 때 숫자의 규칙을 찾아 다음을 예측하며 해결해 가는 유형이다. 단순하고 쉽게 숫자만 이용하여 출제되는 경우도 있지만, 지금처럼 자료를 이용하여 나오는 경우는 자료해석처럼 접근하기보다는 간단하게 숫자의 나열로 보고 푸는 게 낫다.

06

정답 | ②

정답풀이 |

A~J국가의 2020년 국가별 수출액 점유율을 모두 더하면 22.4+14.5+11.7+9.4+9.1+8.6+6.1+5.0+2.4+2.2=91.4(%)이다. 즉, 100−91.4=8.6(%)가 남는다.

이때 가장 적은 점유율을 가진 국가는 J이고, 자료가 내림차순이므로, J국 아래에 다른 국가가 놓인다면 적어도 J국의 점유율인 2.2%보다는 같거나 작아야 한다.

채워지지 않는 점유율은 2.2+2.2+2.2+2.0=8.6(%)이므로, 적어도 4개국은 〈그래프〉에 더 들어갈 수 있으므로 총 14개국이다.

TIP

항상 순위와 관련한 자료가 주어질 때에는 마지막 순위를 이용하여 그것을 최대한 넘지 않는 범위에서 나머지 자료를 예측할 수 있어야 한다.

07

정답 | ③

정답풀이 |

(1998년−2004년), (2004년−2008년), (2008년−2011년)의 단순노무에 종사하는 인구수의 기울기가 일정하므로, 2001년 인구수는 1998년과 2004년의 평균값이 된다.

2001년 단순노무에 종사하는 인구수는 $\frac{190.5+354.1}{2}=$ 272.3(천 명)이다.

따라서 1998년 대비 2001년 단순노무 종사자 인구수의 증가율은 $\frac{272.3-190.5}{190.5}\times 100 \fallingdotseq 42.9(\%)$이다.

TIP

기울기가 일정하다고 해서 증가율이 일정하다고 생각하면 안 된다. 주어진 〈그래프〉의 x축은 단순노무에 종사하는 인구수를 나타낸 것이 아니라 연도만 표시한 것이기 때문에 일반적으로 생각하는 기울기가 일정하다는 것을 적용시키면 안 된다.

만약 기울기가 동일하다고 생각되어 1998년 대비 2004년 증가율을 구하면 약 85.9%가 나와 오답인 ④번을 고를 수 있으므로 주의해야 한다.

08

정답 | ⑤

정답풀이 |

'괴리율(%)$=\frac{\text{영업이익 실적}-\text{영업이익 컨센서스}}{\text{영업이익 컨센서스}}\times 100$'은 영업이익 실적의 영업이익 컨센서스 대비 변화율을 의미한다. 즉, 영업이익 실적=(1±변화율)×(영업이익 컨센서스)이다.

이때, 영업이익 실적이 높다는 것은 괴리율(변화율)이 높고, 영업이익 컨센서스 또한 높다는 것을 의미한다.

영업이익 컨센서스와 괴리율을 보면 A~D사는 제외하게 된다. 그 이유는 A~D사는 영업이익 컨센서스가 다른 기업들보다 낮고, 괴리율이 음수이므로 현재 나와 있는 영업이익 컨센서스보다 영업이익 실적이 낮은 것이 되기 때문이다.

괴리율은 E~J사의 괴리율의 차이는 최대 2%를 넘지 않는다. 현재 영업이익 컨센서스는 대부분 1,900대이므로 1%는 19~20정도로 2% 차이는 최대 40을 넘지 못한다.

즉, 괴리율과 영업이익 컨센서스를 보고 비교 가능하다는 것이다. 먼저, G(4.9%, 1,979), H(4.96%, 1,982)사는 영업이익 컨센서스와 괴리율이 모두 H사가 높으므로 'H사>G사'이다.

H(4.96%, 1,982), I(5.65%, 1,978)사는 I사가 영업이익 컨센서스가 4 낮지만, 괴리율이 0.69%p 크므로 'I사>H사'이다.

(∵ 1% 차이는 19~20)

G(4.90%, 1,979), J(5.30%, 1,968)사는 G사가 괴리율이 0.4%p 낮지만, 영업이익 컨센서스가 11이 크므로 'G사>J사'이다.

(∵ 0.5% 차이는 9~10)

J(5.30%, 1,968), F(3.80%, 1,983)사는 J사가 F사보다 괴리율은 1.5%p 높고 영업이익 컨센서스는 15가 작으므로 'J사>F사'이다.

(∵ 1.5% 차이는 28~30)

F(3.80%, 1,983), E(4.20%, 1,945)사는 F사가 E사보다 괴리율은 0.4%p 낮지만, 영업이익 컨센서스가 38이 크므로 'F사>E사'이다.

(∵ 0.5% 차이는 9~10)

따라서 'I사>H사>G사>J사>F사'이다.

TIP

해당 문제는 정확한 값을 계산하면 시간이 오래 걸린다. 즉, 비교를 통해 정답을 찾아야 한다. 먼저, 선택지를 보며 비교해야 하는 대상을 추출한 후 전체적인 계산보다는 차이를 통해 해결해 나가는 것이 좋다.

09

정답 | ③

정답풀이 |

2016년 창업률과 폐업률을 구하기 위해서는 2015년 매장 수를 알아야 한다. 2009년 커피전문점 매장 수는 총 47,000개이고, 2010년부터 창업과 폐업이 동시에 일어난다. 이때, 창업이 폐업보다 많으면 매장이 더 늘어나는 것이고, 폐업이 창업보다 많으면 매장은 더 줄어드는 것이다.

2010년부터 창업 매장 수가 폐업보다 더 많았으며, 연도별 매장 수 차이는 다음과 같다.

(단위: 천 개)

2010년	2011년	2012년	2013년	2014년	2015년
1.9	3.2	3.5	4.2	6.1	5.1

2010년부터 2015년 매장 수를 모두 더하면 24,000개이므로, 2015년 총 매장 수는 47,000+24,000=71,000(개)이다.

2016년과 2016년 창업률을 각각 구하면 다음과 같다.

- 2016년 창업률$=\frac{12,000}{71,000}\times 100 \fallingdotseq 16.9(\%)$
- 2016년 폐업률$=\frac{7,000}{71,000}\times 100 \fallingdotseq 9.9(\%)$

따라서 2016년 창업률과 폐업률은 16.9−9.9=7(%p) 차이 난다.

TIP

2016년 창업률과 폐업률의 차이를 구하는 것이므로, 창업 매장 수 12,000개와 폐업 매장 수 7,000개를 뺀 $\frac{5,000}{71,000}\times 100 \fallingdotseq 7$로 바로 구해도 된다.

10

정답 | ③

정답풀이 |

필기, 실기, 면접 점수에 항목별 점수를 구하면 다음과 같다.

(단위: 점)

구분	필기	실기	면접
갑	80	90	85
을	85	85	90
병	80	85	90
정	80	90	85
무	94	80	80

또한, 필기, 실기, 면접 점수에 항목별 배점 비율을 적용하면 다음과 같다.

(단위: 점)

구분	필기(0.4)	실기(0.4)	면접(0.2)	총점
갑	32	36	17	85
을	34	34	18	86
병	32	34	18	84
정	32	36	17	85
무	37.6	32	16	85.6

갑~무의 총점을 오름차순으로 정렬하면 84점, 85점, 85점, 85.6점, 86점이다. 따라서 중앙값은 중앙에 있는 85점이다.

TIP

중앙값은 자료의 개수에 따라 달라지므로 자료의 개수만 보고도 몇 번째가 중앙값이 될지 알아야 한다. 갑~무까지 총 5명이므로 중앙값은 세 번째로 크거나 작은 값이 될 것을 알 수 있다.

11

정답 | ④

정답풀이 |

2019년 노인 1인당 연평균 진료비는 4,910천 원이다. 70세 이상 노인 1인당 연평균 진료비는 〈그래프〉의 70세 이상 노인 인구와 진료비를 통해 $\frac{357,925}{7,463}\times 100 \fallingdotseq 4,796$(천 원)이다.

따라서 2019년 노인 1인당 연평균 진료비 대비 70세 이상 노인 1인당 연평균 진료비가 차지하는 비중은 $\frac{4,796}{4,910}\times 100 \fallingdotseq$ 97.7(%)이다.

12

정답 | ①

정답풀이 |

2017년 주류에 대한 1인당 민간 소비 지출액이 1,138×0.204≒232(만 원)이므로 주류에 대한 전체 민간 소비 지출액은 232×5,000=1,160,000(만 원)=116(억 원)이다.

기출 유형 4 | 자료변환 P. 88

01	02	03	04	05	06	07
②	③	⑤	①	④	⑤	⑤

01

정답 | ②

정답풀이 |

기업별 1~4분기 매출액, 변동비, 공헌이익을 정리하면 다음과 같다.

(단위: 억 원)

구분		1분기	2분기	3분기	4분기
A사	매출액	320	390	300	350
	변동비	60	80	55	75
	공헌이익	260	310	245	275
B사	매출액	930	900	980	950
	변동비	550	500	590	560
	공헌이익	380	400	390	390
C사	매출액	490	460	480	420
	변동비	140	130	135	100
	공헌이익	350	330	345	320

②는 B사의 변동비가 공헌이익보다 작게 나타나 있지만, 변동비가 공헌이익보다 크다. 주어진 자료를 다시 나타내면 다음과 같다.

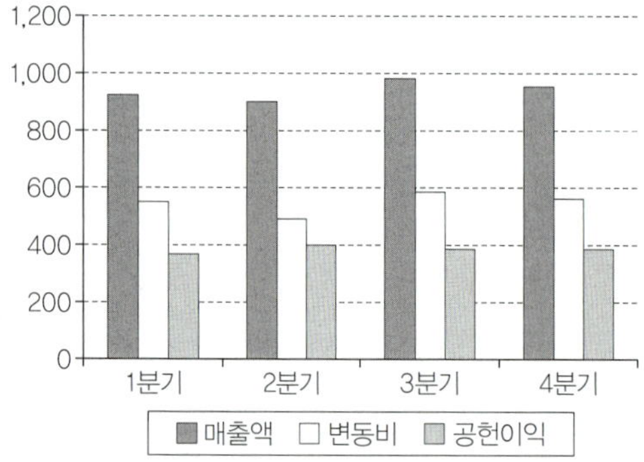

오답풀이 |

①, ③, ④, ⑤ 모두 주어진 〈자료〉의 추이와 값과 동일하다.

TIP

선택지 ①, ②, ③처럼 그래프의 수치가 정확히 제시되어 있지 않을 땐 증감의 추이와 항목만을 보면 된다.

02

정답 | ③

정답풀이 |

균주C의 캡슐과 분말 그래프가 서로 바뀌어 있다.

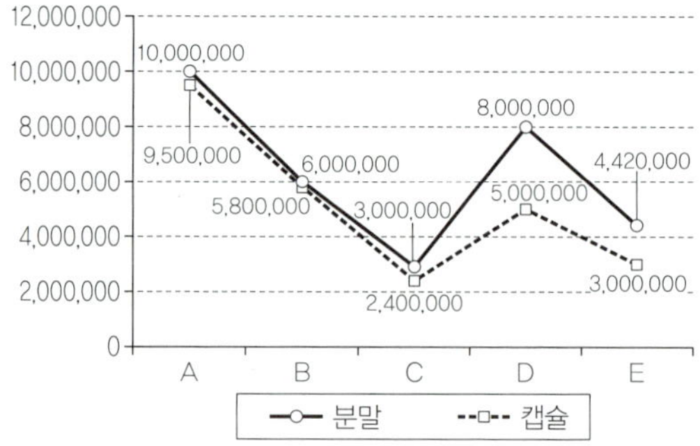

TIP

주어진 자료를 계산하지 않고 바로 다른 그래프로 나타내는 경우 그래프에 표시된 수치나 추이만을 빠르게 살펴본다.

03

정답 | ⑤

정답풀이 |

전년 대비 변화율이므로, 각각 계산하면 다음과 같다.

구분	전년 대비 증가율
기업체 수	$\frac{216,637-208,260}{208,260}\times100=\frac{8,377}{208,260}\times100≒4(\%)$
종사자 수	$\frac{596,420-588,164}{588,164}\times100=\frac{8,256}{588,164}\times100≒1.4(\%)$
매출액	$\frac{92,354-89,494}{89,494}\times100=\frac{2,860}{89,494}\times100≒3.2(\%)$
영업비용	$\frac{84,385-81,794}{81,794}\times100=\frac{2,591}{81,794}\times100≒3.2(\%)$

따라서 발표 자료로 사용하기에 가장 적절한 선택지는 ⑤이다.

오답풀이 |

①, ② 기업체 수와 종사자 수가 반대로 표시되어 있다.

③ 기업체 수 대비 종사자 수가 아니라 종사자 수 대비 기업체 수가 계산된 자료이다.

④ 영업비용 대비 매출액이 아니라 매출액 대비 영업비용이 계산된 자료이다.

04

정답 | ①

정답풀이 |

2019년과 2020년 각 항목의 합과 다르다. 2019년과 2020년 중소벤처기업 출원 건수의 합은 100,000건이 넘어야 하는데, 주어진 〈그래프〉에서는 100,000건에 미치지 못한다. 즉 〈그래프〉의 가로축이 잘못 기재되어 있다.

오답풀이 |

② 2021년 국내 특허 점유율은 다음과 같다.

구분	점유율	구분	점유율
중소벤처기업	$\frac{62,843}{237,998}\times 100 \fallingdotseq 26(\%)$	개인	$\frac{41,298}{237,998}\times 100 \fallingdotseq 17(\%)$
대기업	$\frac{37,322}{237,998}\times 100 \fallingdotseq 16(\%)$	외국인	$\frac{51,735}{237,998}\times 100 \fallingdotseq 22(\%)$
대학/공공연	$\frac{30,020}{237,998}\times 100 \fallingdotseq 13(\%)$	기타	$\frac{14,780}{237,998}\times 100 \fallingdotseq 6(\%)$

③, ④, ⑤ 주어진 그래프를 확인하면 자료와 추세가 동일하다.

TIP

선택지마다 그래프에 정확한 값이 주어져 있지 않지만, 세로축과 가로축의 수치를 보고 추이만 비교하는 데 큰 어려움이 없다.

05

정답 | ④

정답풀이 |

'괴리율(%)$=\frac{\text{실적}-\text{실적전망치}}{\text{실적전망치}}\times 100$'은 실적전망치 대비 실적의 변화율을 의미하는 것이다. 즉, 실적은 '(실적 전망치)×(1+괴리율)'과 같다는 것이다.

위 식에 실적 전망치와 괴리율을 넣어 구하면, A~E기업의 실적은 다음과 같다. (단위: 억 원)

구분	매출액	영업이익	당기순이익
A기업	104	11	5.2
B기업	90	20	−12
C기업	50	−17	4.5
D기업	460	157.5	52.5
E기업	275	95	−30.15

따라서 ④는 영업이익 실적 전망치와 실적이 구한 값과 동일한 것을 확인할 수 있다.

오답풀이 |

① 당기순이익과 영업이익이 반대로 나타나 있으므로, 당기순이익과 영업이익의 수치를 바꿔야 한다.

② C기업, D기업 매출액과 B기업, E기업의 영업이익의 괴리율의 경우 주어진 〈표〉의 값과 그래프의 값이 다르다.

③ B기업, C기업의 실적은 실적 전망치보다 낮아야 하는데, 그래프는 더 높은 것으로 나타나 있다.

⑤ 그래프의 B기업, C기업, E기업의 괴리율이 주어진 〈표〉의 값과 다르다.

TIP

괴리율을 식으로만 보는 것이 아니라 실적 전망치 대비 실적의 변화율이라는 것을 이해한다면 계산도 훨씬 쉬워진다. 하지만 실적 전망치가 음수이고, 괴리율이 동시에 음수일 때는 이해하기보다는 주어진 식에 대입해서 푸는 것이 중요하다.

06

정답 | ⑤

정답풀이 |

광역시의 도시지역 개발행위 허가 건수 대비 녹지지역 허가 건수 비율은 다음과 같다.

부산	$\frac{168}{470}\times 100 \fallingdotseq 35.7(\%)$	광주	$\frac{106}{269}\times 100 \fallingdotseq 39.4(\%)$
대구	$\frac{197}{547}\times 100 \fallingdotseq 36(\%)$	대전	$\frac{229}{315}\times 100 \fallingdotseq 72.7(\%)$
인천	$\frac{526}{708}\times 100 \fallingdotseq 74.3(\%)$	울산	$\frac{582}{694}\times 100 \fallingdotseq 83.9(\%)$

그래프에서는 인천과 광주의 수치가 서로 바뀌어 있다.

오답풀이 |

③ 서울의 도시지역 용도별 개발행위 허가 건수 대비 면적을 정리하면 다음과 같다.

- 주거지역: $\frac{199,015}{111}\fallingdotseq 1,792.9(m^2/\text{건})$
- 상업지역: $\frac{355}{3}\fallingdotseq 118.3(m^2/\text{건})$
- 공업지역: $\frac{84}{1}=84(m^2/\text{건})$
- 녹지지역: $\frac{17,295}{18}\fallingdotseq 960.8(m^2/\text{건})$

따라서 작성된 그래프는 적절하다.

07

정답 | ⑤

정답풀이 |

2016년 서울의 20대 남자 평균 몸무게의 전년 대비 증가량은 74.73−74.50=0.23(kg)이고, 여자가 55.76−55.55=0.21(kg)이다. 그러나 그래프에서는 두 수치가 서로 바뀌어 있으므로 옳지 않다.

오답풀이 |

② 전국 20대 남자와 여자의 평균 몸무게 차이를 구하면, 2014년 72.93−55.43=17.5(kg), 2015년 73.43−55.85=17.58(kg), 2016년 73.87−56.16=17.71(kg), 2017년 74.29−56.49=17.8(kg)이다.

④ 전국과 서울의 30대 남자 평균 몸무게 차이를 구하면, 2014년 75.72−74.96=0.76(kg), 2015년 76.48−75.75=0.73(kg), 2016년 76.87−76.26=0.61(kg), 2017년 77.15−76.75=0.4(kg)이다.

기출 유형 1 | 자료이해 P. 104

01	02	03	04	05	06	07	08	09	10
①	⑤	③	①	①	①	①	③	①	②
11	12	13	14	15	16	17	18	19	20
①	④	⑤	③	⑤	①	⑤	②	③	③
21	22	23	24	25	26	27	28	29	30
④	④	④	⑤	⑤	④	⑤	⑤	①	①
31	32	33	34	35	36	37	38	39	40
⑤	③	④	②	④	⑤	④	②	⑤	⑤
41	42	43	44	45	46				
③	①	①	⑤	④	⑤				

01

정답 | ①

정답풀이 |

응급의료기관 유형별로 응급실 전담 전문의 1인당 응급실 전담 간호사 수는 다음과 같다.

- 권역응급의료센터: $\frac{1,695}{318} \fallingdotseq 5.3$(명)
- 지역응급의료센터: $\frac{3,233}{720} \fallingdotseq 4.5$(명)
- 기초응급의료센터: $\frac{2,312}{379} \fallingdotseq 6.1$(명)

따라서 기초응급의료센터가 가장 많다.

오답풀이 |

② 전체 응급의료기관당 응급실 전담 전문의 수는 $\frac{1,417}{399} \fallingdotseq 3.6$(명)이므로, 4명 이하이다.

③ 내원 환자 수가 가장 많은 응급의료기관은 지역응급의료센터이고, 응급의료기관 유형별로 응급의료기관당 응급실 전담 간호사 수를 구하면 다음과 같다.
- 권역응급의료센터: $\frac{1,695}{35} \fallingdotseq 48.4$(명)
- 지역응급의료센터: $\frac{3,233}{125} \fallingdotseq 25.9$(명)
- 기초응급의료센터: $\frac{2,312}{239} \fallingdotseq 9.7$(명)

권역응급의료센터의 응급실 전담 간호사 수가 가장 많으므로 내원 환자 수가 가장 많은 응급의료기관 유형과 응급의료기관당 응급실 전담 간호사 수가 가장 많은 유형은 같지 않다.

④ 응급의료기관 유형별로 응급실 전담 전문의 1인당 내원 환자 수는 다음과 같다.
- 권역응급의료센터: $\frac{1,540,393}{318} \fallingdotseq 4,844$(명)
- 지역응급의료센터: $\frac{3,455,117}{720} \fallingdotseq 4,799$(명)
- 기초응급의료센터: $\frac{2,669,169}{379} \fallingdotseq 7,043$(명)

따라서 지역응급의료센터가 가장 적다.

⑤ 응급의료기관 유형별로 응급실 병상당 내원 환자 수는 다음과 같다.
- 권역응급의료센터: $\frac{1,540,393}{1,268} \fallingdotseq 1,215$(명)
- 지역응급의료센터: $\frac{3,455,117}{3,279} \fallingdotseq 1,054$(명)
- 기초응급의료센터: $\frac{2,669,169}{2,540} \fallingdotseq 1,051$(명)

따라서 권역응급의료센터의 경우 1,200명 이상이다.

TIP

선택지에서 원하는 값을 구하기보다는 주어진 수치를 이용하여 역으로 비교해 본다.

② 399에 4를 곱한 값이 약 1,600으로 1,417보다 크다. 따라서 4명 이하인 것을 알 수 있다.

⑤ 응급실 병상 수에 1,200을 곱한 후 내원 환자 수보다 많은지 적은지를 대략 비교해도 좋다.

02

정답 | ⑤

정답풀이 |

ㄱ. 2019년 청구인이 내국인인 특허심판 청구건수는 795+359=1,154(건)이고, 전년도는 889+1,970=2,859(건)이다. 변화율이 $\frac{1,154-2,859}{2,859} \times 100 \fallingdotseq -60$(%)이므로, 감소율은 50% 이상이다.

ㄴ. 2021년 피청구인이 내국인인 특허심판 청구건수는 741+152=893(건), 피청구인이 외국인인 특허심판 청구건수는 213+46=259(건)이다. 이때, 259×3=777(건)이므로 3배 이상이다.

ㄷ. 2017년 내국인이 외국인에게 청구한 특허심판 청구건수는 270건, 2020년 외국인이 외국인에게 청구한 특허심판 청구건수는 230건이다. 따라서 2017년 내국인이 외국인에게 청구한 특허심판 청구건수가 더 많다.

TIP

주어진 항목(청구인)안에 항목(피청구인)이 있는 경우는 꼭 주어진 〈보기〉를 반드시 꼼꼼히 읽도록 한다.

ㄱ. 2019년 청구인이 내국인인 특허심판 청구건수는 (795+359)건이고, 전년도는 (889+1,970)건이다. 이때, 각각을 비교하면 1,970의 50%는 '985>795', 889의 50%는 '444.5>359'이다. 따라서 2018년 대비 2019년 청구인이 내국인인 특허심판 청구건수는 50% 이상 감소한 것을 알 수 있다.

03

정답 | ③

정답풀이 |

주어진 〈표〉의 비율은 남성과 여성을 각각 흡연과 비흡연, 음주와 비음주로 나눈 것이기 때문에 남성과 여성에 제시된 비율의 합은 각각 100%가 되어야 한다. 따라서 남성 비흡연/비음주 비율은 100−30−35−10=25(%)이다. 또한, 남성 흡연/음주 인원이 600명일 때, 30%의 비율을 차지하므로 남성 1%는 $\frac{600}{30}$=20(명)을 의미한다.

구분		남성		여성	
		흡연	비흡연	흡연	비흡연
음주	인원(명)	600	(700)	( )	( )
	비율(%)	30	35	( )	20
비음주	인원(명)	(200)	(500)	300	450
	비율(%)	10	(25)	( )	30

여성 비음주/비흡연의 경우 인원 450명, 해당 비율이 30%이므로, 1%는 $\frac{450}{30}$=15(명)이다. 따라서 여성 비음주/흡연 인원이 300명이므로 해당 비율은 $\frac{300}{15}$=20(%)이고, 여성 음주/흡연 비율은 100−20−20−30=30(%)이다.

구분		남성		여성	
		흡연	비흡연	흡연	비흡연
음주	인원(명)	600	(700)	(450)	(300)
	비율(%)	30	35	(30)	20
비음주	인원(명)	(200)	(500)	300	450
	비율(%)	10	(25)	(20)	30

ㄴ. 비음주이면서 비흡연인 환자 중 남성은 500명으로 여성 환자 450명보다 많다.

ㄹ. 전체 환자 중 음주 환자 비중은 남성의 30%, 35%, 여성의 30%, 20%이고, 전체 환자 중 흡연 환자 비중은 남성의 30%, 10%, 여성의 30%, 20%이다. 이때, 음주 환자 비중과 흡연 환자 비중은 남성의 30%, 여성의 30%, 20%이 동일하므로, 차이는 음주 환자 남성의 35%, 흡연 환자 남성의 10%이다. 따라서 전체 환자 중 음주 환자 비중이 전체 환자 중 흡연 환자 비중보다 크다.

오답풀이 |

ㄱ. 흡연 비율은 남성 환자가 30+10=40(%)이고, 여성 환자가 30+20=50(%)이다. 따라서 남성 환자보다 여성 환자의 흡연 비율이 더 높다.

ㄷ. 남성 음주 비율은 남성의 30+35=65(%)이므로 남성의 경우 음주 환자가 비음주 환자 수보다 더 많다. 여성 음주 비율은 여성의 30+20=50(%)이므로, 여성의 경우 음주 환자와 비음주 환자 수는 동일하다.

04

정답 | ①

정답풀이 |

ㄱ. 24~26차 회의의 심의안건에 모두 동의한 위원은 기획재정부장관, 보건복지부장관, 여성가족부장관, 국토교통부장관, 해양수산부장관, 문화재청장으로 총 6명이다.

오답풀이 |

ㄴ. 24차 심의안건에 부동의한 위원 수는 5명, 25차는 6명, 26차는 4명이므로, 매 회차 증가한 것은 아니다.

ㄷ. 전체 위원의 $\frac{2}{3}$ 이상이 동의해야 심의안건이 의결된다는 것은 반대로 생각하면 $\frac{1}{3}$ 미만이 심의안건에 부동의하는 것과 같다. 따라서 16명 중 5.3명 미만이 부동의하는 경우는 24차와 26차 밖에 없으므로 모두 의결된 것은 아니다.

TIP

양자택일로 자료가 주어질 때에는 항상 여사건을 고려하도록 한다.

05

정답 | ①

정답풀이 |

ㄱ. 현재 해운 운송량의 평균은 10,600÷4=2,650(톤)이고, 각각 100톤씩 증가한다는 것은 평균이 100톤 증가하는 것을 의미한다. 따라서 4개 농산물 해운 운송량의 평균은 2,650+100=2,750(톤)이다.

ㄷ. 도로 운송량은 '콩<보리<쌀<밀' 순이며, 농산물별 운송량 중 도로 운송량이 차지하는 비중을 계산하면 다음과 같다.

- 콩: $\frac{400}{400+600+4,000}\times 100=8(\%)$
- 보리: $\frac{2,900}{2,900+7,100+2,000}\times 100\fallingdotseq 24(\%)$
- 쌀: $\frac{10,600}{10,600+5,800+1,600}\times 100\fallingdotseq 59(\%)$

• 밀: $\frac{16,500}{16,500+7,500+3,000}\times 100 \fallingdotseq 61(\%)$

비중은 '콩<보리<쌀<밀' 순이므로, 도로 운송량이 많은 농산물일수록 해당 농산물의 운송량 중 도로 운송량이 차지하는 비중이 더 크다.

오답풀이 |

ㄴ. 보리의 총운송량 2,900+7,100+2,000=12,000(톤)이 50% 감소하면 총 6,000톤 감소한다. 반면 콩의 총운송량 400+600+4,000=5,000(톤)이 100% 증가하면 총 5,000톤 증가한다. 따라서 전체 운송량은 1,000톤 감소한다.

ㄹ. 해운 운송량 '쌀<보리<밀<콩'이고, 농산물별 운송량 중 해운 운송량이 차지하는 비중은 '쌀<밀<보리<콩'이다.

• 쌀: $\frac{1,600}{10,600+5,800+1,600}\times 100 \fallingdotseq 8.9(\%)$

• 밀: $\frac{3,000}{16,500+7,500+3,000}\times 100 \fallingdotseq 11.1(\%)$

• 보리: $\frac{2,000}{2,900+7,100+2,000}\times 100 \fallingdotseq 16.7(\%)$

• 콩: $\frac{4,000}{400+600+4,000}\times 100 \fallingdotseq 80(\%)$

따라서 보리의 경우 해운 운송량은 밀보다 적지만, 차지하는 비중은 밀보다 더 크다.

TIP

ㄷ. 비중을 굳이 구하지 않아도 항목의 대략적인 비를 가지고 차지하는 비중을 대소비교할 수 있다. 도로 운송량이 많은 농산물부터 순서대로 나열하면 '콩<보리<쌀<밀'이다. 농산물별로 운송량 중 도로 운송량이 차지하는 비중을 계산하기 전에 콩 · 보리 · 쌀 · 밀의 도로 운송량과 (철도+해운) 운송량의 비를 먼저 정리하면 다음과 같다.

농산물	도로 운송량: (철도+해운) 운송량	농산물	도로 운송량: (철도+해운) 운송량
쌀	106:74=53:37≒1.43:1	콩	4:46=2:23
밀	165:105=33:21≒1.57:1	보리	29:91

ㄹ도 같은 방법으로 접근할 수 있다.

06

정답 | ①

정답풀이 |

ㄱ. 2017~2021년 동안의 특허 출원건수의 합은 식물기원 5+7+9+12+25=58(건), 동물기원 4+2+11+10+15=42(건), 미생물효소 1+5+9+8+17=40(건)이므로 '미생물효소'가 가장 작다.

오답풀이 |

ㄴ. 연도별 전체 특허 출원건수 대비 각 사료 유형의 특허 출원건수 비율이 가장 높은 사료는 2017년, 2018년, 2020년, 2021년의 경우 식물기원이고 2019년의 경우 동물기원이다. 따라서 '식물기원'이 매년 가장 높은 것은 아니다.

ㄷ. 2021년 특허 출원건수의 전년 대비 증가율은 식물기원 $\frac{25-12}{12}\times 100 \fallingdotseq 108(\%)$, 동물기원 $\frac{15-10}{10}\times 100=50(\%)$, 미생물효소 $\frac{17-8}{8}\times 100=112.5(\%)$이므로, '식물기원'의 증가율이 가장 높다고 할 수 없다.

TIP

ㄷ. 전년 대비 증가율을 비교하는 것으로 2020년에서 2021년의 값이 될 때 가장 큰 수를 곱하는 사료 유형이 바로 증가율이 가장 큰 것으로 판단할 수 있다. 먼저, 동물기원이 아닌 것을 알 수 있고, 식물기원은 2배 후 $\frac{1}{12}$이 더 필요하고, 미생물효소는 2배 후 $\frac{1}{8}$이 더 필요한 것을 알 수 있다. 이때, $\frac{1}{8}>\frac{1}{12}$이므로 미생물효소의 증가율이 가장 높은 것을 알 수 있다.

07

정답 | ①

정답풀이 |

ㄱ. '가공비용=가공단가×가공량'이므로 식을 적용하면, A지역의 3등급 쌀 가공비용은 25×100=2,500(천 원)이고 B지역의 2등급 현미 가공비용은 25×97=2,425(천 원)이다. 따라서 A지역의 3등급 쌀 가공비용이 B지역의 2등급 현미 가공비용보다 더 크다.

오답풀이 |

ㄴ. 1등급 현미 전체의 가공비용은 106×105=11,130(천 원)이고, 2등급 현미 전체 가공비용은 82×97=7,954(천 원)이다. '7,954×2=15,908>11,130'이므로 2배 미만이다.

ㄷ. 3등급 쌀의 가공단가가 100 → 90천 원/톤(10% 감소), 3등급 보리의 가공단가가 55 → 50천 원/톤(약 10% 감소)이다. 가공비용은 가공단가와 가공량의 곱이고 쌀과 보리 모두 가공단가의 감소 비율이 비슷하므로, 쌀과 보리의 가공량 합이 작은 것이 지역별 가공비용 총액 감소폭도 가장 작다. 쌀과 보리의 가공량 합은 'C(20+2)<A(25+7)<B(55+5)'이므로, 지역별 가공비용 총액 감소폭이 가장 작은 지역은 C이다.

TIP

ㄴ. 1등급 현미 전체의 가공비용은 106×105, 2등급 현미 전체 가공비용은 82×97이다. 1등급이 2등급의 2배 이상이 되려면 각각 40% 이상(1.4×1.4=1.96≒2) 증가해야 한다. 즉, 82의 1.4배는 약 115이고, 97의 1.4배는 약 136이나 106×105이므로 2배가 될 수 없다.

08

정답 | ③

정답풀이 |

엥겔계수와 엔젤계수의 분모가 가계지출액으로 동일하므로, 식료품비와 18세 미만 자녀에 대한 보육 · 교육비를 비교하려면 엥겔계수와 엔젤계수를 비교하면 된다. 2006년 이후 엔젤계수가 엥겔계수보다 항상 높으므로 매년 18세 미만 자녀에 대한 보육 · 교육비는 식료품비를 초과한다.

오답풀이 |

① 2008~2013년 동안 엔젤계수의 연간 상승폭은 매년 증가하지 않고 2011년과 2013년에는 감소하였다.

(단위: %, %p)

구분	2007년	2008년	2009년	2010년	2011년	2012년	2013년
엔젤계수	15.1	15.2	16.1	17.7	18.3	20.1	20.5
연간 상승폭	–	0.1	0.9	1.6	0.6	1.8	0.4

② 2004년 대비 2014년 엥겔계수 하락폭은 16.6−12.2=4.4(%p)이고, 엔젤계수 상승폭은 20.1−14.4=5.7(%p)이다. 따라서 엥겔계수 하락폭은 엔젤계수 상승폭보다 작다.

④ 18세 미만 자녀에 대한 보육 · 교육비 대비 식료품비의 비율은 엔젤계수 대비 엥겔계수로 계산할 수 있다. 이는 2008~2012년 동안 계속 감소하고 있다.

(단위: %)

구분	2008년	2009년	2010년	2011년	2012년
엔젤계수	15.2	16.1	17.7	18.3	20.1
엥겔계수	14.1	13.7	13.2	12.1	12.5
엔젤계수 대비 엥겔계수	약 92.8	약 85.1	약 74.6	약 66.1	약 62.2

⑤ 엔젤계수가 가장 높은 해는 20.5%인 2013년이고, 가장 낮은 해는 14.4%인 2004년이다. 둘의 차이는 20.5−14.4=6.1(%p)로 7.0%p 이하이다.

09

정답 | ①

정답풀이 |

기술무역수지는 기술수출액(세로축)에서 기술도입액(가로축)을 뺀 값이다. 2020년 기술무역수지는 건설의 경우 60−80=−20(백만 달러), 농림수산식품의 경우 85−155=−70(백만 달러), 소재의 경우 15−235=−220(백만 달러) 정도이다. 따라서 3개 산업 중 기술무역수지가 가장 작은 산업은 '소재'이다.

오답풀이 |

② 기술무역규모는 기술수출액(세로축)과 기술도입액(가로축)의 합이다. 2021년 대략적인 기술무역규모는 건설의 경우 160+70=230(백만 달러), 농림수산식품의 경우 35+170=205(백만 달러), 소재의 경우 15+285=300(백만 달러) 정도이다. 따라서 3개 산업 중 기술무역규모가 가장 큰 산업은 '소재'이다.

③ 2019년 기술도입액은 건설 90백만 달러, 농림수산식품 170백만 달러, 소재 100백만 달러이므로 합은 360백만 달러, 즉 3억 6천만 달러는 될 것으로 예상된다. 따라서 3개 산업의 전체 기술도입액은 3억 2천만 달러 이상 될 것을 알 수 있다.

④ 2019년, 2020년, 2021년 기술도입액과 기술수출액 현황을 살펴보면 아래쪽에 차례대로(좌측에서 우측으로) 2019년, 2020년, 2021년이 나타나 있다. 이때, 기술무역수지는 기술수출액(세로축)에서 기술도입액(가로축)을 뺀 것으로 기술수출액(세로축)은 비슷한 반면 기술도입액(가로축)은 2019년, 2020년, 2021년으로 갈수록 커진다. 따라서 기술무역수지는 매년 감소하는 것으로 확인된다.

⑤ '기술무역수지비$=\frac{\text{기술수출액}}{\text{기술도입액}}$'이므로, 주어진 그래프의 점 (0, 0)에서 주어진 점까지 연결한 선의 기울기를 의미한다. 즉, 농림수산식품 사업의 기술무역수지비의 기울기는 '2020년>2019년>2021년'이므로 2020년 기술무역수지비가 가장 크다.

TIP

점 그래프가 나올 땐 일반적으로 기울기를 확인하는 문항이 자주 출제된다. 따라서 점 그래프는 항상 기울기가 무엇을 의미하는 것인지를 생각하며 풀도록 한다.

10

정답 | ②

정답풀이 |

먼저 심판대상은 전년 이월된 건수와 해당 연도 접수 건수의 합이고, 심판대상 중 재결되지 않은 건은 다음 연도로 이월되므로 '전년 이월=심판대상−재결'이다.

예를 들어 2016년 심판대상(322건)=해당 연도 접수(226건)+2015년 이월 건수(96건)이고, 2016년에 재결되지 않은 것은 심판대상(322건)=재결(222건)+2016년 이월 건수(100건)을 의미한다. 그러므로 2017년 심판대상 323건(=100+223)에서 재결 233건을 뺀 90건이 2018년 빈칸의 전년 이월 건수에 해당한다. 〈표〉를 채우면 다음과 같다.

구분 \ 연도	2016년	2017년	2018년	2019년	2020년
전년 이월	96	100	(90)	71	89
해당 연도 접수	226	223	168	204	252
심판대상	322	(323)	258	275	341
재결	222	233	187	186	210

ㄱ. 2016년과 2018년 '심판대상' 중 '전년 이월'의 비중은 다음 과 같다.

• 2016년: $\frac{96}{322} \times 100 ≒ 30(\%)$

• 2018년: $\frac{90}{258} \times 100 ≒ 35(\%)$

따라서 2018년이 2016년보다 높다.

ㄷ. '해당 연도 접수' 건수의 전년 대비 증가율을 구해 보면 2018년의 경우 2017년 대비 감소하였으니 해당하지 않는다. 그리고 2019년의 경우 $\frac{204-168}{168} \times 100 ≒ 21.4(\%)$이고, 2020년의 경우 $\frac{252-204}{204} \times 100 ≒ 23.5(\%)$이므로 가장 높은 연도는 2020년이다.

오답풀이 |

ㄴ. 다음 연도로 이월되는 건수는 전년 이월 건수를 의미한다. 이월되는 건수는 2016년 100건, 2017년 90건, 2018년 71건, 2019년 89건, 2020년 131건(=341−210)으로 2020년의 경우 가장 많다.

ㄹ. '재결' 건수가 가장 적은 연도는 2019년이고, '해당 연도 접수' 건수가 가장 적은 연도는 2018년이다.

TIP

ㄷ. 증가율 비교는 분수비교로써 분자/분모의 증가율 비교로 확인 가능하다.

2019년의 경우 $\frac{36}{168}$이고, 2020년의 경우 $\frac{48}{204}$인데, 분자의 증가량은 12이므로 36에 대해 약 33% 증가, 분모의 증가량은 36으로 168에 대해 33% 보다 낮다. 따라서 분자의 증가율이 높으므로 2020년의 경우 2019년보다 증가율이 더 높다.

11

정답 | ①

정답풀이 |

ㄱ. 소형 주택으로 이사 간 가구의 수가 30가구이므로, 대형 주택에서 소형 주택으로 이사 간 가구의 수는 5가구이다. 이사 전 중형 주택에 살던 가구는 10+30+10=50(가구), 대형 주택에 살던 가구는 5+10+15=30(가구)이다. 그러므로 이사 전 소형 주택에 살던 가구의 수는 100−50−30=20(가구)이다. 소형 주택에서 소형 주택으로 이사 간 가구가 15가구이고, 소형 주택에서 대형 주택으로 이사 간 가구가 5가구이므로 소형 주택에서 중형 주택으로 이사 간 가구는 없다.

이사 전 / 이사 후	소형	중형	대형	합
소형	15	10	5	30
중형	0	30	10	40
대형	5	10	15	30
계	20	50	30	100

ㄴ. 이사 전후 주택규모가 달라진 가구의 수는 10+5+0+10+5+10=40(가구)로, 전체의 50% 이하이다.

오답풀이 |

ㄷ. 이사 전에 대형 주택에 사는 가구의 수는 5+10+15=30(가구)이다. 이사 후에 대형 주택에 사는 가구의 수는 5+10+15=30(가구)이다. 따라서 이사 전과 이사 후가 같다.

ㄹ. 이사 후 주택규모가 커진 가구의 수는 0+5+10=15(가구)이다. 이사 후 주택규모가 작아진 가구의 수는 10+5+10=25(가구)이다. 따라서 이사 후 주택규모가 커진 가구의 수는 이사 후 주택규모가 작아진 가구의 수보다 적다.

12

정답 | ④

정답풀이 |

편익, 피해액, 재해발생위험도 3개 평가 항목 점수의 합이 큰 지역일수록 우선순위가 높다. 등급별 배점을 이용하여 나타내면 다음과 같다.

〈표1〉 '갑'~'병'지역의 평가 항목별 등급

평가항목 / 지역	편익	피해액	재해발생위험도	합계	우선순위
갑	6	15	17	38	2
을	8	6	25	39	1
병	10	12	10	32	3

ㄱ. 점수는 '재해발생위험도'의 경우 '을>갑>병'일수록, '우선순위'의 경우 '을>갑>병' 순으로 높다.

ㄷ. '피해액' 점수와 '재해발생위험도' 점수의 합을 크기 순으로 나열하면 '갑(15+17)>을(6+25)>병(12+10)'이다. 따라서 갑이 가장 크다.

ㄹ. '갑' 지역의 '편익' 등급이 B로 변경되면 점수가 2점 높아지므로, 합계는 40점이 된다. 따라서 우선순위는 '갑>을>병'이 되어 갑의 경우 우선순위가 가장 높다.

오답풀이 |

ㄴ. 우선순위가 가장 높은 지역(을)과 가장 낮은 지역(병)의 '피해액' 점수 차이는 12−6=6(점)이고, '재해발생위험도' 점수 차이는 25−10=15(점)으로 '재해발생위험도' 점수 차이가 더 크다.

13

정답 | ⑤

정답풀이 |

ⓜ 글로벌 e스포츠 산업 규모 대비 '갑'국 e스포츠 산업 규모의 비중은 다음과 같다.

연도	비중	연도	비중
2017년	$\frac{602.7}{3,575} \times 100$ ≒16.9(%)	2020년	$\frac{973}{7,207} \times 100$ ≒13.5(%)
2018년	$\frac{722.9}{3,741} \times 100$ ≒19.3(%)	2021년	$\frac{1,138.6}{9,517} \times 100$ ≒12(%)
2019년	$\frac{933.4}{5,424} \times 100$ ≒17.2(%)		

따라서 2018년 비중이 전년과 비교해서 증가했으므로, 매년 감소했다는 설명은 옳지 않다.

오답풀이 |

㉠ 2020년 973억 원에서 15%=10%+5%=97+49=146(억 원)을 더하면 1,119억 원으로 2021년 '갑'국의 규모인 1,138.6억 원보다 작다. 즉, 2021년 e스포츠 산업 규모는 적어도 15% 이상 성장한 것을 알 수 있다.

㉡ 방송분야 매출 비중(근사)은 $\frac{453}{1,139} \times 100$≒39.8(%)로 전체의 35% 이상을 차지한다. 다른 방법으로 접근하면, 1,139억 원의 35%는 10%×3+5%=114×3+57≒400(억 원)이므로 방송분야 매출은 400억 원(35%)보다 더 큰 453억 원이다. 따라서 방송분야 매출 비중은 35% 이상을 차지한다.

㉢ 글로벌 e스포츠 산업 규모는 전년 대비 30%를 각각 비교하면 다음과 같다.
- 2019년: 2018년(3,741억 원)의 30%(1,122)를 더하면 4,863<2019년(5,424억 원)이므로 30% 이상 성장
- 2020년: 2019년(5,424억 원)의 30%(1,627)를 더하면 7,051<2020년(7,207억 원)이므로 30% 이상 성장
- 2021년: 2020년(7,207억 원)의 30%(2,162)를 더하면 9,369<2021년(9,517억 원)이므로 30% 이상 성장

따라서 글로벌 e스포츠 산업 규모는 2019년부터 전년 대비 30% 이상 성장하였다.

㉣ 2020년 '갑'국의 e스포츠 산업 규모는 2019년 e스포츠 산업 규모인 933.4억 원에 5%인 약 47억 원을 더하면 980.4억 원으로 2020년 e스포츠 산업 규모인 973억 원보다 크다. 따라서 전년 대비 5% 미만 성장했다. 또한, 2020년 글로벌 e스포츠 산업 규모인 7,207억 원의 15%는 약 1,081억 원으로 2020년 '갑'국의 e스포츠 산업 규모인 973억 원보다 크다. 따라서 차지하는 비중은 15% 미만이 된다.

TIP

많이 하는 실수 중 하나는 '~년 이후'란 표현이 나왔을 때 '~년'을 놓친다는 것이다. ⓜ의 경우 2017년 이후 매년 감소하였다고 되어있으므로, 2018년에 증감 여부를 확인하기 위해서는 2017년 자료와 비교해야만 2018년을 판단할 수 있다.

14

정답 | ③

정답풀이 |

ㄱ. 전년비는 2019년 어획량 대비 2020년 어획량 비율을 의미하는 것으로 100%를 상회한다면 2019년 어획량<2020년 어획량을 나타내고, 100%를 하회한다면 2019년 어획량>2020년 어획량을 나타낸다.
- 전년비 100% 보다 큰 어종: 2019년 어획량<2020년 어획량
- 전년비 100% 보다 낮은 어종: 2019년 어획량>2020년 어획량

2019년 어획량이 가장 많은 어종을 전년비를 통해 각각 계산하기보다는 먼저 절대적인 값이 가장 큰 어종을 골라낸다. 2020년 8개 어종 중 어획량이 절대적으로 가장 많은 어종은 고등어이다. 고등어는 전년비가 80% 정도이므로 대략 2019년 어획량이 2020년 어획량보다 많다. 즉, 전년비가 100%보다 낮은 어종 중 2019년 어획량이 고등어(64,609톤) 보다 큰 어종이 있는지 확인해 본다.

전년비가 100% 보다 낮은 어종은 광어(5,453톤, 약 40%), 오징어(23,703톤, 약 90%)이다. 계산해 보지 않아도 고등어(64,609톤)보다는 결코 높을 수 없다.

ㄷ. 평년비는 100%를 기준으로 100%를 상회한다면 2020년 어획량이 2011~2020년 어획량 평균보다 높은 것을 의미하고, 100%를 하회한다면 2020년 어획량이 2011~2020년 어획량 평균보다 낮은 것을 의미한다.

2020년 갈치의 평년비는 100%를 상회하므로 2020년 어획량이 2011~2020년 어획량 평균보다 높은 것을 의미한다. 이때, 2020년과 2021년 갈치 어획량이 동일하다면 2011~2020년 어획량 평균보다 2011~2021년 어획량 평균은 더 높아질 수밖에 없다.(평균보다 더 높은 값을 더하기 때문에)

오답풀이 |

ㄴ. '2020년 어획량=전년비×2019년 어획량'이므로 평년비 $= \frac{\text{전년비} \times \text{2019년 어획량}}{\text{2011~2020년 연도별 어획량의 평균}}$가 된다. 이 식을 변형하면 $\frac{\text{평년비}}{\text{전년비}} = \frac{\text{2019년 어획량}}{\text{2011~2020년 연도별 어획량의 평균}}$이므로
- $\frac{\text{평년비}}{\text{전년비}}$>1이면, 2019년 어획량>해당 어종의 2011~2020년 연도별 어획량의 평균
- $\frac{\text{평년비}}{\text{전년비}}$<1이면, 2019년 어획량<해당 어종의 2011~2020년 연도별 어획량의 평균

즉, 주어진 그래프의 기울기가 1인 직선을 기준으로 위쪽에 있다면 $\frac{\text{평년비}}{\text{전년비}}$>1이고, 아래쪽에 있다면 $\frac{\text{평년비}}{\text{전년비}}$<1이다.

해당 그래프에서 기울기가 1인 직선은 점(0, 0), 점(180, 180)을 연결한 선이 된다. 따라서 조기는 기울기가 1인 직선

위쪽에 있으므로 '2019년 어획량>해당 어종의 2011~2020년 연도별 어획량의 평균'을 의미한다.

따라서 8개 어종 중 7개 어종의 2019년 어획량이 해당 어종의 2011~2020년 연도별 어획량의 평균보다 적다.

TIP

점 그래프가 나올 땐 일반적으로 기울기를 확인하는 문제가 자주 출제된다. 따라서 점 그래프는 항상 기울기가 무엇을 의미하는 것인지를 생각하며 풀도록 한다.

15

정답 | ⑤

정답풀이 |

ㄷ. 초미세먼지 농도가 가장 낮은 지역은 강원도이다. 초미세먼지로 인한 조기사망자 수는 강원도의 경우 443명이고, 충청북도는 403명으로 강원도가 충청북도보다 많다.

ㄹ. 대구의 연령표준화사망률은 부산보다 높다. 초미세먼지로 인한 조기사망자 수는 대구의 경우 672명이고, 부산의 경우 947명으로 대구가 부산보다 적다.

오답풀이 |

ㄱ. 초미세먼지로 인한 조기사망자 수는 2,352명으로 경기도가 가장 많다.

ㄴ. 대구와 울산의 경우를 보면 대구의 연령표준화사망률이 울산의 연령표준화사망률보다 높지만 초미세먼지로 인한 조기사망자 수는 대구가 672명, 울산이 222명으로 대구가 울산보다 많다.

16

정답 | ①

정답풀이 |

ㄱ. '수영'기록이 한 시간 이하인 선수는 러시아, 브라질, 일본선수이고, 모두 'T2'기록이 3분 미만이다.

대한민국은 '수영'기록=종합−(T1+자전거+T2+달리기)=1:20:19>1시간 이상

ㄴ. 영국 '종합'기록은 수영+T1+자전거+T2+달리기=9:48:07이다. 따라서 종합기록 2~10인 선수 중 한 단계 높은 선수와 종합기록 차이가 1분 미만인 선수는 일본, 러시아, 중국으로 3명뿐이다.

오답풀이 |

ㄷ. 독일 '달리기'기록은 종합−(수영+T1+자전거+T2)=3:36:46이다. 따라서 '달리기'기록 상위 3명은 대한민국(종합 4, 5순위), 일본이므로, 모두 대한민국은 아니다.

ㄹ. 종합기록 순위 10위인 선수는 중국인이고, 중국인 수영기록 순위는 4위이다.

'수영'기록과 'T1'기록의 합산 기록 순위도 4위이므로, '수영' 기록 순위와 합산기록 순위는 같다.

17

정답 | ⑤

정답풀이 |

내비게이션의 성능지표는 $\frac{7,020}{500}$=14.04(초)이다. 따라서 성능지표는 내비게이션이 가장 낮다.

오답풀이 |

① 유전체 분석은 숫자 정렬보다 명령어 수가 많지만 수행시간은 숫자 정렬보다 짧다.

② CPI가 가장 낮은 프로그램은 양자 컴퓨팅이고, 기준시간이 가장 긴 프로그램은 영상 압축이다.

③ 수행시간은 $\frac{기준시간}{성능지표}$이다. 따라서 인공지능 바둑의 수행시간은 $\frac{10,490}{18.7}$≒561.0(초)이다. 따라서 인공지능 바둑의 수행시간은 내비게이션 수행시간 500초보다 길다.

④ 클럭 사이클 수는 'CPI×명령어 수'이다. 양자 컴퓨팅은 기준시간이 인공지능 체스보다 길지만 CPI와 명령어 수가 인공지능 체스보다 적으므로 클럭 사이클 수도 더 적다.

18

정답 | ②

정답풀이 |

ㄱ. 전체 급속충전기 수 대비 '다중이용시설' 급속충전기 수의 비율을 구하면 다음과 같다.

2019년	2020년	2021년
$\frac{2,606}{5,390}$×100 ≒48(%)	$\frac{5,438}{9,988}$×100 ≒54(%)	$\frac{8,858}{15,003}$×100 ≒59(%)

따라서 해당 비율은 매년 증가한다.

ㄷ. 2021년 주유소 급속충전기 수는 8,858−2,701−2,099−1,646−604−227−378−152=1,051(대)이다. 이때, 2019년 대비 2021년 증가율이 클수록 2019년에서 2021년이 될 때 곱해 주는 수가 큰 값이 될 것이다. 주유소는 2019년(125대)×약 8.4=2021년(약 1,050대)이 될 것이다.

주유소를 제외하고 현재 약 7배가 가능한 장소는 휴게소, 공동주택을 제외하고는 없다.

2019년 휴게소 475대(=2,606−807−125−757−272−79−64−27)가 2021년 2,099대가 되려면 8배보다는 훨씬 작다. 2019년 공동주택 29대(=2,784−1,595−565−119−476)가 2021년 221대가 되려면 8배보다는 작다.

따라서 2019년 대비 2021년 급속충전기 수의 증가율은 주

유소가 가장 높다.

오답풀이 |

ㄴ. 2019~2021년 공공시설과 주차전용시설, 쇼핑몰 급속충전기 수를 구하면 다음과 같다.

(단위: 대)

구분	2019년	2020년	2021년
공공시설	1,595	4,550−898−303−102−499=2,748	6,145−1,275−375−221−522=3,752
주차전용시설+쇼핑몰	565+807=1,372	898+1,701=2,599	1,275+2,701=3,976
더 많은 시설	공공시설	공공시설	주차전용시설+쇼핑몰

따라서 공공시설 급속충전기 수가 매년 더 많다고 할 수 없다.

ㄹ. 2019년 휴게소(475대)<문화시설(757대)이므로 휴게소가 문화시설보다 매년 더 많다는 설명은 옳지 않다.

19

정답 | ③

정답풀이 |

ㄴ. 전년 대비 감소폭은 총노선 수와 총차량대수 모두 2019년의 경우 가장 크다.

(단위: 개, 대)

구분	총노선 수	노선 감소폭	총차량 대수	차량대수 감소폭
2016	361		7,485	
2017	358	−3	7,485	0
2018	355	−3	7,482	−3
2019	351	−4	7,421	−61
2020	354	+3	7,405	−16

ㄷ. 2019년 심야버스는 버스 유형 중 유일하게 전년에 비해 차량대수가 증가하였고, 전년 대비 차량대수 증가율은 $\frac{70-47}{47}\times 100 \fallingdotseq 48.9(\%)$로, 45%를 상회하였다.

ㄹ. 2016~2020년 동안 노선 수 대비 차량대수 비는 간선버스가 매년 가장 크다.

구분	간선버스	지선버스	광역버스	순환버스	심야버스
2016	30.4	16.1	22.7	6.3	5.0
2017	30.5	16.2	22.7	6.3	5.9
2018	30.3	16.5	22.6	4.7	5.9
2019	30.2	16.4	24.7	4.7	7.8
2020	29.5	16.5	24.5	4.7	7.1

오답풀이 |

ㄱ. 2020년 총 노선 수는 2019년 대비 증가하였다.

구분	간선 버스	지선 버스	광역 버스	순환 버스	심야 버스	총 노선 수
2017	121	214	11	4	8	358
2018	122	211	11	3	8	355
2019	122	207	10	3	9	351
2020	124	206	10	3	11	354
구분	간선 버스	지선 버스	광역 버스	순환 버스	심야 버스	차량 대수
2017	3,690	3,473	250	25	47	7,485
2018	3,698	3,474	249	14	47	7,482
2019	3,687	3,403	247	14	70	7,421
2020	3,662	3,406	245	14	78	7,405

ㅁ. ㄷ에서 구한 2016~2020년 동안 노선 수 대비 차량대수 비를 보면 2016년과 2017년에 심야버스가 순환버스보다 작다.

20

정답 | ③

정답풀이 |

ㄱ. 2019년 대비 2020년 대학유형별 기숙사 수용률은 국공립대학(26.7% → 26.8%)보다 사립대학(20.8% → 21.0%)이, 비수도권대학(25.5% → 25.5%)보다 2019년 수용률이 $\frac{119,940}{676,479}\times 100 \fallingdotseq 17.7(\%)$인 수도권대학(17.7% → 18.2%)이 더 큰 폭으로 증가하였다.

ㄹ. 카드납부가 가능한 공공기숙사는 국공립, 사립 모두 0개이고 현금분할납부가 가능한 공공기숙사는 사립대학 9개교뿐이다.

오답풀이 |

ㄴ. 국공립대학은 전년 대비 102,906−102,025=881(명) 감소하였고, 사립대학은 2020년 수용가능 인원이 354,749−102,025=252,724(명)으로, 252,724−251,261=1,463(명) 증가하였다.

ㄷ. 전체 대학 중 기숙사비 카드납부가 가능한 대학은 전체 196개교 중 47개교로 $\frac{47}{196}\times 100 \fallingdotseq 24.0(\%)$로, 37.9%보다 작다.

21

정답 | ④

정답풀이 |

ㄱ. 2015년 와인 생산량 상위 8개국 중 와인 소비량이 생산량보다 많은 국가는 미국 1개이다.

ㄴ. 2015년 와인 생산량 상위 8개국의 와인 생산량은 74.9%이다. 74.9%가 21,335천 L이므로 전체 생산량은 약 28,485천 L이다. 이때 상위 8개국의 생산량만 10% 늘어나면 21,335×0.1≒2,134(천 L)가 늘어나게 된다. 28,485+2,134=

30,619(천 L)로, 30,000천 L 이상이다.

ㄷ. 2015년 중국 와인 소비량은 1,600천 L이다. 2015년 세계 와인 생산량은 28,485천 L이므로 $\frac{1,600}{28,485}\times 100 \fallingdotseq 5.6(\%)$로, 6% 미만이다.

오답풀이 |

ㄹ. 2015년 스페인 와인 생산량은 3,720천 L로 2013년 대비 18.0% 감소하였다. 그러므로 2013년 스페인 와인 생산량은 $\frac{3,720}{0.82} \fallingdotseq 4,537$(천 L)이다. 2015년 영국 와인 소비량은 1,290천 L로 2013년 대비 1.6% 증가하였다. 그러므로 2013년 영국 와인 소비량은 $\frac{1,290}{1.016} \fallingdotseq 1,270$(천 L)이다. $\frac{4,537}{1,270} \fallingdotseq 3.57$(배)로 2013년 스페인 와인 생산량은 같은 해 영국 와인 소비량의 3배 이상이다.

22

정답 | ④

ㄴ. 〈그림〉에서 모바일과 기타의 게임시장 점유율이 47.0+4.4 =51.4(%)로 50% 이상이다. 따라서 2020년 PC, 태블릿, 콘솔의 게임시장 규모의 합은 A국 게임시장 전체 규모의 50% 미만임을 알 수 있다.

ㄹ. 기타를 제외하고 2017년 대비 2018년 플랫폼별 게임시장 규모 증가율을 구하면 다음과 같다.

PC	모바일	태블릿	콘솔
$\frac{165-149}{149}\times 100 \fallingdotseq 10.7(\%)$	$\frac{244-221}{221}\times 100 \fallingdotseq 10.4(\%)$	$\frac{63-56}{56}\times 100 = 12.5(\%)$	$\frac{95-86}{86}\times 100 \fallingdotseq 10.5(\%)$

따라서 증가율이 가장 높은 플랫폼은 태블릿이다.

오답풀이 |

ㄱ. 2018년 플랫폼별 게임시장 규모는 모두 증가하여 2018년 전체 게임시장 규모가 2017년에 비해 증가하였음을 알 수 있다. 그러나 2019년 플랫폼별 게임시장 규모는 전년에 비해 PC는 +8억 원, 모바일은 +12억 원, 태블릿은 +3억 원, 콘솔은 −17억 원, 기타는 −15억 원으로 감소한 게임시장 규모가 더 크다. 따라서 A국 게임시장 전체 규모가 매년 증가하였다는 설명은 옳지 않다.

ㄷ. 2020년 PC의 게임시장 점유율은 〈그림〉을 통해 27.5%이고, 2019년 PC의 게임시장 점유율은 $\frac{173}{173+256+66+78+40}\times 100 = \frac{173}{613}\times 100 \fallingdotseq 28.2(\%)$이다. 따라서 PC의 게임시장 점유율은 2020년이 2019년보다 낮다.

23

정답 | ④

정답풀이 |

2018년 최대전력수요가 가장 큰 달은 2월이고 가장 작은 달은 5월이므로, 차이는 7,879−6,407=1,472(만 kW)이다. 2019년 최대전력수요가 가장 큰 달은 8월이고 가장 작은 달은 4월이므로, 차이는 8,518−6,577=1,941(만 kW)이다. 따라서 둘의 차이는 2018년의 경우 2019년보다 작다.

오답풀이 |

① 2018년 2월 공급예비력은 8,793−7,879=914(만 kW)이고, 2019년 8월 공급예비력은 9,240−8,518=722(만 kW)이다. 따라서 2018년 2월의 경우 2019년 8월보다 크다.

② 2018년 2월 공급예비율은 $\frac{914}{7,879}\times 100 \fallingdotseq 11.6(\%)$이고, 2019년 8월 공급예비율은 $\frac{722}{8,518}\times 100 \fallingdotseq 8.48(\%)$이다. 따라서 2018년 2월의 경우 2019년 8월보다 크다.

③ 2019년 2월 최대전력수요는 1월에 비해 감소하였지만, 2018년 2월 최대전력수요는 1월에 비해 증가하였다. 따라서 둘의 증감방향은 동일하지 않다.

⑤ 2019년 최대전력수요의 전년동월 대비 증가율이 가장 높은 달은 8월이다.

1월	2월	3월	4월	5월	6월
+6.6%	+1.6%	+0.4%	−1.2%	+6.1%	+4.2%
7월	**8월**	**9월**	**10월**	**11월**	**12월**
+5.7%	+10.7%	+3.2%	+4.5%	+1.3%	+3.5%

TIP

실제 계산을 하기보다 그래프의 모양을 통해 유추하면 시간을 단축할 수 있다.

24

정답 | ⑤

정답풀이 |

ㄱ. 2011~2020년 연평균 산불 건수는 (277+197+296+492 +623+391+692+496+653+620)÷10=473.7(건)으로, 500건 이하이다.

ㄴ. 산불 건수가 가장 많은 연도는 2017년으로 검거율은 $\frac{305}{692}\times 100 \fallingdotseq 44.1(\%)$이다. 산불 건수가 가장 적은 연도는 2012년으로 검거율은 $\frac{73}{197}\times 100 \fallingdotseq 37.1(\%)$이다. 따라서 산불 건수가 가장 많은 연도의 검거율은 산불 건수가 가장 적은 연도의 검거율보다 높다.

ㄹ. 2020년 전체 산불 건수는 620건이므로 입산자 실화가 원인

인 산불 건수는 620−(49+65+75+9+1+54+150)=217(건)이다. 따라서 2020년 전체 산불 건수 중 입산자 실화가 원인인 산불 건수의 비율은 $\frac{217}{620}\times100=35(\%)$이다.

오답풀이 |

ㄷ. 논밭두렁 소각이나 쓰레기 소각에 의한 산불 건수가 성묘객 실화에 의한 산불 건수보다 많이 발생하였으나 검거율은 더 높다.

(단위: 건, %)

구분	산불 건수	가해자 검거 건수	검거율
입산자 실화	217	32	14.7
논밭두렁 소각	49	45	91.8
쓰레기 소각	65	60	92.3
담뱃불 실화	75	17	22.7
성묘객 실화	9	6	66.7
어린이 불장난	1	1	100.0
건축물 실화	54	33	61.1
기타	150	52	34.7
전체	620	246	39.7

25

정답 | ⑤

정답풀이 |

ㄱ. 부산보다 사업비가 많은 지역은 경기, 강원, 충북, 충남, 전북, 전남, 경북, 경남으로 8개이다.

ㄴ. 사업비 상위 2개 지역은 경남과 강원으로 두 지역의 합은 440+420=860(억 원)이고, 사업비 하위 4개 지역은 세종, 인천, 울산, 제주로 네 지역의 합은 0+80+120+120=320(억 원)이다. 따라서 860>2×320=640으로 옳은 설명이다.

ㄷ. 전체 사업비는 160+240+200+80+160+160+120+360+420+300+320+280+320+320+440+120=4,000(억 원)이다. 따라서 사업비가 0.1×4,000=400(억 원) 이상인 지역은 강원, 경남으로 2개이다.

26

정답 | ④

정답풀이 |

ㄱ. 여성 건국훈장 포상 인원은 매년 2 → 3 → 4 → 8 → 11명으로 증가한다.

ㄷ. 남성 포상 인원은 (전체 포상 인원−여성 포상 인원)이다. 따라서 남성 애국장 포상 인원과 남성 애족장 포상 인원의 차이는 2014년 (151−1)−(111−1)=40(명), 2015년 (194−3)−130=61(명), 2016년 (117−4)−87=26(명), 2017년 (108−8)−43=57(명), 2018년 (99−9)−(51−2)=41(명)으로 2015년에 차이가 가장 크다.

ㄹ. 2017년에는 2014년, 2016년보다 전체 건국포장 포상 인원이 많지만, 여성 건국포장 포상 인원은 더 적다. 2015년, 2018년 전체 건국포장 포상 인원은 2017년의 2배 미만이지만, 여성 건국포장 포상 인원은 2배를 초과한다. 따라서 건국포장 포상 인원 중 여성 비율이 가장 낮은 해는 2017년이다. 2017년에는 2014년, 2016년보다 전체 대통령표창 포상 인원이 많지만, 여성 대통령표창 포상 인원은 더 적다. 2015년, 2018년 전체 대통령표창 포상 인원은 2017년의 3배 미만이지만, 여성 대통령표창 포상 인원은 3배 이상이다. 따라서 대통령표창 포상 인원 중 여성 비율이 가장 낮은 해는 2017년이다.

오답풀이 |

ㄴ. 2018년에는 전체 포상 인원이 355명이나 건국훈장 포상 인원은 150명으로 전체 포상 인원의 절반에 미치지 못한다.

27

정답 | ⑤

정답풀이 |

ㅁ. 2007년 10월 기준 평화유지활동을 수행 중이었던 임무단은 수단 임무단, 소말리아 임무단, 코모로 치안 지원 임무단, 다르푸르 지역 임무단으로 총 4개이다.

오답풀이 |

ㄱ. 평화유지활동 중 가장 오랜 기간 동안 활동한 임무단은 2007년 1월부터 현재까지 활동하고 있는 소말리아 임무단이다.

ㄴ. 코모로 선거 감시 지원 임무단은 가장 짧은 기간인 2006년 3월부터 6월까지 활동하였다.

ㄷ. 현재까지 평화유지활동을 위해 파견한 임무단의 총규모는 3,128+300+462+6,000+350+6,000+3,350+1,450+5,961=27,001(명)으로 25,000명 이상이다.

ㄹ. 수단에서는 수단 임무단과 다르푸르 지역 임무단, 코모로에서는 코모로 선거 감시 지원 임무단과 코모로 치안 지원 임무단이 활동하며 각각 2개의 임무단이 활동하였다.

28

정답 | ⑤

정답풀이 |

- 2025년 시스템반도체: 657÷0.199≒3,302(억 달러)
- 2027년 시스템반도체: 1,179÷0.313≒3,767(억 달러)
- 2023년 인공지능반도체 비중: 325÷2,686×100≒12.1(%)

ㄱ. 인공지능반도체 비중은 매년 증가한다.

ㄴ. 2027년 시스템반도체 시장 규모는 2021년보다 3,767−2,500=1,267(억 달러) 증가하였다.

ㄷ. 2022년 대비 2025년의 시장규모 증가율은 인공지능반도체가 $\frac{657-185}{185} \times 100 \fallingdotseq 255(\%)$이고, 시스템반도체가 $\frac{3,302-2,310}{2,310} \times 100 \fallingdotseq 43(\%)$이다. $255 \div 43 \fallingdotseq 5.93$(배)이므로 시장규모 증가율은 인공지능반도체가 시스템반도체의 5배 이상이다.

29

정답 | ①

정답풀이 |

ㄱ. 직원 1인당 매출액은 $\frac{\text{매출액}}{\text{직원 수}}$으로 구할 수 있다. 직원 1인당 매출액은 A지점의 경우 $\frac{10}{5}=2$(억 원), B지점의 경우 $\frac{21}{10}=2.1$(억 원), C지점의 경우 $\frac{18}{8}=2.25$(억 원), D지점의 경우 $\frac{10}{3} \fallingdotseq 3.3$(억 원), E지점의 경우 $\frac{12}{6}=2$(억 원)이다. 따라서 직원 1인당 매출액이 가장 많은 지점은 D지점이다.

ㄴ. 목표매출액 달성률은 $\frac{\text{매출액}}{\text{목표매출액}} \times 100$으로 구할 수 있다. 목표매출액 달성률은 A지점의 경우 $\frac{10}{15} \times 100 \fallingdotseq 66.7(\%)$, B지점의 경우 $\frac{21}{26} \times 100 \fallingdotseq 80.8(\%)$, C지점의 경우 $\frac{18}{20} \times 100=90(\%)$, D지점의 경우 $\frac{10}{13} \times 100 \fallingdotseq 76.9(\%)$, E지점의 경우 $\frac{12}{16} \times 100=75(\%)$이다. 따라서 목표매출액 달성률이 가장 높은 지점은 C지점이다.

오답풀이 |

ㄷ. 5개 지점 매출액의 평균은 $\frac{71}{5}=14.2$(억 원)이다. 따라서 지점 매출액이 14.2억 원을 초과하는 지점은 B와 C이다.

ㄹ. 5개 지점의 매출액이 각각 20%씩 증가하면 전체 매출액도 20% 증가하므로 전체 매출액은 $71 \times (1+0.2)=85.2$(억 원)이 된다. 전체 매출액인 85.2억 원은 전체 목표매출액인 90억 원을 초과하지 않는다.

30

정답 | ①

정답풀이 |

산업용, 가정용 전기요금 지수는 계산 시 분모에 OECD 평균 전기요금이 들어간다. 따라서 그래프만으로 나라 간의 상대비교가 가능하다.

ㄱ. y축이 산업용 전기요금 지수이고 가장 비싼 것은 가장 위에 있는 일본이다. x축이 가정용 전기요금 지수이고 가장 비싼 것은 가장 오른쪽에 있는 독일이다.

ㄴ. 2018년 한국의 가정용, 산업용 전기요금은 100kWh당 각각 \$120, \$95이다. 이는 지수상으로 각각 (75, 95)이다. 각각의 OECD 평균 전기요금을 계산해 보면 다음과 같다.

• 가정용: $\frac{120}{75} \times 100=160(\$)$

• 산업용: $\frac{95}{95} \times 100=100(\$)$

따라서 OECD 평균 가정용 전기요금은 산업용 전기요금의 $\frac{160}{100}=1.6$(배)로, 1.5배 이상이다.

오답풀이 |

ㄷ. 가정용 전기요금이 한국보다 비싼 국가는 x축상에서 한국보다 오른쪽에 있는 일본, 독일, 미국이다. 일본과 독일은 y축상에서도 한국보다 위에 있으므로 산업용 전기요금도 한국보다 비싸다. 하지만 미국은 한국보다 아래에 있으므로 산업용 전기요금은 한국보다 싸다.

ㄹ. ㄴ을 통해서 OECD 평균 가정용 전기요금은 산업용 전기요금의 1.6배임을 알 수 있다. 일본의 전기요금은 일본의 전기요금 지수와 OECD 평균 전기요금의 곱과 비례한다. 가정용의 경우 $138 \times 1.6=220.8(\$)$이고 산업용은 \$160이므로 가정용 전기요금이 산업용 전기요금보다 비싸다.

31

정답 | ⑤

정답풀이 |

ㄷ. 2019년 케이블PP의 광고매출액은 31,041−(12,310+1,816+35+1,369+503)=15,008(억 원)이다. 따라서 광고PP의 광고매출액은 매년 감소하였다.

ㄹ. 2016년 대비 2019년 광고매출액 증감률은 다음과 같다.

구분	증감률
지상파TV	$\left\lvert\frac{(12,310-15,517)}{15,517} \times 100\right\rvert \fallingdotseq 20.7(\%)$
라디오	$\left\lvert\frac{(1,816-2,530)}{2,530} \times 100\right\rvert \fallingdotseq 28.2(\%)$
지상파DMB	$\left\lvert\frac{(35-53)}{53} \times 100\right\rvert \fallingdotseq 34.0(\%)$
케이블PP	$\left\lvert\frac{(15,008-18,537)}{18,537} \times 100\right\rvert \fallingdotseq 19.0(\%)$
케이블SO	$\left\lvert\frac{(1,369-1,391)}{1,391} \times 100\right\rvert \fallingdotseq 1.6(\%)$
위성방송	$\left\lvert\frac{(503-480)}{480} \times 100\right\rvert \fallingdotseq 4.8(\%)$
인터넷(PC)	$\left\lvert\frac{(19,109-19,092)}{19,092} \times 100\right\rvert \fallingdotseq 0.09(\%)$
모바일	$\left\lvert\frac{(54,781-28,659)}{28,659} \times 100\right\rvert \fallingdotseq 91.1(\%)$

따라서 2016년 대비 2019년 광고매출액 증감률이 가장 큰 세부 매체는 모바일이다.

오답풀이 |

ㄱ. 모바일 광고매출액의 전년 대비 증가율은 2017년의 경우

$\frac{(36,618-28,659)}{28,659} \times 100 \fallingdotseq 27.8(\%)$, 2018년의 경우 $\frac{(45,678-36,618)}{36,618} \times 100 \fallingdotseq 24.7(\%)$, 2019년의 경우 $\frac{(54,781-45,678)}{45,678} \times 100 \fallingdotseq 19.9(\%)$이다. 따라서 2017~2019년 동안 모바일 광고매출액의 전년 대비 증가율은 매년 30%를 넘지 않는다.

ㄴ. 2017년 방송 매체 중 지상파TV 광고매출액이 차지하는 비중은 $\frac{14,219}{35,385} \times 100 \fallingdotseq 40.2(\%)$이고, 2017년 온라인 매체 중 인터넷(PC) 광고매출액이 차지하는 비중은 $\frac{20,554}{57,172} \times 100 \fallingdotseq 36.0(\%)$로, 방송 매체 중 지상파TV 광고매출액이 차지하는 비중이 크다.

32

정답 | ③

정답풀이 |

ㄱ. 국민총소득 대비 공적개발원조액 비율이 UN 권고 비율보다 큰 국가는 룩셈부르크, 노르웨이, 스페인, 덴마크, 영국이다. 이 나라 중 룩셈부르크를 제외한 네 개 나라의 공적개발원조액 합은 4.3+2.7+2.5+19.4=28.9(십억 달러)=289억 달러이다. 룩셈부르크의 공적개발원조액은 알 수 없지만, 다섯 개 나라의 공적개발원조액 합은 250억 달러 이상이다.

ㄴ. 공적개발원조액 상위 5개국의 공적개발원조액 합은 33.0+24.1+19.4+12.0+11.7=100.2(십억 달러)이다. 상위 15개국을 제외한 16~29번째에 해당하는 국가들의 공적개발원조액의 최댓값은 한국과 동일한 2.5십억 달러이다. 16~29번째에 해당하는 모든 나라들의 공적개발원조액이 2.5십억 달러라고 하면, 해당 나라들의 공적개발원조액 합은 2.5×14=35.0(십억 달러)이다. 그러므로 29개 회원국 공적개발원조액의 합은 최대 137.5+35.0=172.5(십억 달러)이다. 상위 5개국의 공적개발 원조액 합은 100.2십억 달러이므로 전체 합의 50% 이상이다.

오답풀이 |

ㄷ. 독일의 공적개발원조액은 24.1십억 달러이다. 독일의 국민총소득 대비 공적개발원조액 비율은 0.61%이므로 국민총소득은 24.1÷0.0061≒3,950.8(십억 달러)이다. 독일의 공적개발원조액만 30억 달러 증액하면 독일의 공적개발원조액은 27.1십억 달러이다. 이때의 국민총소득 대비 공적개발원조액 비율을 계산하면 $\frac{27.1}{3,950.8} \times 100 \fallingdotseq 0.69(\%)$로 UN 권고 비율 미만이다.

33

정답 | ④

정답풀이 |

2012년 일병의 한 달 월급은 88,300원이고, 군내매점에서 단팥빵 140개를 구매했을 때의 지출은 140×600=84,000(원)이므로 남은 금액은 88,300−84,000=4,300(원)이다. 2016년 일병의 한 달 월급은 161,000원이고, 군내매점에서 단팥빵 140개를 구매했을 때의 지출은 140×1,000=140,000(원)이므로 남은 금액은 161,000−140,000=21,000(원)이다. 따라서 남은 금액은 2016년이 2012년보다 21,000−4,300=16,700(원)만큼 많다.

오답풀이 |

① 이병 월급의 2012년 대비 2020년 증가율은 $\frac{(408,100-81,700)}{81,700} \times 100 \fallingdotseq 400(\%)$이다.

② 2012년 대비 2016년 상병 월급 증가율은 $\frac{(178,000-97,800)}{97,800} \times 100 \fallingdotseq 82(\%)$이고, 2016년 대비 2020년 상병 월급 증가율은 $\frac{(488,200-178,000)}{178,000} \times 100 \fallingdotseq 174.3(\%)$이다. 따라서 2012년 대비 2016년 상병 월급 증가율은 2016년 대비 2020년 상병 월급 증가율보다 낮다.

③ 군내매점 주요품목 각각의 2012년 대비 2016년 가격인상률과 2016년 대비 2020년 가격인상률은 다음과 같다.

구분	캔커피	단팥빵	햄버거
2012년 대비 2016년 가격 인상률	$\frac{(300-250)}{250} \times 100 = 20(\%)$	$\frac{(1,000-600)}{600} \times 100 \fallingdotseq 66.7(\%)$	$\frac{(2,800-2,400)}{2,400} \times 100 \fallingdotseq 16.7(\%)$
2016년 대비 2020년 가격 인상률	$\frac{(500-300)}{300} \times 100 \fallingdotseq 66.7(\%)$	$\frac{(1,400-1,000)}{1,000} \times 100 = 40(\%)$	$\frac{(3,500-2,800)}{2,800} \times 100 = 25(\%)$

단팥빵의 경우 2012년 대비 2016년 가격인상률이 2016년 대비 2020년 가격인상률보다 높다.

⑤ 2012년 병장의 한 달 월급은 108,300원이고, 군내매점에서 2012년의 가격으로 구매할 수 있는 햄버거의 최대 개수는 $\frac{108,300}{2,400} \fallingdotseq 45$(개)이다. 2020년 병장의 한 달 월급은 540,900원이고, 군내매점에서 2020년의 가격으로 구매할 수 있는 햄버거의 최대 개수는 $\frac{540,900}{3,500} \fallingdotseq 154$(개)이다. 따라서 병장이 한 달 월급만을 사용하여 군내매점에서 해당 연도 가격으로 구매할 수 있는 햄버거의 최대 개수는 2020년이 2012년의 약 3.4배$\left(\fallingdotseq \frac{154}{45}\right)$로, 3배 이상이다.

34

정답 | ②

정답풀이 |

〈표2〉에서 탈모 증상 경험자 중 탈모 증상 완화 시도 방법으로 미용실 탈모 관리를 받았다고 한 응답자 수는 남성의 경우 214

×0.042≒9(명)이고, 여성의 경우 115×0.113≒12(명)으로, 남성이 여성보다 적다.

오답풀이 |

① 〈표1〉에서 남성의 경우 탈모 증상 경험자 비율은 20대 5.1%, 30대 16.2%, 40대 30.0%, 50대 35.8%, 60대 49.4%로 연령대가 높을수록 탈모 증상 경험자의 비율이 높다. 여성의 경우 탈모 증상 경험자 비율은 20대 4.1%, 30대 8.9%, 40대 12.4%, 50대 15.3%, 60대 26.9%로 연령대가 높을수록 탈모 증상 경험자의 비율이 높다.

③ 〈표2〉에서 탈모 증상 경험자의 연령대가 낮을수록 탈모 증상 완화를 시도하지 않은 응답자의 비율이 낮다. 이를 통해 탈모 증상 경험자의 연령대가 낮을수록 탈모 증상 완화를 시도한 응답자의 비율이 높음을 알 수 있다.

④ 탈모 증상 경험자 수는 329명이고, 부모의 탈모 경험이 있다고 한 응답자 수는 236명이므로 탈모 증상 경험자 중 부모의 탈모 경험이 있다고 한 응답자의 비율은 $\frac{236}{329}\times 100 \fallingdotseq$ 71.7(%)이다.

⑤ 탈모 증상이 심각하다고 한 응답자 수는 150명이고, 탈모 증상이 심각하지 않다고 한 응답자 수는 179명이며, 부모의 탈모 경험이 있다고 한 응답자는 236명이다. 탈모 증상이 심각하다고 한 응답자 중 부모의 탈모 경험이 있다고 한 응답자의 최솟값은 부모의 탈모 경험이 있다고 한 응답자에서 탈모 증상이 심각하지 않다고 한 응답자 수를 뺀 것으로 이는 236−179=57(명)이다. 따라서 탈모 증상이 심각하다고 한 응답자 중 부모의 탈모 경험이 있다고 한 응답자는 57명 이상이다.

35

정답 | ④

정답풀이 |

ㄱ. 2021년 '오리' 생산액 전망치는 1,327×(1−0.0558)≒1,252.95(십억 원)=1.25295(조 원)으로 1.2조 원 이상이다.

ㄷ. '축산업' 중 전년 대비 생산액 변화율 전망치가 2022년보다 2023년이 낮은 세부항목은 '우유'와 '오리' 2개이다.

ㄹ. 2020년 생산액 대비 2022년 생산액 전망치의 증감폭을 비교하면 다음과 같다.

- 재배업: 30,270×(1+0.015)×(1−0.0042)≒30,595(십억 원)
- 축산업: 19,782×(1−0.0034)×(1+0.007)≒19,853(십억 원)

따라서 재배업의 증감폭은 30,595−30,270=325(십억 원), 축산업의 증감폭은 19,853−19,782=71(십억 원)으로 재배업이 축산업보다 크다.

오답풀이 |

ㄴ. 2021년 생산액 전망치를 비교하면 다음과 같다.

- 돼지: 7,119×(1−0.0391)=6,841(십억 원)
- 농업: 50,052×(1+0.0077)=50,437(십억 원)

따라서 2021년 '돼지' 생산액 전망치는 같은 해 '농업' 생산액 전망치의 $\frac{6,841}{50,437}\times 100 \fallingdotseq$13.6(%)로, 15% 미만이다.

36

정답 | ⑤

정답풀이 |

주요 7개 지역 중 피해밀도가 가장 낮은 지역은 B지역이다.

구분	A	B	C	D	E	F	G
피해액 (천 원)	2,898,417	2,883,752	3,475,055	7,121,830	24,482,562	86,648,708	58,078,834
행정면적 (km^2)	1,063	10,183	10,540	16,875	8,226	19,031	7,407
피해밀도 (원/km^2)	2,726,639	283,193	329,702	422,034	2,976,241	4,553,030	7,841,074

오답풀이 |

① G지역의 피해액은 1인당 피해액에 인구를 곱하여 구할 수 있다. 36,199×1,604,432÷1,000≒58,078,834(천 원)이다. 이는 전국 피해액의 $\frac{58,078,834}{187,282,994}\times 100 \fallingdotseq$31.0(%)로, 35% 이하이다.

② 주요 7개 지역의 피해액은 2,898,417+2,883,752+3,475,055+7,121,830+24,482,562+86,648,708+58,078,834=185,589,158(천 원)이고, 인구는 2,948,542+12,873,895+3,380,404+1,510,142+2,116,770+2,691,706+1,604,432=27,125,891(명)이다. 주요 7개 지역의 1인당 피해액은 185,589,158,000÷27,125,891≒6,842(원)이다. 주요 7개 지역을 제외한 나머지 전체 지역의 피해액은 187,282,994−185,589,158=1,693,836(천 원)이고, 인구는 51,778,544−27,125,891=24,652,653(명)이므로, 나머지 전체 지역의 1인당 피해액은 1,693,836,000÷24,652,653≒69(원)이다. 따라서 주요 7개 지역을 합친 지역의 1인당 피해액은 나머지 전체 지역의 1인당 피해액보다 크다.

TIP

즉, 주요 7개 지역의 피해액은 전국 피해액의 99% 이상을 차지하지만, 인구는 총인구의 절반을 약간 넘으므로 주요 7개 지역을 합친 지역의 1인당 피해액은 나머지 전체 지역의 1인당 피해액보다 크다.

③ D지역과 F지역을 합친 지역의 1인당 피해액은 $\frac{7,121,830+86,648,708}{1,510,142+2,691,706}=\frac{93,770,538}{4,201,848}\fallingdotseq$22,316(원)이다. 이는 전국의 $\frac{22,316}{3,617}\fallingdotseq$6.17(배)로, 5배 이상이다.

④ A지역의 피해밀도는 $\frac{2,898,417,000}{1,063}$≒2,726,639(원/km^2)이고 B지역의 피해밀도는 $\frac{2,883,752,000}{10,183}$≒283,193(원/km^2)이므로 A지역의 피해밀도는 B지역의 $\frac{2,726,639}{283,193}$≒9.63(배)로, 9배 이상이다.

37

정답 | ④

정답풀이 |

ㄴ. 2018년 1학기에 비해 2018년 2학기에 장학생 수가 증가한 장학금 유형은 A, C, D, E이고, 2018년 1학기에 비해 2018년 2학기에 장학금 총액이 증가한 장학금 유형 또한 A, C, D, E이다.

ㄹ. E장학금 유형에서 장학생 수는 2019년 1학기에 2,188명으로 가장 많고, 장학금 총액 또한 2019년 1학기에 2,379백만 원으로 가장 많다.

오답풀이 |

ㄱ. 2017~2019년 동안 장학생 수는 A유형의 경우 감소 → 증가 → 증가 → 감소 → 감소하였고, B유형의 경우 증가 → 감소 → 감소 → 유지 → 유지하였으며, C유형의 경우 증가 → 증가 → 증가 → 증가 → 감소하였고, D유형의 경우 감소 → 증가 → 증가 → 증가 → 감소하였으며, E유형의 경우 감소 → 감소 → 증가 → 증가 → 감소하였다. 따라서 2017~2019년 동안 매학기 장학생 수가 증가하는 장학금 유형은 존재하지 않는다.

ㄷ. 장학생 1인당 장학금은 $\frac{\text{장학금 총액}}{\text{장학생 수}}$을 통해 구할 수 있다. 2019년 2학기 장학생 1인당 장학금은 A유형의 경우 $\frac{372}{104}$≒3.6(백만 원), B유형의 경우 $\frac{70}{20}$=3.5(백만 원), C유형의 경우 $\frac{419}{122}$≒3.4(백만 원), D유형의 경우 $\frac{1,039}{584}$≒1.8(백만 원), E유형의 경우 $\frac{1,904}{1,767}$≒1.1(백만 원)이다. 따라서 2019년 2학기 장학생 1인당 장학금이 가장 많은 장학금 유형은 A이다.

38

정답 | ②

정답풀이 |

ㄱ. 2020년 국가채무는 GDP 대비 36.0%로 1,741×0.36=626.76(조 원)이고, 2014년 국가채무는 GDP 대비 29.7%로 1,323×0.297=392.931(조 원)이다. $\frac{626.76}{392.931}$≒1.595(배)로, 1.5배 이상이다.

TIP

2020년 GDP 대비 국가채무 비율이 2014년의 1.2배 이상이고, 2020년 GDP가 2014년의 1.3배 이상이므로 2020년 국가채무는 2014년의 1.2×1.3=1.56(배) 이상일 것이라는 것을 이용하면 문제를 빠르게 해결할 수 있다.

ㄷ. 적자성채무는 2019년부터 300조 원 이상이다.

구분 \ 연도	2014	2015	2016	2017	2018	2019	2020
GDP (조 원)	1,323	1,389	1,440	1,501	1,563	1,658	1,741
적자성채무 비율(%)	14.6	14.9	15.3	16.9	18.3	20.0	20.7
적자성채무 (조 원)	193.2	207.0	220.3	253.7	286.0	331.6	360.4

TIP

매년 GDP와 적자성채무 비율이 증가하고 있으므로 2018년에 적자성채무가 300조 원 미만이고, 2019년에 적자성채무가 300조 원 이상이라면 옳은 설명이라고 할 수 있다. 따라서 모든 해의 적자성채무를 구할 필요 없이 2018년과 2019년의 적자성채무만 구하면 문제를 빠르게 풀 수 있다.

오답풀이 |

ㄴ. GDP 대비 금융성채무 비율은 2019년부터 전년 대비 감소하였다.

(단위: %)

구분 \ 연도	2014	2015	2016	2017	2018	2019	2020
국가채무 비율	29.7	30.3	30.8	32.6	34.1	35.7	36.0
적자성채무 비율	14.6	14.9	15.3	16.9	18.3	20.0	20.7
금융성채무 비율	15.1	15.4	15.5	15.7	15.8	15.7	15.3

ㄹ. '국가채무=적자성채무+금융성채무'이고 2017년부터 적자성채무가 금융성채무보다 많아졌으므로 금융성채무는 2017년부터 국가채무의 50% 미만이다.

39

정답 | ⑤

정답풀이 |

해양수질이 2등급인 지역은 DO가 2.00mg/L 이상이고 COD가 2.00mg/L 이하이며 총질소는 0.60mg/L 이하인 경우이다. A의 경우 이를 만족하지만, C의 경우 2015년과 2016년에 COD가 2.00mg/L 이상이며, 2017년에는 총질소가 0.60mg/L 이상이다. 따라서 C지역의 해양수질은 2등급으로 일정하지 않다.

오답풀이 |

① A는 2015년부터 해가 거듭할수록 총질소 양은 감소, 증가, 감소, 감소한다. B는 해가 거듭할수록 감소, 증가, 감소, 감소한다. 따라서 둘의 증감방향은 매년 동일하다.

② 2016년 B지역의 해조류 군집 출현종수의 전년 대비 증감률은 $\left(\frac{102-77}{102}\right)\times 100 \fallingdotseq 24.5(\%)$이며, 해양 저서동물 출현종수의 경우 전년 대비 증감률은 $\left(\frac{90-73}{90}\right)\times 100 \fallingdotseq 18.9(\%)$이다. 따라서 해조류 군집 출현종수의 전년 대비 증감률이 더 크다.

③ 2019년 해양 저서동물 출현종수가 가장 많은 지역은 D이다. D지역의 2019년 총질소는 0.07mg/L로 가장 낮다.

④ 해양수질이 1등급인 지역은 DO가 7.50mg/L 이상이고 COD가 1.00mg/L 이하이며 총질소는 0.30mg/L 이하인 경우이다. DO는 네 지역 모두 7.50mg/L 이상이지만, COD가 1.00mg/L 이하인 곳은 D지역이 유일하다. D지역은 총질소도 0.20mg/L로 0.30mg/L 이하이므로 1등급인 지역은 D가 유일하다.

40

정답 | ⑤

정답풀이 |

'우수수준'의 학생은 학업성취도 점수가 550점 이상 625점 미만인 학생이다. 이는 550점 이상 누적 학생비율－625점 이상 누적 학생비율로 구할 수 있다. D국의 경우 '우수수준'의 학생비율은 67－34＝33(%), B국의 경우 '우수수준'의 학생비율은 72－42＝30(%)이다. 따라서 '우수수준'의 학생비율은 D국이 B국보다 높다.

오답풀이 |

① 〈그림〉에서 '갑'국의 남녀 학업성취도 평균점수의 차이는 2018년의 경우 1점이고, 1998년의 경우 17점이다.

② 〈그림〉에 따르면 남녀 모두 2018년 학업성취도 평균점수가 감소하였으므로 '갑'국의 평균점수는 2014년이 2018년보다 크다.

③ '수월수준'은 학업성취도 점수가 625점 이상인 것을 뜻한다. 대체로 평균점수와 625점 이상 학생비율은 양(+)의 관계를 보이지만, H와 I의 경우 I가 H보다 평균점수가 낮은 반면 625점 이상 학생비율은 I가 H보다 높다.

④ '기초수준 미달'은 학업성취도 점수가 400점 미만인 것을 뜻한다. '기초수준 미달'인 학생 비율은 '100－400점 이상 누적 학생비율'로 계산할 수 있다. '기초수준 미달'의 학생비율이 가장 높은 국가는 400점 이상의 누적 학생비율이 가장 낮은 국가로, 이는 400점 이상의 누적 학생비율이 91%인 F국이다.

41

정답 | ③

정답풀이 |

㉠ 경기도의 조사대상 공동주택 실내 라돈 농도 평균값은 74.3Bq/m^3으로, 이는 서울특별시의 1.1배인 1.1×66.5＝73.15(Bq/m^3)보다 큰 값이다.

㉢ 실내 라돈 농도가 실내 라돈 권고 기준치를 초과하는 공동주택의 비율을 구하면, 대전광역시 약 13.4%$\left(\fallingdotseq\frac{27}{201}\times 100\right)$, 경기도 약 5.3%$\left(\fallingdotseq\frac{37}{697}\times 100\right)$, 강원도 약 9.3%$\left(\fallingdotseq\frac{47}{508}\times 100\right)$, 충청북도 약 6.8%$\left(\fallingdotseq\frac{32}{472}\times 100\right)$, 충청남도 약 10.3%$\left(\fallingdotseq\frac{46}{448}\times 100\right)$, 전라북도 약 6.9%$\left(\fallingdotseq\frac{40}{576}\times 100\right)$, 전라남도 약 5.6%$\left(\fallingdotseq\frac{32}{569}\times 100\right)$, 경상북도 약 5.6%$\left(\fallingdotseq\frac{34}{610}\times 100\right)$, 제주특별자치도 약 7.1%$\left(\fallingdotseq\frac{11}{154}\times 100\right)$로, 총 9곳이 조사대상 공동주택 수에서 200Bq/m^3 초과 공동주택 수가 5% 이상을 차지한다.

오답풀이 |

㉡ 서울특별시와 광주광역시를 비교해 보면, 서울특별시가 실내 라돈 농도의 평균값은 66.5Bq/m^3으로 광주광역시의 58.3Bq/m^3보다 크지만 중앙값은 서울특별시가 45.4Bq/m^3으로 광주광역시의 48.2Bq/m^3보다 낮다.

42

정답 | ①

정답풀이 |

ㄱ. 2020년 전년 대비 순위가 상승한 구단은 C, D, E, I로 네 구단이고, 순위가 하락한 구단은 F, H, J로 세 구단이다.

ㄴ. 미식축구 구단 가치액의 합은 58＋40＋37＝135(억 달러)이고, 농구 구단 가치액의 합은 45＋44＋42＝131(억 달러)이다.

오답풀이 |

ㄷ. 야구는 2019년과 2020년 전년 대비 가치액이 동일하다. 축구는 모든 구단의 가치액이 하락하였다. 미식축구는 2019년 가치액의 합이 58＋37＋31＝126(억 달러)이므로 2020년에는 전년 대비 9억 달러 상승하였다. 농구는 2019년 가치액의 합이 39＋36＋33＝108(억 달러)이므로 2020년에는 전년 대비 23억 달러 상승하였다. 따라서 농구는 미식축구보다 2019년 가치액이 더 작으면서 상승액은 더 크므로 가치액 상승률이 가장 크다.

ㄹ. I구단을 제외하고, A~J구단의 2019년과 2020년 가치액 차이의 합은 0＋0＋6＋8＋9＋(－1)＋3＋(－2)＋(－2)＝21(억 달러)이다. 2019년 순위가 10위인 구단은 9위인 E구단의

가치액보다 작고, 11위인 I구단의 가치액보다 크다. 따라서 31억 달러 이상 33억 달러 이하이다. 2020년 I구단의 가치액이 37억 원이므로 항상 2019년 10위 구단의 가치액보다 크다. 따라서 2019년과 2020년 상위 10개 스포츠 구단의 가치액 차이의 합은 양수가 되므로 2020년의 상위 10개 스포츠 구단의 가치액의 합이 2019년 대비 더 크다.

43

정답 | ①

정답풀이 |

100에서 원자력을 제외한 나머지 발전원의 비중을 빼면 100−2.1−3.5−0.4−10.4−6.6=77(%)이다.

오답풀이 |

② 2015년 영국의 신재생 에너지 발전량 비중은 100에서 신재생 에너지를 제외한 나머지 발전원의 비중을 뺀 100−20.8−22.6−29.5−0.6−2.7=23.8(%)이다. 따라서 2010년 대비 2015년에 23.8−6.2=17.6(%p) 증가하였다.

③ 2010년 미국 석탄 발전량은 1,994.2TWh로, 일본 석탄 발전량의 6배인 6×309.5=1,857(TWh) 이상이다.

④ 독일은 2010년 633.1TWh에서 2015년 646.9TWh로 증가하였고, 나머지 국가는 모두 감소하였다.

⑤ 미국의 신재생 에너지 발전량은 100−19.2−34.1−31.8−0.9−6.3=7.7(%)이다. 따라서 모든 국가에서 신재생 에너지의 발전량과 비중은 모두 증가하였다.

44

정답 | ⑤

정답풀이 |

ㄴ. 전체 진로상담 건수는 전체 상담건수 5,340건의 45%인 2,403건이다. 그중 '진로컨설턴트'가 상담한 유형이 모두 진로상담이고, '상담직원'이 상담한 유형이 모두 생활상담 또는 학업상담이라면 2,403−641=1,762(건)이 '교수'가 상담한 진로상담건수이다. 이는 '교수'가 총 상담한 4,285건의 30%인 1,285.5건보다 많다.

ㄷ. 상담건수는 1학년 1,306건, 2학년 1,229건, 3학년 1,082건, 4학년 1,723건이다.

ㄹ. <그림1>을 통해 최소 한 번이라도 상담을 받은 학생 수는 3,826+496+174=4,496(명)임을 알 수 있다.

오답풀이 |

ㄱ. 전체 상담건수 중 '상담직원'의 상담건수가 차지하는 비중은 1학년 $\frac{154}{1,306}\times 100 \fallingdotseq 11.8$(%), 2학년 $\frac{97}{1,229}\times 100 \fallingdotseq 7.9$(%), 3학년 $\frac{107}{1,082}\times 100 \fallingdotseq 9.9$(%), 4학년 $\frac{56}{1,723}\times 100 \fallingdotseq 3.3$(%)로 1학년, 3학년, 2학년, 4학년 순이다.

45

정답 | ④

정답풀이 |

ㄱ. 학과당 교원 수는 공립대학의 경우 $\frac{354}{40}=8.85$, 사립대학의 경우 $\frac{49,770}{8,353}\fallingdotseq 5.96$이다.

ㄴ. 정확한 값을 요하는 것이 아니므로 전체 대학 입학생 수의 20%와 국립대학 입학생 수를 비교하면 된다. 전체 대학 입학생 수의 20%는 355,772×0.2=71,154.4(명)이고, 78,888>71,154.4이므로 전체 대학 입학생 수에서 국립대학 입학생 수가 차지하는 비율은 20% 이상이다.

ㄷ. 국립대학은 입학생 수가 졸업생 수보다 많고, 공립대학은 입학생 수가 졸업생 수보다 적다. 따라서 입학생 수 대비 졸업생 수의 비율은 공립대학이 국립대학보다 높다.

오답풀이 |

ㄹ. 공립대학은 여성 직원이 115명이고, 남성 직원은 205−115=90(명)으로 여성 직원 수가 남성 직원 수보다 많다.

46

정답 | ⑤

정답풀이 |

항복강도 평가에서 불합격한 SD600 샘플 수는 25×(1−0.92)=2(개)다. SD500의 샘플 수를 a라고 하면, 항복강도 평가에서 불합격한 샘플 수는 a×(1−0.95)=0.05a이다.

(2+0.05a)=(35+a+25)×0.04이므로 a는 40이다.

따라서 최종 불합격한 SD500 샘플 수는 40×(1−0.95)=2(개)이므로 둘의 수는 같다.

오답풀이 |

① ⑤에서 계산한 SD500의 샘플 수는 40개이다.

② 최종 합격률이 인장강도 합격률보다 낮으므로 모두 합격하지 않았음을 알 수 있다.

③ ⑤에서 계산한 항복강도 평가에서 불합격한 SD500 샘플 수는 2개이다.

④ 최종 불합격한 전체 샘플 수는 40×(1−0.95)+25×(1−0.84)=2+4=6(개)로 5개를 초과한다.

기출 유형 2 I 자료계산 P. 132

01	02	03	04	05	06	07	08	09	10
③	④	②	④	③	④	②	④	④	①
11	**12**	**13**	**14**	**15**	**16**	**17**	**18**	**19**	**20**
③	③	④	②	②	①	①	③	②	③
21	**22**								
④	③								

01

정답 I ③

정답풀이 I

'제조원가=고정원가+변동원가'이고, 고정원가율은 전체 제조원가에서 고정원가가 차지하는 비중, 변동원가율은 전체 제조원가에서 변동원가가 차지하는 비중이다. 즉, '고정원가율+변동원가율=100%'이다.

- 제조원가율 $=\frac{\text{제조원가}}{\text{매출액}}\times 100$이므로, 매출액 $=\frac{\text{제조원가}}{\text{제조원가율}}\times 100$

제조원가율은 제시되어 있으므로, 제조원가를 구하면 매출액을 구할 수 있다. 고정원가율(100%−변동원가율)은 차례대로 A~E까지 60%, 40%, 60%, 80%, 50%이고, 제조원가 $=\frac{\text{고정원가}}{\text{고정원가율}}\times 100$을 이용하면 다음과 같다.

구분	제조원가 $=\frac{\text{고정원가}}{\text{고정원가율}}$	제조 원가율	매출액
A	60,000÷60=1,000	25	$\frac{1,000}{25}=40$
B	36,000÷40=900	30	$\frac{900}{30}=30$
C	33,000÷60=550	30	$\frac{550}{30}\fallingdotseq 18.33$
D	50,000÷80=625	10	$\frac{625}{10}=62.5$
E	10,000÷50=200	10	$\frac{200}{10}=20$

매출액의 크기를 비교하는 것이므로 동일하게 100을 곱하거나 나누는 것은 생략해도 무방하다. 따라서 매출액은 C가 가장 작다.

TIP

제조원가는 고정원가와 변동원가의 합이라는 것을 이용하며 각각의 비중을 이용해 역으로 구하는 문제이다. 응용수리의 농도 문항과 같이 고정원가(소금), 변동원가(물), 제조원가(소금물)이라고 생각하여 각각의 농도를 이용하여 푸는 것과 같은 관점이다.

02

정답 I ④

정답풀이 I

주석을 모두 참고하여 장학금 신청률과 장학금 수혜율을 곱하면 $\frac{\text{장학금 신청자}}{\text{전체 학생}}\times 100\times\frac{\text{장학금 수혜자}}{\text{장학금 신청자}}\times 100=\left(\frac{\text{장학금 수혜자}}{\text{전체 학생}}\right)\times 10{,}000$인 식이 도출되므로 전체 학생 중 장학금 수혜자 비율은 장학금 신청률×장학금 수혜율÷100이다. 공통적으로 계산하는 수치를 제외하고 간단하게 학교별 장학금 신청률과 장학금 수혜율 2개의 막대그래프의 수치를 곱하여 계산하면 다음과 같다.

- A학교: 30×45=1,350
- B학교: 40×30=1,200
- C학교: 60×25=1,500
- D학교: 40×40=1,600
- E학교: 50×20=1,000

따라서 가장 큰 학교부터 순서대로 나열하면 D, C, A, B, E이다.

03

정답 I ②

정답풀이 I

〈보고서〉에 해당되는 것을 찾기보다는 해당되지 않는 지역을 제거하면 남는 지역이 정답이다. 또한, 무응답이 없으므로 총 100%에서 지지율 A와 B를 제외한 수치가 '지지 후보자 없음'으로 간주된다.

- TV 토론회 전에는 B후보자에 대한 지지율이 A후보자보다 10%p 이상 높게 집계되었다.
  → 마: 29%와 36%로 차이가 10%p를 넘지 않는다.
- TV 토론회 후 '지지 후보자 없음'으로 응답한 비율이 줄어들었다.
  → 다: 10%(=100−31−59)에서 27%(=100−37−36)로 '지지 후보자 없음'이 늘어났다.
- TV 토론회 후 두 후보자간 지지율 차이가 3%p 이내에 불과하다.
  → 가: 4%p(=50−46), 라: 26%p(=57−31)로 3%p 이상이다.

따라서 남은 '나' 지역이 정답이다.

TIP

〈보고서〉 아래 부분의 'TV 토론회 후 두 후보자간 지지율 차이가 3%p 이내에 불과하다'를 먼저 이용할 경우 가 지역과 라 지역이 제외된다. 그 다음 다른 〈조건〉을 확인해 나가는 것도 도움이 된다.

일반적으로 〈보고서〉의 조건을 이용하는 경우에는 아래쪽을 먼저 읽는 것도 문제를 접근하는 한 방법이다.

04

정답 | ④

정답풀이 |

A팀의 인원수를 a명, B팀의 인원수를 b명이라 하면 A팀과 B팀의 평균점수가 각각 40점, 60점이고 A+B의 평균점수가 52.5점이므로 $\frac{40a+60b}{a+b}=52.5$ → $12.5a=7.5b$ → $a:b=7.5:12.5=3:5$

A팀과 B팀의 총인원이 80명이므로 A팀의 인원수는 30명, B팀의 인원수는 50명이 되며 B팀과 C팀의 총인원이 120명이므로 남은 C팀의 인원수는 70명이다.

A팀과 C팀의 총인원은 30+70=100(명)이고 평균점수는 $\frac{30\times40+70\times90}{30+70}=\frac{7,500}{100}=75$(점)이다.

05

정답 | ③

정답풀이 |

- 전국 결정면적의 3% 미만이려면 1,020.1×0.03=30.603(백만 m^2) 미만이어야 한다. 이에 해당하는 도시는 (나), (다), 대구이다. 이를 통해 선택지 ⑤는 제외된다. → (나) 또는 (다)=광주 또는 대전
- 전국 활용률은 40.4%이므로 이보다 낮은 도시는 부산, (라)이다. → (라)=울산
  이를 통해 선택지 ①과 ②는 제외된다.
- '인구수=결정면적÷1인당 결정면적'으로 구할 수 있으므로 '1인당 조성면적=조성면적÷(결정면적÷1인당 결정면적)'이다. 이를 통해 1인당 조성면적과 1인당 결정면적의 50% 이하를 구하여 비교하면 다음과 같다.

구분	서울	(가)	(나)	부산	(다)	대구	울산
1인당 결정면적의 0.5	7.1	12.6	6.7	8.4	7.8	4.9	15.7
1인당 조성면적	8.5	10.4	5.9	5.4	8.6	4.5	10.4

따라서 1인당 조성면적이 1인당 결정면적의 0.5 이하인 도시는 (가), (나), 부산, 대구, 울산이다. → (가) 또는 (나)=광주 또는 인천

따라서 조건 1)과 조건 3)을 참고하면 (나)=광주, (가)=인천, (다)=대전임을 알 수 있다.

TIP

부산은 이미 〈표〉에 주어져 있으므로 두 번째 〈조건〉을 확인하면 울산을 하나로 특정지을 수 있다. 두 번째 〈조건〉에서 울산이 (라)이므로 답은 ③ 또는 ④가 된다. 따라서 (가)는 인천이므로 광주와 대전만 구하면 된다. 첫 번째 〈조건〉에서는 (나)와 (다) 중 어느 것이 광주 또는 대전인지 알 수 없으므로 확인하지 않고, 세 번째 〈조건〉만 확인한다. 세 번째 〈조건〉을 반대로 생각해보면 1인당 조성면적이 1인당 결정면적의 50%를 초과하는 도시가 서울, 대전이라는 것이다. 따라서 이를 계산해보면 (다)가 대전이고, (나)가 광주임을 알 수 있다.

06

정답 | ④

정답풀이 |

'이산화탄소 총배출량=1인당 이산화탄소 배출량×총인구'이고 '총인구=$\frac{\text{국내총생산}}{\text{1인당 국내총생산}}$'이므로 '이산화탄소 총배출량=1인당 이산화탄소 배출량×$\frac{\text{국내총생산}}{\text{1인당 국내총생산}}$'이다.

국가별로 이산화탄소 총배출량을 계산하면 다음과 같다.(단, 수치비교이므로 단위는 무시하고, 근사로 나타낸다.)

국가	비중	국가	비중
A	$16.6\times\frac{20.5}{62,800}\fallingdotseq0.00542$	C	$12.4\times\frac{1.6}{31,400}\fallingdotseq0.00063$
B	$9.1\times\frac{5}{39,300}\fallingdotseq0.00116$	D	$7.0\times\frac{13.6}{9,800}\fallingdotseq0.00971$

따라서 이산화탄소 총배출량이 가장 적은 국가부터 순서대로 나열하면 C, B, A, D이다.

TIP

비교하는 형태의 문제는 각각 계산하기보다는 2개씩 비교 후 선택지의 소거법을 이용하는 것이 더 좋다.

- A, C를 비교하면
  A: $16.6\times\frac{20.5}{62,800}$ vs C: $12.4\times\frac{1.6}{31,400}$
  A의 분모는 C의 분모 2배와 비슷하므로
  A: $16.6\times\frac{20.5}{62,800}$ vs C: $12.4\times\frac{1.6\times2}{31,400\times2}$
  따라서 A가 C보다 더 크다.
- B, D를 비교하면
  B: $9.1\times\frac{5}{39,300}$ vs D: $7.0\times\frac{13.6}{9,800}$
  B의 분모는 D의 분모의 약 4배와 비슷하므로
  B: $9.1\times\frac{5}{39,300}$ vs D: $(7.0\times4)\times\frac{13.6}{9,800\times4}$
  따라서 B보다 D가 더 크다.

선택지 중 A>C, D>B인 것을 우선 비교하면 정답을 바로 찾을 수 있다.

07

정답 | ②

정답풀이 |

주어진 조건에 해당하는 것이 아닌, 해당하지 않는 것을 제거한다.

첫 번째, 1990년대 이후 모든 시기에서 자본금액 1천만 원 미만 창업 건수가 1천만 원 이상 창업 건수보다 많다.

→ 2010년대 C는 16<17이므로 C는 제거된다.

두 번째, 자본금액 1천만 원 미만 창업 건수와 1천만 원 이상 창업 건수의 차이는 2010년대가 2000년대의 2배 이상이다.

→ D(2000년 73−34=39, 2010년 101−24=77, 39×2>77)이므로 D는 제거된다.

세 번째, 2020년 이후 전체 창업 건수는 1990년대 전체 창업 건수의 10배 이상이다.

→ A(1990년대 198+11=209, 2020년 이후 788+101=889, 209×10>889)이므로, A는 제거된다.

네 번째, 2020년 이후 전체 창업 건수 중 자본금액 1천만 원 이상 창업 건수의 비중은 3% 이상이다.

→ B(458+16=474)의 3%는 14.××<16이므로 3% 이상이다.

→ E(246+7=253)의 3%는 7.59>7이므로 3% 미만이다.

따라서 주어진 조건에 부합하는 도시는 B이다.

08

정답 | ④

정답풀이 |

- 재정자립도가 E보다 높은 지역은 A, C, F이다. 그러므로 E의 재정자립도 (가)는 C의 재정자립도 65.7%보다 낮고 B의 재정자립도인 58.5%보다 높아야 한다.
- 주택 노후화율이 가장 높은 지역은 I이다. 그러므로 시가화 면적 비율이 가장 낮은 곳도 I이다. E의 시가화 면적 비율이 20.7%이므로 I의 시가화 면적 비율인 (나)는 20.7%보다 낮아야 한다.
- 10만 명당 문화시설수가 가장 적은 지역은 3.1개인 B이다. B는 10만 명당 체육시설수가 네 번째로 많은 지역이므로 (다)는 114.0보다 크고 119.2보다 작다.
- H는 주택보급률이 도로포장률보다 높다. 그러므로 H의 주택보급률인 (라)는 92.5보다 커야 한다.

따라서 이를 모두 만족하는 선택지는 ④이다.

09

정답 | ④

정답풀이 |

첫 번째 〈정보〉에서 12월을 제외하고, B지역에서 타워크레인 작업제한 조치가 한 번도 시행되지 않은 '월'은 1월, 2월이다. 따라서 12월 또한 작업제한 조치가 시행되지 않아야 하므로 '가'는 15m/s 미만이다.

두 번째 〈정보〉에서 C지역 9월 최대 순간 풍속인 '나'는 21.5m/s 초과 32.7m/s 미만이다.

세 번째 〈정보〉에서 E지역은 '설치' 작업제한 조치가 매월 시행되었으므로 매월 15m/s 이상이다. 2월을 제외하고, '운전' 작업제한 조치가 시행되지 않은 월은 11월뿐이다. 따라서 2월에도 '운전' 작업제한 조치가 시행되지 않아야 하므로 '다'는 15m/s 이상 20m/s 미만이다.

즉, '가'는 15m/s 미만, '나'는 21.5m/s 초과 32.7m/s 미만, '다'는 15m/s 이상 20m/s 미만이므로 '나', '다', '가' 순이다.

10

정답 | ①

정답풀이 |

식 1)을 정리하면, 임도 길이(km)=작업임도 길이+간선임도 길이이다.

식 2)를 정리하면, 작업임도 길이=작업임도 비율(%)×임도 길이÷100이다.

식 4)를 정리하면, 임도 길이=산림경영단지 면적×임도 밀도(km/ha)이다.

식 1)에 식 2)를 대입하면, 임도 길이(km)={작업임도 비율(%)×임도 길이÷100}+간선임도 길이이다. 양변을 임도 길이(km)로 나눠주면 다음과 같다.

1=(작업임도 비율(%)÷100)+(간선임도 길이÷임도 길이)

=(작업임도 비율(%)÷100)+{간선임도 길이÷(산림경영단지 면적×임도 밀도)}

1−(작업임도 비율(%)÷100)=간선임도 길이÷(산림경영단지 면적×임도 밀도)

산림경영단지 면적=간선임도 길이÷[임도 밀도×{1−(작업임도 비율(%)÷100)}]

구분	작업임도 비율	간선임도 길이	임도 밀도	산림경영 단지 면적
A	30	70	15	6.67
B	20	40	10	5.00
C	30	35	20	2.50
D	50	20	10	4.00
E	40	60	20	5.00

따라서 면적이 가장 넓은 산림경영단지는 A이다.

11

정답 | ③

정답풀이 |

잠금해제료 차이를 분당대여료 차이로 나누면 운영사의 대여요금이 몇 분 후에 같아지는지 계산할 수 있다.

[1월 기준 요금제]

• 5분 이용 시

(단위: 원)

구분 \ 운영사	A	B	C	D
잠금해제료	0	250	750	1,600
분당대여료(0~5분)	1,000	750	600	300

0~5분 미만까지는 운영사 A가 가장 저렴하다.(5분 이용 시에는 A와 B가 같지만, 5분이 되지 않을 땐 1분당 A의 분당대여료 200원, B의 분당대여료 150원이 줄어들므로)

• 15분 이용 시

(단위: 원)

구분 \ 운영사	A	B	C	D
잠금해제료	0	250	750	1,600
분당대여료(5분 초과)	3,000	2,250	1,800	900

5~15분 미만까지는 운영사 B가 가장 저렴하다.(15분 이용 시에는 B와 D가 같지만, 15분이 되지 않을 땐 1분당 B의 분당대여료 150원, D의 분당대여료 60원이 줄어들므로)

15분을 초과 시에는 1분당 D의 분당대여료가 가장 저렴하므로 대여요금이 가장 조금씩 올라가서 운영사 D가 가장 저렴하다.

따라서 운영사 C가 1월 기준 대여시간이 몇 분이더라도 가장 낮은 대여요금을 제공하지 못한다.

[2월 기준 요금제]

(단위: 원)

구분 \ 운영사	A	B	C	D
잠금해제료	0	250	750	1,600
분당대여료(0~5분)	200	150	0	60
5분 초과 시 다음과 같다.				
잠금해제료	0	250	750−(120×5)=150	1,600
분당대여료(5분 초과)	200	150	120	60

운영사 B는 운영사 C에 비해 5분 초과 시 잠금해제료와 분당대여료가 모두 높으므로 운영사 B는 2월 기준 대여시간이 몇 분이더라도 가장 낮은 대여요금을 제공할 수 없다. 따라서 운영사 B는 3월부터 분당대여료를 50원 인하한다.

(가)=C와 (나)=B의 3월 기준 대여시간이 20분일 때, 대여요금의 차이는 운영사 B의 경우 250+(150−50)×20=2,250(원), 운영사 C의 경우 150+120×20=2,550(원)이므로 그 차이는 300원이다.

TIP

(가)와 (나)는 대여시간이 몇 분이더라도 가장 낮은 대여요금을 제공하지 못한다고 언급하였으므로 운영사 A는 1분 사용 시 대여요금이 가장 낮다는 것이 예측되고, 운영사 D는 시간이 늘어날수록 분당대여료가 가장 낮으므로 운영사 A와 D는 (가)와 (나)가 아님을 것을 알 수 있다.

12

정답 | ③

정답풀이 |

〈표〉를 통해 각 공종의 공법별 공사기간과 총공사비를 나타내면 다음과 같다.

(단위: 개월, 억 원)

구분		공사기간	총공사비
토공사	A	4	4+6+4=14
	B	3	7+5+3=15
	C	3	5+5+3=13
골조공사	D	12	30+20+14=64
	E	14	24+20+15=59
	F	15	24+24+16=64
마감공사	G	6	50+30+10=90
	H	7	50+24+12=86

토공사의 경우 총공사비를 최소화할 수 있는 공법은 C공법이고, 이때의 공사기간은 3개월이다. 골조공사의 경우 총공사비를 최소화할 수 있는 공법은 E공법이고, 이때의 공사기간은 14개월이다. 마감공사의 경우 총공사비를 최소화할 수 있는 공법은 H공법이고, 이때의 공사기간은 7개월이다. 따라서 총공사비를 최소화하도록 공법을 적용할 때 총공사기간은 3+14+7=24(개월)이다.

13

정답 | ④

정답풀이 |

• 〈그림2〉에서 자동차 압류건수가 2배 이상 차이가 나는 조합은 A와 C, C와 D이다. 따라서 C는 중부청이고 남동청은 A 또는 D이다.

• 〈그림1〉에서 부동산 압류건수가 각각 2만 건 이하인 경우는 부동산 압류건수의 구성비가 약 16.5%$\left(\fallingdotseq \frac{20,000}{121,397} \times 100\right)$보다 낮은 경우로, 이에 해당하는 지방청은 B와 D이다. 따라서 B와 D는 각각 남부청과 북부청 중 하나에 해당하고, A가 남동청이다.

• 부동산 압류건수가 큰 순서로 나열하면 C > A > B > 서부청 > D > 동부청 순이고, 자동차 압류건수가 큰 순서로 나열하면 C > B > 서부청 > A > D > 동부청 순이다. 순서가 동일한 지방청은 C, D, 동부청이므로 C는 중부청, D는 남부청에 해당한다. 따라서 B는 북부청에 해당한다.

14

정답 | ②

정답풀이 |

정확한 비율을 알지 않아도 답을 구할 수 있으므로 전체 상담건수에 10%, 20%를 구한 뒤 선택지에 제시된 상담내용의 기타 상담건수(A 10.2%, B 21.7%)와 비교해본다. 수입은 전체 상담건수의 10%가 약 4,300건이고, 기타 상담건수는 664건으로 크게 차이 난다. 사전검증은 전체 상담건수의 10%가 약 3,500건이고, 기타 상담건수는 3,586건이므로 유사하다. 환급은 전체 상담건수의 10%가 약 685건이고, 기타 상담건수는 101건으로 크게 차이 난다. 따라서 A는 사전검증이다. A가 사전검증인 경우 B는 화물 또는 환급이다. 화물은 전체 상담건수의 20%가 약 2,900건이고, 기타 상담건수는 3,107건이므로 유사하다. 환급은 전체 상담건수의 20%가 약 1,300건이고, 기타 상담건수는 101건이므로 크게 차이 난다. 따라서 B는 화물이다.

15

정답 | ②

정답풀이 |

두 번째 조건을 보면 2017년 여성 종사자가 가장 많은 매체는 '종이신문'이라고 하였다. 2017년 여성 종사자가 가장 많은 매체는 6,974명인 A이므로 A는 '종이신문'이다.

세 번째 조건을 보면 2018년 '방송'의 정규직 종사자 수 대비 비정규직 종사자 수의 비율은 20% 미만이라고 하였다. 각각의 비정규직 종사자 수의 비율을 보면 다음과 같다.

- A=3,425 ÷ 24,241 × 100≒14.1(%)
- B=2,676 ÷ 17,336 × 100≒15.4(%)
- C=4,592 ÷ 16,848 × 100≒27.3(%)
- D=625 ÷ 2,133 × 100≒29.3(%)

따라서 20% 미만인 매체는 A와 B이다. A는 '종이신문'이므로 '방송'은 B이다.

네 번째 조건을 보면 2016년에 비해 2017년에 남성 종사자가 감소했고 여성 종사자가 증가한 매체는 '인터넷신문'이라 하였다. 남성 종사자는 모든 매체에서 감소하였으나 여성 종사자는 2016년 3,947+900=4,847(명)에서 2017년 3,905+1,059=4,964(명)으로 바뀐 C가 유일하게 증가하였다. 따라서 C가 '인터넷신문'이다.

첫 번째 조건을 보면, '통신'의 비정규직 종사자는 전년 대비 매년 증가하였다고 한다. A~D 중 비정규직 종사자의 소계가 지속적으로 전년 대비 매년 증가한 매체는 C와 D이다. C는 '인터넷신문'이므로 D가 '통신'이다.

2018년 전체 종사자를 확인해 보면 A=24,241+3,425=27,666(명), B=17,336+2,676=20,012(명), C=16,848+4,592=21,440(명), D=2,133+625=2,758(명)이다. 따라서 종사자가 많은 순서는 A–C–B–D로 즉, 종이신문–인터넷신문–방송–통신이다.

16

정답 | ①

정답풀이 |

A와 C의 판매량은 같고, A의 판매량은 95이므로 C의 판매량도 95이다. B의 판매량을 x라 하면, B와 D의 판매량은 같으므로 D의 판매량도 x이다. E의 판매량은 D의 판매량보다 23개 적으므로 $(x-23)$이다. 전체 판매량의 평균은 70이므로 평균을 계산하면 다음과 같다.

$\{95+x+95+x+(x-23)+43\} \div 6=70$

$\rightarrow 3x+210=420$

$\rightarrow x=70$

B의 판매량 $x=70$, E의 판매량 $(x-23)=70-23=47$이다.

17

정답 | ①

정답풀이 |

세 번째 〈보기〉를 통해 D는 가이고, 나~라에는 각각 A~C 중 하나가 들어갈 것임을 알 수 있다. 따라서 마는 E이다. 네 번째 〈보기〉를 통해 B는 E보다 직원 1인당 영업이익이 많으므로 나가 B임을 알 수 있다. 따라서 답은 ① 또는 ②이므로 라는 A 또는 D 중 하나인데, D는 가이므로 라는 A이다.

18

정답 | ③

정답풀이 |

2003년 인구 10만 명당 교통사고 사망자 수는 21.8명이다. 총 교통사고 사망자 수는 10,246명이므로 2003년 인구는 $\frac{10,246}{21.8}$ ≒470(십만 명)=47(백만 명)이다. 2019년 인구 10만 명당 교통사고 사망자 수는 8.4명이다. 총 교통사고 사망자 수는 4,284명이므로 2003년 인구는 $\frac{4,284}{8.4}$≒510(십만 명)으로, 5,100만 명이다. 2019년 교통사고 건수는 331,500건이므로 인구 1만 명당 교통사고 건수는 $\frac{331,500}{5,100}$=65(건)이다.

19

정답 | ②

정답풀이 |

미국의 인수 · 합병 건수의 10%를 계산하면 다음과 같다.

10% 계산	2014	2015	2016	2017
소프트웨어	63.1	61.5	76.0	93.4
인터넷	49.8	42.5	52.8	45.9
컴퓨터	19.6	17.7	20.0	24.0

소프트웨어 분야를 먼저 보면, B국가는 매년 미국의 인수 · 합병 건수의 10%를 초과하므로 '갑'국이 아니다. A국가도 2017년에 10%를 초과하므로 '갑'국이 아니다. 인터넷 분야를 보면 C국가는 매년 미국의 인수 · 합병 건수의 10%를 초과하므로 '갑'국이 아니다. 그러므로 '갑'국이 될 수 있는 나라는 D국가, E국가이다.

소프트웨어 분야를 보면 매년 인수 · 합병 건수가 증가하는 국가는 D이다. 따라서 '갑'국은 D국가이다. D국가의 2017년 3개 분야 인수 · 합병 건수의 합은 49+38+18=105이다.

TIP

위에서부터 차례로 보면서 10%를 초과하는 국가는 제외하고 보면 모든 분야, 모든 연도를 비교하는 것보다 시간을 단축할 수 있다.

20

정답 | ③

정답풀이 |

부문별 점수는 세부지표별 점수와 세부지표별 가중치를 곱한 값을 부문별 가중치로 나눈 값의 합이다. 국제화 부문의 2018년 점수를 계산해 보면 다음과 같다.

{(24.7×2.5)+(26.9×2.5)+(16.6×2.5)}÷7.5=(24.7+26.9+16.6)÷3≒22.7이다.

〈표1〉을 보면 국제화 부문의 점수가 22.7인 대학은 대학 E임을 알 수 있다. 따라서 〈표2〉는 대학 E의 세부지표별 점수이다.

대학 E의 산학협력 부문 점수는 40.5이고 논문인용도 부문 점수는 11.6이다. 각각을 계산해 보면 다음과 같다.

{(가)×2.5}÷2.5=40.5 → (가)=40.5

{(나)×30}÷30=11.6 → (나)=11.6

TIP

〈표2〉가 어느 대학에 대한 자료인지를 빠르게 알아내는 것이 중요하다. 숫자가 모두 나와 있는 교육, 연구, 국제화 부문 중 하나의 점수를 계산하여 비교하면 된다. 교육의 경우, 항목이 5가지로 다른 부문에 비해 계산 양이 많으므로 연구나 국제화 부문 중 하나를 계산하는 것이 보다 시간을 단축할 수 있다. 단, 연구 부문의 경우 C와 E의 점수가 같아 확인이 어려울 수 있으므로 국제화 부문의 점수를 계산하는 것이 문제를 가장 빨리 해결할 수 있는 방법이다.

21

정답 | ④

정답풀이 |

A. 영업이익이 가장 높은 업종은 선용품공급업이다.

B. 업종별로 매출액에 0.1을 곱한 뒤 영업이익과 비교해보면 영업이익률이 10% 이하가 아닌 것은 하역업이다.

C. 부산항 해운항만산업 전체의 사업체당 매출액은 51억 원 이상이며 각각의 사업체당 매출액을 계산하면 다음과 같다.

구분	여객 운송업	화물 운송업	대리 중개업	창고업	하역업	항만 부대업	선용품공급업	수리업
매출액	957	58,279	62,276	14,480	15,298	14,225	58,329	8,275
사업체 수	18	359	1,689	166	65	323	1,413	478
사업체당 매출액	53.2	162.3	36.9	87.2	235.4	44.0	41.3	17.3
영업 이익	56	1,440	2,658	906	2,442	974	3,471	782
사업체당 영업이익	3.11	4.01	1.57	5.46	37.57	3.02	2.46	1.64

따라서 부산항 해운항만산업 전체의 사업체당 매출액보다 사업체당 매출액이 적고 사업체당 영업이익이 3억 원을 초과하는 것은 항만부대업이다.

D. 부산항 해운항만산업 업종 중 사업체당 영업비용과 사업체당 매출액이 모두 가장 적은 곳은 수리업이다.

구분	여객 운송업	화물 운송업	대리 중개업	창고업	하역업	항만 부대업	선용품 공급업	수리업
매출액	957	58,279	62,276	14,480	15,298	14,225	58,329	8,275
사업체 수	18	359	1,689	166	65	323	1,413	478
사업체당 매출액	53.2	162.3	36.9	87.2	235.4	44.0	41.3	17.3
영업 비용	901	56,839	59,618	13,574	12,856	13,251	54,858	7,493
사업체당 영업비용	50.1	158.3	35.3	81.8	197.8	41.0	38.8	15.7

따라서 선용품공급업, 하역업, 항만부대업, 수리업의 사업체 수의 합은 1,413+65+323+478=2,279이다.

22

정답 | ③

정답풀이 |

갑은 매년 성과급의 금액이 다르다. 그러므로 큰 순서대로 S, A, B임을 알 수 있다. 을은 성과급이 5백만 원과 20백만 원으로 4배 차이이다. 그러므로 을의 고과는 S와 B이다. 2018년과 2019년의 S는 갑과 을이므로 병, 정, 무, 기는 S가 아니다. 그러므로 병의 6.0백만 원은 A, 3.0백만 원은 B이다. 무는 3년간 성과급이 동일하므로 2020년에 S를 받은 직원은 정이나 기이다. 둘 다 2018년과 2019년 대비 2020년의 성과급이 2배로 증가하였으므로, 한 직원은 B와 A, 나머지 한 직원은 A와 S이다. A를 받은 2명도 모두 정해졌으므로 무는 모두 B가 된다. 2020년에 S를 받은 직원이 정이라고 가정하면 다음과 같다.

구분	연봉	2018		2019		2020	
갑	60.0	12.0	S	6.0	A	3.0	B
을	100.0	5.0	B	20.0	S	5.0	B
병	60.0	6.0	A	3.0	B	6.0	A
정	60.0	6.0	A	6.0	A	12.0	S
무	90.0	4.5	B	4.5	B	4.5	B
기	120.0	6.0	B	6.0	B	12.0	A

한편 2020년에 S를 받은 직원이 '기'라고 가정하면 '기'의 연봉은 60백만 원, 2018~2020년 등급은 A, A, S가 되고, '정'의 연봉은 120백만 원, 2018~2020년 등급은 B, B, A가 된다.
따라서 전체 직원의 기본 연봉의 합은 어느 경우에도 60+100+60+60+90+120=490(백만 원)이다.

기출 유형 3 | 자료변환

P. 144

01	02	03	04	05	06	07	08	09	10
⑤	⑤	③	③	④	①	①	⑤	③	⑤
11	12	13	14	15					
②	③	⑤	④	①					

01

정답 | ⑤

정답풀이 |

연도별 D마을의 전년 대비 1인 가구 수 변화율은 다음과 같다.

2019년	2020년	2021년
$\frac{190-80}{80}\times 100$ ≒137.5(%)	$\frac{75-190}{190}\times 100$ ≒−60.5(%)	$\frac{315-75}{75}\times 100$ ≒320(%)

오답풀이 |

① 연도별 '갑'지역 1인 가구 수는 다음과 같다.
- 2018년: 90+130+200+80=500(가구)
- 2019년: 220+60+130+190=600(가구)
- 2020년: 305+240+80+75=700(가구)
- 2021년: 120+205+160+315=800(가구)

따라서 2021년의 가구 수가 주어진 자료와 다르다.

② 2021년 '갑'지역 2인 이상 가구의 마을별 구성비는 각 마을의 2인 이상 가구 수의 합에서 각 마을이 차지하는 비중이다.
2인 이상 가구 수는 A마을 600−120=480(가구), B마을 550−205=345(가구), C마을 500−160=340(가구), D마을 500−315=185(가구)이다. A~D마을 전체 합은 480+345+340+185=1,350(가구)이므로 마을별 구성비는 다음과 같다.
- A마을: $\frac{480}{1,350}\times 100$≒35.6(%)
- B마을: $\frac{345}{1,350}\times 100$≒25.6(%)
- C마을: $\frac{340}{1,350}\times 100$≒25.2(%)
- D마을: $\frac{185}{1,350}\times 100$≒13.7(%)

따라서 주어진 그래프는 옳지 않다.

③ 주어진 표의 (　　)안 수치는 연도별 '갑'지역 1인 가구 수 중 해당 마을 1인 가구 수의 비중이다. 예를 들면, 2018년 A마을 18%가 의미하는 것은 90(A)+130(B)+200(C)+80(D)=500 중에서 A마을 90이 차지하는 비중 $\frac{90}{500}\times$100=18(%)를 의미한다.
하지만 2018~2021년 A마을의 총가구 수 대비 1인 가구 수 비중은 다음과 같다.

• 2018년: $\frac{90}{600}\times 100=15(\%)$

• 2019년: $\frac{220}{600}\times 100≒36.7(\%)$

• 2020년: $\frac{305}{600}\times 100≒50.8(\%)$

• 2021년: $\frac{120}{600}\times 100=20(\%)$

따라서 주어진 그래프는 옳지 않다.

④ 연도별 B마을과 C마을의 2인 이상 가구 수는 각 마을에서 1인 가구 수를 빼면 된다. 이때 (전체 가구 수)=(1인 가구 수)+(2인 이상 가구 수)이므로 (2인 이상 가구 수)=(전체 가구 수)−(1인 가구 수)이다.

따라서 '2인 이상 가구 수−1인 가구 수=전체 가구 수−1인 가구 수−1인 가구 수'이다.

2인 이상 가구 수와 1인 가구 수 차이는 다음과 같다.

B마을	1인 가구	2인 이상 가구 수 − 1인 가구 수
2018년	130	550−130−130=290
2019년	60	550−60−60=430
2020년	240	550−240−240=70
2021년	205	550−205−205=140

C마을	1인 가구	2인 이상 가구 − 1인 가구 수
2018년	200	500−200−200=100
2019년	130	500−130−130=240
2020년	80	500−80−80=340
2021년	160	500−160−160=180

2021년 B마을 가구 수 차이와 2021년 C마을 가구 수 차이가 그래프와 다르므로, 주어진 그래프는 옳지 않다.

TIP

해당 문제는 선택지를 ①부터 풀기보다는 지원자가 먼저 잘할 수 있는 계산부터 하는 것이 낫다. 예를 들면 ①, ④, ⑤, ②, ③ 순으로 풀어갈 것이다. 특히 ③은 괄호 안의 수치와 그래프의 수치가 동일하지만, 이 문제가 옳은 것을 찾는 것이므로 아마 정답이 될 확률이 가장 낮을 것으로 판단했을 것이다.

02

정답 | ⑤

정답풀이 |

2017년 A항공사의 잔여석은 360−300=60(만 개)로, 〈그래프〉와 일치하지 않는다. 다른 항공사도 계산해 보면 B항공사 110−70=40(만 개), C항공사 300−250=50(만 개), D항공사 660−580=80(만 개), E항공사 570−480=90(만 개), F항공사 390−320=70(만 개)로, D항공사를 제외하고 〈그래프〉와 일치하지 않는다.

오답풀이 |

① 〈표〉의 전체 공급석 수 및 탑승객 수와 일치한다.

② 〈표〉의 2016년과 2017년 항공사별 탑승객 수와 일치한다.

③ 〈표〉에서 2017년 항공사별 탑승객 수가 전체에서 차지하는 비율은 A의 경우 $\frac{300}{2,000}\times 100=15(\%)$, B의 경우 $\frac{70}{2,000}\times 100=3.5(\%)$, C의 경우 $\frac{250}{2,000}\times 100=12.5(\%)$, D의 경우 $\frac{580}{2,000}\times 100=29(\%)$, E의 경우 $\frac{480}{2,000}\times 100=24(\%)$, F의 경우 $\frac{320}{2,000}\times 100=16(\%)$로, 이는 〈그래프〉와 일치한다.

④ 〈표〉에서 2016년 대비 2017년 공급석 수 증가량은 A의 경우 360−260=100(만 개), B의 경우 110−20=90(만 개), C의 경우 300−240=60(만 개), D의 경우 660−490=170(만 개), E의 경우 570−450=120(만 개), F의 경우 390−250=140(만 개)이다. 이는 〈그래프〉와 일치한다.

03

정답 | ③

정답풀이 |

업종별 사업체당 종사자를 계산해 보면 한식, 서양식은 일치하나 중식은 일치하지 않는다.

구분	2015년	2016년	2017년	2018년	2019년
한식	3.0	3.0	3.0	2.1	3.1
서양식	15.0	9.9	10.3	10.1	11.4
중식	6.1	6.9	7.3	10.2	6.8

오답풀이 |

① 표와 숫자를 비교해 보면 모두 일치함을 알 수 있다.

② 2015~2019년 업종별 사업체 구성비를 계산해 보면 모두 일치함을 알 수 있다.

(단위: %)

구분	2015년	2016년	2017년	2018년	2019년
한식	91.7	93.3	93.3	91.3	93.4
서양식	0.7	0.8	0.8	2.7	0.7
중식	7.6	5.9	5.9	6.0	5.9

④ 2016~2019년 한식, 중식 종사자의 전년 대비 증가율을 계산해 보면 모두 일치함을 알 수 있다.

(단위: %)

구분	2016년	2017년	2018년	2019년
한식	+1.2	−1.5	−28.0	+49.2
중식	−14.0	+4.9	+47.2	−35.8

⑤ 2015~2019년 매출액 대비 부가가치액 비율을 계산해 보면 모두 일치함을 알 수 있다.

(단위: %)

구분	2015년	2016년	2017년	2018년	2019년
비율	41.4	34.6	31.3	17.1	29.7

04

정답 | ③

정답풀이 |

2017년 PPL 취급액이 1,108억 원이라 하면, 2018년의 경우 2017년 대비 $\frac{1,270-1,108}{1,108}\times 100 ≒ 14.6(\%)$ 증가하였다. 따라서 주어진 자료와 부합한다. 그러나 지상파TV와 케이블TV 비중의 격차는 $\left(\frac{573-498}{1,270}\right)\times 100 ≒ 5.9(\%p)$로, 5.0%p 이상이다.

오답풀이 |

① 2018년 기준 광고사업체의 매체 광고비 규모는 11조 362억 원(64.1%), 매체 외 서비스 취급액은 6조 1,757억 원(35.9%)으로 조사됐다.

② 2018년 인터넷매체 취급액은 $\frac{38,804-36,406}{36,406}\times 100 ≒ 6.6(\%)$로 전년 대비 6.0% 이상 증가했다. 특히, 2018년 모바일 취급액은 전년 대비 $\frac{17,796-14,735}{14,735}\times 100 ≒ 20.8(\%)$로, 20% 이상 증가하여 인터넷 광고시장의 성장세를 이끌었다.

④ 2018년 기준 광고산업 규모는 17조 2,119억 원으로 전년 대비 $\frac{172,119-164,133}{164,133}\times 100 ≒ 4.9(\%)$로, 4.5% 이상 증가하였다. 업종별로 살펴보면 광고대행업이 6조 6,239억 원으로 전체 취급액의 $\frac{66,239}{172,119}\times 100 ≒ 38.5(\%)$로, 38% 이상을 차지한다. 2018년 취급액의 전년 대비 증가율은 온라인광고대행업이 16% 이상으로 가장 높다.

구분	전체	광고 대행업	광고 제작업	광고전문 서비스업	인쇄업	온라인광고 대행업	옥외 광고업
2017 취급액	164,113	64,050	20,102	31,535	7,374	27,335	13,737
2018 취급액	172,119	66,239	20,434	33,267	8,057	31,953	12,169
증가율	+4.9%	+3.4%	+1.7%	+5.5%	+9.3%	+16.9%	−11.4%

⑤ 매체 광고비 중 방송매체 취급액은 4조 266억 원으로 가장 큰 비중을 차지하고 있으며, 그다음으로 인터넷매체, 옥외광고매체, 인쇄매체 순으로 나타났다.

05

정답 | ④

정답풀이 |

친환경과 공정 분야는 숫자가 일치하나 조성물은 A국 35건, B국 11건, C국 18건, D국 6건이다. 따라서 A국의 수치가 잘못되었다.

오답풀이 |

① 초흡수성 수지의 특허출원 건수는 2015년 35건, 2016년 47건, 2017년 59건, 2018년 61건이다. 따라서 특허출원 건수 비율을 계산하면 다음과 같다.

구분	2015년	2016년	2017년	2018년
A	$\frac{9}{35}\times 100$ ≒25.7(%)	$\frac{13}{47}\times 100$ ≒27.7(%)	$\frac{26}{59}\times 100$ ≒44.1(%)	$\frac{30}{61}\times 100$ ≒49.2(%)
B	$\frac{7}{35}\times 100$ =20.0(%)	$\frac{7}{47}\times 100$ ≒14.9(%)	$\frac{10}{59}\times 100$ ≒16.9(%)	$\frac{10}{61}\times 100$ ≒16.4(%)
C	$\frac{12}{35}\times 100$ ≒34.3(%)	$\frac{18}{47}\times 100$ ≒38.3(%)	$\frac{15}{59}\times 100$ ≒25.4(%)	$\frac{15}{61}\times 100$ ≒24.6(%)
D	$\frac{7}{35}\times 100$ =20.0(%)	$\frac{9}{47}\times 100$ ≒19.1(%)	$\frac{8}{59}\times 100$ ≒13.6(%)	$\frac{6}{61}\times 100$ ≒9.8(%)

따라서 수치를 비교해 보면 그래프와 일치한다.

② 수치를 비교해 보면 그래프와 일치한다.

③ 전체 특허출원 건수는 202건으로 연도별 비율을 계산하면 다음과 같다.

구분	2015년	2016년	2017년	2018년
총합	35	47	59	61
비율	17.3%	23.3%	29.2%	30.2%

수치를 비교해 보면 그래프와 일치한다.

⑤ 전년 대비 증가율을 계산하면 다음과 같다.

구분	2015년	2016년	2017년	2018년
총합	35	47	59	61
증가율	−	+34.3%	+25.5%	+3.4%

수치를 비교해 보면 그래프와 일치한다.

06

정답 | ①

정답풀이 |

2018년 국적항공사의 전체 피해구제 접수 건수는 638건이며 전년 대비 36건 증가하였으므로 2017년 국적항공사의 전체 피해구제 접수 건수는 638−36=602(건)이다. 2018년 외국적항공사의 전체 피해구제 접수 건수는 486건이며 전년 대비 7건 증가하였으므로 2017년 국적항공사의 전체 피해구제 접수 건수는 486−7=479(건)이다. 따라서 2017년 피해유형별 외국적항공사의 피해구제 접수 건수 대비 국적항공사의 피해구제 접수 건수 비를 계산하면 다음과 같다.

(단위: 건)

구분		취소 환불 위약금	지연 결항	정보 제공 미흡	수하물 지연 파손	초과 판매	기타
국적 항공사	2017 비율	57.14%	22.76%	5.32%	6.81%	0.33%	7.64%
	2017 건수	344	137	32	41	2	46
외국적 항공사	2017 비율	49.06%	27.77%	6.89%	6.68%	1.88%	7.72%
	2017 건수	235	133	33	32	9	37
접수 건수 비		1.46	1.03	0.97	1.28	0.22	1.24

오답풀이 |

② 2017년 국적항공사별 피해구제 접수 건수 비중을 계산하면 다음과 같다.

(단위: 건)

구분	태양	무지개	알파	세종	청렴	독도	참에어	동해
2018년 합계	153	106	23	44	57	98	85	72
전년 대비	13	−2	−6	7	16	−35	34	9
2017년 합계	140	108	29	37	41	133	51	63
2017년 비중	23.3%	17.9%	4.8%	6.1%	6.8%	22.1%	8.5%	10.5%

③ 2017년 국적항공사의 피해구제 접수 건수는 638−36=602(건)이다. 따라서 2017년 피해유형별 국적항공사의 피해구제 접수 건수를 계산하면 다음과 같다.

(단위: 건)

구분	취소 환불 위약금	지연 결항	정보 제공 미흡	수하물 지연 파손	초과 판매	기타	합계
2017 비율	57.14%	22.76%	5.32%	6.81%	0.33%	7.64%	100.0%
2017	344	137	32	41	2	46	602

④ 2017년 대비 2018년 저비용 국적항공사의 전체 노선 운송실적 증가율을 계산하면 다음과 같다.

(단위: 천 명)

구분		알파	세종	청렴	독도	참에어	동해
2017년	국내	4,106	0	3,006	4,642	3,738	2,935
	국제	3,004	821	2,515	5,825	4,859	3,278
	총합	7,110	821	5,521	10,467	8,597	6,213
2018년	국내	4,457	0	3,033	4,676	3,475	2,873
	국제	3,610	1,717	2,871	7,266	5,415	4,128
	총합	8,067	1,717	5,904	11,942	8,890	7,001
증가율		+13.5%	+109.1%	+6.9%	+14.1%	+3.4%	+12.7%

⑤ 대형 국적항공사의 전체 노선 운송실적 대비 피해구제 접수 건수 비를 계산하면 다음과 같다.

(단위: 백만 명, 건, 건/백만 명)

구분	2017년			2018년		
	실적	피해구제 건수	피해구제 건수 대비 실적	실적	피해구제 건수	피해구제 건수 대비 실적
태양 항공	26.914	140	5.2	27.009	153	5.7
무지개 항공	19.335	108	5.6	19.856	106	5.3

07

정답 | ①

정답풀이 |

그래프는 A국의 전체 수출액에서 TV가 차지하는 비중을 TV 세계수출시장에서 A국의 점유율로 나눈 값이다. 이는 A국 전체 수출액 대비 TV의 세계수출시장 규모의 비율이다.

오답풀이 |

⑤ 2017년 A국 품목별 수출액의 전년 대비 증가율은 반도체 0%, 휴대폰 $\frac{15.0-16.0}{16.0}\times 100 \fallingdotseq -6.3(\%)$, 선박 $\frac{4.0-5.0}{5.0}\times 100=-20.0(\%)$이다.

2018년 A국 품목별 수출액의 전년 대비 증가율은 반도체 $\frac{15.0-10.0}{10.0}\times 100=50(\%)$, 휴대폰 $\frac{13.0-15.0}{15.0}\times 100 \fallingdotseq -13.3(\%)$, 선박 $\frac{3.0-4.0}{4.0}\times 100=-25(\%)$이다.

따라서 구한 수치가 주어진 그래프와 일치한다.

08

정답 | ⑤

정답풀이 |

20대 이하와 30~40대는 각각 인터넷을 통해 정보를 획득한 관람객 수가 가장 많았다. 반면, 50대 이상은 현수막을 통해 정보를 획득한 관람객 수가 가장 많았다. 하지만 자료에는 현수막을 통해 정보를 얻은 관람객보다 TV를 통해 얻은 관람객이 더 많다.

오답풀이 |

① D축제의 경우 취업자 수와 고용인 수 모두 가장 적었다.

② 먹거리 만족도가 매년 떨어지고 있고, 2019년에는 살거리 만족도도 2018년보다 낮아졌다.

③ 관람객 1인당 총지출액에서 숙박비의 비중이 가장 높은 축제는 C축제이고 먹거리 비용의 비중이 가장 높은 축제는 E축제이다.

④ A축제는 관람객 수, 인지도, 콘텐츠 영역에서 B축제보다 높

은 점수를 받았으나 경제적 효과 영역에서는 B축제보다 낮은 점수를 받았다.

09

정답 | ③

정답풀이 |

- 메뉴 가격에 변동이 없을 경우, 일반식 이용자와 특선식 이용자의 수가 모두 2018년 12월보다 감소할 것으로 예측된다. 그러므로 특선식 이용자는 952명보다 적고, 일반식 이용자는 1,210명보다 적다. → 일반식 이용자가 1,220명인 ① 제외
- 특선식 가격만을 1,000원 인상할 경우, 특선식 이용자 수는 2018년 7월 이후 최저치 이하로 감소한다. 그러므로 최저치였던 8월의 885명보다 적어야 한다. 하지만 총매출액은 2018년 10월 이상으로 증가할 것으로 예측된다. → 특선식 이용자가 890명인 ② 제외
- 일반식 가격만을 1,000원 인상할 경우, 일반식 이용자 수는 2018년 12월 대비 10% 이상 감소한다. 그러므로 1,210×(1−0.1)=1,089(명) 이하로 감소하여야 한다. 특선식 이용자 수는 2018년 10월보다 증가하지는 않으리라 예측되므로 979명 이하여야 한다. → 일반식 이용자가 1,090명인 ⑤ 제외

남은 선택지는 ③과 ④이며, 아직 사용하지 않은 단서인 '특선식 가격만을 1,000원 인상했을 때 총매출액이 2018년 10월 이상으로 증가하는지'를 확인해 보면 된다.

③ (880×7,000)+(1,260×4,000)=6,160천 원+5,040천 원 =11,200(천 원)

④ (870×7,000)+(1,180×4,000)=6,090천 원+4,720천 원 =10,810(천 원)

2018년 10월 총매출액은 10,850천 원이므로 2018년 10월 이상의 매출이 되는 것은 ③이다.

TIP

특선식만 1,000원 인상할 경우, ③과 ④ 모두 특선식 이용자 수가 885명 미만이고, ④는 ③보다 일반식 이용자와 특선식 이용자가 모두 적다. 만약 ④의 계산 결과가 2018년 10월 총매출액이 10,850천 원 이상이라면 반드시 ③의 계산 결과도 10,850천 원 이상이 될 것이므로 정답이 두 개가 되어 모순이다. 따라서 계산을 하지 않아도 반드시 ③이 답이 되어야 함을 알 수 있다.

10

정답 | ⑤

정답풀이 |

2014~2016년 기업 및 정부 R&D 과제 건수의 전년 대비 증가율이 아닌 전체 R&D 과제 건수 중 해당 기관이 수행한 과제 건수의 비율을 〈그래프〉에 담고 있으므로 적절하지 않다.

오답풀이 |

① 연도별 기업 및 대학 R&D 과제 건수는 〈표〉에서 확인할 수 있다.

② 연도별 정부 및 전체 R&D 과제 건수는 〈표〉에서 확인할 수 있다.

③ 2016년 기관별 R&D 과제 건수 구성비는 〈표〉에서 확인할 수 있다.

④ 2014~2016년 전체 R&D 과제 건수의 전년 대비 증가율은 〈표〉의 수치를 이용하여 구하면 2014년 $\frac{851-230}{230}\times100$ =270(%), 2015년 $\frac{1,218-851}{851}\times100≒43.1$(%), 2016년 $\frac{1,068-1,218}{1,218}\times100≒-12.3$(%)이다. 따라서 〈그래프〉의 수치는 옳게 작성되었다.

11

정답 | ②

정답풀이 |

유상거래 최고 가격은 2009년의 경우 500원/kg, 2010년의 경우 500원/kg, 2011년의 경우 400원/kg, 2012년의 경우 400원/kg, 2013년의 경우 600원/kg이다. 유상거래 최저 가격은 2009년의 경우 60원/kg, 2010년의 경우 50원/kg, 2011년의 경우 10원/kg, 2012년의 경우 30원/kg, 2013년의 경우 60원/kg이다. 유상거래 최고 가격은 2009~2013년 모두 그래프와 일치하지만 유상거래 최저 가격은 2011년이 그래프와 일치하지 않는다.

오답풀이 |

① 전체 거래의 건당 거래량은 $\frac{\text{전체 거래량}}{\text{거래 건수}}$으로 구할 수 있다. 〈표〉에서 전체 거래의 건당 거래량은 2010년의 경우 $\frac{1,712,694}{32}≒53,521.7$(kg), 2011년의 경우 $\frac{1,568,065}{25}$ =62,722.6(kg), 2012년의 경우 $\frac{1,401,374}{32}≒43,792.9$(kg), 2013년의 경우 $\frac{2,901,457}{59}≒49,177.2$(kg)이다. 이는 그래프와 일치한다.

③ 유상거래 평균 가격은 2013년의 경우 180원/kg, 2014년의 경우 269원/kg, 2015년의 경우 140원/kg, 2016년의 경우 197원/kg, 2017년의 경우 124원/kg이다. 이는 그래프와 일치한다.

④ 2008년 전체 거래량에서 무상거래 거래량이 차지하는 비중은 $\frac{42,500}{115,894}\times100≒36.7$(%)이고, 전체 거래량에서 유상거래 거래량이 차지하는 비중은 $\frac{73,394}{115,894}\times100≒63.3$(%)이다. 이는 그래프와 일치한다.

⑤ 무상거래 건수는 2010년의 경우 9건, 2011년의 경우 6건, 2012년의 경우 7건, 2013년의 경우 5건이다. 유상거래 건수

는 2010년의 경우 23건, 2011년의 경우 19건, 2012년의 경우 25건, 2013년의 경우 54건이다. 이는 그래프와 일치한다.

12

정답 | ③

정답풀이 |

공공기관 유형별 신규채용 합격자 중 여성 비중을 계산하면 다음과 같다. 2018년의 공기업과 준정부기관의 여성 비중은 각각 23.0%, 50.2%이다.

(단위: 명, %)

구분		2014년	2015년	2016년	2017년	2018년
공기업	전체	4,937	5,823	5,991	6,805	9,070
	여성	1,068	1,180	1,190	1,646	2,087
	비율	21.6	20.3	19.9	24.2	23.0
준 정부기관	전체	5,055	4,892	6,084	6,781	9,847
	여성	2,507	2,206	2,868	3,434	4,947
	비율	49.6	45.1	47.1	50.6	50.2
기타 공공기관	전체	7,609	8,607	8,907	8,961	14,915
	여성	3,927	4,278	4,662	4,838	8,496
	비율	51.6	49.7	52.3	54.0	57.0

오답풀이 |

① 〈표2〉의 공공기관 유형별 신규채용 전체 합격자 수를 보면 알 수 있다.

② 2016년 공공기관 유형별 신규채용 남성 합격자를 계산하면 다음과 같다.

(단위: 명)

구분		2016년
공기업	전체	5,991
	여성	1,190
	남성	4,801
준정부기관	전체	6,084
	여성	2,868
	남성	3,216
기타공공기관	전체	8,907
	여성	4,662
	남성	4,245

④ 공공기관 신규채용 합격자의 전년 대비 증가율은 다음과 같다.

(단위: 명, %)

구분	2014년	2015년	2016년	2017년	2018년
전체	17,601	19,322	20,982	22,547	33,832
전년 대비 증가율	-	9.8	8.6	7.5	50.1

⑤ 2018년 공공기관 신규채용 합격자의 공공기관 유형별 구성비는 다음과 같다.

(단위: 명, %)

구분	공기업	준정부기관	기타공공기관
2018년 신규채용	9,070	9,847	14,915
구성비	26.8	29.1	44.1

13

정답 | ⑤

정답풀이 |

2017년 대비 2018년 1인 1일당 식물성 단백질 섭취량 증감률은 $\left|\frac{(\text{2018년 1인 1일당 식물성 단백질 섭취량}-\text{2017년 1인 1일당 식물성 단백질 섭취량})}{\text{2017년 1인 1일당 식물성 단백질 섭취량}}\times 100\right|$으로 구할 수 있다. 2017년 대비 2018년 1인 1일당 식물성 단백질 섭취량 증감률은 A지역의 경우 $\left|\frac{(25-25)}{25}\times 100\right|=0(\%)$, B지역의 경우 $\left|\frac{(30-10)}{10}\times 100\right|=200(\%)$, C지역의 경우 $\left|\frac{(20-20)}{20}\times 100\right|=0(\%)$, D지역의 경우 $\left|\frac{(5-10)}{10}\times 100\right|=50(\%)$이다. B지역의 경우 그래프와 일치하지 않는다.

오답풀이 |

① 1인 1일당 동물성 단백질 섭취량은 (1인 1일당 단백질 섭취량－1인 1일당 식물성 단백질 섭취량)으로 구할 수 있다. B지역의 1인 1일당 동물성 단백질 섭취량은 2017년의 경우 100－10=90(g), 2018년의 경우 100－30=70(g), 2019년의 경우 110－50=60(g)이다. D지역의 1인 1일당 동물성 단백질 섭취량은 2017년의 경우 50－10=40(g), 2018년의 경우 50－5=45(g), 2019년의 경우 50－5=45(g)이다. 이는 그래프와 일치한다.

② 1일 단백질 총섭취량은 (1인 1일당 단백질 섭취량×전체 인구)로 구할 수 있다. 2019년 지역별 1일 단백질 총섭취량은 A지역의 경우 75×1,100=82,500(g), B지역의 경우 110×1,000=110,000(g), C지역의 경우 80×600=48,000(g), D지역의 경우 50×100=5,000(g)이다. 이는 그래프와 일치한다.

③ 2017년 지역별 1인 1일당 식물성 단백질 섭취량 구성비는 A지역의 경우 $\frac{25}{50}\times 100=50(\%)$, B지역의 경우 $\frac{10}{100}\times 100=10(\%)$, C지역의 경우 $\frac{20}{100}\times 100=20(\%)$, D지역의 경우 $\frac{10}{50}\times 100=20(\%)$이다. 1인 1일당 동물성 단백질 섭취량 구성비는 (100－1인 1일당 식물성 단백질 섭취량 구성비)로 구할 수 있으므로 2017년 지역별 1인 1일당 동물성 단백질 섭취량 구성비는 A지역의 경우 50%, B지역의 경우 90%, C지역의 경우 80%, D지역의 경우 80%이다. 이는 그래프와 일치한다.

④ A지역의 1인 1일당 동물성 단백질 섭취량과 1인 1일당 식물

성 단백질 섭취량의 차이는 2017년의 경우 25−25=0(g), 2018년의 경우 35−25=10(g), 2019년의 경우 50−25=25(g)이다. C지역의 1인 1일당 동물성 단백질 섭취량과 1인 1일당 식물성 단백질 섭취량의 차이는 2017년의 경우 80−20=60(g), 2018년의 경우 70−20=50(g), 2019년의 경우 60−20=40(g)이다. 이는 그래프와 일치한다.

14

정답 | ④

정답풀이 |

단위가 명/천 건이므로 화재발생 천 건 대비 인명피해자 수 비율은 $\frac{\text{인명피해자 수}}{\text{화재발생 건수}} \times 1,000$이다. 2012년 수치만 보더라도 $\frac{2,222}{43,249} \times 1,000 \fallingdotseq 51$로 그래프에 제시된 수치와 자릿수부터 다르므로 일치하지 않는다.

오답풀이 |

① 〈표〉에서 제시된 화재발생 건수 수치와 그래프의 수치가 일치한다.

② 인명피해자 수 편차는 2012년 2,222−2,150=72(명), 2013년 2,184−2,150=34(명), 2014년 2,180−2,150=30(명), 2015년 2,093−2,150=−57(명), 2016년 2,024−2,150=−126(명), 2017년 2,197−2,150=47(명)이므로 수치의 절댓값은 그래프와 일치한다.

③ 구조활동 건수의 전년 대비 증가량은 (해당 연도 구조활동 건수)−(전년도 구조활동 건수)를 통해 구할 수 있다. 2013년의 경우 400,089−427,735=−27,646(건), 2014년의 경우 451,050−400,089=50,961(건), 2015년의 경우 479,786−451,050=28,736(건), 2016년의 경우 609,211−479,786=129,425(건), 2017년의 경우 655,485−609,211=46,274(건)이다. 이는 그래프와 일치한다.

⑤ 화재발생 건수의 전년 대비 증가율은

$$\frac{(\text{해당 연도 화재발생 건수})-(\text{전년도 화재발생 건수})}{(\text{전년도 화재발생 건수})} \times 100$$

으로 구할 수 있다. 화재발생 건수의 전년 대비 증가율은

2013년 $\frac{(40,932-43,249)}{43,249} \times 100 \fallingdotseq -5.4(\%)$,

2014년 $\frac{(42,135-40,932)}{40,932} \times 100 \fallingdotseq 2.9(\%)$,

2015년 $\frac{(44,435-42,135)}{42,135} \times 100 \fallingdotseq 5.5(\%)$,

2016년 $\frac{(43,413-44,435)}{44,435} \times 100 \fallingdotseq -2.3(\%)$,

2017년 $\frac{(44,178-43,413)}{43,413} \times 100 \fallingdotseq 1.8(\%)$이다. 이는 그래프와 일치한다.

15

정답 | ①

정답풀이 |

ㄱ. 〈표〉의 가장 끝 열을 확인하면 알 수 있다.

ㄴ. 용도별 내진대상 건축물 구성비를 계산하면 다음과 같다.

(단위: 개, %)

구분	단독주택	공동주택	학교	의료시설	공공업무시설	기타
내진대상	445,236	360,989	31,638	5,079	15,003	581,602
구성비	30.9	25.1	2.2	0.4	1.0	40.4

오답풀이 |

ㄷ. 주택 및 주택이외 건축물의 용도별 내진확보 건축물 구성비를 계산하면 다음과 같다.

(단위: 개, %)

주택	단독주택	공동주택
내진확보	143,204	171,172
구성비	45.6	54.4

(단위: 개, %)

주택이외	학교	의료시설	공공업무시설	기타
내진확보	7,336	2,575	2,663	148,385
구성비	4.6	1.6	1.7	92.2

ㄹ. 〈표〉의 가장 끝 열을 확인하면 주택이외 건축물 용도별 내진율 수치가 다름을 알 수 있다.

NCS 기출변형 모의고사 [1회] P. 165

01	02	03	04	05	06	07	08	09	10
①	⑤	③	④	⑤	①	④	④	③	②
11	12	13	14	15	16	17	18	19	20
①	②	④	①	②	②	③	⑤	④	③
21	22	23	24	25					
③	②	②	④	③					

01

정답 | ①

정답풀이 |

A지점에서 B지점까지를 갑과 을이 회차하며 달린다.

- 갑은 A지점을 출발하여 B지점에 도착하는데 $\frac{18\text{km}}{15\text{km/h}}=1.2$ 시간=1시간 12분이 걸린다.
- 을은 A지점을 출발하여 B지점에 도착하는데 $\frac{18\text{km}}{4\text{km/h}}=4.5$시간=4시간 30분이 걸린다.

즉, 갑이 A지점을 출발하여 B지점을 회차한 후 한 번 만나고, 다시 A지점을 회차한 후 을이 B지점을 도착하기 전에 두 번 만나게 된다. 즉, 갑이 출발 후 다시 A지점으로 와서 다시 B지점까지 1시간 12분×3=3시간 36분밖에 걸리지 않으므로 갑이 B지점을 도착하기 전에 두 번째 만난다.

이때, 갑과 을이 만나는 지점을 A지점으로부터 $x$km 떨어진 곳에서 만난다고 하면, 갑과 을이 움직여서 두 번째 만날 때까지 이동한 시간과 거리는 다음과 같다.

- 갑이 이동한 거리=$18\times2+x$
- 을이 이동한 거리=x
- 갑이 이동한 시간=을이 이동한 시간+12(갑이 출발하면 을은 12분 후 출발하므로)

따라서 $\frac{18\text{km}\times2+x\text{km}}{15\text{km/h}}=\frac{x\text{km}}{4\text{km/h}}+\frac{12}{60}\text{h}$ (단, 12분=$\frac{12}{60}$h)

$\therefore x=12$(km)

갑과 을은 A지점으로부터 12km 떨어진 곳에서 두 번째 만나게 된다. 따라서 B지점으로부터는 6km(=18−12) 떨어진 곳에서 만나게 된다.

TIP

미지수가 답이 되는지 꼭 확인하도록 한다.

02

정답 | ⑤

정답풀이 |

- 방법1(연립방정식 이용)

먼저 최종적으로 만들어진 농도 13.5%인 소금물 600g의 소금의 양은 600×13.5%÷100=81(g)이다.

㉠ 농도 9%인 소금물의 양을 xg이라 하면, 소금의 양은 xg×9%÷100=0.09x(g)

→ 농도 9%인 소금물 중 25%가 증발하면 소금물의 양은 0.75xg, 소금은 동일한 0.09xg

㉡ 농도 16%인 소금물의 양을 yg이라 하면, 소금의 양은 yg×16%÷100=0.16y(g)

농도 9%이었던 소금물(0.75x)과 농도 16%인 소금물(y)을 섞으면 $0.75x+y=600$ → $0.09x+0.16y=81$

$\therefore x=500$(g), $y=225$(g)

따라서 처음에 있던 농도 9%인 소금물의 양은 500g이다.

- 방법2(가중평균 이용)

농도 9%인 소금물 중 25%가 증발하는 경우 소금의 양은 변화가 없으나 물만 증발하므로 반비례 개념을 이용하면 소금물의 양은 $\times\frac{3}{4}$(75%)이 되어 농도는 $9\%\times\frac{4}{3}=12(\%)$가 된다.

소금물 A	평형(소금물 C)	소금물 B
	총 소금물 600g	
농도 12%	시소 A　　　　B 12%----13.5%----16% ↑ 시소에서 1.5:2.5인 지점이 무게중심	농도 16%
$600\times\frac{5}{8}$ =375(g)	무게의 비 2.5:1.5=5:3	$600\times\frac{3}{8}$ =225(g)

농도 12%인 소금물이 증발하여 소금물의 양은 375g이 되었다. 즉, 처음 농도 9%인 소금물에서 25%가 증발한 후 375g이 된 것이다.

→ 처음에 있었던 농도 9%인 소금물×(100%−25%)=375 (g)이다.(소금물의 25%가 증발한 후 농도 12%가 되었기에)

따라서 처음에 있었던 농도 9%인 소금물은 500g이다.

TIP

농도 문제를 풀 때 가중평균을 많이 이용한다. 하지만, 가중평균 이용 시 지원자가 확실히 이해하지 않고 푸는 경우 오히려

연립방정식으로 푸는 것보다 시간이 더 걸릴 수 있다. 즉, 너무 빨리 풀려고 가중평균만을 이용하는 것보다 경우에 따라 적용하기 더 좋은 풀이법으로 문제를 해결하도록 한다.

03

정답 | ③

정답풀이 |

'병'의 전체 구간에서의 평균 주행 연비와 각 구간에서의 주행 연비의 평균은 다르다. 먼저, 전체 구간에서의 평균 주행 연비는 297km÷10L=29.7(km/L)이다. 하지만 선택지에서는 각 구간에서의 주행 연비의 평균이므로 각 구간에서의 연비를 구한 후 평균을 구한다.

- A → B 구간: 105km÷3.5L=30(km/L)
- B → C 구간: 96km÷2L=48(km/L)
- C → D 구간: 60km÷3.0L=20(km/L)
- D → E 구간: 36km÷1.5L=24(km/L)

각 구간에서의 주행 연비의 평균은 122km/L÷4=30.5(km/L)이므로 30km/L 이상이다.

오답풀이 |

① 각 자동차의 연료비는 '연료 소모량(L)×L당 연료비'이므로 자동차 '갑'~'병'의 연료비를 구하면 다음과 같다.
  - 갑: 18×1,000=18,000(원)
  - 을: 13.5×1,700=22,950(원)
  - 병: 10×1,500=15,000(원)

  따라서 연료비가 적은 순부터 나열하면 병, 갑, 을이다.

② 자동차의 주행 연비는 연료 소모량이 적을수록 높다.
  - A → B 구간: 병>을>갑
  - B → C 구간: 병>을>갑
  - C → D 구간: 병>을>갑
  - D → E 구간: 병=을>갑

  D → E 구간에서는 다르므로 모든 구간에서 동일한 것은 아니다.

④ 주행시간은 각 구간에서 거리를 평균 속력으로 나누어 주는 것의 합이다. 그런데 갑과 병의 각 구간에서의 평균 속력이 같으므로 주행시간은 동일하다.

⑤ 각 자동차의 평균 속력이 가장 빠른 구간은 갑(A → B 구간), 을(D → E 구간), 병(A → B 구간)이고, 연비가 가장 높은 구간은 아래와 같이 계산하면 갑, 을, 병 모두 'B → C 구간'에서 가장 높다.

구간 \ 자동차(연료)	갑(LPG)		을(휘발유)		병(경유)	
구분 거리	연료 소모량	연비	연료 소모량	연비	연료 소모량	연비
A → B 105	7.0	15	5.0	21	3.5	30
B → C 96	4.0	24	3.0	32	2.0	48
C → D 60	5.0	12	4.0	15	3.0	20
D → E 36	2.0	18	1.5	24	1.5	24

04

정답 | ④

정답풀이 |

소년(성인) 범죄 발생지수는 2017년 소년(성인) 범죄율을 100.0으로 할 때의 상대적인 값이므로 2017년 범죄 발생지수는 모두 100이 된다. 이때, 2020년 성인 범죄 발생지수(ⓡ)는 $\frac{2,060}{2,245}\times$ 100≒91.8(%)이다.

TIP

$\frac{2,060}{2,245}\times$ 100 계산 방법

1) 분모 대비 분자가 많이 크므로 여사건을 이용하면
   $\frac{185}{2,245}\times 100$
2) 분모의 10%(225), 1%(23)
3) 분자(185)와 분모(225)의 차이는 40이고, 분모 1%<40<분모 2%
4) 분자(185)는 10%−(1~2%)=8~9%
5) 여사건이므로 91~92%에 해당함

오답풀이 |

㉠, ㉡ 2017년 범죄 발생지수는 100이므로, 빈칸은 모두 100이다.

㉢ 2020년 소년 범죄 발생지수는 $\frac{1,249}{1,172}\times$ 100≒106.6(%)이다.

TIP

$\frac{1,249}{1,172}\times$ 100 계산 방법

1) 분자는 분모보다 크므로 $\frac{1,249}{1,172}$=1(100%)+$\frac{77}{1,172}$
2) 분모의 10%(117), 1%(12), 6%(72), 7%(84)
3) 6%<77<7%
4) 100%+(6~7%)

㉤ 2021년 소년 범죄자 비율은 $\frac{54,205}{54,205+878,917}\times 100=\frac{54,205}{933,122}\times$ 100≒5.8(%)이다.

TIP

$\frac{54,205}{933,122}\times$ 100 계산 방법

1) 분모의 10%(93,312), 1%(9,331), 5%(46,___), 6%(55,9__)
2) 5%<54,205<6%(정확하게는 6%에 가까운 5.후반%)

05

정답 | ⑤

정답풀이 |

북미 대륙 외국인 관광객의 80%와 미국인 관광객 수를 대소비교하면 다음과 같다.

- 2010년: 813,860×0.8=651,088(명)<미국인 관광객 수(652,889명)
- 2015년: 974,153×0.8≒779,322(명)>미국인 관광객 수(767,613명)
- 2020년: 271,487×0.8≒217,190(명)<미국인 관광객 수(220,417명)

따라서 2010~2020년 중 미국인 관광객 수가 북미 대륙 외국인 관광객의 80% 미만인 해는 2015년이다.

오답풀이 |

① 2010년 대비 2015년 외국인 방문객 수가 증가하였지만, 2011~2014년 자료가 주어져 있지 않으므로 지속적으로 증가했는지는 알 수 없다.

② 2015년과 2020년 외국인 관광객 비중의 차이가 크다는 것은 각 국가의 2015년과 2020년의 증감률 차이가 더 큰 것을 의미한다.

- 일본: 2020년×4.초반=2015년
- 중국: 2020년×8.후반=2015년

즉, 중국의 증감률이 더 크므로 비중 차이 역시 더 클 것이다. 각각의 비중을 계산하면 다음과 같다.

- '일본'의 아시아 외국인 관광객 중 비중은 2015년 $\frac{1,837,782}{10,799,355}\times 100 \fallingdotseq 17.0(\%)$, 2020년 $\frac{430,742}{1,918,037}\times 100 \fallingdotseq 22.5(\%)$이므로, 5.5%p 차이 난다.
- '중국'의 아시아 외국인 관광객 중 비중은 2015년 $\frac{5,984,170}{10,799,355}\times 100 \fallingdotseq 55.4(\%)$, 2020년 $\frac{686,430}{1,918,037}\times 100 \fallingdotseq 35.8(\%)$이므로, 19.6%p 차이 난다.

③ 2010년 대비 2015년 외국인 관광객 증가율을 계산하면 다음과 같다.

- 북미: $\frac{974,153-813,860}{813,860}\times 100=\frac{160,293}{813,860}\times 100 \fallingdotseq 19.7(\%)$
- 유럽: $\frac{806,438-645,753}{645,753}\times 100=\frac{160,685}{647,753}\times 100 \fallingdotseq 24.9(\%)$

유럽이 분자는 더 크고, 분모는 더 작으므로 유럽의 증가율이 북미보다 더 높다.

④ 2010년 대비 2015년 외국인 방문객 수가 증가한 대륙은 기타를 제외하고 모두이다.

구분	2010년	2015년	2010년 대비 2015년 증가율
아시아	6,749,222	10,799,355	대략 4,000,000 (약 60% 증가)
북미	813,860	974,153	50% 미만 증가
유럽	645,753	806,438	50% 미만 증가
대양주	146,089	168,064	50% 미만 증가
아프리카	33,756	46,525	50% 미만 증가
전체	8,797,658	13,233,651	대략 4,400,000 (약 50% 증가)

따라서 기타를 제외한 대륙별 2010년과 2015년 비중을 계산하면 다음과 같다.

(단위: %)

구분	2010년	2015년
아시아	76.7	81.6
북미	9.3	7.4
유럽	7.3	6.1
대양주	1.7	1.3
아프리카	0.4	0.4

따라서 비중이 증가한 대륙은 아시아뿐이므로 절반 이상은 아니다.

06

정답 | ①

정답풀이 |

소득교역조건지수는 순상품교역조건지수로 나타낼 수 있다.

$$소득교역조건지수=\frac{수출물가지수\times수출물량지수}{수입물가지수}\times 100$$

$$\rightarrow 소득교역조건지수=\frac{수출물가지수}{수입물가지수}\times 100\times 수출물량지수$$

→ 소득교역조건지수=순상품교역조건지수×수출물량지수

(순상품교역조건지수$=\frac{수출물가지수}{수입물가지수}\times 100$이므로)

즉, 소득교역조건지수는 순상품교역조건지수와 수출물량지수의 곱으로 구하면 된다.

소득교역조건지수의 정확한 값을 구해서 비교해도 되지만, 비교만 해도 되므로 정확한 값을 꼭 구할 필요는 없다.

※ 6월, 7월, 8월, 9월 소득교역조건지수 크기 비교하기

1. 6월(92.46×113.73), 9월(93.54×110.60)>7월(91.76×106.28), 8월(90.64×108.95)
   → 6월, 9월이 7월, 8월보다 순상품교역조건지수와 수출물량지수 모두 크므로
2. 6월(92.46×113.73) vs 9월(93.54×110.60)
   → 92.46×(1%대)×113.73≈93.54×110.60×(2%대)
   (92.46의 1%(0.92)이므로 93.54−92.46=1.08은 약 1%이고, 110.60의 1%(1.1)이므로 113.73−110.60=3.13은 약 2%대임)

따라서 6월>9월이다.

3. 7월(91.76 × 106.28) vs 8월(90.64 × 108.95)

→ 91.76 × 106.28 × (2%대)≈90.64 × (1%대) × 108.95

(90.64의 1%(0.9)이므로 91.76−90.64=1.12는 약 1%대이고, 106.28의 1%(1.0)이므로 108.95−106.28=2.67은 약 2%대임)

따라서 8월>7월이다.

정리하여 소득교역조건지수를 큰 것부터 나열하면 6월>9월>8월>7월 순이다.

소득교역조건지수를 정확히 계산하면 다음과 같다.

구분 / 월	순상품 교역조건지수	수출물량지수	소득교역 조건지수
6	92.46	113.73	105.15
7	91.76	106.28	97.52
8	90.64	108.95	98.75
9	93.54	110.60	103.46

07

정답 | ④

정답풀이 |

주어진 그래프에는 범례가 나와 있지 않으므로, 각각의 그래프가 나타내는 것이 비용인지 시간인지를 알아야 한다.

구분	막대 그래프	선 그래프
선택지 ①	비용	시간
선택지 ②	시간	비용
선택지 ③	시간	비용
선택지 ④	비용	시간
선택지 ⑤	비용	시간

일반열차 소요시간은 287분이지만, 선택지 ④의 일반열차 소요시간은 250분이 되지 않는다. 따라서 ④는 옳지 않으며, ④를 바르게 변환하면 다음과 같다.

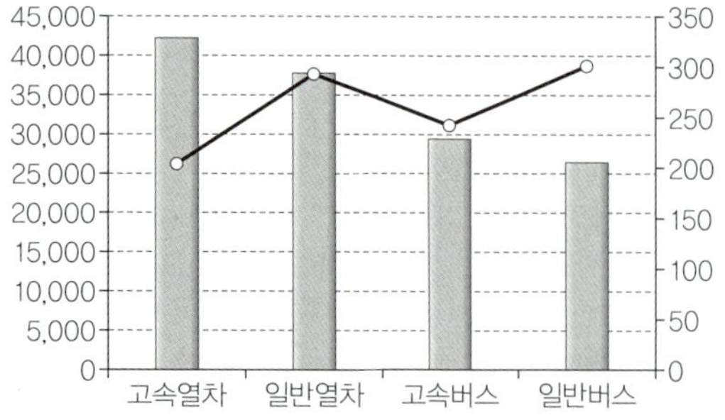

TIP

자료 변환 그래프에서 정확한 수치가 표시되어 있지 않는 경우에는 추세선으로 풀면 된다.

D구간 자료를 보면 고속열차, 일반열차, 고속버스, 일반버스 순으로 시간은 '증가, 감소, 증가'하고, 비용은 '감소, 감소, 감소'한다. 즉, 증가/감소/증가, 감소/감소/감소 추세가 주어진 그래프에 존재해야 하지만, ④의 그래프에는 이 추세가 없으므로 적절하지 않다.

08

정답 | ④

정답풀이 |

㉠ 2020년 전체 가구당 보험료는 99,934원이고 전체질환의 가구당 보험급여는 168,725원으로 전체질환 보험혜택 비율은 1.7로 나타났다.

㉡ 4대 질환 중 보험혜택 비율이 가장 높은 질환은 28.8인 뇌혈관 질환이었다.

㉣ 전체질환의 1분위 가구당 보험급여의 3배는 128,431 × 3=385,293(원)으로 심장, 뇌혈관, 희귀 질환의 1분위 가구당 보험급여는 각각 전체질환의 1분위 가구당 보험급여의 3배 이상이었지만, 암은 3배 미만이었다.

오답풀이 |

㉢ 뇌혈관, 심장, 암 질환의 1분위 보험혜택 비율은 각각 28.8, 28.6, 12.9이고, 5분위 보험혜택 비율은 각각 3.1, 3.2, 1.4이다. 즉, 뇌혈관, 심장, 암 질환의 1분위 보험혜택 비율은 각각 5분위의 10배에 미치지 못하였다.

09

정답 | ③

정답풀이 |

2006~2010년 시내버스 종사자 수와 시내버스를 제외한 세 개의 운송업 종사자 수를 정리하면 다음과 같다.

(단위: 명)

구분 / 연도	2006	2007	2008	2009	2010
시내버스 종사자 수	66,191	70,253	70,404	71,126	71,427
시내버스 제외 종사자 수	24,841	22,990	22,090	21,918	21,762

따라서 2006년 시내버스 종사자 수는 나머지 세 개의 운송업 종사자 수 합의 $\frac{66,191}{24,841}$≒2.7(배)이므로, 3배보다 작다.

오답풀이 |

① 시외 일반버스의 2006~2010년 동안 업체당 종사자 수는 다음과 같다.

연도	2006	2007	2008	2009	2010
업체당 종사자 수	$\frac{15,570}{105}$ ≒148.3	$\frac{14,270}{95}$ ≒150.2	$\frac{14,191}{91}$ ≒155.9	$\frac{14,184}{87}$ ≒163.0	$\frac{14,171}{84}$ ≒168.7

따라서 업체당 종사자 수는 전년 대비 매년 증가하였다.

② 2006~2010년 동안 시외 고속버스의 업체당 보유대수는 다음과 같다.

연도	2006	2007	2008	2009	2010
업체당 보유대수	228.2	215.9	255.3	251.8	243.4

따라서 업체당 보유대수의 최대, 최소 편차는 255.3−215.9 =39.4(대)이므로 40대 미만이다.

④ 2006~2010년 시내버스 보유대수와 시내버스 제외한 나머지 세 개의 보유대수를 정리하면 다음과 같다.

(단위: 대)

연도 \ 보유대수	시내버스	시내버스 제외 나머지
2009	30,732	11,581
2010	32,457	11,498

따라서 2009~2010년 시내버스 보유대수는 나머지 세 개의 운송업 보유대수 합의 2배 이상이다.

⑤ 2008~2010년 동안 네 가지 운송업 종사자 수를 구하면 다음과 같다.

(단위: 명)

연도	2008	2009	2010
종사자 수	92,494	93,044	93,189

따라서 네 가지 운송업 종사자 수 합의 평균은 $\frac{92,494+93,044+93,189}{3}$=92,909(명)이다.

10

정답 | ②

정답풀이 |

㉠ 실종 인원이 포로 인원보다 많은 국가는 태국, 뉴질랜드, 벨기에 3개국이다.

㉢ 육군과 해군만 참전한 나라는 영국, 네덜란드, 콜롬비아, 뉴질랜드, 프랑스이다. 각 국가의 참전인원 대비 포로 인원의 비율을 구하면 영국은 $\frac{977}{56,000}$≒0.02, 네덜란드는 $\frac{3}{5,322}$≒0.0006≒0, 콜롬비아는 $\frac{28}{5,100}$≒0.005, 뉴질랜드는 $\frac{0}{3,794}$=0, 프랑스는 $\frac{12}{3,421}$≒0.004이므로 구하는 비율이 가장 높은 나라는 영국이다.

오답풀이 |

㉡ 미국의 실종 인원은 3,737명으로, 미국을 제외한 전사 · 사망 인원 40,667−36,940=3,727(명)보다 더 많다.

㉣ 캐나다는 육군, 해군, 공군이 모두 참전했지만 참전인원 대비 피해인원 비율은 $\frac{1,557}{25,687}$≒0.06이고, 터키는 육군만 참전했지만 참전인원 대비 피해인원 비율은 $\frac{3,216}{14,936}$≒0.21이므로 육군만 참전한 터키의 참전인원 대비 피해인원 비율이 더 높다.

TIP

어림셈을 이용해서 문제를 해결하면 시간을 단축할 수 있다. 이때 복잡하거나 큰 수는 어림셈으로 소수나 자연수로 만들어서 수의 크기를 비교하는 방법, 분자를 모두 같은 수로 만들어서 분모의 크기만으로 수의 크기를 비교하는 방법, 분모를 모두 같은 수로 만들어서 수의 크기를 비교하는 방법 등이 있다.

㉢ 영국은 $\frac{977}{56,000}$≒$\frac{1,000}{56,000}$=$\frac{1}{56}$, 네덜란드는 $\frac{3}{5,322}$≒$\frac{3}{5,400}$=$\frac{1}{1,800}$, 콜롬비아는 $\frac{28}{5,100}$≒$\frac{30}{5,100}$=$\frac{1}{170}$, 뉴질랜드는 $\frac{0}{3,794}$=0, 프랑스는 $\frac{12}{3,421}$≒$\frac{10}{3,400}$=$\frac{1}{340}$로 어림셈하면 뉴질랜드를 제외한 다른 나라의 분자가 모두 1이므로 분모가 작은 것의 비율이 큼을 이용하여 참, 거짓을 판별할 수 있다.

㉣ 캐나다는 $\frac{1,557}{25,687}$≒$\frac{1,500}{25,000}$=$\frac{3}{50}$=0.06, 터키는 $\frac{3,216}{14,936}$≒$\frac{3,000}{15,000}$≒$\frac{3}{15}$=$\frac{1}{5}$=0.2로 어림셈하여 참, 거짓을 판별할 수 있다.

11

정답 | ①

정답풀이 |

조사 기간 동안 임업총수입이 가장 큰 해와 가장 작은 해의 차이는 17,610−15,701=1,909(천 원)으로 190만 원 이상 1,900만 원 미만이다.

(단위: 천 원)

구분 \ 연도	2008	2009	2010	2011	2012
임업소득	8,203	7,655	7,699	8,055	8,487
임업경영비	7,498	8,170	8,442	8,573	9,123
임업총수입	15,701	15,825	16,141	16,628	17,610

오답풀이 |

② 2008~2012년 경상소득과 비경상소득의 합을 구하면 다음과 같다.

(단위: 천 원)

구분 \ 연도	2008	2009	2010	2011	2012
임가소득	27,288	27,391	27,678	28,471	29,609
경상소득+비경상소득	27,288	27,391	27,678	28,471	29,609

따라서 임가소득과 일치함을 알 수 있다.

③ 임업외소득에 2배를 한 값과 경상소득을 비교하여 경상소득 중 임업외소득이 차지하는 비중이 50% 이하인지 알 수 있다.

(단위: 천 원)

연도 구분	2008	2009	2010	2011	2012
경상소득	24,436	23,879	25,026	25,803	26,898
임업외소득 ×2	23,572	23,752	24,848	24,634	26,370

따라서 매년 경상소득이 임업외소득의 2배 이상이므로, 매년 경상소득 중 임업외소득이 차지하는 비중은 50% 이하이다.

④ 임업의존도는 임업소득이 임가소득에서 차지하는 비중으로, 2008~2012년 임업의존도를 구하면 다음과 같다.

(단위: %)

연도	2008	2009	2010	2011	2012
임업의존도	30.1	27.9	27.8	28.3	28.7

따라서 조사 기간 동안 임업의존도의 평균은 $\frac{30.1+27.9+27.8+28.3+28.7}{5}$=28.56(%)로 28.5% 이상이다.

⑤ 2008~2012년 임가소득 중 비경상소득이 차지하는 비중을 구하면 다음과 같다.

(단위: %)

연도	2008	2009	2010	2011	2012
비중	10.5	12.8	9.6	9.4	9.2

따라서 2009년에 12.8%로 가장 크다. 해당 연도의 이전소득이 경상소득에서 차지하는 비중은 $\frac{4,348}{23,879} \times 100 \fallingdotseq$ 18.2(%)로 19.0% 이하이다.

12

정답 | ②

정답풀이 |

주어진 산식인 '당해연도 연봉=전년도 연봉×(1+전년도 성과평가등급에 따른 연봉인상률÷100)'을 활용하면, '연봉인상률 $=\{(\frac{\text{당해연도 연봉}}{\text{전년도 연봉}})-1\}\times 100$'의 산식이 성립함을 알 수 있다.

따라서 2013년 연봉인상률에 따른 성과평가등급은 다음과 같다.

구분	A	B	C	D
2013년 연봉인상률 (%)	$\{(\frac{28,800}{24,000})-1\}\times 100=20$	$\{(\frac{25,000}{25,000})-1\}\times 100=0$	$\{(\frac{25,200}{24,000})-1\}\times 100=5$	$\{(\frac{27,500}{25,000})-1\}\times 100=10$
성과 평가등급	I	IV	III	II

따라서 2013년 성과평가등급은 B가 가장 낮다. 동일한 방법으로 2015년 성과평가등급을 다음과 같이 확인할 수 있다.

구분	A	B	C	D
2015년 연봉인상률 (%)	$\{(\frac{38,016}{34,560})-1\}\times 100=10$	$\{(\frac{28,875}{26,250})-1\}\times 100=10$	$\{(\frac{33,264}{27,720})-1\}\times 100=20$	$\{(\frac{30,250}{27,500})-1\}\times 100=10$
성과 평가등급	II	II	I	II

따라서 2015년 성과평가등급은 C가 가장 높다.

13

정답 | ④

정답풀이 |

2006~2010년 학원교육비에서 성인 학원교육비가 차지하는 비중은 다음과 같다.

(단위: %)

2006년	2007년	2008년	2009년	2010년
5.7	6.2	5.7	5.5	5.4

2006~2010년 전체 교육비에서 초등교육비가 차지하는 비중은 다음과 같다.

(단위: %)

2006년	2007년	2008년	2009년	2010년
6.6	5.5	6.0	6.0	5.9

따라서 2007년의 경우 학원교육비에서 성인 학원교육비가 차지하는 비중이 초등교육비가 전체 교육비에서 차지하는 비중보다 크다.

오답풀이 |

① 2006~2010년 정규교육비 중 고등교육비가 차지하는 비중은 다음과 같다.

(단위: 원, %)

구분	2006년	2007년	2008년	2009년	2010년
고등교육비	47,841	52,060	52,003	61,430	66,519
정규교육비	78,970	85,502	91,068	101,793	106,738
비중	60.6	60.9	57.1	60.3	62.3

따라서 가장 낮은 해는 57.1%인 2008년이다.

② 2007~2010년 동안 초등·중등·고등교육비가 모두 전년 대비 증가한 해는 2009년이다. 이때에 정규교육비의 총합도 전년 대비 10,725원 증가하여 가장 크게 증가하였다.

(단위: 원)

구분	2007년	2008년	2009년	2010년
정규교육비 총합	85,502	91,068	101,793	106,738
전년 대비	+6,532	+5,566	+10,725	+4,945

③ 전년 대비 중등교육비의 증감은 2007년부터 순차적으로 전년 대비 증가, 증가, 증가, 감소한다. 학생 학원교육비도 동일하게 2007년부터 순차적으로 전년 대비 증가, 증가, 증가, 감소한다. 그러므로 둘의 증감 추이는 동일하다.

⑤ 2006~2010년 초등교육비와 학생 학원교육비의 전년 대비 증감폭은 다음과 같다.

(단위: 원)

구분		2006년	2007년	2008년	2009년	2010년
초등교육비		14,730	13,255	16,256	17,483	17,592
		–	−1,475	+3,001	+1,227	+109
학생 학원교육비		128,371	137,043	160,344	167,517	166,959
		–	+8,672	+23,301	+7,173	−558

초등교육비가 전년 대비 가장 크게 증가한 해는 3,001원이 증가한 2008년이다. 이때 학생 학원교육비도 23,301원 증가하며 가장 크게 증가하였다.

14

정답 | ①

정답풀이 |

주어진 산식에 따라 빈칸의 수치를 채운 후 출석률과 실질출석률을 계산하여 정리하면 다음 표와 같다. 출석률과 실질출석률의 괄호 안의 숫자는 순위이다.

(단위: 명, %)

구분 지방법원	소환인원	송달불능자	출석취소통지자	출석의무자		출석률	실질출석률
					출석자		
A	1,880	533	573	774	411	21.9(5)	53.1(5)
B	1,740	495	508	737	453	26.0(4)	61.5(3)
C	716	160	213	343	189	26.4(3)	55.1(4)
D	191	38	65	88	57	29.8(1)	64.8(2)
E	420	126	120	174	115	27.4(2)	66.1(1)

따라서 두 지표 모두 순위가 5위인 A지방법원이 정답인 것을 알 수 있다.

15

정답 | ②

정답풀이 |

㉠ 지연율이 가장 낮은 항공사는 BK항공으로 이 항공사의 지연율은 $\frac{110}{2,818}\times 100 \fallingdotseq 3.9(\%)$, 즉 5% 미만이다.

TIP

모든 항공사의 지연율을 구하면 시간이 오래 걸리고, 그럴 필요도 없다. 먼저 지연율이 10% 미만인 항공사를 어림계산으로 찾으면 9C항공과 BK항공이고, 두 항공사 중 BK항공의 지연율이 5% 미만임을 알 수 있다.

㉢ 총지연 대수 중에서 항공기 정비로 인한 지연 대수가 1% 이상인 항공사는 EZ항공, WT항공, ZH항공, BK항공, 9C항공, PR항공으로 총 6곳이다.

오답풀이 |

㉡ ZH항공, BK항공, 9C항공은 항공기 정비로 인한 지연 대수가 기상 악화로 인한 지연 대수보다 많다.

㉣ EK항공의 항공기 정비로 인한 지연 대수 대비 기상악화로 인한 지연 대수 비율은 $\frac{214}{118}\fallingdotseq 1.8$이고, 가장 높은 것은 8L항공으로 $\frac{36}{4}=9$이다.

TIP

보기에서 주어진 EK항공을 가장 먼저 계산해 보면 기상악화로 인한 지연 대수가 항공기 정비의 2배 미만이다. 그런데 EZ의 경우 기상악화로 인한 지연 대수가 항공기 정비의 2배 이상이므로 옳지 않다. 하나라도 반례가 있다면 다른 항목은 계산할 필요가 없다.

16

정답 | ②

정답풀이 |

전체 군인의 수를 정확히 알 필요가 없으므로 비율로 제시된 수치를 그대로 각 군의 인원으로 가정할 수 있다. 이 경우 각 군의 총 월지급액을 산출할 수 있으며, 산출된 값을 전체 군인의 수 100으로 나누면 11월의 1인당 월지급액을 구할 수 있다. 이 값과 5% 인상된 값과의 차이를 구하면 다음과 같이 5,650원이 정답인 것을 알 수 있다.

- 육군: 105,000 × 30=3,150,000(원)
- 해군: 120,000 × 20=2,400,000(원)
- 공군: 125,000 × 30=3,750,000(원)
- 해병대: 100,000 × 20=2,000,000(원)

→ 1인당 월지급액:

$$\frac{3,150,000+2,400,000+3,750,000+2,000,000}{100}=113,000(\text{원})$$

따라서 113,000원의 5% 인상분인 5,650원이다.

17

정답 | ③

정답풀이 |

'회원요금=일반요금 $\times\left(1-\frac{\text{회원할인율}}{100}\right)$'으로 구하면 다음과 같다.

(단위: 천 원)

구분	리조트 / 회원 유형	A	B	C	D	E
비수기 회원요금	기명	150	137.5	120	105	80
	무기명	195	150	150	120	85
성수기 회원요금	기명	325	245	210	187.5	170
	무기명	350	262.5	240	212.5	180

㉠ 리조트 1박 기준, E리조트의 비수기 기명 회원요금이 100×(1−0.2)=80(천 원)으로 가장 저렴하다.

㉣ 리조트 1박 기준 가장 비싼 회원요금은 A리조트의 성수기 무기명 회원요금으로 500×(1−0.3)=350(천 원)이고, 가장 저렴한 회원요금은 E리조트의 비수기 기명 회원요금으로 80천 원이다. 이때 $\frac{350}{80}$≒4.38(배)이므로 4.5배 이하이다.

오답풀이 |

㉡ 리조트 1박 기준, 비수기 일반요금은 C리조트가 B리조트보다 낮지만 비수기 무기명 회원요금은 서로 같다.

㉢ 리조트 1박 기준, B리조트의 성수기 무기명 회원요금은 비수기 기명 회원요금의 2배 이하이다.

TIP

회원할인율을 적용한 리조트 회원요금을 모두 계산해 놓으면 문제를 해결하기 쉽다. 그러나 시간이 불필요하게 많이 소요될 수 있으므로 해당하는 계산만 해야 하고, 어림셈으로 내용을 먼저 볼 수 있어야 한다.

18

정답 | ⑤

정답풀이 |

초등학생 2,000명을 대상으로 조사하였으며, 과일을 매일 섭취하는 초등학생은 37.5%, 채소를 매일 섭취하는 초등학생은 31.8%이므로, 과일을 매일 섭취하는 초등학생은 채소를 매일 섭취하는 초등학생보다 $\frac{(37.5-31.8)\times2{,}000}{100}$=114(명) 많다.

오답풀이 |

① 초등학생, 중학생 각각 2,000명을 대상으로 조사하였으며, 라면을 주 1회 이상 섭취하는 초등학생은 74.7%, 중학생은 89.0%이므로 라면을 주 1회 이상 섭취하는 초등학생이 중학생보다 $\frac{(89.0-74.7)\times2{,}000}{100}$=286(명) 적다.

② 조사한 초등학교 남학생과 여학생이 각각 몇 명인지 알 수 없으므로 탄산음료를 주 1회 이상 섭취하는 초등학교 남학생이 여학생보다 많은지는 알 수 없다.

③ 햄버거를 주 1회 이상 섭취하는 비율은 중학교 남학생이 여학생보다 73.5−70.5=3(%p) 더 높다.

④ 우유를 매일 섭취하는 중학생 중 과일을 매일 섭취하지 않는 중학생 수는 알 수 없다.

19

정답 | ④

정답풀이 |

㉡ 공적개발원조액 상위 3개국의 공적개발원조액 합은 33+24.1+19.4=76.5(십억 달러)이고, 공적개발원조액 4~15위인 국가의 공적개발원조액 합은 137.5−76.5=61(십억 달러)이므로 더 크다.

㉢ 독일의 공적개발원조액을 40억 달러 증액하면 28.1십억 달러이다. 이때의 독일의 국민총소득 대비 공적개발원조액 비율을 x라고 하면 24.1:0.61=28.1:x에서 $x=\frac{0.61\times28.1}{24.1}$≒0.71이므로 UN 권고 비율 이상이 된다.

오답풀이 |

㉠ 국민총소득 대비 공적개발원조액 비율이 UN 권고 비율인 0.70%보다 큰 국가는 룩셈부르크, 노르웨이, 스페인, 덴마크, 영국으로 총 5개국이 해당된다. 영국의 국민총소득은 $\frac{19.4}{0.71}$≒27.3(십억 달러)로 270억 달러 이상이지만, 그 외 국가는 기준에 미달한다. 예를 들어, 덴마크의 국민총소득은 $\frac{2.5}{0.72}$≒3.47(십억 달러)이다. 또한, 룩셈부르크는 국민총소득 대비 공적개발원조액 비율이 UN 권고 비율 이상이지만 공적개발원조액에 관한 정보가 주어져 있지 않으므로 알 수 없다.

20

정답 | ③

정답풀이 |

2017년 점포수 기준 커피전문점 A브랜드의 점유율은 $\frac{322}{1{,}507}$×100≒21.4(%)이다.

오답풀이 |

① 2018년 전체 커피전문점의 전년 대비 매출액 증가폭은 7,428−6,483=945(억 원)이고, 2017년 전년 대비 매출액 증가폭은 6,483−4,583=1,900(억 원)이므로 감소하였다.

② 2018년 F브랜드의 점포당 매출액은 $\frac{231}{106}$≒2.2(억 원)이다.

④ 전년 대비 2018년 커피전문점 브랜드별 매출액이 감소한 브랜드는 'E' 한 곳뿐이다.

⑤ 전체 커피전문점의 연도별 점포당 매출액은 다음과 같다.

- 2013년: $\frac{1{,}586}{269}$≒5.9(억 원)
- 2014년: $\frac{2{,}307}{544}$≒4.2(억 원)
- 2015년: $\frac{3{,}074}{743}$≒4.1(억 원)
- 2016년: $\frac{4{,}583}{983}$≒4.7(억 원)

- 2017년: $\frac{6,483}{1,507}$≒4.3(억 원)
- 2018년: $\frac{7,428}{2,168}$≒3.4(억 원)

따라서 전체 커피전문점의 연도별 점포당 매출액이 가장 큰 해는 2013년이다.

TIP

어림셈을 이용해서 문제를 해결하면 시간을 단축할 수 있다. ⑤에서 전체 커피전문점의 연도별 점포당 매출액은 2013년 $\frac{1,600}{300}$≒5(억 원), 2014년 $\frac{2,400}{600}$=4(억 원), 2015년 $\frac{3,000}{700}$≒4(억 원), 2016년 $\frac{4,600}{1,000}$=4.6(억 원), 2017년 $\frac{6,400}{1,500}$≒4(억 원), 2018년 $\frac{7,400}{2,100}$≒3.5(억 원)이므로 전체 커피전문점의 연도별 점포당 매출액이 가장 큰 해는 2013년이다.

21

정답 | ③

정답풀이 |

㉠ 상위 10개 품목의 생산액 총액은 2012년 203,488억 원, 2013년 224,055억 원, 2014년 271,504억 원으로 매년 꾸준히 증가하였다.

TIP

상위 10개 품목의 생산액 총액은 계산하지 않고 구해야 시간을 단축할 수 있다. 매년 1위를 제외한 2~10위 품목의 생산액은 증가하고 있고, 1위는 감소 → 증가의 상태이지만 어림계산으로 꾸준히 증가하고 있음을 알 수 있다.

㉡ 우유 생산액 증가율은 2013년 $\frac{15,513-13,517}{13,517}\times 100$≒14.8(%), 2014년 $\frac{17,384-15,513}{15,513}\times 100$≒12.1(%)으로 매년 10% 이상 증가하였다.

TIP

매년 우유 생산액의 증가율을 직접 구하기보다 10% 증가한 금액을 구하여 이듬해의 우유 생산액과 비교하는 방법을 이용하면 시간을 단축할 수 있다. 즉, 2012년 우유 생산액의 10% 증가한 금액은 13,517×1.1=14,868.7로 14,868.7<15,513이므로 우유 생산액은 2012년에 비해 2013년에 10% 이상 증가하였고, 15,513×1.1=17,064.3으로 17,064.3<17,384이므로 우유 생산액은 2013년에 비해 2014년에 10% 이상 증가한 것을 알 수 있다. 이때 위의 계산에서 13,517×1.1=14,xxx<15,513, 15,513×1.1=17,xxx<17,384와 같이 어림수로 구하면 더욱 시간을 단축할 수 있다.

㉢ 쌀 생산액이 농축수산물 전체 생산액에서 차지하는 비중은 2013년에 $\frac{85,368}{350,889}\times 100$≒24.3(%)이고, 2014년에 $\frac{86,800}{413,643}\times 100$≒21(%)로 감소하였다.

오답풀이 |

㉣ 전년 대비 농축수산물 전체 생산액 증가율은 2013년에는 $\frac{350,889-319,678}{319,678}\times 100$≒9.8(%)이고, 2014년에는 $\frac{413,643-350,889}{350,889}\times 100$≒17.9(%)로 2014년의 경우가 2013년의 2배 이하이다.

TIP

전년 대비 농축수산물 전체 생산액 증가율을 구할 때, 2013년에는 $\frac{350,889-319,678}{319,678}=\frac{31,211}{319,678}$이고, 2014년에는 $\frac{413,643-350,889}{350,889}=\frac{62,754}{350,889}$로 분자는 약 2배 증가하였으나 분모는 수가 유의미하게 더 커졌기 때문에 증가율은 2배가 되지 않음을 알 수 있다. 유의미하게 크다는 것은 분자를 분모로 나누었을 때, 분자가 2배 증가하였어도 분모에 의해 계산 결과가 2배보다 작아진다는 것이다. 이것은 수에 대한 감각이 필요한 것으로 많은 문제를 연습하여 실력을 키우면 된다.

22

정답 | ②

정답풀이 |

대학 졸업생은 '문제해결능력' 항목에서 3.3의 보유도와 3.0의 중요도로 보유도가 더 높으며, 이 항목에서 산업체 고용주는 반대로 3.3의 보유도보다 3.8의 중요도가 높은 것을 알 수 있다. 이러한 현상이 나타나는 항목은 '문제해결능력'이 유일하다.

오답풀이 |

① '국제적 감각'은 대학 졸업생이 3.7−2.8=0.9의 차이를 보이고, 산업체 고용주는 4.0−2.8=1.2의 차이를 보인다. 따라서 두 대상에 있어 가장 큰 차이를 보이는 학습성과 항목은 '국제적 감각'이다.

③ '실무능력'과 '시사지식' 항목은 대학 졸업생이 중요도를, 산업체 고용주가 보유도를 각각 더 높게 생각하고 있다.

④ 대학 졸업생은 '문제해결능력', '시사지식', '직업윤리'를, 산업체 고용주는 '평생교육능력', '사회적 영향', '시사지식'을 각각 중요도 하위 3개 학습성과 항목으로 생각하고 있다.

⑤ 대학 졸업생은 '설계능력, 협업능력, 의사전달능력, 사회적 영향, 시사지식, 국제적 감각'으로 6개 학습성과 항목이 해당되며, 산업체 고용주는 '설계능력, 문제해결능력, 시사지식, 국제적 감각'으로 4개 학습성과 항목이 해당된다.

23

정답 | ②

정답풀이 |

- 2001년 대비 2010년 창업보육센터 수의 증가율은 $\frac{286-256}{256}$ × 100≒12(%)이고, 지원금액의 증가율은 $\frac{353-255}{255}$ × 100 ≒38(%)이다. 따라서 증가율의 차는 38−12=26(%p)이다.
- 입주업체당 지원금액은 2008년의 경우 $\frac{1,890,000만\ 원}{16.6\times273}$≒ 417(만 원), 2009년의 경우 $\frac{3,060,000만\ 원}{17.1\times279}$≒641(만 원), 2010년의 경우 $\frac{3,530,000만\ 원}{16.8\times286}$≒735(만 원)이다. 따라서 입주업체당 지원금액은 연평균 $\frac{417+641+735}{3}$≒598(만 원)이다.

24

정답 | ④

정답풀이 |

2009년 제재 건수 구성비는 다음과 같다.

(단위: %)

구분	법정제재	권고
A	25.0	75.0
B	50.0	50.0
C	41.2	58.8
D	41.4	58.6

따라서 방송사 표기가 서로 뒤바뀌어 있는 것을 알 수 있다.

25

정답 | ③

정답풀이 |

㉢ 2013년 전문 서비스용 로봇의 평균단가는 개인 서비스용 로봇의 159÷0.5=318(배)이므로 300배 이상이다.

㉣ 〈표3〉에 의하면 2013년 로봇 R&D 예산의 구성비 상위 3개 분야는 제조, 의료, 여가 분야이다. 또한, 〈표2〉에 의하면 2013년 시장규모 상위 3개 분야 역시 제조, 의료, 여가 분야로 동일하다.

오답풀이 |

㉠ 연도별 시장규모가 매년 증가한 분야는 제조, 물류, 가사, 여가로 4개이다.

㉡ 〈표2〉를 통해 2011~2013년 연도별 8개 분야 전체 로봇 시장규모는 순서대로 각각 13,131백만 달러, 14,313백만 달러, 15,000백만 달러인 것을 산출할 수 있다. 따라서 2011년과 2012년에는 모두 제조와 의료 분야가 10% 이상의 시장규모를 나타내고 있으나, 2013년에는 10%인 1,500백만 달러 이상인 분야가 제조 분야뿐임을 알 수 있다.

NCS 기출변형 모의고사 [2회] P. 191

01	02	03	04	05	06	07	08	09	10
③	④	⑤	③	③	③	②	②	⑤	②
11	12	13	14	15	16	17	18	19	20
③	③	④	④	⑤	⑤	④	③	②	①
21	22	23	24	25					
①	①	①	③	④					

01

정답 | ③

정답풀이 |

여사건을 적용하면 전체 지원자 중 여성 지원자가 45%이므로 남성 지원자는 55%이다. 또한, 전체 지원자 중 70%가 서류전형을 통과하였으므로, 서류전형에 탈락한 지원자는 전체 지원자 중 100−70=30(%)이다.

전체(여성 지원자 45%+남성 지원자 55%)	
서류전형 통과 70%	서류전형 탈락 30%

서류전형을 통과한 지원자 70% 중 35%가 여성 지원자이므로 전체 지원자 중 서류전형을 통과한 여성 지원자는 $\frac{70}{100}\times\frac{35}{100}$ =24.5(%)이다.

전체(여성 지원자 45%+남성 지원자 55%)			
서류전형 통과 70%		서류전형 탈락 30%	
여성 지원자 (35%) 전체 지원자 중 24.5%	남성 지원자	여성 지원자	남성 지원자

- 전체 여성 지원자(45%)=서류전형 통과인 여성 지원자(24.5%) +서류전형 탈락인 여성 지원자
  → 45%=24.5%+서류전형 탈락인 여성 지원자(20.5%)
- 서류전형 탈락인 남성 지원자=서류전형 탈락인 지원자(30%) −서류전형 탈락인 여성 지원자(20.5%)
  → 서류전형 탈락인 남성 지원자(9.5%)=30%−20.5%

전체(여성 지원자 45%+남성 지원자 55%)			
서류전형 통과 70%		서류전형 탈락 30%	
여성 지원자 (35%) 전체 지원자 중 24.5%	남성 지원자	여성 지원자 전체 지원자 중 20.5%	남성 지원자 전체 지원자 중 9.5%

남성 지원자를 임의로 선택한 경우 서류전형을 통과하지 못했을 확률은 전체 남성 지원자 중 서류전형을 통과하지 못했을 확률을 의미하므로 $\frac{9.5\%}{55\%}\times 100 \fallingdotseq 17(\%)$이다.

02

정답 | ④

정답풀이 |

아파트 1채를 완공하는 전체 일의 양을 1이라 하면, 준공 A팀이 혼자 아파트 1채를 완성하는 데 1,125일(3년 30일)이 걸리므로 1일당 하는 일의 양은 $\frac{1}{1,125}$이다. 준공 B팀이 혼자 아파트 2채를 완성하는 데 1,800일(=1,825−25)이 걸리므로 아파트 1채를 완성하는 데 900일이 걸리면 1일당 하는 일의 양은 $\frac{1}{900}$이다.

- 준공 A팀이 혼자서 먼저 x일 동안 작업하면 $\frac{1}{1,125}\times x$일
- 준공 A팀과 B팀이 함께 600일(1년 235일) 동안 작업하면 $\left(\frac{1}{1,125}+\frac{1}{900}\right)\times 600$일

아파트 2채가 완공되므로 $\frac{1}{1,125}\times x+\left(\frac{1}{1,125}+\frac{1}{900}\right)\times 600=2 \quad \therefore x=900$(일)

따라서 준공 A팀이 먼저 작업한 기간은 900일=2년 170일이다.

TIP

준공 B팀의 경우 아파트 2채를 완공하는 데 걸리는 시간을 구하기보다는 1채를 완공하는 데 걸리는 시간을 구해서 푸는 게 낫다. A팀도 아파트 1채를 완공하는 데 걸리는 시간이 주어지므로, 동일하게 1채를 완공하는 데 걸리는 시간을 구하는 게 더 효과적이기 때문이다.

03

정답 | ⑤

정답풀이 |

〈표1〉의 4분기 전국 아파트 입주 물량의 합과 〈표2〉의 전국 규모의 합은 동일하다. 또한, 공급주체의 합도 역시나 동일하다. 따라서 〈표2〉는 2020년 4분기 동안의 입주 물량을 의미한다.

입주 규모가 $60m^2$ 이하(34,153)이거나 $85m^2$ 초과(3,954)인 아파트 세대 수는 38,107세대로 38,000세대 이상이다.

오답풀이 |

① 2020년 10~12월 전월 대비 전국 아파트 입주 물량 증가율은 다음과 같다.
- 10월: $\frac{3,500}{21,987-3,500}\times 100=\frac{3,500}{18,487}\times 100 \fallingdotseq 18.9(\%)$
- 11월: $\frac{(25,995-21,987)}{21,987}\times 100 \fallingdotseq 18.2(\%)$
- 12월: $\frac{(32,653-25,995)}{25,995}\times 100 \fallingdotseq 25.6(\%)$

따라서 4분기 동안 매월 증가한 것은 아니다.

② 2020년 4분기 입주 규모가 $85m^2$ 이하인 아파트의 수도권

입주 물량 비율은 $\frac{21,446+24,727}{48,534} \times 100 \fallingdotseq 95.1(\%)$이므로 95%를 넘는다.

TIP

2020년 4분기 수도권 아파트 입주 규모가 $85m^2$ 이하인 아파트의 비율은 $85m^2$ 초과인 아파트의 수도권 입주 물량 비율을 구한 값을 100%에서 빼준 것과 동일하다. 즉, 여사건을 이용하는 것이 훨씬 편리하다.

아파트 입주 규모가 $85m^2$ 초과인 아파트는 $\frac{2,361}{48,534} \times 100 \fallingdotseq 4.9(\%)$이므로 아파트 입주 규모가 $85m^2$ 이하인 아파트는 95%가 넘는다.

③ 2020년 10~12월 동안 수도권 입주 물량 중 민간주체 비율은 $\frac{33,091}{48,534} \times 100 \fallingdotseq 68.2(\%)$, 공공주체 비율은 $\frac{15,443}{48,534} \times 100 \fallingdotseq 31.8(\%)$이다. 즉, 민간주체 비율은 공공주체 비율보다 $68.2-31.8=36.4(\%p)$ 더 높다.

④ 2020년 4분기 동안 비수도권 아파트 입주 물량은 수도권 아파트 입주 물량보다 매월 적었다. 하지만, 2020년 전체 자료가 주어져 있지 않으므로 판단할 수 없다.

04

정답 I ③

정답풀이 I

2019년 대비 2020년 이식 1건당 대기자 수 증감률은 $\frac{6.31-6.83}{6.83} \times 100 = -\frac{0.52}{6.83} \times 100 \fallingdotseq -7.6(\%)$이므로 7.6%의 감소율을 보인다. 2021년 이식 1건당 대기자 수는 그 전년도와 변화율이 동일하므로 6.31명/건에 대해 7.6% 감소한 것이 된다. 즉 $6.31 \times (1-0.076) \fallingdotseq 5.83$(명/건)이다.

TIP

실제 출제되는 문제들은 보기의 간격이 좀 더 크거나 7.××%에서 소수점을 제외하고 계산하여도 큰 문제없이 풀 수 있으므로, 아래의 풀이법을 꼭 익히도록 한다.

[$\frac{0.52}{6.83} \times 100$ 계산 방법]

1. 분자와 분모 모두 소수 둘째 자리까지 나와 있으므로 동일하다. → $\frac{52}{683} \times 100$
2. 분모 10%(약 68), 1%(6.8), 2%(13.6), 3%(20.4)
3. 분자(52)와 분모의 10%(68)의 차이는 16
4. 2%<16<3%
5. 10%−(2~3%)=7~8%(2%, 3% 어느 한쪽에 크게 치우치지 않으므로 정확하게는 7% 중반)

※ 6.31에 대해 7~8% 감소하기

1. 소수 둘째 자리까지 있지만, 631로 계산한 후 100을 나누어 주면 된다.
2. 631의 10%(63.1), 1%(6.3), 7%(44.1), 7% 중반(약 47)
3. 631−약 47=약 584
4. 100을 나누어주면 약 5.84≈5.83

05

정답 I ③

정답풀이 I

㉠ 2019~2021년 동안 여름철 물놀이 사고 사망자 수 전년 대비 증감 추이는 다음과 같다.
- 10대: 증가, 감소, 감소
- 20대: 증가, 감소, 감소
- 30대: 감소, 동일, 증가

10대와 20대는 같고, 30대는 다르므로 증감 추이는 다르다.

㉢ 여름철 물놀이 사고 사망자 수는 2018년 24명, 2019년 36명, 2020년 37명, 2021년 37명이므로 매년 증가한 것은 아니다.

오답풀이 I

㉡ 2018년 여름철 물놀이 사고 사망자 수는 2+6+4+4+4+4=24(명)이고, 4대 주요 원인 사망자 수 역시 6+13+3+2=24(명)이다. 따라서 4대 원인을 제외한 다른 원인은 없다.

㉣ 2019년 여름철 물놀이 사고 사망자 수는 2+13+9+2+2+8=36(명)이고, 4대 주요 장소인 하천, 해수욕장, 계곡, 수영장의 사망자 수는 23+3+5+4=35(명)이다. 따라서 1명은 4대 주요 장소가 아닌 곳에서 사망했다.

06

정답 I ③

정답풀이 I

2011년과 2015년 지방세 징수액은 전년과 동일하므로 증가율은 0%이다. 또한, 2010년, 2013년, 2014년은 증가율 식에서 분자에 해당하는 증가량은 2009년보다 작고 분모에 해당하는 지방세 징수액은 크므로 증가율이 2009년보다 작음을 알 수 있다. 나머지 2009년과 2012년의 증가율만 계산해 보면 2009년 $\frac{3}{41} \times 100 \fallingdotseq 7.3(\%)$, 2012년 $\frac{4}{45} \times 100 \fallingdotseq 8.9(\%)$이므로 전년 대비 지방세 징수액 증가율이 가장 큰 해는 2012년이다.

오답풀이 I

① 2012년 지방세 감면액은 전년과 같았지만, 지방세 감면율은 전년 대비 감소하였으므로 증감 추이는 서로 다르다.

② 지방세 감면율이 가장 낮은 해는 2016년이고, 국세 감면율이 가장 낮은 해는 2009년이다.

④ 국세 징수액과 지방세 징수액의 차이가 두 번째로 큰 해는 2014년이고, 해당 연도의 국세 감면율과 지방세 감면율의 차이는 네 번째로 크다.

TIP

국세 징수액은 2008년 138조 원에서 2009년 161조 원으로 23조 원 증가하였으나, 지방세 징수액은 2008년 41조 원에서 2009년 44조 원으로 3조 원 증가하였으므로 국세와 지방세의 징수액 차는 2008년보다 2009년이 더 크다. 마찬가지로 2010년 국세 징수액은 2009년에 비해 6조 원 증가하였으나 2010년 지방세 징수액은 2009년에 비해 1조 원 증가하였으므로 국세와 지방세의 징수액 차는 2009년보다 2010년이 더 크다. 이런 식으로 생각하면 국세와 지방세의 징수액 차는 2015년에 비해 2014년에 더 크고, 2016년이 2014년에 비해 더 크므로 국세와 지방세 징수액의 차이가 가장 큰 해는 2016년이고, 두 번째로 큰 해는 2014년임을 알 수 있다.

즉, 국세 징수액과 지방세 징수액의 차는 매해 일일이 계산해서 구하면 시간도 오래 걸리고, 계산 실수를 범할 수 있으므로 두 수의 차를 구하는 것보다 직관적으로 문제를 해결하는 방법을 찾는 다양한 시도를 평소에 해보는 것이 좋다.

다양한 시도 중 〈그래프〉를 통해 차이를 파악하기 편하므로 〈그래프〉에서 먼저 국세 감면율과 지방세 감면율의 차이가 두 번째로 큰 해를 찾는다. 그림에서 2011~2014년의 차이가 다른 해보다 크고 비슷하므로 이 해만 계산한다. 계산 결과 2011년 국세 감면율과 지방세 감면율이 33.3−18.8=14.5(%p) 차이 나므로 2013년 다음 두 번째로 크다. 2011년 국세 징수액과 지방세 징수액의 차이는 165−45=120(조 원)인데 2012년, 2013년, 2014년 국세 징수액과 지방세 징수액 차이가 더 크므로 2012년은 국세 징수액과 지방세 징수액 차이가 두 번째로 큰 해가 아니다.

⑤ 2013년 국세의 징수액 대비 감면액의 비율은 $\frac{30}{192}$≒0.156 이다.

07

정답 | ②

정답풀이 |

선택지 ①, ④, ⑤와 관련하여 주어진 자료의 비율을 인원수로 나타내면 다음과 같다.

구분		대상자 수	변경하였음					변경하지 않았음
				1년 초과	6개월 초과 1년 이하	3개월 초과 6개월 이하	3개월 이하	
성별	남성	2,053	1,447	575	476	240	156	606
	여성	1,947	1,353	662	391	179	121	594
직업	전문직	688	484	197	163	78	45	204
	사무직	1,314	957	405	304	152	96	357
	판매직	373	278	121	83	43	31	95

①, ④, ⑤처럼 각각 계산해야 하는 경우 정확한 수치가 나와 있지 않을 때는 추세선을 비교하도록 한다.

- 선택지 ①: 1년 초과>변경하지 않았음>6개월 초과 1년 이하>3개월 초과 6개월 이하>3개월 이하
- 선택지 ④: 남자와 여자의 대상자 수는 거의 비슷하므로, 1년 초과를 제외하면 남자 대상자 수가 많은 걸로 예측된다. 또한, '변경하지 않았음'의 경우 여자가 1% 많지만, 전체 대상자 수는 남자가 여자보다 100명가량 많으므로 남자가 더 많다.(∵ 1,947명의 1%는 고작 19명)
- 선택지 ⑤: 전문직과 사무직의 공동인증서 비밀번호 변경주기에 대한 비율은 비슷하지만, 대상자 수 인원에서 사무직이 전문직의 2배가량 되므로 모든 항목에서 사무직 대상자 수가 전문직 대상자 수보다 많은 것으로 예측된다.
- 선택지 ③: 대상자 수는 50대 이상>40대>30대>20대>15~19세
- 선택지 ②: 전체 대상자 중 공인인증서 비밀번호 변경주기 조사 결과는 크게 '변경하였음'과 '변경하지 않았음'으로 구분되어 있고, '변경하였음'은 '1년 초과', '6개월 초과 1년 이하', '3개월 초과 6개월 이하', '3개월 이하'로 구분된다.
  즉, '변경하였음'은 '1년 초과', '6개월 초과 1년 이하', '3개월 초과 6개월 이하', '3개월 이하'의 합의 비율을 의미한다. 그러므로 비율을 나타날 때는 '변경하였음'을 제외한 후 변환해야 한다.

08

정답 | ②

정답풀이 |

㉠ 해당 연도 신규개점률(%)

$=\frac{\text{해당 연도 신규개점 수}}{\text{전년도 가맹점 수}+\text{해당 연도 신규개점 수}}\times 100$이므로

해당 연도 신규개점 수=해당 연도 신규개점률×(전년도 가맹점 수+해당 연도 신규개점 수)이고,

2019년 신규개점 수=2019년 신규개점률×(2018년 가맹점 수+2019년 신규개점 수)이므로

2018년 가맹점 수+2019년 신규개점 수

$=\frac{\text{2019년 신규개점 수}}{\text{2019년 신규개점률}}$이다.

즉, '2018년 가맹점 수$=\frac{\text{2019년 신규개점 수}}{\text{2019년 신규개점률}}-$2019년 신규개점 수'이다.

- A: 390÷0.325−390=1,200−390=810
- B: 90÷0.09−90=1,000−90=910
- C: 108÷0.12−108=900−108=792
- D: 235÷0.376−235=625−235=390
- E: 150÷0.25−150=600−150=450

따라서 2018년 가맹점 수는 B기업이 가장 많다.

(∵ A기업과 B기업 계산 후 C기업, D기업, E기업은

$\frac{\text{2019년 신규개점 수}}{\text{2019년 신규개점률}}$가 1,000이 되지 않으므로 굳이 끝까지 구할 필요는 없다. 왜냐하면, '$\frac{\text{2019년 신규개점 수}}{\text{2019년 신규개점률}}$ − 2019년 신규개점 수'가 910보다 커야하며, C기업, D기업, E기업의 2019년 신규개점 수는 모두 100 이상이기 때문이다.)

㉣ 해당 연도 신규개점률(%)=

$\frac{\text{해당 연도 신규개점 수}}{\text{전년도 가맹점 수+해당 연도 신규개점 수}}\times 100$인데, 전년도 가맹점 수가 일정할 때 해당 연도 신규개점 수가 많아지면 분자가 분모보다 무조건 증가율이 높아지므로, 신규개점률 역시 높아진다. 그러므로 전년도 가맹점 수가 일정할 때 해당 연도 신규개점 수가 많아지면 신규개점률은 항상 높아진다.

TIP

소금물에서 물의 양은 일정한데, 소금의 양이 많아질수록 소금물의 농도는 진해지는 것과 같은 의미로 해석하면 된다.

오답풀이 |

㉡ 2020년 폐점 수가 적은 기업부터 나열하면 A<E<D<C<B이고, 2020년 신규개점 수가 적은 기업부터 나열하면 C<B<E<D<A이다. 폐점 수가 적은 기업일수록 신규개점 수가 많으려면 순서는 반대가 되어야 하지만, 명확한 반대가 아니다. 따라서 폐점 수가 적은 기업일수록 신규개점 수가 많은 것은 아니다.

㉢ '2018년 가맹점 수=2017년 가맹점 수+2018년 신규개점 수−2018년 폐점 수'이다.
'2017년 가맹점 수=2018년 가맹점 수−2018년 신규개점 수+2018년 폐점 수'이므로
2017년 가맹점 수=450−131+4=323(개)이다.
따라서 2017년 E기업의 가맹점 수는 400개 미만이다.

09

정답 | ⑤

정답풀이 |

2007~2011년 금융서비스 업무처리 건수와 〈표〉를 근거로 제공방식별 금융서비스 업무처리 건수를 정리해 보면 다음과 같다.

구분	대면거래	CD/ATM	텔레뱅킹	인터넷뱅킹
2007년	1,700.0	4,750.0	1,525.0	4,525.0
2008년	1,766.4	5,056.0	1,676.8	4,300.8
2009년	1,787.9	5,128.7	1,644.3	4,489.2
2010년	1,825.1	5,341.2	1,664.1	4,589.6
2011년	1,679.9	5,384.1	1,707.5	4,998.5

따라서 대면거래는 2010년, CD/ATM, 텔레뱅킹, 인터넷뱅킹은 2011년 업무처리 건수가 가장 많은 것을 알 수 있다.

10

정답 | ②

정답풀이 |

전국 대비 각 지역 시장의 비율을 정리하면 다음과 같다.

구분	1809		1830		1908	
경기도	102	9.61%	93	8.84%	102	9.49%
충청도	157	14.80%	158	15.02%	162	15.07%
전라도	214	20.17%	188	17.87%	216	20.09%
경상도	276	26.01%	268	25.48%	283	26.33%
황해도	82	7.73%	109	10.36%	82	7.63%
평안도	134	12.63%	143	13.59%	134	12.47%
강원도	68	6.41%	51	4.85%	68	6.33%
함경도	28	2.64%	42	3.99%	28	2.60%
전국	1,061		1,052		1,075	

따라서 지속적으로 전국 대비 각 지역 시장의 비율이 감소한 지역은 한 곳도 없다.

오답풀이 |

① 조사 기간 동안 지속해서 시장 수가 증가한 지역은 충청도 한 곳이다.

③ 전국 대비 각 지역 시장의 비율이 25% 이상이었던 지역은 1809년에 26.0%, 1830년에 25.5%, 1908년에 26.3%인 경상도가 유일하다.

④ 시기별 시장 수 하위 5개 지역은 3개년 모두 경기도, 황해도, 평안도, 강원도, 함경도이며, 해당 5개 지역의 전국 대비 비율을 구하면 다음과 같다.

구분	1809	1830	1908
시장 수	102+82+134+68+28=414(개)	93+109+143+51+42=438(개)	102+82+134+68+28=414(개)
전국 시장 수	1,061	1,052	1,075
비율	$\frac{414}{1,061}\times 100$ ≒39.0(%)	$\frac{438}{1,052}\times 100$ ≒41.6(%)	$\frac{414}{1,075}\times 100$ ≒38.5(%)

따라서 해당 비율이 40%를 넘는 시기는 1830년뿐이다.

⑤ 1908년 각 지역의 읍수 대비 시장 수를 구하면 다음과 같다.

경기도	충청도	전라도	경상도
$\frac{102}{34}=3$	$\frac{162}{53}$≒3.1	$\frac{216}{53}$≒4.1	$\frac{283}{71}$≒4.0
황해도	**평안도**	**강원도**	**함경도**
$\frac{82}{23}$≒3.6	$\frac{134}{42}$≒3.2	$\frac{68}{26}$≒2.6	$\frac{28}{14}=2$

따라서 가장 적은 곳은 함경도이다.

11

정답 | ③

정답풀이 |

2011년과 2012년 유동자산 대비 유형자산의 비율은 다음과 같다.

- 2011년: $\frac{27.5}{7.0+15.0+7.2+5.1}\times 100=\frac{27.5}{34.3}\times 100 \fallingdotseq 80.2(\%)$
- 2012년: $\frac{26.5}{8.0+12.9+7.4+5.3}\times 100=\frac{26.5}{33.6}\times 100 \fallingdotseq 78.9(\%)$

따라서 2011년 유형자산은 유동자산의 80% 이상이다.

오답풀이 |

① 현금 및 현금성자산의 금액은 2011년 3,400×0.07=238(억 원), 2012년 2,850×0.08=228(억 원)으로 2012년은 2011년보다 238−228=10(억 원) 감소하였다.

② 2011년 유동자산의 구성비는 7.0+15.0+7.2+5.1=34.3(%)이고, 2012년 유동자산의 구성비는 8.0+12.9+7.4+5.3=33.6(%)이므로 구성비가 감소하였다. 자산총액과 구성비가 모두 감소하여 유동자산은 전년 대비 감소하였다.

④ 이연법인세자산은 2011년 3,400×0.118=401.2(억 원), 2012년 2,850×0.161=458.85(억 원)이다. 따라서 2012년 이연법인세자산 금액은 전년 대비 $\frac{458.85-401.2}{401.2}\times 100 \fallingdotseq$ 14.4(%) 증가하였다.

⑤ 전년 대비 2012년 구성비가 감소한 항목 중 가장 크게 감소한 항목은 무형자산이다. 구성비 감소폭이 클수록 금액 감소폭도 클 것이다.

TIP

계산이 간단한 선택지부터 살펴보면, ②와 ⑤는 금액의 변화를 묻지만 구성비의 변화값만으로 구할 수 있다. 그다음 ①, ③, ④ 순으로 해결한다. ③은 매년 유형자산이 유동자산에서 차지하는 비율을 구하는 것보다 유동자산×0.8의 값과 유형자산의 값을 비교하는 것이 빠르다. 구성비만으로 구할 수 있으므로 전체 금액을 계산하지 않아도 된다. 2011년 유동자산 구성비가 7.0+15.0+7.2+5.1=34.3(%)이고, 34.3×0.8=27.44<27.5이다. 따라서 2011년 유형자산은 유동자산의 80%를 초과하므로 ③이 옳지 않음을 알 수 있다.

12

정답 | ③

정답풀이 |

시스템반도체 시장규모는 2022년 $\frac{18,600}{8}$=2,325(억 달러), 2025년 $\frac{65,700}{20}$=3,285(억 달러)이다. 전년 대비 2022~2027년 시스템반도체의 시장규모 증가폭은 다음과 같다.

(단위: 억 달러)

2022	2023	2024	2025	2026	2027
−175	350	325	285	215	300

따라서 그 폭이 가장 큰 해는 2023년이고 이때의 시스템반도체 중 인공지능반도체의 비중은 12%이므로 A=12이다.

2027년 시스템반도체 중 인공지능반도체의 비중은 $\frac{1,197}{3,800}\times$ 100≒31.5(%)이다. 따라서 시스템반도체 중 인공지능반도체의 비중이 가장 큰 해는 2027년으로 해당 연도의 인공지능반도체의 시장규모는 1,197억 달러이므로 B=1,197이다.

$\therefore \frac{B}{A}=\frac{1,197}{12}\fallingdotseq 99.8$

13

정답 | ④

정답풀이 |

남성의 업무만족도와 인적만족도의 합은 4.07+4.33=8.4(점)이고, 여성의 업무만족도와 인적만족도의 합은 4.15+4.27=8.42(점)이다. 따라서 여성의 업무만족도와 인적만족도의 합이 남성보다 더 크다.

오답풀이 |

① 경인청, 동북청, 동남청, 충청청은 인적만족도가 시설만족도보다 높고, 호남청은 인적만족도보다 시설만족도가 높다.

② 연령대에 따른 인적만족도는 30세 미만이 가장 낮고, 그 다음으로 30대, 40대, 50세 이상 순이다. 따라서 응답자의 연령대가 낮을수록 인적만족도도 낮다.

③ 시설만족도가 높은 연령대 순은 50세 이상, 30대, 40대, 30세 미만 순이다. 업무만족도가 낮은 순은 30세 미만, 30대, 40대, 50세 이상 순이다. 따라서 시설만족도가 높은 연령대일수록 업무만족도가 낮다는 설명은 옳지 않다.

⑤ 경인청의 업무만족도, 인적만족도, 시설만족도의 합은 4.35+4.48+4.30=13.13(점)이고, 호남청의 업무만족도, 인적만족도, 시설만족도의 합은 4.00+4.03+4.04=12.07(점)이다. 동남청의 업무만족도, 인적만족도, 시설만족도의 합은 4.19+4.39+4.30=12.88(점)이다. 따라서 경인청과 호남청의 업무만족도, 인적만족도, 시설만족도의 합 25.2점은 동남청의 업무만족도, 인적만족도, 시설만족도의 합의 2배인 25.76점보다 작다.

14

정답 | ④

정답풀이 |

2009년 프랑스의 도시폐기물량지수는 1.83이고, 이때의 한국의 도시폐기물량은 1,901만 톤이므로 2009년 프랑스의 도시폐기물량은 1,901×1.83=3,478.83(만 톤)이다. 2011년 프랑스의 도시폐기물량지수는 1.96이고, 이때의 한국의 도시폐기물량은 1,786만 톤이므로 프랑스의 도시폐기물량은 1,786×1.96=3,500.56(만 톤)이다. 따라서 2011년 프랑스의 도시폐기물량은 2009년보다 증가하였기 때문에 옳지 않다.

오답풀이 |

① 도시폐기물량지수는 $\frac{\text{해당연도 해당 국가의 도시폐기물량}}{\text{해당연도 한국의 도시폐기물량}}$으로 구하고, 2009~2012년 도시폐기물량 상위 10개국의 도시폐기물량지수가 1보다 크므로 모두 한국의 도시폐기물량보다 많다.

② 2009~2012년 도시폐기물량 상위 10개국에 항상 포함된 국가는 2009년 1위부터 9위에 해당하는 9개국이다.

③ 2009년 한국의 도시폐기물량은 1,901만 톤이고, 터키의 도시폐기물량지수는 1.50이므로 2009년 터키의 도시폐기물량은 1,901×1.50=2,851.5(만 톤), 즉 28,515천 톤이다.

⑤ 2012년 한국의 도시폐기물량은 1,788만 톤이고, 이때의 이탈리아의 도시폐기물량지수는 1.40, 영국의 도시폐기물량지수는 1.70이므로 도시폐기물량 차이는 1,788×(1.70−1.40)=536.4(만 톤)이다. 따라서 2012년 이탈리아의 도시폐기물량은 같은 해 영국의 도시폐기물량보다 536.4만 톤 적다.

15

정답 | ⑤

정답풀이 |

2011년 장기 금연계획률은 56.3−20.2=36.1(%)이고, 2008년 단기 금연계획률은 56.9−39.2=17.7(%)로 두 배 이상이다.

오답풀이 |

① 2007년과 2010년 인구수를 알지 못하므로 2007년보다 2010년 흡연자 수가 많다고 할 수 없다.

② 2012년 소득수준이 최상 수준인 남성 흡연율이 상 수준 남성 흡연율보다 높다.

③ 2007~2010년 동안 소득수준별 남성 인구수를 알지 못하므로 같은 기간 동안 매년 소득수준이 최상 수준인 남성 흡연자 수는 증가한다고 할 수 없다.

④ 2009년 금연계획률은 18.2+39.2=57.4(%)이고, 2010년 금연계획률은 20.8+32.7=53.5(%)로 57.4−53.5=3.9(%p) 높다.

TIP

흡연율, 금연계획률과 같이 백분율로 주어진 데이터는 기준량에 따라 다르기 때문에 주어진 백분율 수치만으로 그 크기를 비교할 수 없음에 주의해야 한다. 예를 들어, 10%는 20%보다 작아 보이지만 200의 10%는 20이고, 50의 20%는 10이므로 기준량에 따라 실제 나타내는 값이 더 작을 수 있기 때문이다. 또한, 백분율의 산술적 차를 나타내는 단위는 %가 아닌 %p임에 주의한다. 예를 들어, 30%와 10%의 차는 30−10=20(%p)이다.

16

정답 | ⑤

정답풀이 |

공공복지예산 중 노령이 차지하는 비율은 $\frac{1.93}{8.32}$이고, 노령 분야의 공공복지예산은 $105,248\times\frac{1.93}{8.32}\fallingdotseq 24,414$(십억 원)이다. 이런 방법으로 보건 분야의 공공복지예산은 $105,248\times\frac{3.74}{8.32}\fallingdotseq$ 47,311(십억 원)이고, 가족 분야의 공공복지예산은 $105,248\times\frac{0.73}{8.32}\fallingdotseq 9,235$(십억 원)이기 때문에 그래프는 옳지 않다.

오답풀이 |

① 전년 대비 공공복지예산 증감량은 2009년 99,856−84,466=15,390(십억 원), 2010년 105,248−99,856=5,392(십억 원), 2011년 111,090−105,248=5,842(십억 원), 2012년 124,824−111,090=13,734(십억 원)이기 때문에 그래프는 옳다.

④ 영국의 GDP 대비 공공복지예산 비율은 2008년 21.8%이고, 2010년 23.8%이므로 21.8−23.8=−2(%p)이다. 이와 같은 방법으로 계산하면 그래프는 옳다.

TIP

그래프의 주제를 먼저 보고, 표와 그래프의 내용이 적합한지 확인해야 한다. 이때 항목별 수치가 정확한지, 단위가 맞는지, 계산 결과가 정확한지 확인해야 한다.

17

정답 | ④

정답풀이 |

2014년 각 정당의 비수도권 지방의회 의석수는 정당 A는 252−63=189, 정당 B는 318−166=152, 정당 C는 38−4=34, 정당 D는 61−5=56이므로 a=189이다.

2010년 전국 지방의회 의석수는 616이고, 이때의 정당 A의 전국 지방의회 의석점유율은 $\frac{224}{616}\times 100\fallingdotseq 36(\%)$이므로 b=36이다.

2014년 전국 지방의회 의석수는 669이고, 이때의 정당 B의 전국 지방의회 의석점유율은 $\frac{318}{669}\times 100\fallingdotseq 48(\%)$이므로 c=48이다.

TIP

문제에서 주어진 공식을 이용하여 문제를 해결하면 된다. 각 정당의 비수도권 지방의회 의석수는 정당 C, D는 수가 작으므로 구할 필요가 없고, 어림수를 이용하면 정당 A가 가장 큰 수임을 알 수 있다.

18

정답 | ③

정답풀이 |

㉡ '가'국을 제외하고 모두 A요건을 만족하지 않고, '가'국은 C요건의 판단 기준을 'GDP 대비 외화자산 순매수액 비중 1% 초과'로 변경하여도 환율조작국이 되지 않는다. '가'국은 A요건과 B요건을 만족하므로 관찰대상국이다. 기존에 B요건과 C요건을 만족하여 관찰대상국인 국가는 '다'국과 '차'국이다. C요건의 판단 기준을 'GDP 대비 외화자산 순매수액 비중 1% 초과'로 변경하는 경우 새롭게 관찰대상국으로 지정되는 국가는 없다. 따라서 C요건의 판단 기준을 'GDP 대비 외화자산 순매수액 비중 1% 초과'로 변경하여도 관찰대상국인 국가는 '가', '다', '차'국으로 기존과 동일하고, 환율조작국으로 지정되는 국가들은 없다.

㉣ A요건만 충족하는 국가는 없고, B요건만 충족하는 국가는 '나', '마'국이고, C요건만 충족하는 국가는 없다. 따라서 요건 중 한 가지만 충족하는 국가는 '나', '마'국으로 두 곳이다.

오답풀이 |

㉠ 기존 기준을 만족하는 환율조작국은 없다. A요건의 판단 기준을 '대미무역수지 50억 달러 초과'로 변경하는 경우 환율조작국으로 지정되는 국가는 '다'국 한 곳이다. 따라서 A요건의 판단 기준을 '대미무역수지 50억 달러 초과' 변경하는 경우 환율조작국으로 지정되는 국가는 1개 증가하므로 옳지 않다.

㉢ 관찰대상국으로 지정된 국가는 '가', '다', '차'국이고, '가'국은 A요건과 B요건만 만족하므로 옳지 않다.

TIP

〈보기〉를 하나씩 해결하는 것보다 기존의 요건을 바탕으로 환율조작국과 관찰대상국인 국가를 먼저 찾은 다음 〈보기〉를 확인하는 것이 빠르다. 환율조작국은 없고, 관찰대상국은 A요건과 B요건을 만족하는 '가'국, B요건과 C요건을 만족하는 '다'국, '차'국 총 세 곳이다. 따라서 ㉢은 옳지 않다. ㉢이 옳지 않은 보기이므로 답은 ①, ③, ④ 중 하나이고, ㉡은 항상 옳으므로 확인하지 않아도 된다. A요건을 변경하여 환율조작국이 될 수 있는 국가는 기존에 B요건과 C요건을 만족하는 관찰대상국이다. 해당하는 국가는 '다'국과 '차'국이고, 이 중 '차'국은 대미무역수지가 14.9억 달러이므로 A요건의 판단 기준을 '대미무역수지 50억 달러 초과'로 바꾸어도 환율조작국으로 지정되지 않는다. 따라서 A요건 변경 시 환율조작국으로 지정되는 국가가 1개 증가하므로 ㉠도 옳지 않은 보기이다.

19

정답 | ②

정답풀이 |

김제시의 밭 면적은 28,501−23,415=5,086(ha), 서산시의 밭 면적은 27,285−21,730=5,555(ha)이다. 따라서 서산시의 밭 면적은 김제시의 밭 면적보다 크다.

오답풀이 |

① 경지 면적 상위 5개 시 · 군에서 서귀포시의 논 면적은 31,271−31,246=25(ha)이고, 제주시의 논 면적은 31,585−31,577=8(ha)이므로 제주시의 논 면적이 가장 작다.

③ 해남군 경지 면적에서 논 면적과 밭 면적의 비는 23,042:12,327이므로 약 1.9:1이다.

④ 김제시 경지 면적 중 논 면적이 차지하는 비중은 $\frac{23,415}{28,501}\times 100 \fallingdotseq 82(\%)$, 즉 80% 이상이다.

⑤ 상주시 밭 면적은 11,047ha이고, 김제시 밭 면적은 28,501−23,415=5,086(ha)이다. 5,086×2=10,172<11,047이므로 2배 이상이다.

20

정답 | ①

정답풀이 |

'혼합' 공정에 투입되는 재료의 총량을 $x$kg이라고 하면 다음과 같이 나타낼 수 있다.

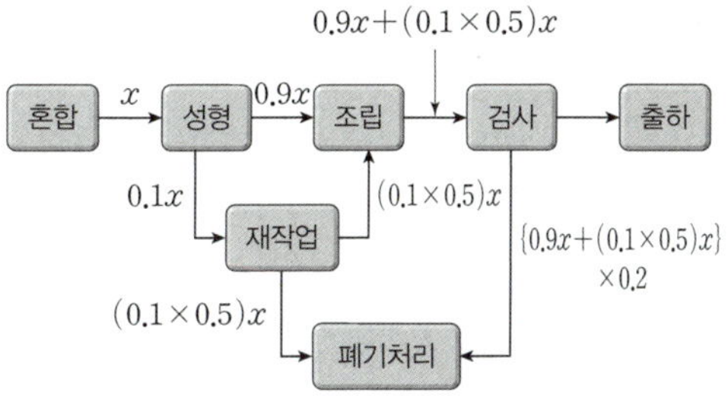

이때 '폐기처리' 공정에 전달되어 투입되는 재료의 양이 480kg이므로

$(0.1\times0.5)x+\{0.9x+(0.1\times0.5)x\}\times0.2=480$

$0.05x+0.19x=480$

$0.24x=480$

$\therefore\ x=2,000(\text{kg})$

따라서 '혼합' 공정에 투입되는 재료의 총량은 2,000kg이다.

TIP

'혼합' 공정에 투입되는 재료의 총량을 100kg이라 가정하고, 다음과 같이 해결할 수도 있다.

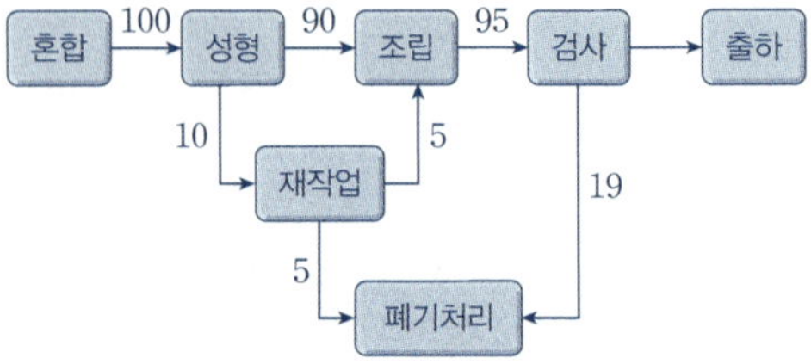

즉, '혼합' 공정에 투입되는 재료의 총량을 100kg이라 가정하면 '폐기처리' 공정에 전달되어 투입되는 재료의 양이 24kg인 것이다. 문제에서 '폐기처리' 공정에 전달되어 투입되는 재료의 양이 480kg이라고 했으므로 실제로 '혼합' 공정에 투입되는 재료의 총량을 $x$kg이라 하고, 비례식 100:24=x:480을 풀면 x=2,000이다.

21

정답 | ①

정답풀이 |

'만 1세 초과 만 2세 이하'인 원아는 총 162명이고, 이 중 '이든샘' 어린이집 원아는 49명이므로 $\frac{49}{162}\times 100 ≒ 30.2(\%)$, 즉 a=30이다.

'올고운' 어린이집의 현재 보육교사 수는 〈표2〉를 참고하여 구할 수 있다. 보육교사 1인은 1개의 연령대만을 보육하고, 보육교사 1인당 최대 보육가능 원아 수는 정해져 있으므로 계산에 주의하여 다음과 같이 구해야 한다.

$b=\frac{6}{3}+\frac{26}{5}+\frac{54}{7}+\frac{104}{15}+\frac{202}{20} ≒ 2+5.2+7.7+6.9+10.1 ≒ 2+6+8+7+11=34$

'이든샘' 어린이집의 현재 원아 수를 모두 더하면 9+49+91+136+176+39=500(명)이고, '아이온' 어린이집의 현재 원아 수를 모두 더하면 9+29+57+86+117+33=331(명)이므로 현재 원아 수가 가장 적은 어린이집은 '아이온'이고, c=331이다.

따라서 a+b+c=30+34+331=395이다.

22

정답 | ①

정답풀이 |

㉠ 주어진 산식에 의해 계산하면 D의 전 · 월세 전환율은 $\frac{80\times 12}{38,000-30,000}\times 100=12(\%)$이다.

㉡ B의 월세가 120만 원이 된다면, B의 전 · 월세 전환율은 $\frac{120\times 12}{42,000-30,000}\times 100=12(\%)$가 되어 B와 D의 전 · 월세 전환율은 같아진다.

오답풀이 |

㉢ D의 전 · 월세 전환율은 12%이다. C의 월세보증금이 53,000만 원, E의 월세가 60만 원이라면 C의 전 · 월세 전환율은 $\frac{70\times 12}{60,000-53,000}\times 100=12(\%)$이지만, E는 $\frac{60\times 12}{58,000-53,000}\times 100=14.4(\%)$가 된다.

㉣ 주어진 산식을 보면 월세는 분자에 해당하므로 월세가 커지면 전 · 월세 전환율은 높아진다. 그러나 전세금이 커지는 것은 분모가 커지는 것이므로 전 · 월세 전환율은 낮아지게 된다.

23

정답 | ①

정답풀이 |

프로그램별 클럭 사이클 수는 다음과 같다.

항목 / 프로그램	클럭 사이클 수
숫자 정렬	1,673
문서 편집	587.86
인공지능 바둑	1,401.4
유전체 분석	1,569.6
인공지능 체스	1,558.4
양자 컴퓨팅	289.96
영상 압축	1,896.5
내비게이션	1,250

따라서 CPI가 높은 프로그램일수록 클럭 사이클 수가 많은 것은 아니다.

오답풀이 |

② 성능지표의 빈칸을 채우면 내비게이션의 성능지표는 $\frac{7,020}{500}$≒14이다. 따라서 CPI가 가장 낮은 프로그램은 양자 컴퓨팅의 성능지표가 가장 높음을 알 수 있다.

③ 인공지능 바둑의 수행시간은 $\frac{10,490}{18.7}$≒561(초)로 내비게이션의 수행시간인 500초보다 길다.

④ 기준시간이 가장 긴 프로그램은 영상 압축이고, 영상 압축의 클럭 사이클 수는 3,793×0.50≒1,897(십억 개)로 클럭 사이클 수가 가장 많다.

⑤ 문서 편집 프로그램의 명령어 수는 221십억 개, 양자 컴퓨팅 프로그램의 명령어 수는 659십억 개로 1조 개 미만인 프로그램에 해당한다. 따라서 명령어 수가 1조 개 미만인 프로그램은 2개이다.

24

정답 | ③

정답풀이 |

2010년 경기도의 A 성씨 가구 수는 64가구이므로 서울의 가구

수가 73가구로 더 많다.

오답풀이 |

① 2010년 광역시의 가구 수 합은 50이고, 인구수의 합은 145이므로 평균 가구당 인구수는 $\frac{145}{50}$=2.9(명)이다. 따라서 평균 가구당 인구수는 2명 이상이다.

TIP

2010년 모든 광역시에서 인구수가 가구 수의 2배 이상이므로 광역시 평균 가구당 인구수는 2명 이상이다.

② 1980년 경기도의 가구 수는 35−(1+1+1+1)=31(가구)이고, 2010년 경기도의 가구 수는 105−(7+2+6+4+4+6+8+4)=64(가구)이므로, 광역자치단체별로 2010년 가구 수는 모두 1980년에 비해 증가하였다.

④ 2010년 A 성씨의 동 인구수는 556명이고, 1980년 면 인구수는 56명이므로, 2010년 A성씨의 동 인구수는 1980년 면 인구수의 9배 이상이다.

⑤ 1980년 동 가구 수는 60이고, 2010년 동 가구 수는 190이므로 3배 이상 증가하였다.

TIP

각각의 보기가 제시한 수치를 표에서 정확히 찾아서 비교한다.

25

정답 | ④

정답풀이 |

전국 고령인구 중 수도권 고령인구가 차지하는 비중은 2025년 $\frac{1,862+550+2,379}{10,511}\times 100 \fallingdotseq 45.6(\%)$,

2045년 $\frac{2,980+1,080+4,783}{18,328}\times 100 \fallingdotseq 48.2(\%)$이다.

따라서 48.2−45.6=2.6(%p) 증가했다.

오답풀이 |

① 2019년 대비 2025년 대구의 고령인구 증가량은 494−393=100(천 명)이고, 이 지역보다 고령인구 증가량이 높은 지역은 서울(432천 명), 부산(204천 명), 인천(155천 명), 경기(799천 명), 경북(171천 명), 경남(151천 명)으로 6곳이다.

② '고령인구 비율=$\frac{고령인구}{인구}\times 100$'이므로

'인구=$\frac{고령인구}{고령인구\ 비율}\times 100$'이다. 이에 광주 인구는 2025년에 $\frac{261}{0.18}\fallingdotseq 1,450$(천 명), 2035년에 $\frac{377}{0.273}\fallingdotseq 1,381$(천 명)이므로 1,450−1,381=69(천 명) 감소할 전망이다.

③ 2035년과 2045년 고령인구 비율이 높은 지역을 순서대로 나열하면, 전남, 경북, 강원, 전북 순으로 첫 번째 지역부터 네 번째 지역까지 서로 동일하다.

⑤ 2019년 대비 2045년 고령인구 증가율은 충북이 $\frac{646-285}{285}\times 100 \fallingdotseq 126.7(\%)$, 충남이 $\frac{897-391}{391}\times 100 \fallingdotseq 129.4(\%)$이다.

NCS 기출변형 모의고사 [3회] P. 219

01	02	03	04	05	06	07	08	09	10
③	③	④	③	④	①	⑤	②	③	②
11	**12**	**13**	**14**	**15**	**16**	**17**	**18**	**19**	**20**
④	③	⑤	②	②	①	②	②	④	①
21	**22**	**23**	**24**	**25**					
④	①	④	⑤	③					

01

정답 | ③

정답풀이 |

도로에 각각의 나무가 몇 그루씩 심어지는지를 구한 후 개당 심는 시간만큼 곱하면 총 걸리는 시간을 계산할 수 있다.

A나무와 B나무가 겹치는 곳은 B나무를 심으므로 B나무가 몇 그루 심어지는지를 먼저 구한다.

- B나무는 시작점부터 매 2m 간격으로 심으므로 총 1+50=51(그루)($=1+\frac{100m}{2m}$)
  → 시작점, 2m, 4m, 6m, ⋯, 100m)
- A나무는 1m가 지난 지점부터 3m 간격으로 심으므로 총 1+33=34(그루)($=1+\frac{99m}{3m}$)
  → 1m, 4m, 7m, ⋯, 100m)
- A나무와 B나무가 겹치는 지점은 4m가 지난 지점부터 6m 간격이므로 총 1+16=17그루($=1+\frac{96m}{6m}$)
  → 3m와 2m의 최소공배수는 6m
  → A나무와 B나무가 겹치는 지점은 4m, 10m, 16m, ⋯, 100m)

따라서 B나무와 겹치는 지점을 제외한 A나무를 심는 개수는 34−17=17(그루)이다.

나무를 심는데 걸리는 시간은 A나무의 경우 17그루×20분=340(분)이고, B나무의 경우 51그루×10분=510(분)이므로 총 340+510=850(분)=14시간 10분이다.

02

정답 | ③

정답풀이 |

매월 A사와 B사의 매출액은 60%, 40%를 차지하므로, 비로 나타내면 60:40=3:2이고, 비용 역시 비로 나타내면, 65:35=13:7이다. 즉, A사의 매출액이 $3x$이면, B사는 $2x$이고, A사의 비용이 $13y$이면, B사는 $7y$이다.

매출에서 비용을 뺀 것이 순이익이므로 A사는 $3x-13y=3,600$, B사는 $2x-7y=3,000$이다.

연립방정식을 풀면 $x=2,760$(만 원), $y=360$(만 원)이다. 따라서 B사의 매출액은 $2x=2\times 2,760=5,520$(만 원)이다.

TIP

연립방정식을 풀 때 수치가 큰 경우에는 비를 이용하는 것도 편리한 방법이다.

A사는 $3x-13y=3,600$, B사는 $2x-7y=3,000$

→ $(3x-13y):(2x-7y)=6:5$ → $x=\frac{23}{3}y$

따라서 순이익은 $3x-13y=3\times\frac{23}{3}y-13y=10y=3,600$

∴ $y=360$(만 원)

구하고자 하는 것은 B사의 매출액이므로 $2x=2\times\frac{23}{3}y=2\times\frac{23}{3}\times 360=5,520$(만 원)이 된다.

03

정답 | ④

정답풀이 |

A사고의 사고비용은 4,205억 원이고, D사고의 사고비용은 367억 원이다. 따라서 A사고의 사고비용은 D사고의 사고비용의 11.45배이므로, 10배 이상이다.

오답풀이 |

① C사고의 화재규모가 E사고의 화재규모보다 크지만, 복구비용은 더 적게 소요되었다.
② D사고의 터널길이가 B사고의 터널보다 길지만, 복구기간은 더 짧게 소요되었다.
③ B사고의 복구기간이 A사고의 복구기간보다 길지만 복구비용은 더 적게 들었다.
⑤ B사고의 사고비용은 3,471억 원이고, E사고의 사고비용은 1,530억 원이므로 3배 이하이다.

TIP

표의 내용과 주어진 계산법을 정확이 이해하고, 보기에 따라 표를 분석한다.

04

정답 | ③

정답풀이 |

무주택자=30대 이하+수급횟수가 3회 이상인 사람
=(20대 이하+30대)+(40대 이상 수급횟수가 3회 이상인 사람)
=(8+582)+350×(0.19+0.11)+60×(0.351+0.049)

=590+350×0.3+60×0.4=590+105+24
=719(명)

※ 20대 이하와 30대 중 수급횟수가 3회 이상인 사람은 (20대 이하+30대)에 포함되어 있다.

무주택자 수 전체 769명 중 719명은 30대 이하이거나 수급횟수가 3회 이상인 사람이므로 나머지 769−719=50(명)은 40대 이상이며 수급횟수가 2회 이하인 사람에 포함된다.

무주택자 전체=30대 이하+수급횟수가 3회 이상+40대 이상이며 수급횟수가 2회 이하

→ 769=(8+582)+(105+24)+50(40대 이상이며, 수급횟수가 2회 이하)

40대 이상이며, 수급횟수가 2회 이하인 사람 수는 350×0.7+60×0.6=245+36=281(명)이다.

따라서 연령대가 40대 이상이며, 수급횟수가 2회 이하인 사람 중 무주택자 수의 비율은 $\frac{50}{281}\times 100 ≒ 18(\%)$이다.

※ $\frac{50}{281}\times 100$ 계산 방법

1. 분모의 10%(28), 1%(2.8)이므로 20%(56), 2%(5.6)
2. 20%(56)−2%(5.6)=18%(50.4)≈50

TIP

주어진 자료에서 전체 1,000명이 의미하는 것은 다음과 같다.

- 20대 이하+30대+40대+50대 이상=1,000
- 자녀수 1명+2명+3명+4명 이상=1,000
- 무주택자+유주택자=1,000

즉, 전체 1,000은 〈표〉에 주어진 수급자 수를 모두 더한 것이 아니다. 자료에서 전체가 주어질 때는 전체가 어떻게 이루어져 있는지를 반드시 확인할 필요가 있다.

05

정답 | ④

정답풀이 |

사상자 수는 사망자 수와 부상자 수의 합이다. 발생 건수당 사상자 수는 다음과 같다.

도로 종류 \ 구분 / 기상상태		발생 건수	사상자 수	발생 건당 사상자 수
일반국도	맑음	1,442	2,329	1.6
	흐림	55	118	2.1
	비	83	140	1.7
	안개	24	41	1.7
	눈	29	51	1.8
지방도	맑음	1,257	1,945	1.6
	흐림	56	115	2.1
	비	73	106	1.5
	안개	14	19	1.4
	눈	10	20	2.0
고속국도	맑음	320	802	2.5
	흐림	14	24	1.7
	비	15	30	2.0
	안개	4	14	3.5
	눈	4	8	2.0

각 도로에서 발생 건당 사상자 수가 가장 높은 도로의 기상상태는 일반국도 흐림, 지방도 흐림, 고속국도 안개이다.

06

정답 | ①

정답풀이 |

전체 판매량은 시장 점유율이 100%일 때의 판매량을 의미한다. 즉, 각 업체의 시장 점유율 중 100%를 만들기 가장 쉬운 업체를 선택하여 100%일 때 판매량을 추정해본다.

2015년 G사(2,850, 1.03%)를 기준으로 약 100배 미만으로 추정하면 약 28만

2016년 B사(46,909, 10.6%)를 기준으로 약 10배 미만으로 추정하면 약 46만

2017년 V사(18,424, 2.5%)를 기준으로 약 40배로 추정하면 약 72만

2018년 H사(53,138, 4.1%)를 기준으로 약 25배 미만으로 추정하면 약 130만

2019년 W사(38,865, 2.5%)를 기준으로 약 40배로 추정하면 약 160만

2020년 A사(60,135, 2.9%)를 기준으로 약 33배 이상으로 추정하면 약 200만

따라서 전년도 판매량의 2배를 넘진 못한다.

오답풀이 |

② 전년 대비 2020년 가장 많이 증가한 업체는 T사(458,385−304,353=154,032)이고, 전년 대비 가장 적게 증가한 업체는 S사(68,924−52,547=16,377)이다.
이때, 점유율은 22.1+3.3=25.4(%)이므로 26%를 넘지 못한다.

③ 2015~2019년까지 전기차 시장 점유율 상위 3순위는 T사, R사, B사이고, 2020년에는 T사, G사, V사이다. 따라서 매년 같진 않다.

④ 전년 대비 전기차 판매량 증가율이 100%를 넘는 것은 2배를 넘는 것을 의미한다. 2018년에 전년도와 비교해서 2배 이상인 업체는 T사, B사, S사이고, 그 중 2019년, 2020년에 2배를 넘는 업체는 없다.

⑤ 2017년, 2019년 P사의 전기차 판매량이 줄어든 적이 있으므로 지속해서 증가한 것은 아니다.

07

정답 | ⑤

정답풀이 |

전체 조세지출금액은 3년간 지속해서 증가했다. 이와 동일한 항목은 기타를 제외하고 중소기업지원, 고용지원, 기업구조조정, 지역균형발전, 공익사업지원, 저축지원, 국민생활안정, 근로 자녀장려, 간접국세, 농협구조개편으로, 총 10개 항목이다.

오답풀이 |

① 국민생활안정의 2019년 비중은 31.7%, 2021년 비중은 30.1%이고, 국제도시육성의 2019년 비중은 0.6%, 2021년 비중은 0.5%이다. 따라서 3년간 조세지출금액 비중이 매년 증가한 항목은 중소기업지원과 고용지원으로 2개다.

TIP

국민생활안정 2019년과 2020년, 2020년과 2021년 비교 시

- 국민생활안정 2019년 $\frac{125,727}{396,769}$ vs 2020년 $\frac{134,631}{418,601}$
  - → 2019년 대비 2020년 분자 대략 9,000 정도 증가(7~8% 증가)
  - → 2019년 대비 2020년 분모 대략 22,000 정도 증가(5~6% 증가)

  분자 증가율이 분모보다 높으므로 2019년 대비 2020년 비중은 증가한다.
- 국민생활안정 2020년 $\frac{134,631}{418,601}$ vs 2021년 $\frac{142,585}{474,125}$
  - → 2020년 대비 2021년 분자 대략 8,000 정도 증가(10% 미만 증가)
  - → 2020년 대비 2021년 분모 대략 55,000 정도 증가(10% 이상 증가)

  분모 증가율이 분자보다 높으므로 2020년 대비 2021년 비중은 감소한다.

② 2019~2021년 공익사업지원에 지원되는 조세지출금액과 고용지원에 지원되는 금액의 2배의 크기를 비교하면 다음과 같다.
- 2019년: 고용지원(1,742)×2<공익사업지원(5,006)
- 2020년: 고용지원(3,315)×2>공익사업지원(6,063)
- 2021년: 고용지원(4,202)×2>공익사업지원(6,152)

2020년과 2021년 공익사업지원에 지원되는 조세지출금액은 고용지원에 지원되는 금액의 2배 미만이다.

③ 2020~2021년 조세지출금액 상위 5개 항목을 나열하면 다음과 같다.
- 2020년 조세지출금액 상위 5개 항목: 국민생활안정, 간접국세, 연구개발, 지역균형발전, 중소기업지원
- 2021년 조세지출금액 상위 5개 항목: 국민생활안정, 간접국세, 근로 자녀장려, 중소기업지원, 연구개발

따라서 2020~2021년 2년간 기타를 제외하고, 조세지출금액 상위 5개 항목은 같지 않다.

④ 전년 대비 2020년과 2021년 연구개발에 지원되는 조세지출금액의 감소율을 구하면 다음과 같다.
- 2020년 감소율: $\frac{29,095-29,514}{29,514}\times 100 ≒ -1.4(\%)$
- 2021년 감소율: $\frac{28,360-29,095}{29,095}\times 100 ≒ -2.5(\%)$

2021년 감소율은 2.5%이고, 2020년 감소율은 1.4%이므로 2021년 감소율이 2020년보다 더 높다.

08

정답 | ②

정답풀이 |

매출액은 4개 콘텐츠 유형이 모두 증가하였다. 그러나 2011년과 2012년 '전체'에서 차지하는 매출액 비중은 다음과 같다.

(단위: %)

콘텐츠 유형 / 연도	게임	음원	영화	SNS
2011	26.6	18.1	50.7	4.6
2012	23.3	14.2	51.0	11.5

따라서 게임과 음원 2개 콘텐츠 유형만 감소하였다.

오답풀이 |

① SNS는 2007년, 2009년, 2011년에 전년보다 매출액이 감소하였으며, 다른 콘텐츠 유형은 모두 1개 연도 또는 2개 연도에 매출액이 감소하였다.

③ 4개 콘텐츠의 유형별 매출액의 연도별 비중이 가장 큰 해는 각각 다음과 같다.
- 게임: 2009년 $\frac{485}{1,500}\times 100 ≒ 32.3(\%)$
- 음원: 2006년 $\frac{175}{719}\times 100 ≒ 24.3(\%)$
- 영화: 2012년 $\frac{1,510}{2,959}\times 100 ≒ 51.0(\%)$
- SNS: 2010년 $\frac{308}{2,111}\times 100 ≒ 14.6(\%)$

따라서 유형별로 매출액 비중이 가장 큰 해는 모두 다르다.

④ 300% 이상이므로 4배 이상인 것을 의미한다. 따라서 영화와 SNS 2개 콘텐츠 유형만 해당되는 것을 알 수 있다.

TIP

콘텐츠 유형 중 게임의 2005년 대비 2012년 매출액 증가율을 구하면 $\frac{689-235}{235}\times 100 ≒ 193.2(\%)$이다. 같은 방식으로 나머지 콘텐츠 유형의 증가율을 구하면 음원 288%, 영화 307.0(%), SNS 1,036.7(%)이다.

⑤ 2005년 대비 2012년 매출액 증가율이 가장 큰 콘텐츠 유형은 계산하지 않고도 10배 이상 증가한 SNS인 것을 알 수 있으며, 증가액이 가장 큰 콘텐츠 유형은 1,510−371=1,139(백만 원)이 증가한 영화이므로 두 유형은 동일하지 않다.

09

정답 | ③

정답풀이 |

2012년에는 2011년보다 신기술검증 건수가 1,577−1,458=119(건) 증가하였고, 검증 비용이 2,648−1,745=903(천만 원) 증가하였다. 따라서 두 지표 모두 가장 크게 증가한 해이다.

오답풀이 |

빈칸을 모두 채워 표를 정리하면 다음과 같다.

(단위: 건, 천만 원)

구분 \ 연도		2008	2009	2010	2011	2012	2013
서류검증	건수	755	691	765	767	725	812
	비용	54	60	57	41	102	68
현장검증	건수	576	650	630	691	852	760
	비용	824	1,074	1,091	1,704	2,546	1,609
전체	건수	1,331	1,341	1,395	1,458	1,577	1,572
	비용	878	1,134	1,148	1,745	2,648	1,677

① 빈칸에 들어갈 수치의 합은 60+765+1,704+852+1,677=5,058이므로 5,500~6,000 사이가 아니다.

② 2010년에는 서류검증 비용이 60천만 원에서 57천만 원으로 감소하였으나 현장검증 비용은 1,074천만 원에서 1,091천만 원으로 증가하였다.

④ 2012년에는 현장검증 건수(852건)가 서류검증 건수(725건)보다 더 많다.

⑤ 2011년 1건당 평균 현장검증 비용은 $\frac{1,704}{691}$≒2.5(천만 원)이며, 2012년 1건당 평균 현장검증 비용은 $\frac{2,546}{852}$≒3.0(천만 원)이므로 2012년이 더 많다.

10

정답 | ②

정답풀이 |

주어진 산식에 따라 연도별 처리율과 인용률을 구하면 다음과 같다.

(단위: 건)

구분 \ 연도		2012	2013	2014	2015	2016
처리대상건수	전년이월 건수	1,854	(1,834)	2,403	2,127	2,223
	당년접수 건수	6,424	7,883	8,474	8,273	6,003
	소계	8,278	(9,717)	10,877	10,400	8,226
처리건수	취하 건수	90	136	163	222	163
	각하 건수	346	301	482	459	506
	기각 건수	4,214	5,074	6,200	5,579	4,322
	재조사 건수	27	0	465	611	299
	인용 건수	1,767	1,803	1,440	1,306	1,338
	소계	6,444	7,314	8,750	8,177	6,628
처리율		77.8%	75.3%	80.4%	78.6%	80.6%
인용률		27.9%	25.1%	17.7%	17.8%	21.7%

따라서 처리율이 가장 낮은 해는 75.3%인 2013년이며, 인용률이 가장 낮은 해는 17.7%인 2014년인 것을 알 수 있다.

11

정답 | ④

정답풀이 |

'정서'의 경우 총양육활동 시간이 128+25=153(분)이며, 이 중 아내의 참여시간 비중은 $\frac{128}{153}\times 100$≒83.7(%)이므로 모든 양육활동유형에서 90% 이상이라는 설명은 옳지 않다.

오답풀이 |

① 양육활동유형 중 '가사'는 $\frac{2}{110+2}\times 100$≒1.8(%)로 가장 낮은 비중을 나타내고 있다.

② '의료간호'의 경우 금요일과 토요일이 1분으로 동일하며 나머지 양육활동유형에서는 모두 토요일의 수치가 더 크다.

③ 아내는 금요일에 663분, 토요일에 763분을 참여하며, 남편은 금요일에 46분, 토요일에 140분 참여하므로 아내와 남편 모두 금요일보다 토요일에 9가지 양육활동유형에 참여하는 시간이 더 많다.

⑤ '가사'는 $\frac{9}{2}$=4.5(배)로, '외출'은 $\frac{24}{5}$=4.8(배)로 양육활동유형 중 2개가 4배 이상이다.

12

정답 | ③

정답풀이 |

2000년과 2013년 재화별 무역수지를 표로 정리하면 다음과 같다.

구분		한국	중국	일본
2000	원자재	−254	−381	−802
	소비재	13	658	−542
	자본재	360	−36	2,340
2013	원자재	−1,217	−3,218	−2,671
	소비재	−237	1,964	−841
	자본재	1,895	3,845	2,332

㉢ 위의 표에서와 같이 3개국의 원자재 무역수지는 두 해 모두 적자인 것을 알 수 있다.

㉣ 주어진 산식에서 알 수 있듯이 무역특화지수는 수출액이 수입액보다 작을 경우 음수가 된다. 따라서 2013년 한국과 일본은 원자재와 소비재 2개, 중국은 원자재 1개의 무역특화지수가 음수가 되는 것을 알 수 있다.

오답풀이 |

㉠ 위의 표에서 알 수 있듯이, 한국은 소비재가 흑자에서 적자로, 중국은 자본재가 적자에서 흑자로 전환되었다. 그러나 일본은 이러한 전환을 보이는 재화가 없는 것을 알 수 있다.

㉡ 2013년 3개국의 재화별 무역특화지수를 정리해 보면 다음과 같다.

구분	한국	중국	일본
원자재	−0.23	−0.21	−0.39
소비재	−0.46	0.32	−0.45
자본재	0.38	0.19	0.35

따라서 중국의 자본재의 무역특화지수가 0.3보다 작은 것을 알 수 있다.

TIP

무역특화지수가 양수이려면 (수출액−수입액)이 양수여야 하므로 수출액>수입액인 재화만 찾으면 된다. 해당하는 재화가 한국은 자본재로 무역특화지수가 0.38이고, 중국은 소비재와 자본재로 무역특화지수가 소비재는 0.32, 자본재는 0.19이고, 일본은 자본재로 무역특화지수가 0.35이다. 따라서 중국의 자본재의 무역특화지수가 0.3보다 작으므로 옳지 않다.

13

정답 | ⑤

정답풀이 |

부추의 가격 인상률은 $\frac{68,100-41,900}{41,900}\times100≒62.5(\%)$이며, 무의 가격 인상률은 $\frac{8,500-6,500}{6,500}\times100≒30.8(\%)$이므로 부추가 무의 2배 이상이다.

오답풀이 |

① 조사단위가 다르므로 1kg당 가격은 주어진 가격을 조사단위로 나누어야 한다. 따라서 찹쌀은 $\frac{180,000}{60}=3,000$(원)이며, 검정쌀은 $\frac{120,000}{30}=4,000$(원)이므로, 1kg당 금일 가격은 찹쌀이 검정쌀보다 싸다.

② 금일 가격이 전년 평균 가격보다 싼 곡물은 찹쌀과 콩 2개이며, 나머지 3개는 금일 가격이 전년 평균 가격보다 더 비싸다.

③ 부추와 토마토는 1kg당 전일 가격과 금일 가격이 각각 6,550원 → 6,810원, 3,310원 → 3,410원으로 100원 이상 인상되었으며, 고추는 전일 가격 4,480원, 금일 가격 4,330원으로 150원 인하되었으므로 가격의 차이가 100원 이상인 채소는 3개이다.

④ 10kg의 전일 가격은 참깨, 오이, 부추, 토마토가 각각 43,000원, 24,400원, 65,500원, 33,100원이다. 이를 모두 더하면 166,000원이므로 150,000원으로 각각 10kg씩 구매할 수 없다.

14

정답 | ②

정답풀이 |

㉡ A도시에서는 1일, 4일, 5일, 6일, 7일, 9일, B도시에서는 3일, 4일, 5일, 6일, 7일, 9일, 10일, C도시에서는 1일, 6일, 8일, 9일, 10일, D도시에서는 1일, 6일, 7일, 9일, E도시에서는 1일, 4일, 5일이므로 7개 일수가 일치하는 B도시가 된다.

㉣ 보기 ㉡에서 살펴본 바와 같이 5개 도시의 예측 날씨와 실제 날씨가 모두 일치한 날은 없는 것을 알 수 있다.

오답풀이 |

㉠ A도시에서는 8일, B도시에서는 2일, C도시에서는 3일과 4일, D도시에서는 2일과 10일, E도시에서는 6일과 10일이 해당되므로 언급된 날이 3일 이상인 도시는 하나도 없는 것을 알 수 있다.

㉢ 2일은 5개 도시의 예측 날씨와 실제 날씨가 모두 일치하지 않은 날이나, 8일은 C도시에서 일치한 것을 알 수 있다.

15

정답 | ②

정답풀이 |

㉡ AIIB 지분율 상위 10개국의 합계 지분율은 70.87%이므로 나머지 모든 국가 지분율은 100−70.87=29.13(%)이다. 따라서 중국의 지분율 30.34%는 AIIB 지분율 상위 10개국 이외의 모든 국가 지분율의 합보다 높은 것을 알 수 있다.

㉣ 지분율과 투표권 비율의 차이가 가장 작은 2개국은 브라질과 영국이므로 모두 B지역 국가인 것을 알 수 있다.

오답풀이 |

㉠ 중국을 제외한 A지역 국가들의 투표권 비율의 합은 7.51+3.50+3.46+3.17=17.64(%)이며, B지역 국가들의 투표권 비율의 합은 5.93+4.15+3.19+3.02+2.91=19.20(%)이다.

㉢ AIIB의 자본금 총액이 3,000억 달러일 경우 출자한 자본금이 100억 달러라면 이는 $\frac{100}{3,000}\times 100 ≒ 3.33$(%)이다. 따라서 지분율이 3.33% 미만인 브라질과 영국 2개국이 해당된다.

16

정답 | ①

정답풀이 |

팀 선수 평균 연봉은 A, B, C, D, E팀이 순서대로 3억 원, 2.5억 원, 3억 원, 5억 원, 4억 원으로 A팀과 C팀이 동일하므로 언급된 순서는 옳지 않다.

오답풀이 |

② C팀은 D팀보다 팀 선수 인원수가 더 많지만 팀 총연봉은 더 적은 것을 알 수 있다.

③ 2017년 선수 인원수와 총연봉을 계산하여 표로 정리하면 다음과 같다.

테니스 팀	선수 인원수(명)	총연봉(억 원)
A	4	10
B	5	10
C	6	20
D	4	25
E	5	16

따라서 A~E팀이 순서대로 각각 1명, 5명, 2명, 2명, 1명 증가하여 총 11명이 증가한 것을 알 수 있다.

④ 2017년의 경우 팀 평균 연봉 상위 2개 팀은 $\frac{25}{4}≒6.3$(억 원)인 D팀과 $\frac{20}{6}≒3.3$(억 원)인 C팀이지만, 2018년의 경우 $\frac{30}{6}=5$(억 원)인 D팀과 $\frac{24}{6}=4$(억 원)인 E팀이므로 두 해가 동일하지 않다.

⑤ 위의 표에서와 같이 2017년 총연봉은 모든 팀이 10억 원 이상이다.

17

정답 | ②

정답풀이 |

C지역 1인당 피해액은 $\frac{3,475,055천\ 원}{3,380,404}≒1.028$(천 원)=1,028(원)이다. 따라서 C지역 1인당 피해액은 B지역 1인당 피해액의 $\frac{1,028}{224}≒4.6$(배)로, 5배 미만이다.

오답풀이 |

① G지역의 피해액은 1,604,432×36,199=58,078,833,968(원)≒581(억 원)이다.

③ 지역별 피해밀도는 다음과 같다.

- A지역: $\frac{2,898,417}{1,063}≒2,726.639$(천 원/$km^2$) ≒2,726,639(원/$km^2$)
- B지역: $\frac{2,883,752}{10,183}≒283.193$(천 원/$km^2$) ≒283,193(원/$km^2$)
- C지역: $\frac{3,475,055}{10,540}≒329.702$(천 원/$km^2$) ≒329,702(원/$km^2$)
- D지역: $\frac{7,121,830}{16,875}≒422.034$(천 원/$km^2$) ≒422,034(원/$km^2$)
- E지역: $\frac{24,482,562}{8,226}≒2,976.241$(천 원/$km^2$) ≒2,976,241(원/$km^2$)
- F지역: $\frac{86,648,708}{19,031}≒4,553.030$(천 원/$km^2$) ≒4,553,030(원/$km^2$)
- G지역: $\frac{58,078,834}{7,407}≒7,841.074$(천 원/$km^2$) ≒7,841,074(원/$km^2$)

따라서 피해밀도가 가장 높은 지역은 G이고, 피해밀도가 두 번째로 높은 지역은 F, 피해밀도가 세 번째로 높은 지역은 E이다. 2,976,241+4,553,030=7,529,271<7,841,074이므로 옳다.

④ B지역과 D지역의 피해밀도의 합은 283,193+422,034=705,227(원/km^2)이고, C지역의 피해밀도의 두 배는 329,702×2=659,404(원/km^2)이다.
따라서 705,227>659,404이므로 B지역과 D지역의 피해밀도의 합인 705,227(원/km^2)은 C지역의 피해밀도의 두 배인 659,404(원/km^2)보다 크다.

⑤ 전국의 1인당 피해액은 $\frac{187,282,994천\ 원}{51,778,544}≒3.617$(천 원)≒3,617(원)이고, C지역의 1인당 피해액은 $\frac{3,475,055천\ 원}{3,380,404}≒1.028$(천 원)≒1,028(원)이다. 따라서 1인당 피해액이 가장 큰 지역은 G로 36,199원이고, 이는 3,617×10=36,170(원)보다 크다.

TIP

빈칸의 개수가 적은 경우에는 빈칸을 먼저 채우고 시작한다. 빈칸에 해당하는 선택지는 ①, ②, ⑤이고, 이 중 ②가 옳지 않으므로 다른 선택지는 풀지 않아도 답을 구할 수 있다. 선택지 ③처럼 모든 지역의 피해밀도를 다 계산하는 것보다 아래와 같이 어림값을 통해 순위를 먼저 확인한 뒤 계산하는 것이 빠르다.

구분	피해액(천 원)	행정면적(km^2)	피해밀도 (십억 원/천 km^2)
A	2,898,417 ≒3(십억 원)	1,063 ≒1(천 km^2)	3
B	2,883,752 ≒3(십억 원)	10,183 ≒10(천 km^2)	$\frac{3}{10}$
C	3,475,055 ≒3(십억 원)	10,540 ≒11(천 km^2)	$\frac{3}{11}$
D	7,121,830 ≒7(십억 원)	16,875 ≒17(천 km^2)	$\frac{7}{17}$
E	24,482,562 ≒24(십억 원)	8,226 ≒8(천 km^2)	3
F	86,648,708 ≒87(십억 원)	19,031 ≒19(천 km^2)	$\frac{87}{19}$
G	58,078,834 ≒58(십억 원)	7,407 ≒7(천 km^2)	$\frac{58}{7}$

이때 피해밀도의 어림값이 1 이상인 지역만 구체적인 수치를 구하여 비교하면 시간을 단축할 수 있다.

18

정답 | ②

정답풀이 |

학년이 높아짐에 따른 교육 만족도 변화를 살펴보면, 모든 항목에서 학년이 높아짐에 따른 만족도 증감이 일정치 않다. 따라서 학년이 높아질수록 교육 만족도가 낮아지는 항목은 없다.

오답풀이 |

① 조사에 응답한 인원이 2,781명으로 가장 많은 학년은 4학년이고, 2,349명으로 가장 적은 학년은 2학년이다. 두 학년의 응답인원은 2,781−2,349=432(명) 차이 나므로, 4학년 응답인원이 2학년에 비해 400명 이상 많다.

③ 교육 만족도가 가장 높은 항목은 1학년 3.90점, 2학년 3.95점, 3학년 3.96점, 4학년 3.94점으로 모두 '전공'이다.

④ '전공' 항목을 만족도가 높은 순서대로 학년을 나열해보면, 3학년, 2학년, 4학년, 1학년 순서이다. 그리고 '행정' 항목을 만족도가 높은 순서대로 학년을 나열해보면, 3학년, 4학년, 2학년, 1학년 순서이다. 따라서 '전공' 항목에서 세 번째로 높은 만족도를 나타내는 학년은 4학년이고, '행정' 항목에서 두 번째로 높은 만족도를 나타내는 항목도 4학년으로 같다.

⑤ '시설' 항목의 교육 만족도가 높은 순서대로 학년을 나열해보면 1학년, 2학년, 4학년, 3학년 순서이다. 그 반대의 순서는 교육 만족도가 높은 순서대로 3학년, 4학년, 2학년, 1학년 순서이다. 이와 같은 순서를 나타내는 항목을 표에서 찾아보면 '행정' 항목이다. 따라서 교육 만족도가 높은 순서대로 학년을 나열할 때, 그 순서가 '시설'과 정반대인 항목이 존재한다.

19

정답 | ④

정답풀이 |

• A: 1729년 양반가구 수는 1,480×0.27≒400(가구)이고, 1867년 양반가구 수는 27,360×0.655≒17,921(가구)이다. 따라서 1729년 대비 1867년 양반가구 수의 증가율은 $\frac{17,921-400}{400}\times 100$≒4,380.3(%)이다.

• B: 1765년 가구당 인구수는 $\frac{57,330}{7,210}$≒8.0(명)이고, 1867년 가구당 인구수는 $\frac{144,140}{27,360}$≒5.3(명)이다. 따라서 두 해의 차는 8.0−5.3=2.7(명)이다.

TIP

세세한 계산을 요하지 않는 보기는 계산을 최대한 간단히 하여 대략적인 값을 구한다. 우선 B는 세세한 계산이므로 B를 먼저 계산하면 답은 2.7명이다. A는 세세한 계산을 요하지 않고 선택지가 모두 단위가 다른 값이다. 1729년 대비 1867년 총가구 수는 약 20배이고, 양반가구의 구성비는 2.5배이다. 따라서 1867년 양반가구 수는 1729년 대비 약 50배이다. 50배는 곧 5,000%와 같으므로 이와 가장 유사한 값인 4,380.3%가 옳은 답이다.

20

정답 | ①

정답풀이 |

㉡ 저수용량이 '10만 이상'인 저수지 수는 3,226−2,668=558(개소)이고, 제방높이가 '10 이상'인 저수지 수는 3,226−2,566=660(개소)이다. 따라서 저수용량이 '10만 이상'인 저수지 수는 제방높이가 '10 이상'인 저수지 수의 $\frac{558}{660}\times$100≒84.5(%)이므로 85% 이하이다.

㉢ 농어촌공사에서 관리하는 저수지의 개소당 저수용량은 $\frac{598,954}{996}$≒601(천 m^3)으로 약 60.1만 m^3이다.

오답풀이 |

㉠ 저수용량이 '10만 미만'일 때 자치단체가 관리하는 저수지 수가 2,230개소인지는 주어진 자료로 알 수 없다.

㉣ 농어촌공사에서 관리하는 저수지의 개소당 수혜면적은 $\frac{69,912}{996}$≒70.2(ha)이고, 자치단체에서 관리하는 저수지의 개소당 수혜면적은 $\frac{29,371}{2,230}$≒13.2(ha)로 70.2>13.2×5=66이다. 따라서 5배 이상이기 때문에 옳지 않다.

TIP

어림수로 계산하는 방법을 이용하면 문제를 빠르게 풀 수 있다. 농어촌공사에서 관리하는 저수지의 개소당 수혜면적은 $\frac{70,000}{1,000}=70$(ha)이고, 자치단체에서 관리하는 저수지의 개소당 수혜면적은 $\frac{30,000}{2,300}\fallingdotseq13.0$(ha) 이상 $\frac{30,000}{2,200}\fallingdotseq13.6$(ha) 이하로 $13\times5=65$, $13.6\times5=68$이다. 따라서 농어촌공사에서 관리하는 저수지의 개소당 수혜면적은 자치단체에서 관리하는 저수지의 개소당 수혜면적의 5배 이상임을 알 수 있다.

21

정답 | ④

정답풀이 |

2012년 외국인 방문객 수는 2002년 대비 $\frac{9,794,796-5,347,468}{5,347,468}\times100\fallingdotseq83.2$(%), 즉 80% 이상 증가하였다.

TIP

어림계산하면 시간을 단축할 수 있다. 2002년 외국인 방문객 수는 5,347,468명이고, 80% 증가는 $\times(1+0.8)$, 즉 $\times1.8$을 하는 것이다. 이때, 53(십만)$\times1.8<5,347,468\times1.8<54$(십만)$\times1.8$이고, 53(십만)$\times1.8=95.4$(십만), 54(십만)$\times1.8=97.2$(십만)이다. 2012년 외국인 방문객 수는 97.2(십만)보다 큰 9,794,796명, 즉 약 97.9(십만)이므로 2012년 외국인 방문객 수는 2002년 대비 약 80% 이상 증가하였음을 알 수 있다.

오답풀이 |

① 2002년과 2012년 국적별 외국인 방문객 수 상위 10개국에 모두 포함된 국가는 9개국이다.

② 2012년 일본인 방문객 수는 2002년에 비해 $3,289-2,321=968$(천 명) 증가하였다.

③ 2002년 대비 2012년에 증가한 중국인 방문객 수는 $2,220-539=1,681$(천 명), 증가한 미국인 방문객 수는 $662-459=203$(천 명)으로 $1,681\div203\fallingdotseq8.3$(배)이므로, 10배 미만이다.

⑤ 2012년 외국인 방문객 중 일본인이 차지하는 비중은 $\frac{3,289,000}{9,794,796}\times100\fallingdotseq33.6$(%)이고, 2002년 외국인 방문객 중 일본인이 차지하는 비중은 $\frac{2,321,000}{5,347,468}\times100\fallingdotseq43.4$(%)이므로, 2012년 외국인 방문객 중 일본인이 차지하는 비중은 2002년보다 작다.

22

정답 | ①

정답풀이 |

㉠ 남자의 경우 축구보다 평균 연령이 높고 평균 신장이 큰 종목은 수영, 테니스, 농구 3개 종목이며, 여자 역시 역도, 테니스, 농구 3개 종목이므로 종목 수가 동일하다.

㉡ 평균 신장이 175cm 이상인 종목 수는 남자의 경우 역도를 제외한 5개 종목이며, 여자의 경우 테니스와 농구 2개 종목이므로 동일하지 않다.

오답풀이 |

㉢ 평균 신장 상위 3개 종목은 남녀 모두 농구, 테니스, 수영이므로 동일하다.

㉣ 남자의 경우 테니스보다 평균 연령이 낮고 평균 신장이 작은 종목은 수영, 축구, 역도 3개 종목이며, 여자의 경우 수영과 축구 2개 종목이므로 종목 수가 동일하지 않다.

23

정답 | ④

정답풀이 |

검거율은 2009년의 경우 $\frac{14,492}{15,693}\times100\fallingdotseq92.3$(%), 2012년의 경우 $\frac{16,630}{19,670}\times100\fallingdotseq84.5$(%)이다.

오답풀이 |

① 전년 대비 총인구 증가량은 2010년 $49,346-49,194=152$(천 명), 2011년 $49,740-49,346=394$(천 명), 2012년 $50,051-49,740=311$(천 명), 2013년 $50,248-50,051=197$(천 명)이다.

② 전년 대비 검거건수 증가율은 2010년 $\frac{16,125-14,492}{14,492}\times100\fallingdotseq11.3$(%), 2013년 $\frac{19,774-16,630}{16,630}\times100\fallingdotseq18.9$(%)이다.

③ 2013년 4대 범죄 발생건수 비율은 강도 $\frac{5,753}{22,310}\times100\fallingdotseq25.8$(%), 살인 $\frac{132}{22,310}\times100\fallingdotseq0.6$(%), 절도 $\frac{14,778}{22,310}\times100\fallingdotseq66.2$(%), 방화 $\frac{1,647}{22,310}\times100\fallingdotseq7.4$(%)이다.

⑤ 2010년 인구 10만 명당 발생건수는 $\frac{18,258}{493.46}\fallingdotseq37.0$(건)이다. 따라서 전년 대비 인구 10만 명당 발생건수 증가량은 2010년 $37.0-31.9=5.1$(건), 2011년 $39.2-37.0=2.2$(건), 2012년 $39.3-39.2=0.1$(건), 2013년 $44.4-39.3=5.1$(건)이다.

24

정답 | ⑤

정답풀이 |

㉡ 20대 이하의 구매액 비중은 일반유통이 약 25%로 가장 크

며, 일반유통의 남성 구매액 비중은 약 55%이다.

㉢ 일반유통의 구매액 비중은 40대보다 20대 이하가 더 크다.

㉣ 유통업태별 전체 구매액 중 40세 이상의 구매액 비중이 50% 이상인 유통업태는 소셜커머스, 오픈마켓, 할인점이고, 이 중에서 소셜커머스의 성별 구매액 비중 중에서 여성의 구매액 비중은 50% 미만이기 때문에 옳지 않다.

오답풀이 |

㉠ 남성의 구매액 비중은 대략적으로 소셜커머스 60%, 오픈마켓 45%, 일반유통 55%, 할인점 45%이다.

TIP

4대 유통업태의 성별, 연령대별 구매액 비중에 대한 각각의 그래프에 비중의 수치를 써 넣고 문제를 해결하면 실수를 줄이고, 시간을 단축할 수 있다.

25

정답 | ③

정답풀이 |

㉢ 이산화질소 대기환경지수는 도봉구가 1,200 × 0.022=26.4, 중랑구가 800 × (0.041－0.04)+51=51.8이므로, 중랑구가 도봉구보다 51.8－26.4=25.4 더 높다.

오답풀이 |

㉠ 미세먼지 대기환경지수는 용산구가 49 × 0.9=44.1, 성북구가 56 × 1.0=56이므로, 차는 56－44.1=11.9이다.

㉡ 초미세먼지 대기환경지수는 종로구가 1.5 × (36－25)+51=67.5, 동대문구가 25 × 2.0=50이므로, 합은 67.5+50=117.5이다.

㉣ 강북구 오염물질별 대기환경지수는 다음과 같다.

- 미세먼지 대기환경지수: 44 × 0.9=39.6
- 초미세먼지 대기환경지수: 23 × 2=46
- 이산화질소 대기환경지수: 800 × (0.042－0.04)+51=52.6

따라서 강북구의 통합대기환경지수는 세 가지 대기환경지수 중 최댓값인 이산화질소 대기환경지수이다.

MEMO

정답과 해설

최신판

에듀윌 공기업 PSAT형 NCS 기출예상문제집

수리능력

고객의 꿈, 직원의 꿈, 지역사회의 꿈을 실현한다

에듀윌 도서몰
book.eduwill.net

• 부가학습자료 및 정오표: 에듀윌 도서몰 > 도서자료실
• 교재 문의: 에듀윌 도서몰 > 문의하기 > 교재(내용, 출간) / 주문 및 배송